위정과 위선

마리포사

신여리 장편소설

III

위정과 위선

마리포사

신여리 장편소설

III

D&C BOOKS

MARIPOSA

외전

뿌리 깊은 나무
(Árboles de raíces profundas)

외전. 뿌리 깊은 나무

"우리는 수백 년 후 가라앉을 것이다."

위대한 학자가 진실을 고했을 때, 섬에 갇힌 겁쟁이들은 학자의 명예를 물어뜯었다. 진실을 외면하고 비웃으며 학자의 시신을 지려밟았다. 그들이 가는 곳마다 검붉은 족적이 남았다.

지금 그들의—너희의— 피로 물든 족적은 벼랑을 향해 걷고 있다. 우리 자슬로 엔버는 예언한다. 너희는 절벽으로 떨어지리라.

때문에 우리는 목숨을 걸고 너희의 자살을 막는 데에 헌신할 것이다.

—자슬로 엔버 청년단의 결의문 중.

뮈아드로를 떠난 파사드는 노테블룸의 어권 성에 열흘가량 머문 후,
또 다른 브류나크 본령 로크란드로 향했다. 북서부에 위치한 로크란드
는 갈카마족들로 인해 늘 군사 경비가 삼엄했다. 갈카마족은 한때 시친
유목민들에서 갈라져 나왔다던 극북의 전투 민족이었다. 그곳에서 황
폐한 겨울을 지나 보낸 파사드는 곧 따뜻한 남쪽으로 눈을 돌렸다.

최근 그의 뇌리에 떠돌기 시작한 이름은 시친이었다. 갈카마족 때
문일까? 그럴는지도 모른다. 하지만 우연이라고 생각한다. 시친은
대륙인들은 잘 알지 못하는 미지의 땅이다.

시친 군도. 해군의 나라. 그리 불리는 섬나라.

결정은 쉽게 내려졌다. 어째서 시친이냐 누군가 묻는다면 달리 할
수 있는 답이 없었을 것이다.

시친 군도국은 한때 대륙의 중앙 서쪽 영토를 호령했던 유목 민
족이 섬나라로 이주해 생긴 나라다. 작금 시친은 먼 과거와 달리 해
군이라 불리는 뱃사람들이 득세함으로써 대륙의 국가들과 판이하게
다른 체계를 갖추었다던가.

파사드는 행선지를 결정한 후, 가장 먼저 쥬비상트 해협 인근에
위치한 일라린 공국으로 향했다. 일라린 공국은 시친과 가까운 서해
쥬비상트 해협을 끼고 위치한 작은 공국이었다.

일라린의 왕은 브류나크와 먼 친척 관계였는데, 그는 생전 처음
보는 브류나크의 파사드를 몹시 친근하게 대해 주었다. 그리고 기꺼
이 발 벗고 나서 시친에 머무는 라르크의 대사와 연결해 주었다.

일라린에서 한 달가량을 머문 후, 파사드는 배에 올랐다. 해류가 거센 시기라 사흘하고 반나절이 걸렸다.

첫 항해의 감상은 끔찍한 멀미였다. 선실 너머로 보이는 새파란 바닷물이 온 사방에 깔린 풍경은 끔찍한 현기증을 동반해 왔다. 속이 울렁거려 갑판 밖으로는 거의 나오지도 못했다. 미지의 세계에 대한 불안감에 약간의 후회가 싹틀 무렵, 배가 닻을 내렸다.

동도東島 켈레티 올다를 상징하는 정체불명의 새의 깃털과 닻 그림이 그려진 깃발들이 일정한 간격을 두고 펄럭펄럭 거리고 있었다.

시친은 네 개의 커다란 섬이 다른 역할을 하여 기묘하게 조화를 이루고 있는 곳이다. 그중 켈레티 올다라 불리는 섬은 윙거 해협의 위쪽, 쥬비상트 해협을 끼고 대륙과 가장 가까운 동쪽에 위치한 곳이었다. 그리고 서남북으로는 서도西島 뉴가트, 남도南島 델 오스작, 북도北島 이스자키 올다가 있다.

파사드는 켈레티 올다의 동해안을 끼고 있는 커다란 교역항에 하선한 즉시 눈살을 찌푸렸다. 바다의 비린내보다도 생선의 비늘 냄새가 고역이었다.

하지만 냄새에 조금 익숙해지자, 그는 지평선까지 죄 잡아먹은 망망대해의 풍경에 넋을 잃었다. 일라린 공국의 해안과는 비교도 되지 않을 만큼 아름다운 곳이었다.

백사가 넓게 깔린 해안선은 선이 고운 여자의 머리칼처럼 구불구불 이어져 있었다. 라르크인들은 하얀 것들에 익숙하다. 하지만 시친의 백색과 라르크의 백색은 근본부터가 다른 것이다. 가슴이 울렁대는 감정을 표현할 방법이 없어 답답함을 느낀 건 처음이었다.

좁은 섬 위로 촘촘히 지어 올려진 하얀 민가들, 정갈히 하얗거나 회색인 건물들이 바다 위로 쏟아지는 햇살을 반사했다.

골목골목 사이사이로 거미줄처럼 늘어진 빨랫줄과 얄팍한 옷가지들이 깃발처럼 휘날린다. 웃통을 벗은 까무잡잡한 청년들이 땀에 젖은 채로 뛰어다닌다. 혹은 그늘에 앉아 저들끼리 요절복통하고 있다. 모든 것이 아름다웠다. 심지어 줄지어 날아가는 갈매기 떼와 그들을 위협하는 독수리마저도.

뮈아드로에서는 결코 볼 수 없을 눈부신 풍경이었다.

부우우우. 어디선가 울리는 뱃고동 소리가 가슴을 때렸다.

항만에 다소곳한 아가씨처럼 정박한 배 주위로 잘게 자른 색색의 천 조각들이 흩날린다.

마치 그를 환영하는 것처럼 반짝반짝.

수십 개의 열주가 서 있는 언덕 위의 건물은 바로 켈레티 올다 영내에 위치한 라르크 대사관이었다. 그리 큰 규모는 아니었지만 높은 지대에 위치해 있어 하늘과 닿을 듯 보였다.

시친에 도착한 오후, 파사드는 그곳에서 나크타를 만났다.

나크타는 라르크에서 파견한 시친의 주재원이었다. 외교 문제를 다루는 외교 대사 대표이기도 했다.

키는 그리 크지 않았으나 근육질 몸을 하고 있었다. 바닷가 햇볕에 탄 것인지 피부도 이곳 사람처럼 까무잡잡했다. 다람쥐처럼 둥근 눈매 안에 갇힌 눈빛은 매의 것처럼 매서웠다.

나크타는 파사드를 대사관의 접견실로 극진히 안내했다.

"예까지 걸음 하실 줄은 몰랐습니다, 브뤼나크께서……. 일찍이 모시러 갔어야 하는데 하필이면 오늘 불온 분자들에 대한 공문이 내려와 라르크의 입항 상선들에 대한 불시 검문이 있을지 모른다는 이야기에 경황이 없었습니다. 넓은 아량으로 용서해 주십시오."

"괜찮습니다."

나크타는 아주 심혈을 기울여 그의 무례에 정당성을 부여하기 위해 애썼다. 하지만 파사드에게는 일말의 흥미도 생기지 않는 이야기였다.

이어 두 사람은 간단한 술을 곁들여 뮈아드로의 상황이나, 별것 아닌 라르크 내의 이야기를 나누었다. 파사드는 그가 궁금해하는 것들을 답해 주었다. 모국에 대한 향수병에 시달리고 있는 게 분명한 삼십 대 후반 즈음 되는 남자의 호기심 어린 눈빛을 외면하기가 힘들었던 탓이다.

나크타는 파사드의 눈 밑에 시커먼 그림자가 드리워질 무렵에야 슬그머니 눈치를 보며 시친에 대한 설명을 이어 가기 시작했다.

"이미 들어 아실지 모르겠지만 켈레티 올다는 시친 최대의 행정청사가 자리하고 있는 가장 번화하고 활기가 넘치는 곳입니다. 머무시는 동안 즐거우셨으면 합니다."

"인재 양성소라 했던 이스크라에 입학 자리를 마련해 주신다는 이야기는 들었는데, 그에 관하여는 어떻게 되었습니까?"

"아, 음…… 기숙사에 자리가 나면 이스크라 학장 측에서 회신을 보내 올 겁니다. 조금만 기다려 주십시오."

"오래 기다려야 하는 겁니까?"

파사드의 음성에 약간의 실망감이 어렸다.

"파사드 님을 아무 데나 모실 수는 없지요. 일인실 숙소가 날 때까지는 조금 기다리셔야 할 것 같습니다."

"굳이 일인실이 아니라도 됩니다. 다시 말씀드리지만 저는 가문의 지원을 받아 이곳에 온 것이 아닙니다. 특별 대우를 해 주시려는 것은 알겠습니다만 그게 더 불편합니다."

파사드는 지금보다 어렸던 시절 윈포드 경 아래에서 기사 수행을 했다. 윈포드 경은 정치적인 부분에 관심이 없는 깐깐한 사내였는데, 브류나크라면 더 혹독한 훈련도 견뎌 내야 한다는 말도 안 되는 주장을 해 이보다 열악한 환경에 처한 적도 많았다.

빤히 파사드를 바라보던 나크타가 껄껄 웃으며 고개를 끄덕였다.

"예. 그럼 다음 주부터 바로 숙소 배정을 받으실 수 있도록 조처하겠습니다."

나크타는 파사드가 피곤해한다는 것을 알아차리곤 즉각 주의 사항으로 넘어갔다.

"아직 잘 모르시겠지만 이곳 사람들은 굉장히, 무어라 할까요, 아닌 것 같아도 몹시 폐쇄적입니다. 지역 감정의 골이 굉장히 깊지요. 또 훈련받은 이들은 여자 남자 할 것 없이 성격들이 난폭하니 조심하셔야 합니다. 대륙 사람들을 좋아하지 않는 시친인들도 많습니다. 유학을 목적한다 하셔서 이스크라에 손을 써 두기는 했지만 언제든지 그만두셔도 됩니다. 이스크라의 학장은 라르크의 문화에 대해서도 충분히 알고 있으니 필요하신 게 있다면 그에게 직접 말하셔도 됩니다."

나크타는 파사드가 왜 시친까지 왔는지 라거나, 그의 사적인 이야기를 내밀히 캐묻거나 하지 않았다. 파사드는 그 점이 마음에 들었다.

"그리고 이스크라에 재학 중인 해군 장교 재학생들 중에는 시친 고관 장성들의 자제들도 많습니다. 좋은 교우 관계를 다져 놓으시면 분명히 나중에 도움이 될 겁니다."

"염두에 두지요."

일찍이 기본적인 사항들은 파사드 역시 숙지했다.

그들이 모르가나에 의해 육지에서 밀려난 민족이라는 것, 피부가 조금 까맣다는 것을 빼면 생김새는 북부 테메르인과 다를 게 없다는 것, 문자가 조금 다르다는 것, 기사 문화가 발달한 대륙과는 다르게 조선과 해군 문화가 타의 추종을 불허한다는 것, 그리고 세상 모든 왕국들을 통틀어 가장 당황스러운 체제를 가지고 있다는 것.

아니, 시친은 왕국이라 하기도 모호했다.

시친에는 왕도 없고 세습 작위도 없다. 가문과 작위가 동등한 힘을 가졌다 믿어 살아온 파사드는 그 부분을 이해하기가 몹시 힘들었다. 이들을 통솔하는 태수와 삼 제독은 심지어 투표로 선출되는 종신제 직업이었다.

나크타는 처음 이곳에 발령받아 네 섬의 지도자들을 만났을 때, 도대체 누구에게 먼저 인사를 건네야 할지 몰라 망신을 당했었다는 자신의 경험담까지 곁들여 가며 열성적으로 설명했다.

"어차피 파사드 님께서는 제독들을 만날 이유가 없으니 심려 놓으셔도 됩니다. 하지만 알아 두시는 건 좋겠지요. 일단은 행정 장관인 태수와 삼 제독이 이곳의 가장 높은 실권자들입니다."

'제독이라⋯⋯.'

"그리고 이곳에서는 말이 아니라 웬만하면 노새를 타거나 인력거를 타고 다닙니다. 말이 귀하기도 하지만 있는 말도 크기가 작아 노새보다 조금 더 나은 정도라. 코끼리도 타지요."

"아, 노새와 코끼리라니. 코끼리는 남부의 코가 긴 짐승 아닙니까?"

파사드가 살며시 인상을 찌푸리자 나크타가 덧붙였다.

"이곳에서는 노새나 코끼리를 타고 다니는 것이 불명예스러운 일이 아닙니다. 노새는 일상적인 것이고, 코끼리를 타고 다니는 이들은 보통 높은 장교들이라 보기 쉬운 광경은 아닐 겁니다."

시친은 농부보다 어부가 더 부유하고, 기사라는 개념도 없었다. 오직 해군과 그들을 뒷받침하는 해병으로 이루어져 있다 했다.

경이라 불릴 일도, 후라 불릴 일도 없다. 몇 가지가 당혹스럽기는 했지만 파사드는 그 점들만큼은 마음에 들었다.

"앞으로 잘 부탁하겠습니다."

"영광입니다. 정말 어찌나 영광인지……. 시친에서 브류나크의 유일 후계를 뵙게 될 줄이야. 정말이지 제가 이곳에 온 후……."

나크타는 수다스러웠다. 얼마간 이야기를 듣는 체 앉아 있던 파사드는 일어설 틈만 찾았다.

대사관의 귀빈실에 임시로 짐을 푼 파사드는 이튿날부터 근방을 돌아다니기 시작했다.

몹시 바쁜 나크타는 그 와중에도 '브류나크의 귀한 몸' 따위를 운운하며 사람을 예닐곱이나 붙여 보내려 했지만 그런 호화스러운 대접은 브류나크 공저에서도 받지 않는 것이다. 파사드는 간결하게 대사의 호의를 쳐 낸 후 약간의 여비를 받아 언덕 아래로 내려왔다.

침엽수림을 본따 날카로운 비장미가 넘쳐 나는 북부의 건물들과 달리 둥글고 하얀 건물들을 사이사이를 지나는 동안 눈이 부셨다. 가뜩이나 흰 건물들이 흰 햇살에 도화지처럼 빛났다. 대체적으로 건물들은 삼 층 이상의 집들이 대부분이었다.

길을 잃지 않기 위해 최대한 큰 길을 따라 걸어 다니는 파사드에게서 외부인의 냄새를 맡기라도 한 것처럼 작은 꼬마 아이들이 따라

다니기 시작했다. 파사드는 제 키의 반밖에 오지 않는 어린아이들에게 잠깐 관심을 준 후 해안가로 향했다.

조금 걷다 보니 더웠다. 여비를 넣어 둔 얇은 코트를 벗어 팔에 걸친 파사드는 해안에 이르러 웃통을 벗고 물장구를 치는 여자들과 아이들을 발견하고 확 얼굴을 붉혔다.

새삼스레 적응이 되지 않았다. 부러 시선을 먼 곳에 두며 파란 하늘과 접경한 해협을 응시하는데 팔 아래로 묵직한 느낌이 들었다.

파사드의 시선이 비스듬 아래로 향했다.

"여행객? 여행객?"

시친 특유의 고저가 섞인 억양의 물음이다. 눈을 마주치고 보니 꽤 아까부터 그의 뒤를 졸졸 따라오던 소년 두 명이었다. 햇볕에 쬐그을린 까무잡잡한 얼굴의 소년들을 번갈아 보던 파사드가 고개를 끄덕였다.

"안내! 안내해 주면 은화 세 닢, 미역 다발 세 묶음."

느닷없는 말이 당황스러웠지만 파사드는 담담히 대꾸했다.

"안내는 괜찮아."

그러자 소년들이 정신 산만하게 파사드의 주위를 깡충깡충 뛰어다니며 노래를 부르기 시작했다.

"고마워. 고마워. 여행객, 고마워."

노랫소리가 산만했다. 어떤 소년에게 시선을 둬야 할지 몰라 두리번거리는데 소년들이 서로의 손을 잡고 저편으로 달음박질하기 시작했다.

'어?'

얼떨떨하게 멀어지는 소년들의 뒤통수를 바라보고 있는데 불쑥 낯선 이의 음성이 뒷목에 얹혔다.

"쟤네들 저대로 보내면 후회할걸?"

고개를 돌리자 금발의 진한 갈색 눈동자를 한 까무잡잡한 청년이 서 있었다. 청년은 대부분이 옷을 벗어 재낀 다른 이들과 달리 하얀 반팔 상의와 긴 검은 바지를 입은 채였다.

누구냐고 물어야 할지, 왜냐고 물어야 할지 잠깐 고민한 파사드는 후자를 택했다.

"왜?"

청년이 까무잡잡한 손가락을 들어 주머니를 가리켰다. 파사드는 무심코 외투 안의 주머니에 손을 넣었다. 주머니가 이상하리만치 가벼웠다.

얼마간 더듬거리던 파사드가 정색하며 홱 고개를 돌려 소년들이 사라진 방향을 좇았다. 그러나 이미 아이들의 모습은 흔적도 없었다.

소매치기를 당해 빈털터리가 되었다는 것을 인정하는 데에는 오래 걸리지 않았다.

'이게 뭐야.'

생전 겪어 본 적이 없던 일이었다. 시친의 경비대에 말해야 하는 건지. 그렇다면 경비대 초소는 어디에 있는지. 별안간 벌어진 사태에 한참을 오도카니 섰던 파사드는 그대로 해안가의 야자 그늘 아래 엉덩이를 붙였다.

"안 쫓아가?"

아무리 이런 경험이 없다 해도, 제대로 알지도 못하는 지리를 헤치고 좀도둑을 잡아낼 수는 없는 일인 걸 알았다. 따라가 봐야 우스꽝스러운 꼴만 될 것이다.

"부자야?"

정체 모를 청년이 떠나지 않고 자연스럽게 옆자리에 앉았다.

나이는 얼추 열일고여덟쯤 되어 보였다. 섰을 때도 커 보였지만 앉은키는 파사드보다 손바닥 반 뼘 정도나 더 컸다. 드러난 팔뚝이나 종아리를 보건대 훈련받은 이였다. 험한 직업을 가지기라도 한 듯이 청년의 몸엔 흉터도 많아 보였다.

그리고 말이 많았다.

"대륙에서 온 상인이야? 동도에는 처음 온 거지? 켈레티 올다의 꼬마 애들이 뭉쳐 다니면서 날치기하고 다니는 거, 유명한 수법이라 대륙 상인들도 웬만해서는 알거든. 켈레티 올다의 아이들과 이스자키 올다의 노인들은 승냥이라는 얘기, 못 들어 봤어?"

"……넌."

"아, 소개가 늦었네. 나는 델 오스작 출신 게헨이라고 해. 모처럼 산책이나 할까 하고 나왔는데 멀리서 보니 딱 한눈에 너 등쳐 먹히겠다 싶더라고. 내 예감이 틀리지 않더라니까."

델 오스작이라면 남도南島였다.

조금 전 눈 뜨고 코가 베여 나간 터라 파사드는 친근하게 굴어 오는 청년에게도 쉬이 경계심을 풀지 못했다. 게헨은 바다를 향해 양팔을 쩍 벌려 기지개를 켜며 놀렸다.

"빈털터리 주제에 너무 경계하는 거 아니야?"

파사드의 얼굴이 불그스름 달아올랐다. 빈털터리라는 말이 왜 그리 적나라하게 느껴지는지 모를 일이었다. 실제로 파사드는 지금 동화 한 닢 없어 대사관으로 돌아갈 때까지 꼴딱꼴딱 침만 삼켜야 할 판이었다.

파사드는 애써 표정을 지웠다.

"네가 신경 쓸 일이 아니라고 생각하는데."

청년은 그의 말을 깡그리 무시했다.

"이쪽 해안가는 사람들이 자주 오지 않는 해안가인데 탁월한 선택이야. 원래 여행은 남들 모르는 데를 돌아다니는 게 최고지. 난 아직 군도 밖으로 나가 본 적은 없지만 사 군도는 웬만큼 돌아다녀 봤거든. 동도에서는 여기 해안이 최고로 아름다워. 해가 뜰 때가 제일 절경인데 뭐, 오늘 여기서 너랑 밤샐 수는 없으니까. 나중에 기회 되면 혼자라도 보러 와. 아니, 아니다. 내일 뭐 해?"

"알려 줘서 고맙지만 됐어."

"뾰족하게 굴긴. 공짜로 해 준다는 거 아냐. 내가 예전부터 대륙에 관심이 되게 많았거든. 대륙 얘기 좀 해 줘. 같이 놀자. 어차피 나는 시간이 많고 너는 동행이 없는 거 같으니까 실례될 일도 없을 거 같고. 아, 불쾌했다면 사과할게."

상대가 장난기를 지우고 정중하게 나오자 파사드는 조금 계면쩍은 기분이 들 수밖에 없었다.

"뭐…… 음."

"그나저나 여행 다니고 있는 거야? 어디어디 가 봤어?"

"어제 도착했어."

"시친에는 왜 왔어?"

그 질문은 파사드가 가장 피하고 싶은 종류의 것이었다.

"그냥."

"그냥? 대륙인들은 배 타는 거 싫어한다고 들었는데."

파사드 역시 지독한 뱃멀미를 겪었다. 이해가 가는 편견이다. 그러나 이해에 앞서 파사드는 개인적인 일을 아무렇지도 않게 캐묻는 청년이 못마땅했다.

"내일은 뭐 할 거야? 할 거 없으면 같이 놀까?"

"……별로."

불신이 가득한 파사드의 얼굴을 가만 들여다보던 청년은 끈질기지는 않았다. 대신 주머니를 뒤적거려 하얀 가리비 껍질을 꺼내 내밀었다.

"이거 가져."

얼결에 손가락 두 마디만 한 크기의 넙적한 조개껍질을 건네받은 파사드의 눈에 의아함이 떠올랐다. 가리비 껍질 안쪽에는 어떤 무늬가 새겨져 있었다. '도티'라고 쓰여 있는 것처럼 보였다.

파사드로선 짐작도 가지 않는 물건이었다.

'화폐?'

그러나 아무리 바다사람들이라고 해도 조개껍질을 화폐 삼지는 않을 것이다. 껍질 안쪽을 바라보는 파사드를 그윽하게 응시하던 청년이 해안 도로 안쪽의 골목을 턱짓했다.

"저기 골목 보여?"

파사드가 그의 시선을 따라 고개를 들었다.

"……?"

"시친에 대해서 알고 싶어지면, 이거 들고 저 안쪽 골목 두 번째 입구에 있는 술집으로 와. 게헨이 줬다고 말하면 돼. 찾아오면 다른 사람들 모르는 재미있는 것들 많이 알려 줄게. 좋은 사람들도 많아."

파사드는 이게 또 다른 속임수는 아닐까 진중히 고민했다.

대륙에서는 반트당의 호전적인 영식들을 제외한 거의 대부분의 사람들이 그에게 친절했기 때문에 친절 자체가 의심스럽지는 않았지만, 게헨이라는 청년의 적극성은 의심할 만했다.

그러건 말건, 게헨은 엉덩이를 털고 일어섰다.

"웃차."

파사드는 후드득 날리는 모래 먼지에 눈살을 찡그리며 그를 올려다보았다. 게헨은 기지개를 켜며 길게 몸을 늘인 후 담백하게 조언했다.

"아, 그리고 돌아갈 때 시가지 쪽으로는 가지 않는 게 좋을 거야."

"왜?"

"오늘 뵈르게트 제독의 함선이 들어왔거든. 그래서 시가지 길이 전부 통제되고 있어."

"제독 함선?"

"응. 한 달 동안 뉴가트, 델 오스작, 이스자키 올다를 다 돌고 오늘 되돌아왔어. 난리지, 뭐. 제독 함선들이 다 거기서 거긴데 뭐 그리 대단하다고."

"……그런 얘기 들은 적 없는데."

일이 있다면 분명 나오기 전에 나크타나 시종들이 일러 줬을 터였다. 거기까지 생각하던 파사드는 문득 그가 나크타의 말이란 말은 죄다 흘려 버리고 나왔다는 사실을 상기했다.

"시친에 오자마자 상습 소매치기 꼬맹이들한테 죄 벗겨 먹혔으면서 뭘 그리 잘 안다는 듯 말해? 이런 것도 의심하는 거야? 너 의심 엄청 많구나? 그거 병 아냐?"

라르크에서라면 즉각 무례함을 지적하고 화를 냈을 테지만 지금 이곳은 라르크가 아니었다. 어떻게 반응해야 할지 몰라 내심 우왕좌왕 거리는데 게헨이 혀 차는 소리 내며 턱을 까딱였다.

"너 지금 갈 거야? 그러면 지름길을 알려 줄게."

게헨의 굳은살 배긴 까무잡잡한 손가락이 바다 쪽으로 뻗어졌다.

파사드의 시선을 사로잡은 그의 손끝이 느리게 반원을 그리며 왼편으로 미끄러졌다.

"저어기."

계헨이 가리킨 방향은 하얀 백사장의 끝자락으로 파사드가 온 곳의 정반대 방향이었다. 눈을 올린 파사드는 까마득히 멀리, 언덕 위에 보이는 대사관을 올려다보았다. 대사관은 높은 지대에 있어서 어디에서도 보이기 때문에 찾아가지 못할 일은 없었지만, 돈도 한 푼 남지 않았으니 가까운 길이 있다면 사양할 이유가 없었다.

"저쪽으로 가면 경사가 언덕으로 향하는 계단 입구가 나올 거야. 경사가 가팔라서 힘들기는 하겠지만 장담하는데 네 체력만 따라 준다면 훨씬 빨리 도착할 거야. 아, 아니다. 그냥 내가 입구까지 데려다줄게. 가는 길에 안 좋은 풍경이 있을지도 모르거든."

'안 좋은 풍경?'

계헨을 따라 백사장을 벗어난 파사드는 길게 이어진 좁은 해안 도로를 따라 걸었다. 그리고 얼마 지나지 않아 계헨이 말한 '안 좋은 풍경'이 무엇인지 알게 되었다.

가장 먼저 그를 덮친 건 냄새였다. 썩어 가는 고기 냄새, 누린내 섞인 피 냄새…….

해안 끄트머리, 바위들이 험준한 길목 한편에 사람의 시체들이 악취를 풍기며 썩어 가고 있었다. 파사드는 내심 충격받았다. 새파란 바다를 배경으로 늘어진 구역질 나는 시체들은 토기를 참아야 할 만큼 끔찍했다.

계헨이 설명했다.

"아까 이 해안에 사람이 잘 안 온다고 했잖아. 죄인들의 시체를 버리는 데가 가까워서 그래. 오늘은 바람이 반대로 불어서 몰랐겠지만 가끔은 시체 냄새가 이 근방을 다 뒤덮거든."

한두 구의 시체가 아니었다. 뒤늦게 파사드가 코를 틀어막으며 물었다.

"무슨 죄를 지었길래……? 너희는 시체를 이렇게 처리하나?"

라르크에서 보통 저렇게 시신을 내버릴 정도의 죄란 왕을 노하게 한 반역뿐이었다.

"글쎄…… 죄목은."

게헨은 어깨를 으쓱한 후 입을 다물었다.

그 후로 얼마간 더 걸어 악취가 느껴지지 않을 만큼 멀어지니 좁은 골목이 모습을 드러냈다. 그 골목은 언덕의 끄트머리에 즉각 닿는 회색 계단으로 이루어져 있었다.

고개를 젖힌 파사드의 눈에 대사관의 하얀 건물이 이국적인 위엄을 뽐내는 모습이 보였다.

게헨이 생글생글 웃으며 작별을 고했다.

"어쨌든 만나서 반가웠다. 이것도 인연인데 생각 있으면 찾아와."

파사드는 고개만 까닥여 인사를 대신했다. 콧노래를 흥얼거리며 멀어지는 게헨을 뒤로한 채 계단에 발을 올린 파사드는 몇 걸음 걷다 말고 뒤돌았다.

'그런데…… 대사관에 머문다고 말을 했던가.'

단순히 외국인이라 대사관으로 안내한 걸지도 모른다. 붙잡아 묻기에는 이미 게헨은 멀찌감치에 있었다.

대사관에 도착했을 때는 해가 뉘엿뉘엿 저물 무렵이었다. 하얀 건물은 노을빛 번진 다홍빛으로 빛났다. 담장을 짚은 파사드가 숨을 헐떡였다. 가파른 계단 수백 개를 쉬지 않고 걸어 올라왔더니 숨이 턱 끝까지 찼다.

대사관으로 들어가기 전에 다시 한 번 차림과 호흡을 정돈하기 위해 멈춰선 파사드의 귀에 인기척이 울렸다.

시친인이 분명한 그을린 피부를 한 금발의 여자가 대사관에서 나오고 있었다. 곧 라르크의 대사인 나크타가 대사관의 입구까지 따라나왔다.

'누구지.'

여자의 등 뒤로 머리를 바짝 깎고 체구가 좋은 제복 군인 여럿이 뒤따르고 있다. 군인들과 여자의 견장에는 닻과 매와 닮은 새 한 마리가 조금씩 다른 모양으로 그려져 있었다. 그것만으로도 여자가 대사관에 방문한 주빈이라는 것을 짐작하는 건 어렵지 않았다.

그들은 나크타에게 약식 경례를 붙인 후 언덕 아래로 내려갔다.

생전 처음 보는 여자인데 묘하게 낯이 익었다. 가만 기억을 더듬으며 멀어지는 그들을 바라보고 있으니, 그들을 전송하고 돌아가려던 나크타가 파사드를 발견했다.

"브류나크?"

나크타는 다람쥐처럼 깡충깡충 달려왔다.

"브류나크께서 예서 뭐 하십니까?"

마냥 감읍한 목소리였다.

"……잠시 근처를 돌아보고 왔습니다."

파사드가 서 있는 담장 너머를 쭉 목을 빼고 바라보던 대사가 물었다.

"한데 왜 여기 서 계셨습니까?"

"저쪽 해안가로 내려갔다가 지름길이 있어 그리로 온 참입니다."

"지름길이라면…… 저쪽 옆길로 말입니까?"

나크타의 표정이 묘하게 찡그려졌다.

"그쪽 길은 여러 가지 이유로 잘 쓰이고 있지 않습니다. 치안도 그다지 좋지 않고요. 다음부터는 조금 돌아오더라도 정문으로 오시는 편이 낫습니다."

파사드 역시 딱히 다시 저 정신 나간 높이의 계단 길을 이용하고 싶은 생각은 없었다. 파사드가 먼저 화두를 돌렸다.

"저자들은 누굽니까?"

"아, 오늘 삼 제독 중 한 분인 제독 뵈르게트의 함선이 켈레티 올다 항만으로 되돌아왔습니다. 그러고 보니 말씀을 못 드렸군요."

제독 뵈르게트라면 델 오스작의 지도자였다. 게헨이라는 청년의 말이 사실이었던 모양이다.

"아이쿠, 제 정신 좀 보십시오. 브류나크께서 방문해 주셨다는 말에 델 오스작의 제독이 사람을 보내었습니다. 조금 더 빨리 오셨더라면 인사 나누실 수 있었을 터인데요."

"……저 여성 말입니까?"

파사드는 최대한 불쾌감을 내색 않았지만 짧은 찰나 눈치 빠르게 알아차린 나크타가 손사래 쳤다.

"브류나크를 얕잡아 여자를 보낸 것이 아닙니다. 차차 알게 되실 테지만 저 여자는 지금 삼 제독 중 한 명인 산테라 뵈르게트의 딸로, 전에 없는 승진을 해 스물셋을 겨우 넘은 나이에 세 개 중대와 한 척의 함선을 지휘하고 있습니다. 카헤이아 뵈르게트라면 시친의 사 군도 내에서 어마어마한 인기를 호가하지요."

제독의 딸이 함대를 지휘한다는 것이 뭐가 그리 대단하다는 건가.

"인기?"

"굉장히 많은 군도민들의 지지를 받고 있습니다. 이곳에서는 가문을 중시하지 않는 만큼 개인의 역량에 따라 평가되는 일이 많은데,

시친 행정과 군권에 가까울수록 군도민들의 높은 지지를 받는 경우가 비일비재합니다."

파사드가 표정을 지우자 나크타가 재빠르게 덧붙였다.

"정말이지 장래가 촉망되는 여자지요."

시친은 정말 희한한 곳이었다.

그날 밤 잠에 들기 전, 푹신한 이불에 파묻힌 파사드는 널브러져 있던 시체들을 떠올렸다. 어느 순간부터 움튼 내면의 불신이 뿌리 깊은 의문들을 일으켜 세웠다.

세상이 죄인이라 말하는 자들이, 정말로 모두 유죄였을까.

❖ᐧ◈ᐧ❖

대사의 호의로 입숙하게 된 이스크라는 해군과 해병을 키우는 사관학교였다.

동도 켈레티 올다의 시가지에 위치해 있었고, 규모는 조금 과장해 뭐아드로 왕궁의 삼분지 이의 규모에 필적했다. 이스크라의 지붕이 켈레티 올다 시가지 어디에서나 보인다 말해도 믿음이 갔다.

이스크라의 뒤편에 위치한 숙소 환경은 괜찮았다. 벽에서 석회가 긁혀 나오기는 했지만 전체적으로 깨끗하고 통풍이 잘 되어 만족했다. 다만, 불만인 것을 꼽으라 한다면 리오낙을 들고 다닐 수 없다는 점이었다. 개인 무기는 숙소 밖으로 가지고 나올 수 없다는 규정 탓이었다.

당연한 말이지만 이스크라의 기숙사에 들게 되었다고 해서 파사드의 삶이 크게 바뀐 것은 아니었다. 파사드는 국외인이었으므로 시친 군도민들이 받는 해군 교육이나 해병 교육은 받을 수 없었다. 파사드에게 허락된 수업은 대륙사와 공용어 수업이었는데, 공용어는 그의 모국어와 같으므로 들을 필요가 없었다. 그래서 그의 시간표는 일주일에 두 번 대륙사 수업을 듣는 것이 전부였다.

대사 나크타는 파사드가 대사관을 떠나는 날 아침까지도 언제든지 포기해도 좋다며 당부했는데, 파사드는 처음에는 그의 걱정이 지나친 것이 아닌가 언짢았다. 그러나 이스크라에 들어간 지 나흘 만에 그 이유를 절감했다.

이스크라에 든 지 한 달하고 보름, 대륙사 수업이 끝났다. 해군 장교직과 교수를 겸하는 덩치 큰 남자가 교실 밖으로 나가기 무섭게 비쩍 마른 해군 학도 중 한 명인 에즈가가 여김 없이 파사드의 주위를 알짱거리기 시작했다.

"어이, 외지인!"

이스크라는 시친 사회 속의 또 다른 작은 사회였고 파사드는 완벽한 이방인이었다. 햇볕에 그을려 까무잡잡한 그들과 달리 하얀 피부와 새까만 흑발은 이질이었다. 저들은 이방인이라는 이유 하나로 조롱을 던져 대는 것도 서슴지 않았다.

"저 희멀건 녀석은 왜 수업만 끝나면 벙어리야?"

파사드는 못 들은 체 자리를 정리했다.

그때 교실 문이 열리는 것과 동시에 또 다른 목소리가 끼어들었다.

"아, 시끄럽다 했더니 역시 에즈가 놈이었네. 이런 짜증 나는 감은 틀리는 법이 없다고 내가 그랬지?"

키가 크고 까무잡잡한 제복 청년 둘이 느긋하게 문을 열고 들어왔다. 지난 한 달 보름 동안 같은 수업을 들었기에 그들을 알아보는 건 어렵지 않았다.

먼저 들어온 바짝 깎은 갈색 머리칼 사이로 그을린 두피가 보이는 청년은 장성급 해군 부함장의 아들인 린호크 노라반트, 꽁지머리를 내린 다른 한 명 역시 해군 장교의 아들인 카겐 바이나였다.

"에즈가 네 녀석 입에 고동을 달아 주면 선장들이 아주 좋아할 거야. 그쪽으로 전향할 생각 없어?"

"안 닥쳐?"

"삑하면 나더러 입을 닫으래? 명령하지 마."

청년들의 갈등을 무시한 파사드는 짐을 챙겨 일어섰다. 그가 몇 걸음 떼기도 전에 등 뒤에서 듣도 보도 못한 욕지거리와 더불어 빈정대는 비수들이 마구 날아다니기 시작했다.

"린호크, 이 개새끼. 지난번 훈련 성적 좋다고 칭찬 몇 마디 듣더니 아주 기고만장해졌네? 겉멋만 든 켈레티 놈."

"네 벌점이 갑판 청소의 수준을 넘어선 걸로 아는데 잊어버렸냐?"

"무서워 내뺄 것 같냐? 벌점이 채점표를 뚫고 올라가 밧줄에 묶여 입수를 해야 한대도 네 놈 깐죽대는 건 손봐 주고 가야겠다."

"네가 나를 손봐 줘? 너야말로 뉴가트 출신인 거 티내지 마라. 혈기만 앞서는."

"야아, 얘들아, 들었어? 저거 하는 말."

에즈가는 교실에 남아 있던 서도 뉴가트 출신의 아이들을 선동하기 시작했다.

새삼스럽지도 않은 흔한 풍경이다. 파사드는 지난 한 달 보름간 저와 비슷한 일들을 숱하게 보아 왔다.

이스크라의 해군 해병 지망 학도들은 심한 고질을 앓고 있다.

"헛바람만 든 켈레티 올다의 거렁뱅이 새끼가."

"뉴가트는 도적 소굴이라며? 불온 분자들이 죄 거기서 뭉친다던데? 너도 조심해라. 해군 헌병들이 뉴가트 출신들 벼르고 있다는 소문이 파다하니까."

동도 켈레티 올다, 서도 뉴가트, 남도 델 오스작, 북도 이스자키 올다. 네 개의 섬에서 모인 그들은 출신 성분에 따라 파벌을 나눈 뒤 파벌 싸움을 하느라 정신이 없었다.

그들의 갈등을 최대한 무시하는 파사드에게도 영향은 미쳐서 이스크라의 이 인실 기숙사에 머물게 된 지 이제 곧 한 달 하고도 보름 사이 두 번이나 동거인이 바뀌었다.

첫 번째 동거인은 해병대에 지원해 해병 교육을 받던 북도 이스자키 올다 출신의 학도로, 서도 뉴가트 출신의 두 살 어린 소년을 두들겨 패 강제 퇴학을 당했다. 그리고 두 번째로 들어온 동거인은 서도 뉴가트 출신의 열아홉 살 먹은 학우였는데 첫 번째 동거인과는 반대로 무리에서 배척당해 이스크라를 떠났다.

이스크라의 기숙사로 되돌아간 파사드는 커튼을 걷었다.

창밖으로 낮게 박힌 건물들이 보였다. 눈부신 하얀빛이 하늘과 바다와 어우러진 이곳은 서른여섯 열주가 늘어진 사원이 있는 곳도 아니었고, 차가운 성 주위로 청동 울타리가 늘어선 곳도 아니었다.

그가 살아온 세상과 조금도 다르지 않은 풍경. 다른 유일한 것이 있다면 그건 동이 트고 해가 지는 바닷가, 붉은 빛에 몸 부딪치는 흰 벽들과 백사장의 조개껍질처럼 하얀 구름들, 그리고 바람의 열기뿐이다.

고작 두 달도 되지 않는 시간 이곳에 머물며 파사드는 시친에 대한 흥미를 완전히 잃어버렸다.

뮈아드로로 보낼 시답잖은 편지를 적기 위해 펜을 놀리던 그는 문득 서랍 속에 내팽개쳐진 하얀 가리비 껍질을 발견했다. 처음 시친에 왔을 적 그에게 친근히 말을 붙였던 청년이 준 것이다. 그의 미간이 구겨졌다 펴졌다 찡그려졌다 느슨해졌다를 반복했다. 창밖으로 고개를 돌린 파사드는 기울어 가는 해를 가늠했다.

아직 저녁 시간이 조금 남았다.

그는 햇빛 가리는 용도의 얇은 외투를 두른 후 하얀 가리비 껍질을 들고 밖으로 나섰다.

청년이 일렀던 주점은 인적 드문 골목의 거의 유일한 점포였다. 다 낡아 금방이라도 떨어질 듯한 미닫이문이 약한 바람에도 끼익 소리를 냈다.

"계헨을 찾는다니?"

낯선 이방인의 등장에 무뚝뚝하게 답하던 주점 주인은 파사드가 쥐고 있는 하얀 가리비 껍질에 표정을 바꾸었다. 파사드가 그것을 건네자 주점 주인이 유심히 가리피 껍질 안쪽을 살피더니 말했다. 혹 또 놀림당한 건 아닐까 하는 불안감이 피어오를 무렵이었다.

"아무 데나 앉아 있어라."

대낮에도 빛이 잘 들지 않아 어두컴컴한 공기는 먼지를 마시는 것처럼 퀴퀴했다.

가끔 바람이 크게 불면 역한 냄새가 밀려왔지만 금세 술 냄새와 연초 연기에 삭아 사라졌다. 먼저 주점에 자리 잡고 있던 손님들은 그에게 무언의 관심을 보였다. 그럴 만도 했다. 파사드는 이곳에서는 보기 어려운 하얀 피부의 나이 어린 소년이었다.

다행히 기다림은 오래지 않았다. 주점 주인이 하얀 가리비 껍질을 가지고 주점 안쪽으로 들어간 지 얼마 지나지 않아 게헨이 조개껍질이 주렁주렁 걸린 문발을 걷고 나왔다.

지난번 보았을 때보다 조금 더 헝클어진 청년의 금발이 어두운 공기 속에서도 선명히 빛났다. 편안한 반팔에 그날 보았던 것과 비슷한 헐렁한 긴 바지를 동여 묶은 차림이었다.

"어, 왔어?"

마치 어제 본 사람 대하듯 편안한 인사였다.

"이리 와."

첫인사를 어떻게 해야 하나 못내 고민했었던 파사드는 조금 어안이 벙벙했다.

게헨을 따라 주점 안쪽 휘장을 걷고 들어가니 지붕이 뚫린 넓은 공간이 나타났다. 햇볕이 정중앙을 내리쬐는 그곳에는 탁자도 사람도 여럿 있었다. 음침하고 퀴퀴하기까지 하던 실내 공간과는 분위기부터가 달랐다.

게헨은 파사드를 대여섯 명의 젊은 시친인들이 둥글게 앉은 탁자의 빈 의자에 멋대로 앉히더니 미리 앉아 있던 이들에게 소개했다.

"인사해. 내가 초대한 친구야."

그가 등장하자마자 와자지껄 떠들던 시친 청년들이 조용해졌다. 어쩐지 눈초리가 따갑게 느껴졌다.

묘하게 어색했던 짧은 침묵을 깨고 한 청년이 말했다.

"오늘 누구 더 온다는 이야기 없었잖아. 웬 친구? 국외인?"

눈썹이 몹시 진하고 어깨에 문신을 새긴 이였다. 인상에 비하여는 상냥한 말투였다. 게헨이 히죽 웃으며 설명했다.

"라르크에서 왔어. 전에 말했잖아? 그으, 그."

"아."

분위기를 깬 것은 파사드의 건너편에 앉아 있던 젊은 여자였다.

"말도 안 돼, 계헨에게 외국인 친구라니."

여자는 새로 채운 잔을 건네며 인사했다. 머리를 하나로 질끈 묶어 올려서인지, 원래 그리 생긴 건지 눈꼬리가 위로 솟은 게 유독 사나워 보였지만 웃음만큼은 다정했다.

"어쨌든 반가워. 난 뉴가트 출신 지니트 부셰야."

파사드도 계헨이라는 청년과 자신이 친구라는 건 말도 안 된다고 생각했다. 물론 소리 내지는 않았다.

"칼란독."

"칼란독, 모를까 봐 말해 주는 건데 잔을 준다는 건 친하게 지내자는 뜻이야. 자자, 다들 자기소개 해. 내 친구 어색하지 않게."

파사드는 계헨이 멋대로 지껄이게 두었다. 이의 제기는 다른 데서 들어왔다.

"그런데 우리 같은 녀석들이랑 어울릴 만한 사람이 아닌 거 같은데?"

"생긴 걸로 판단하지 말라고, 헤나드. 얘가 이렇게 냉랭하게 생겼어도 순진해서 날치기나 당하고 다니는 애야."

"날치기? 아, 켈레티 올다의 꼬마 도둑들한테 걸렸구나. 이스자키 올다의 늙은이랑 켈레티 올다의 꼬맹이들은 조심해야지."

"신고식은 제대로 했네. 난 수트 도르자라고 해. 뉴가트 출신이다."

계헨의 친구처럼 보이는 나머지 다섯 명들도 차례차례 스스로를 소개했다. 파사드의 왼쪽부터 수트, 파스토, 헤나드, 루게부드였다.

처음 그에게 잔을 내밀었던 젊은 여자, 지니트 부셰를 제외한 나머지 다섯 명은 몹시 우락부락한 전형적인 시친 청년들이었다.

그들은 요란스럽게 웃고 떠들며 자신들을 소개했다. 제각각의 출신에 제각각의 직업을 가지고 있었다. 켈레티 올다 출신부터 뉴가트, 델 오스작, 이스자키 올다까지 전부 있었다. 출신 성분 상관없이 사이좋은 이들은 이스크라의 학도들과는 분위기 자체가 달랐다. 적응이 되지 않을 정도였다.

그들 중에는 정화조를 처리하는 것을 직업 삼은 이도 있었고 직업 없이 여행을 하며 길거리 공연으로 먹고산다 말하는 이도 있었다.

"너는 뭐 하는 애니? 어떻게 게헨이랑 알게 된 거야?"

"우연히."

"게헨 파트라논, 너 한동안 쏘다닌 이유가 다른 친구 사귀느라 그런 거였나? 배신자."

"파트라논?"

파사드는 별생각 없이 되물었다. 그런데 순간 이상하다 느끼지 않을 수 없는 침묵이 그들 사이에 놓인 탁자를 눌렀다. 게헨이 어색한 웃음소릴 내며 뒷머릴 긁적였다.

"아, 뭐."

지니트가 금세 상황을 짐작하고 설명했다.

"아아, 파트라논. 게헨 파트라논이 저 녀석 이름이야. 게헨, 넌 어떻게 이름도 제대로 안 가르쳐 줬어? 친구라더니."

"……그게 뭐 중요한가. 잔소리는. 그 이쁜 입술 두고 계속 잔소리하면요. 난 이렇게 할 거거든요?"

게헨은 놀리듯 지니트의 불퉁한 입술에 짧게 쪽 입 맞춘 후 낄낄거렸다. 지니트가 사납게 소리치며 들고 있던 술잔을 게헨에게 집어던졌다.

"야! 너 진짜 혼날래? 더럽게 주둥이를 어디다 비벼?"

"느리다! 느려!"

게헨은 얄미우리만치 날쌘 동작으로 피했다. 느닷없는 그의 애정 표현과 과격한 지니트의 반응에 놀란 것은 파사드뿐이었다. 곧 야유의 분위기로 바뀌고 이상했던 침묵은 씻은 듯 잊혔다. 파사드도 잊었다.

이스크라의 시친과 다른, 이들의 시친은 마음에 들었다.

게헨과 그 친구들이 나름의 교양과 학식을 배우는 이스크라의 학도들보다 훨씬 거친 것은 두말할 필요도 없었다.

"한 잔 더!"

탁자를 세게 잔으로 내리쳐 대는 바람에 술들이 다 흘러넘쳐 흥건했다. 거품이 보글보글 흘렀다. 파사드는 몇 번 제게 튄 술을 손수건으로 닦아 내다 포기했다.

기실 라르크에서라면 저런 이들과 나란히 마주 앉는 것 자체가 있을 수 없는 일이었지만 시친 특유의 수평적인 분위기 탓에 큰 위화감은 들지 않았다. 매일이 전쟁터 같은 이스크라의 분위기에 넌덜머리가 났기 때문에 이런 분위기에 너그러워진 걸지도 모르겠다.

시간이 흐를수록 술잔들은 더 빠르게 채워지고 더 빠르게 비워졌다.

코끝까지 벌게진 우락부락한 루게부드가 장난기가 발동한 것처럼 발을 구르며 악기를 치기 시작했다. 길쭉한 원통 양면에 가죽을 덮어 꿰맨 악기였다. 가장 비슷한 악기를 꼽으라면 북처럼 생겼다.

몸집 큰 청년이 웃통을 벗고 어깨를 들썩이며 악기를 때리는 모습이 우스꽝스러웠다. 보다 근육질인 파스토가 그의 옆에서 덩실덩실 춤을 추는 건 더더욱 재미있었다.

그러는 사이에도 앉아 깔깔대는 이들의 대화는 이어졌다.

파사드는 한 귀로는 짤랑짤랑 둥둥 울리는 그들 특유의 악기 연주를 듣고 한 귀로는 탁자에 남은 이들의 이야기를 들었다.

"저거는 술만 들어가면 징그럽게 춤을 춘다니까. 하기야 허리 뻣뻣한 거 봐. 저건 글렀어. 못 써먹어."

"푸하핫, 파스토가 들을라."

"들으라고 하는 말이야. 아, 그나저나 수트, 네가 집에 다녀오는 게 내일모레던가? 뉴가트로 뜨는 배 시간이 어떻게 되더라? 오래 있다 오지?"

"내일 동 틀 때. 그런데 새벽에 비 올 거 같다더라. 너희는?"

"조금 더 상황 지켜보고. 어차피 게헨이 있으니까 괜찮겠지."

"혹시 모르니 조심해. 요즘 단속이 심해졌더라……. 음, 이 이야기는 나중에 하는 게 낫겠다."

수트와 지니트의 눈이 아주 잠깐 파사드에게로 향했다가 서로에게로 되돌아갔다.

'단속?'

그러나 깊게 생각할 새도 없이 게헨이 그의 어깨를 툭툭 치며 일어섰다.

"이리 와 봐. 좋은 거 보여 줄게."

막 춤을 추며 근육질 팔뚝과 골반을 자랑하던 파스토가 답지 않게 귀여운 목소리로 그들을 붙잡았다.

"어디 가? 어디 가냐? 어디 가는데?"

게헨이 안내한 곳은 건물의 가장 높은 옥상이었다.

사실, 그들이 선 건물의 천장은 지붕 없이 뻥 뚫린 형태였기에 옥상이라고 하기도 뭐했다. 좁은 꼭대기는 사람 두 사람이면 꽉 찰 너비였다.

바깥쪽으로는 바닷가와 백사장의 풍경이, 안쪽으로는 술과 춤과 음악에 빠져 정신을 잃은 이들의 풍경이 보였다.

양손을 주머니에 푹 꽂은 게헨은 옥상 난간에 기대어 아래층의 친구들에게 다정한 인사를 건넸다. 작작 처마셔라. 이제 해 진다. 그런 무례한 다정함이다.

파사드가 물었다.

"여기는 왜?"

"기다려 봐. 인내심이 없네, 이거."

파사드는 조금 기분이 상해 입술을 꾹 다물었다. 인내심이 없다니, 파사드는 어릴 때부터 인내심과 평정심을 최우선으로 교육받은 브류나크의 후계자였다.

곧 슬슬 해가 저물어 하늘 반대편은 납빛을 띠기 시작했다. 가장자리로 번져 가는 노을 울음 새새로 성격 급한 별들이 총총 빛났다. 취하지는 않았으나 술을 마신 여파인지 문득 고향 생각이 났다.

파사드가 이런 저런 생각을 하는 동안에도 게헨은 일 층의 청년들을 내려다보며 낄낄거리느라 바빴다. 그러다 고개를 들어 한 치의 흐트러짐도 없는 자세로 선 파사드를 바라보며 미소 지었다.

"의심은 그만하고 좀 웃어. 사람이 소통하는 데 감정 표현을 하는 건 아주 중요한 문제야. 가만 보니까 우리 형이랑 같은 과인 거 같아서 불쌍해서 그래."

"뭐?"

"어깨에 힘 좀 빼라고. 이리 내 옆에 서 봐."

게헨이 느긋하게 손짓했다. 내키지 않았지만 궁금했던 터라 파사드는 말없이 그를 향해 걸어갔다. 파사드가 다가오자 한 걸음 물러선 게헨이 파사드의 어깨를 잡아 끌어 꼭 조금 전, 그가 서 있던 곳에 파사드를 세웠다.

"여기 해안가가 정말 좋다고 했잖아. 전에도 말했지만 해 뜰 때 풍경이 가장 예뻐. 그런데 네가 새벽에 여명을 보려고 몸소 불편을 감수하는 그런 사람은 아닌 거 같으니까 이거라도 보여 주려고. 이곳이 가장 좋은 게 뭐냐면, 저기 저 바위 보여?"

게헨이 파사드의 오른편 끄트머리를 가리켰다. 그곳은 해안의 끝머리에 파란 이끼로 뒤덮인 깎아지른 절벽이 서 있었다.

"저기 둥근 구멍 난 절벽 말이야. 해가 질 때 이 자리에서 보면 신기하게도 딱 해가 저 원을 통과해. 그때 햇무리가 생기는데 눈이 부셔서 오래 보고 있기는 힘들지만…… 이제 곧 그 시간이거든."

파사드는 미동 없이 가만 기울어 가는 해를 올려다보았다. 심드렁하기까지 한 얼굴에 게헨이 고개를 기울여 파사드의 얼굴 가까이에 댔다.

"어이어이, 너무 노골적으로 실망한 얼굴을 하니까 무안해지잖냐."

"실망했다고 한 적 없는데."

"다 티 나거든. 동도 여행하고 다닌 지 한 달 좀 넘었지? 이미 구경은 질릴 대로 해서 그런가. 약발이 안 서네. 이스크라에서 자유 시간 많이 줘?"

"……?"

"네 가슴에 배지, 이스크라 숙소 통행증이잖아. 나도 이스크라 출신인걸. 해병 지망 학도였어. 사정이 생겨서 중간에 그만두긴 했지만……. 한 일 년 됐나."

"네가?"

"응, 지긋지긋했지. 너도 대충 알겠지만 해군 지망 학도들이 해병 지망 학도들을 많이 괄시하잖아."

의외였다.

게헨은 짧은 머리칼을 손갈퀴로 긁어내리며 화두를 돌렸다.

"그나저나 국외인이 이스크라에 들어가 있다니. 너 좀 대단한 사람인가 보다? 너 아직 네 이름 제대로 말 안 해 준 거 알지? 칼란독."

"파사드 칼란독 브류나크."

"……."

"딱히 숨기려 한 건 아닌데."

파사드 칼란독 브류나크. 반추하듯 중얼거리던 게헨이 묘한 표정으로 파사드를 바라보았다. 게헨은 약간 취한 것 같았다.

"……일단은 네가 다시 찾아와 줘서 기쁘다. 내 하얀 가리비도 되돌아와서 기쁘고, 내 친구들이랑도 잘 어울려서 기쁘고."

파사드가 툭 뱉듯 말했다.

"계속 너희랑 어울리려고 온 건 아니야."

"쓸데없이 자존심 세우기는. 친구 없어서 찾아온 거면서."

게헨의 말에 정곡이라도 찔린 사람처럼 파사드는 내심 당황해 쏘아붙였다.

"네가 보여 줄 수 있다던 시친이 어떤 곳인지 궁금해서 찾아온 것뿐인데."

"이미 마차 떠났는데? 그럼 너부터 대답해 봐. 대륙의 높으신 몸이 왜 여기에 있어?"

파사드가 슬며시 미간을 좁히며 지지 않고 반박했다.

"내가 여기 온 용건은 네 알 바 아니고…… 애초에 내게 먼저 시친을 보여 주겠다고 말한 건 너잖아."

"나중에 찾아오라고 말하긴 했지만, 한 달 반 전의 일이잖아. 마차 떠났다니까. 난 오늘까지 너를 까맣게 잊고 있었다고. 물론, 내가 말한 시친은 여전히 그 자리에 있지만 말이야. 어쨌든 늦은 벌칙으로 너부터 답해 봐."

"그냥 온 거야."

짧은 식견이나마 이스크라에 머무는 동안 파사드가 지켜봐 온 바, 켈레티 올다 출신의 학생들은 부유했고 세련되었으며 몸을 쓰는 일보다는 혀를 놀리는 걸 더 잘했다. 그래서 행정 장교가 되기 위해 훈련하는 아이들이 많았다.

서도 뉴가트 출신의 학생들은 교내 군사 규율을 제외한 모든 것을 무시하는 데에 익숙했다. 그들은 제멋대로였으며 다혈질인 아이들이 많아 가장 시친의 이미지에 부합하는 듯 보였다. 반면 북도 이스자키 올다 출신의 학생들은 대부분 스스로에 자신감이 넘쳤다. 그리고 남도 델 오스작 출신의 아이들은 특징 짓기가 어려웠다.

게헨은 그런 남도 델 오스작 출신의 청년이라고 했다. 그래서인지 도무지 무슨 생각인지 알 수가 없었다.

"거짓말. 네게도 분명 이유가 있을 거야."

파사드는 침묵으로 답을 되돌렸다. 말 많은 수다쟁이 같았던 게헨도 더는 답을 보채지 않았다.

그러는 새 해가 기울어 절벽의 틈새로 찬란한 햇무리가 드리워졌다.

부서지는 하얀 파도 위로 매끄럽게 번져 가는 햇빛, 늘어진 게헨의 그림자를 물끄러미 바라보던 파사드가 말없이 아래로 내려갔다. 돌아갈 시간이었다.

매일 같은 일상이었다. 라르크에서는 보기 힘든 것, 평생 한 번도 본 적 없는 것들이 도처에 널려 있는데 그의 기분은 라르크에 있을 때와 그다지 다르지 않았다.

수업이 있는 날은 조용히 수업을 듣고, 그렇지 않은 날은 연무장 감독 장교의 허가를 받아 검을 쥐거나 책을 읽었다. 그마저 하루를 채우기엔 부족해서, 남는 시간은 이스크라 내에 돌아다니는 꼭 같은 제복을 입은 사관 학도들을 관찰하며 지냈다.

생각에 잠기는 일도 많아졌다. 아주 가끔은 숙소에서 홀로 체스를 두다 말고 몇 시간이고 멍청하니 넋을 놓기도 했다.

시간이 지나자 파사드에게도 꽤 호의적인 이스크라 학도들이 생겼지만 단순히 웃으며 아침 인사나 점심 인사, 저녁 인사를 하는 정도에 그쳤다.

한 달 후, 결국 파사드는 다시 해안가의 주점을 찾아가고 말았다. 게헨은 백사장 위 야자나무 그늘 아래 쉬고 있었다. 누워 있는 그의 곁에 지니트라 불렸던 여자가 정오의 낮잠에 빠져 있었다.

"어!"

게헨이 파사드를 발견하고는 손을 흔들었다. 우수수 떨어지는 모래에 지니트가 잠에서 깼다.

"게헨, 모래 튀잖…… 어, 칼란독, 오랜만이야."

지니트가 그를 향해 반갑게 손을 흔들어 보였다.

파사드는 고개를 까딱하는 것으로 인사를 대신했다. 게헨이 지니트의 어깨를 두드리자 지니트는 약속이라도 한 사람처럼 일어서 주점이 있는 골목으로 사라졌다. '있다 술 한잔하러 와!' 하는 발랄한 인사도 잊지 않았다.

게헨이 양 손바닥으로 모래 바닥을 디딘 채로 고개를 비껴 돌려 파사드의 새까만 눈동자를 응시했다.

"그래서 마음이 바뀐 거야, 이제?"

"모르겠어."

파사드는 즉답 후 게헨을 훑었다. 못 본 새 그의 어깨와 목 언저리에 깊은 상처가 나 있었다.

"그러면 여기는 뭐하러 온 거야?"

"······."

"잠깐 얘기나 하려고? 그래도 상관없긴 하지만······. 안부부터 시작할까? 이스크라 생활은 어때?"

정자세로 앉은 파사드는 간격을 두고 입을 열었다.

"매일 싸우지."

그들은 정말 매일 싸웠다. 그렇게 싸우다가 졸업을 하고 정식 군제대에 편입되면 또 상황이 바뀐다고 하는데 파사드는 솔직히 믿기지 않았다.

"알 만하다. 물어 뜯고 헐뜯느라 정신없겠지. 원래 그래. 얼마 전에 켈레티 올다 중앙 행정 청사 인사들이 교체된 후로 더 심해졌을걸."

"너는 왜 이스크라를 그만뒀어?"

"가고 싶어서 간 것도 아니야. 해군이 되느니 해병이 되겠다는 생각으로 해병 지망 학도로 재학했었지만."

"아아······ 해병."

게헨은 개구진 웃음을 지으며 무릎을 모아 턱을 괴었다.

"넌 기사겠지? 좋겠다."

"왜?"

"좋은 거 아닌가, 그거?"

'기사'라는 것에 대해 좋고 나쁨을 생각해 본 적이 없어 즉답할 수 없었다. 검을 쥔 귀족들은 특별한 문제가 없다면 누구나 다 서품을 하사받는다. 파사드는 테른도크가 직접 서임식을 주관해 주는 영광을 얻었지만 그게 전부였다.

파사드가 말을 돌렸다.

"……너는 항상 이 근처에서 네 친구라는 자들이랑 술만 마시고 지내나?"

"임무의 일환이야."

"임무?"

"응."

"의미 없이 네 시간을 흘려보내는 게?"

게헨은 구체적인 대답 대신 웃음으로 얼버무렸다.

"우리 누나랑 똑같은 말하지 마. 무서우니까. 아, 그러고 보니 넌 형제 있어?"

그가 어릴 적, 어머니인 예이벨라가 둘째 아이를 가졌던 것을 어렴풋이 기억은 한다. 태명은 아이사였다. 그러나 세상에 멀쩡히 태어나지는 못한 것으로 기억한다.

"아니."

게헨이 어쩐지 뚱한 투로 말했다.

"좋겠다. 없는 게 나아, 그런 것들."

"네 형제들에게 그런 거라니."

"난 누나 하나, 형 하나 있거든. 누나는 완전 정신 나간 코끼리 같은 년이고 형은…… 음, 난 형 별로 안 좋아해서 좋은 말이 안 나오겠다. 내 형은 굳이 비교하자면 약간 너 같은 사람이거든. 아, 물론 네가 싫다는 건 아니고."

"악의가 없다는 건 참작하겠다만 네 형제들 앞에서도 그런 말버릇이야?"

"내 형이나 누나는 더 심하게 말해."

"상대방이 무례하게 군다는 게 네가 무례해져도 된다는 의미는 아니라고 보는데. 특히나 여성 앞에서는 말조심을 해야 하는 거잖아."

"여자? 푸하핫, 여자? 미쳤냐! 그게 왜 여자야! 너, 내 누나 한 번 만나 보면 그런 말 쑥 들어갈걸! 너는 미친 암컷 코끼리를 여자라고 부를래?"

게헨은 노골적으로 폭소했다.

"그리고 설사 여자라고 해도 왜 조심해야 한다는 거야? 여자들이 우리 남자들보다 무섭다고. 안 그런 애들도 가끔 있긴 하지만 보통은 여자들이 우리한테 조심해야지, 우리가 조심할 필요는 없는데."

"당연히 여성들은 약하고……."

"무슨 착각 속에 사는 거야? 약하다니. 우리 가족만 해도 누나는 지금 해군 장교로 있고, 내 형은 오히려 켈레티 올다 행정 부처에서 엉덩이나 늘이고 있는걸. 엄마도 전직 해군이야."

파사드는 무어라 대꾸할 말을 찾지 못해 입을 닫았다. 순종적이고 조용한 여자들, 함부로 몸을 쓰지 않는 여자들만 보며 자랐던 터라 모친과 누이가 둘 다 군인이라는 게 상상이 가지 않은 탓이다. 이스크라의 여성 생도들을 보는 것과는 또 다른 느낌이었다.

"아마 누나는 몇 년 안 있어서 영관급이 될 걸. 여자들 무서워. 지니트 쟤도 잘못 건드렸다간 본전도 못 찾아."

"그래도 가문의 일원에게……."

"지금 누나랑 형은 아주 즙이 다 빠질 때까지 나를 씹고 있을 텐데 뭐. 내가 방위 해병대에 들어갈 거라고 한 순간부터 한심한 놈이라고 날 깔보고 있으니까. 근데 이젠 그거마저 때려 쳤고."

"아무리 그래도 자신의 가문을 욕하는 건 본인 얼굴에 침 뱉기라고."

"얼굴에 침 좀 뱉으면 어때. 어차피 내가 먹을 침이었는데 좀 묻는다고 더러운 것도 아니고. 그리고 가문이라고 그리 거창하게 말할 필요 없어. 어차피 형은 나를 동생이라고 생각도 않고 있고 아버지는 나 같은 거 신경도 안 써."

거기까지 말한 계헨이 말을 돌렸다.

"뭐, 재미없는 우리 집 얘기는 그쯤 하고, 네 얘기를 해 봐."

"내 이야기?"

"너희 가족 말이야."

잠깐 주저하던 파사드가 답했다.

"모친은 타계하셨고 부친께서 지금 가문을 이끌고 계셔."

"형제는 아까 없다고 했지. 근데 대륙인들은 족보가 난리도 아니던데."

"글쎄. 사생아가 몇 있다 들은 것 같긴 하지만 한 번도 본 적은 없고."

"사생아?"

"인정받지 못한 야합의 자식."

"아아, 그런 것도 차별해?"

차별이라는 부정적인 어감이 왠지 모르게 불편하게 들려서 파사드는 부러 핀잔을 놓았다.

"가문 내의 일은 그리 묻는 게 아니야. 너야말로 가문의 일원들은 대부분 해군에 복무 중인 것 같은데. 왜 해병을 지원했어?"

"심심풀이?"

"말을 말지."

시친을 통솔하는 삼 제독과 태수도 대부분 전직 해군 장성 이상의 직급을 가진 자들이었다. 해병대라는 건 수륙양용에 용이하다는 이유로 몹시 훈련이 힘들지만 그것 말고는 크게 대우받는 것도 없었다. 이스크라에서 파사드는 해병대를 이도 저도 아닌 놈들이라며 폄하하는 해군 장교 지망생도 보았다.

시친인들의 역사를 생각하면 어떻게 몇백 년 만에 이렇게 변했을까 싶기도 했지만, 이들의 체제를 비판하기에는 스스로의 지식이 짧다는 것을 잘 숙지하고 있었다.

"네가 먼저 물어봐 놓고."

게헨이 턱을 괴며 흐릿하게 웃었다. 미소인지 아닌지 잘 분별이 가지 않았다.

게헨은 뜻밖에도 조금 더 진지한 목소리로 말을 이었다.

"가족이랑은 상관없어. 나는 내 사명을 위해 사는 거니까."

"……사명."

"응. 너한테도 사명이 있을 거 아니야? 그리 거창한 게 아니라 하더라도. 네가 무얼 위해 살아야 하는지, 네가 추구하는 목표, 이루어야 할 것, 그런 것들. 나는 있거든. 내 친구들도 있고."

파사드는 문득 게헨의 손을 응시했다. 그의 손은 혹독한 훈련을 했던 파사드보다도 더 거칠었다.

"네 사명은 뭐야, 칼란독?"

"네 사명은 뭐기에?"

게헨이 검지를 세우더니 가로저었다.

"워워, 안 되지. 그런 중요한 건 아무한테나 안 가르쳐 주지. 나도 궁금하고 너도 궁금한 거니까 이렇게 하자. 네가 먼저 알려 주면 나도 네게 내 답을 보여 줄게."

계속해서 늘어 가는 수수께끼는 조금 짜증 났다.

❦

암암한 새벽, 이스크라를 흔들어 깨우는 요란한 종소리가 울려 퍼
졌다. 댕, 댕, 댕 울리는 소리는 온 시가지의 밤잠을 깨우고도 남을
만큼 컸다.

이른 아침 기상을 알리는 종소리와는 분명히 달랐다. 더 빠른 간
격의 불안하고 날카로운 쇠 비명이었다.

즉각 자리에서 일어선 파사드는 창가로 다가갔다.

'……뭐지?'

커튼 새를 발름하게 열어 살피니, 검은 기름을 먹인 횃불을 들고
이스크라의 운동장을 가로질러 다가오는 해군 헌병 무리가 보였다.
해군 헌병은 보통 시친 내의 범죄나 제식 행사에만 동원되는 이들이
었다. 이스크라 내부에 해군 헌병이 난입한 건 파사드가 입숙한 이
래 처음이었다.

잠에서 깬 그의 다섯 번째 동거인이 흘끔 상황을 훔쳐보더니 하품
섞인 목소리로 중얼거렸다.

"교내에 불온 분자가 있다는 소문이 돌더니만…… 걸렸나 보네.
누군지는 모르겠지만…… 하암, 시끄럽게…….”

그 말처럼 새벽에 있었던 소동은 졸업을 앞둔 한 청년이 연행되는
것으로 마무리가 되었다고 했다. 어떤 죄를 지었는지는 모르겠지만
강제 퇴학당했다는 이야기에 혀를 차는 학우들이 제법 되었다.

별일이 아니라는 말과는 달리 숙소를 돌아다니며 각각의 방마다

당부 사항과 경각심을 가지라는 훈계를 하는 사감의 발이 바빴다.

해군 헌병이 이스크라를 들쑤시고 간 지 닷새.

파사드는 농 깊숙한 곳에서 리오낙을 꺼냈다. 북부의 눈처럼 하얀 검집이 눈에 익었다. 익숙하지 않은 검의 무게. 라르크를 떠난 후로부터 외면했던 브류나크의 무게였다.

왜 갑자기 생각이 났느냐 하면 오늘 낮에 어떤 학우가 라르크의 '브류나크'에 대한 험담을 하는 것을 들은 탓이다. 그러다 보니 어느 순간 북부에 두고 온 것들이 떠오르고, 리오낙이 떠오른 것은 당연한 수순이다.

한참이나 향수에 젖어 하얀 검집을 어루만지고 있는데 돌연 노크 소리가 났다.

똑똑똑.

예고 없는 객은 대사관의 관원이었다.

관원이 전한 대사관으로의 방문 요청에 파사드는 두말 않고 하인을 따라 대사관으로 향했다. 이스크라에서 대사관까지의 거리는 노새를 타고 걸으면 한 시간 남짓의 거리였다.

어느덧 더위의 끝무렵이다.

이곳의 가을은 선선하고 습하다고 했다. 그러나 가을의 목전에 이르러서도 길바닥에 드러누운 시친인들과, 얼음을 판다며 소리치는 장사치들이 즐비했다.

얼음을 판다는 건 라르크인인 파사드에게 있어서는 상상도 할 수 없는 일이었지만 시친에서는 쉬이 상하는 식자재들을 보관하기 위해 비싼 값에 거래가 되고 있다고 들었다. 파사드는 저들이 뮈아드로나 갈리아우 산맥의 만년설들을 보면 몹시 입맛을 다실 거라 생각했다.

대사관에 도착한 파사드는 곧장 대사의 공무실로 향했다.

"어서 오십시오."

대사 나크타의 낯빛이 몹시 좋지 않았다. 모처럼의 초대에 사담이라도 나누며 차 한잔할 것을 기대했던 파사드의 예상도 그의 낯처럼 산산이 깨졌다.

거두절미한 나크타는 아주 간곡한 음성으로 그에게 몇 가지를 당부하기 위해 모셨다며 본론을 꺼냈다.

"최근 시친의 분위기가 좋지 않습니다."

"그렇습니까?"

바로 얼마 전 이스크라까지 헌병이 들이닥쳤던 것을 떠올린 파사드는 짐작했지만 모른 체했다.

"이스크라에서까지 자슬로 엔버의 불온 분자가 포획되었다는 이야기는 들으셨는지요. 어제 오후 그자가 사형당했습니다. 가직급이 낮은 해군 장교의 아들이라 아직 크게 세간에 알려지지는 않았지만, 최근 유력한 장교 장성 간부를 부모로 둔 젊은 청년들이 자슬로 엔버 청년단에 휩쓸리고 있어 켈레티 올다 행정 청사에서 대대적으로 공문을 내렸습니다. 자슬로 엔버와의 불미스러운 교류와 사상 전파가 발각되는 즉시 처형하겠다는 공문입니다."

자슬로 엔버. 시친에 머물며 간간이 들은 괴단체의 이름이었다. 사실 크게 관심은 없었다.

"브류나크께서 계신 이스크라에서 그런 일이 벌어졌단 이야기에 몹시 놀랐습니다. 우리 입장도 있으니…… 그럴 리는 없겠지만 브류나크께서 그런 자들과는 엮이시는 건 안 될 일입니다. 원 참, 이스크라에까지 그런 놈들이 숨어 있을 줄이야. 지난번 발각된 해군 장교의 자제 체포 사건으로 태수와 삼 제독들까지도 자슬로 엔버를 근절하기로 결의한 모양입니다……. 당분간 매사를 조심하셔야 합니다. 브류나크께 무슨 일이 생기면 외교 문제가 되니까요."

"그 점은 늘 염두에 두고 있습니다."

"……개인적으로는 브류나크께서 다시 대사관으로 돌아오셨으면 하는 바람입니다만."

파사드의 콧잔등이 살며시 찡그려졌다. 결국 저것이 나크타의 용건인 듯했다.

"뭐, 충분히 우려하실 만한 일이니 그리 바라시겠지요. 하나 사태가 언제 마무리될지 모르는 일 아닙니까."

나크타의 얼굴에 우울한 빛이 떠올랐다.

"그렇습니다."

"제 거취 이야기보다, 자슬로 엔버라는 자들…… 불온 분자라는 이야기를 듣긴 했습니다만 무엇을 명목으로 뭉친 자들입니까?"

"감히 입에 담기도 면구하나 라르크에 반라르크 세력이 도사리고 있듯 시친에도 비슷한 것이 존재합니다. 그들은 군도국 자체를 부정하고 시친 행정 청사의 기본적인 헌법 체제를 거부하는 무력시위 단체입니다. 대륙 진출이 기본 이념이라 하더군요. 말도 안 되는 일이죠. 하지만 대부분이 젊은이들로 구성되어 있어 활동의 전염력이 강합니다. 제가 처음 시친에 이르렀을 때만 해도 자슬로 엔버라고 스스로를 밝히는 이들이 없었습니다. 한데 구 년쯤 전, 어떤 급진적인 사상가가 나타난 것을 시작으로 해마다 곱절씩 불어나고 있다 합니다."

"……급진적인 사상가가 설파한 것이 무엇인지 말해 주실 수 있습니까?"

그 부분에 대해서 나크타는 몹시 조심스러워했다. 그러나 파사드의 하문에 감히 모르쇠로 일관하지는 못했다.

"간결히 말해 시친이 오래지 않아 멸망할 것이라는 주장이었습니다. 극단적인 악소문을 퍼뜨리는 자를 삼 제독과 태수가 가만둘 리 없지요."

"멸망?"

"그 내용이 괴괴합니다. 바다가 차올라 시친을 삼킬 거라고. 말도 안 되는 소리지요. 섬이 가라앉는 거라고 말하는 놈도 있습니다. 세상에 그런 게 가능하겠습니까? 갈리아우 산맥이 녹는다고 하지. 그냥 음모론자들입니다."

"그러면 그 주동자를 잡으면 될 일 아닙니까?"

"이미 죽었습니다. 하지만 그자가 뿌려 놓은 불온사상의 씨앗들이 시친 곳곳에서 발아해 이리 문제가 커진 겁니다."

긴 당부의 이야기가 끝난 후에야 겨우 차를 마시게 되었지만 이미 입맛은 떨어진 후였다.

"그들이 얼마나 큰 문제가 되고 있는데요?"

파사드의 질문에 나크타는 잠깐 관자놀이를 긁적이더니 설명을 시작했다.

"켈레티 올다에서 가장 가까운 대륙이 일라린 공국 부근인 건, 이미 그쪽에서 배를 타고 오셨으니 아실 겁니다."

"예."

"그런데 남도 델 오스작은 북부보다는 남부 해협에 더 가깝습니다. 저 아래, 남부의 서쪽에는 바인이라는 나라가 하나 있는데 타즈멘카야라는 왕가가 이어나가고 있는 곳입니다."

남대륙에서 거의 유일하게 제국 모르가나의 영향권 밖에 존재하는 바인에 대해서는 파사드 역시 두어 차례 들어 본 적 있었다.

"그곳의 왕은 꽤 호전적인 사람입니다. 시친이 만약 대륙으로 나간다 하면 어딜 통하겠습니까. 북부로 진입하고자 한다면 일라린 공국을 비롯해 지금 그들이 왕래하는 타리가 항구 쪽이 될 것이고, 남부를 딛고자 한다면 바인이나 그 아래의 제국령이 되겠지요. 어디를 택하든 자슬로 엔버라는 단체는 시친에 커다란 외교 문제를 불러일으킬 수밖에 없는 녀석들입니다. 실제로 이미 바인에서도 한 차례 사신이 찾아왔었습니다."

"자슬로 엔버라는 자들을 처단하라고 말입니까?"

"아뇨, 타국의 일이니 그런 식의 관여는 불가하지요. 명목상은 델오스작의 영해와 바인의 영해권의 어업에 관련해 이야기를 나누어야겠다는 것이었습니다마는. 이제까지 시친과 바인의 교류가 거의 없었다는 것과 시기가 이러한 것을 생각하면 짐작하기 어려운 것도 아닙니다."

한참을 듣던 파사드는 묵묵히 찻잔을 비우고 일어섰다.

"잘 이해했습니다. 조언 고맙습니다."

파사드는 불편한 게 있으면 언제든지 연락을 해 달라 거의 애걸하는 나크타를 뒤로한 채 대사관 밖으로 빠져나왔다. 그림자가 길게 늘어진 시간이었다.

대사 나크타의 말에 크게 동요하지는 않았지만 기분이 좋은 건 아니었다. 자슬로 엔버라는 이름의 단체는 라르크에서 산발적으로 일어나는 반란 세력들과도 비슷했다. 젊은 청년들을 모아 둔 교육 기관 내에까지 뿌리를 내렸다는 건 어찌 보면 더 악질이었다.

파사드는 대사관 입구에 세워 둔 노새에게 다가갔다. 그러다 문득 낡은 담벼락 저편, 눈에 익은 공백을 돌아보았다. 그는 저 방향으로 얼마간 걸으면 해안 도로로 이어진 경사 높은 계단들이 수백 개가 나온다는 것을 알고 있다.

파사드는 생각을 바꾸어 그를 이곳까지 안내한 노새지기에게 은화 몇 닢을 건네주었다.

"먼저 돌아가도록."

걱정을 떨치지 못하는 노새지기를 뒤로한 채 파사드는 해안 도로로 이어진 수백 개의 계단을 밟았다.

끝없을 것 같은 계단을 한참을 걸었다. 걷고 걸어 가장 낮은 땅을 디딘 파사드는 서늘히 부는 바닷바람 속에서 코가 떨어져 나갈 것 같은 역한 악취를 맡았다. 온 일대가 썩은 내로 진동하고 있었다.

지난 번보다 시체가 더 많아진 것처럼 보였다. 이 코가 떨어져 나갈 듯 역겨운 악취는 아마도 부패한 죄의 냄새일 터다.

눈에 익은 해변에 이를 때까지도 시체 썩는 냄새는 가시지 않았다. 바람이 부는 방향이 문제였다.

콧잔등을 찡그린 파사드는 문득 인적 드문 해안가에 외로이 운영되는 주점의 의미를 떠올려 보았다.

바람이 부는 날이면 이런 악취가 해안 지척까지 굴러가는데, 어째서 그들은 이곳을 떠나지 않을까. 전경이 아름다워서일지도 모르겠지만 이 바다만큼 아름다운 해변은 시친엔 차고 넘칠 것이다.

시친은 네 개의 큰 섬이 주축이 되어 십삼 면이 바다로 이루어진 군도국이다. 물론 대부분의 해안가는 항만으로 개발되어 거대한 배들이나 쪽배 같은 것들이 빽빽했지만 이곳이 유일한 배 없는 바다는 아닐 터다.

이런저런 생각에 잠겨 걷던 걸음이 멈추었다. 계헨과 웬 청년들이

백사장 위에 모여 서 있었다.

"나도 이번 일만큼은 지니트의 말이 맞다고 생각해. 더 이상 때만 기다리고 살 수는 없어. 무슨 수라도 내야 할 것 아냐?"

모르는 이들도 있었지만 몇몇은 파사드도 잘 아는 청년들이었다. 파스토라 불렸던 청년은 당장이라도 드잡이질을 할 듯했다.

"게헨! 너는 정말 안 갈 거야?"

"무턱대고 움직이는 건 말도 안 되는 멍청한 짓이야. 우린 아직 아무것도 준비한 게 없어. 수트의 일은…… 내 잘못이야. 내가 시기를 잘못 알았어."

"지금 네 탓을 하는 게 아니잖아."

또 다른 청년 루게부드는 백사장 위에 주저앉아 멀리서도 보일 만큼 크게 한숨을 내쉬어 대고 있었다. 분위기가 좋지 않았다. 파사드는 제 자리에 멈춰 그들에게서 멀어지지도 가까워지지도 못하고 섰다.

벌건 눈으로 얼굴을 쓸며 고개를 돌리던 루게부드가 파사드를 발견하고 파스토의 정강이를 툭 쳤다.

한창 흥분해 있던 파스토는 파사드와 눈이 마주치자 그대로 자리를 떴다. 몇몇 남자들이 그를 뒤따라 멀어졌다. 그때까지도 어떻게 해야 할지 결정하지 못하고 서 있던 파사드가 지니트와 눈이 마주쳤다.

"염병할!"

표독스럽게 입매를 끌어 내린 지니트가 대뜸 파사드를 향해 비난했다.

"너는 지금 거기서 뭘 훔쳐듣고 있어? 배은망덕한 핏줄 같으니라고!"

파사드는 몹시 당황했다. 게헨이 만류하지 않았다면 그녀는 더 험한 욕을 설토했을 것이다.

"관둬. 지금 누구한테 화풀이를 하는 거야. 우리 모두 알고 시작한 거잖아."

결국 지니트는 게헨의 가슴팍에 주먹을 날렸다. 퍽 소리가 날 만큼 세게. 피하지 않고 맞은 게헨이 비틀거리며 주저앉자 지니트 역시 해안 도로 저쪽으로 쿵쿵대며 걸어갔다. 지니트마저 떠나자 나머지 청년들도 함께 떠났다.

게헨과 루드게브, 그리고 멀찍이 선 파사드만이 남았다. 게헨이 긴 한숨을 내쉬며 지친 얼굴로 턱을 까딱였다.

"미안, 미안. 오랜만에 보는데 안 좋은 꼴을 보였네."

지니트와 정체 모를 청년들은 그새 시야에서 사라졌다. 루게부드의 건조한 목소리가 퉁명스럽게 던져졌다.

"네가 낄 일 아니야, 브류나크."

그는 저들에게 '칼란독'이라는 이름으로 불려 왔다. 으레 호의적인 투로. 그러나 '브류나크' 그리 부르는 이들은 이해가 가지 않을 정도로 적대적이었다.

게헨이 마른세수를 하며 중얼거렸다.

"그만해, 루드게브 너도……. 쟤 잘못 아니잖아. 내 잘못이라고."

"게헨, 결국 이것도 저놈들 탓이라고."

"그따위로 말하지 말라고 했지."

바다만 노려보던 루드게브가 일어서 모래투성이의 옷을 털 생각도 않고 그대로 백사장 저편으로 걸어갔다.

"나도 지니트와 함께할 거야. 헌병대에 맞설 거야."

파사드는 듣지 말아야 할 것을 듣고 말았다.

백사장에 나란히 선 파사드와 게헨은 아무 말도 않고 한참을 침묵했다. 그 침묵의 시간을 기회 삼아 파사드는 영문 모를 상황을 나름대로 정리해 결론지었다.

게헨이 더 숨길 것도 없단 듯 설명했다.

"수트가 죽었어. 기억 나? 얼굴 길쭉하고 웃기게 생긴 애 말이야. 그래서 다들 지금 예민하게 구는 거야."

"……."

"루드게브가 한 말이나 지니트의 말은 신경 쓰지 마. 지금 화풀이 할 데가 없어 멋대로 떠든 거니까."

손등으로 눈을 덮은 게헨이 웅얼거리듯 말했다. 가볍디가벼워 흩어질 것 같은 음성이었다.

파사드는 규칙적으로 밀려들어 왔다가 백사장의 모래를 쓸고 물러가는 파도 거품을 응시했다. 한참 후, 그가 입술을 뗐다.

"너희가."

"……."

"시친의 적이라 중앙 행정부에서 불온 분자로 규정한, 그들이었나?"

사실 묻지 말고 그대로 뒤돌아갔어야 했다. 그랬다면 아무런 일도 없었을 터다.

그러지 못한 것은 어떤 허상에의 기대가 깨어졌기 때문이다. 네 개의 다른 섬에서 태어나 스스럼없이 술잔을 나누는 화목한 이들을 보며 느낀 약간의 위안. 그는 그런 것이 존재할 수 있다는 걸 믿고 싶었다.

게헨이 빤히 그를 바라보았다. 게헨의 입술이 다시 열리기까지의 시간이 억겁처럼 길게 느껴졌다.

"자슬로 엔버."

대사 나크타가 그들에 대해 늘어놓았던 일련의 정보들이 일시에 기억 속에서 화드드 일어났다. 후텁지근한 바람 새새 부패의 냄새가 걸려 왔다.

듣지 말았어야 했다.

"응, 그래. 우리가 네가 말한 그들이야."

정말로, 듣지 말았어야 했다고 생각했다.

◈━◈

게헨은 오 년쯤 전부터 자슬로 엔버라는 집단에 들었다며 솔직하게 설명했다.

자슬로 엔버의 거점은 곳곳에 있었으며 처음 파사드가 찾아갔던 주점이 그들의 정보통이 머무는 곳이라는 설명도 더해졌다.

그들은 대륙으로 나가고 싶어 하는 이들이었고, 현재의 시친 행정부에 불만이 많은 이들이었다.

누군가는 시친 행정부로 인해 부모를 잃고 죽어 자슬로 엔버가 되었고, 누군가는 단순히 모험가적 성향을 못 이겨 자슬로 엔버가 되었고, 누군가는 헌병대에 들어갔다가 자슬로 엔버가 되었다고 했다. 학도들도 생각보다 많다고 했다.

파사드는 대체적으로 배운 것이 많은 젊은이들이 뭉쳐 있다는 느낌을 지울 수가 없었다. 한참의 설명을 듣고도 이해가 가지 않아서 가까스로 되물었다.

"대체 왜 그런 짓을 하지?"

게헨은 먼 수평선을 향해 턱을 괸 채 중얼거렸다.

"다들 그렇게 물어보더라. 그런데 지금 네가 보고 있는 이 해안, 몇백 년 후면 사라질 거라는 거 알아?"

"……사라지다니?"

"안 믿기지? 나도 처음에는 안 믿었으니까. 하지만 시친은 가라앉고 있어. 매해마다 손가락 반 마디의 절반만큼씩 해수면이 높아지고 있지. 처음에는 바닷물이 차오르는 걸지도 모른다고 생각했는데 들어 보니까 대륙의 해안은 멀쩡하다더라고. 우리만 가라앉는 중인 거지. 이유는 몰라. 알 길이 없지."

"처음 듣는 말이야."

"내가 너한테 줬던 가리비 껍질 기억나?"

용도 모를 그 하얀 가리비 껍질이 파사드를 이곳까지 이르게 했다.

"그게 우리가 가라앉고 있다는 걸 가장 먼저 알아차린 사람이 내게 준 거야. 도티, 내 친구고 스승님이었지. 이상한 데서 고약하고 기발한 구석이 많은 사람이었는데 몇 년 전에 죽었어."

게헨이 해안의 우측, 저편을 향해 고개를 돌렸다.

"저쪽 바위들이 너머에 바다 나무가 한 그루 있어. 도티가 심은 나무야. 매해 우리는 그 나무에 흠집을 내서 해수면을 확인해. 내가 어릴 적과 지금, 해수면은 내 손가락 세 마디만큼 높아졌어. 그 덕에 우리가 침몰하는 배 위에서 핏줄을 이어 가고 있다는 걸 알게 된 거야."

"······."

"한때 우리가 기마 민족이었다는 거 알아? 그런데 이 섬에 갇혀 산 지 이백 년 만에 우리 민족은 겁쟁이가 됐어. 봐 봐, 노새 따위나 타고 다니잖아."

"······."

"겁쟁이들이야, 정말로. 우리가 가라앉고 있다는 사실을 켈레티 올다 최고 행정 청사에 알리자마자 시친의 태수와 삼 제독이 합심해 도티를 불온사상가로 매도했지. 인정할 수가 없는 거겠지. 기득권을 잡은 이들은 해군이고 해군은 바다가 있어야 존재하는 이들이니까.

더 물러설 곳 없는 군도에 갇혀 있는데 유일하게 머물 곳이 가라앉고 있다니. 기겁하지 않고 배겨?"

파사드는 무어라 해야 할지 알 수가 없었다. 속 어딘가가 묵직하게 가라앉는 기분이었다.

"그렇게 조개처럼 입 다물고 있지 말고 말해 봐. 너는 우리가 어떻게 해야 한다고 생각해? 우리는 대륙으로 나가는 것밖에 길이 없다고 믿고 있거든. 이 좁은 곳에서 출신을 따져 가며 싸우고 화내는 놈들도 세상을 몰라서 그런 거야."

게헨의 음성이 조금 격앙되었다.

"우리 자슬로 엔버 청년단이 결성된 건 그들을 일깨울 사명을 위해서야. 복수심이나 슬픔 따위 때문이 아니라 사명감. 시친의 미래를 위해서야. 우리 후대를 위해서고."

"아무리 포장해도……."

그건 반역이 아닌가?

그러나 파사드는 이곳에 왕이 없다는 걸 떠올리고 말끝을 흐렸다. 마땅히 적절한 어휘가 생각나지 않았다. 그러나 한 가지 확실한 건 저들의 행위가 명백히 용서받을 수 없는 성질의 것이라는 거다. 그의 기색을 눈치챈 게헨이 조금 딱딱하게 덧붙였다.

"우리와 달리 자유롭게 사는 네게는 와 닿지 않겠지. 너도 언젠가 이곳을 떠나면 그만일 테니."

파사드는 게헨이 생각보다 간단하게 그들 사이를 정의했다는 데에 내심 놀랐다. 이유 모를 언짢음이 스멀스멀 쌓였다.

"……너희가 대륙에 대해 어떤 환상을 가지고 있는지는 모르겠지만 대륙도 시친과 그다지 다를 게 없는 곳이야. 가라앉는다는 말은 솔직히 헛소리라고 생각해. 땅이 어떻게 가라앉아? 게다가 대륙인인 내가 네 그 주장에 조금이라도 동조라도 할 거라 생각했다면 오산이다."

나크타의 설명이 맞았다. 시친이 대륙으로 나오고 싶어 한다는 건 큰 문제가 될 수 있는 것이다. 북쪽으로 올라오면 라르크와 적대하게 될 것이고, 남쪽으로 내려간다면 바인과 모르가나를 적대하게 될 것이다.

시친의 행정부가 저들을 근절하는 것은 당연하게 보였다.

얼마간 파사드의 표정을 바라보던 게헨이 심드렁히 중얼거렸다.

"남 일이라고 냉정하긴."

"정말 내가 냉정하게 했다면 대사관에 가 너희를 고발하고, 북부에 계신 폐하께도 아뢰었겠지. 너희가 불장난을 하는 걸로밖에 보이지 않아 내버려 두는 거야."

"불장난이라니. 우린 진지해, 브류나크."

파사드는 더 이상 듣고 싶지 않았다. 품고 있던 환상을 깨고 싶지도 않았다.

이스크라의 시친이 치열하고 적대감으로 가득했다면 게헨의 시친은 화합과 평화와 질 낮은 웃음소리로 충만한 것이었다. 그동안 파사드가 겪어 본 적 없는 귀중한 경험이었다. 이렇게 끝장이 난다는 게 믿기지 않았다.

"브류나크의 피를 가진 네가 우리에게 그렇게 말하는 건 너무 이기적이야."

파사드가 한참 곱씹은 후 물었다.

"처음 내게 말을 걸었을 때, 너는 내가 브류나크인 걸 알고 있었지."

게헨은 부정하지 않았다.

"응. 우린 자슬로 엔버, 솔직히 말하면 브류나크는 우리에게 달가운 이름이 아니거든 그래서…….”

“왜? 시친과 라르크가 하등 무슨 상관이라도 있단 말이야?”

게헨은 조금 씁쓸한 표정이 되어 말했다.

“이거 봐. 너희는 우릴 신경도 쓰지 않는다니까. 우리 선조들은 대륙의 척박한 땅에서도 굳건히 뛰어다니는 위대한 기마 민족이었어. 그런데 너희가 우리를 이곳에 처박았잖아.”

“말도 안 되는 소리. 우리는 너희를 이곳에 처박지 않았어.”

“브류나크가 라르칼리아를 끝장내지 않았다면 우리는 이렇게 살지 않아도 됐을 거란 말이야. 물론 네 잘못은 아니지. 나는 브류나크는 그다지 좋아하지 않지만 칼란독 너는 좋아. 너를 믿기 때문에 이렇게 이야기하는 거고. 너도 충분히 내가 어떤 사람인지 알겠지.”

파사드는 예상치 못한 말에 못내 당황했다. 이게 라르칼리아의 이름까지 거론이 되어야 할 일인가. 그는 간신히 입술을 뗐다.

“미친 소리…….”

“널 믿고 이런 이야기를 하는 게? 아니면 우리가 대륙으로 나가고 싶어 뭉친 사람들이라는 게? 믿는 건 친구라면 당연한 거고, 누가 뭐라 해도 우리 시친의 뿌리는 대륙에 있어.”

시친은 이백 년 전 중앙 대륙에 가지고 있던 땅을 모조리 잃고 섬으로 쫓겨 나온 민족이었다.

시작은 공교롭게도 폭정으로 몰락한 여왕 스완과 깊은 관련이 있었다. 역사서에 적혀 있기로, 여왕은 라르크의 남서부 유목민이었던 시친 유목 민족을 압박해 당시의 유목왕으로부터 충성 맹세를 받고 그들을 전쟁의 화마에서 제했다.

시친은 누구에게도 고개 숙이지 않는 민족으로 유명했는데, 어찌된 영문인지는 잘 알려져 있지 않다. 여왕이 그들에게 동등한 동맹을 청했다는 민담도 있다. 반대로 시친의 마지막 부족장이 여왕의 칼날에서 살아남기 위해 그녀를 구워삶았던 건지도 모른다는 이야기도 있다.

어찌 되었건, 유일하게 시친 유목 부족과 호의적인 친교를 맺은 여왕은 남진했다. 그리고 수년의 전쟁 끝에 남부 철옹의 요새 올조르를 넘지 못하고 모르가나에 패했다.

모르가나는 전쟁이 끝난 후, 라르크를 도와 움직였던 시친 민족을 대륙 밖으로 추방했다. 그러므로 그들을 추방한 건 모르가나였다.

"너희를 대륙에서 몰아낸 건 모르가나야."

게헨이 코웃음 쳤다.

"아니, 너희야. 모르가나가 득세한 건 소위 말하는 구국 영웅인 브류나크가 위대한 여왕을 죽이고 모르가나에 무조건 항복했기 때문이잖아."

"폭군을 좌시했다면 대륙의 북부가 전부 와해되었을 거다."

"와해라고 말하기에는 어폐가 있지 않나? 당시 분열되어 있던 북부를 전부 통합한 게 그 여왕이었으니까."

순간 모욕감에 숨이 턱 막히는 기분이었다. 게헨은 서늘한 음조로 말을 이었다.

"지금 하기에 어울리는 말은 아니지만 그래, 사실 내가 너와 친해지고 싶었던 것도 이런 이유가 있었으니 솔직하게 말할게. 우리 시친의 역사는 적응의 역사야. 기록에서 유목 민족으로 떠돌아다닐 무렵에는 발길 닿는 땅에 적응을 했고, 지금은 섬으로 쫓겨 와 이제 완벽하게 이 섬에 적응한 사람들만 득세했지. 당시 너희의 상황이 아무리 어렵다고 한들 당시의 우리보다 어려웠을까? 너희는 충성심을 배반하는 쉬운 길을 선택한 거잖아."

"그 상황이 어땠는지는, 그래, 누구도 몰라. 모르기 때문에 네가 그렇게 쉽게 말하면 안 되는 거야, 게헨 파트라논. 한 가지 확실한 건 공식적으로 스완 세칼리드 라르칼리아는 폭군이었다는 거고."

"시친에 있어서 공식적으로 그 여자는 영웅이었는걸?"

파사드의 표정이 사납게 일그러졌다.

"그런 얼굴 해도 사실은 변하지 않아. 칼란독, 과거와 현재는 어쩔 수 없이 연결되어 있는 거잖아. 네가 인정하기 싫다고 해도 사실은 변하지 않는다는 말이야. 물론, 네 믿음과 내가 추구하는 믿음이 다를 수는 있다고 생각해. 하지만 서로의 믿음이 다르다는 게, 우리 중 하나가 거짓을 믿는다 증명하는 것도 아니잖아. 안 그래?"

"……내가 지금 내가 왜 너와 이런 이야기를 하고 있어야 하는지 모르겠다."

게헨은 눈 하나 깜빡하지 않고 말했다.

"그리고 막말로 그 여자가 없었으면 지금의 너희 나라도 없었을 걸. 대륙 역사상 그만큼 빠르게 영토를 넓힌 이가 있었나? 대륙사를 다 뒤져도 북부에서 그런 사람은 나타난 적이 없었어. 너희는 전례 없는 대단한 위인이 너희 나라에서 태어났다는 걸 자랑스러워해야 한다 이 말이야. 역사가 아무리 길면 뭐해? 모르가나는 천 년째 큰 변화 없이 고만고만하다고 하고 대국이라 칭해지는 앙레디움도 모르가나에 빌붙어 명맥만 유지하는 정도지."

"……."

"우리 위대한 시친의 유목왕도 무릎 꿇게 한 너희의 지도자를 왜 손가락질만 하려고 하는데? 인정할 건 인정해. 너희는, 너희가 그리도 폭군이라 명명하는 마지막 라르칼리아가 일궈 놓은 것들을 제 것처럼 껴안고 살고 있잖아."

뒤통수를 망치로 얻어맞은 기분이었다.

"그러니 브류나크 너희는 그 여자가 남기고 간 것들을 책임질 의무가 있어."

당황한 표정을 감추기 위해 입술을 잘근거리는 파사드를 빤히 바라보던 게헨은, 정말로 기가 막힌 한마디까지 더했다. 그로서 파사드는 완벽하게 혼란에 빠졌다.

"그 여자가 남기고 간 거라니?"

가자. 게헨이 엉덩이를 털고 일어서며 모래가 우수수 떨어졌다.

납빛 하늘에 별이 총총 박혔다.

해가 저물고 난 늦은 시각, 파사드는 어떤 처음 보는 거대한 건물 앞에 서 있었다. 시친의 최고 행정 자치 기관이라 불리는 켈레티 올다의 행정 청사 건물이었다.

"대체, 지금 이게."

차마 말을 이을 수조차 없었다. 그를 유서 깊은 행정 청사까지 끌고 들어온 게헨은 어찌 된 영문인지 울타리의 개구멍 위치까지 알고 있었다.

체통 없이 담벼락 사이의 좁다란 통로로 도둑처럼 기어들어 가는 내내 파사드는 그답지 않은 욕지거리를 내뱉었다.

"제길, 널 따라오는 게 아니었는데."

"쉿쉿, 들키면 안 돼."

"그런데 지금 우리가 왜 여길 들어가고 있는 거냐고."

"네게 보여 주고 싶은 게 여기 있으니까."

막 무어라 쏘아붙이려던 파사드는 머잖은 저편 어딘가에서 느껴지는 인기척에 입술만 빼끔거렸다. 게헨은 경계하면서도 걱정하는 기색이 없었다.

몰래 타국의 행정청에 숨어든 것은 들키게 되면 자칫 외교 문제로 번질 수도 있는 일이었다. 심지어 게헨은 심상찮은 반시친 세력의 일에 발 담근 녀석이었다.

"이쪽으로 와."

그러는 사이 두 사람은 조금 더 안쪽에 위치한 낡은 건물로 향했다. 뭐 하는 곳인지는 모르겠지만 경비가 꽤 삼엄한 것이 예감이 좋지 않았다. 보초들의 눈을 피해 숨어든 건물은 낡은 외양에 비해 그럴듯한 내부를 하고 있었다.

반질한 복도를 울리는 발소리가 너무 귀에 거슬렸다. 온갖 갈등에 휩싸인 채 어쩔 수 없이 게헨을 따라간 파사드는 건물의 가장 안쪽에 위치한 커다란 문 앞에 섰다. 장담하건대 한두 번 돌아다녀 본 솜씨가 아니었다. 대체 정체가 뭐지. 이제야 그의 정체에 대한 의문이 들었다.

불안으로 심박이 콩닥콩닥 거렸다. 파사드가 신음을 참으며 속삭였다.

"……너 미쳤어."

"알아, 알아."

"너 진짜 돌았다고."

"우리 누나 닮아서 그래. 쉿, 조심해야 돼. 빨리 보고 빠져나가자."

문을 살짝 열자 돔형의 둥근 천장이 보였다. 회랑이었다.

벽면에 드리워진 시친 특유의 짙은 단색의 태피스트리는 이스크라에서 보았던 것과 비슷했다. 넓은 회랑 안 곳곳의 도자기나 정체 모를 무늬의 조각상들, 무기는 박물관의 풍경과 흡사했다.

게헨이 성큼성큼 안으로 들어가는 것과 달리 파사드는 조심스레 카펫 위를 디뎠다. 자칫 발자국이라도 남을까 극도로 조심스러웠다.

게헨이 설명했다.

"중앙 행정부에서 썩 신경 쓰는 국보 같은 것들을 보관하는 데야."

이 정신 나간 자식!

휙 그를 노려보는 파사드의 안색이 희게 질렸다.

"조심해야 하는 건 맞지만 너무 긴장하지는 마. 사 교대로 새벽, 정오, 땅거미 시간, 자정, 이렇게 네 번 경비병들이 바뀌거든. 지금은 괜찮아. 그보다…… 아, 저기 있네."

청산유수처럼 흘러나오는 설명이 그를 더 수상쩍게 보이게 했다. 게슴츠레 게헨을 노려보던 파사드는 역대 제독들의 명단이 자랑스레 새겨진 함판을 지나쳐 방 한 가운데에 서 있는 청동 석비로 관심을 돌렸다.

석비 위에는 해진 두루마리가 하나 놓여 있었다. 게헨이 그 앞에 섰다.

"이리 와 봐."

게헨은 대수롭잖게 두루마리를 펼쳤다.

"이거."

"여기에 있는 물건들 전부 함부로 만지면 안 되는 거 아닌가?"

"다시 원래대로 돌려놓으면 돼. 그리고 너 여기까지 와서 뭐라는 거야."

무표정하게 긴 두루마리를 성의 없이 펼치던 게헨의 손이 멈추었다.

"여기."

파사드의 눈이 자동으로 미끄러졌다. 그의 손끝이 가리키는 것은 엔호자 죄브, 마지막 유목왕에 관한 이야기였다.

 엔호자는 열여덟 개의 유목 부족을 통합한 족장이다. 그의 키는 오십 년 된 떡갈나무처럼 크고 그의 고함은 우레와 같다. 엔호자의 비호 아래, 우리는 열흘에서 달이 한 번 크게 바뀔 때까지 한 땅에 머물며 수렵과 채집으로 생활을 연명했다.

 엔호자 죄브.
 가정교사였던 울버가 예전에 했던 말이 있다.
 로크란드는 한때 시친 민족이었던 갈카마족들에게 많이 시달린 만큼, 그들에 관하여 기본적인 상식은 배워야 한다는 것이 이유였다.
 울버는 시친의 마지막 유목왕에 대해서도 간단히 설명해 준 적이 있었다. 불곰과 같은 사내였다고 했던가. 미리 알고 있던 것과 크게 다르지 않은 묘사라 신기하지는 않았다.
 "내가 보여 주고 싶었던 건 여기야. 이걸 읽어 봐."
 파사드의 새까만 눈동자가 계헨의 손끝이 가리키는 지면에 머물렀다.

 스완 세칼리드 라르칼리아는 위대한 지도자이며 전무후무한 여왕이었으므로 엔호자의 전심全心을 받기가 당연했다. 그러나 예이건의 숙청은 엔호자가 보기에도 실수였다. 여왕의 브류나크는 예이건의 대자와도 같았으므로.
 엔호자는 여왕에게 탄원했다. 약속의 날까지 설원의 늑대를 멀리 하라, 나의 여왕이여. 그러나 여왕은 그녀의 방패였던 브류나크를 가슴 깊이 신뢰한다는 답만 되돌렸을 뿐이다.
 여왕은 자기기만에 빠져 있다. 그녀는 영리했으나 현명하지 못했고, 불신으로 가득 차 있었으나 자신의 것에만큼은 관대하기가 하늘 같았다.

(······중략······)

그리고 예정된 파멸의 날이 다가왔다. 대리 통치자 브류나크가 주인의 뒷덜미를 물었다. 늑대의 배반은 통탄할 일이었다.

엔호자는 마지막까지 여왕을 돕기로 공포했다. 그들에게 영구불변의 풍요로운 옥토를 약속한 여왕은 그들을 라르크의 우호 민족으로 삼았고, 그들의 축제에 맨발로 뛰어나와 함께 춤추어 많은 서부 민족과 엔호자를 크게 감명시켰었다. 함께 춤을 추었으므로, 이것은 시친이 당연히 지켜야 할 의리였다.

그러나 그의 선택에 반대한 이들은 당시의 2인자였던 갈카미가를 따라 북부로 달아났다.

연쇄적인 파멸 속에서 엔호자는 눈물을 멈추지 못했다. 여왕은 그들에게 아르도니스의 딸을 데리고 떠나 줄 것을 부탁했다. 엔호자는 마지막 여왕의 청을 들었다.

라르크의 여왕은 엔호자의 여왕이었던 것이다.

여왕이 참수되기 직전까지 엔호자는 주창했다.

여왕이야말로 유일한 북부의 왕. 신의를 잃은 북부의 늑대들은 사죄하라.

발끝부터 소름이 올라와 정수리까지 뒤덮인 기분이었다.

파사드는 한때 의문을 가졌던 '창과 방패'에 관한 해답이 예상치 못한 곳에서 튀어나왔다는 사실과, 브류나크를 노골적으로 비난하는 문헌의 내용 중 어떤 것에 더 먼저 초점을 맞춰야 할지 알 수 없었다.

"여기 보여? '라르칼리아가 우리에게 풍요로운 옥토를 약속했다'라는 부분 말이야."

"……."

"그런데 너희 브류나크가 라르칼리아를 멸망시키면서 우리는 이곳으로 쫓겨 온 거라고."

"……."

"모르가나가 그렇게 제멋대로 날뛸 수 있었던 게 브류나크 때문이라고, 우리는 그렇게 생각해. 너희가 우리에게서 대륙을 빼앗은 거야."

게헨의 냉담한 결론이 결코 옳다 믿지는 않았지만, 어째서인지 귀까지 벌겋게 달아오르는 기분이었다. 파사드는 애써 침착을 가장해 다시 게헨의 손에 둘둘 말리는 두루마리의 겉면만 내려다보았다.

"지금은 다들 쉬쉬하고 있지. 아마 언젠가 이 역사도 썩어 문드러져 날조하게 될 테지만 말이야. 아예 바닷속에 가라앉아 버릴지도 모를 일이고."

"……."

"하지만 기억하는 사람들은 항상 있어. 우리는 대륙을 누비던 사람들이라고."

한참 후, 파사드가 뻣뻣하게 굳어 있던 입술을 열었다.

"게헨 파트라논."

"응."

"너는 대체 뭔데 이곳을 드나들 수 있는 통로를 알고 있고, 이런 걸 알고 있는 거야? 처음에 해안에서 너를 만난 건 우연이었나? 나는 내가 대사관에 머물고 있다 말하지 않았는데 너는 어떻게 이미 알고 있었던 거고?"

"……."

"너를 처음 만났던 그날, 나를 죄인들이 버려지는 곳으로 데려갔던 것 역시 계산이었나?"

게헨의 눈가에 씁쓸한 웃음이 떠올랐다.

"세상에 아무 이유 없이 호의를 품는다는 게……."

그 순간, 침입자를 알리는 종소리가 요란하게 울리기 시작했다. 놀란 건 파사드뿐만이 아니었다. 막 말을 멈춘 게헨이 혀를 깨문 듯 신음하며 표정을 구겼다.

"아, 제기라으으으! 마해따! 이딴 뛰어!"

"뭐?"

파사드를 움켜쥔 게헨은 날래게 방을 가로질러 달려가더니 회랑 안쪽에 감춰져 있던 쪽문의 걸쇠를 벌컥 열어젖혔다.

"빨리, 으아, 빨리 와. 잡히면 진짜 큰일 난다고!"

행정 청사 방위 헌병들이 도처에 깔려 있었다. 처음엔 한 명이었던 헌병들이 어느새 둘, 셋, 넷, 열이 넘는 수로 불어났다. 침입자를 알리는 종소리가 심리적으로 그들을 죄어 왔다.

파사드는 목조 지지대 아래를 익숙한 듯 숨어드는 게헨을 쫓느라 정신이 없었다. 게헨은 마치 피난처를 알고 있는 사람 같았다.

이윽고 건물의 후미진 뒤편 어느 수풀을 헤집던 게헨의 손 아래, 어떤 바닥 문이 드러났다. 개구부였다. 얼마간 정신없이 달리다 보니 숨이 턱 끝까지 차올라 몸에 힘이 풀렸다.

게헨은 능숙하게 문을 열었다. 아가리를 벌린 새까만 지하를 내려다보며 파사드는 등줄기가 오싹해지는 것을 느꼈다.

"들어와!"

게헨이 달려가자 그는 어쩔 수 없이 따라 내려갈 수밖에 없었다.

개구부 아래의 지하실로 은신한 게헨은 지상 위가 소란해졌다가, 곧 잠잠해지는 것을 확인한 후 킬킬거리기 시작했다. 파사드는 거의 토할 것처럼 속이 울렁거리는 걸 깨닫고 허리를 숙였다. 게헨은 그런 파사드의 어깨를 탁 때리며 크게 웃었다.

"진짜, 와, 간 떨어지는 줄 알았네! 나 참, 하아."

무릎을 짚은 채 숨만 헐떡거리던 파사드가 고개를 비껴 게헨을 노려보았다.

"아아, 미안. 많이 놀랐지?"

"……."

"아, 근데 이제 어쩔까?"

그걸 왜 자신에게 묻는 걸까. 지금 자신은 여기가 어딘지, 어떻게 돌아가는 상황인지도 모르겠는데.

하나 확실한 건 지금 큰일이 벌어졌다는 것이다. 대사 나크타가 바로 오늘 그에게 저들과 어울리지 말라고 몇 차례나 당부했는데 뭣도 모르고 어울렸던 것은 물론이거니와, 알고도 이곳까지 따라와 시친의 중앙 행정부로 숨어들었다.

그냥 당당하게 들어오다 잡힌 거라면 모를까 도망까지 쳤으니 이젠 수습하려야 아연하기만 했다.

"여긴 안전한 거야?"

"어. 여기 아는 사람 몇 없거든."

호언 장담을 하는 게헨의 태도에 조금 안심이 되었다.

'일단 생각을 정리해야…… 생각을…….'

그런데 그때였다. 끼이익. 경첩 소리와 함께 문이 열렸다. 놀란 파사드가 몸을 굳히는 것과 거의 동시에 게헨의 웃음소리도 뚝 멎었다.

제길, 이 자식을 믿는 게 아니었어!

파사드가 오만상을 찡그리고 게헨을 노려보았다. 게헨은 **뻣뻣하**게 굳어 벽에 등을 착 붙이고 이를 딱딱 부딪치고 있었다. 아, 미친, 설마. 알아들을 수 없는 혼잣말을 중얼거리며.

저벅저벅. 지하실 계단 아래로 흐린 빛이 흘러들었다. 낯선 구둣발 소리가 가까워졌다. 극도의 긴장감 속에서 게헨과 파사드는 숨을 죽였다. 이 지하실은 도망칠 데도 없었다.

자박자박.

이윽고 게헨보다 한 걸음 앞에 서 있던 파사드의 시야 귀퉁이로 늘씬한 여자의 다리가 모습을 드러냈다.

'여자?'

게슴츠레 눈을 뜨고 살피던 파사드는 그 여자가 누구인지 단박에 알아차렸다.

카헤이아 뵈르게트. 삼 제독의 딸이라고 했던 여자였다. 다소 허스키한 여자의 음성이 지하실의 긴장된 공기를 울렸다.

"이럴 줄 알았지."

여자는 중간 길이의 곤봉 같은 막대를 쥔 채였다. 여자가 휙 봉을 휘두르자 허공으로 바람 갈리는 소리가 났다. 쉬익! 숨어 있던 파사드와 게헨의 어깨가 동시에 움츠러들었다.

"나와."

한참을 끙끙 목 졸린 신음을 흘리던 게헨이 터지는 듯한 한숨을 내쉬었다.

"제길…… 제길, 제길."

그러고는 터덜터덜 계단 가까이로 다가갔다.

파사드는 게헨이 너무 순순하지 않은가 싶은 생각에 그를 붙잡으려 했다. 그러나 파사드의 손이 닿기도 전에, 여자의 다리가 더 먼저 날아들었다.

"누…… 우악!"

여자의 구둣발은 그대로 게헨의 가슴에 명중했다. 게헨은 우당탕 탕 소리와 함께 그대로 뒤로 나동그라졌다. 놀란 파사드가 달려가 게헨에게 달려갔다.

"게헨!"

여자가 파사드를 향해 명령했다.

"넌 빠져라."

"으아아아. 아파 뒈지겠…….."

"온 행정 청사가 너 때문에 비상이 걸렸다. 상황을 이 지경으로 만 들고 나서도 불평할 입이 남아 있나?"

"와, 대체 왜 여기에 있어? 요즘 할 일이 없나 보지? 아무리 그래 도 그렇지 이렇게 빨리 찾아내냐."

파사드는 살갗으로 느껴지는 여자의 살기에 몸을 경직했다.

"네가 숨을 데가 여기뿐이지."

"아…… 우씨, 알았으면 좀 봐주지."

"지금 투헤인이 너를 얼마나 벼르는지 알면서도 눈치 없이 여기에 기어들어 와?"

설명 없이 이어지는 대화에 파사드는 어정쩡하게 선 채로 눈만 깜 빡였다.

"정신 차릴 때까지 얼굴 들이밀지 말라고 했지!"

"아, 으아. 얼굴은 때리지 말자, 좀!"

여자는 가까스로 상체만 일으켜 피가 터진 입술을 훔치는 게헨의 복부를 걷어찼다. 강한 발길질에 게헨이 목 비틀린 닭 소리를 내며 몸을 데굴데굴 굴렀다. 꾸엑!

그것으로 끝이 아니었다. 여자의 우악스런 손이 그대로 게헨의 뒷머리를 잡아 일으켜 세웠다.

"어딜 때릴지는 내가 정해, 쓸모없는 새끼."

"카헤이아아아! 으악!"

카헤이아는 항복한 게헨의 면전에 듣기도 면구한 비속어를 토해 내며 연신 두드려 팼다.

"으아! 으아! 그만 때려! 그만 때리라고! 야, 이 미친 코끼리 같은 년아!"

여자를 말려야 하는 건지, 게헨의 입부터 막아야 하는 건지 정신이 혼미해질 지경이었다.

'……응?'

문득 조금 전 스친 귀에 익은 단어에 멈칫한 파사드가 엉거주춤 그들을 번갈아 보았다.

"야, 칼란도오옥! 너 친구가 두드려 맞는데 보고만 있을…… 으악!"

"게헤에엔, 투헤인이 네 배에 칼을 쑤셔 박아 주겠다고 벼르는 걸 겨우 달래는 게 나니까, 내 화가 풀릴 때까지 감사하며 맞아라."

"차라리 다른 걸 쑤셔 주면 좋겠는…… 아니, 내가 쑤셔지는 것보다 내가 쑤시는 게…….."

"그냥 너 같은 거 감싸 주는 게 아니었는데."

한참을 두드려 맞던 게헨이 회심의 반격을 가하듯 카헤이아를 밀어낸 후 도망치려 했다.

"칼란독, 어서 도망가…… 으앗!"

그러나 애석하게도 그는 세 걸음도 떼지 못하고 카헤이아의 팔꿈치에 가격당해 파사드의 코앞에 쓰러졌다. 이마를 쿵 박는 소리가 났다.

'아, 아윽……'

울음 같은 신음 소리에 파사드의 미간이 절로 좁아졌다.

"아, 어헝헝, 진짜 죽겠네! 네가 그러고도 사람이냐! 아, 아냐! 아냐! 내가 진짜 잘못했으니까……. 카헤이아, 좀 살살……."

"나보다 여섯 해나 늦게 태어난 새끼가 건방지게. 내가 검을 들고 뛰어다닐 때 너는 기어 다녔다, 이 새끼야."

또다시 여자의 발길질이 날아들자 게헨은 비명 같은 신음을 내며 가까스로 손을 들어 그녀의 발을 막았다.

"누, 누, 누, 누나! 누나! 누나라고! 알았다고!"

"이미 늦었어. 내 인생에 도움이라고는 하나도 안 되는 이 쓸모없는 애물단지 새끼."

사태는 점점 이상해졌다. 파사드의 눈에 당혹스러움이 어렸다.

'누나?'

저 여자는 삼 제독 뵈르게트의 딸이었다.

'미친 코끼리?'

그러고 보니 게헨도 금발, 카헤이아도 금발이었다. 꼭 닮은 빛으로.

하지만 카헤이아는 뵈르게트라는 시친의 삼 제독 가문이었다. 그리고 게헨은 파트라논이라고 했다. 얼빠진 파사드를 아는지 모르는지 게헨은 거의 기다시피 해서 파사드의 뒤로 숨었다.

"국빈은 못 때리겠지!"

여태까지 파사드를 없는 사람 취급하며 무시하던 여자의 매서운 눈이 온전히 파사드에게 박혔다. 놀란 파사드가 손바닥을 내밀어 보였다.

"자, 잠깐 말로……. 제가 누구인지, 어찌 된 상황인지 설명을 드리겠……."

"네가 아무리 대륙에서 날고 기는 놈이라고 해도 여기선 소용없다. 비켜, 파사드 칼란독."

파사드는 누구인지 밝힌 적도 없는데 저 여자가 자신의 신분을 정확히 알고 있다는 게 당황스러웠다. 잠깐 멈칫하는 사이 카헤이아의 구타는 다시 시작되었다.

으아아! 그만 때려어! 게헨의 비명이 울렸다.

"저년, 저거, 야, 이 미친 코끼리 년아! 진짜 힘만 세서는! 칼란독, 카, 카, 칼란독! 내가 너한테 이년 정신 나갔다고 했지? 봐! 이게 우리 가족이야! 여자는 괴물이라고!"

'……너, 지금 그런 말 할 때냐.'

게헨의 웃는 건지 성을 내는 건지 분간이 안 가는 목소리가 좁고 어두운 지하를 쩌렁쩌렁 울렸다.

파사드는 반쯤 인간의 형태를 잃어버리고 만 게헨과 나란히 행정 부처의 어느 웅장한 방 소파에 앉았다.

그들의 건너편에는 등 뒤로 해군 헌병들을 줄줄이 세워 둔 두 남녀가 마주 앉아 있었는데 한 사람은 카헤이아 뵈르게트, 또 한 사람은 시친 중앙 행정부의 부장관인 투헤인 뵈르게트였다.

'둘 다 뵈르게트……'

뵈르게트라는 이름이 뜻하는 게 무엇인지 파사드는 잘 알았다. 델오스작의 현 제독, 산테라 뵈르게트의 자식들이다.

파사드는 거의 소곤거리는 듯한 소리로 게헨을 향해 말했다.

"……네 아버지가 제독이라고? 너희 형, 누나라고?"

"어."

설명에 따르면 카헤이아 뵈르게트는 게헨의 친누이였고, 투헤인 뵈르게트는 게헨의 친형이라고 했다. 듣고도 믿기지가 않았다.

"카헤이아랑 투헤인에 대해서는 내가 예전에 말했잖아. 누나는 해군이고 형은 행정 청사에서 일하고 있다고."

단순히 해군이고 행정 청사 직원이라고 했지, 제독의 딸로 엄청난 입지를 가지고 있는 그 유명한 카헤이아 뵈르게트가 친누나이며, 행정 청사의 부장관인 투헤인 뵈르게트가 친형이라고는 한 적은 없었다. 분명 거짓말은 하지 않았지만 '아' 다르고 '어' 다른 법이 아닌가.

"……친형제라고?"

"응."

"이복형제가 아니라?"

"형이랑 나 꽤 닮지 않았나?"

"어머니만 같아?"

"아니? 어머니 아버지 다 같은데?"

불편한 감정을 억누르고 생각을 가다듬은 파사드가 차분히 되물었다.

"아니…… 너는 근데 파트라논이잖아?"

파사드가 알기로 삼 제독은 울겐 헤이헨, 반체스 드비거트 그리고 산테라 뵈르게트였다.

시친은 중간 이름을 가지지 않는다고 했으므로 게헨이 '게헨 파트라논 뵈르게트'일 리는 없었다. 부모가 똑같다면 사생아도 아닐 터다. 파사드의 혼란이 무색하게 게헨의 설명은 간결했다.

"난 둘째잖아."

"……?"

"왜 그렇게 봐?"

게헨은 도리어 파사드의 반응이 이해가 안 간다는 표정이었다. 그러다가 '아!' 살짝 무릎을 치며 덧붙였다.

"아, 너네 모르나? 우리는 아들이 둘이면 둘째는 보통 어머니 쪽성을 따라. 그래서 형은 뵈르게트, 누나도 뵈르게트, 나는 파트라논."

여자의 성을 따라 간다는 건 라르크에선 말도 안 되는 일이니 짐작할 수 있을 리가.

아니, 그런데 게헨이 제독의 친자식이라면 분명 문제가 더 커진다. 제독이라면 시친의 실세였다. 왜 그런 자의 아들이 반反시친을 외친다는 어리석은 단체에 속해 있느냐는 말이다.

그들의 대화는 거기서 끝났다. 발로 게헨의 무릎을 탁 때린 카헤이아에 의해서였다.

"똑바로 앉아."

금발을 짧게 깎은 구릿빛 피부의 젊은 남자가 서늘한 눈으로 게헨과 파사드를 번갈아 보았다. 그의 연한 갈색의 행정복은 칼로 재단한 듯 주름 하나 없이 단정했다. 게헨과 몹시 닮은 얼굴이라 부담스럽다.

그와 눈을 마주치는 순간 파사드는 직감했다. 겉은 닮았지만 본질은 분명 게헨보다 더 날카롭고 냉정하리라. 그에게서 풍기는 분위기는 뮈아드로의 귀족들 틈에서 자라난 파사드에게 몹시 익숙한 성질의 것이었다.

카헤이아가 자세를 고쳐 앉으며 운을 뗐다.

"자, 일단."

게헨을 반쯤 인간의 형태를 잃게 할 때까지 두드려 팼던 여자는 언제 그랬냐는 듯 제복 옷깃 하나 흐트러짐 없이 깔끔했다.

"너희는 나가 봐라."

체포 대기를 하고 있던 행정 청사 헌병 경비들은 카헤이아의 간략한 명에 약식 경례를 올린 후 물러갔다. 카헤이아는 그들이 나가자마자 퉁명스레 뱉었다.

"일 크게 만들지 말라고, 투헤인. 이대로만 가면 나 조만간 승급이란 말야."

투헤인이 냉담히 대꾸했다.

"행정 부처의 일은 네가 관여할 일이 아니지, 카헤이아 대위."

"게헨 파트라논은 둘째 치고 저 녀석은 라르크에서 온 그 녀석이야. 이 일이 커져 봐야 우리에게도 좋을 것 없어. 가뜩이나 바인 쪽도, 타리가 쪽도 골치 아픈 일투성이인데 북부국 원성까지 사야 직성이 풀리겠냐?"

투헤인의 눈이 몹시 노골적으로 못마땅한 듯 파사드에게 향했다.

"그러니 더 확실히 해야지."

"이놈이고 저놈이고 하여간 형제란 것들이 하나도 도움이 안 돼."

팅팅 부은 뺨을 한 게헨이 웅얼거렸다. 누나만 없었어도 완전 범죄인데. 저게 여기 있을 줄 몰랐다니까. 젠장, 정 없는 뵈르게트 연놈들.

투헤인의 눈매가 가늘어지는 것과 동시에 그가 마시고 있던 잔을 그대로 게헨의 얼굴에 던졌다. 아야! 게헨의 왼쪽 눈가를 맞고 떨어진 잔이 뎅그렁 소릴 내며 바닥으로 떨어졌다. 그 바람에 파사드가 깜짝 놀라 몸을 옆으로 뺐다.

"때와 장소를 가릴 줄 알아야 한다고 했을 텐데."

게헨은 '으, 진짜!' 소리치며 양 손목이 묶인 채로 얼굴을 마구 문질러 술을 닦아 냈다.

"그, 그, 그만! 친구 앞에서 모양 빠지게 그만 좀 하라고!"

비웃듯 입꼬릴 올린 투헤인이 파사드를 노려보며 말했다.

"친구……?"

파사드는 투헤인과 눈을 마주치고는 입술을 꽉 물어 닫았다.

"라르크의 파사드 칼란독 브류나크, 당신이 왜 중앙 청사에까지 숨어든 건지 설명하시겠습니까."

"……실수였습니다."

파사드가 머뭇머뭇 능쳤다. 그도 그럴 것이 상황을 설명하려면 시친의 중앙 행정 부장관 앞에서 게헨이 자슬로 엔버라는 것까지 설명해야 하는 게 아닌가 하는 데까지 생각이 미친 탓이다. 그러나 투헤인은 호락호락 넘기지 않았다.

"그보다는 더 자세한 설명을 준비하셔야 할 겁니다."

투헤인이 고급스러운 질감의 양피지를 한 장 내밀었다. 경위서라고 적혀 있었다. 그리고 빈 경위서의 오른쪽 하단에는 과실을 인정한다는 증거 서명을 남기는 공란이 있었다.

"친필로 상황을 작성하신 후, 서명하십시오."

파사드는 주저했다. 섣불리 이런 곳에 흔적을 남겼다간 추후 무슨 문제가 생길지 모를 일이다.

투헤인이 덧붙였다.

"버티셔도 소용없습니다. 이미 라르크의 대사관에 사람을 보냈습니다. 이 일을 크게 만들고 싶지 않은 건 저 또한 마찬가지이니 적당한 선에 마무리할 수 있도록 도와주시지요. 그리고 라르크의 당신은 꽤 대단한 사람이라 들었습니다. 본국의 입국은 거절할 명분이 없어 내버려 두었지만 이렇듯 불미스러운 사건을 일으켰으니 빠른 시일 내에 출국해 주길 권유하는 바입니다."

상황이 왜 이렇게 커진 건지 모르겠다. 기분이 몹시 불쾌하고 언짢았다. 하지만 그건 이 사태에 대한 불안과는 하등 관계없는 것이었다.

"그리고 게헨."

펜을 쥔 채로 미동도 못하고 망부석처럼 앉은 파사드의 정수리 위로 서늘한 목소리가 맴돌았다.

투헤인이 명령했다.

"너는 따라와라."

제길. 못 잡아먹어서 안달이라니까, 형은. 게헨은 온갖 혼잣말을 씨부렁거리며 비틀비틀 일어서서 투헤인과 함께 부장관실 안쪽으로 들어갔다.

파사드는 비틀비틀 걸어가는 게헨의 뒷모습을 바라보았다. 괴괴하게 가슴이 끓었다. 그의 모습이 완전히 사라진 후에야 파사드는 그를 지배한 감정이 약간의 배신감이라는 걸 인정했다.

두 사람이 자리에서 일어난 후에도 카헤이아는 한참이고 미동없이 파사드를 응시했다. 그녀의 자세, 눈빛 모든 것에서 잘 담금질 된 군인의 분위기가 물씬 풍겼다.

과연 나크타가 말한 것처럼 기세가 보통이 아니었다. 조금 전 게헨을 미친 코끼리처럼 두드려 패는 광경을 목격해서일지도 모른다. 카헤이아가 먼저 입술을 뗐다.

"이렇게 첫인사를 나누게 되어 유감이구나, 파사드."

그녀는 몹시 아무렇지도 않게 그의 이름을 불렀다. 하지만 시친인들은 가문의 이름보다 본인의 이름을 이름이라 여긴다는 걸 지난 생활 동안 배워 알았다.

게헨이 그를 칼란독이라 부르는 것은, 처음 파사드가 알려 준 이름이 그것이었기 때문이다.

"결론부터 말하자면 앞으로는 게헨 파트라논이랑 엮이지 않는 게 좋을 거야. 가족의 인생에도 도움 안 되는 놈이, 남의 인생에 도움이 될 거라곤 생각지 않거든."

까칠한 언사에 파사드는 최대한 정중하게 대꾸했다.

"……저도 이런 식으로 만나게 되어 유감입니다. 하지만 제 교우 관계에 관한 문제는 당신의 소관이 아닙니다."

"교우 관계? 너는 지금 네가 저놈이랑 순수한 친분을 쌓고 있다고 생각하나?"

기묘하게 뼈 박힌 말에 파사드는 말을 아꼈다.

"저놈이 너랑 순수하게 친구 놀이를 하고 있다고 믿어? 네가 시친의 대사관에 이를 거라는 말을 듣자마자 켈레티 올다 해안가로 뛰쳐나가 몇 날 며칠을 대사관 근처에 죽쳤던 녀석이야."

짐작은 했지만 막상 들으니 새삼스레 배신감이 느껴졌다.

카헤이아는 입술을 다물어 버리는 파사드를 가느스름한 눈으로 내려다보며 조소했다.

"역시 애는 애군."

"저는 분명 실수를 저질렀습니다. 오늘 제가 벌인 일 이상의 무례를 저지르고 싶지도 않고요. 하지만 그런 식의 언사는 삼가 주시죠."

"자존심 부릴 때와 장소를 가려라. 내가 네게 말했을 터다. 네 나라에서는 얼마나 대단하게 날고 기는지 모르겠지만 내겐 소용없다고. 그리고 그리 대단한 놈이라 스스로 믿는다면, 다시 한 번 확실히 말해주지. 게헨 파트라논은 제 뿌리가 대륙에 있다고 믿는 정신 나간 놈이다. 우리 시친 민족의 수치이니 너 같은 놈과 어울릴 수준이 못 돼."

카헤이아의 말은 조금 지나친 구석이 있었다. 파사드는 괜스레 그녀에게 반감이 들어 쏘아붙였다.

"시친의 근간이 대륙에 있다는 건 전혀 근거 없는 말은 아닙니다. 미친 사람 취급당할 이유는 아니라고 생각하는데요."

"그게 너희와 상관이 있나?"

"……."

"파사드. 유유상종이라고 하지. 같은 색으로 물든다는 게 말이야. 아무리 나는 아니라 해도 어느 순간 정신 차리고 보면 어울리던 것들이랑 같은 색이 돼."

"……."

"한심한 머저리 옆에 붙어 있으면 너도 같이 머저리가 된다는 말이야. 가뜩이나 대륙에 미쳐 있는 놈에게 대륙 놈이 붙어 있는 게, 민물고기가 사는 웅덩이에 바닷물을 퍼 넣는 것과 다를 게 뭐냐. 내가 그래서 너희 대사관까지 찾아가 친히 당부까지 했는데 전혀 소용이 없었다는 건 그렇다 치지. 통제 불능의 저놈이 안 좋은 사상에 물들어 죄를 범해 처형당하게 된다 해도 상관은 없지만, 저 상태가 대륙에서 온 생판 모를 네놈 때문에 더 심해지는 건 사양이다."

침묵하는 파사드를 노려보며 냉랭하게 입가를 끌어내리던 카헤이아가 화두를 돌려 물었다.

"다른 이야기를 해 보지. 너는 왜 시친까지 왔지?"

"제가 어째서, 어떻게 이곳에 이른 건지는 당신이 상관할 바 아닌 듯합니다."

"어떻게 온 건지는 이미 안다. 일대를 쭉 돌아다니다가 일라린의 땅을 거쳐, 그곳의 왕에게 다리를 놓아 달라 해 이곳까지 흘러들어 왔다지."

파사드의 눈이 가늘어졌다.

"우리가 라르크의 중추 인물을 국내로 받아들이면서 아무런 조사도 안 할 거라고 생각했나?"

"……브류나크로서 이곳에 온 게 아닙니다."

"뗄 수 있는 사실이 아니란 건 네가 더 잘 알 거다. 게헨이 군도를 벗어날 수 없는 시친인으로 태어난 것처럼 너도 이미 한 번 붙은 브류나크라는 딱지를 떼 버리지는 못할 거라고. 지금도 브류나크라는 이름 때문에 네 죄를 엄히 묻지 못하는 특별 대우를 누리고 있잖나?"

입이 열 개라도 할 말이 없다.

파사드는 의식적으로 기억 속에서 치워 두고 있던 장롱 속의 리오낙을 떠올렸다. 이런 문제까지 벌어졌으니 정말 라르크로 돌아가야 할지도 모른다. 그러나 당장은 스스로가 이런 일에 휘말렸다는 사실 자체만으로도 충분히 화가 났다.

"네가 라르크에서 온 브류나크의 아들만 아니었어도 게헨의 갑절은 더 패 줬을 거다."

양 무릎 위에 팔꿈치를 댄 카헤이아가 손깍지를 껴 턱을 괸 채로 그에게 가까이 몸을 기울였다.

"그러니 말해 봐. 어차피 이야기 상대라고는 지금 너와 나 둘뿐이잖나? 대귀족, 그리 부른다지. 북국의 대귀족이 대책 없이 시간이나 때우자고 서쪽 해협 너머에 있는 시친에 온 건 아닐 테고……."

파사드의 입술이 다물렸다. 살짝 떨렸다. 카헤이아의 눈빛에 꿰뚫리는 듯한 기분이 들었다.

"애초에 너희 대륙인들은 우리를 얕보곤 했지. 그런데 북부의 대귀족이라는 네가 대륙을 떠나 이곳에서 정치 외교 활동도 없이 저런 이상한 사상 단체에 물든 놈이랑 어울려 다닌다는 건, 정말로 네게 문제가 있다는 거지."

"……."

파사드는 마른 입술을 혀끝으로 핥은 후 찬찬히 입술을 열었다.

"……뵈르게트 대위는."

"카헤이아."

"압니다."

"이름으로 불러, 파사드."

"싫은데요. 성으로 부르시죠."

"싫은데?"

짧은 찰나 전류가 튀며 두 사람의 눈빛에 살의가 어렸다.

한참 신경전이 이어졌다. 결국 파사드가 내키지 않는 표정으로 한 발 물러섰다. 지금 꺼내려는 말은 단순한 호칭 문제보다 중요한 것이었다.

"카헤이아 대위는…… 알고 있는 겁니까?"

게헨이 자슬로 엔버라는 단체와 긴밀하다는 것은 분명 작은 일이 아니었다. 이스크라 내의 해군 장교의 아들마저 사형을 당해 죽었다는 이야길 들은 것이 얼마 되지 않았다. 단순히 사상에 심취해 있다는 것도 문제인데, 그 사상을 설파하는 단체에 속해 있다는 건 어마어마한 불명예였다.

피식 웃은 카헤이아가 삐딱하게 턱을 괴었다. 그러나 굳어진 입매가 그녀의 불편한 심기를 고스란히 드러내고 있었다.

"시친이 가라앉고 있다는 게 사실입니까?"

"공식적으로 아니라고 답하겠다. 그리고 대륙인인 네 소관이 아니니 쓸데없는 데에 관심 두지 마."

"비공식적으로는?"

파사드가 캐묻기 시작하자 카헤이아는 다소 귀찮단 표정을 지었다.

"라르크의 아들 파사드, 너는 내게서 무슨 답이 듣고 싶은 거냐? 어차피 섬이 가라앉고 말고와는 상관없이 시친은 정상적인 루트를 통해 다시 대륙으로 나갈 수 없어. 이미 지난 이백 년간 해군이 득세하며 과도하게 발전하는 과정에서 과거 유목 민족으로서의 영광을 가져와 주었던 이들은 전부 다 뿌리 뽑혔으니까."

"……."

"이미 기득 세력이 된 자들은 대부분 그걸 받아들이고 있고, 뵈르게트와 파트라논 모두 기득권 세력이다. 우리는 그걸 놓을 생각은 없으니 앞으로 핍박은 더 심해질 거야. 군중들도 그걸 바라고. 시친 내부의 내분을 일으키는 먼 옛날의 영광을 갈망하는 파편들은 곧 꺼질 반딧불이처럼 죽어 갈 것들이다."

"……."

"이곳사람으로 태어났다면 이곳을 받아들이고 살아야 해. 만에 하나, 설사 우리의 뿌리가 대륙에 있다 해도 우리 줄기와 가지는 이곳에 있어. 우리의 의무는 지금의 체제를 유지하는 거다. 나처럼 현실적인 판단을 내리는 이들이 많을수록 너희와도 사이가 좋아지는 거지. 우리는 이미 네 개의 섬을 통합하고 치안을 유지하는 것만으로도 문제가 많다."

그녀의 말은 게헨의 이상적인 주장보다 훨씬 옳았다.

"저 멍청한 놈은 머리에 피도 안 마른 녀석들을 모아 쿠데타라도 일으키면 언젠가 우리가 대륙을 침략이라도 하게 될 거라 생각한 모양이다마는……. 너는 대륙인이니 저 녀석의 생각에 동조하지는 않겠지. 그러니 어쭙잖은 태도로 저놈과 얽혀 외교 문제까지 일으키지는 마라. 저 녀석이 떠들어 대는 헛소리를 덮으라 투헤인을 설득하는 이유는 하나다."

"……."

"내 출세에 방해되거든."

카헤이아는 파사드의 얼굴을 찬찬히 들여다보며 속삭였다.

"……내가 지금 너와 마주 보고 있는 요는, 어차피 게헨 같은 얼간이 몇 명이 모여도 문제될 일은 없겠지만 이번처럼 서로 번거로운 일로 마주 보지 말자는 거지. 있는 듯 없는 듯 지내다 돌아가는 편이 좋을 거다. 주시할 테니."

카헤이아의 말 속엔 어떤 날카로운 경멸이 배어 있었다.

파사드가 무어라 반박하려던 찰나, 안쪽에서부터는 게헨과 투헤인의 목소리가, 문 밖에서는 라르크 대사 나크타의 목소리가 동시에 울리기 시작했다.

아, 진짜 형, 나한테 왜 이러냐! 나는 너 같은 동생 둔 기억 없다고 했을 텐데. 브류나크, 브류나크께선 어디 계십니까?

대사 나크타의 목소릴 듣자마자 심경이 혼란해져 파사드는 참고 있던 한숨을 내쉬고 말았다.

카헤이아가 표정을 갈무리하며 자리에서 일어섰다.

"먼저 일어나지. 어차피 게헨 파트라논, 저 녀석은 내 경고는 귓등으로도 듣지 않으니 네가 전해라. 조만간 크게 숙청 작업이 있을 거야. 투헤인이 벼르고 있으니 조심하도록 하고…… 이제 곧 열여덟이니 정신 좀 차리라고."

"……아."

그녀는 벌컥 문을 열고 들어온 대사 나크타에게 예의상 경례를 붙인 후 커다란 방을 벗어났다.

나크타는 어지간히 놀란 건지 땀 닦아 낼 정신도 없이, 행정 부처 장관에게 사죄의 뜻을 밝혔다. 나크타의 노력에 힘입어 어린아이들

의 치기 어린 장난쯤으로 사태는 마무리되었지만 파사드는 자존심
이 퍽 상한 후였다. 그는 유치하지도 않았고, 장난기 때문에 사고를
일으키지도 않았다.

브류나크의 이름에 먹칠하지 않기 위해 얼마나 무던한 노력을 했
던가. 차마 낯도 들 수가 없었다.

그날로 대사관으로의 귀환을 명받은 파사드는 시친 군도의 율법
을 어기고, 행정 청사에 숨어들어 유물을 훼손하려 한 죄로—그럴 의
도는 정말 없었으므로 억울했다— 보름간의 근신령을 받았다.

한밤중이었다.

소동이 마무리되고, 대사관으로 돌아가는 길은 널브러진 침묵으
로 적요했다.

나크타와 그의 등 뒤를 따르는 서너 명의 대사관 관원들은 침묵했
다. 파사드 역시 몇 시간째 입을 다무는 중이었다. 투혜인에게 불려
가 행정 장관의 앞에서 몇 시간 동안 사죄의 글을 쓰고 나온 게헨 역
시 골똘히 무언가를 생각하는 중인지 조용했다.

헛기침 소리와 함께 입을 연 나크타가 게헨을 흘겼다.

"어디까지 가신다고요?"

"이쪽 방향입니다."

"파트라논의 저택은 이 방향이 아닌 것으로 압니다."

"아, 전 독립했거든요."

나크타는 못마땅한 듯 이를 뿌득뿌득 갈았다.

게헨이 같은 방향으로 간다며 따라붙은 것이 몹시 신경 쓰이는 모

양이었다. 파사드는 냉담히 그들을 모른 체했다.

게헨은 뻔뻔하기가 얼마나 낯 두꺼운지 끝끝내 대사의 눈총을 무시하며 대사관 언덕까지 따라왔다. 결국 대사가 대놓고 물었다.

"안 돌아가십니까, 파트라논? 언제부터 라르크 대사관에 살림을 차리셨습니까?"

"저 칼란독 손님인데 쫓아내시는 겁니까?"

막 그를 무시하고 대사관 내의 귀빈실로 향하려던 파사드가 헛웃음을 지었다. 대사는 부정도 긍정도 않는 파사드를 빤히 바라보았다.

파사드가 막 그를 내치려 할 때였다. 게헨이 먼저 입을 열었다.

"마지막이 될지도 모르는데 인사할 시간은 가져야지. 사과할 기회는 줄 거지?"

파사드는 가만 그를 바라보다 고개를 돌렸다. 대사관 건물의 창밖으로는 짙은 구름이 깔려 있는 것이 보였다.

파사드가 마지못한 투로 나크타를 향해 말했다.

"이스크라에 가서 리오낙을 가지고 돌아오겠습니다."

"파사드님, 그건 내일 사람을 시켜도……."

"귀한 물건이니 빨리 가져오는 게 낫습니다."

"그러면 오늘 밤 사람을 시키면 됩니다."

"그냥 제가 직접 다녀오겠습니다."

실실 웃으며 파사드를 바라보는 게헨과 그를 응시하는 파사드 사이의 기묘한 기류를 알아차린 나크타는 곤란한 얼굴이었다. 그러는 사이 파사드는 게헨과 대사를 지나쳐 대사관의 입구로 나갔다. 게헨은 나크타에게 혀를 날름 내밀어 보인 후 파사드를 따라 밖으로 나섰다.

많은 이들이 잠든 야밤의 켈레티 올다는 고요하기만 했다. 두 사람은 느릿느릿 걸었다. 이스크라는 이렇게 걸어 한 시간이 더 걸리는 거리였다.

얼마간 걷던 두 사람은 켈레티 올다를 가로지르는 바다와 이어지는 강변의 모래사장에 앉았다. 게헨이 다리가 아프다며 징징거린 탓이다.

탁한 소금 강이 흐르는 아치교의 곁으로, 짠기를 날려 주는 선선한 바람이 불었다. 찰방찰방 물소리가 났다.

두꺼운 구름에 달도 가리어진 밤, 검은 물결이 넘실대는 좁은 모래사장에 앉아 게헨은 마치 그 일만이 지금 당장 해야 할 모든 것이라는 듯 열심히 모닥불을 피웠다. 선뜻 무언가 말을 꺼낼 기미가 없었다.

결국 고개를 푹 꺾고 모닥불에 혼을 빼놓은 정수리를 향해 파사드가 물음을 던졌다.

"사과한다며?"

"내가 언제?"

게헨이 능청스레 대꾸했다.

이럴 줄 알았다. 또 속았다. 파사드는 이제 화도 나지 않는 스스로가 우스울 지경이었다. 결국 오는 내내 고민했던 질문을 하고 말았다.

"……너희 가문은 시친에서 알아주는 가문이라 했으니 이곳에서 산다면 배곯을 일, 위험할 일 없이 편안하게 살 수 있을 텐데 대체 왜 그런 무의미한 반항을 하는 건데?"

"서운한걸. 반항이라고 표현해 주다니. 그건 너무 귀엽잖아."

"결코 불가능할 일이야. 뵈르게트 대위도 정상적인 루트로 대륙으로 진출할 방법은 없다고 했어. 지금 시친의 체제하에서는 불가능하다고."

"기적 같은 걸 믿는 편은 아니지만 난 가끔 살다 보면 한 번쯤 기적이 일어날 지도 모른다고 생각해."

"솔직히 말해. 너는 네가 제독의 아들이라 쉽게 처벌받지 않는다는 걸 알고 그렇게 방종한 행동을 하는 거 아니야? 순수하게 민족을 위한 행동이라고 가슴에 손을 얹고 말할 수 있어? 다른 시친의 청년들이 어떤 마음으로, 어떤 각오로 임하는지 모르니 그들을 비난하지는 않겠지만 너는 제독의 아들이잖아. 높은 지위에 따른 모범의 책임을 배우지 못했다면 지금이라도 배워."

"아버지가 높은 지위인 게 무슨 상관이야. 내가 나중에 너희처럼 아버지의 직업을 물려받는 것도 아닌데? 물론 내 누이는 지금 칼 벼르느라 정신없지만."

어느새 불이 피어올랐다.

벽에다 대고 떠드는 기분이다. 결국 파사드는 더 설득하기 위해 노력하는 대신, 움튼 모닥불씨를 내려다보았다.

따닥따닥. 침묵이 깊어질수록 불씨는 점점 커졌다.

게헨이 근처에 굴러다니는 소라와 조금 더 물가에 가까운 곳 바위에 득시글하게 붙은 따개비, 홍합 같은 것들을 따 와 불 위에 던졌다. 그러곤 긴 나무 꼬챙이로 들쑤시듯 뒤적였다. 곧 무언가 탁탁 터지는 소리가 들렸다.

게헨은 겉이 검게 탄 소라와 따개비들을 끄집어낸 후 돌로 콩콩 찍어 깼다. 그러자 속이 익은 반들반들한 알맹이가 튀어나왔다. 파사드는 호호 불어 그것을 입에 쏙 집어넣는 게헨을 한심한 듯 바라보았다. 게헨이 검댕 묻은 손으로 소라 알맹이를 하나 건넸다.

"치워."

"먹기 싫음 말고. 낮이면 물고기도 잡았을 텐데. 불이 좋은 게 생선 구워도 맛있겠다. 그러고 보니 오늘 먹은 게 별로 없어서 배고파 죽겠다."

게헨은 나중에는 하나하나 껍질을 부수는 것도 지겨운 듯한 움큼 모아 한 번에 돌로 찍었다. 그러자 검게 탄 껍질이 이리저리 튀었다. 파사드의 인상이 구겨지는 것도 당연했다.

"진짜 맛있는데 이거. 진심이야. 안 먹어 볼래? 후회한다? 너도 저녁 안 먹었잖아?"

파사드가 결국 성을 내고 말았다.

"너 진짜 장난해? 지금 이럴 때야?"

"뭘. 넌 왜 그렇게 매사가 진지하냐? 나한테 이제 좀 미안해?"

"내가 왜 너한테 미안해해야 해. 오늘 내가 너 때문에 무슨 일을 당했는데? 확실히 말해서 나는 너희를 지지하지 않아. 나중에 라르크로 돌아가면 폐하께 가서 아뢸 거다. 시친에 그런 분자들이 있다고."

"이거, 내가 냉혈한이랑 친구를 먹었네?"

너털웃음을 짓는 게헨의 얼굴이 모닥불빛에 번들거렸다. 파사드가 답답한 듯 소리 높였다.

"대대적인 숙청 작업이 있을 거라고!"

"잡을 테면 잡으라지. 우리는 명아주처럼 질겨. 그리고 매번 쫓겨 다니면서도 난 한 번도 붙잡힌 적이 없는걸. 가끔 다치는 거야, 뭐."

그제야 파사드는 게헨의 몸 곳곳에 상처가 어찌 난 건지 짐작했다.

"……얼마 전 해군 헌병이 이스크라에 찾아와 학도 한 명을 잡아간 일이 있었어. 그리고 그날 잡혀 간 해군 장교의 아들이 사형을 당했다고 했어. 너도 같아질 수 있는 거잖아. 아무리 제독의 아들이라도."

반역이란 그리도 무서운 것이다.

위세 높던 투엘라르도, 부유하던 엘더스도 그의 뇌리에서 잊혀져

가는 수많은 가문들도 아주 쉬이 무너졌다. 게헨의 얼굴에 약간의 서글픔이 떠올랐다.

"아아. 그날 이스크라에서 잡혀갔던 파릭스는 말단 회원이었어. 그놈이 잡혀가서 애들 이름 몇 개를 불었다더라. 그 바람에 수트도 발각되어 죽었고……. 내 이름까진 나왔는지 모르겠지만 나왔더라고 해도 아직 내가 너랑 있는 걸 보면 뭐, 당장은 괜찮은 거겠지."

"……너는!"

"가문과 상관없다고 아무리 말한다 해도 네 말처럼 나도 득 본 게 있을 거야. 꼭 그게 아니라도 여태까지 아버지 집무실에서 정보들을 빼다가 자슬로 엔버 단원들이 헌병들을 피할 수 있게 돕기도 했고. 누나도 알고 있고, 형도 알고도 눈감아 주고 있으니 네 말대로 내가 특혜를 받고 있는 건 맞아. 그러니 현행범도 아닌데 섣불리 잡아갈 수는 없지. 잡힌다고 해도 문초 과정에서 모르쇠 잡아떼면 그만이거든."

남 일처럼 답하는 게헨으로 인해 파사드의 심정은 몹시 착잡해졌다.

"그리 쉬운 문제가 아니야. 반역은 멍청한 짓이야. 그만둬."

파사드의 단호한 말에 게헨은 표정을 지우고 빤히 파사드의 눈을 마주 보았다.

"그냥 좀 인정해라, 파사드 칼란독. 네가 지닌 어떤 사명처럼 우리에게도 꼭 그런 무게의 사명이 있다고. 사명이라는 건, 목숨과도 같다는 거야. 죽기 전에 끝나지 않는 그런 거."

천연덕스러운 투와 다르게 진지한 말이라 더 속이 뒤틀렸다.

그들은 이스크라의 입구에서 헤어졌다. 게헨은 잘 지내라는 한마디만 남긴 채 멀어졌다.

그날 밤, 리오낙과 외투만 챙겨 대사관의 귀빈실로 되돌아온 파사드는 잠을 이루지 못했다. 몰이해가 답답했고 창피했고 분했다.

　대사가 말하기를 시친의 중앙 행정부에서 이번 일을 외교 문제로까지 만들고 싶지 않아 라르크로 공문을 보내는 일은 없을 거라 했다. 파사드로서는 다행이었지만 결국 계헨에게 휘말려 대사관에 갇히게 된 꼴이었다.

　한참을 뒤척이던 파사드는 침대에서 일어나 창가로 걸어갔다.

　높은 언덕의 대사관 창가에서는 많은 것이 보인다. 암암한 어둠에 잠긴 하얀 건물들. 달빛이 비치면 희끄무레하게 빛을 발하는 전경. 창틀에 기대어 앉아 비스듬히 리오낙을 세워 든 파사드는 흐린 빛 머금은 백색의 검집을 응시했다. 제 새까만 눈동자가 비치는 맑은 백색이었다.

　계헨의 농락에 넘어가는 기분이었지만 그런 생각도 들었다.

　만일 브류나크가 뮈아드로를 차지하고 역성 혁명을 일으키지 않았더라면 이들의 삶은 어떻게 바뀌었을까.

　'…….'

　그리고 라르크에는 남아 있지 않은 시친의 역사 속에서 본 라르칼리아. 그가 어릴 적 궁금해했던 여왕의 방패는 브류나크였다. 단지 비유적인 기록일지도 모르겠지만 무시할 수 없었다.

　만일 진짜 브류나크가 여왕의 방패였다면 여왕은 왜 방패가 아닌 검을 준 것일까. 변절해 모르가나로 도망갔다던 라르크의 제일기사, 여왕의 창이었던 페이작 돌레한 라르칼리아에게는 말 그대로의 적을 무찌르는 창을 하사했다고 했는데.

　세상은 의문투성이었다. 이 먼 곳까지 도망쳐서도 그는 아직 원하는 답을 찾지 못했다.

　'무엇을 위해?'

이곳에서 만난 모든 이들이 숱하게 물어온 물음이었다.

문득, 테예모가 떠올랐다. 그의 마음 한구석에는 여전히 테예모를 기리고 있는 어린 시절의 파사드가 살아 있었다. 투엘라르의 무고를 알게 된 그날 밤, 되살아난 '어린 시절의 파사드'는 매일 밤 테예모와 했던 대화를 곱씹고 멘자크와 엘더스와의 만남들을 회상했다. 지난 일을 떠올리는 것으로 시간을 낭비하는 셈이라는 것을 알지만 어쩔 수 없었다.

하지만 무엇을 해야 낭비하지 않는 삶인가. 파사드는 아직 답을 알지 못했다.

누군가가 말하는 브류나크의 사명, 아직 파사드는 그것이 무엇인지 체득하지 못했다. 비단 브류나크에게만 주어진 사명이 아니라 저라는 사람에게 주어진 사명이 있다면 그건 무엇일까.

파사드는 바란 적 없는 이름 하나를 위해 태어나자마자 브류나크의 큰 땅덩어리를 왕실에 바쳤다. 이들의 기대가 무거워 무던히 노력하며 살았다. 전심을 다해 왕실에 충성하는 것만이 그가 알고 있던 브류나크의 삶이었다. 하지만 그게 전부라면 정말 초라한 삶이다. 쥐지도 못할 영광이었다.

그렇다면 조부의 유지가 옳을까? 시왕과 같은 위대한 자가 되라. 제 조부는 죽기 직전까지 파사드에게 당부했다. 하지만 벨바롯트 파사드 브류나크는 구국을 행한 스스로를 후회하며 죽었다. 그러니 조부의 말은 파사드에게 있어서 반역을 행하라는 것과 다름없는 말이었다.

무겁게 손바닥을 짓누르는 리오낙의 무게가 두렵다. 이름 없는 무게에 짓눌려 난쟁이가 되어 버릴 것만 같았다.

그로부터 열흘 후, 해군 헌병대가 자슬로 엔버라는 이름으로 뭉친 수많은 청년 장정들에게 공격당했다는 이야기가 들렸다. 그 일이 방 아쇠가 되어 그간 간간이 벌어지던 불온 분자의 숙청 작업에 박차가 가해졌다.

하루에도 수십 명씩 젊은 청년들이 해군 헌병대에게 잡혀갔다는 소식이 심심찮게 들렸다.

어느 하루, 파사드는 낡은 주점이 있는 해안가로 찾아갔다. 해변 도 주점도 텅 비어 있었다. 그 후로도 매일매일 자슬로 엔버 무리가 무더기로 포획당했다는 새 소식이 들렸다.

전 시친의 군도민들은 혹시라도 불똥이 튈까 움츠러들었다. 낮이 고 밤이고 아름다운 도시는 침묵에 잠겼다.

파사드는 마지막으로 대사의 눈을 피해 수백 개의 계단을 내려가 눈에 익은 해안가를 찾아갔지만, 산처럼 쌓인 시체 썩는 냄새만 자욱했을 뿐이다. 그들은 없었다.

대사관의 복도에 서서 하인에게 라르크로 보낼 서신에 대한 당부 를 하고 있던 파사드는, 쿵쾅쿵쾅 발소리를 내며 들어오는 여자를 발견하고 미간을 좁혔다.

급히 그녀의 뒤를 따르는 대사관의 관원들의 표정을 보건대 허락 받은 입장이 아니었던 게 분명했다. 하인은 심상찮은 여자의 기세에 슬그머니 한발 물러났다.

낯설지 않은, 사나운 눈매의 여자가 금발을 휘날리며 그를 향해 똑바로 다가왔다. 카헤이아는 다짜고짜 물었다.

"게헨은 어디 있나?"

파사드는 입술을 꽉 닫았다. 제독의 아들이나 되니 무슨 일이 있을까 생각하긴 했지만 카헤이아가 찾으러 온 것을 보니 이번 난리통에도 잡히지는 않은 모양이었다.

"왜 제게 물으십니까."

"게헨 어디에 있냐고."

카헤이아가 대뜸 파사드의 멱살을 움켜 올렸다. 생전 처음 당해보는 드잡이질에 놀란 파사드가 표정을 굳혔다.

"친구 놀음을 해 대던 건 너희 아니었나? 그 새끼의 헛짓거리를 감싸지 마라. 다시 한 번 묻겠다. 게헨 파트라논은 어디 갔어. 네가 숨겼나? 라르크 대사관에서 숨겨 주고 있는 건 아니겠지?"

파사드의 흑안이 서늘하게 뜨였다.

"감히 지금 어디서 누구에게 손대고 있는 건지 아십니까. 거기에다 모략까지?"

대사관의 관리들이 난리법석 떨었다.

"대위, 이러시면 안 됩니다."

"이분은⋯⋯!"

"놓고 말하십시오."

더 일을 키우고 싶지 않았던 터라 파사드는 카헤이아의 손목을 비틀어 떨어뜨리는 걸로 그쳤다. 카헤이아는 물러서지 않았다.

"알면 말해. 그게 그놈을 구하는 길이다."

파사드는 입술을 짓씹듯 깨문 카헤이아의 일그러진 얼굴을 마주보았다. 그녀가 온 복도가 떠나가라 소리쳤다.

"그 빌어먹을 새끼 어디 숨어 있어!"

게헨과 닮은 눈색을 한 그녀의 핏발 선 눈동자를 마주한 파사드의 입술이 천천히 벌어졌다.

"……모릅니다."

좋지 않은 예감이 목젖을 짓눌러, 갈라진 음성이 흘러나왔다. 정말 그는 알지 못했다.

❖·❖

보름 후, 자슬로 엔버가 일망타진되었다는 소식과 함께 켈레티 올다의 온 골목은 꽃가루와 팡파르 소리로 가득 찼다.

파사드는 켈레티 올다가 아닌 다른 섬도 마찬가지 분위기일 것이라는 나크타의 설명을 묵묵히 들었다.

사 군도의 불안과 불만이 걷힌다. 시친인들의 얼굴은 환희와 즐거움으로 가득 찼다. 영문도 모른 채 새된 웃음소릴 내며 골목을 누비는 아이들도 심심찮게 보였다. 나쁜 사람들이 잡혀갔다! 잡혀갔다! 그런 노랫소리도 들렸다.

나크타는 저들이 일망타진 당한 과정에 관하여도 흥분을 이기지 못하고 떠들어 설명했다.

시친의 체제에 반해 수작을 부리는 그들을 무더기로 적발해 잡아낸 것은 삼 제독의 딸인 카헤이아였다. 그리고 급습을 허락한 것은 두 제독이었다.

체포 과정에서 생긴 사상자는 도합 열일곱 명, 생포된 단원들은 예순두 명.

그들 중에는 고관 장교의 아들도 섞여 있어 많은 이들의 놀라움을 자아내기도 했다. 특히나 군중들을 선동하려는 계획을 주도했다 알려진 이들 중에는 시친을 지키는 해군, 해병 장교의 자식들 및 현직 해군, 해병이 포함되었다는 데에 군중들은 분노했다.

그리고 보름 후, 켈레티 올다의 중앙 행정부로부터 사형을 언도받은 다섯 청년의 명단이 공개되었다.

리벅 하안

지니트 부셰

헤나드 코트카

이번 타즈왁

게헨 파트라논

좁다란 광장은 사람들로 빽빽하게 차 있었다.

이리 저리 밀쳐 대는 이들 사이를 버티고 선 파사드의 서늘히 검은 눈동자가 광장 벽에 붙은 방에 머물렀다.

낯익은 필치로 쓰인 한 획, 힘주어진 유려한 선, 그것들이 이룬 글자를 그는 몇 번이고 곱씹었다.

'게헨 파트라논.'

사형의 언도를 획정하는 방의 말미에는 이런 이름과 서명이 남아 있었다.

켈레티 올가 행정 부처 부장관, 투헤인 뵈르게트 인印.

철창을 사이에 둔 게헨과 카헤이아는 한참이나 서로를 노려보았다. 정확히는 카헤이아의 일방적인 눈빛이었지만 어찌 되었건.

게헨이 거칠게 자란 수염을 만지작거리며 머쓱한 내색을 했다.

"아오, 누나. 저 녀석은 왜 데려왔어. 창피하게."

비록 누추한 꼴이 되어서도 게헨은 변함없었다.

"네가 이렇게 재미없는 꼴로 주저앉아 있는 걸 많은 사람들이 봐 둬야 하지 않겠냐."

"하여간 성질머리 하고는."

"곧 뒈질 녀석이 입은 여전히 살아 있구나. 마음은 아직도 바뀌지 않았나? 살고 싶다면 무슨 짓이든 할 거라더니. 혀 하나 내주고 목숨 연명할 수 있다면 그것도 썩 수지가 맞는 계산인데 이젠 머리까지 갯지렁이가 됐어?"

가만히 그들의 말을 듣던 파사드의 표정이 기묘하게 일그러졌다.

"누나, 일부러 칼란독 앞에서 그래도 소용없어. 하여간 악질이라니까."

"왜? 이 녀석 앞에서 못 할 말이었나? 만인의 앞에서 너희 불온 분자들의 사상이 불온하다는 것을 인정하면 살려 주겠다고, 태수께서 특별히 기회를 주셨다는 게?"

파사드가 창살을 힘주어 쥐었다. 게헨은 태평하게 카헤이아의 말을 받았다.

"……쓸데없는 짓은 왜 했대. 라카라 태수님한테 미움받으면 어떻게 승진하려고?"

"내가 뭐라도 한 줄 알아?"

"아니면 말고."

"이 염병할 미친 새끼, 하여간……."

카헤이아는 잠깐 표정을 구기더니, 차마 파사드는 입에 담을 수도 없을 온갖 욕지기를 담아 쩌렁쩌렁 소리친 후 나가 버렸다.

그녀의 발소리가 훌쩍 멀어지자 작게 킬킬거린 게헨이 말했다.

"여, 신경 쓰지 마. 일부러 네 앞에서 저렇게 떠들고 간 거야. 누나는 꽤나 나를 예뻐했거든. 아, 물론 미친 코끼리의 애정 표현은 늘 과격한 법이라 난 괴로웠지만, 이쯤 되니 좀 미안해지네."

"……미안하다고?"

"나도 사람인데 안 미안하겠어?"

미안함 이전에 그는 두려움을 느껴야 했다. 사형일이 코앞이었다.

자슬로 엔버의 아지트에서 만났던 친분 없는 이들의 얼굴이 하나둘씩 스쳐 지났다. 그들 모두에게 살아남을 기회가 있는 건지, 아니면 게헨에게만 주어진 것인지는 모른다. 파사드는 시친의 행정과는 동떨어진 북대륙의 사람이었으므로.

다만, 기회가 있다는 것만으로도 안도의 한숨이 새어 나왔다.

"살 수 있는 거네."

"그럴 수도 있겠지."

"살 거지."

"별로."

그렇게 말한 게헨은 표정 없이 파사드를 올려다보기만 할 뿐이었다.

말문이 막혀 침묵하던 파사드가 가까스로 입술을 뗐다.

"……대체 왜."

"누군가는 해야 할 일이니까. 그리고 이렇게 이름까지 공개되어 버렸으니 내가 죽는 게 아버지와 형, 누나한테는 이득이기도 하고. 이번에 내가 살아남으면 누나의 걸림돌이 될 거야. 마지막에라도 동생 노릇 한 번 해 줘야지. 자기 형제, 아들이라도 가차 없는 청렴결백한 제독과 그의 자식들이라는 칭호, 썩 대단해 보이잖아. 동정을 사기도 쉬울 테니까 용서받기도 쉽겠지."

"……."

"미친 코끼리가 꿈이 참 크단 말이야. 제독이 되는 걸 목표로 어릴 때부터 내가 감탄이 나올 정도로 정말 독하게 살았다니까. 그리고 우리 형은 그런 누나를 도와주고 싶어 하고. 야, 그런 이상한 표정 하지 마."

기가 막혔다. 민족을 위해서라 떠들어 대며 제 인생을 이 철창 속에 처박은 녀석이었다. 그러더니 이제는 가족을 위해 목숨마저 포기하겠다 지껄이고 있다. 파사드는 도저히 이해가 가지 않았다.

"너는 지금 네 가문과 누이의 출세를 위해 죽겠다는 거냐?"

"현실적으로 그게 제일 낫다는 거지. 내가 죽는 이유를 굳이 꼽으라면, 그건 내가 다가올 미래를 두려워하기 때문이야."

세상 어느 누구보다 비현실적인 청년이 그리 말했다.

파사드의 주먹이 꽉 쥐여졌다.

가능한 목표를 두고 그것을 이루기 위해 선택을 한다는 건 어리석은 것이 아니었다. 그러나 불가능한 목표를 위해 목숨을 버리는 건 분명 어리석은 짓이었다.

애초에 바다 밖으로 나올 생각이 없는 시친인들을 선동해 대륙에 터전을 잡는다는 건 헛된 망상이며 꿈이었다. 실제로 시친이 가라앉을 거라는 말도 제대로 증명된 바 없고, 설사 가라앉고 있다는 것이 사실이라 해도 상황은 어찌 바뀔지 모르는 법이다.

"용서해 달라고 해."

"칼란독……."

"헛된 짓이야. 헛되다는 건 정말 허망하다는 거야. 너는 겪어 본 적 없어 모른다 해도…… 나를 믿어. 나는 알아."

게헨이 어슴푸레한 미소를 달고 고개를 저었다.

"게헨. 불합리한 헛된 죽음은 구태여 찾아 헤매지 않더라도 주위에 흔해. 정말로 흔해."

"……."

"……나는, 그런 것들을 많이 보고 자라 왔어. 대륙은, 정말 그런 곳이야."

목이 맬 것 같은 기분에 파사드는 깊이 숨을 골랐다. 이제 겨우 열일곱을 바라보는 나이지만, 그는 어릴 적, 보다 어릴 적, 그런 것들을 많이 보고 자라왔다.

"북대륙은 이곳과 다를 게 없어. 다투고 투쟁하는 사람들의 땅이야. 그곳에서 무의미하게, 어쩌면 누군가가 악의적으로 몰아넣은 모함에 죽은 이들을 많이 보아 왔어. 내 어린 시절의 전반이 다 그런 거였다고! 나는 그들의 죽음이 얼마나 부질없는 짓인지 매일같이 절감하면서 살았어!"

"네 얼굴에 침 뱉는 거야?"

"농담 아니야! 누구도 보상해 주지 않아. 누구도 치하해 주지 않아. 그게 설령 모략이든, 정의를 위한 것이든!"

"……."

"네가 지금 젠체하며 죽음을 택하는 걸로 네 신념을 내보이려고 한다 해도 아무도 알아주지 않는다는 말이야!"

파사드가 철창을 쥔 채 천천히 이마를 기울였다. 말을 이으면 이을수록 뒷골 어딘가가 묵직하게 짓눌리는 듯해 버거웠다.

"네 죽음을 보고 다른 이들이 어찌 생각할 것 같아? 역겹다며 비난할 거다. 나도 그랬다. 나는 그들이 어떤 사람들인지 알고 있었는데 의심 한 자락 하지 않고, 떠도는 판결에 편승해 그들을 경멸했다. 후일 그들이 단순히 모함을 받은 것이고 내가 믿었던 사실이, 진실이 아닐지도 모른다는 걸 알게 됐을 때 나는 바로잡아야 하는 일이라는 걸 알았지만 그러지 못했어. 그리고."

"……."

"나는 그들을 모함했을지 모를 가문의 아가씨와 혼인까지 약속했고, 그래서 도망쳤단 말이야!"

지나친 부분까지 말해 버린 감이 있었지만 파사드는 후회하는 대신 아장아장 걸어다니던 작은 요정 같은 엘히엔을 떠올렸다. 엘히엔을 생각하면 그리 가슴이 저렸다.

멍하니 그를 바라보던 게헨의 눈이 휘둥그레 뜨였다.

"흐에에? 너 결혼했냐!"

조금 전까지의 숙연한 분위기는 온데간데없었다.

파사드의 눈썹이 순식간에 산처럼 치켜 올라갔다.

"……그게 중요한 문제는 아니잖아."

"아니, 나이도 나보다 어린 게 벌써 결혼을 했다는데! 뭐야, 야한 얘기 좀 해 봐. 너 동정은 뗀 거냐 그러면?"

파사드가 사납게 눈을 부라린 후에야 게헨이 작게 웃음을 터뜨렸다.

"알겠다, 알겠어. 농담 그만할게. 그게 네가 시친까지 와서 그렇게 불쌍하게 지내던 내막인 거지."

"……."

"처음이네."

"뭐가?"

"네 속사정을 들은 거."

게헨은 파사드에게서 눈을 떼지 않고 말했다.

"고맙다, 친구야. 마지막에 네가 좋은 선물을 줬어. 하지만 우리는 대륙으로 진출하기 위해 모인 청년단이야. 시친 곳곳에 있지. 그 수는 이백여 명 정도 되고, 앞으로 점점 불어날 거야."

"……."

"결코 멈출 수 없는 일이야. 우리의 미래를 찾고, 우리의 근간을 찾는 일이니까."

안개라도 낀 듯이 그의 미소가 부옇게 보였다.

"지금 내가 무조건 옳다고는 하지 않을게. 내 형은 전 군도의 행정권을 평화롭게 유지하는 걸 목표로 삼고 있고, 내 누나는 시친의 차기 제독이 되고 싶다는 꿈을 포기하지 않고 고군분투하면서 매일 매일을 치열하게, 존경스럽게 살아. 그들도 옳아."

"……."

"그들이 미래만 그리고 현재만 중요하게 여긴다면, 그렇다면 나라도 지난 과거를 돌아봐도 좋잖아."

게헨은 다정하고 편안한 음성으로 말했다.

자신이 감옥에 있고 게헨이 철창 너머에 있는 것은 아닐까, 그런 착각이 들 정도였다.

"있잖아, 내가 내 스스로 자슬로 엔버가 잘못된 선택을 했다고 말한다거나, 다시는 대륙을 욕심내지 않을 거라고 말한다는 건 쉬워. 하지만 칼란독, 아니 파사드, 이게 네 진짜 이름이지."

"……."

"솔개가 얼마나 오래 사는지 알아?"

파사드는 표정을 지우며 창백하게 게헨을 응시했다. 게헨은 혼잣말처럼 계속 말을 이어 갔다.

"속설이지만 먹이만 잘 준다면 솔개는 우리보다 오래 산대. 적어도 우리만큼 오래 산다는 말이 있어."

"……."

"그런데 그 솔개가 그리 살아남으려면 지옥 같은 시간을 견뎌 내야 한다고 해."

"파트라논."

"사오십 년쯤 산 솔개의 부리는 가슴 털에 닿을 만큼 길게 자라고, 힘없는 발톱은 먹잇감을 채기도 어려워지지. 깃털이 무거워져 날지도 못해. 그래서 솔개는 스스로 부리가 빠질 때까지 부리를 부딪쳐 갈고, 새로 난 부리로 발톱을 뽑아 내고, 자신의 깃털을 뽑아 내서."

"……."

"희생이야."

"……."

"더 나은 미래를 위한 희생. 그 과정에서 오래도록 솔개가 살아남을 수 있게 도와주었던 부리는 갈리고 발톱은 뜯겨 나가고 깃털도 뽑혀 나가. 그리고 새로 자란 부리와 발톱과 깃털로 솔개는 또다시 날아 사냥을 해."

"너는 짐승이 아니야."

"파사드, 말했지? 너와 내 믿음이 다르다는 사실이, 우리 둘 중 하나의 믿음이 틀렸다는 걸 증명하는 건 아니라고. 당연히 모두가 같은 생각을 하고 살 수는 없어. 정해진 길 위를 걸으면서도 다른 생각을 하는 게 사람인걸. 나는 이를테면."

게헨의 음성은 파사드의 가슴 어딘가를 때리며 울렸다.

"우리의 부리가 되고 발톱이 되고 깃털이 되고 싶어."

"……."

"그래, 진짜 무서워. 죽는 게 아플까? 죽으면 뭐가 기다리고 있을까? 무서워. 후회할지도 몰라. 하지만 파사드, 가끔은 기적 같은 일도 생길 수 있어. 희생 위에 무언가가 쌓일 거야. 사람들의 가슴에

무언가가 남을 거야. 아주 작은 동정이라도 좋아. 아주 작은 포석이
되어도 좋아. 나는."

"……."

"언젠가 우리가 우리의 뿌리를 찾아 원래 있었던 곳으로 되돌아갈
거란 걸 믿어 의심치 않아."

눈물이 날 것 같아서, 파사드는 최대한 사납게 씹어 뱉었다.

"죽으면 끝이라고."

라르카드단의 낙원을 믿는 북부인이 할 말은 아니었지만 그는 진
심으로 절박하게 게헨에게 반反했다.

"아무것도 안 남을 거라고!"

"우리가 염원하는 목표는 모두가 미친 소리라고 할 만큼 어려운
이상이야. 작은 바람에도 휘어져 버리는 우스꽝스러운 깃대 주위로
모여들고 싶어 하는 사람은 없어, 파사드. 그렇기 때문에 지금 당장
아무것도 남지 않는 것처럼 보인다고 해도 포기하지 않을 거야."

"……."

"너는 확신에 차서 내 선택이 틀렸다 말하고 있지만, 나는 분명 지
금 이후, 내일 이후, 모레 이후, 그리고 일 년 후, 십 년 후에도 오늘의
무언가가 잔재처럼 시간 속에 남아 있을 걸 믿어. 내가 내 스승의 죽
음에 무언가를 느끼고 내 친구들의 죽음에 무언가를 느꼈듯이. 누군
가도 내 죽음에 무언가를 느낄 거라고 믿어. 나중에 대륙에서 큰 인물
이 될 너만 해도 시친에 이런 청년들이 있다는 걸 알게 된 거잖아."

"……."

"그리고 파사드, 네게도 네 나라를 지킨다는 사명이 있잖아."

파사드의 입술이 작게 벌어졌다. 뒷덜미의 솜털이 순식간에 곤두
섰다.

"네게도 언젠가 그 사명이 목숨보다 중요해지는 그 순간이 올 거라고 생각해. 너는 우리랑은 다르니까 이해 못 할 수도 있지만……나는 나와 같은 상황이 오면 너도 네 사명을 위해 기꺼이 웃으며 죽을 수 있을 수 있는 녀석이라 생각해."

"……네가 나에 대해 뭘 알아."

"너도 우리 형처럼 뻣뻣하잖아."

속이 뒤집어지는 기분이다. 게헨을 더 꺾으려야 꺾을 수 없었다.

눈물이 날 것 같아서 파사드는 더욱 매정히 되돌아 나왔다.

군중들의 흥분에 찬 땀 내음과 해군 연호를 외치는 이들의 환호성이 섞여 들렸다. 파사드는 단상 아래 몰려든 사람들 틈 사이에 서 있었다.

기다란 기요틴이 늘어선 처형장의 단상 위에는 단정하게 차려입은 해군 병장들과 고관 장교들이 왕처럼 자리 잡고 앉아 있었다.

사형대의 뒤편에는 투헤인도 서 있었다. 그 바로 반대편에는 벌건 눈으로 기요틴을 노려보는 카헤이아가 있었다.

머리에 까만 천을 뒤집어 쓴 다섯 명의 청년들이 단상 위로 끌려 올라왔다.

파사드는 마른 입술을 그러물었다.

죽음의 목전에 이르면 분명 마음이 바뀌리라. 저 섬뜩한 기요틴의 칼날을 올려다보는 순간 그들의 고집도 도려져 나갈 것이다. 그때가 되어 그들이 나약하다 욕하고 싶지 않았다. 그건 어쩌면 사람으로서 당연한 일이었다.

"본 처형은 전례 없던 불온사상을 퍼뜨리며 군도민의 자긍심을……."

주례를 읊듯 무덤덤한 화자의 음성이 낯설었다.

누군가의 죽음을 안타까워하는 슬픔보다는 기대감이 더 커다란 순간. 광장은 경멸 속에 잠겼다. 집행원이 한 사람 한 사람의 머리를 덮었던 검은 천을 걷어 냈다.

게헨은 가장 오른쪽에 서 있었다. 부쩍 마르고, 부쩍 초라한 얼굴이었다. 그러나 마지막과 다를 것 없는 평온한 낯에서 파사드는 다가올 미래를 읽었다.

"헌병들을 괄시한 죄, 군도민들을 위협한 죄, 선원을 매수한 죄, 해군을 모독한 죄, 범법 행위를 자행한 죄……."

무거운 죄목들은, 그래야 하기 때문에 이어진다.

"이 자리에서 회개하고 스스로의 어리석음을 깨달은 자가 있다면 고해하여 감형을 받을 수 있는 선처를 내려 주리라는 관대한 처우가 내려왔으므로."

군중들의 야유가 길게 넘실거렸다.

"지금이라도 뉘우치고 싶은 자가 있다면 앞으로 나서라."

누구도 움직이지 않았다.

서로 고개를 돌려 눈빛을 주고받는 누추한 다섯 명의 죄인들은 미동 않았다. 모두가 평온했다. 아니, 외려 행정부의 관대함을 짓밟은 스스로들에게 자긍심이 느껴지는 얼굴이었다.

'……'

이상한 일이었다. 이상한 기분이었다.

군중의 흥분은 기대감을 넘어선 조급함으로 번졌다. 그들이 손을 들어 야유를 보내고 처형을 재촉할수록 파사드의 가슴 안에서 어떤 납득하기 싫은 감정이 피어올랐다.

"처형식을 집행한다."

그들은 각각의 간수들에게 이끌려 기요틴 아래 무릎을 꿇고 엎드렸다.

강제로 엎드린 게헨이 고개를 들었다. 그의 눈동자를 바라보는 순간, 귀자로 성벽 아래 걸려 있던 몸뚱어리 없는 시체들의 눈을 들여다봤던 것보다 더 소름 끼치는 감각에 파사드는 그대로 몸을 돌렸다.

사형대의 반대편으로 몸을 향한 파사드는 문득, 고관들을 위해 마련한 건물 이 층 테라스에 앉은 삼 제독과 태수를 발견했다.

제 아들의 죽음을 더 좋은 위치에서 내려다보고 있는 아비. 염증이 신물과 함께 솟구치는 듯했다.

막 집행 위원장이 손을 들어 올리려는 찰나였다.

"마지막으로 발언 요청하겠습니다."

파사드가 몸을 멈추었다. 두근거리며 한 가닥의 기대감이 솟아올랐다.

사형대 뒤쪽에 서 있던 투헤인의 음성이 짤막히 울렸다.

"허한다."

게헨은 가까스로 고개를 비틀어 돌려 뒤편에 앉은 투헤인을 흘긴 후, 다 부르튼 입술을 끌어 올려 웃었다.

"음, 별것은 아니고 잡담인데요. 아, 이렇게 말하기 힘든데 잠깐 일어나면 안 됩니까?"

게헨은 삼 제독의 아들이었고, 무엇보다도 사형을 앞둔 죄수의 청이었다. 간수가 그를 일으켜 세우자 게헨이 고개를 좌우로 흔들며 크게 웃었다.

"아, 무릎 저려 죽는 줄 알았네."

모두가 그를 미친놈이라 손가락질했다. 그러나 그가 다음 말을 잇는 순간, 수백의 군중들이 입술을 닫았다.

"오늘 죽을 나는 뵈르게트의 아들이며, 파트라논의 아들입니다. 여러분, 제가 졸리게 질질 끌면 분명 제 입부터 틀어막으라고 아우성치실 테니까 결론부터 말하겠습니다. 시친은 수백 년 안에 가라앉을 겁니다. 당신들은 우리의 시체를 딛고 그래도 살아가겠지요. 모른 체 외면하고 두려움을 무시하고, 당신들의 자식들, 그 자식들, 그 자식의 자식들의 자식의 자식의 자식까지는 잘 살지 몰라요. 그런데 그 이후에는요? 어떻게 될지 모르겠네요."

갑작스런 게헨의 폭로에 군중들이 웅성거리는 것과 동시에 투헤인이 군사를 턱짓해 그의 입을 막게 하려 했다. 그러나 카헤이아가 군사를 멈추었다.

게헨이 눈을 찡긋하며 웃었다.

"고마워, 누나. 죽어서도 안 잊을게. 여러분, 자슬로 엔버는 시친의 자살을 막기 위해 헌신하는 청년단입니다. 내 친구 중에는 당신들처럼 골목의 집에서 근근이 장사로 먹고 사는 부부의 아들도 있고 청소하는 친구도 있고 그래요. 여러분들이 화를 내는 군인인 친구도 있습니다. 아, 그리고 또 외국에서 놀러와 우연히 코 꿰인 성격 재미없는 놈도 있어요. 우리는 당신들이 소위 말하는 불한당 같은 녀석들과도 친합니다! 켈레티 올다 출신의 사내놈과 뉴가트 출신의 계집애가 붙어먹기도 하고, 델 오스작 출신인 제가 이스자키 올다의 친구와 함께 여행을 다니기도 하고요. 우리는 좋은 사람들이에요. 당신들이 좋은 사람인 것처럼요. 지금 저를 손가락질해도 좋습니다. 돌을 던지고 조개를 던져도 좋습니다. 하지만 자슬로 엔버가 과격 폭력 집단이 아니라는 사실만큼은 기억하십시오. 우리는 맞서 싸우되, 시친을 위해 맞서 싸우는 청년단입니다!"

군중들이 술렁이며 장교들의 표정이 노골적으로 찌푸려졌다. 결국 카헤이아조차 게헨에게로 달려가는 군사를 막지 못했다. 억지로 무릎 꿇려진 게헨은 그의 입에 재갈을 씌우려는 이들에게 간곡히 청했다.

"잠깐, 잠깐, 한마디만 더. 마지막으로 제독 각하께 할 말이 있습니다."

온갖 불한당 같은 말을 지껄이고 최후에 꺼낸 패는 당혹스러울 정도로 강력했다. 게헨이 무릎을 꿇고 개미 떼처럼 몰린 군중들 저편을 응시했다.

"지금 내가 죽는 건 슬프지 않습니다. 내가 죽고, 내 동지들이 죽고, 자슬로 엔버라는 이름이 죽고, 결국 당신들도 언젠간 죽을 테니까요. 하지만 죽기 전에 한 번이라도 그런 생각을 해 보세요. 사실은 당신이 믿었던 것들이 사실이 아닐지도 모른다는 생각. 조금은 다른 사람들이 있을지도 모른다는 생각. 그리고 우리는 더 넓은 곳으로 나갈 수 있고, 우리 선조들은 더 넓은 곳을 자유롭게 뛰어다니던 사람들이었다는 기억, 역사."

게헨의 떨리는 목소리가 군중들의 머리 위를 휩쓸었다. 웅성거림이 섞였다.

"먼 훗날 우리 시친의 정신은 후대와 함께 다시 대륙으로 나갈 거란 걸 믿습니다! 우리의 뿌리가 태어났던 그곳으로 우리가 다시 되돌아갈 그날이 올 거라 믿으니까 전."

진득하게 가라앉은 숨소리들을 가르며,

"후회 없이."

게헨은 환하게 웃었다.

"웃으며 가겠습니다! 속 썩여서 죄송합니다. 아버지! 건강하십시오!"

쩌렁쩌렁 울리는 목소리가 파사드의 머리를 뛰어넘었다. 고개를 젖힌 파사드가 테라스에 나란히 앉은 제독을 올려다보았다. 나이든 남자는 까끌까끌하게 자란 수염 아래 입술을 숨긴 채로 무뚝뚝하게 정면만 응시하고 있었다.

그리고 처형이 시작되었다.

날이 덥고 습해 부패가 빠르게 진행되는 시친에서는 죄인을 잔인하게 효수해 두거나 하지는 않고 대개 내버린다고 한다. 어쩌면 성벽에 걸리는 것보다는 나은 듯도 하지만, 죄인은 변변한 장례를 치르지 못한다는 것은 같았다. 그건 삼 제독의 아들인 게헨도 마찬가지였다.

파사드는 늘상 지나던 해안의 반대편, 대륙과 가장 가까운 절벽 위에 내버려진 모포 덮인 시체들 앞에 섰다. 부패하는 살내가 진동했다. 그러나 죄의 냄새라기에는, 어딘지 슬픈 것이었다.

파사드는 조심스레 시체들을 하나하나 살폈다.

아는 얼굴이 간간이 보일 때마다 가슴 한편이 울렁거린다. 저들을 화장해 줄 수 있다면 좋을 것이다.

그러나 죄인은 죽음 이후에도 죄인. 타국의 죄인을 성스럽게 화장해 주는 것은 시친의 반발을 살 우려가 있었다. 뗄 수 없는 브류나크라는 이름은 그를 지키는 철옹이자 감옥과도 같았다.

파사드는 슬픔을 달래기 위해 대신 근처에서 작은 돌멩이들을 주워다 그들의 위에 던졌다. 툭. 투둑. 자잘한 돌멩이들로 저들의 시신 위에 돌무덤을 만들어 주는 일은 백날 해도 모자랄 일이었다.

결국 파사드는 포기하고 가만 바위에 앉아 몰아치는 바닷바람 소리를 경청했다.

멀리서 새들이 날아드는 것이 보였다. 시신의 썩은 내를 맡고 내려앉은 건 독수리 떼였다. 독수리들이 썩어 가는 시체, 막 버려진 시체의 주위로 몰려드는 것을 노려보던 파사드가 리오낙을 움켜쥐었다. 독수리들을 쫓아내기 위해서였다.

그때 갈라진 목소리가 그의 손을 멈추었다.

"둬."

해안 도로의 끝, 험준한 절벽 위로 올라온 것은 카헤이아였다. 처음 보았을 때처럼 깔끔하게 묶어 올린 금발이 노을을 머금고 주홍빛으로 빛났다.

"그것들을 내버려 둬. 너는 징글징글하게도 내 동생을 따라다니는군."

"내가 그를 따라다닌 적 없습니다. 오늘 빼고요."

파사드는 독수리들을 노려보았다.

남의 살을 파먹고 사는 건 불명예스러운 일이다. 파먹히는 것 역시 파사드에게는 불명예스럽게 보였다.

파사드의 기색을 알아차리고 카헤이아가 말했다.

"천장天葬이다."

"천장?"

"하늘에 묻는 거다. 저 녀석들의 먹이가 되어 자유롭게 이 섬을 떠나도록. 이곳은 감히 천장을 허락받은 죄인들이 버려지는 곳이야."

카헤이아는 그렇게 말하며 모포들을 들추어 부리를 쪼아 대고 살점을 뜯어 대는 독수리들을 외면했다. 파사드로서는 이해할 수 없는 장례였지만 감히 가타부타 할 수는 없었다.

그녀가 파사드의 옆 바위에 걸터앉았다.

"명색이 동생이니 추모 정도는 해 주는 게 예의겠지."

가만 그녀를 응시하던 파사드가 다소 가라앉은 목소리로 말했다.

"말리지 못했습니다. 미안합니다."

브류나크는 본디 쉬이 사과하지 않는다. 그는 신중함과 침묵을 미덕이라 배웠고 고개 숙이는 것을 부끄러운 일이라 배웠다. 그러나 하나의 사람으로서 그는 사과했다.

"미안합니다, 뵈르게트 대위."

"……카헤이아."

"…….."

"카헤이아. 나의 이름이고 나의 정체성이야. 우리는 우리를 가문에 파묻어 버리는 그런 짓은 하지 않아. 각자 원하는 걸 위해 고군분투하며 살 뿐이지."

카헤이아는 잠잠한 음성으로 대꾸했을 따름이었다.

파사드는 그녀의 반대편으로 시선을 옮겼다. 그들이 선 절벽의 반대편에 위치한 이끼 덮인 절벽이 눈에 들었다. 절벽의 끄트머리 깎인 구멍으로 차츰 저물어가는 태양이 기울어졌다.

"파사드."

언젠가 게헨이 낮은 지붕 위에서 그에게 자랑스레 떠벌리던 것과 비슷한 풍경이었다.

파사드는 문득 저편 어딘가에 있을 대륙을 그렸다. 파란 바다 건너 그가 살아왔던 땅이 있다.

"너는 그가 죽어 슬프냐?"

카헤이아의 차분한 목소리가 물어왔다. 그러나 그녀는 답을 들을 생각도 없었단 듯이 즉각 말을 이었다.

"괜찮다. 게헨이 이렇게 된 건 어쩌면 예정된 파멸이었다. 생각해 보면 어릴 때부터 그리도 손이 많이 가던 녀석이었어. 노새보다 말을 좋아하고, 모두가 존경하는 해군 교육보다 등한시하는 해병에 더 관심이 많았고, 다른 사람들의 말은 귓등으로도 듣지 않았지. 천둥벌거숭이처럼 뛰어다니는 그 녀석은 나도 투혜인도 부모도 일찍이 포기했지."

"……."

"하지만 그 녀석은 똑똑했다. 영민하고 사랑스러웠다. 어느 누구보다 충성스러운 녀석이었다. 이런 수치스러운 죽음으로 역사에 이름을 남길 만한 악한이 아니라."

그녀의 말은 끝내 갈라져 멈추었다. 파사드가 말을 받았다.

"게헨은 틀리지 않았습니다."

독수리들에게 뜯기는 시신들을 피하지 않고 바라보는 카헤이아의 목소리가 허하게 번져 나갔다.

"나도 내 동생이 틀렸다고 하지 않았어. 내 동생은 얼간이 같은 이상주의자였던 것뿐이지. 이상주의는 언제나 최고의 옳음이야. 실현이 불가능한 것이라는 최악의 단점을 안고 있는."

게헨의 마지막 말이 계속 가슴에 남았다.

최악의 단점을 안은 최고의 옳음을 위해.

─웃으며 가겠습니다!

그는 정말 마지막까지 웃었다.

"대관절 대륙이 무엇이 그리 대단하기에? 우리는 지금 이곳에서도 아등바등 부대끼며 모자람 없이 살고 있는데, 무엇이 그리 대단하기에."

"……이곳과 다를 바 없습니다."

다를 바 없는 땅이었다.

사람이 살고, 사람이 있다.

그러나 밟아 본 적 없는 땅은 밟아 본 적 없기에 그네들의 가슴 속에 쉬이 날조될 수 있었으리라. 꾸득꾸득, 살점 뜯기는 소리가 난다. 파사드는 배를 채우면 게헨을 데리고 이 섬을 떠날 그들을 외면했다.

흰 구름 뒤덮인 하늘이 그를 내려다본다. 은처럼 빛나는 아름다운 날이었다.

"게헨이 틀리지 않았다면 너는 우리가 틀렸다고 생각하나?"

"당신들의 일입니다."

"너 생긴 것만큼 재수 없구나."

파사드는 대답하지 않았다.

단지, 이제 되돌아갈 시간임을 직감했다.

—언젠간 네가 스스로 깨치기를 바란다. 브류나크가 유구한 역사의 자랑스러운 가문임을 잊지 마라. 마지막으로 당부하마. 네가 누구인지 잊지 마라.

미욱한 우자, 스스로 깨치지는 못했다.

—파사드, 네게도 네 나라를 지킨다는 사명이 있잖아.

그러나 누군가의 가르침을 이해할 만한 도량은 있었다.

게헨은 감히 가늠해 말했으나 공교롭게도 진실이었다. 왕가 브류나크가 오롯해지기 전부터도 브류나크는 존재했다. 오랜 시간 변경백으로 존재했던 브류나크는 왕실을 위해서 살지도, 그들의 사익을 위해서 살지도 않았다.

브류나크의 뿌리는 국가의 수호, 그 이상도 이하도 아니었다.

"라르크의 파사드."

카헤이아의 음성이 쪼아 먹히는 시체들의 틈새로 스며들었다.

"이 자리에서 선포하겠다."

그의 귓전엔 계속해서 맴돈다. 다시는 들을 수 없는 목소리가.

─웃으며 가겠습니다!

가장 그에게 어울리는 연설이자 유언이었다. 그날 그의 최후의 외침이 얼마나 큰 파문과 흔적을 남겼는지는 감히 가늠할 수도 없었다.

"우리는 원래의 자리로 되돌아갈 것이다."

세상에는 말 몇 마디로 수많은 사람들을 뒤흔들고 정점을 아울러 많은 것을 찬탈하는 이들이 있었다. 눈앞의 이 여자 또한 그런 평탄한 삶을 살 수 있을 사람들 중 한 명이었다.

한 명의 청년이 그들의 가슴을 헤집어 놓기 전까지는.

"내 동생의 명예."

"……."

"맹세코 돌려받는다."

청년의 유지는 죽음으로써 계승되었다.

그가 바랐던 대로, 그가 예언한 대로. 한 치의 오차도 없이.

"……당신이 말한 이상에 불과한 과욕입니다."

"나는 제독이 될 거다. 나의 군사를 만들고 나의 함대를 주조할 거다. 너희가 우릴 내쳤던 대륙의 그 땅에 무엇이 있는지 우리의 눈으로 직접 봐주겠다."

"……."

"언젠가, 반드시. 어떻게 해서든."

아직 오지 않은 미래가 고개를 든다.

우수수 묵은 먼지를 털고 일어서는 듯한 숙연함으로부터 물러난 파사드가 뒤돌았다. 뜨거운 것이 가슴 속 사그라졌던 온기를 키워냈다.

─있잖아, 내가 내 스스로 자슬로 엔버가 잘못된 선택을 했다고 말한다거나, 다시는 대륙을 욕심내지 않을 거라고 말한다는 건 쉬워.

게헨.

—어쩌면 내일 누군가는 삶을 선택할 거야. 말 몇 마디로 신념을 가리는 건 쉬우니까. 하지만 나는 그러지 않을 거야. 보이지 않는 것도 존재해. 가끔은 기적 같은 일도 생길 수 있어. 희생 위에 무언가가 쌓일 거야. 사람들의 가슴에 무언가가 남을 거야. 아주 작은 동정이라도 좋아. 아주 작은 포석이 되어도 좋아. 파사드 나는.

존경스러운 이름, 게헨 파트라논.

—나는 언젠가 우리가 우리의 뿌리를 찾아 원래 있었던 곳으로 되돌아갈 거란 걸 믿어 의심치 않아.

파사드는 사형대 아래에서 서로를 바라보던 이들에게서 느껴졌던 그 이상했던 감정을 인정했다. 그건, 자랑스러움과도 닮아 있었다.

"언젠가 또다시 마주치게 될 거다."

파사드는 카헤이아를 등지고 걸었다. 부모 잃은 자식처럼 떠도는 청년들의 넋은, 사실 그에겐 크게 중요치 않았다.

뿌리를 잊지 마라.

그가 알려 준 건 뿌리 깊은 나무의 꺾이지 않는 정신이었으므로.

저편의 절벽이 햇무리로 찬란하다. 눈이 부셨다. 그리고 보다 멀리로는 아름다운 대륙이 펼쳐져 있으리라. 뜨거운 바닷바람이 파사드의 뺨을 스쳤다. 허리에 찬 리오낙을 스쳤다. 그의 생에 또 있을지모를 마지막 바다의 바람이었다.

바람은 하얀 검에 배어 있던 향기를 덜어 가, 어느새 무겁지 않았다.

3부

위정과 위선

1장

1장

자칼린은 국경선의 북쪽, 갈라부아 연합의 영주 중 한 명인 리언 자작과 또 다른 갈라부아 연합의 영주인 윙거의 발타르를 만난 후 다시 주둔지로 돌아가는 길이었다.

윙거 가문은 부유한 자들로, 이번 전쟁에서 주둔군의 물자를 지원해 주는 최대 공급처였다. 선왕이었던 파이투스 2세의 두 번째 왕비를 배출한 곳으로, 서부 쥬비상트 해협 근처에서 이루어지는 운하 공사에도 막대한 자금을 지원해 주어 윙거라는 이름을 명명하는 것을 허락받기도 했다. 그것이 바로 서부 끝의 윙거 운하다.

리언 자작은 초면이었지만, 평소 체사 가문과—정확히는 카라제시와— 친분이 도타운 윙거의 발타르를 상대하는 건 어렵지 않았다.

올조르를 무너뜨리고 전 로반티스 군이 이끌던 군사들을 격파한 것을 피력해 군수물자와 군량미 수레를 얻어 돌아오는 내내 자칼린은 개선장군이라도 된 기분에 젖었다.

특히나 카라제시 덕분에 윙거의 발타르가 후하게 물자를 내어 준 것이 의기양양했다. 자칼린은 쓸데없이 발 넓은 제 형에게 오랜만에 고마워했다.

"흐응, 흐응, 흐으으응."

여전히 지워지지 않은 핏자국이 남은 쌍둥이 절벽의 사잇길을 가로지르며 자칼린은 콧노래에 심취했다.

"흐응…… 흐으응…….'

"체사 경…….'

"왜?"

"아닙니다…….'

쯧 하고 그도 모르게 혀를 찬 스이센이 후미를 돌아보았다.

전에 없는 긴 보급 행렬이 이어지고 있었다. 대충 어림잡아 보름 분은 훌쩍 넘었다.

'이대로면 내일 새벽이면 도착하겠군.'

대부분은 군량미였지만 다른 것들도 있었다. 일부 기사들이 요구한 밀반입한 술과 혹시 모를 일을 대비한 담수淡水, 낮은 온도에서도 잘 타는 기름과 겨울나기에 가장 중요한 군용 안감들과 구호 약품들까지. 얼마 되지 않는 양의 화약과 여분의 무기도 적게나마 실려 있었다.

"근데 말이야."

"예."

"사람은 죽으면 대체 어떻게 되는 걸까, 베로한 경?"

"……이번엔 또 무슨 생각을 하고 계신 겁니까?"

오는 내내 저랬던지라 이제는 심드렁했다.

얼마 전부터였다. 자칼린이 사색에 잠겨 이상한 소리를 하기 시작했다. 체사라는 이름 아래 내일일랑은 존재도 하지 않는 사람처럼 살던 철부지 기사가 몇 번의 교전에 인생의 전환점을 맞게 되었다고 보기엔 어려웠다.

"역시…… 그런 건 죽어 보기 전엔 모르려나?"

'그러다가 진짜 한번 죽어 보겠다 하시겠습니다?' 하고 속마음을 쏘아붙이는 대신 스이센은 어른스럽게 목소릴 가다듬었다.

"흠, 흠…… 그런 고민은 왜 하십니까? 체사 경이 가끔 그리 뜬금없는 것에 호기심을 느끼실 때마다 사고를 일으키시니, 체사 백께서 걱정이 이만저만이 아니신 겁니다. 심도 있는 고찰은 좋지만 좀……."

"아버지야 원래 걱정 빼면 시체지."

"그리 말하시는 건 아무리 작은 체사 경이라 할지라도 적절하지 않습니다."

"그래그래. 아무튼 생각해 봐, 스이센. 나나 우리 위의 어른들은 라르카드단으로 가는 게 맞다 치고."

"그렇겠지요. 체사는……."

"그러면 넌?"

스이센이 눈을 깜빡거렸다. 예상치 못한 질문이었다.

"예?"

"너는 어디로 가는 거지? 그러면 백성들은 어디로 가나? 죽으면 끝이야? 너희는?"

"……글쎄요. 뭐, 뭔가 있지 않을까요?"

스이센은 진심으로 자칼린이 걱정스럽다는 눈빛을 해 보였다.

자칼린은 스이센의 속마음을 쉬이 읽어 냈지만 모른 척했다. 스스로가 생각해도 이상한 질문이긴 했던 것이다.

그러나 실상은 삶과 죽음이 무엇인가 따위의 철학적인 것을 고민하는 건 아니었다.

모든 고민의 시발점은 르옌 데투아다. 기저에 깔린 그녀에 대한 인상은 미친년, 그 정도가 적절했지만 혹시나 하는 생각에 괴롭다.

'섭정 공…… 라르칼리아의 문자…… 누아드가…… 올조르…… 발로이드…….'

마리포사 가문의 시조가 된 후안무치한 변절자가 죽기 전에 남긴 유언은 여러 가지 의미로 유명했다.

—너희에게 배반당한 여왕은 나와 함께 되돌아올 것이다.

이백 년 전의 변절자는 무슨 자신감으로 임종을 목전에 두고 그리 말을 했을까?

북부인들은 사후의 낙원인 라르카드단을 믿는다. 상징적이든 실재적이든 그것이 유일한 라르크인들의 신앙이었고 영원한 안식의 상징이었다.

그러나 이백 년 전 여왕은 라르칼리아들이 선행한 낙원으로 가지 못했다. 여왕 스완이 브루나크에 의해 참수당해 변변찮은 장례조차 치러지지 못한 채로 효수된 것은 명백한 실존의 역사다.

변절자인 페이작 돌레한 라르칼리아도 낙원으로의 자격을 잃었다.

만일 그들이 라르카드단에 이르지 못하고 진짜 돌아왔다고 가정한다면, 이제껏 어디에 있다가 나타난 것일까? 어떻게 돌아올 수 있었던 것일까?

"배반당한 여왕과 되돌아온다……."

구부정하게 어깨를 내린 자칼린이 고개를 빼며 중얼거렸다. 말에 앉은 채로 턱이라도 괼 기세였다.

"그건 갑자기 무슨 말이십니까?"

"아냐."

자칼린이 어깨를 으쓱하며 콧잔등만 매만졌다.

'페이작 돌레한.'

이백 년 전 여왕과 함께 전 대륙을 공포에 떨게 했던 라르크의 제일 기사였던 남자다. 배우기로 그가 있는 곳엔 여왕이 있었고 여왕이 있는 곳엔 그가 있었다.

자칼린은 한 번도 진지하게 생각해 본 적 없는 페이작 돌레한을 상상해 보았다. 일단 그자는 마리포사 가문의 개창자. 발로이드 페이작 마리포사의 선조이니 발로이드와 조금쯤은 닮았을지도 모른다.

조금 비약해서 발로이드와 닮은 얼굴의 남자가, 시퍼런 안광을 번뜩이며 저주하는 모습을 상상하니 즉시 소름이 돋았다.

르옌이 스완이고 발로이드가 페이작 돌레한이다? 모르겠다. 두 사람을 겪지 않았다면 일말의 믿음도 가지지 않았을 일이다.

누아드가의 경전을 장례에서 읊을 수 있도록 허락된 이들은 몹시 적었다. 왕족들은 당연한 거지만, 귀족들에게는 경전을 읊는 것마저도 허락이 필요했다.

그렇게 차등적인 누아드가의 은혜. 실제로 수천, 수만 백성들도 누아드가의 은혜를 입지 못하고 그대로 재로 돌아간다. 그렇다면 그들은 어찌 되는 것인가? 의구는 멈추지 않았다.

르옌은 올조르의 군장에게 장례를 치러 주었다. 제문을 입 밖에 낼 수 있는 것은 왕과 회색 사원의 사원지기들뿐이라는 사실은 차치하고. 그러면 모르가나인인 그도 누아드가의 은혜를 받아 낙원으로 가나? 하지만 테른도크의 허락이 없었으니 못 가나? 올조르의 군장은 낙원으로 갔을까?

자칼린은 키득키득 웃었다.

'만약 라르카드단에 갔다면 지금쯤 작살나게 얻어터졌겠네.'

선인들이 모르가나인을 두드려 패는 것을 상상하니 우스워 참을
수가 없었다.

상념에서 깨어난 자칼린이 기지개를 켰다. 대열이 흐트러짐 없이
정비되어 있는지 확인하기 위해 한 번 뒤돌아 확인해 보았다.

그나마 오늘이 보름달이 아니었다면 한 걸음 내딛는 데도 앞길을
두드려 봐야 했을지도 모른다.

희붐한 태양이 새 숨을 내쉴 때까지 그들은 고요히 행군했다.

그리고 이튿날 새벽, 그들은 여명과 함께 이샤스 주둔지에 이르렀다.

때는 모든 상황이 최악으로 치달은 후였다. 지평선을 따라 울퉁불
퉁 허물어진 울타리와, 타다 만 막사들이 잿가루로 휘날리고 있었다.

검은 잿더미를 쓸고 가는 바람에 맞추어 자칼린의 가슴도 쓸려 나
갔다.

"……이게 무슨 일이야?"

스이센도, 또 다른 그의 부관도, 누구도 입술을 떼지 못했다.

천행으로 자칼린의 무리는 길을 잃고 헤매기 전 그들을 찾아온 기
사들의 인솔로 임시 주둔 기지에 되돌아올 수 있었다. 반나절이 더
걸려서였다.

커다란 바위산 아래 웅크린 임시 주둔 기지는 협소하고 엉성해 겨
우 구색만 맞춘 정도였다. 울타리도 치다 말았고, 골자만 박힌 막사
들도 곳곳에 눈에 띄었다.

사방으로는 급하게 베여 나간 그루터기들이 보얀 속살을 드러내
고 있었다.

"체사 경, 오셨습니까."

올베빈이 담백한 태도로 그를 맞이했다. 낯빛은 창백했다. 하지만

자칼린은 자신의 낯짝이 그보다 훨씬 더 허옇게 질려 있으리란 것을
확신할 수 있었다.

"이게 어떻게 된 일입니까?"

"……이야기가 깁니다. 그래도 체사 경께서 물자들을 변고 없이
가지고 오셨으니 다행스러운 일입니다."

'다행?'

자칼린은 절로 날이 서려는 혀를 애써 묶었다.

"무슨 일이 있었던 겁니까."

"마리포사의 사중 연계 함정이었습니다. 의약품도 확보했습니까?"

"다들 무사합니까?"

올베빈은 어둑히 가라앉은 표정을 했다.

설명을 듣는 내내 자칼린은 제가 꿈이라도 꾸는가 하였다. 회전
일, 적들이 이중 삼중으로 뒤통수를 갈겨 댄 결과, 참상 속에 수많은
이들이 죽었다. 그들 중에는 자칼린이 아주 잘 아는 이도 있었다.

에반부르. 그의 이름을 듣고도 믿기지가 않아 자칼린은 한참이나
멍하니 올베빈의 입술만 바라보았다.

"칼란독 경께서 할드로프 경의 주검은 수도로 올려 보내셨습니다.
라누 경이 시신 호송의 임무를 받아 현재 자리를 비웠고…… 지금
대부분이 이 근방에 결집해 있습니다. 자세한 정황에 관해서는."

"……이번에 얼마나 죽은 겁니까?"

"……당장 사상자가 삼천여 명 남짓 됩니다."

"……할드로프 경이 정말 돌아가셨다고요? 대체 누구에게."

"증언에 의하면 적진의 최고사령관 마리포사였습니다. 지금 이리
서서 할 이야기는 아닌 듯하군요."

"증언?"

"그…… 경께서 신경 쓰던 평민 여자 말입니다. 우선 그 여자에 대해 함구령이 내려졌기에 제가 말씀드리기는 뭐합니다. 체사 경은……."

'르옌?'

자칼린의 어깨가 뻣뻣하게 굳어졌다.

"……경? 체사 경?"

"칼란독 경은 어디 계십니까?"

"지금 한창 사령 막사에서 논의가 진행 중입니……."

올베빈의 말이 채 끝나기도 전에 자칼린이 찬바람을 일으키며 몸을 돌렸다. 성큼성큼 내딛던 걸음이 달리듯 빨라졌다. 말도 안 되는 일이다.

그는 고작 스무날 남짓 떠나 있었을 뿐이었다.

최근 며칠 사령 막사는 수면 부족으로 눈을 벌겋게 한 지휘 기사들로 북적였다. 산발적으로 이어지는 문제들은 끊일 줄을 몰랐다.

가장 큰 것은 역시나 생존과 군사 유지에 관한 것이다. 이샤스 주둔지가 적들에 의해 침략당하며 군량미를 비롯한 보급품들이 죄 불타고 훼손되는 바람에 동절기의 생존에 치명적인 문제가 발생했다.

적의 눈을 피해 보존된 것들과 시기적절하게 귀환한 자칼린이 가져온 것들로 그나마 한 달 보름 남짓 버틸 만한 여분은 남았지만 겨울은 보다 길다.

적들과의 거리도 그들의 안전을 보장할 만큼 충분하지 않았다.

"돌아가야 합니다."

누군가가 강력히 주장했다.

"돌아가면 처음부터 다시 시작하자는 말인 거요?"

"겨울을 지낸 후 다시 군사를 재정비하고 움직이는 수밖에는 없습니다. 이대로 버티고 버티다간 애먼 목숨들만 주저앉을 겁니다."

"라르크가 모르가나의 국경선을 넘은 것은 사상 처음 있는 일이고, 이번 기회를 놓치면 또 다른 기회는 없을지 모른다는 게 내 의견입니다. 이곳까지 넘어오는 데에 한 해가 더 걸렸습니다. 우리가 재정비하는 동안 저쪽은 가만있겠습니까."

"제 의견은 반대입니다. 국경을 넘은 것이 초유의 일인 건 사실이지만, 그 영광 하나에 여기서 굶어 죽고 얼어 죽자는 말씀이십니까?"

"조금만 더 남부로 내려가면 강줄기를 낀 남부 장원들이 엎어지면 코 닿을 거리에 널려 있다고 하니 차라리 성채 공략으로 방향을 돌리는 것이 어떨지 사령관께 상하고 싶습니다. 적들도 우리가 이곳에 있기 때문에 섣불리 라르크 국경선을 넘지 못하고 있는 것이잖습니까. 지금 물러나기는 아쉬워서."

"모르가나의 적들이 우리가 성채 공략을 하는 것을 가만 보고 있겠답니까?"

"거, 눈알 좀 부라리지 말지. 내 멱이라도 잡겠소? 막말로 당장 부상병들을 치료할 약재들도 바닥을 드러내고 있고, 무엇 하나 성한 것이 없는데 어찌할 게요? 말 먹이만 넘쳐 나는데."

결국 파사드의 참모 겸 호위 역을 겸하는 테레어드가 나서서 정돈을 시도했다.

"세 분 다 진정하십시오. 지금 당장 되돌아간다 해도 실질적으로 겨우내 휴전이 가능한 것도 아닙니다. 정확한 정보는 아니지만 모르가나령 톨프의 군사 요충지에서도 움직임이 보이고 있다고 했습니다. 다락 민족 때문인지, 무엇 때문인지는 모르겠습니다마는."

"그거 진짜랍니까? 다락 민족이 우리를 도와 남진이라도 해 주면 아주 고마울 터인데 말이야."

희망 사항까지 읊어 대기 시작하니, 끝이 없었다. 파사드는 얕은 한숨을 내쉬며 미간을 짚었다.

"첩첩산중입니다. 정작 모르가나 군은 지금 뭘 하는지도 모르겠는데. 이러다 다시 저들이 협공하여 측방과 후방으로 들이치면 우리는 더 남쪽으로 밀려가게 됩니다. 우리가 이 이상 밀려나면 살아서 귀향하지 못할 겁니다."

"지금 칼란독 경 앞에서 그따위 부정 타는 소릴 해야겠나?"

"물, 물론 그런 일은 없어야겠지만 최악의 상황은 늘……."

"최악, 그딴 거 생각할 시간에 묘수나 내놓으시게."

"발언이 조금 공격적이라 생각지 않으시오?"

기사들의 슬픔과 패전에 대한 분노는 짧았다. 예민하기가 모두 꼭 같았던 터라 분위기는 금세 감정적으로 번지기 시작했다.

지오타르 경, 셰반이 그들을 향해 양손을 휘휘 저어보이며 정리했다.

"계집애들처럼 쫑알거리지 말고 스스로가 제정신이 아니다 싶으면 알아서 나가 찬물이라도 뒤집어쓰고 오시게."

지오타르 경, 셰반은 꽤 영향력이 있는 지휘 기사 중 한 명이었다. 자연히 다른 기사들은 하나둘 입을 다물었다.

셰반은 시무룩해진 분위기를 다독이듯 말했다.

"저들이 지금 내분이니 뭐니 하는 역풍을 맞아 당장 움직임이 묶인 거라면 그건 천행이지만 여전히 한 치 앞도 내다볼 수 없는 상황이라는 것도 사실이지. 틀린 말 한 이들은 없네. 가장 시급한 건 와해된 군 제대를 재개편하고 바닥을 친 사기를 회복하는 거 아니겠나. 그리고 결정은 우리가 하는 게 아닐세."

"사기 말이 나와서 말입니다만…… 군사들 사이에서는 괴소문까지 돌고 있습니다. 마리포사 놈들이 불사신이라고요."

실제로 마리포사 기사단의 살육을 목격한 군사들은 없는 괴담까지 지어낼 정도로 극심한 두려움에 사로잡혀 있었다.

라르크 군의 갑옷을 벗고 탈영을 시도하는 이들이 늘어나 군사들이 동요하고 있다는 보고도 매 끼니처럼 들어오고 있었다.

한결 조용해진 분위기 속에서 파사드가 입술을 열었다.

"최후의 상황에 대비하는 것은 현명한 일이다. 언제든지 전 군 후진할 수 있도록 상시 대기하도록 하라, 벵센 경."

"예."

"그러나 당장 움직이지는 않는다."

"하나, 상황이……."

"분명 전황이 우리에게 불리하게 바뀐 것 역시 사실이지만, 오지 않은 겨울이 두려워 도망치는 건 북부의 정신에 위배된다. 그리고 당장은 부상병들이 많아 이동도 쉽지 않다. 뒤를 잡히는 것보다 앞을 막는 것이 더 안전하다. 오늘 아침 체사 경이 귀환했다는 보고가 도달했고, 그와 이야기를 나누어 봐야 하겠지만 아직은 여유가 있을 거다. 군 제대의 개편은 최대한 빠르게, 효율적으로 재조직하는 방안을 고민해 보지. 그때까지 경들은 각 소중대 연대의 군사 탈주를 엄중히 경계하도록."

"저 여기 있습니다, 칼란독 경."

그 순간, 모자란 천을 덧대어 찍 짧은 휘장을 걷어 젖히며 낯익은 청년이 들이닥쳤다. 연둣빛 눈동자에 슬픔인지 살기인지도 모를 것이 차고 넘쳤다. 자칼린이었다.

"오는 길에 대략적인 상황은 전해 들었습니다. 할드로프 경의 부고도요."

돌아온 그를 반길 여력도 없이 기사들은 침울하게 입술을 다물고 숙연해졌다. 애써 기억에서 지웠던 이의 죽음은 아물지 않은 생살 벌린 것처럼 모두에게 아팠다.

자칼린은 그들에게 시선조차 주지 않은 채 물었다.

"어찌 된 일입니까. 이번 사달이 전부 르옌과 관계된 일입니까?"

파사드가 명했다.

"다들 물러가도록."

심상찮은 분위기를 읽어 낸 기사들이 하나둘 막사를 빠져나갔다. 최후까지 파사드의 등 뒤에 서 있던 테레어드가 파사드의 손짓에 밖으로 나갔다.

시장통 마냥 북적이던 이들이 사라지자 공간은 거짓처럼 고요해졌다.

"우선…… 수고했다. 하지만 체사 경, 알다시피 경이 지켜야 할 절차가 있다."

"윙거의 발타르에게서 넉넉지는 않은 군량과 예비 갑옷들을 오백여 벌 정도 더 가져왔습니다. 리언 자작 역시 일반 보급품과 말 팔십여 필을 내어 주었습니다. 그밖에도 구호 약품 등의 비품들도 챙길 수 있을 만큼 챙겨 왔고요. 지금 베로한 경을 책임자로 두고 카바인 경이 인계받고 있습니다. 보고는 이상입니다. 다시 여쭈고 싶습니다. 왜 일이 이리 된 겁니까? 할드로프 경의 죽음을 평민 하나와 기사 몇 명이 목격했다 들었습니다. 그 평민, 르옌인 게 맞습니까?"

다른 이들은 그저 우연히 발로이드와의 결투가 벌어진 곳에 그녀가 있다고 믿었지만, 이야기를 듣자마자 자칼린의 머릿속에는 다른 것이 떠올랐다.

벌겋게 핏줄이 선 자칼린의 눈을 응시하던 파사드의 입술이 다물렸다.

"무슨 일이 벌어진 건지 설명 좀 해 주십시오, 칼란독 경."

"군사들이 대거 회전지와 이샤스 남부 저지선으로 빠져나가 있던 때에 발로이드가 본 주둔지의 서쪽을 쳤다. 그들은 전 무장 기병들이었다. 순식간에 주둔지 대부분을 초토화시켰지."

"할드로프 경은 어찌 된 겁니까?"

"할드로프 경이 주둔지에 남아 있었다."

하얗게 질렸다가 벌겋게 변했다가 다시 푸르스름해지는 낯빛이 적이 충격을 드러냈다.

"……마리포사, 그 미친놈이 르옌을 찾아 온 겁니까……?"

"그리고 체사 경, 르옌 데투아에 대한 건 함구령을 내렸다. 조금 전의 태도는 몹시 경솔했다."

"아니, 그 계집애를 데리러 왔다면 그냥 줘 버리면 될 일 아닙니까!"

자칼린의 목소리가 돌연 높아졌다.

"형님, 제가 가기 싫다 하지 않았습니까. 만약 저라도 남아 있었다면 뭔가, 뭔가……."

"무언가 달라졌을 거라 생각하나?"

다시 무언가를 소리치려던 자칼린이 숨을 씨근덕대며 고개를 숙였다.

"어떻게…… 어떻게 돌아가셨습니까?"

"목을 베였다."

"할드로프가의 기사가 적장에게 살해당하는 동안 대체 다른 기사들은 뭘 하고……!"

자칼린은 지금 자신이 입 밖에 내는 모든 것이 파사드를 향한 비난이 되리란 걸 잘 알았다. 그러나 머리와 가슴은 늘 조금씩은 엇물리기 마련이다.

내색은 않으려 했으나 자칼린은 꽤 예전부터 르옌으로 인한 잡음에 약간의 책임감을 느끼고 있었다.

"아니요…… 아니, 이러려던 게 아니었는데. 죄송합니다."

파사드는 금방이라도 습해진 자칼린의 눈이 꽉 감기는 것을 지켜보았다. 자칼린의 목소리는 간신히, 더듬더듬 이어졌다.

"……그래서, 그 녀석은 어떻게 됐습니까. 르옌은요. 르옌은? 발로이드에게 빼앗겼습니까. 함구령이 내려졌다는 건."

"대외적으로 르옌 데투아는 전사 처리되었고, 그녀의 남동생은 명예 전역했다."

자칼린의 눈동자가 크게 떨렸다.

"죽었습니까?"

파사드가 고개를 저었다. 한참을 말없이 서 있던 자칼린이 주먹 쥔 팔등으로 눈물로 젖은 얼굴을 스윽 훔쳐 낸 후 말했다.

"……아, 잠깐 나가 보겠습니다. 보다 소상한 보고는 베로한 경에게 올리라 하겠습니다."

파사드의 음성에 걱정스러움이 배었다.

"자칼린."

"쓸데없는 짓 안 합니다. 할드로프 경께 마지막 인사도 올리지 못했으니 남은 자들이라도 돌아봐야 제 마음이 좀 편할 것 같아 그럽니다."

"……그 전에 네가 확인할 게 있다."

"확인이요?"

"따라 나오도록."

파사드를 뒤따라 밖으로 나간 자칼린은 곧 흉측한 몰골의 머리들 앞에 섰다. 진한 방부 처리용 몰약 냄새가 역하게 풍겼다.

자칼린의 연둣빛 눈동자가 몸 잃은 머리들을 내려다보았다. 눈 코 입 귀 어디 하나 성치 않았으나 분명 알아볼 수 있는 이가 있다. 그 럼에도 불구하고 자칼린은 기억했다. 어둠 속에서 제게 목숨을 걸고 위험을 알렸던 저자의 군공을.

정말로 실감이 났다. 발로이드에게 찢겨 나간 이들의 죽음이 바로 가까운 곳에 있었다.

"눈에 익은 자가 있나?"

자칼린이 침통한 음성으로 가운데 놓인 머리를 가리켰다.

"……이자, 모르가나의 주둔지에서 제게 접촉했던 그자입니다."

파사드가 시체들을 관리하고 있던 병사에게 명령했다.

"……밤 늑대들의 시신 처리는 폐하의 소관이다. 모두 수도로 보 내라."

마음이 불편하여 견딜 수가 없었다.

자칼린의 무사 귀환에 대한 소식은 불안으로 경직되어 있던 공기 를 누그러뜨렸다. 하지만 상황이 낙관적으로 변한 것은 아니었다.

날은 점점 추워지고 있었고, 그들은 사방 어딘가에 존재할 모든 적들을 견제해야 하는 모르가나의 땅 한복판이었다. 전사자들의 시 신 수습은 고사하고 부상병들을 수습하는 데만도 힘에 부쳐, 볼레트 군의관이 몹시 성을 내며 돌아다녔다.

파사드는 수시로 찾아드는 파수병들의 보고를 친접했다. 그 바람 에 새벽녘에도 잠에서 일어나는 것이 습관처럼 굳어졌다. 두 시간 이상 잠이 들라 치면 또 다른 보고가 들어오다 보니 어쩔 수 없었다.

테레어드가 대신 보고를 받아 정리하겠다는 의사를 밝혔지만, 어차 피 파사드의 선에서 재검토가 되니 쓸모없는 일이었다.

찬 바람을 막아 주는 막사 천 안으로 화로의 따뜻한 열기가 고이 자 조금 더 몸이 무거운 느낌이었다. 몇 가지 시험을 위해 여자를 막 사에 들인 지 여러 날째였다.

파사드는 턱을 괸 채로 그의 건너편에 앉은 여자를 응시했다. 화 로 가까이에 앉은 그녀의 기울어진 목덜미가 희미하게 윤태한 빛을 냈다. 그는 일찍이 저 여자의 벗은 몸까지 이미 본 후였다. 아무런 음욕도 없는 순수한 시선으로.

그러니 오늘 유독 짧게 잘려 나간 단발 아래 목덜미의 굴곡이 눈 에 드는 건 불빛이 비치는 각도 탓이다.

파사드는 눈을 감았다. 화로의 열기가 색을 띠고 잔상처럼 눈꺼풀 안에 남았다.

'피곤하다.'

르옌은 오래전의 기록들이 남은 책장과 지도를 맞추어 살피는 데 에 재미라도 붙인 양, 무서운 집중력을 발휘하고 있었다.

최근 그녀는 파사드가 가진 책이며 지도들을 머릿속에 새겨 넣는 일에 열중이었다. 파사드는 일단 내버려두었다.

그녀를 용인하기로 한 후 간간이 저녁 무렵 사람들의 눈을 피해 불러들여 몇 가지 시험해 본 결과, 정말로 르옌은 고시대 역사에 관 한 것을 생생하게 알았다.

어쩌다 파사드가 달리 알고 있는 사실이 튀어나와, 그 차이를 지 적하면, '날조'된 것이라 외려 당당하게 반박해 말을 잃기도 여러 번 이었다. 그녀가 줄줄이 읊는 이백여 년 전의 수많은 지명들을 확인 하는 데에는 낡아 빠져 글자도 제대로 보이지 않는 지도를 뚫어져라 살펴야 했다.

라르칼리아 문자에 관하여도, 단순히 제문만 외거나 숫자만 왼 건 아닌가 싶어 이런 저런 서류들을 가져와 시험해 보았으나 그녀는 무엇 하나 막힘없이 술술 읽었다. 중간중간에 '문자가 형태가 조금 바뀌었구나.' 하고 무의식처럼 중얼거리는 건 정말이지 불쾌하게 소름 돋는 일이었다.

그러나 가장 소름이 끼치는 것은, 그녀의 지식에 존재하는 시대의 공백이었다. 부러 모르는 체하는 게 아니라면 정말로 어쩔 수 없이 절단된 것처럼 절묘하게 여왕 사후부터 지금까지의 역사만 무지하다.

믿고 싶지는 않지만, 부정할 근거가 딱히 없는 상황이라 르옌을 바라보는 파사드의 속은 무거워지기만 했다.

얼마간 그의 시선을 무시하고 책장만 들여다보던 르옌이 입술을 뗐다.

"······듣자 하니 오늘 체사가 돌아왔다던데. 군을 물릴 생각은 여전히 없는 거겠지?"

파사드는 대답 대신 그녀가 들고 있는 때 묻은 책의 남은 두께를 헤아렸다.

"이 시험은 언제까지 해야 하는데? 믿는 게 피차 편하지 싶은데. 이 책들도 좀 빌려주고. 아무래도 내가 지금 모르는 게 생각보다 많은 모양이니까."

"······."

"계속 그렇게 의심으로 시간 낭비하겠다면야. 내 시간도 아니니."

르옌은 빤히 그녀를 바라보기만 하는 파사드를 향해 어깨를 한 번 으쓱 한 후 다시 책으로 시선을 돌렸다. 잠깐 투정을 부리기는 했지만 크게 괘념치 않는 듯한 표정으로.

이어지는 일련의 침착하고 조용한 태도에서 어쩐지 열성적인 느낌까지 든다.

르옌의 학습 방식은 꽤 특이했다. 웬만한 것이 아니라면 묻는 일도 없다. 스스로 생각하고 스스로 내린 결론을 한 번 소리 내어 읊는 것이 전부다. 만일 소리 냈을 때 파사드의 표정이 찌푸려지면 다시 한 번 앞 장까지 들추며 본인이 놓친 것이 있는지 찾는다.

'이제 뭘 어떻게 해야 하나.'

진심으로 파사드는 막막했다. 테른도크에게 진상을 알려 논의를 해 봐야 할까 하는 생각도 잠깐 들었지만, 미친 사람처럼 보일 것을 알아 그만두었다.

시험은 애초에 끝이 났다.

"아아, 카난소 가문도 망했구나. 그러면 지금 지데라카 인들은 대부분 라르크에 흡수된 건가?"

"아직 남아 있는 이들이 스스로의 이름을 다락이라 칭해 톨프 북쪽에 자리잡고 있다."

"아, 톨프, 기사들이 톨프 요새에 대해 이야기 하는 걸 들은 것도 같은데."

르옌의 눈이 반짝였다. 파사드는 가져 본 적 없는 열정적인 눈빛이었다. 한참 그것을 바라보다가 문득 불편한 사실을 깨닫고 속이 뒤틀렸다. 죽어 있는 눈으로 제 앞에 나타난 건 저 여자였다. 죽은 마호가니 껍질 빛의 눈동자였다. 그런데 어쩐지 이제는 상황이 바뀌어 저 여자가 학습에 보이는 열의 앞에, 외려 자신이 욕망이란 것이 죽어 버린 사람처럼 느껴지는 탓이다.

아주 이상한 일이다.

파사드는 불현 듯 흐느끼던 여자의 울음소리를 떠올렸다. 여자,

그녀는 여자였다. 사실 북부에서 이러한 여자를 만나기란 쉽지 않은 일이다. 북부 여인의 미덕은 순종과 온화함이기 때문이다.

물론, 스스로가 라르칼리아라 말하는 여자를 만난다는 것 자체가 말이 안 되는 일이기는 했지만, 더는 그 문제에 대해 생각하고 싶지 않았다.

르옌의 말처럼 시간 낭비였다. 물론, 소리 내어 인정하지는 않을 것이었다.

'언제까지고 이리 불러 살필 수도 없는 일이다.'

르옌이 책장을 훑어 넘기는 소리만 펄럭펄럭 울린다. 밤은 전장 같지 않은 고즈넉함으로 차오른다. 그 때문에 하루 종일 곤두서 있던 파사드의 신경까지 느릿느릿 침전했다.

한때 그들은 서로의 침묵을 망가뜨리기 위해 매서운 말들을 쏟아내긴 했지만 지금서 그다지 중요치 않은 것들이다. 파사드에게 지금 중한 것은 이 상황을 타개할 마땅한 묘수를 떠올리는 것.

그리고 그녀에게 중한 것은.

어느새 책에 그려진 어설픈 지도와, 지금 파사드의 막사에 비치된 커다란 지도를 비교하고 있던 르옌이 말했다.

"남부 장원으로 가는 길목에 수탈하기 좋은 마을이 두엇 있네."

그녀에게 중한 것은 무엇일까.

사실 파사드는 아직도 확신하지 못했다.

"우리는 도적 패가 아니다."

"굶어 죽기 직전까지 내몰려 타던 말을 잡아먹고 전우의 살을 뜯어 먹는 지경에 이르러야 좀 융통성이 생기려나."

불쾌한 농담을 던진 르옌이 싱거운 미소를 지었다.

건조하게만 보이는 저 여자에게도 생각보다 많은 표정이 있다. 지난 며칠간 조금씩 느껴 온 것이다.

"말고기도 별로지만 사람 고기, 맛없는데."

"네 말은 무시할 거다."

"어련하실까."

르옌은 다시 지도에 시선을 옮겼다.

'어떻게 해야 하나.'

고민이 되었다. 우습게도 파사드는 다른 기사들과는 정반대의 선을 따라 걷고 있었다.

파사드가 그녀의 행동에 조금쯤의 관대함을 보이게 될 무렵, 다른 이들은 르옌의 존재 자체를 의심하기 시작했다. 시종일관 무관심했던 올베빈조차도 파사드에게 직접 찾아와 저 여자는 대체 왜 저런 대우를 받느냐며 몰이해를 설토할 정도였다.

르옌에 대한 아무런 설명도 하지 않은 채 그녀를 두는 건 파사드에게도 곤란한 선택이었다. 그는 나서서 스스로를 라르칼리아라 주장하는 여자의 방패가 되고 싶지 않았다.

그렇다고 없던 신분을 만들어 주는 것도 불가능하다. 이미 공개적인 심사전에서 그녀를 목격한 이들이 많았다. 데투아라는 것을 아는 이들이 수두룩했다. 이미 몇몇 지휘 기사들은 르옌 데투아가 사망을 위장했다는 사실까지 알고 있다. 머리를 싹둑 잘랐다고 저 여자의 예쁘장하니 날카로운 낯짝이 어디 가는 게 아니니.

한참을 지도를 보던 르옌이 또 다시 참견질을 했다.

"회전에 관한 의중을 나누기 위해 보낸 군사가 빈손으로 되돌아왔다 들었는데, 모르가나 내에서도 무슨 일이 벌어진 듯하다는 소문에 대해 너라면 조금 더 자세히 알고 있겠지?"

"발로이드가 신경이 쓰이나?"

"당연히 신경이 쓰이지."

때때로 저 여자는 지나치게 솔직했다.

"……내분이 있다더군. 하지만 함정일 가능성도 배제하지 않았다."

책장을 만지작대던 르옌의 손끝이 멈추었다.

"의심이 많은 건 좋지만…… 아마 사실일걸. 페이작이 갑자기 너희에게 관대해지기로 마음먹은 게 아니라면……. 밀어붙여야 할 때를 아는 녀석이 지금처럼 엉망인 라르크 군을 내버려 두고 기습은커녕 회동마저 미룬다는 건 무슨 사건이 벌어졌다 보는 게 옳겠지."

"또 다른 계략을 꾀하고 있는 걸지도 모르는 일이니까."

파사드는 지난 번 크게 데인 후, 적들의 주 진영 밖의 마리포사의 또 다른 거점으로 추정되는 사방의 땅들로도 파수병들을 보내 꾸준히 보고를 듣고 있었다. 아직까지는 별다른 징후가 보이지는 않았지만 그 덕에 일이 곱절이 되었다.

"숨겨둔 패가 있다 해도 그리 위협이 되진 못할 테니 어깨에 힘 좀 풀고 생각해. 요즘 돌아가는 꼴이, 보는 내가 숨이 턱턱 막히니까."

"어찌 확신하나."

"페이작이니까."

그녀는 저렇듯 단조로운 말로 모든 걸 정리해 버리기도 한다. 스스로가 그의 적이 되겠다 자처한 상황에서도 꺼질 줄 모르는 믿음은 충분히 파사드의 신경을 거슬렀다.

그때였다.

"칼란독 경, 접니다."

하루 종일 어딘가로 사라졌던 자칼린의 목소리였다.

파사드는 르옌 데투아를 감춰야 하는지, 아니면 아무렇지도 않게 맞아야 하는지 잠깐 고민했다. 그는 결국 후자를 택했다.

"들어와라."

막사 안으로 들어선 자칼린은 화로 옆에 앉은 르옌을 발견하고 조금 놀란 얼굴을 했다. 반나절 사이에 그의 눈은 벌겋게 부어 있었다.

"너 여기 있었어? 어쩐지 찾아도 안 보이더라니……. 머리는 왜 그 꼴이야?"

"오랜만입니다."

르옌은 가볍게 안부 인사를 건넸다. 파사드가 물었다.

"이 시간에 무슨 일인가?"

"……잠깐 드릴 말씀이 있어서."

자칼린은 낡은 의자에 앉아 책장을 뒤적대는 르옌의 옆통수를 뚫어져라 바라보며 말했다.

"르옌과 여기서 뭘 하시는지 궁금한데, 껴도 됩니까?"

"용건부터 듣지."

"뭐…… 마침 잘 됐습니다. 발로이드가 지난번 어떻게 들쑤셨는지에 대해서 다른 녀석들에게 소상히 설명 듣고 온 참입니다."

자칼린은 눈 하나 깜빡 않고 말했다.

"르옌을 제게 주십시오."

르옌의 고개가 들릴 만큼 이상한 말이었다. 이해 못 하긴 마찬가지라 파사드가 반문했다.

"무슨 말인가?"

"르옌이 지금 막사가 부족해서 지오타르 경과 같은 막사를 이용하고 있다고 들었습니다. 지오타르 경은 르옌을 임시 페넌이나 받았던 평민이라 생각해 무시하고 있던데, 실상은 상황이 조금 더 복잡하지 않습니까. 저는 그걸 알고 있고요. 그리고 칼란독 경께서 언제까지고 르옌에게만 특별히 대해 줄 수도 없으시겠죠. 가뜩이나 무엇 하나 넉넉지 않은 상황에 군사들의 시선도 예전처럼 관대하지는 못할 겁니다."

"그런데?"

"제 방만함을 눈감아 주신다면 제가 데리고 있겠습니다."

가만 듣던 르옌이 어처구니없다는 듯 웃었다.

"저는 라르칼리아니 뭐니 신경 안 씁니다. 칼란독 경께서도 저 녀석의 일거수일투족을 지켜보실 수는 없잖아요? 어느 정도 진상을 알고 눈감고 넘어갈 만한 이에게 맡기는 게 더 낫지 않겠습니까."

자칼린의 말은 그럴듯했다. 그러나 자칼린의 방만함이 근본적인 문제, 즉 그녀가 죽은 사람인 체 사실마저 날조해 전장에 남은 이유를 설명할 수는 없었다.

자칼린은 해결되지 않은 여백까지 제멋대로 채워 넣었다.

"정 다른 사람들 입을 막을 구실이 필요하다면, 대충 구색 맞춰 제 애인이라고 하죠. 제가 이상한 짓 하는 게 하루이틀도 아니니 다들 그러려니 하겠죠. 뭣하면 저한테 와서 묻거나."

"이건 또 무슨."

르옌이 그녀도 모르게 눈살을 찡그리며 쏘아 물었다.

"문제 있어?"

자칼린의 비약은 그야말로 범상한 자는 생각조차 하지 못할 방향으로 뻗어 나가곤 했지만, 이번처럼 당혹스럽기는 파사드도 퍽 오랜만이었다.

"……체사 경, 이건 가문의 명예에 누가 될 수 있는 문제이기 이전에 군 내부의 기강의 문제다. 명문가의 영식인 네 행동이 타의 귀감이 되어야 하는 게 옳아."

"그러니 제 방만을 눈감아 주셨으면 한다 말씀드린 겁니다. 어차피 평판이야 바닥이니 신경 쓰지 않습니다. 제가 가문을 이을 것도 아니고요. 저 녀석한테 지금 필요한 게 등 비빌 데인 건 뻔하고, 저는 저 녀석에게서 떨어지지 않을 겁니다. 물론 보기에는 좀 안 좋아 보이겠지만 적당히 선 지키도록 하겠습니다. 그러지 않아도 이미 카바인 경은 충분히 오해하고 있고 듀사크 경은 제가 저 녀석을 데리고 왔다고 믿고 있으니 어렵지 않을 겁니다."

자칼린이 늘 사고를 벌이고 다닌다는 건 많은 이들이 알았고, 그의 망행은 대부분 적당히 보아 넘겨지곤 했다. 자칼린이기에 이상하지 않은 기행이라고.

파사드는 내키지 않는 표정으로 되물었다.

"그 자체가 선을 넘는 행위라는 생각이 안 드나?"

"금 조금 밟는 건 봐주십시오. 비록 일대일밖에 해 보지 못했지만 르옌이 실력이 있다는 건 알 만한 이들은 알고 있으니, 대놓고 핀잔 놓아 댈 만한 이는 형님과 몇몇의 기사들밖에 없습니다. 다른 이들이 뭐라 해도 상관없습니다. 파사드 형님만 모른 체하시면 됩니다."

르옌이 들고 있던 책을 내려놓으며 물었다.

"왜?"

"발로이드 그 새끼가 너를 쫓아다니는 거 아냐?"

"……."

"그 새끼가 어디에서 뒤통수를 치건 또 너를 찾아올 테니 너랑 같이 있으면 마주치게 될 것 아냐."

르옌은 그의 흔들림 없는 연둣빛 눈동자에 잊었던 사실을 상기했다.

'아, 저 녀석 체사였지.'

그래서 별로 놀랍지 않은 모양이다.

소식은 발 없는 말에 불과했던 올조르의 몰락 때와 꼭 같은 속도로 퍼져 나갔다. 하늘에는 전서구들이 날아다녔고 남과 북으로 갈린 희비는 누군가의 마음을 달래거나 부서뜨렸다.

쉴 새 없이 봉화를 울려 대는 모르가나의 남부 장원들은 그들의 지근거리에 재결집하기 시작한 라르크 군을 견제하기 위해 긴장감을 유지하고 있었다.

가을이 순식간에 훌쩍 계절의 문턱을 넘어서더니, 어느새 라르크에는 첫 눈이 내렸다.

파사드가 크게 패퇴했다는 소식도 첫눈과 함께 뮈아드로를 방문했다. 지난 주에는 존경스러운 맹장의 시신이 숨 잃고 귀환해 한바탕 수도가 들끓었다.

왕궁 입구로 향하는 한 사내의 걸음이 쫓기듯 바빴다. 표정은 헛것을 본 양 창백하게 흐트러져 있었다. '에제트†'라 불리는 그는 낮 늑대의 수장이었다.

북부의 브류나크를 수호하는 이들은 두 가지의 길을 걸었다. 하나는 밤 늑대, 또 하나는 낮 늑대. 그들은 왕태자가 태어난 해에 태어난 사내아이들로 이루어진다. 혹독한 훈련과 교육을 거쳐 마흔여덟 명의 아이들이 선발되고, 음지에서 활동할 밤 늑대와 수도 혹은 라르크 내에 남아 테른도크를 직접 보좌하는 낮 늑대로 나뉘었다.

그들은 왕태자가 왕이 될 때까지 훈련을 거듭한다. 왕태자가 왕이

에제트† 라르크의 왕에게 충성하는 낮 늑대와 밤 늑대 기관의 수장. 라르칼리아어로 '첫 번째'를 의미한다.

되면 그들에 대한 모든 기록이 말소된다.

오직 한 명의 주인에게만 굴종하고 복종하도록 하기 위한 방편이었다. 이들은 어떤 위험한 일도 마다치 않고 한 명의 주인을 위해 목숨을 내던지는 충실한 종복이다. 그리고 가장 가까이서 왕의 개인적인 준명을 수행하는 것이 '첫 번째'의 몫이었다.

에제트가 왕궁 입구에 이르렀을 때, 이미 테른도크는 남부에서 올라온 패배자들을 마주하고 있었다. 에반부르의 시신이 당도했을 때도 노르테 홀에 앉아 보고만 들었던 모습과 대조적이었다. 테른도크의 앞에 고두한 기사들은 속눈썹에 내려앉은 눈조차 털어 낼 낯이 없어 고개만 숙였다.

"폐하."

에제트의 부름에도 테른도크는 눈 쌓이기 시작한 머리들을 향한 시선을 지켰다. 밤으로 물들어 가는 하늘처럼 암암한 빛의 벽안에 노여움의 기색은 없었으나 열기 또한 없었다.

기사가 아뢨다. 마치 꽉 뭉친 것을 억지로 쥐어짜 내는 것처럼 힘겨운 목소리였다.

"……대모르가나전 최고사령관이신 칼란독 경께서 보고문을 동봉하셨습니다. 그는…….."

"소상한 보고는 이후 듣겠다. 에제트를 제한 나머지는 모두 물러가라."

테른도크는 그의 머리 위로 떨어지는 눈을 가려 주던 시종들마저 물렸다.

왕궁의 정문은 삽시간에 텅 비었다.

에제트는 떨리는 가슴을 가라앉히며 테른도크의 곁에 섰다. 죽었느냐 묻지 않아도 명백할 만큼 핏기 없는 얼굴, 목 아래는 어디 버리고 온 건지 텅 비었다.

얼굴 위로 쌓인 눈 녹일 온기조차 지니지 않은 푸르뎅뎅한 사내들의 머리는 여러 가지가 결핍되어 있었다. 눈꺼풀도, 눈알도, 귀도, 코도 아무것도 없다. 진한 방부 처리에 몰약 냄새가 사방천지를 진동할 뿐이다.

테른도크는 한참이나 침묵하다 이내 막혔던 숨통이 트인 사람처럼 가느다란 소리를 냈다.

"트봐트 벨스물다섯 번째, 트봐트 로바주스물여섯 번째, 잔토 부드열세 번째, 다 이렇게 됐군."

에제트는 믿을 수가 없었다.

그들은 칠 년 가까이 모르가나의 땅에 숨어 있던 자들이었다. 누구에게도 들키지 않고, 누구에게도 의심사지 않고. 그런 그들이 한 명도 아닌 세 명이나 순식간에 발각되어 이런 꼴이 되었다는 건 충분히 늑대들의 경각심을 일으킬 만했다.

지금 국내외의 남아 있는 밤 늑대는 스물아홉, 그러나 저 셋이 죽어 돌아왔으므로 이제 스물여섯 남았다.

"지금 모르가나의 최고사령관으로 있는 마리포사의 짓이라는군."

"저희에게는 영광된 죽음입니다."

"너희에겐 영광일지 모르겠지만 내겐 치욕이다."

테른도크가 씹어뱉듯 중얼거렸다.

올조르 하나 무너진 것에 너무 취해 있었다. 어찌 발각되었는지는 모르나, 저들이 고통스럽게 죽었으리라는 것만큼은 자명했다.

전선에 나가 있던 파사드로부터 마지막으로 왔던 서신의 내용도 그렇고, 예상과 다르게 일이 전개되는 느낌이었다. 올조르의 붕괴 소식을 들은 후, 솔직하게 그는 올겨울 안에 적들이 그들에게 종전을 요청하거나 휴전을 청할 거라 짐작했다.

"에제트."

"하명하십시오."

"이들의 머리를 잘 태워 묻도록. 가능한 한 조용히. 예우는 갖춰서."

"존명."

"그리고."

테른도크의 말이 끊길 듯 이어졌다. 막 죽은 머리를 한데 뭉쳐 들기 위해 걸어가던 에제트가 바르게 몸을 돌려 섰다.

"제독 뵈르게트가 떠난 지 얼마나 됐지?"

"닷새입니다. 발도 쪽으로 향하고 있을 겁니다."

전쟁은 길어지고 점점 더 위험한 국면을 맞이하고 있었다. 잔인하게 도려 낸 머리를 보는 것만으로도 적의 마리포사가 얼마나 지독한 놈인지 느껴졌다.

이 머리들은 일종의 메시지였다.

잠깐 입술을 일자로 다물었던 테른도크가 찬바람을 일으키며 뒤돌아 걸었다.

"데려와."

겨울은 이제부터다.

이미 전쟁은 멈출 수 없었다.

일주일쯤 전, 에반부르의 시신이 도착한 직후 눈치 빠른 이들 몇몇이 브리옴을 지키는 또 다른 할드로프에게 연통을 넣었다. 브리옴은 할드로프가의 영지였다.

그리고 엄숙한 장례일. 또 다른 할드로프가 쳐들어오듯 왕성으로 들이닥쳤다. 급히 말을 보채 달려들어온 젊은 청년의 이름은 레작 오웬 할드로프였다.

청년은 근 반년 만에 발 디딘 왕성을 지나쳐 회색 사원, 알레타르 달테로 향했다.

회색 사원으로 이어진 입구의 공터에는 이미 사람이 여럿이었다. 소식을 들은 이들 모두 레작을 기다리고 있었다.

회색 곰의 코트를 입은 라르크의 왕, 테른도크를 발견한 레작은 즉시 테른도크에게 다가가 한쪽 무릎을 꿇고 고개를 조아렸다.

"폐하."

테른도크의 손끝에 입 맞추는 입술이 떨렸다. 장례를 주관하기로 한 엘크버드와 그들과 연고가 깊었던 체사 백작가의 부자도 보였다.

그리고 라르크의 큰 손으로, 한때 전대 브류나크 공작과 함께 북부를 호령하였으나 수년 전 낙향하였다는 자파인 후도 있었다. 예상치 못한 이의 참석에 레작은 조금 놀랐다.

테른도크가 손등을 거두며 말했다.

"일어나게."

자리에서 일어선 레작의 엷은 갈색 눈동자가 에반부르를 내려다보았다. 숨 앗긴 노장의 부패되어 가는 시신은 허리 높이까지 쌓인 장작 위에 뉘어 있었다.

한 해에 한 번도 보기 어려웠던 아버지였지만, 목 한복판에 비현실적인 자상을 달고 돌아온 망가진 얼굴을 한 그를 향해 어떤 감정도 북받치지 않을 수는 없었다.

하얀 입김에 닿아 떨어지는 눈이 사그라졌다.

"작위 공, 라르크의 최고사령관 칼란독 경은 할드로프의 맹장이 라르카드단에 이를 자격이 충분하다 여겨 직접 청탁했다. 짐 또한 일생을 라르크를 위해 헌신한 할드로프의 의기를 높이 사는 바. 하지만 라르카드단에 이르기에는 막 씻겨 나간 오욕의 무게가 무겁다."

레작은 고개를 조아리는 것으로 경의를 표했다. 눈가에 힘이 들어가 차마 꺾은 목을 들 수도 없었다.

테른도크는 말없이 그의 손에 회색 사원의 영원히 타오르는 횃불이 낳은 불씨를 쥐여 주었다. 그러고는 망자에 대한 적당한 예우를 갖춘 것으로 그의 임무를 다했다는 듯 자리를 떴다.

남은 이들이 에반부르를 내려다보며 한 손을 각자의 가슴에 가져다 댔다.

엄숙한 침묵.

송이송이 눈 쌓이는 시신의 눈썹은 이미 하얗게 얼어 있었다. 그의 유해는 내년 봄 류가 호수에 뿌려질 것이라 했다. 할드로프가의 땅인 브리옴에 안치하고 싶은 마음도 있었지만 레작은 보다 영광된 땅에 흩어지는 것이 더욱 큰 명예라 판단해 수긍했다.

레작은 떨리는 손에 힘을 주어 쥐고 있던 불씨를 놓았다. 역청 섞인 기름칠 되어 있던 장작들은 활활 타올랐다. 잠든 듯 눈 감은 아비는 타오르는 불길 속에서도 아픈 소리 할 줄 몰랐다.

늘 그런 아버지였다.

레작은 장례가 마무리되고 유골이 정리될 며칠간 뮈아드로에 머물기로 했다.

비스듬 돌린 고개로 윗부분이 둥그렇게 장식된 고풍스런 창문이 보였다. 지난 며칠간 내린 눈으로 멀건 풍경 말고는 볼 것도 없었다. 멍하니 커튼을 쥐고 선 레작의 엷은 갈색의 눈동자에 근원 모를 분노가 어렸다.

레작은 언젠가 이런 날이 오리라는 것을 알고 있었다. 그의 아버지는 일생을 다툼과 투쟁 속에 살았고, 다툼이란 반드시 어느 한쪽의 패배 혹은 죽음이 있은 후에야 멈추는 법이었다.

역모에 가담했다 치부된 형의 그림자를 씻어 내는 것, 그것만이 에반부르라는 이름의 죽음의 가치였다. 그리고 그가 구하다 죽었다는 어떤 라르크의 청년의 목숨의 가치이기도 했다.

'부질없다.'

레작은 현실적이었다.

일찍이 어리석은 형을 두었고 이기적인 누나를 두었고 나약한 어미를 두었고 맹신자 같은 아비를 두고 자라면 냉소적으로 변할 수밖에 없었다.

에반부르는 적의 최고사령관에게 목이 베여 죽었다고 한다. 레작은 아비를 그 지경으로 만든 이들을 향한 경멸을 누를 수 없었다.

에반부르는 인정받은 지휘 기사였다. 지휘관을 보호하지 않는 군대가 어디 있다는 말인가? 군사 수백이 죽어도 지휘관 하나를 살려야 하는 것이 전장이었다.

레작의 이가 꽉 다물렸다.

'브류나크 공.'

레작의 공가에 대한 부정적인 감정은 큰형이 역모에 휘말리고 레작 자신이 가문을 이어야 했던 어린 시절부터 시작되었다.

할드로프가의 장남의 일생의 실수를 세상으로 끄집어낸 것이 바로 전대 브류나크인 칼키스와 몇몇의 인사였다. 그들은 반 브류나크의 잔당들을 숙청한다는 명목으로 수많은 청년과 귀족들을 지옥의 구렁텅이에 밀어 넣었다. 그의 형도 피하지 못했다.

비록 에반부르는 모든 것이 제 잘못인 양 도리어 그들에게 죄스러움을 감추지 못했지만, 어디 그게 아비의 잘못이었나? 어리석은 동정심에 물들었던 제 형의 우매함이요, 관용과 포용이 부족했던 저들의 포악함이 할드로프가를 갈기갈기 찢어발긴 것이다.

수많은 군공을 세우고도 라르카드단으로 가지 못하도록 막은 것도 조금은 억울하였다.

똑똑똑. 노크 소리가 들렸다.

생각을 멈춘 레작은 목깃과 옷차림을 바르게 정리한 후 목소리를 가다듬었다.

"누구냐?"

"할드로프 백, 저예요."

예상치 못한 여자의 목소리에 놀란 레작이 한달음에 달려가 문을 열었다.

"라페로바한 영애?"

"돌아오셨다는 이야기를 듣고……."

"……아."

"안부 겸 직접 조의를 표하고 싶어서요."

까맣게 잊고 있던 엘히엔의 방문에 레작은 순간 머릿속이 하얘졌다. 시녀 둘을 대동하고 선 엘히엔은 단정한 모피 코트를 덮고 공손히 손을 모은 채였다. 그녀는 창백하리만치 하얀 레작의 얼굴을 차마 제대로 바라보지도 못하고 그대로 시선을 떨어뜨렸다.

"제가 안 좋은 때에 왔나요? 하지만 언제 다시 수도를 떠나실지 몰라서 소식 듣자마자 부랴부랴 찾아왔어요."

레작은 어느새 여자의 태를 띤 엘히엔을 내려다보았다. 애써 참아 눌렀던 온갖 감정들이 일시에 솟구치는 기분이었다. 그가 간신히 입술을 뗐다.

"……아니."

"바쁘신데 제가 번거롭게 해 드린 거라면 간단히 인사만 드리고 갈게요."

"아니, 아니, 아닙니다."

조금의 긍정만 보인다면 엘히엔은 당장이라도 부끄러운 얼굴로 되돌아갈 기세였다.

엘히엔의 얼굴을 보는 것만으로도 가슴 두근거렸다. 아비를 제 손으로 불태운 지 이틀도 채 지나기 전이었다. 그러나 이 불효만큼은 막을 수가 없었다.

레작과 엘히엔의 인연은 고작 삼 년 남짓 되는 짧은 것이었다.

아마도 막 엘히엔이 열셋쯤 되었을 무렵이었다. 류가 호수의 봄놀이 행사가 있던 날, 레작은 할드로프를 대표해 작게 열리는 국가 행사의 귀빈석 한 자리를 차지하고 있었다.

모처럼 더운 여름에 많은 아이들이 물가를 뛰어 놀았다. 모래에 박힌 유리 조각처럼 반짝이는 물결 위에는 크고 작은 배들도 일고여덟 척 뿔뿔이 떠 있었다. 하릴없이 뱃놀이를 하는 귀족들의 배였다.

레작은 그가 아주 어릴 때부터 할드로프가를 챙겨 주던 체사가의 장자인 카라제시를 좋아했고, 좋아하는 사람의 부탁은 쉬이 거절하지 못하는 한심한 성격이었다. 물론, 세상 어느 누구가 카라제시의 부탁을 거절할까 싶지만 어쨌든.

그는 카라제시의 권유에 못 이긴 채 작은 용주에 탔다. 노 두 개로 움직이는 그다지 크지 않은 배였다.

—요즘은 어떻게 지내?

—잘 지냅니다.

―자주 좀 놀러오지 그래?

―제 위치가 마실 다니기에는 그리 여유롭지 않다는 거 아시잖습니까. 그런데 자칼린은요?

―저기. 라페로바한의 영애랑 저 작은 배에서 단둘이 뱃놀이 중이지.

작은 배 위에 설치된 차양 아래 얼굴을 늪히며 카라제시가 손짓한 방향을 바라보았을 때, 레작은 헛것을 본 줄 알았다. 자칼린이 마구 한 소녀의 머리끄덩이를 잡아당기고, 소녀는 그에 지지 않고 자칼린의 얼굴을 꼬집고 때리며 아웅다웅하고 있었다. 소녀 쪽이 라페로바한의 영애라 불리는 엘히엔 데비였다.

작은 쪽배가 두 어린아이의 몸부림에 마구 흔들리자 노지기는 어쩔 줄 몰라 하며 그들을 말리느라 열심이었다.

―유모도 없이 말입니까? 위험해 보이는데요.

―자칼린 저 녀석, 엘히엔이랑 붙여 놓으면 꽤 얌전해지…….

―아닌 것 같은데요.

아니나 다를까.

말 끝나기 무섭게 자칼린과 엘히엔이 탄 배가 크게 기우뚱했다. 야, 이 지지배가 머리 좀 컸다고오! 자칼린의 짜증 섞인 고함이 먼저였다. 그리고 엘히엔의 비명이 뒤따르는가 싶더니 그들이 탄 배가 뒤집혔다.

꺄아악! 풍덩. 잔잔하던 물살이 소리를 내며 한 번 크게 넘실대자 카라제시도 놀라 뉘였던 몸을 세웠다. 맙소사! 영애! 엔도 님! 호수의 가장자리에서 그들을 불안하게 바라보던 이들이 새된 비명을 지르는 것이 들렸다.

레작은 멍하니 입만 벌리고 놀라 노지기와 두 명가의 자제들을 삼킨 수면을 바라보고 있었다.

가장 먼저 물속에서 자칼린의 흠뻑 젖은 머리가 튀어 나왔다. 형, 형! 엘히엔! 엘히엔! 그 와중에도 엘히엔의 머리끄덩이를 잡고 있었던 건지 자칼린은 힘겹게 허우적대는 엘히엔을 잡아챘다. 그러나 무거운 드레스를 입은 아가씨를 수면 위로 끌어올리는 것은 거의 불가능했다. 자칼린까지 계속해서 물속에 빠졌다.

수영에 능한 노지기 역시 자칼린과 엘히엔 둘을 감당하긴 어려워 보였다.

참방참방. 푸른 이끼 물든 고급스런 장갑을 낀 작은 손이 수면 위로 올라왔다 내려가며 자칼린의 머리를 퍽퍽 내리치는 모양새가, 사실 긴박한 상황에서도 조금 우스웠다. 아푸, 야! 아푸! 야, 그만 때려! 야아!

호수 한가운데에 있는 그들을 구해 줄 이들은 멀었다. 아, 정말이지! 사치스러운 데에 익숙한 체사답게 주렁주렁 몸에 달린 옷들을 급히 벗는 카라제시를 흘긴 레작은 걸치고 있던 외투를 벗어 던졌다. 그리고 차가운 물에 그대로 몸을 던졌다.

그들에게까지 헤엄치는 것은 어렵지 않았다. 뒤집어진 배에 이른 레작은 노지기에게 배부터 다시 뒤집으라 명한 후, 서로를 물 먹여 죽이려는 건지, 아니면 서로를 붙잡고 살기 위해 버둥거리는 건지 모르겠는 자칼린과 엘히엔을 떨어뜨렸다.

레작은 바둥대는 자칼린을 후려쳐 기절시킨 후 뒤늦게 물에 뛰어들어 헤엄쳐 온 또 다른 노지기에게 그를 맡겼다. 그러고는 엘히엔의 물 먹은 드레스를 피해 그녀의 겨드랑이에 팔을 끼워 허리를 감고 다시 뒤집어진 뱃전을 움켜쥐었다.

거의 죽을 뻔했던 것과 달리 흠뻑 젖은 아가씨는 금세 안정을 찾았다.

그녀는 우는 대신 감히 순한 어린 아가씨의 입에서 나오기 어려울 것 같은 가시 돋친 말을 쏟아 내며 고래고래 고함을 쳤다. 그 모습이 꽤 인상 깊었다.

—자칼린, 멍청이! 멍청아아! 이 나쁜 놈아, 너는 오빠도 아니야! 다시는 너랑 뭐 하나 봐! 아는 척도 하지 마!

그러다 그녀는 제 앞에 흠뻑 젖은 청년이 있다는 것을 비로소 의식하고 새빨개진 얼굴로 말했다.

—저, 저기…….

웃긴 건, 감사의 인사 따위를 보답받은 게 아니란 것이다.

—저는 이미 정략자가 있는 몸이니 제 몸에서 손 좀 떼 주시겠어요? 제 정혼자에게 흠 잡힐 만한 일은 하나도 하지 않을 거예요. 도와준 건 고맙지만.

과연 능구렁이 재상이라 불리는 라페로바한, 길로하임의 딸이었다. 그날 레작은 근 몇 년 만에 크게 웃었다.

레작은 그 후로 뮈아드로에 들를 때마다 종종 기회를 만들어 라페로바한 가문의 작은 아가씨를 만났다.

엘히엔은 위치가 지고하고 이미 정혼자가 있어 사교계 모임에 얼굴을 내미는 일이 드물었기에 또래 친구가 별로 없었다.

가장 나이 차가 덜 나는 황금 노루 체사의 차남, 자칼린 엔도가 그녀가 투정을 부리고 소리를 칠 수 있는 유일한 상대였다.

정혼자의 나이가 많았던 탓인지, 아니면 천성인지 그녀는 그를 대할 적에도 부담스러움을 느끼거나 하지는 않았다. 그를 부담스럽게 하지도 않았다. 온 세상의 사랑을 받고 태어나 자란 아가씨답게 당당하면서도 가끔은 수줍음도 타는 그런 아가씨였다.

레작에게는 손위 누이가 한 명, 연 끊은 형이 한 명 있었을 뿐이었다. 맹세코 처음에는 가져 본 적 없는 어린 여동생이 생긴 듯한 즐거움 뿐이었다. 그러나 감정은 소녀가 어른이 되어 가면서 함께 변태했다.

사랑한다.

그것을 깨달았을 때는 이미, 아니 보다 오래전부터 그녀에게는 정해진 약혼자가 있었다. 바로 브류나크였다. 그리고 레작 역시도 인근 영주의 딸과 혼인을 하게 되었고 길은 완전히 갈렸다.

"……방으로 영애를 뫼시기는 곤란합니다. 날도 추워 함께 걷기도 저어되고…… 무엇보다 지금 당장은 제가 경황이 없어……."

"아, 아니에요, 아니에요. 곤란하게 하려는 건 아니었어요. 금방 갈 게요. 단지 저도 할드로프 경을 몹시 존경하고 있다고, 많은 사람들이 할드로프 경을 사랑했다고…… 힘내시라고 전해 드리려고요. 정말 존경스러운 분이에요. 제 아버지께서도 깊은 유감을 표하셨어요."

힘내라고 말하는 사람이 울 것 같은 얼굴이라면 더욱더 힘이 빠지는 법이다.

"그리 생각해 주신다니 고맙습니다."

힘없이 웃는 그를 살짝 올려다본 엘히엔이 등 뒤의 시녀들을 물렸다.

"너희는 잠깐 저쪽에 서 있어. 어디 안 갈 테니까."

꼭 쌍둥이처럼 갖춰 입은 시녀들은 공손히 물러났다. 엘히엔은 곧 눈물이라도 떨어뜨릴 사람처럼 촉촉한 눈으로 그를 올려다보았다.

"할드로프 백, 저는 백을 좋아해요. 아, 물론 그런 거 아닌 거 아시죠. 이번에 폐하께서 모든 할드로프의 죄를 사하셨다는 이야기도 들었어요. 제가 지금은 비록 힘이 없지만 나중에, 나중이 되면 달라질 테니까, 무슨 일이든 도울게요. 큰 제사 경도 다시 출정하신다고 했어요. 반드시, 반드시 복수해 줄 거예요. 전쟁이 더 길어지는 건 슬프지만……."

"체사 경이 말입니까?"

엘히엔이 고개를 끄덕였다.

"자세히는 모르겠지만…… 아버지께서 체사 백과 이야기를 나누는 걸 어쩌다가 우연히 듣게 된 거라."

그녀의 눈가에 고인 눈물을 향해 무의식적으로 손을 뻗던 레작이 의식적으로 손끝을 거두었다.

"영애가 왜 우십니까."

"너무 슬픈걸요. 후년에 할드로프 경의 분골식이 있을 때, 저도 꼭 함께할 거예요."

레작이 애써 웃었다.

'여전히.'

여전히 그녀는 이 진창 같은 북부에서 태어난 연꽃이었다. 사실 그는 연꽃이라는 걸 실제로 본 적은 없지만 더러움 속에서도 한결같은 고고함으로 피어난다는 그 남부의 꽃이 꼭 그녀와 닮았을 것임을 믿어 의심치 않았다.

그녀는 그라는 진창 속에 피어난 한 떨기 꽃이었다.

라르크의 궁내부에는 시친의 제독을 존재 자체로 마뜩찮게 여기는 이들이 태반이었다. 당장 급한 김에 팔란 숄고를 대신하고 있는 자파인 후와 반트 숄고이자 재상인 라페로바한 역시 마찬가지였다.

자국 사령관의 패배 소식에 꼴 좋단 듯 웃는 여자를 반길 이가 누가 있겠나. 하지만 이러니저러니 해도 다시금 뮈아드로의 왕궁 정문을 넘어온 카헤이아는 아주 의기양양한 얼굴이었다.

두 번째로 들어서는 왕의 어전, 노르테 홀은 그다지 새롭지 않았다.

시친의 온후하고 화사한 밝은 건물들과는 지독시리 다른 분위기였지만 처음과 두 번째는 늘 다른 감상을 불러오는 법이었다. 카헤이아는 탁자 하나를 사이에 두고 선 재상과 어딘가의 대영주라는 자파인 후에게 가볍게 눈인사를 한 후 테른도크를 올려다보았다.

"부르셨다지요."

시친의 개입을 반대했던 재상 라페로바한은 이젠 무언가를 곰곰이 생각하는 기색이었고, 자파인 후는 마지못한 얼굴로 상황을 받아들이고 있었다.

테른도크는 희미하게 미소 지었다.

"번거롭게 했군."

"내려가는 김에 라르크의 썩 아름다운 풍경을 본 것으로 충분합니다. 시친에서는 보기 어려운 눈이 이리 내려 고뿔 걸린 이들이 속출한 건 유감입니다만…… 그럴 만한 가치가 있었습니다."

의뭉스레 구는 그녀와 몇 마디 의미 없는 가식 대담을 주고받던 테른도크가 슬슬 운을 뗐다.

"그대는 큰 그림을 보고 계획을 그려 내는 류의 사람이라 했지. 서부의 반니아 땅을 내어 달라……."

"쥬비상트 해안의 타리가 항구에 맞닿은 그 내륙의 땅을 내어 준다 해도 우리는 대륙인들의 통행을 막지 않을 것이며, 타리가 항구를 통한 대륙과의 교역은 이제까지처럼 지속될 겁니다."

"그대가 말하는 '그 땅'이 우리가 가진 몇 없는 질 좋은 땅이라는 건 알고 있겠지."

"하지만 그 질 좋은 땅들 중 '일부'에 불과하지 않습니까. 그게 아니라도 라르크는 북대륙에 좋은 땅이 여럿 있다 압니다만?"

테른도크는 손가락에 끼우진 두꺼운 금빛 반지를 매만지며 말을 골랐다.

겨울이 되면 라르크는 넉넉지 못한 식량난을 겪게 될 것이다. 팔란당의 숄고인 파사드가 패배했다는 소식이 전국으로 퍼져 나가고 있는 와중이다.

자파인 후나 브류나크 령 외의 몇몇 곳을 제한 라르크의 옥토를 차지한 것은 대부분 반트 당원. 최대로 그들을 지원해 줄 수 있는 자파인 후는 이미 지원 가능한 한계를 못 박은 후였다.

테른도크는 반트에 빚을 져 팔란이 기울어지거나, 이미 곤란한 팔란을 움켜 가진 것 이상을 토하게 하는 것, 둘 모두를 경계해야 했다.

테른도크가 가두었던 숨을 탁 흘리듯 답을 돌려주었다.

"그대들의 진의를 행동으로 보인다면 북부는 그대들에게 고마움을 보답할 것이다."

모두를 내보내고 홀로 남은 테른도크는 올조르의 승리 이후 끊임없이 들리는 적의 사령관의 이름을 되새겼다.

'발로이드 페이작 마리포사.'

파사드에게도 적잖은 실망을 했지만 그를 탓할 생각은 없었다. 파사드는 지난 십여 년이 넘는 시간 한 치의 실수도 없이 국경 수호의 의무를 다해 왔다. 이런 일로 그를 문책하기에 파사드는 전대인 칼키스보다도 더욱 크고 부리기 쉬운 수족이었다.

중앙 정권에서 한 발 물러서 있는 건 눈살 찌푸려질 만한 일이었지만 그는 테른도크의 결정을 지지하는 데에 팔란 숄고로서의 임무를 충실히 했고, 항쟁이든 내란이든 외침이든 늘 최소한의 피해로 모든 교전들을 마무리했다. 그에 더해 올조르는 무시할 수 없는 군공이다.

에반부르까지 주검으로 돌아온 지난 패배가 많은 이들을 동요시켰다 해도 다른 관점으로, 다른 이가 사령관이었다면 보다 많은 사상자가 났을지도 모를 일이었다.

'흐음.'

물론 최근의 파사드는 조금 의아하긴 했다. 마지막 보고에서 파사드는 앞으로의 모든 보고를 전후에 올리겠다 양해를 구했다. 말이야 양해지, 통보였다. 파사드답지 않다. 모르가나의 영내에서 이어지는 보고에 파발이 많은 위험을 부담하고 있다는 것을 고려하더라도 그건 그의 의무였다.

그동안 전쟁 동태에 관하여는 파사드를 전적으로 신뢰하고 있으므로 개의하지 않았다. 하지만 그런 통보를 받은 직후 이런 일이 벌어지니 조금은 의문스러웠다. 앉은 자리에서 들을 수 있는 보고는 늘 실재보다 늦는 법이고 한정적인 법이다.

"에제트."

적적히 울리는 부름에 왕좌의 뒤쪽에서 에제트가 조용히 걸어 나왔다.

"예."

"이번에 체사와 함께 남부로 내려가라."

에제트는 잠깐 간격을 둔 후 고개를 깊숙이 숙였다.

"명에 따르겠습니다."

"전쟁에서 지는 것은 당연히 말도 안 되는 일이지만 만일 작위 공의 입장에 변고라도 생겨 반대가 득세하면 곤란해."

자파인 후가 있지만 이미 그는 은퇴한 지 오래인 자다.

"네게 남부에 있는 모든 밤 늑대의 임시 통솔권을 주겠다."

"폐하의 보좌는 잔토로바주여섯 번째가 대신하도록 하겠습니다. 줄레리에 있는 그를 소환할 명을 내려 주십시오."

"허한다."

텅 빈 노르테 홀을 응시하던 그가 문득 생각난 사람처럼 물었다.

"아, 한데…… 아직도 그녀는 말이 없나?"

"예."

"……그런가. 물러가라."

에제트는 처음 나타났을 때처럼 순식간에 사라졌다.

고독한 왕좌에 홀로 남은 테른도크는 불안으로 가득 찬 노르테 홀을 찬찬히 훑어보았다.

허전할 정도로 넓다. 고풍스런 기둥에 지탱되는 이곳은 언제나 꼭 같은 풍경이었다. 선대도, 그 선대도, 까마득히 오래전의 여느 왕들도 그와 꼭 같은 풍경을 바라보았을 것이다.

자리에서 일어난 그가 찬바람을 일으키며 노르테 홀을 벗어났다.

"같이 좀 걷지 그래."

"됐소."

"그리 거절하실 것까지야."

그래, 그대에겐 내 거절 따위 중하지 않겠지. 자파인 후는 머쓱한 체 굴면서도 꿋꿋이 나란히 걷는 재상 라페로바한을 못마땅히 흘겨보았다.

그들은 오랫동안 정적이었다. 브류나크와 라페로바한의 정략 이후로 그들은 공존의 표어를 외치며 술잔을 기울이는 관계가 되었지만, 그마저도 자파인 후에게는 그다지 달갑지 않았다.

청년기부터 적이라 주지하며 살아온 이에 대한 적대감은 쉬이 해갈되지 않는 법이다.

"이제 어찌하실 겐가? 수도에 더 머물 거라면 조만간 내 저녁이라도 초대하고 싶은데."

"그 꼴이 보기 싫어서라도 떠나든가 해야지."

"다시 영지로 가시게? 지금은 팔란을 규합할 숄고가 필요한 시점이외다. 폐하의 결단이 지나치지 않도록."

조금 전 시친의 제독을 은근히 암시하는 투가 별로다. 아니, 사실, 그는 라페로바한이 제 옆에서 숨 쉬는 것 자체가 별로였다.

"이미 내려진 결정이고 내 역할은 다했어."

재상 라페로바한은 짧게 난 턱수염을 만지작거리며 메기 웃음을 지어 보였다.

"그대 영지의 창고에 쌓인 것만으로도 꽤 된다 아는데? 군량으로 풀기에 넉넉하지 않나."

"그 대신 내 영지민들을 굶겨 죽인다면 말이지. 좋은 생각이군."

"다른 귀족들에게서 조금씩 차출해 내면 될 일이지."

"내 듣기로 반트 귀족들은 지금도 이쪽 녀석들보다 더 많은 세금을 내는 것으로 불만이 많다던데. 지네가 가진 것이 더 많으니 더 내는 것을. 하여간 헛욕심만 뱃속 그득이 차서는."

길게 찢어지는 자파인 후의 눈길에 재상 라페로바한이 능청스레 대꾸했다.

"일이 이리 되었는데 모른 체 영지의 문을 닫을 만큼 이기적인 이들은 아니네."

"그대의 창고부터 열지 그러나."

"내가 가진 게 무에 있다고."

"웃기지도 않는군."

"나는 작위도 없는 미천한 떠돌이 아닌가."

"개소리는 다른 데서 해. 아니, 미친 것을 안다면 알아서 재상직 사임하시게."

"내가 언제 미쳤다 했나? 미천하다 했지."

"난 그런 줄 알았지."

"벌써부터 귀가 먹어 버리시면 어쩌나."

그들은 사이좋게 나라를 걱정할 만큼 친밀한 관계가 아니었다.

한때 젊은 시절에는 주먹질은 물론이거니와 공개적인 장소에서 거친 입담을 과시하는 것도 주저하지 않았던 두 사람이었다. 지금이야 비교적 점잖게 이야기를 주고받지만 내심이 여전하리라는 것을 재상 라페로바한도 자파인 후도 잘 알았다.

"용건만 말하고 꺼지시지."

재상 라페로바한의 표정이 못마땅하게 구겨졌다.

"그대는 나이를 처먹고도 그리 속이 좁아 어디에 쓰려는가?"

"시끄럽고, 용건."

자파인 후가 걸걸한 음성으로 다시 한 번 그의 말을 잘랐다. 귀엽다 할 만큼 뚱한 얼굴로 자파인 후를 쏘아보던 재상 라페로바한이 헛기침을 하며 넌짓 말을 꺼냈다.

"그대가 숄고의 대리 역할을 충실히 다하는 데에 고마움을 표하고자 함이네."

"네가 왜?"

"그리 날 세울 것 있나? 재상으로서 말이야, 그 정도의 치하는 할 수 있다 여기는데. 매번 전선에 나가 계신 브류나크에게 서간을 보내어 의중을 구하고 결정하는 것은 몹시 시간 낭비일 터이고……. 네 녀석이 없었다면 이런 시급한 상황이 더욱 더 아비규환이 되었겠지.”

'이 늙다리가 무슨 꿍꿍이지?'

자파인 후가 우뚝 멈춰 섰다. 그를 따라 걷던 재상이 그의 어깨에 부딪치고 튕기듯 물러났다.

“아쿠쿠, 말이라도 하고 서게나.”

저리 능청스레 나올 때는 필경 그의 속을 긁기 위한 전초전이라는 것을 오랜 경험으로 체득했다.

물론 오늘은 평소보다 더 상냥해, 다정하기까지 한 목소리라 닭살이 돋을 만큼 소름이 오른다는 게 차이라면 차이겠지만.

“작위 공께서는 아무래도 중앙에 관심이 없으신 듯하지 않나?”

“하루 이틀인가. 원래 그런 분이셨는데.”

“숄고에 어울리는 게 꼭 브류나크인 것은 아니라는 생각이 이번에 들어서 말이네. 그놈의 세습, 지겹지도 않나?”

자파인 후의 표정이 순식간에 일그러졌다.

“지금 무슨 소릴 하고 싶은 거냐?”

자파인 후 역시 닳고 닳아 이 자리에 있는 북부의 귀족이었다. 짐작 가는 속내가 없는 것이 아니었다.

그러나 말이 안 된다. 고작 한 번 전쟁에서 패퇴했다는 소식이 들려왔을 뿐이다. 물론 그 전쟁에서의 패배가 앞으로 브류나크의 위명에 큰 누가 될 수도 있지만 그럼에도 불구하고 그는 브류나크였다. 게다가 라페로바한의 딸이 브류나크와 정혼 관계임을 생각하면 더더욱.

여유롭게 주위를 둘러본 후 재상 라페로바한은 담담한 얼굴로 말했다.

"나는 이를 서간으로 전하지도 않을 것이고, 같은 말을 반복할 생각도 없어. 하지만 지금 대 작위 공이 팔란 솔고가 된 지 어언 십 년이네. 그동안 팔란의 기치를 올린다는 녀석들이 꽤 위축되었지. 내가 이런 걱정을 한다면 그대는 분명 코웃음 치겠지만."

"알고 있으니 다행이군. 난 또 노망이라도 난 줄 알았지."

"나는 라르크를 걱정하는 것이라네. 구심은 필요하니까. 한쪽이 있어야 다른 한쪽도 존재하는 법이지."

"나이가 먹더니 이제는 눈 하나 깜빡 안 하고 먹히지도 않을 거짓말을 하는군."

"수도로 돌아오시게나, 이 기회에."

라페로바한 가문과 반트에 대한 호오를 떠나 자파인 후는 일생 앙숙이었던 자에게 듣는 저런 말이 제법 기이하게 느껴졌다. 시대가 많이 변하긴 한 모양이다.

"그대 여식이 지금의 작위 공과 혼인이 약정되어 있지 않나?"

재상 라페로바한이 하나뿐인 딸아이를 얼마나 사랑하는지는 모르는 이가 없었다. 겉으로야 내색지 않지만 매일같이 엘히엔과 산책을 하거나 다 큰 아가씨를 업고 돌아다닌다거나 하는 목격담이 그 증명이었다.

사실 자파인 후 역시 엘히엔만큼 사랑으로 충만한 딸이 있다면 체면이고 뭐고 중히 여기지 않을 수 있겠느냐 납득한 바였다.

"십 년이 넘도록 같은 관계인 약혼 말이지."

재상 라페로바한의 주름진 눈가에 착잡함이 어렸다. 금세 사라져 버린 기미지만 자파인 후는 매섭게 그 기색을 낚아 차렸다.

"벌써 그리 오래되었나?"

"시간 가는 것 좀 읽고 사시게. 거 참."

재상 라페로바한이 생각 이상으로 개인적인 감정이 드러나자 자파인 후는 평소처럼 빈정대는 대신 그의 설명을 기다렸다.

"이제 내 자식도 성년을 넘겼네만 아무리 생각해도 지금의 작위 공이 내 딸아이를 약혼 상대로 여기지 않는 듯하니 참 슬픈 일이지."

"원래 겉으로 드러내는 법이 없는 분이네. 칼키스와 같은 줄 알았나? 지금 대 작위 공의 속을 그대가 어찌 알고? 그리고 나 같아도 핏덩이와 한바탕 밤일 치를 생각을 하면 아득했을 걸세. 음욕이 든다는 게 괴팍한 취향인 게지. 네다섯 살이었던가. 그 어린 것이 아장대는데 작위 공이 어쩔 줄 몰라 하는 얼굴이 아직도 눈에 선하군. 개인적인 악감정으로 나를 이용하려 들지 말게. 네놈한테 이용당하느니 코를 자르지."

오랜 정적이 무엇을 두려워하는지는 몇 마디 섞은 것만으로도 충분히 읽어 낼 수 있었다.

사랑받아 마땅한 딸아이는 피 흘릴 나이가 되었다. 성년이 되어 어엿이 한 가문의 안주인이 될 자격을 갖추기까지 늘 파사드만 바라보며 산다. 그러나 자파인 후 역시 십여 년이 넘도록 성사되지 못한 혼인이 순탄할 거라고는 여기지 않았다.

누군가를 사랑해 본 이라면 눈빛만 보아도 알 수 있다.

파사드는 엘히엔을 사랑하지 않을 것이다. 시키니 정략이야 했지만 칼키스가 죽은 이상 그는 스스로 선택할 권리를 가지게 되었다. 정략 관계를 유지하는 것만으로도 그들 관계는 우호적일 수밖에 없으니 구태여 혼인까지 하지 않아도 된다 여기고 있는 건지 모른다.

솔직하게, 작위 공 브류나크가 지금의 현상 유지를 원한다면 누구도 막을 수 없을 것이다.

"그대에게도 자식이 하나 있었지? 나이 대도 내 여식과 크게 차이가 나지 않는다 들었는데.”

이미 혼인까지 한 막둥이가 거론되자 자파인 후의 얼굴에 헛웃음
이 어렸다. 그의 막내아들은 로엠에서 조금 먼 땅에서 소박한 가정
을 꾸려 살고 있었다.

“아들을 강제로 제 살 같은 부인과 떨어뜨리라는 말처럼 들리는군.”

“몸이 불편한 여인이라 들었는데 말이야. 누가 되지 않겠는가.”

자파인 후의 눈에 핏줄이 섰다. 한마디만 더 하면 멱을 잡으리라
내심 칼을 갈았다. 그러나 순진한 체 의뭉 떨던 재상 라페로바한은
어깨를 으쓱하며 그를 스쳐 지났다.

“그냥 그렇다고.”

저 늙은 너구리 같은 새끼!

가느다랗게 뜬 눈으로 멀어지는 정적을 노려보던 자파인 후가 짧
게 혀를 찼다.

그가 했던 제안 아닌 제안, 사실 충분히 그럴 만한 명분도 능력도
닿는 일이다. 그러나 그가 더 깊이 생각에 빠지지 못한 것은 그에게
다가오는 한 청년을 발견했기 때문이다.

“이거, 할드로프 백이 아니신가.”

헌칠한 갈색 머리칼의 청년이 공손히 자파인 후의 대각에 멈춰 섰
다. 그냥 지나가지 않는 걸 보면 용건이 있는 게 분명해 보였다.

“무슨 일이신가?”

올조르의 몰락 이후 위축되어 있던 모르가나인들의 입을 타고 부푼
소식은 모르가나의 제도 시모어에도 전해져, 황궁에까지 이르렀다.

벨루비르하인 2세는 허리가 굽은 작은 남자였다. 남부의 로토르인들은 북부의 테메르인과 비교해 근소하게 자그마한 체구를 가지고 있는데, 벨루비르하인 2세는 로토르인의 전형을 따라 키가 작고 통통한 풍채를 하고 있었다.

옥좌에 앉으면 전대 왕들과는 달리 등받이가 훌쩍 남아 번쩍거리는 후광이 그의 정수리 위에 드리워진 듯도 보였다. 아부하기 좋아하는 이들은 그의 자그마한 키가 제국의 무게를 버티느라 자라지 못한 것이라 포장하기도 했다.

그러나 벨루비르하인 2세는 황위에 오른 지 이십여 년 동안 한 번도 그 무게를 무겁다 여긴 적이 없었다.

벨루비르하인 1세를 이은 그는 모든 것을 바라는 대로 할 수 있는 무소불위의 권력자로, 전 대륙을 통틀어 독단이 자긍심이 되는 유일한 존재였다. 또 냉정하기도 했다.

독단과 냉정이 한 사람에게서 발휘되면 정말로 상상도 못할 일이 벌어지곤 했다.

전에는 어떤 일까지 있었느냐 하면, 어느 날 예고도 없이 장남인 아들을 하나 남기고, 나머지 황자들에게 황위 포기 각서를 쓰게 한 후 뿔뿔이 찢어 내친 적도 있었다. 그러고는 단 한 번도 제도로 불러들인 적이 없었다.

하룻밤 사이에 집에서 내쫓긴 황자들이 어찌 살고 있는지는 몇몇 이들만 알고 있는 사실이다. 솔직히 이제는 그 황자들을 기억하는 이도 몇 없었다. 그나마 간간이 소식이 드는 이라고 해 봐야 대장원을 거느린 영주의 성에서 머물며 조금씩 인맥을 쌓은 2황자 바이아르와 상업 도시 에블룸에서 기사 훈련을 받던 3황자 가우스 정도였다. 6황자는 몹시 소심하여 로코라는 동남부의 작은 땅에 처박혀 단 한 발자국도 나오지 않는다 유명하기도 했다. 뭐, 그들이 어찌 되었건 간에, 장남 라인하르가 건재한 한 그들은 결코 세상에서 빛을 볼 수 없을 비운의 황자들이었다.

또 벨루비르하인 2세는 가장 가까웠던 사촌 동생인 조르디아 공작, 벤피어스의 부인을 멋대로 그의 정부 삼기도 했었다. 조르디아 공작은 사교계의 여왕이라 불릴 정도로 수완이 뛰어나고 대범한 여자였는데, 그 구설수로 인해 한동안 칩거하였다. 조르디아 공작과 벨루비르하인 2세를 완전히 척지게 만든 사건이었다.

그렇게 무섭도록 냉정한 벨루비르하인 2세도 가끔은 소소한 취미를 즐긴다. 취미라 꼽을 만한 것은 서너 가지가 있다.

매일같이 황궁을 드나들며 거스러미 같은 안건들을 물고 들어오는 이들을 호통으로 내치는 것, 그의 눈에 거슬리는 계집들에게 적절한 응징을 해 주는 것, 궁전을 한 바퀴 산책 삼아 둘러보는 것, 바쁜 일정을 처리하며 체스를 두는 것 등이다.

취미의 규모는 과연 황제의 것답게 화려하고 사치스러웠는데 벨루비르하인 2세는 번거롭게 구는 가신들에게 밑도 끝도 없는 호통을 친 후, 아주 값비싸고 귀한 것들을 하사함으로써 그의 두려움과 은혜로움을 동시에 보여 하루에도 르와이페 성의 보물 창고가 열댓 번은 더 열렸다 닫혔다.

황제의 궁전은 과장해 하루 종일 걸어도 다 돌지 못할 만큼 넓었다. 궁전의 벽에는 삼천육백팔십일 개의 예스러이 좁은 창이 촘촘하게 있었고, 천오백칠십칠 개의 방이 있었으며, 궁의 정 한가운데에는 거대한 접견용 홀, 르페이 홀이 존재했다.

르페이 홀은 황궁의 규모답게 뚱뚱한 남부인 천여 명이 수용될 만큼 거대했으며 장식물 하나하나는 궁내부 하인 하녀들의 몸값보다 비싼 것들이 무가치한 것처럼 걸려 있었다.

벨루비르하인 2세는 화려한 것을 좋아했고 그의 것이라면 더욱 더 좋아했다.

그가 가장 자주 찾는 정원은 미로처럼 꾸며진 파르테르[†]였다.

벨루비르하인 2세는 그 파르테르에 거대한 체스판을 설치해 실제 사람을 올려 두고 체스를 두기도 했다.

오늘도 마찬가지였다.

벨루비르하인 2세는 국빈을 체스장 대각에 앉혀 둔 채로 황태자 라인하르와 체스를 두는 중이었다. 라인하르는 황제가 아닌 황후를 닮아 키도 풍채도 건장한 청년이었다. 예의 황자 추방 사건에서 살아남은 승자이기도 했다.

벨루비르하인 2세는 라인하르와 체스를 두기를 즐겨 했다. 라인하르가 체스 상대로 적절한 실력을 가져서도, 하나 남긴 아들과 단란한 시간을 보내는 것을 즐겨 하기 때문도 아니었다. 그의 말을 주저 않고 죽일 수 있는 담대한 이가 라인하르뿐이기 때문이다.

"부황, 시디아가 안부를 여쭈더군요."

시디아는 한때는 라인하르와 가장 각별했던 딸이었다. 강제로 그녀의 혼담을 추진했다는 이유로 지금은 라인하르를 거의 증오하다시피 하는 계집이다. 제도 남쪽에 위치한 페시번의 스코자 공작 부인이라 불리고 있다.

"네 차례잖으냐."

"여섯 번째 폰은 한 칸 앞으로."

라인하르가 턱을 괸 채 손짓하자 거대한 체스판 위에 서 있던 까

파르테르[†] 화단과 길을 장식적으로 배치한 정원의 종류 중 일종.

만 망토를 두른 병사가 겁에 질린 얼굴로 한 걸음 걸어갔다. 하얀 망토를 두른 기사가 그 칸에서 병사를 기다리고 있었다.

사실 그들은 갑옷만 갖춰 입은 죄인들이었다. 두 죄인들은 회색 눈동자를 한 삼십 대 초반쯤 되어 보이는 체스 심판이 땡하고 종을 울리자 약속이나 한 듯 칼을 들고 서로를 향해 달려들었다.

"아직도 아이가 없다지."

"스코자의 공작이 절름발이라 그런 것 아니겠습니까? 이번 제 생일에 초대장을 보내 볼까 하는데."

라인하르가 넌짓 건네온 말을 무시한 벨루비르하인 2세는 살아 있는 말들을 유심히 바라보았다. 오늘은 흥미진진한 날이 아니다. 역시나 키가 손가락 두 마디 만큼 더 컸던 하얀 망토를 입은 자신의 나이트가 손쉽게 승리했다.

벨루비르하인 2세는 지루한 얼굴로 포도주를 삼켰다.

"그리고 조르디아 공께서는 전쟁이 한창인 이 시국에 키사로 휴양을 가셨다는데 이야기는 들으셨습니까?"

벨루비르하인 2세의 눈썹이 슬쩍 찌푸려졌다.

조르디아 공작은 벨루비르하인 2세의 사촌으로 작금 제도에서 가장 강성한 귀족이었다. 반독재 정치를 부르짖는 형제가 한때 그가 가장 아꼈던 가신이라는 것이 우스울 뿐이었다.

벨루비르하인 2세는 표정을 지우며 무료한 목소리로 명했다.

"거기, 그래, 그대. 비숍은 오른쪽 대각 상향 세 칸의 브류나크의 목을 찔러라도 보게나."

때때로 그는 그의 말들에게 모르가나의 명문가의 이름을 붙이고, 상대의 말에 주변국들과 적국의 장수, 왕들의 이름을 붙여 살해하기를 즐기기도 했다.

가끔은 변덕스럽기도 해서 죄인으로 구성된 체스 말들 중 최후까지 살아남은 이에게는 흑의 말이건 백의 말이건 상관없이 사면해 줄 때도 있었다.

라인하르는 못마땅한 얼굴로 질질 끌려 나가며 긴 핏자국을 남기는 병사를 응시했다. 벨루비르하인2세가 쥐고 있던 잔을 시종인 회색 눈의 란니르에게 건네주었다. 란니르는 중앙 귀족회 중 하나인 제일리아르 가문의 적자였으나, 스스로 계승권을 포기하고 황궁에 들어와 황제의 측근이 된 자였다.

귀족들은 벨루비르하인 2세의 손발 역을 하는 그를 회색 쥐라 폄하하기도 했다.

"라인하르, 너는 도구를 보는 눈을 조금 더 키워야겠구나."

벨루비르하인 2세가 손을 한 번 휘 젓는 것으로 체스는 끝났다. 라인하르의 의사는 전혀 반영되지 않았다.

라인하르는 언짢은 내색을 하는 대신 슬슬 이야기를 꺼낼 때가 되었음을 알았다.

"그러게 말입니다. 한데 부황, 저들이 꽤 오랫동안 기다리고 있었습니다."

손님은 둘이었다.

한 명은 최전방에서 넝마가 되다시피 해 달려온 나이제르 루자 가넷이라는 기사였다. 나머지 한 명은 먼 서쪽의 군도국 행정 장관이었다.

두 사람은 체스가 벌어지는 체스판의 대각선 의자에 앉아 있었는데 벌써 두 시간째 말없이 황제가 그들에게 관심을 보이기를 기다리고 있었다.

말쑥한 시친인은 황태자와 황제의 사이 어딘가를 내려다보며 공손한 태도를 취하는 데에 반해, 대라르크전의 최전방에 출정해 있었던 기사는 잘근잘근 입술을 뜯으며 초조함을 감추지 못하고 있었다.

모르가나는 대국인 앙레디움을 조공국 삼고 있으며, 지금은 교류가 많이 단절되었으나 살리가르에 괴뢰 정부를 두고 있다. 십수 개의 소수민족들로부터 매해 세금을 받고, 공국을 비롯한 크고 작은 세력들로부터 조공을 받았다. 수년 전에는 야만스러운 다락 민족도 크게 패해 고개를 조아렸다.

적이라 칭할 만한 존재가 없는 벨루비르하인 2세에게는 사실 라르크와의 전쟁도 일도 일종의 여흥에 불과했다. 올조르의 붕괴 사건은 약간 예상 밖의 일이라 노엽기는 했지만 그게 전부다.

체감이 그러하니, 거리상 동떨어진 시친 군도국의 행정 장관은 더더욱 관심 밖일 수밖에.

"그래, 객을 앉혀 놓고 잊고 있었군. 먼저 이야기를 들어 보지. 오랫동안 잊어 왔던 군도인이 예까지 들어왔으니 대접이라도 해야 도리겠지. 란니르, 군도인에게 술이나 한 잔 따라 줘라."

흰 수염이 희끗거리는 턱을 매만지는 황제의 눈에는 어떠한 모멸의 의도도 없었다. 시친의 행정 장관으로서 모르가나에 방문한 남자, 투헤인 뵈르게트는 그의 경시에도 무덤덤하게 술잔을 받았다.

촌각을 다투는 일로 찾아와 망부석처럼 자리만 보존하게 된 기사 나이제르의 얼굴은 시간이 지날수록 기절할 듯 하얗게 질렸다.

라인하르가 투헤인과 나이제르를 번갈아 본 후 몹시 조심스레 아뢨다.

"부황, 가넷 경은 전선에서 열흘을 넘도록 달려왔다고 합니다. 급보라 하여⋯⋯."

황제가 느른히 웃으며 말했다.

"곧 숨이 넘어갈 듯 보이는 낯이 재미있지 않으냐. 조금 더 기다리라지."

투혜인은 피식 웃었다.

'늙은이가 사람을 가지고 노는 취미가 있군.'

나이제르의 낯색이 더욱 허옇게 질렸다.

그는 전선에서 벌어진 얼마 전의 사건, 발로이드 페이작 마리포사가 저지른 일을 고하기 위해 이샤스부터 제도까지 쉬지도 못하고 달려온 참이었다.

발로이드가 군의 지휘부 기사들을 마구잡이로 끌어내리고 처벌까지 한 것은 제도의 중앙 가문들을 죄 일으킬 만한 일이었다. 발로이드는 라르크의 군사들을 치기 위해 마리포사 기사단 이외의 병력을 운용하는 과정에서, 그의 패악에 지적을 했던 아사인가 소속의 비세바르를 억류했다. 그뿐만 아니라 부당하다며 들고 일어난 전 로반티스 군의 기사들 중 셋을 죽였다. 그 셋 중 한 명은 시모어 자금줄의 큰 일부를 차지한 웨스터스가의 사위였다.

그 바람에 라르크를 패퇴시킨 후에도 모르가나의 주둔지는 서로가 서로에게 언제 검을 뽑을지 모를 처절한 분위기가 감도는 중이었다. 나이제르는 발로이드가 심야 시찰을 나간 틈을 타 도망쳐 나온 것이다.

이 시국을 빠르게 해결하지 못하면 발로이드가 또 무슨 해코지를 할까 두려워 감히 황제의 면전에 먼저 입을 떼고 말았다.

"폐, 폐하……."

"쉿. 네 차례는 아직 아니란다."

이미 란니르로부터 나이제르가 찾아오게 된 경위와 대략의 상황을 전해 들은 후의 태도가 저랬다.

우선권을 얻은 투혜인이 황제에게 다가가 고두했다.

"배알을 허락해 주셔서 감사드립니다. 그러면 이제 용건으로 들어가도 되겠습니까?"

벨루비르하인 2세는 허연 수염을 손끝으로 지긋하게 매만지며 웃었다.

"태수의 바로 직하 직함을 가지고 있는 자라 했던가? 군도의 라카라는 어찌 지내시는가?"

"잘 지내십니다."

"안부를 전하라는 말은 없고?"

"늘 폐하의 안위를 걱정하고 계시지요."

작게 웃은 벨루비르하인 2세는 농 같지 않은 농을 던지며 제안했다.

"걱정이 예까지 느껴지는군. 체스를 둘 줄 아나?"

"규칙만 알고 있습니다."

"나와 겨뤄 보지."

투헤인은 침묵했다.

황제의 권유에 침묵이라는 것은 부정과도 같았기에 주위에 늘어선 시동과 시종은 물론이거니와 근위대, 황태자까지도 서서히 표정을 굳혔다. 그러나 벨루비르하인 2세는 정작 개의치 않는 태도였다.

"승패에는 연연할 필요 없네. 그냥 놀이니까."

"무례를 용서하시지요. 모르가나의 독존이신 폐하를 모욕하려는 것이 아니라 시친 군도에서는 사람을 세워 그들의 목숨으로 놀이를 하지 않습니다. 또, 저와 선원들은 바닷사람인지라 미신을 쉬이 믿습니다. 항해 직전 피를 보는 건 항해에 좋지 않다는 미신이 있습니다. 부디 통촉하시기를."

벨루비르하인 2세가 빙그레 웃으며 손짓했다. 그러자 시종들이 기다렸다는 듯 황제의 바로 앞에 거대한 금 탁자를 옮겨 세웠다.

투헤인의 의자도 마련되었다.

"앉게."

투헤인이 자리에 앉았다.

"그래, 진득하니 미동도 않고 앉아 기다리던 것에 비해 그대도 꽤나 여유가 없군. 군도인들의 성정이야 익히 들어 알았다만……. 그대가 산테라의 아들이라지. 무슨 일이냐 묻고 싶지만 짐이 과히 짐작이 가는 게 있으니 구태여 묻지는 않겠네."

용건을 꺼내기도 전에 먼저 길게 운을 떼 버리는 황제의 말에 투헤인은 내심 당황했다.

"반년…… 아니지, 일고여덟 달쯤 되었나? 현 제독 뵈르게트가 라르크 녀석들을 도와 북방 민족들을 압박하고 있다는 소문이 처음 들린 게? 가물가물하군. 그쪽 일은 잘 풀렸던가?"

"……갈카마는 시친의 거스러미입니다. 라르크와 우호를 쌓기 위함이 아니라 도의적으로 본국이 그들을 정리했어야 하는 일이었습니다. 그리고 조금의 변명을 하자면 현 제독 뵈르게트의 독단에 가까운 결정입니다. 제독 뵈르게트가 통솔하는 델 오스작과 나머지 삼군도의 관계가 좋지 않다는 것만 알아주십시오. 지금 제독 뵈르게트는 무리하게 제독 위를 얻는 과정에서 '찬탈'이라는 단어가 쓰일 만큼 과격파로 급부상했습니다."

벨루비르하인 2세는 태연히 물었다.

"피는 물보다 진하다는 말을 어찌 생각하나?"

그는 상대를 놀리고 반응을 보는 것에 재미를 느끼는 악취미가 있는 게 분명했다.

투헤인은 대수롭잖게 답했다.

"분명, 라르크에 우호적인 델 오스작의 제독 뵈르게트가 제 여동생입니다마는 피가 물보다 진하다는 말이 진리였다면 전 제독 각하, 제 아버지께서도 그리되지는 않으셨을 겁니다."

적의가 묻어나는 서늘한 어투에 벨루비르하인 2세가 흥미로운 표정을 지어 보였다.

"또한 제게는 피는 민족에 흐른다는 믿음이 있습니다. 진한 피를 흐려 놓으려 하는 이는 핏줄이라도 곱게 볼 수가 없는 법입니다. 하물며 은혜 모르는 누이를 감싸기 위해 이기지도 못할 전쟁국의 편에 선다는 건 말도 안 되는 일입니다."

더 이상의 신경전은 불필요하다 판단한 투헤인이 단도직입적으로 말했다.

"제독 뵈르게트를 제한 나머지 두 제독과 태수께서는 북부국이 남부국을 이길 거라 생각지 않습니다."

"그거 재미있군. 계속해 보게."

"하여 태수께서는 이번 기회에 모르가나와 관계를 재조명하고 싶다는 의사를 표하셨습니다. 델 오스작으로부터 압류한 시친의 함선들이 여러 척 남습니다. 주인 잃은 함선들이 주인을 찾고 있습니다."

"우리에게 주겠다?"

"시친 최고 수준의 함대의 주인으로 썩 어울리실 듯하군요."

잠자코 두 사람의 대화를 경청하던 라인하르가 비웃었다. 투헤인은 무시하고 말을 이었다.

"거두절미, 본국이 남제국에 바라는 것은 한 가지뿐입니다. 대륙 추방령을 철회해 주십시오. 이번 전쟁이 끝나고 나면 라르크는 위축될 것이고, 당신들이 대륙 추방령을 철회한다면 우리는 약해진 라르크를 칠 겁니다. 우리가 지금 보이는 호의는 굴종이 아닌 적당한 성의이며 우호의 약속입니다."

벨루비르하인 2세는 콧잔등을 찡그리더니 곧 낮은 웃음소리를 냈다.

"그대들이 라르크를 치건 말건 내 관심사는 아니지만 궁금하기는 하군. 군도가 그리 자랑하는 철의 함선이 어떤 배인지 말일세. 한 척, 로죄 강에 드는 것을 허락하지. 나머지는 남부 키사 항구의 입항을 허가하지."

"스무 날이면 눈으로 보실 수 있을 겁니다. 해류가 따라 준다면 조금 더 빠르겠지요."

기다렸다는 듯 답하는 투헤인을 바라보는 벨루비르하인 2세 표정이 처음으로 찌푸려졌다.

"이미 준비를 마쳤다고."

투헤인은 빙그레 웃으며 마지막으로 고두했다.

"저는 승산 없는 일로 움직이는 걸 그다지 좋아하지 않습니다."

"이번 대 태수의 앞잡이는 꽤나 재미있는 녀석이군."

벨루비르하인 2세가 사람 좋은 웃음을 지으며 일어섰다. 그의 키는 투헤인의 겨우 가슴팍 겨우 닿을 정도였다. 투헤인은 그를 내려다보지 않도록 시선을 조심했다.

"조금 더 이야기나 나누지. 산책하기 좋은 곳이 있다네."

내내 조바심 내며 제 차례를 기다리던 나이제르가 그도 모르게 소리 냈다.

"폐, 폐하…… 아?"

벨루비르하인 2세는 질릴 대로 질린 나이제르의 낯빛을 스윽 흘긴 후 귀찮다는 듯 손을 저었다.

"저자는 태자가 대신 대해 처리하도록. 라르크와의 일이라면 지금은 그다지 관심 없으니."

"예, 부황."

예상과 크게 엇나간 상황도 아니었던지라 라인하르가 공손히 자리에서 일어나 고두한 후 나이제르에게 손짓했다.

벨루비르하인 2세와 달리 라인하르는 몇 가지 원칙을 지키는 데에 만족감을 느끼는 사람이었다.

하루에 한 번은 일출을 보아야 하고, 옳은 것과 그른 것을 분별하는 것이 대제국의 황태자가 지켜야 할 모범임을 새기고, 귀족들을 존중하고 평민들을 멸시하는 것 등의 사소한 것들이었다.

라인하르의 원칙은 꽤 효율적으로 작용했는데 벨루비르하인 2세처럼 특출 나게 사람을 압도하는 기백이나 여유가 없더라도 '따르기에 무던한' 정도의 평가를 받기에는 적당했던 것이다.

라인하르는 제도의 중앙 가문을 시작으로 귀족들에게 차등적인 대우를 함으로써 그들의 존재 가치를 추켜올렸고, 서로의 경쟁 의식을 불태우게 했다.

진심으로 그는 차등의 원칙을 맹신했으며 그 원칙을 망가뜨리는 이들을 혐오했다.

"어떻게든 그자에게 엄중한 책임을 물어야 합니다. 그자가 다른 유능한 기사들을 제치고 총 책임자가 된 건 폐, 폐하의 결단이시니 이견은 없습니다……. 하지만 그자가 전장에서 찾는 여자가 있다는 소문도 돌고 있고, 아무래도 충정으로 나섰다기에는 의심쩍은 부분이 많아……."

나이제르의 설명을 쭉 들으며, 라인하르는 마리포사의 현 주인을 상기했다. 몇 번 본 적은 없지만 라인하르는 그를 똑똑히 기억했다.

발로이드 페이작 마리포사는 아끼는 사슴을 그의 면전에서 목을 쥐어 꺾어 죽였던 녀석이었다. 비록 그 사슴이 발정기에 이르러 난폭하게 날뛰는 우둔한 짓을 했지만, 단숨에 목을 꺾어 죽일 만한 역량이 있는 자라면 필경 다른 방식으로도 제압할 수 있었을 것이다.

피거품을 물고 제 발치에 늘어졌던 귀한 수사슴의 목을 짓이기고, 또 짓이기며 웃던 그 괴괴함을 잊을 수가 없다.

모르가나의 귀족들 중에는 꽤나 드문, 적발 벽안의 사내는 솔직히 말하면 기사라는 이름보다는 조금 더 비천한 것에 어울렸다.

뿌리부터가 그러했다. 이상한 부분에 관대한 구석이 있는 벨루비르하인 2세는 발로이드의 꾸밈없이 광포한 성정을 즐겼지만 간간이 들리는 소문까지 더해지면 도저히 라인하르가 좋게 볼 수가 없는 자였다.

쓰레기 같은 평민들, 도적들, 죄인들, 강도들을 끌어다 기사라 부르는 얼토당토않은 짓은 오래전부터 암묵적으로 있어 왔던 일이지만, 발로이드가 작위를 세습받은 이후로는 그 빈도가 노골적으로 잦아졌다.

애초에 마리포사는 제국 변방의 곳곳을 용병처럼 떠도는 대신 따로 세금을 내지도 않은 불한당과도 같았다. 물론, 그들이 대신 피 흘린 덕에 황실은 영주들의 사병 육성을 효과적으로 제제할 수 있었고, 내륙 영주들은 군비를 아껴 농기술을 개발하거나 그 밖의 경제 발전에 투자할 기회를 얻기 용이했다. 그리고 그것들은 고스란히 세금으로서 황실의 이득으로 돌아오는 그런 순환이다.

하지만 실상이 그렇다 하더라도 비천한 마리포사는 차등의 원칙을 완전히 무시하고 악명을 떨친 자들에 불과했다.

처음 황궁 증축이 많은 이들의 반대로 무산될 뻔하였을 때, 발로이드는 벨루비르하인 2세를 부추겨 주변국들을 압박하게 했고, 결국 전쟁까지 벌어졌다.

라인하르는 스스로가 온건한 성품이라 믿지는 않았지만 전쟁이 불필요한 일이라는 건 잘 알았다. 마리포사는 눈엣가시다. 후일 라인하르 본인이 황제가 된다면 마리포사들을 철저히 꺾어 누를 터였다.

어쨌건, 후일의 바람이다.

지금의 마리포사는 황제의 칙명에 따라 움직였다. 올조르의 붕괴 이후 벨루비르하인 2세는 라르크를 씹어 죽이고 오겠다는 발로이드의 호기 넘치는 몇 마디에, 조르디아 공작이 그토록 반대하는 임관식까지 치러 그를 덜컥 사령관으로 앉혔다.

당시 라인하르도 처음으로 부황의 결단에 반대 의사를 표했다. 그러나 벨루비르하인 2세는 언제나처럼 그 멋대로 어교를 내리고 전 로반티스 최고사령관을 불러들였다.

그리 제도 시모어를 시끄럽게 들쑤시고 출정했으면 일이나 똑바로 할 것이지, 또다시 잡음을 몰고 왔다.

마리포사 최고사령관이 중앙 귀족 가문 중 하나라 알려진 아사인가의 비세바르를 강제 억류했다는 이야기, 웨스터스의 사위인 전도유망하던 기사를 멋대로 처벌했다는 이야기, 의전을 어기고 범대륙적으로 손가락질당할 일을 자행하고 있다는 이야기.

듣고 있는 내내 고함을 치지 않는 스스로가 기특할 정도였다.

"감히…… 마리포사에게 합당한 처벌과 대가를 치르게 해야 한다 믿습니다."

나이제르의 서러운 청원은 그의 마음을 움직였다. 발로이드가 전선의 왕처럼 군림하며 저지르는 일들은 장차 제국을 이끌 황태자인 라인하르에게는 좌시할 수 없는 일이었다.

라인하르는 용기를 내어 말을 꺼냈다.

"폐하, 마리포사가 이번에 큰 승리를 이끌었다고는 하지만 군사들의 믿음조차 사지 못하는 그자가 최고사령관의 직위에 머물고 있다는 건 역시 개선되어야지 않겠습니까?"

벨루비르하인 2세의 반응은 시큰둥했다.

벨루비르하인 2세는 그의 관심사 밖의 모든 것에 무정한 자였다.

사실 그에게 지금 북부의 반기가 아무런 감흥도 주지 않는 것처럼, 발로이드가 중앙 가문의 귀족 몇을 죽이거나 억류하거나 하는 것 역시 그에겐 크게 중요한 것이 아니었다.

그런 귀족들 몇 없더라도 제국은 영원불변의 제국일 터였고, 누구도 벨루비르하인 2세를 위협할 수 없다는 것은 자만이 아닌 현실이었으므로.

"내버려 둬라."

"하오나 지금 출정해 있는 자들 중에는 제국을 지탱해 주는 대가문의 아들들이 많습니다. 이리 됐다가는 분명……."

"그 영악한 녀석이 제가 저지른 짓이 무엇인지 모르고 그리했을 리가 없지 않으냐? 나는 이번 라르크전에 대한 모든 것을 마리포사에 일임했다."

"그자의 망행을 듣고도 신뢰하신다는 말입니까?"

"힘이 있는 자가 휘두르는 것은 망행이 아니라 실력 행사라 하는 것이다."

벨루비르하인 2세는 무엇이 그리 재미있는지 연신 미소 띤 얼굴이었다. 라인하르는 아주 드물게 자신의 주장을 관철했다.

"그자의 힘이란 폐하께서 부여한 권한 하나뿐이라고 생각합니다. 그리고 그 권한을 함부로 휘두른다는 것은 분명 질타받아 마땅합니다. 보잘 것 없는 서부인들입니다."

마리포사 령, 라곳에시스는 제도의 입김이 닿기 어려운 이가 산맥 저편의 척토였다.

이미 대륙의 반이 넘는 거대한 땅을 보유하고 있는 모르가나에게 있어 거대한 산맥을 돌아가야 나오는 그들의 땅은 버린 땅과 다름없었다. 때문에 수많은 서부의 척토들은 이미 암묵적으로 자치권을 획득해 세금을 내는 것만으로 제국령의 역할을 다했다.

황실에서 하는 것이라고는 간혹 살리가르의 괴뢰 정부를 통하거나 하여 몇 해에 한 번씩 그들을 들춰 보는 것이 전부였다.

그러므로, 장원이 곧 힘인 체제 속에서 마리포사들은 아무것도 아닌 존재였다.

불퉁 튀어나온 턱끝을 매만지던 벨루비르하인 2세가 고개를 저었다.

"전장에서는 무력이 곧 힘이다. 누차 말하지 않았느냐? 도구를 선택하기 전에 보는 눈을 키우라고."

"……예."

"이미 선택했다면 네 도구가 어떤 도구인지를 살피는 것도 중하니라. 감당할 수 없는 짐승은 강압으로 가둬 봐야 우리만 상하는 법이다."

라인하르는 짐짓 놀랐다. 벨루비르하인 2세의 말은 아무리 달리 해석하려 해도 한 가지 의미였다.

"마리포사를 감당할 수가 없다는 말씀을 하시는 겁니까?"

"태자, 그런 나약한 말은 삼가라."

라인하르가 다시 고개를 조아렸다.

"……미욱한 소자에게 가르침을 주십시오, 부황."

"어제 시친의 뵈르게트를 보고 느낀 바가 있느냐?"

갑작스레 화두에 오른 군도인의 이름에 잠깐 간격을 두고 라인하르가 답했다.

"모르가나의 승전이 들리기 무섭게 찾아온 그자들의 간사함이 우스웠습니다."

"어찌하여?"

"이제껏 북부에 붙었다가 이제사 제국의 저력에 그들이 미치지 못할 것을 셈하여 저들 살 길을 도모하겠다는 수작이 아니겠습니까. 저들이 라르크의 늑대들과 무슨 거래를 하였는지는 모르겠지만 폐하께서 그들을 받아 주신다면 저들은 최후에는 삼 제독 중 한 명인 제독 뵈르게트 하나를 희생하는 것만으로 제 명줄들을 부지하겠지요. 그럴 리 없겠지만 만일 모르가나가 먼저 저들에게 종전을 청하는 상황이 벌어진다 해도 저들의 제독 중 한 명이 이미 북부에 손을 내밀었으니 그들은 손해 볼 것이 아무것도 없습니다."

"그렇지. 하면 태자는 내가 그들을 거절할 거라 생각하느냐?"

"그런 시커먼 속내를 부황께서 저보다 더 잘 아실 터이니……."

"마지막에 그 녀석이 무어라 했는지 기억나지 않느냐? 승산 없는 일로 제 무거운 엉덩이를 움직이지 않는다고 했지."

감히 황제 앞에서 눈 하나 깜빡 않고 그리 말한 것을 라인하르 역시 똑똑히 들었다.

"예, 몹시 주제넘은……."

"맞는 말이다. 받아 줘야겠지."

라인하르의 턱이 살짝 들렸다.

"예?"

"제독 뵈르게트와 나머지 두 제독과 태수가 작당을 한 건지 아니면 실로 그들이 척을 져 살 길을 도모하는 것인지는 알 도리가 없으나, 별 도리가 없지."

"무슨 말씀을 하시는 겁니까. 고작 군도의 미개인들입니다."

벨루비르하인 2세가 낮게 웃으며 고개를 저었다.

"가장 하찮은 말도 왕의 말을 가둘 수 있느니라."

"주제넘은 말로 폐하의 심기를 거스르려는 것은 아닙니다만, 어찌 그런 말씀을……."

"라인하르, 시친은 즉각 운용 가능한 이만여 명의 해군과 사백 여 척의 함선이 있고, 수륙양용 군사들만 해도 수천을 넘는다. 물론 해군이라 부르는 이들이야 바다 위에서나 쓸모가 있겠지. 그러나 인간은 훈련을 받으면 무엇이든 해낼 수 있다. 그리고 저들에게 선택지는 둘뿐이지. 남부, 아니면 북부. 우리가 단칼에 그들의 제안을 잘라낸다면 저놈들이 누구에게 달려가겠느냐?"

"저들이 설사 라르크를 비빌 언덕 삼는다 해도 결국 아국의 승리로 끝날 전쟁입니다."

"승패의 여부와는 상관이 없다. 쉬이 끝날 것을 왜 구태여 어렵게 만드는 길을 찾으려 하느냐?"

'아.'

작게 입술을 벌린 라인하르가 그도 모르게 고개를 끄덕였다.

"만에 하나 저들이 규합되어 라르크에 붙게 되면 이쪽의 실이 되지. 그리고 저들의 조선 기술은 우리도 따라가지 못하는 독보적인 것. 이참에 제국의 함선과 비교해 비밀을 파헤쳐 보는 것도 좋겠지."

"하지만 저들이 라르크를 도와 증원하여 우리에게 반기를 든다 해도 아국은 그보다 많은 수를 증병할 수 있지 않습니까. 징병령을 내린다면 귀족들도 따를 것입니다. 십만을 더 넘길 수도 있을 것이라 생각합니다. 그 수는 전 북부의 영주들이 달려들고 시친까지 가세한다 해도 충분히 제압할 수 있는 수입니다."

"전 북부가 달려드는 것을 막기 위해 그들을 죄 북부로 보내면 동부와 서부와 남부는 누가 지키겠느냐? 마리포사들의 반 이상이 전선에 나가 있는 상황에서?"

"……그는."

"변경을 지키고 있는 군사들을 죄 라르크의 국경선으로 돌리면 앙레디움과 다른 잔챙이들이 기고만장해지지 않겠느냐? 제도를 비우고 황실 상비군이라도 내어 줘야 한단 말이냐?"

"그들은……."

벨루비르하인 2세가 끝내는 쯧하고 혀를 찼다.

"너는 제국이라는 이름 하나에 얼마나 많은 의미가 부여되어 있다 믿는지 모르겠지만 이름은 허명이다. 상상 속에서나 존재하는 것이라는 말이지. 우리가 더 많이 착취하고 더 쉬이 착취하기 위한 구색에 목숨을 걸지 마라."

"……아."

"만일 제국이라는 이름이 모든 왕들의 목을 꺾이게 하는 실질적인 역할을 했다면 지금 라르크가 저리 우리에게 이를 드러낼 수 없었어야 맞다."

"북부의 늑대들과 우리는 오래전부터 질긴 악연으로 존재해 왔습니다. 그러나……."

"비록 온건하여 지금 저리 몸을 낮추고 있지만 앙레디움은 대국이다. 우리의 선조가 앙레디움을 복속할 때 우리 병사들이 흉포한 짓을 저질렀지. 더 남쪽의 에드문드도 강제 합병, 흡수되었다. 라인하르, 네가 라르크와 본국의 악질적인 감정을 이해한다면 다른 나라 또한 고려 대상에 넣어야 하는 법이다. 지위 고하야 다를 테지만 모든 산 것들이 움직이는 이유는 공평하다. 그들을 움직이는 어떤 이유가 각자에게 존재한다는 말이다. 그리고 네가 지금 그리 우려하는 마리포사의 그자에게도 무언가가 있다."

모를 수가 없었다. 시퍼런 눈알을 번득이며 제 먹잇감을 찾아 배회하는 것이 황제의 면전에서도 한결같은 자였다.

─황궁 증축은 분명히 위대한 업적이 될 겁니다. 발라르제프 1세가 모르가나 역사의 귀인이라면, 세상에서 가장 아름다운 황궁을 지어 올릴 당신의 이름은 전 대륙의 유산이 될 테니.

어째서인지 그를 부추기지 못해 안달이 난 것처럼 보이기도 했다. 벨루비르하인 2세는 그를 위한, 그의 이름을 붙일 황궁의 증축을 강행코자 마음먹고 있었음에도 당시 그의 지지가 의심스러웠더라.

─나를 검은 사자 군의 방패로 쓰십시오. 세상의 모든 늑대들을 씹어 죽이고, 그 가죽을 찢어발기고, 브류나크의 목을 꺾어 죽이기 전에는 돌아오지 않을 테니. 북부의 브류나크는 내게 지은 죗값을 돌려받게 될 것입니다.

북부에 대한 원색적인 증오심.

최근 세가 불어난 마리포사의 군대를 자발적으로 제공하겠는 걸 막을 이유가 없었던 데다, 슬슬 이빨을 내미는 북부의 왕 테른도크가 괘씸하여 그리 두었다.

라인하르가 조심스레 의구를 표했다.

"……부황. 그렇다면 왜 그를 중앙 명문가들과 어깨를 견주는 위치까지 끌어올리신 겁니까? 감히 궁금함을 참지 못해 이리 여쭈는 저를 용서하십시오."

"나는 그자에게서 증오를 보았다. 그 증오가 향한 방향이 국경선의 이북이라는 것은 몹시 재미있는 일이지. 라인하르."

"……예."

"지난 대의 마리포사와 달리, 발로이드 그자는 길들여지지 않는 녀석이다. 이미 주인이 있는 게 아니라면 태생이 그리 난 놈일 테지."

"모든 가문의 주인은 황실입니다."

"어리석어. 란니르, 목이 마르구나."

라인하르의 얼굴이 울긋불긋하게 변했다. 벨루비르하인 2세는 느긋하게 손을 뻗어 올렸다.

벨루비르하인 2세의 최측근 노릇을 하고 있는 란니르가 조용히 다가와 그에게 은으로 테가 둘린 술잔을 건네었다.

란니르와 라인하르는 비슷한 연배였는데, 라인하르는 제 아버지의 일거수일투족을 살피고 따르는 저 사내에게 때때로 질투심을 느꼈다.

벨루비르하인 2세가 간단히 목을 축인 후 말했다.

"길들여지지 않는 야생의 짐승은 길들이려 하지 마라. 그 주인이 되었다 착각한 순간 물어뜯기게 될 테니. 기르던 짐승에게 물어뜯기는 건 그야말로 창피하기 그지없는 일이지."

"……."

"너는 깨달아야 한다. 네가 장남이라 남은 것이 아니다. 가장 무난하다는 이유와 더불어 가능성을 보아 다른 녀석들을 공평하게 내 슬하에서 떠나보낸 것이니 나를 실망시키지 마라."

라인하르의 주먹에 땀이 배었다.

라인하르는 부황을 일국의 황제로서 존경했다. 키가 작고 땅딸막한, 그래서 더 위대해 보이는 그를 닮고 싶다. 그러나 벨루비르하인

2세는 감히 태자인 그가 넘어설 수 없는 어떤 벽의 꼭대기에 앉아 있었다.

"……하지만 분명 이 일이 문제가 될 겁니다. 제도의 중앙 가문들에서 군말들이 나올 겁니다."

"그것들이 복종할 때 포용을 보여라. 그것이 몸에 배도록 훈련시키는 것만이 미친 금수들을 다스리는 길이니라."

"그럼에도 불구하고 제국은 대중없이 날뛰는 자를 다스려야 하는 의무가 있다 배웠습니다. 만국의 본보기가 되어야 함이니까요."

"어차피 직접 나서지 않아도 다른 가문들이 나서서 그를 강제하려 할 게다. 마리포사는 제가 저지른 일에 스스로 어떤 책임을 지게 될지 알 테지."

"저를 믿으신다면 제가 직접 그자를 다뤄 보겠습니다."

벨루비르하인 2세는 혀를 차는 것으로 대신 답했다.

짜리몽땅한 손가락이 못마땅한 듯 옥좌의 팔걸이를 두드리는 것을 발견한 라인하르가 황급히 설명을 덧붙였다.

"늘 폐하의 뜻을 유념할 것입니다. 다만 저는……."

"멀었구나."

"폐하, 제가 당신의 유일한 아들입니다. 증명해 보이겠습니다."

"네 말처럼, 너는 지금 내가 남긴 유일한 계승자다. 네 몸이 네 것이 아니라고 누차 말했을 터."

라인하르는 칼처럼 돌아온 답에 마른 입술을 핥은 후 말했다.

"말이 아닌 행동으로 증명해 보이겠습니다."

한참 후, 벨루비르하인 2세의 어전에서 돌아 나온 라인하르는 대기하고 있던 그의 시종들과 나이제르에게 말했다. 나이제르의 얼굴은 퀭하였다.

"가넷 경, 내 직접 발로이드에게 찾아갈 터이니 채비해라."

나이제르가 반색했다.

예상치 못한 라인하르의 말에 더듬거리며 '에, 에, 예에!' 하고 우렁차게 답한 그는 곧 꽁무니에 불이라도 붙은 사람처럼 복도 저편으로 달려 나갔다.

라인하르는 목을 조이는 깃을 느슨히 하며 성큼성큼 걸었다. 그를 아이 보듯 하는 벨루비르하인 2세에게 그 스스로도 충분한 재목임을 보여 줄 기회였다. 황제를 기쁘게 할 만한 일들에 자처하는 것은, 영원히 그치지 않을 것이다.

❖·❖

눈이 그친 이튿날, 뮈아드로의 귀자로의 성문에서 조촐한 환송식이 열렸다. 지난 출정식과는 달리 테른도크도 뮈아드로의 고관 귀족들도 나타나지 않아 스산하기만 한 분위기였다.

오늘은 체사 가문의 기사들 오백여 명과 함께 큰 체사 경으로 불리는 카라제시가 남부로 내려가는 날이다. 어쩌다 보니 할드로프의 아들인 레작 또한 동행하게 되었다. 그러나 카라제시는 당장 그까지 신경 쓸 여력이 없었다.

시친의 여제독은 꼭두새벽부터 귀자로 성벽 아래에서 그녀의 군사들과 함께 대기하고 있었다. 지난 몇 개월 동고동락했던 탓인지 모처럼 보는 시친의 군사들이 꽤 친밀하게 느껴졌다.

"다녀오세요."

카라제시는 물론이거니와 레작까지 남부로 내려간다는 이야기에 엘히엔도 귀자로 성벽 앞으로 배웅을 나왔다. 카라제시는 두꺼운 코트를 다시금 동여맨 후 빙그레 웃었다.

"나오실 필요까지는 없었는데. 이리 돌아다니시면 재상께서 걱정하십니다."

"어차피 아무것도 할 것 없이 방에 앉아 수놓는 법이나 배우고 있는 걸요. 하루쯤은 괜찮아요."

"심심하셔도 조금만 기다리십시오. 자칼린을 올려 보낼 테니까요."

"작은 체사 경이 말을 듣나요. 자칼린에게도 다치면 딱밤을 쥐어박아 줄 거라고 전해 주세요. 속 썩이지 말라고요."

분명 엘히엔이 자칼린보다 훨씬 어리건만, 어쩨 어른스럽기는 자칼린의 두 배는 더 되었다.

씁쓸히 웃으며 말에 오르기 전 카라제시가 넌짓 운을 뗐다.

"그리고…… 빨리 마무리가 되길 기다리셨을 터인데 일이 길어지게 된 데에는 유감입니다, 엘히엔."

"아니에요. 다들 변고 없이 돌아와 주시기만 한다면 그만한 축복이 없을 거예요."

"칼란독 경 역시 몹시 유감스럽게 생각하고 있을 겁니다. 영애가 공저의 일을 성심성의껏 돕고 있다고 잘 전해 주겠습니다."

파사드의 이름이 거론되자 엘히엔의 얼굴에 희미한 미소가 어렸다.

빤히 카라제시를 올려다보던 엘히엔의 입술이 열렸다.

"큰 체사 경."

"예."

"바쁘시니 짧게 할게요."

어딘지 모르게 야무지게 바뀐 그녀의 어투에 카라제시가 귀를 집중했다.

"전쟁이 길어졌다고 해서 제게 유감을 표하지 마세요. 저는 이리 편히 수도에서 지내고 있는데, 그분들은 목숨을 걸고 싸우고 있는 거잖아요. 이런 나라의 커다란 중대사에 저 하나의 기분을 신경 써 주시는 거야말로 저를 불편하게 만드는 일이에요. 상황이 좋지 않다 투정을 부리기에는 저도 이제 어른이고."

"……."

"그러니 어른으로 대해 주세요. 저는 파사드 오라버니께서도 부담 갖지 않기를 바라요. 시작은 분명 어른들의 약조였지만 저 스스로 선택한 기다림이에요. 아버지를 조르거나 폐하께 우는 소리를 할 수도 있었지만 그러지 않은 것 역시 제 선택이죠. 그러니 큰 체사 경께서는 무사히 돌아오시는 것만 생각해 주세요. 작위 공께서 위험하지 않도록 그를 지켜 주시고, 자칼린이 바보 같은 짓을 하지 않게 해 주시고……. 할드로프 백은 잠시 들렀다 돌아가실 거라 했지만 그래도 혹시 모르니 할드로프 백도 지켜 주세요. 그거면 돼요. 더는 좋아하는 사람들이 다치지 않았으면 좋겠어요."

잠자코 그녀의 말을 듣던 카라제시가 짧게 한숨 쉬며 웃었다.

"정말 현숙한 아가씨가 다 됐습니다."

엘히엔의 뺨이 순식간에 붉어졌다.

"책임지고 칼란독 경을 무사히 데리고 돌아오겠습니다. 좋은 소식 전해 드리겠습니다."

카라제시는 그대로 말에 올랐다. 엘히엔은 부끄러운 얼굴로 얼음언 땅을 내려다보다가 조심조심 걸어 카라제시의 뒤에 서 있던 레작에게 살짝 치맛자락을 들어 올려 인사했다.

"무탈하세요. 할드로프 백. 근 시일 내에 또 뵈었으면 좋겠네요."

레작은 그녀에게 잠깐 시선을 준 뒤 짧게 고개를 끄덕였다.

"……예."

카헤이아는 군사 행렬들 사이에 몇몇의 시녀들을 대동하고 서 있는 이질적인 존재를 흥미롭게 바라보고 있었다. 키 작은 계집아이는 옷차림이며 얼굴에서 귀티가 흘러 어쩔 수 없이 눈에 띄었다.

그러나 카헤이아의 관심을 끈 것은 사실 다른 이유였다.

'저게 파사드의 부인이라고?'

카헤이아의 눈에 소녀는 어려도 너무 어렸다.

'파사드 녀석, 취향이 괴팍했군.'

준비가 마무리 되었다. 짧은 환송식 끝에 그들은 출발의 고동을 울렸다.

카헤이아에게 말을 몰아온 카라제시가 나란히 섰다.

"그럼, 갈까요."

카라제시는 괜한 것을 물었음을 직감하고 미소로 눙쳤다. 이미 카헤이아의 활기 넘치는 눈동자는 하얀 설원 저편을 향해 내달리고 있었다.

모르가나의 진영.

발로이드로 인해 강제로 억류당한 비세바르는 날짜가 어찌 흐르는지도 가늠하지 못했다. 한 보름은 넘었겠거니 추측해 볼 뿐이다. 씻지도 못한 채 구질구질한 천막 안에 갇혀 거지꼴만 겨우 면한 채였다.

그리 아무것도 하지 못하고 생기를 잃어 가는 동안 주둔지 내의 분위기는 점점 더 심상찮아졌다.

비세바르를 억류한 사건이 시발점이 되어 반발을 애써 누르고 있던 전 로반티스 사령관 휘하의 기사들이 전부 발로이드에게 반기를 들었다. 그 과정에서 명령 불이행으로 처형당한 이들이 수두룩했지만 과반수가 넘는 기사들을 죄 죽이기 전엔 어찌 해도 곤란할 터였다.

큰 승리를 거두었다지만 발로이드는 저질러선 안 될 죄를 지었다. 감히 중앙 15개 귀족 가문에 속한 귀족에 부당 처벌을 한 것. 감히 마리포사 주제에 부려서는 안 될 오만이었다.

그리고 황태자 라인하르가 직접 움직인다. 황가의 귀한 피가 전선에 이를 거란 소식에 모르가나의 주둔지는 순식간에 침묵에 잠겼다.

라르크 진영.

남부의 겨울도 겨울이다. 날이 하루가 다르게 추워지고 있었다. 라르크의 주둔지는 일찌감치 하루를 시작한 군사들로 붐볐다.

나흘 전, 전쟁을 지속할 것이라는 최종 결정이 내려졌다. 때문에 그들은 다음 회전을 위한 재정비에 들어갔다. 그에 더해 동절기에 대비해 근처의 나무를 베고 장작으로 쓸 만한 나뭇가지들을 모으고, 부드러운 지반을 찾아 참호를 파는 임무에 군사들은 쉴 틈 없이 바쁘게 움직였다. 훈련 역시 마찬가지였다.

자칼린이 귀환한 후 얼마 지나지 않아 르옌에게 주어졌던 임시 페넌은 복권되었다. 그러나 페넌 자체는 큰 효력이 있는 건 아니었다. 그 후 르옌은 매일 아침 누구보다 빠르게 일어나 훈련장을 달리거나 검을 연습하며 체력 단련에 열중했다.

그녀는 때때로 보통 군사들과 함께 합동 훈련에 자발적으로 참여하기도 했다. 처음은 순조로웠다. 여자라는 이유로 몹시 낮은 기대

를 받고 있었기에 그녀가 보이는 기민함은 병사들을 놀라게 하는 것
이었다. 덕분에 하나둘, 그녀의 이름을 기억하기 시작했다.

간혹 군사들 중에는 짧게나마 동고동락했던 에이반 데투아와 시
단 데투아를 기억하는 이도 있었다.

이 많은 군사들 중, 그 두 사람을 기억하는 병사와 조우한다는 건
운명과도 같은 느낌이라, 르옌 역시 마음을 터놓고 그들과 이야기를
나누곤 했다.

개중에는 그녀의 임시 페넌을 거북스레 느끼는 이들도 있었지만,
절벽 기지 교전 당시 군공을 세워 받은 것이며 평민이라 스스로를
소개하는 그녀를 대놓고 배척하는 이는 없었다.

라르크 군 내의 유일한 여기사인 르옌이 하는 개인 대련은 늘 화
제였다.

머리 하나 훌쩍 큰 병사는 처음과 달리 몹시 적극적으로 그녀에게
검을 휘둘렀다. 하지만 키가 크고 팔이 긴만큼 동선이 뚜렷했고, 그
녀는 손쉽게 병사의 날아드는 팔을 피해 등 뒤를 점했다. 그녀의 검
이 병사의 뒷골을 겨누었다.

정지 상태 속에서 두 사람의 대련을 지켜보는 이들이 '헤' 입을 벌
렸다. 대부분이 동시에 비슷한 소리를 내고 있었다.

"헤에."

대련 상대였던 병사는 제법 노련했다. 뒷목에 검이 닿는 순간, 그
대로 팔꿈치를 돌려 치며 허리를 숙였다. 르옌은 당황하지 않고 상
대의 오금을 발로 차 꺾었다.

"오오."

팔이 제대로 휘둘러지기도 전에 무릎이 꺾여 기울어진 병사가 차
디찬 흙바닥에 얼굴을 처박았다.

"이야아아."

군사들은 하나같이 입을 모아 떼 창을 했다. 그 광경은 멀리서 보기에는 퍽 우스꽝스러운 것이었다.

때앵! 얼마 지나지 않아 대련의 끝을 알리는 간이 종소리가 울렸다. 르옌의 대련 상대가 일어나 우는소리를 했다.

"진짜, 이거 사기 아닙니까. 데투아 경, 다음에는 안 질 겁니다."

여기저기서 야유가 울렸다. 병사의 얼굴은 창피하다 한 것 치곤 개운해서 르옌도 모처럼 즐거웠다. 나이 어린 말단 기사들의 신기한 것 보듯 하는 눈빛이 조금 부담스러웠지만 그래도 감각이 조금씩 살아나는 기분이었다.

"데투아 경."

"예."

"있다가 오전 훈련 다 끝나고…… 아, 아닙니다."

말을 잇다 말고 도망치는 말단 기사의 뒷모습을 바라보던 르옌은 문득 등 뒤에서 느껴지는 낯익은 인기척에 뿌루퉁한 표정을 지었다.

군 생활을 순탄히 이어 가기 위해 각고의 노력을 다하고 있지만 역시나 한계는 따랐다. 억울한 것은 그 한계가 그녀 본인의 모자란 역량이나, 태생의 성별 탓이 아닌 타인에 의한 이유라는 거다.

"나랑도 대련할래?"

"안 바쁘십니까?"

"어. 너 보러 올 시간은 당연히 있지. 베로한 경이 내 일까지 다 맡아 해 주니까."

"본인 일은 본인이 하셔야죠."

"내 일은 훈련이야. 검 들어."

저 미친 체사 자식이 그녀의 군 생활을 다 말아먹고 있었다.

"제가 무슨 체사 경 개인 대련 상대인 줄 아십니까."

"너랑 대련하면 변칙적이라 뭔가 도움이 되는 것 같아."

황금 노루의 배너를 찬 자칼린이 나타나 어슬렁거리기 시작하자 그를 알아본 병사들이 슬금슬금 제 위치로 돌아갔다. 그냥 멀어지는 게 아니라 반경으로 서른 걸음씩은 도망치는 것 같다.

무정하게 자칼린을 외면하려던 르옌은 이어지는 자칼린의 한마디에 포기했다.

"나랑 한 판 하고, 네가 말한 하얀 놈 데리고 왔으니 한 번 보러 가자."

"……한 판입니다."

"그래."

그녀가 마지못해 검을 고쳐 쥐었다.

자칼린의 검이 그녀의 검을 무지막지한 힘으로 밀어내는 순간, 르옌이 힘을 뺐다. 그녀의 검이 휙 뒤로 꺾이며 자칼린의 중심이 앞으로 쏠린 사이 그녀의 무릎이 자칼린의 턱을 가격한 건 결코 우연이 아니었다.

그러나 자칼린 역시 보통내기는 아니었던지라, 그녀의 치솟은 다리를 그대로 붙잡아 내동댕이치듯 옆으로 쳐냈다.

르옌은 검을 땅에 바짝 댄 채로 두 바퀴 굴러 일어나 본능적으로 검 면을 올려쳤다. 채애앵! 울리는 쇳소리와 함께 자칼린의 조롱인지 장난인지 모를 목소리가 뒤따랐다.

"점점 빨라진다?"

르옌이 속삭이듯 말했다.

"아직."

멀었다.

반응이야 적시였지만, 여유로운 정도는 아니었다. 자칼린의 내려친 힘을 막아 내는 것만으로도 엄지와 검지 사이의 살이 찢겨 나가는 기분이었다.

지난 며칠간 자칼린과 여러 차례 대련을 해본 결과 승률은 삼 할에 겨우 미쳤다. 실전 아닌 대련에서 고작 삼 할이니 실전이었다면 죽었다는 말이다.

체사에게 죽느니 혀를 깨물고 죽겠다. 괜히 그런 불퉁한 생각을 하며 르옌이 눈을 흘겼다. 시선은 자칼린의 정강이에 있었다. 그러나 자칼린은 눈치가 얄미울 정도로 빠른 놈이다. 르옌이 다리를 걸어 찰 기미를 보이자마자 자칼린은 검을 역수로 쥔 후 맨바닥을 검으로 찍어 원천 봉쇄했다.

'재수 없어.'

그러나 르옌은 머뭇거리지 않았다. 그녀는 순식간에 몸을 왼쪽으로 돌려 반동을 이용해 발을 차올렸다. 그녀의 오른 발등이 자칼린의 기울어진 목을 갈퀴처럼 걸어 자빠뜨렸다.

자칼린이 그녀의 발목을 움켜쥐었지만 이미 균형을 잃은 후였다.

쿠당탕하는 무거운 소리가 나며 자칼린이 넘어졌다. 넘어진 자칼린의 목을 팔로 감아 가둔 르옌의 검이 자칼린의 턱 바로 아래 맞닿았다.

"됐습니까? 한 판."

"에씨, 너랑 대련하면 어째 점점 몸싸움으로 가는 것 같단 말이야. 넌 검 뒀다 뭐에 쓰냐."

르옌이 목소리를 낮추고 나직이 빈정거렸다.

"전쟁터에서 늘 무기가 손에 들려 있으란 법이 없으니까요."

"애초에 기사가 검을 손에서 놓친다는 게 말이 안 되잖아."

"검은 도구일 뿐이지. 몸 그 자체가 무기가 되어야 하는 게 기본인
거 모릅니까?"

"말만 그럴듯하네. 이 깡패야."

이쯤 포기했으려니 하고 검을 떨구고 있던 르옌은 순식간에 그녀의
손목을 끌어당겨 땅바닥에 매치는 자칼린의 악력을 피하지 못했다.
눈 깜빡할 사이 자칼린이 그녀의 몸 위에 올라타 맹렬한 눈으로 노
려보았다.

"발로이드가 많이 셀까?"

"상상도 못할 만큼."

"너도 편법 많이 쓰는 것 같은데, 기술적인 면에서 누가 더 야비해?"

자칼린의 연두색 눈동자 안에 웃음 이면에 가리고 있던 찢긴 감정
이 형형하고 있었다.

반격을 하는 대신 몸에서 힘을 푼 르옌이 눈동자만 움직여 주위를
한번 쭉 훑었다. 엿들을 이가 없다는 걸 확인한 후, 입술을 열었다.

"페이작은 기교라는 게 그다지 필요 없는 녀석이야. 애초에 기교
라는 건 시각적으로 교란하려는 의도가 있을 때에나 필요한 거지.
그가 검을 쥔다면 모르겠지만 창을 쥐었을 때는 이기겠다는 생각 대
신 살아남겠다는 각오로 임해."

"내가 못 이길 거라고 생각해?"

"창을 쥐면서 방패를 들지 않는다는 건 두 가지 의미다. 목숨을 걸
고 공격에 임하겠다는 마음가짐이거나 방패 따위 없어도 충분하다
는 자신감이지. 페이작은 후자다. 일반적으로 창기병들이 지닌 허점
이 그에게는 허점이 아니라는 게 너희가 겪을 최대의 난관이 될 거
야. 타고난 천재거든."

"발로이드가? 페이작 돌레한이?"

"나도 예전 기억 덕에 너와 이만큼 맞상대하고 있는데 네가 지금 발로이르라 부르는 페이작도 마찬가지겠지. 어쩌면 그는 나보다 훨씬 부단히 노력했을지도 모르고."

"……."

"그렇게 재수 없단 듯 봐도 소용없어. 사실인걸. 조언 하나 해 주마. 페이작이 하이가드[†]일 때는 몸을 뒤로 젖혀 피하지 말고 페이작의 오른팔 아래쪽으로 굴러 피해라. 몸을 젖히는 순간 그대로 내려치는 그 녀석의 창에 턱이 으스러진 장수들만 부지기수니까. 로우가드[††]일 때는 그 다음 공격을 어찌할 낌새를 보이든 간에, 간격 안으로 뛰어 들어가 얻어맞는 편이 더 나아. 검을 쥐었을 때는 워낙 정밀하니 그때그때의 네 육감에 따라야겠지만 검의 간격 안으로 들어가게 되었다면 무조건 검을 얼굴과 같은 높이에 두지 마."

르옌이 손을 들어 자칼린의 눈언저리를 덮었다. 공격인 줄 알고 움찔하던 자칼린의 고개가 비스듬 돌아갔다.

"그는 죽이기로 작정한다면 그대로 네 얼굴부터 치고 들어올 테니까. 사실 가장 쉽게 죽이는 건 그대로 목을 베어 버리는 거지만 가장 적을 얼어붙게 하는 건 눈이다. 지금 네가 놀란 것처럼. 눈이 받아들이는 공포는 네가 느끼는 것보다 훨씬 크지. 페이작은 그걸 잘 알고 있고, 자주 실천하는 편이지."

"너 너무 아는 척하는 거 아냐?"

"아는 척이 아니라 아는 거야. 그 녀석이 코흘리개일 때부터 봐 왔다. 한때는 눈만 보고 전날 무슨 술을 마셨는지 종류까지 알았던 적

하이가드[†] 창을 잡은 손은 허리에, 창끝은 머리 위에 두고 창을 들어 올려 때리거나 베거나 찌르기를 막는 자세.

로우가드[††] 창을 잡은 손은 머리나 어깨 높이에, 창끝은 상대의 다리나 땅을 향하고 있는 자세. 아래를 찌르는 데에 사용되고 아래를 찔러 들어오는 창을 막기에 좋다.

도 있었지."

자칼린의 표정이 못마땅하게 찡그려졌다. 르옌의 말이 해괴하다
는 사실 여부는 이제 신경도 쓰이지 않았다.

다만 자존심이 상했다.

"그렇게 친하신데 조언이랍시고 다 알려 줘도 되는 거냐?"

"안 그러면 네가 페이작에게 죽을 테니까."

"내가 진짜 그놈을 죽여 버리면 어쩌려고?"

르옌이 작게 웃음을 터뜨렸다.

"너를 무시하려는 건 아니지만 체사가 특유의 난폭하게 빠른 검의
강약점은 나도 아는 바다. 넌 좀 엉망이지만 어쨌든, 페이작도 잘 알
고 있다. 한센이랑 페이작은 처음부터 사이가 나빴던 건 아니고, 그
래도 내 마지막까지는 전우였으니까. 상대가 너를 알고 있으니 너도
상대를 알아야 공정하지."

"……"

"또, 지금 내 전우는 너니까. 나는 네가 죽지 않길 바라."

대련 중간에 한 명은 맨 땅에 누워서 한 명은 그 위에 올라타서 무
언가 대화를 나누며 웃고 떠드는 것처럼 보이는 모양새에, 대련을
구경하던 기사들과 병사들의 표정이 묘해졌다. 르옌이 알아차리고
툭 쏘아붙였다.

"그나저나 이제 비켜. 콕스와 가예트가 그렇잖아도 네 녀석에 대
해 묻는데 대충 넘겼으니까."

자칼린이 연둣빛 눈을 가늘게 떴다. 조금 전의 살기등등하던 눈빛
은 온데간데없이 사라진 후였다.

"그게 누구야?"

"오전 훈련 동기. 너와 함께 후발 편제군으로 왔다던데? 네 부하

잖아. 모르나?"

"그 많은 녀석들을 어떻게 알아."

르옌이 슬쩍 턱을 돌려 시선을 주었다. 자칼린이 고개를 돌려보니 흥미진진하게 그들을 바라보는 이들 일색이었다.

"하나도 모르겠어."

르옌이 쯧 혀를 차는 소리를 내자 자칼린은 괜히 심통이 나 반박했다.

"기억하는 게 이상한 거 아니냐? 이 근방에 있는 녀석들만 해도 이만 가까이가 된다고."

"……너는 좀 아랫것들을 신경 쓸 필요가 있겠다."

"미쳤냐. 어느 세월에. 지휘 기사들 이름 외우는 것도 지겨워 죽겠는데."

"이름까진 외지 못하더라도 오며가며 가까운 곳에서 한 번쯤 스친 이들의 얼굴 정도는 기억해 줘야 사기가 오르는 법이야. 적어도 네 휘하 군사들의 얼굴쯤은. 그들은 너를 아니까."

"그럴 수 있다면 좋은 거지만, 못 외운다니까?"

"얼마나 멍청하면 부하의 이름도 못 외운대."

"나 똑똑하거든?"

"하나 보여 줄까."

르옌이 반대편으로 고개를 돌려 턱짓했다.

"저기 양동이를 이고 서 있는 녀석, 톨프 일대로 행군할 때 함께했던 자다. 저 녀석은 카엔, 나이가 서른다섯인데 애가 다섯 명이라더군. 그리고 그 건너편에 막사 두 번째 울타리 앞에 서서 바동거리는 저 녀석은 너와 내가 절벽 기지에서 심사전을 할 때 울타리 바깥에 서 있던 자야. 비트로라는 이름이었는데, 남자 좋아하는 녀석이지. 그리고 저 녀석은 내가 처음 라르크의 진지에 들었던 날 밤, 쌍둥이 절벽으로 혼자 도망쳤을 때 파사드의 뒤에 서 있던 놈들 중 하나…… 타시. 저 녀석, 전에 네 뒤에 침 뱉었던 녀석 이름은…….”

“침?”

르옌의 말허리를 자르고 들어온 자칼린의 표정이 의심으로 일그러졌다.

“뭐야, 뭐, 너 지금 지어내는 거 아냐?”

“뭐 때문에 피곤하게 이런 걸 지어내?”

“다 기억한다고?”

“전부 기억하지는 못하지만 어지간하면. 한두 번이라도 길게 말을 섞거나 인사라도 나누었던 자들은 웬만하면 기억하고 있어. 얼굴만 익힌 자들은 더 많고. 나도 확신을 못하겠군.”

“야, ……너 기억력 좋다고 자랑하는 거야 지금?”

“부하들의 얼굴을 모르면, 간자도 구별할 수가 없는 법이야.”

아. 자칼린은 그 말만큼은 어떻게 반박하지 못했다.

“아, 이야, 진짜 말 한마디 한마디가 재수 있는 게 없네.”

자칼린이 재수 없다는 듯 손을 털며 슬슬 르옌의 위에서 일어났다. 르옌이 상체만 따라 일으켜 세웠다.

“짐승이나 금수로 각인하면 그래도 쉬워.”

“짐승이나 금수?”

이걸 어떻게 설명할까. 손에 묻은 흙을 턴 르옌이 간단히 예시를 들었다.

“예를 들면, 너는…… 너는 봄풀. 네 눈동자는 체사 특유의 녹색 계열 중에서도 유독 옅고 순하니까.”

“뭐? 그건 동물도 아니잖아. 봄풀? 기분이 나쁜데……? 아무튼,

그러면 저 양동이 인 녀석은?"

"다리 짧은 염소."

"왜?"

"다리가 짧고 얼굴이 길고 하관이 돌출되었으니까. 짧은 시간 마주친 이들에게 일일이 분석해 붙이는 것이 아니라 그냥 떠오르는 걸 기억하는 거야. 왜냐고 꼬치꼬치 캐물어도 소용없어."

자칼린의 표정에 점점 호기심이 떠오르기 시작했다. 그가 힐끔 주위를 흘기며 물었다.

두 사람의 대화가 들리지 않는 병사들은 바짝 붙은 르옌과 자칼린을 보며 망상만 무럭무럭 키워 갔다.

"그러면 심사전에 있었다던 저 녀석은 뭐로 기억하는데?"

"호저 머리."

"오, 머리가 좀 뻣뻣하게 뵈긴 한다."

르옌이 일어서서 마지막으로 엉덩이와 옷의 먼지를 털었다. 한 판이 끝이 났으니 그녀에게 배당되었다던 말을 보러 갈 차례였다.

"그럼 이제 가……."

"그러면 파사드 형님은?"

걸음을 멈춘 르옌의 입술이 잠깐 벌어졌다가 굳어졌다. 조금 어색한 침묵이 흐른 끝에 그녀가 툭 뱉듯 말했다.

"까마귀."

"시체나 뜯어먹는 그것들이랑 칼란독 경을 비교한다고? 너 진짜 아무리 그래도 말이 너무 심하다?"

자칼린의 불만스러운 반응에 르옌은 어깨를 으쓱했다. 그리 오해할 수도 있겠거니 싶다.

때마침 덴작이 팔짱을 낀 채로 불만 가득한 눈빛을 하고 그녀와 자칼린을 쏘아보는 것이 보였다.

"그리고 듀사크 경은."

"어. 듀사크 경은?"

"개."

"엉?"

"개 같아."

키득대던 자칼린이 툭툭 몸을 털고 일어섰다.

르옌과 자칼린이 일어나 어딘가로 사라지자, 누군가가 장난스럽게 소곤거렸다.

"히야, 데투아의 딸이라 했지. 정말 체사 경이랑은 무슨 사이래?"

르옌 데투아, 혜성처럼 나타난 그녀에 대한 뜬소문은 참 많았다. 예전에 있던 어떤 병사의 가족이라더라. 누군가를 대신해서 참전했다더라. 아비의 복수라던데? 목숨을 구해 준 할드로프 경에게 은혜를 갚기 위해 저렇게 열심이라더군, 따위의 사실과 새빨간 거짓이 뒤섞인 것투성이.

확실한 건 그녀가 누구도 부정할 수 없을 만큼 훈련과 단련에 열과 혼을 쏟는다는 것이다.

꼭두새벽의 기상 북이 울리기도 전에 일어나 시키지도 않은 훈련을 반복하는 그녀를 본 이들이 이 자리의 군사들 중 삼분지 일은 되었다.

다른 이들이 막 땀 흘리기 시작할 때, 그녀는 이미 비 맞은 듯 흠뻑 젖어 있기 일쑤였다. 건장한 병사들도 버거워하는 단체 훈련에서도 뒤처지지 않았다. 그뿐만 아니라 각종 군대 내의 잡일도 무엇 하나 마다하지 않고 처리하는 묵묵함까지.

체사를 제외한 지휘 기사들이 전부 르옌을 꺼려하는 까닭에 병사들 역시 그녀를 경시해 오곤 했지만 인정할 수밖에 없는 부분은 분명히 있었다.

게다가 병영의 거의 유일하다시피 한 여기사다 보니 스스로도 의식하지 못한 새 그녀를 눈으로 좇는 이들도 많았다. 섣불리 다가가지 못하는 이유는 노골적으로 그녀에게 친분을 표하는 체사 가문의 말썽꾸러기 기사 때문이었다.

덴작은 아주 어린 시절 카옌이라는 기사의 종기사가 된 이후 늘 어딘가의 군에 속해 있었다. 덴작의 부모는 귀족이라는 이름에 걸맞지 않는 가난을 강요당했기에 사실 덴작은 귀족으로서의 교양이나 격식을 제대로 배우지는 못했다. 외려 그의 세상을 지배하는 규칙은 군율과 흡사했다.

명령에 복종하고, 적들을 쓰러뜨리고, 기사로서의 명예를 지키는 것. 때문에 르옌이 눈엣가시처럼 느껴지는 것도 어쩔 수 없었다.

심사전의 굴욕과는 상관 없었다. 그가 정말로 그녀에게 분노한 건 최고사령관인 파사드에게 검을 겨누었다는 말을 들은 후부터였다.

너그러운 파사드는 그녀를 용서했다지만, 여전히 덴작에게는 용납할 수 없는 일이다.

르옌이 군에 남은 과정까지를 생각하면, 이상한 점이 한두 개가 아니다. 그러나 이제는 르옌을 내쫓거나 처벌하기도 어려워졌다. 파사드가 함구령을 내린 탓도 있지만, 체사가의 자칼린까지 저 여자를 싸고 도니 별 수 있나.

'정말, 어떻게 저렇게 철이 없는지.'

멀어지는 자칼린의 뒷모습을 흘기며 덴작은 속숨을 삼켰다. 이전에 있었던 르옌 데투아를 주제로 한 사령부 회의에서 자칼린이 무어라 했던가.

―많은 분들이 르엔에 대해 의문을 가지고 있다는 것을 압니다. 하지만 이제 그냥 신경 꺼 주시기 바랍니다. 데투아의 신변 보증과 모든 책임은 체사인 내가 집니다. 내 사람이니까. 칼란독 경이 뭐라 하셔도 르엔만큼은 이 전쟁이 끝나서 귀환할 때까지 제 곁에 둘 겁니다.

　놀란 지휘 기사들이 무슨 소리냐, 분별력이 사라진 거냐, 온갖 비난이 쏟아졌지만 자칼린은 번복하지 않았다.

　이미 르엔을 감싸고 돌았던 자칼린과 마찰을 빚은 적이 있었던지라 덴작은 놀라지는 않았지만 실망은 했다. 뭔가 낌새가 이상하더라니.

　'칼란독 경은 대체 무슨 생각으로.'

　모종의 감정이 서로 싹텄다고 해도 군 내에서 그걸 노골적으로 드러내는 건 몹시 불명예스러운 일이었다.

　자칼린과 르엔이 시야 밖으로 사라진 후에도 병사들의 웅성거림은 멈출 줄 몰랐다.

　체사 경이랑 같은 막사를 쓴다더라, 두 사람이 함께 있는 것을 보았다, 보통 여자가 아닌 게 분명하다, 에이반 데투아에게 저런 형제가 있는 줄 몰랐다…….

　결국 짜증이 머리끝까지 치솟은 덴작이 웅성대는 병사들을 향해 쏘아붙인 후 자리를 떴다.

　"데투아 경도 엄연한 브류나크의 기사다. 쓸데없는 말은 삼가고 다들 훈련으로 돌아가도록."

　첫 마디는, 정말로 하고 싶지 않은 말이었다.

자칼린이 르옌을 노골적으로 감싸기 시작하며 분위기는 한참 전에 이상해졌다.

르옌은 전례에 없는 여기사였다. 훈련도 받지 않았던 평민 여자가 어느 날 갑자기 나타나 적장의 머리를 쏘아 죽여 서품을 하사받았다. 비록 임시였으나 고속 승진이라 해도 옳았다.

뱅센 경, 타라옛도 지오타르 경, 세반도 덴작 만큼이나 상황을 기이하게 여기고 있었다. 배너급 지휘 기사들 중 유일하게 마음 편해 보이는 이는 '저는 신경 쓰지 않겠습니다.' 하고 못 박은 올베빈뿐이었다.

전쟁을 지속하겠다는 파사드의 의사가 명확해진 후, 지휘관들은 동절기 준비와 겸한 전시 체제 강화에 힘을 쏟고 있었다.

실질적인 군생활에 관련된 크고 작은 문제들, 혹시 영향을 미칠지 모를 날씨에 관한 것, 지도에 표기되지 않았을지 모를 적들의 참호 기지 등의 갖가지 것들이 그들을 바쁘게 했다. 각자의 임무가 다르다보니 하루에 얼굴 한 번 맞대는 것도 힘들었다.

그들이 진영의 빨래터 근처에서 마주친 건 우연이었다.

샘가를 등지고 선 타라옛과 세반을 발견한 덴작이 다짜고짜 참아왔던 분통을 터뜨렸다.

"여기서 뭣들 하십니까. 체사 경 보셨습니까? 아니, 도대체 이 급박한 와중에 저리 평민 계집 하나를 싸고도는 게 말이 됩니까? 요즘 체사 경 하는 꼴을 보십시오. 체사 경이 해야 할 일을 체사가의 베로 한 경이 전부 다 책임지고 있는 것도 그렇고, 틈만 나면 데투아 경을 쫓아가지 않습니까.”

눈이 마주치기 무섭게 다다다다 쏟아 내는 덴작의 모습에 중년의 기사 셰반은 귀엽다는 듯 웃었다.

“놔두시게. 자칼린 엔도가 반년 가까이 얌전했던 게 오히려 기적이니.”

타라옛도 굵직히 한마디 했다.

“쌓인 게 많으신가 보군.”

덴작은 도대체가 ‘자칼린 엔도’라는 이름이 면죄부가 되는 이 상황이 기가 찼다.

“다들 그리 눈감아 주시니 체사 경이 더 저러는 거 아닙니까.”

“그렇다고 해도 별 수 없지 않겠나. 아직까지 문제를 일으킨 것도 아니고……. 체사일세, 체사. 젊은 혈기를 주체하지 못하는 것도 잠깐 저러다 말 터이니.”

“지오타르 경께도 무례를 범하지 않았습니까.”

셰반은 에반부르가 죽고 임시 주둔지가 엉망일 때 르옌과 며칠 같은 막사를 썼다.

경황없는 상황이었던 데다가 평민인 여자로 그다지 신경 쓰지 않고 지냈는데, 얼마 지나지 않아 자칼린이 찾아와 막사를 옮겨 줄 것을 부탁했다. 말이야 부탁이지 사실 반 강제적인 요구와도 다름이 없었다.

“한마디 해도 됩니까?”

그때 어디서 튀어나온 건지 모를 볼레트 군의관의 음성이 울렸다. 세 기사가 동시에 쪼로로 고개를 돌렸다. 볼레트 군의관은 그들과 몇 걸음 떨어진 샘가에 쪼그려 물을 받고 있었다.

볼레트가의 차남으로 알려진 군의관은 파사드의 개인적인 명을 받아 한동안 르옌의 상처를 돌봐 온 이였다.

볼레트 군의관이 넉살 좋게 말했다.

"걱정들 마십시오. 어제도 두 분 같이 있는 걸 보고 장담하는데, 아닙니다. 사랑이 없습니다, 사랑이."

세반이 딱딱하게 물었다.

"지금 무슨 사랑 타령이요? 볼레트 군의관, 대관절 어디서 튀어나온 게요."

"붕대 빨 물을 뜨러 온 길입니다, 하하. 그리고 다들 걱정하시는데 그러지 않으셔도 될 겁니다."

"체사 경의 신경이 죄 그 계집에게 들러붙어 있는 걸 보고도 그런 말이 나옵니까? 아무리 체사라도 말이지."

볼레트 군의관은 고개를 절레절레 저으며 말했다.

"체사 경이 또 저러다 말 거라는 데에 둔영 내의 모든 붕대를 걸지요."

"그게 우리 손해지 그대 손해는 아니지 않나?"

세반의 농담 같은 일침이 있자마자 덴작이 신경질적으로 쏘아붙였다.

"심각한 문제입니다, 볼레트 경."

"그냥 군의관이라 불러주십시오. 경은 무슨, 낯 간지럽습니다."

볼레트 군의관은 넉살 좋게 웃으며 커다란 물동이를 가뿐히 한 손으로 들고 일어섰다.

"어찌되었건 낭만들이 없습니다. 우리 기사님들은."

"낭만? 지금 적들을 코앞에 두고 낭만을 찾으시는 건 아니겠지요?"

"아니 됩니까? 거 참, 듀사크 경은 오늘따라 왜 이리 빡빡하게 구시는지……."

잠자코 덴작과 볼레트 군의관의 설전을 경청하던 타라옛이 픽 웃었다.

"그리 애정 타령을 하려거든 전쟁터에서 사내놈 옷이나 벗기지 말고 귀환해 계집들의 옷자락이나 들추게."

볼레트 군의관이 어깨를 으쓱하며 소탈히 웃었다. 팔자가 이런 것을요.

그때, 멀리서 긴급 회의를 알리는 고함 소리가 울려 퍼졌다. 라르크의 진영에 이른 것은 모르가나의 황태자로부터 도착한 서신이었다.

르옌은 제게 주어진 말 한 필을 마주 보고 있었다. 그녀가 택한 말은 전쟁터 어느 곳에서도 눈에 띌 하얀 말이었다. 기본적으로 개선식에나 쓰일 법한 녀석이었지만 자칼린은 그를 막지 않았다. 그녀에게는 가장 눈에 띄는 것이 필요했다.

그녀는 하얀 말에게 로델라Rodela, 방패라 이름 붙였다. 옛날, 라르크의 고어에서 따온 단어였다. 뜻을 알고 있던 자칼린은 호기심 어린 표정을 지어 보였지만 설명해 주지는 않았다.

군마지기가 의기양양하게 나섰다.

"설명해드리겠습니다. 이 말은……."

"괜찮습니다."

딱히 전생의 학습 탓이 아니라도 르옌은 말 팔이의 딸로서 스무해를 더 살아온 여자였다. 말에 관해서 군마지기로부터 길게 조언 듣지 않아도 되었다.

조금 계면쩍어진 군마지기가 물러났다.

르옌이 하얀 털의 말의 편자와 다리 근육부터 꼬리까지 세세히 살피는 동안, 자칼린은 곧 지루해진 사람처럼 하품을 하더니 요즘 그가 시간을 할애하는 또 다른 일을 하러 가겠다 자리를 떠났다.

르옌은 겨우 구색만 맞춘 마구간의 군마지기들과 남았다. 그러나 홀로 남은 것과도 다를 게 없었다. 말을 돌보는 병사들은 대부분이 낮은 직급의 평민들이었는데 그들은 붉은 페넌을 찬 그녀를 부담스러워 했다.

같은 평민이라 설명해도 그녀의 주위를 맴도는 자칼린 때문에 더더욱 거리를 두는 모양새다.

최근 자신의 입지가 이상해졌다는 걸 르옌은 잘 알았다.

사실 많이 억울한 게, 애인 노릇이나 하며 남으라는 미친 소리를 들었던 날 르옌은 일언지하에 부정을 피력했다. 파사드의 말처럼 그건 군의 기강을 해칠 뿐더러 애당초 말이 안 되는 일이기 때문이었다.

세상에 어느 만치 미쳐야 전쟁터 한복판에 애인을 끼고 다닌다는 말을 지껄이냔 말이다.

그런데 파사드까지 침묵으로 방종하자, 자칼린은 진짜 저질렀다. 다시 생각하니 한숨이 절로 나왔다.

'나 참……'

페이작을 죽이겠다 이를 가는 것도 괜찮다. 그녀에게 페이작이 찾아올 거라 예상한 것은 논리적이고 타당하다. 그렇지만 애인? 대체 어떻게 하면 그런 결론에 이르러?

어처구니가 없어 자조하던 그녀는 곧 고개를 저었다. 체사는 머리로 이해하려 하지 않는 게 속 편하다.

무심코 눈동자를 미끄러뜨리니 백마의 까만 눈동자가 촉촉이 그녀를 향해 있었다. 빤히 그를 바라보던 르옌이 속삭였다.

"로델라, 그리 부르면 너는 언제 어디에 있던 내게 달려와야 해. 로델라, 이 소리가 너를 부르는 소리다. 기억해라, 로델라."

푸르릉. 대답하듯 투레질하는 것이 썩 기특했다.

데칼리아와 덴도 참 영특했지.

희미한 미소를 띤 르엔이 뺨을 기울여 로델라의 뺨에 비볐다. 짐승 특유의 퀴퀴한 냄새가 풍겼지만 말 팔이의 딸에게는 거리낄 것 없었다.

솔직하게 그녀는 모처럼의 편안함을 느꼈다. 메마른 전장에서 제것이 하나 생겼다는 이유가 그녀를 위로하고 있었다. 그녀는 로델라를 타고 어디든지 달려갈 수 있었다. 동으로, 서로, 남으로, 북으로. 그러나 어디로 향하건 간에 상관없다. 결국 로델라와 함께 달려 도달할 땅은 이 생의 마지막 책임이 숨 쉬는 그곳이 될 것이므로.

그녀는 세뇌시키듯 반복해 소리 냈다.

"로델라."

푸르릉. 르엔의 붉그스름한 눈동자가 잠잠히 내리깔렸다. 그리고 바람 같은 속삭임이 이어졌다.

"네가 내 발이 되어야 한다. 그 어떤 지옥 같은 곳이라도 너는 날 믿고 따라야 한다, 로델라."

나의 방패야.

그날 오후, 모르가나의 황태자가 움직이기 시작했다는 소식이 라르크의 주둔지에 알음알음 퍼져 나가기 시작했다.

자칼린은 오밀조밀 모인 막사들 사이를 가로질러 주둔지를 둘러싼 거대한 바위산을 향해 걸었다. 표백된 낮빛은 조금 전 우스갯소리를 떠들 때와는 매우 판이했다. 얼핏 화가 난 것 같기도 한 얼굴이었다.

이 근방의 지리를 알 수가 없다는 것, 저 바위산의 내력을 알 수가 없다는 것, 언제 저 바위산 너머에서 적들이 나타날지 모른다는 것, 그들이 모르가나의 영내에 있다는 것을 상기시키는 모든 것들이 자칼린을 불편하게 했다.

"체사 경."

"오셨습니까."

"그래."

격식 차린 인사를 건네는 이들을 지나치고 지나쳐 얼마간 걷던 자칼린은 바위산의 직하 어두운 그늘 앞에 멈추었다.

설치된 좁은 울타리는 우리처럼 보였다. 몇 명의 병사가 보초를 서는 울타리 말뚝 앞에 선 자칼린은 추위에 떨며 겨우 모포만 덮은 비무장의 적들을 응시했다.

한 기사가 다가왔다.

"체사 경."

"그래. 그 계집애는 여전해?"

"예."

"어디 있어?"

"저 구석에 묶어 놨습니다."

무표정하게 주위를 둘러본 자칼린은 제게 향해 있는 눈알들을 경멸 어린 눈동자로 흘겨본 후 가장 구석진 곳으로 향했다.

한 여자가 주저앉은 채로 말뚝에 꽁꽁 묶여 있었다. 생기 잃은 회색빛 눈동자는 인기척을 따라 그에게 향했다가 무심히 거둬졌다.

"목도 안 말라?"

다정한 물음과 달리 자칼린의 날 선 연둣빛 눈동자는 차갑기 그지

없었다.

마지막 회전이 있던 치열한 새벽, 라르크의 기사들은 수십 명의 포로를 사로잡았다. 그들에게 항복을 하고 자진해 끌려온 이들도 있었으나 어쩔 수 없이 사로잡힌 이도 있었다.

그중에는 마리포사 기사단도 몇 명 있었다. 그러나 대부분의 마리포사 기사단은 포로가 되어 빠져 나가지 못하게 되었다는 것을 자각하자마자 자신들이 타고 있던 말들을 죽인 후 자결했다.

그리고 자결에 실패한 몇몇은 고문을 당한 끝에 견디지 못하고 죽었다.

살아남은 것은 혀가 없어 말을 못하는 저 여자 한 명뿐이었다. 살아남은 것도 그녀가 마리포사인 것을 알아차린 이가 없었던 탓이다. 자칼린이 그녀를 발견하기 전까지는.

에반부르의 부고를 들었던 날 자칼린은 저 여자를 발견했다. 포로들 사이에 고요히 앉은 여자를 발견한 순간, 가슴이 뛰었다. 뛰쳐나오려는 분노를 겨우 가둔 심장이 당장이라도 터져 버릴 듯했다.

레이리스도 그를 알아보았다. 포로들 사이에 마리포사 기사단 주요 인물이 숨어 있었다는 것을 알게 되자마자 다른 기사들은 그녀를 문초하려 했지만 소용없었다.

저 여자에겐 고된 문초를 견디지 못해 진실을 애걸할 혀가 없었으므로.

"레이리스 엘폰느."

"……."

"네 이름 맞지?"

"……."

"귀머거리 아닌 거 안다니까, 너도 고집이 어마어마하다."

자칼린은 키에스 릴과 함께 그들을 감시했던 여자를 똑똑히 기억하고 있었다.

세상에 저런 눈이 있구나 할 정도로 인상 깊은 눈빛이었다. 그리고 밤 늑대와 마주친 후 모르가나의 진영에서 도망치던 순간 끝까지 그들을 따라 나와 에반부르에게 부상을 입힌 것마저 잊지 않았다.

"험한 꼴 좀 본 것 같은데."

그래서 자칼린은 포로로서 숨죽이고 있는, 내리 라르크의 군사들에게 은밀히 겁간당한 여자를 동정하지 않았다. 내버려 두었다. 흘러내린 그녀의 어깨 위로 모포를 바로 덮은 자칼린이 쪼그려 앉았다.

"그냥 좀 불면, 편하게 해 준다니까. 뭐 어떤 식으로든 의사소통은 가능하잖아. 글을 못 쓰고 못 읽는다면 그림이라도 그려 보란 말이지. 그러면 물 말고 다른 걸 주라고 할게. 아니면 수화할 수 있는 애라도 데려올까? 남부 수화랑 북부 수화는 다른가?"

별다른 기대감은 없는 느릿한 권유였다. 레이리스는 말라비틀어진 입술을 우그러뜨리며 끝까지 자칼린을 외면했다.

그런데 곧, 머잖은 곳에서 긴급 소집을 알리는 명령이 앵앵 울렸다. 자칼린은 산발이라 해도 이상하지 않을 여자의 머리칼을 의미 없는 손길로 한 번 어루만진 후 일어섰다.

그는 떠나기 전, 포로들을 지키는 병사에게 당부하는 것도 잊지 않았다.

"잘 지켜봐."

"상처가 아물 때까지는 좀 자중하라고 몇 번이나 말했습니까? 진짜 말 한 번 지지리도 안 들어 처먹으십니다들. 체사 경이랑 또 한바탕하셨다고요. 그래, 체사 경은 이 시간에 어디 가신 겁니까?"

"글쎄요."

"글쎄는 뭐가 글쎄입니까. 일단 팔목의 부상은 이걸로 감싸고 계십시오. 소독된 거니까 곪는 걸 예방해 줄 겁니다."

볼레트 군의관이 르옌에게 깨끗이 빨아 말린 새 붕대를 내밀었다.

그는 등의 상처를 보겠다며 침상을 탁탁 소리가 나게 때린 후 고약과 말린 약초 가루를 꺼내 놓았다. 냄새가 흉악해 르옌의 표정이 굳어지자 그가 되레 큰소리를 냈다.

"그러면 상처가 나을 때까지 얌전히 있으면 될 것 아닙니까. 나도 번거로워 죽겠습니다. 데투아 양 주치의 노릇하자고 예 온 것도 아니고……."

볼레트 군의관은 르옌이 최근 자칼린 다음으로 자주 마주하는 한 사람이었다. 스스로의 이름을 밝히지 않고 그저 '군의관이오.' 했던 그의 가문이 볼레트라는 이야기만 자칼린을 통해 들었다.

―볼레트 가문은 공가 브류나크의 외가 쪽과 약간 관련이 있어. 가깝게 왕래하는 건 아니지만 일단은 그래.

자칼린은 그 정도로만 설명했지만 사실 르옌은 볼레트라는 이름을 듣자마자 떠올린 것이 있었다.

이백여 년 전 서부 영지의 작은 가문의 이름이다. 기억도 잘 나지 않는, 그저 스치듯 들은 떠올린 오래전의 편린. 그녀가 기억하는 가문이 그 '볼레트'와 소리만 똑같은 게 아니라면 이들도 꽤나 열심히 살아남았구나 싶다.

르엔이 무슨 생각을 하는 줄도 모른 채, 볼레트 군의관이 툴툴거리듯 물었다.

"그나저나 앞으로의 교전에도 참전하실 거라지요?"

"예. 로델라도 있으니 이제."

"로델라?"

"말 이름입니다."

"말에 이름을 붙여 주셨습니까? 뭐, 잘 하셨습니다. 짐승도 생명이라 아껴 주는 이들에게 더 잘하는 법이니까요."

볼레트 군의관이 대강 흘려넘기듯 긍정했다. 그를 빤히 바라보던 르엔이 물었다.

"함자가 어찌 됩니까?"

"함자? 그냥 이름이라 하십시오. 징그럽게 함자는 무슨. 그리고 그냥 내 이름 알 것 없이 군의관이라 부르면 됩니다."

"말에 이름 붙이는 건 칭찬하면서, 본인 이름은 그다지 중하지 않나봅니다."

르엔의 다소 날카로운 대꾸에 볼레트 군의관은 하던 일을 멈추고 입맛을 다시듯 쩝 소리를 내며 관자놀이를 긁적였다.

'거, 이 아가씨 참.'

"기브란트, 쪽빛 산양 가문 볼레트의 아들입니다만. 그냥 군 내에서는 볼레트 군의관이라 불리는 게 더 편하니 그리 부르십시오."

"어차피 이름 부를 만한 사이도 아니고요."

"어찌, 이 아가씨는 한마디를 안 지나."

마지막 경어는 탄식 같은 혼잣말이었다. 르엔은 엷게 웃는 것으로 그를 위로했다.

볼레트 군의관은 객관적으로 특이한 삶을 선택한 사람이었다. 태어나기를 유서 깊은 볼레트가의 차남으로 태어나, 십여 년 전 기사로서의 서품도 받았다.

비록 차남이기는 해도 물려받을 수 있는 땅도 작위도 있었다. 하지만 스스로 마다하고 의료 길에 올랐다. 의원 노릇이라는 게 귀족계에서는 망신스러운 일인지라 가문과는 거의 왕래를 하지 않고 있지만, 어째 '기브란트'라는 진짜 이름보다 볼레트라는 가문의 이름이 더 유명해 항상 볼레트 군의관이라 불렸다.

르옌은 그의 자세한 사정까지는 알지 못했지만 사람 죽이는 전쟁터에 나와 사람을 살리고 싶다고 말하는 그의 마음씨가 정말로 순수하다 생각했다. 전쟁터에서도 사랑을 부르짖는 유일한 사람일 것이었다.

또, 볼레트 군의관에 대한 호감은 그가 시단의 마지막 치료를 도맡았다는 사실도 조금은 영향을 주었다.

"엎드려 보십시오, 데투아 경."

볼레트 군의관은 엎드린 르옌의 등 상처 위로 고약한 냄새가 나는 약초를 치덕치덕 문질렀다. 르옌은 묵묵히 그의 의무가 끝나기를 기다렸다.

볼레트 군의관이 혼잣말처럼 웅얼거렸다.

"이봐요, 데투아 경 말입니다. 자꾸만 그리 눈에 띄고 싶어 하면 일찍 죽습니다."

"……."

"죽음을 두려워하지 않는 건 북부인으로서는 분명 자랑스러운 일이지만 그렇다고 위험으로 뛰어들 필요는 없지 않겠습니까? 당신의 동생은 당신이 죽었다고 알고 있지만 전쟁이 끝난 후에는 당신도……. 자, 됐으니 일어나도 됩니다. 옷부터 바로 입고."

웃차, 몸을 일으킨 르옌이 기분 좋게 미소지었다.

사랑스러운 사람들이었다. 그녀를 의심하는 사람도 믿어 주는 사람도 걱정하는 사람도, 그녀에게 있어서는 모두 한결같이 사랑스럽다.

"죽음이 두렵지 않은 사람이 어디 있겠습니까. 비록 뒤에서 다친 병사들을 돌보는 당신들이 직접 검을 들지 않는다고는 하지만 그렇다고 위험하지 않은 건 아닙니다. 우리가 패하면 당신들도 살아 돌아갈 수 없게 될 것 아닙니까. 그렇다고 해서 당신은 이곳에 남아 함께 맞서 싸우기로 결정한 것을 후회합니까?"

볼레트 군의관이 고개를 절레절레 저었다.

"옳은 말입니다만…… 그래도 전쟁터는 여자들에겐 어울리지 않지요. 데투아 경, 브류나크 공으로부터 서품까지 받은 당신을 기사 취급하지 않는 건 아니지만……."

"후회를 남기는 것보다 낫습니다."

"후회?"

볼레트 군의관의 사슴 같은 눈동자가 그녀에게 박혔다.

"저는 후회하지 않기 위해 싸우는 겁니다."

르옌의 말투나 대답하는 방식은 늘 차분하고 침착해서 볼레트 군의관은 그녀가 가난한 말 팔이의 딸이라는 것을 의심하지 않을 수 없었다.

그러고 보면 제가 그 명성이 자자한 볼레트가의 차남이라는 이야기를 들은 후에도 그녀는 한결같았다. 제 말투야 그냥 습관적인 존대이니 그렇다 치고.

"체사 경이 그래서 데투아 경을 신경 써 주시나 봅니다."

"그자…… 아니, 체사 경은."

르엔이 더 무어라 말을 이어 나가려는 찰나, 자칼린의 목소리가 가까워졌다. 베로한 경, 스이센과 언쟁이라도 벌이는 듯이 투닥대는 목소리였다.

볼레트 군의관은 조용히 자리에서 일어섰다.

"오늘 모르가나의 높은 분에게서 친서가 하나 도착했다던데, 회의가 지금 마무리되었나 봅니다. 이제 일어나 보겠습니다. 앵무새가 된 기분이지만 모쪼록 상처 덧나지 않게 조심하십시오. 지금 당장 부상자들이 넘쳐나 조금이라도 아껴야 하니까."

르엔은 조금 미안해져서 대답 대신 고개만 살짝 끄덕였다.

모르가나의 유일 태자라 알려진 라인하르로부터 도착한 서신의 내용은 간결했다.

예의상의 서두로 시작해, 예의상의 말미를 맺기까지 세 줄이 채 넘지 않은 서간은 황태자 그 자신이 직접 나섰으므로 라르크의 군사들은 정중히, 모르가나의 영내에서 물러가라는 경고를 담고 있었다.

황태자가 직접 나섰다. 의미는 지대했다. 또한 모르가나의 군대가 그간 침묵해 온 의미 역시 명확해졌다.

패전이 아닌 승전보를 전한 이후 제국의 유일 후계자라 일컬어지는 황태자가 직접 전선에 나온다는 것은 저들 내부의 문제가 생각 이상으로 심각하다는 말과도 상통했다. 물론 또 다른 가능성의 여지는 늘 열어 두어야 했다.

그리고 이튿날 오전, 얼마 떨어지지 않은 동부에서 작은 교전이 벌어졌다. 마리포사 기사단들로 이루어진 소규모 군대는 한 시간의 소극적인 전투 끝에 스스로 되돌아갔다.

검은 사자의 문장을 단, 혹은 그 밖의 가문의 멘테를 맨 이들이 없다는 것은 시사하는 바가 컸다.

라르크의 기사들은 하나둘, 발로이드의 입지가 무너질 것을 확신하기 시작했다.

황태자는 대규모 군사를 이끌고 오는 것이 아니라 소수 정예로 이동하고 있다고 했다. 제도에서 이곳까지 지도의 축적으로 계산할 때 빠르게 달린다면 보름 남짓이 걸릴 것이다. 황태자가 도착하면 모르가나의 전권은 거의 자연스럽게 라인하르에게 이양되지 않을까.

남부의 유일 태자라 불리는 라인하르가 전장의 경험이 있는지 없는지에 관해서는 차치하더라도, 적어도 비상식적이던 전투의 향방이 상식선으로 되돌아올 가능성이 컸다.

계산을 마친 파사드는 지휘부 기사들을 다 모은 자리에서 공언했다.

"내가 직접 다녀오겠다."

"칼란독 경이 직접 말입니까?"

"그편이 낫다. 또다시 근방에서 전투가 벌어질 수 있고, 만일 필요하다면 인근 영지 수탈을 감행해야 할지도 모르니까."

겨우내 전쟁을 속행하기로 결정한 후로 줄곧 시기를 보며 고민하던 계획이었다.

그들은 지금 보급이 쉽지 않은 위치에 머물고 있으므로 만일의 상황에 근처의 함락 가능한 장원 영지가 있는지 살피고 눈으로 확인하는 것이 중요했다.

"알겠습니다."

테레어드는 더 토달지 않고 고개를 조아렸다.

사실 테레어드에게 말한 이유 말고도 여러 이유가 더 있기는 했다. 라르크 군이 가진 모르가나의 영내에 대한 정보는 불완전했고,

파사드는 지나치게 딱 맞아떨어진 시기에 그들을 역습했던 르나베와 같은 마리포사 잔당들의 위성 거점도 의심스러웠다.

많은 이들이 파사드가 진영을 비운다는 데에 우려했지만 대놓고 막는 이는 없었다.

파사드는 오후 내리, 함께 이동하기로 한 소수의 기사들과 동선을 짜고 혹시 모를 비상시를 대비한 여러 가지 계획을 정리했다. 그리고 그가 부재하는 동안 진영을 지킬 이들은, 최근 르옌을 싸고 돌며 임무를 방기하고 있다는 원성이 빗발치는 자칼린, 그리고 또 다른 존경받는 뱅센가의 기사인 타라옛으로 결정되었다.

이럴 때 늘 도움을 주었던 에반부르가 없으니 새삼 빈자리가 크게 느껴졌다. 출발은 내일 동이 튼 직후로 결정되었다.

"그러면 건투를."

지휘부 기사들이 하나둘 예를 갖춘 후 물러났다.

그리고 깊은 새벽.

노곤함에 찌들어 돌아온 막사가 텅 비어 있지 않다는 건 그에게 있어서 작지 않은 비극이었다.

놀란 그가 휘장을 걷다 말고 멈춰 섰다. 요 며칠 정신없이 바빴기에 까맣게 잊고 있던 여자가 떡하니 제 막사에 앉아 있었다. 지난 전투의 부상병들이 아직 많아 손이 부족해진 까닭에 보초병마저 군 부대로 돌려 둔 것이 실책이었다.

르옌은 아무렇지도 않게 탁자 위에 놓인 책들을 뒤적이고 있었다. 그가 온 것을 모르지도 않으면서 태연히 힐끔 시선을 준 뒤 다시 눈을 돌린다.

막사 밖으로 시선을 돌려 아무도 없는 것을 확인한 파사드가 안으로 들어섰다.

"여기서 뭐 하나?"

"기다리고 있었지요."

대수롭잖은 투라 파사드는 그녀와 자신이 무슨 약속이라도 했던가 기억을 더듬지 않을 수 없었다.

저 여자를 자칼린에게 떠넘기듯 치운 후 애써 신경 쓰지 않으려 하고 있었는데 막상 보자마자 속이 착잡한 것이 그다지 무뎌지지 못한 듯했다.

게다가 그는 바로 오늘 오전, 자칼린으로부터 그녀가 멋대로 지껄인 망언 한마디를 더 들은 후였다.

"내 막사는 네가 함부로 드나들어도 될 곳이 아니라는 거 모르나?"

"이렇게 찾아오는 게 아니라면 만나기도 그렇잖아. 다른 기사들이 있는 자리에서 일개 임시 페넌만 받아 챙긴 여자가 최고사령관을 찾아가는 것도 그렇고."

"이런 몰상식한 행동 역시 마찬가지인데?"

다소 뾰족한 그의 반박에 빤히 그를 바라보던 르옌이 들고 있던 『가문 도감』 서책을 탁 소리가 나게 덮으며 거두절미했다.

"그보다 밤이 늦었으니 용건으로 들어가자면 주변 정찰에 직접 나가기로 했다던데, 나도 데려가."

파사드의 눈썹이 슬슬 치켜 올라갔다.

"뭐라고?"

"내 눈썰미 제법 괜찮으니까 쓸 만할 거야."

"최대한 인원을 줄여 소수로 움직이는 계획이다. 굳이 너를 더해 수를 늘려 적들에게 발각될 가능성을 높일 이유 없다."

르옌은 가만히 파사드의 피로한 낯을 살폈다. 어딘지 모르게 평소보다 날이 서 있지 싶었다. 처음부터 그녀에게 야박하게 굴었던 자이긴 했지만, 그래도 자칼린에게 떠넘겨지기 전 며칠간 상호 간의 호의를 쌓았다고 생각했는데.

어쩐지 화가 난 것처럼 보이기도 했다. 그녀의 예민한 직감이 살살 촉을 세웠다.

"갑자기 왜 이렇게 찬바람이 부는 것 같지?"

"비록 내가 너의 주장에 어느 정도의 신뢰를 가지고 있어 좌시하고는 있지만 그렇다고 해서 네 모든 막무가내의 부탁을 들어줘야 한다는 건 아니지."

"맞는 말이네."

"이해했다면 돌아가라."

"맞는 말이지만 그렇게 날 세워 밀어내기 전에 이유 정도는 물어봐 줬으면 하는데. 나는 네가 날 믿어 준 데에 고마워하고 있어. 너를 곤란하게 하고 싶지 않고 네 입장을 가능한 선에서 존중했다. 그래서 사고 일으키지 않고 군 생활에 나름대로 적응하고 지냈는데."

"……존중?"

"내가 뭐 거슬릴 일이라도 했나? 거슬릴 일이라면 자칼린이 하는 그 채신머리없는 짓뿐일 텐데."

그녀는 저를 머물게 허락한 파사드가 괜한 소리를 듣지 않도록 애썼다. 물론 축출당해서는 안 된다는 개인적인 이유도 결부되어 있었지만 어쨌든.

구설수를 일으킨 문제라면 자칼린과의 관계로 인한 기사들의 시선 문제인데 그에 관한 건 파사드가 암묵적으로 허락한 것이다.

아무리 생각해도 파사드가 화를 낼 이유가 없었다.

작게 입술을 달싹인 파사드가 그녀를 외면한 후 갑옷을 탈복했다.

그녀는 아예 없는 사람 취급하는 모양새였다. 그러나 쉬이 포기할 그녀가 아니었다.

"브류나크."

"……."

"내가 기분 상하게 한 일이 있다면 말해 봐."

"너는 존중의 의미를 다시 배워야겠군. 네가 나를 평가했던 말을 기억하지 못하나?"

"내가 너를 언제 평가를 했다고?"

"까마귀."

즉각 이해하지 못하고 고개를 비스듬 기울이던 르옌이 짧게 아 하는 소리를 냈다. 오전 무렵, 파사드를 보면 떠오르는 금수가 무엇이냐는 물음에 '까마귀'라고 답했던 것이 떠오른 탓이다.

그런데 그게 왜 저렇게 언짢아 할 일인가 눈살을 찡그리던 그녀는 파사드의 불만 가득한 눈빛에 작게 웃기 시작했다.

"프흐, 하하하."

파사드는 이제 불쾌함을 감출 생각도 없어 보였다.

부러 끌어당긴 입술이 금방이라도 불만을 쏟아 낼 듯했고, 새까만 눈동자를 불만으로 가득 채워 흘기는 모습은 미안하지만 그녀에겐 귀엽게만 보였다.

웃음을 그친 르옌이 고개를 절레절레 저었다.

"아아, 자칼린, 그걸 또 미주알고주알 일러바쳤네. 이래서 내가 체사는 안 믿지."

"부정도 않는군."

자칼린도 두 번 고민 않고 '시체나 뜯어먹는―'에 강점을 두어 그녀에게 화를 냈으니, 파사드 역시 그렇게 받아들였다 해도 이상하지 않았다.

파사드는 이미 올조르 때의 군공 문제도 불편해하고 있었고, 평소 행실이 명예에 높은 가치를 두고 있다는 것은 확실하니.

"아아. 그거 때문이었다면⋯⋯."

르옌은 과거에도 지금도 그녀의 이해타산과 관계없이 명예를 지키려는 이들을 존중해 왔다. 그것이 많은 이들이 그녀를 사랑했던 이유이기도 했다.

웃음기를 지운 르옌은 자신이 그가 중히 여기는 가치 일부를 오해로써 훼손했다는 것을 인정했다.

"자칼린에게 제대로 설명을 안 한 게 이렇게 곡해될 줄 몰랐다. 너를 두고 한 말이 아니는데⋯⋯. 그러니 그리 기분 나빠 할 것 없어. 그런 의미도 아니었고."

그러나 불신과 불쾌감으로 가득한 것이 곧이곧대로 들을 얼굴이 아니었다.

마지못한 르옌이 설명을 덧붙였다.

"까만 머리칼과 눈동자가 유달리 눈에 띄잖나."

"그걸 지금 변명이라고 내게⋯⋯."

"벨바롯트. 내 그자를 그리 불렀다. 안 좋은 의미가 아니라 꼭 너처럼 그 역시도 새까맣고 새까만 사내였거든. 그리고 까마귀는 반짝거리는 것을 좋아하는 날짐승이라고도 알려져 있지. 내가 벨바롯트에게 청혼할 때 했던 말이야. 온 세상의 반짝이는 것들을 다 네게 줄 테니 내 사람이 되라고. 너무 오래전 일이라 많은 것을 잊어버렸지만 그만큼은 확실히 기억하고 있지."

파사드는 당혹을 감추기 위해 입술에 힘을 주었다.

먼저 청혼을 했다 하는 말도 망측하게 들렸지만 벨바롯트 파사드 브류나크, 그자가 거론되리라는 건 예상도 하지 못한 탓이다.

차분함을 상실한 가슴이 두근거렸다.

기색을 알아차리기라도 한 것처럼 르옌은 웃음기를 지우지 않고 다시 의자에 앉았다.

"내가 처음 너를 보았을 적에 실언했던 것 기억하지."

"……."

"벨비는 조금 더 온화한 인상이긴 했지만……. 너도 앉아서 이야기 하는 게 어떨까. 오랜만에 벨비 이야기를 하려니 나도 조금 기분이 어색하네."

굳어 선 그를 향해 나붓하게 흔드는 손짓에 파사드는 목깃을 풀어 헤치며 그녀의 건너편에 앉았다.

뒷목이 저릿했다. 한마디도 않는 그의 침묵을 어찌 해석한 것인지, 르옌이 말을 이었다. 시선은 깍지 낀 손바닥 사이를 향해 있었다.

"자칼린이 내게 네 첫인상을 어찌 기억하느냐 묻기에 나도 모르게 그렇게 말했어. 까만 것 하면 내게는 가장 먼저 떠오르는 게 까마귀거든. 벨비를 보았을 때도 그랬지. 맹세코 너를 깎아내리려는 의도는 없었다. 내 태도가 네 마음에 들지 않을 거란 것 충분히 이해해. 난 한때 분명 너보다 높은 지위에 있었지만, 너는 믿을 수 없는 일이겠지. 게다가 지금은 일개 평민이니 너와 얼굴 마주 보고 이렇게 이야기를 나눈다는 게 말이 안 되는 일이고. 하지만 그래, 일은 이미 벌어졌고 나와 너는 비슷한 목적을 보고 있잖나? 너무 그리 적대하면 서운해."

어조는 달래듯 다정했다. 어깨 위로 바짝 잘린 머리칼을 귀 뒤로 쓸어 넘기는 여자의 손짓에 파사드의 시선이 따라갔다.

붉은빛 도는 갈색 머리칼은, 빛 없는 그림자에 잠겨 하염없이 어두웠다. 처음 봤을 때보다 조금 탔지만 여전히 하얀 목덜미가 눈에 들었다.

돌연 속이 불편해지는 기분을 느낀 파사드가 고개를 돌렸다.

르옌은 계속 이었다.

"물론 네 호의를 악용해 분수를 모르고 날뛰는 짓은 않아. 지금 아무것도 아닌 내가 네 기분을 상하게 해야 좋을 것 없는 걸."

"……."

"브류나크인 네가 내 버팀목이 되어 주길 바라서, 나는 네가 나를 싫어하지 않았으면 좋겠다. 사실 네 믿음을 붙잡기 위해서라면 무슨 짓이라도 할 자신도 있다."

"……."

"솔직히 말해 너는 지금 내게 있어 '필요'니까. 필요라는 건 없으면 안 된다는 말과 상통하지. 흠, 생각해 보니 적의 지휘관을 잡는 것과 우군의 지휘관을 꾀어내는 건 어찌 보면 비슷한 맥락인 것 같기도 하네. 혹 나중에 네가 집필이라도 하게 된다면 그런 부분도 참고해 봐."

파사드는 르옌으로부터 전에도 비슷한 말을 들은 적이 있었다.

다른 이들의 믿음 아닌, 너 하나의 믿음이면 충분하다.

이해가 어려운 말은 아니었다. 자신의 믿음 없이 그녀가 군에 남아 있을 수 없기 때문이다. 이 여자는 때때로 놀라우리만치 감정적이면서도, 놀라우리만치 효율적이다.

알고는 있었다. 그러나 그때와 달리 파사드는 그녀의 말에 불쾌감을 느꼈다.

이제와 불쾌감을 드러내기도 이상해 내색은 할 수 없었지만, 목소리가 퉁명스러워지는 건 내버려 두었다.

"무슨 짓이라도 하겠다는 이 치고는 늘 언사가 부적절한데, 존중을 보이겠다면 말을 올리는 것부터 시작하는 게 좋겠군.”

르옌의 얼굴에 엷은 웃음기가 어렸다.

“내가 네게 나라는 존재를 끊임없이 각인시킬 방법이 혀 놀림뿐이
잖아. 그걸 이해한다면 앞으로도 그러지 않을 것이란 걸 잘 알 거다.
그건 예외로 두자. 그리고 이곳에서 편히 말할 수 있는 상대가 너와
그 머리에 화살 맞은 것 같은 자칼린 하나뿐인데다가…… 십 몇 년
만에 나를 나로 봐 주는 너희가 있어 나는 고맙기도 하거든.”

르옌의 음성이 새소리처럼 가볍다. 문득 파사드는 그녀의 울음소
리에 제 가슴까지 두드려 맞는 듯했던 그날을 상기했다.

뭔지 모를 기분으로 가슴이 휙 쾌들었다.

미간을 찌푸리는 파사드를 바라보던 르옌이 마지못한 사람처럼
중얼거렸다.

“음…… 그래, 솔직히 말할게. 이러니저러니 옹졸하게 너나 자칼
린에게 자존심을 세우는 게 맞아. 치기지. 옛 생각이 나면 나도 사람
인데 좋을 리가 있겠어. 그나저나 내가 말 높이기 전까지 그런 이상
한 눈으로 볼 건가?”

파사드가 무의식적으로 눈가를 어루만졌다. 제 표정이 어떤지 상
상할 수 없었던 탓이었다.

한참을 침묵하던 파사드는 두서없이 물었다.

“……그리 닮았나?”

“닮기야 했지. 네가 붉은 늑대의 멘테를 걸고 있는 모습에 내 눈이
착각을 한 것도 같지만 일부러 찾아보면 닮은 구석이 있기는 해.”

즉각 돌아온 답에 그는 제 이름과, 이름을 먼저 지녔던 어떤 어리
석은 사내와, 그 사내의 어리석은 걸작인 수국의 정원을 떠올렸다.

파사드는 생각했다. 그러나 너는 그다지 그 여자를 닮지 않았다.

이백여 년 전 시간 멈춘 그들의 보금자리에서 대를 이어 가는 브류나크를 바라보는 그 여자와 눈앞의 여자는 닮지 않았다.

어쩔 수 없이 가슴에 남았던 홀로 울음 삭이는 모습과 작게 웃음 터뜨리는 모습과……

가슴 한 켠이 이상하게 뛰는 기분에 그는 생각을 멈추었다.

'……골치 아프군.'

파사드는 자리에서 일어나 막사 한 켠에 세워 둔 투박한 목재 수납장에 다가갔다.

노송나무의 향기가 짙게 밴 수납장을 연 그는 은으로 주둥이가 세공된 호리병을 꺼낸 후, 작은 잔 두 개를 가지고 되돌아왔다. 술보다 차를 즐기는 탓에 평소에는 입에도 대지 않는 술이었지만 지금은 필요했다.

몹시 목이 탔다.

파사드가 먼저 그의 잔을 채우고 술병을 탁자 한 가운데 내려놓았다. 잇따라 르옌도 말없이 잔을 채웠다.

"좋은 말로 기억했으면 해. 그를 닮은 까마귀라는 건, 내가 사랑했던 벨비와 같은 이름을 지닌 네게 있어 내가 할 수 있는 나름의 칭찬이었으니까."

"증명할 수 없는 일이라고 너무 함부로 떠드는군."

르옌은 불신을 던지는 파사드를 흘끔 본 후 안개 같은 미소를 띠며 술잔을 입가에 가져갈 뿐이었다. 잠자코 그녀의 입술을 바라보던 파사드가 참아 왔던 질문을 던졌다.

"그래서…… 청혼을 했다고, 먼저?"

잔을 단숨에 비운 르옌이 가볍게 긍정했다.

"그랬지. 벨바롯트를 만나서 그에게 직접."

"여성이 먼저 말인가?"

"왜 안 돼?"

"······."

"나는 라르칼리아였고 그는 브류나크였는데."

그 말인즉슨 그녀는 왕족이었고 그는 변경백이었다는 말과 상통했다. 당시 브류나크와 라르칼리아의 신분 격차는 지금의 브류나크로서는 상상도 하기 어려울 만큼 컸으리라.

"······하지만 청혼이란 여성 쪽의 가문이 먼저 말을 꺼냈다 해도 결국 공론화시키는 것은 남성의 가문이어야 하는 법이다. 그건 남과 북의 고금을 막론한 일반적인······ 아니, 직접이라니?"

"내가 내 입으로, 그런 의미의 직접."

"적어도 다른 사람을 시켜 알선을 해야 옳지 않나."

혀만 차지 않았을 뿐이지 천둥벌거숭이라도 보는 눈빛이라 르옌은 작게 웃음을 터뜨렸다.

"네 선인은 그만큼 괜찮은 남자였으니까. 다른 여자가 채 가기 전에 냉큼 잡아챌 심산이라 조급했다······ 하면 너는 자랑스러워하려나?"

갑자기 목이 타는 기분에 파사드가 잔을 털어 뜨거운 술을 삼켰다.

도드라진 그의 목젖을, 그리고 힘 들어간 턱을 물끄러미 응시하던 르옌은 몸을 옆으로 비스듬히 돌려 턱을 괴었다. 그녀의 시선이 골동의 것이 된 추억이라도 더듬듯 어둔 허공을 초점 없이 떠돌았다.

"그리고 당시에는 유력가의 영애들이 제 마음에 드는 사내들에게 드물지 않게 먼저 청혼을 하는 일도 왕왕 있었으니까."

"······."

"어쩌면 예전이 지금보다 순수했던 시대였던 것 같기도 하구나. 사람 간의 싸움도 그랬다. 내가 천재니 뭐니 하고 불리어지고 있는 걸 알았지만…… 글쎄, 나는 한 번도 그리 생각해 본 적이 없어서."

"……."

"그거 아냐? 옛 시절의 전쟁이란 들판에 옹기종기 모여 지휘자가 달려 나가면 우르르 달려 나가 때려죽이는 게 일반적인 야전들뿐이었어. 간혹 머리 좀 굴리는 녀석들이 나타난다 해도 기껏해야 함정을 파 놓는 게 전부였다."

지금 시대에야 여왕 스완이 남긴 전술이나 전략은 기본 지침 정도로밖에 취급되지 않지만, 당시의 그녀가 한 시대를 앞서 나갔던 건 분명했다.

파사드는 그도 모르게 넘치게 따른 잔을 내려다보며 입술만 움직여 물었다.

"너는 마지막 라르칼리아가 벌인 대륙 전쟁 이후로 전쟁사가 더 참혹하고 교활한 것들로 찼다는 건 알고 있나?"

턱을 괴고 비스듬히 허공에 시선을 두던 르옌이 대수롭잖게 답했다.

"자랑스러운 일이구나."

요 한동안 바뀌었던 그녀에 대한 평가를 죄 뒤엎는 대답이었다. 막 파사드가 모든 대화를 중단하고 그녀를 내치기 위해 입술을 여는 순간, 그녀가 부연했다.

파사드의 노여움은 물 끼얹은 듯 잠들었다.

"내가 아니라도 언젠가 나와 비슷한 이가 나타났을 거다. 만일 그런 자가 라르크가 아닌 모르가나에서 나타났다면, 뢴사, 아르도니스, 앙레디움, 지데라카에서 나타났다면……. 최선이었다고 생각해. 합리화라고 비난받을지도 모르겠다. 그래, 옳았다고는 나 스스로도 말하지는 못하겠다. 하지만 옳지 않더라도 내 나라를 위해 했던 모든 일. 나는 여전히 나를 자랑스러워하고 있어."

머리가 어지러웠다.

그녀의 말처럼 라르크 밖의 어딘가에서 마지막 라르칼리아의 여왕, 스완 세칼리드 라르칼리아같은 인물이 나타났다면, 라르크는 지금 북부를 지배하는 거대 왕국으로 자리매김하지 못했을 것이다.

파이투스 2세의 치세 때 있었던 극심한 양당의 대립으로 혼란할 당시 라르크로부터 독립한 베르트와 라인 그리고 아직도 독립하지 못한 채 명맥만 잇는 에스란드와 같은 입장이 되었을지 모른다.

어쩌면.

그러나 어쩌면이라는 말은 불확실성을 내포한다. 세상은 늘 최악의 상황만으로 돌아가지 않는다. 그러지 않을 수도 있는 일이다.

—막말로 그 여자가 없었으면 지금의 너희 나라도 없었을걸. 대륙 역사상 그만큼 빠르게 영토를 넓힌 이가 있었나? 대륙사를 다 뒤져도 북부에서 그런 사람은 나타난 적이 없었어. 너희는 전례 없는 대단한 위인이 너희 나라에서 태어났다는 걸 자랑스러워해야 한다 이 말이야.

그리 당당히 말했던 게헨은 어쩌면, 애초부터 파사드가 이해할 수 없는 태생적 다름을 가지고 태어난 건지도 모른다. 눈앞의 르옌이 그렇듯이.

끝으로 그녀가 웃음기를 지우고 말했다. 차고 담담한 목소리였다.

"브류나크. 내가 솔직하게 생각하는 바를 드러내는 건, 이것만이 네 믿음을 대가로 내가 줄 수 있는 것이기 때문이야."

그리고 그의 믿음이 지금의 그녀에게는 필요이기 때문이다.

"나는 미쳤다는 말의 정의가 수의 다소 차이가 아닐까 하는 생각이 들어. 이백 년 전의 나는 모두에게 '미친 괴물'로 남았지만 말이야. 내가 잘못한 것이 있다는 점을 인정한다 하더라도 결코 내가 미쳤다고는 생각하지 않아. 정복 전쟁 초기 당시에 나는 완벽하게 목적 지향적이었고, 합리적이었다."

"완벽하게 합리적이었다면 좋은 결과가 뒤따랐을 거다."

"마지막에 이성을 잃은 게 패착이었지……. 뭐, 원래 약점 하나가 전체의 패인이 되는 거니까. 변명의 여지는 없구나." ·

제20장. 단 하나의 약점이 패인이 된다.

현존하는 여왕의 전서에 남아 있는 마지막 장의 이야기다.

파사드의 콧잔등이 살짝 찡그려졌다. 의식하고 한 말인지 아닌지 습관처럼 그녀를 의심해 보았다. 그러다 편안하기만 한 표정에서 알아차렸다.

자연스러운 것이다. 정말로 그렇게 생각하고 있기 때문이다. 자각은 그의 기분을 이상하게 했다.

"그래서 궁금한데, 여전히 네게는 지금 내가 미친 사람으로 보이나?"

두 사람의 침묵이 달그락, 빈 잔 소리와 함께 시작되었다. 그리고 끝났다.

"……아무 이유 없이 네게 나를 데려가 달라 응석을 부리자고 찾아온 게 아니야. 이 둔영에만 갇혀 있기보다 내 눈으로 살피고 싶다. 만일 페이작과 부딪칠 수도 있는 곳이라면 미리 숙지하는 게 맞겠지. 지금 나는 많이 모자라다. 나는 보다 많은 것을 눈으로 보고, 느껴야 해. 전쟁이라는 것은 기본적으로 도박에 가까운 종류의 갈등이지만 나는 노름꾼이 아니라 승부사야."

파사드는 그녀의 사유에 합당한 이유가 있다는 것을 인정했다. 적어도 그녀는 이용할 가치가 분명하므로.

자칼린의 말처럼 발로이드는 르옌을 어떤 형태로든 취하려 할 것이다. 그리고 그는 발로이드에게 르옌을 내어 주고 싶은 생각이 아주 조금도 없었다.

"출발은 내일이다."

르옌이 기다렸다는 듯 자리에서 일어났다.

"그럼 용건은 끝났네. 우리가 나란히 마주 앉아 밤이 새도록 이야기를 나눌 만한 사이는 아니니까."

"네가 함부로 사령관의 막사에 쳐들어와도 괜찮을 입장이 아니라는 깨달음이 선행되어야 할 것 같군."

고양이 같은 눈매를 살풋 접어 웃은 르옌이 가뿐가뿐한 걸음으로 막사를 나섰다. 발소리는 미련 없이 멀어졌다.

인기척이 느껴지지 않을 만큼 오랫동안 그녀가 앉아 있던 자리를 바라보던 파사드는 끝내 긴 한숨을 터뜨렸다.

생각해 보면 사령관이기 이전에 사내이기도 하다. 팔뚝을 잡으면 뚝 부러질 것 같은 야리야리한 몸뚱이를 하고 한밤중에 쳐들어오는 것도 문제였다. 저 여자는 너무 겁이 없었다.

'……?'

아니, 지금 자신이 왜 저 겁 없는 여자의 걱정을 하는지 모르겠다. 사내들로 가득 찬 군에 남아 저 여자가 무슨 일을 당하더라도, 그건 자업자득이었다.

그렇게 생각하면서도 신경이 쓰이니 순간 울컥하는 기분이 들었다.

눈꺼풀이 무거운 데에 반해 정신은 바짝 곤두섰다. 밀어 올리듯 마른 얼굴을 문질렀다. 손가락 사이를 비추는 그의 까만 눈동자가 그녀가 읽다 만 서책에 머물렀다. 『가문 도감』 그리고 갈피가 끼워진 장은 「변절자 페이작 돌레한 개문, 속―마리포사」라는 간결한 정보를 담고 있었다.

그리고 벨바롯트.

'사랑하는 벨비라…….'

어쩐지 귓속이 스산하게 긁히는 기분이었다.

마리포사의 기원은 모르가나가 제국으로 격상된 그 시절과 궤를 같이했다. 그리고 마리포사 가문을 연 페이작 돌레한 마리포사는 비공식적으로 대륙에 숨 쉬던 마지막 라르칼리아였다.

적발 벽안의 북부 출신 남자의 망명은 대륙의 남부를 지빠귀처럼 지저귀게 했다.

죽음을 두려워하지 않는 북부의 맹장으로, 한때 라르크의 제일 기사라는 위명까지 얻은 기사 페이작 돌레한 라르칼리아. 일당백이라는 말로도 그를 감당할 수 없었고, 어미의 뱃속에서 함께 잉태된 듯한 선천적인 위압감은 당시의 모르가나의 귀족들까지도 두렵게 했다.

해서 초대 황제로 즉위한 데르나주크 4세초대 황제 발라르제프 1세는 마리포사에게 제도에서 멀리 떨어진 서부의 버려진 변경 일대를 하사했다.

이가 산맥 하나를 넘어야 제도에 이를 수 있는 격리된 비든은 불모지이며 도적 떼가 들끓는 버림받은 땅이었다.

데르나주크 4세는 마지막 조건을 명시하였다.

—마리포사는 언제 어느 때고 제국을 위해 검을 들어 그들의 적을 처단해야 한다. 설사 그 적이 그대들과 피가 섞인 북부라 할지라도.

그리하여 한때는 라르칼리아였으나, 그 이름을 스스로 버린 페이작 돌레한, 초대 마리포사는 모르가나에 터를 잡게 되었다. 그러나 제도에 머물지는 않았다.

그는 모르가나의 기사들을 살해한 그를 벌하라 모략하는 제도의 모든 귀족들로부터 벗어나 제게 하사된 텅 빈 땅으로 향했다.

강을 따라 걸었다. 사내는 금방이라도 무너질 듯한 비든의 낡은 성과 성 앞을 두르는 랑스 강을 따라 걷다가 드넓은 푸른 호수를 발견했다.

찬란한 햇빛 쏟아지는 남부의 호수 앞에 그의 무릎은 그대로 허물어졌다.

물가를 떠도는 풀벌레 소리와 너른 호수 면을 부드럽게 헤치며 떠다니는 백조의 울음이 울창하게 엉킨 숲을 메아리치는 것이 존재하는 소리의 전부였다.

페이작의 손톱들이 죄 뜯겨나간 손끝이 푸른 남부를 움켰다. 낯선 향기, 낯선 온도, 낯선 풍경. 마비된 남자의 목 안은 차마 소리 내지 못한 비명으로 가득 찼다. 남부로 쏟아지는 햇살을 으스러져라 내리치던 그의 주먹은 부질없이 망가졌다.

결국 남자는 제 가슴을 때리기 시작했다. 갈비뼈가 으스러져라 때렸다. 꽉 막힌 비명을 토해 내기 위해 그리 계속, 계속, 계속……..

그러나 그가 낼 수 있는 소리란 고작 으, 으, 으어, 으, 어딘가 모자란 이처럼 새는 신음뿐이었다.

한때는 호수만큼이나 푸른 생기로 빛났던 벽안이 충혈된 증오로 형형했다.

지표를 잃었다. 그건 일생의 세계가 무너져 내린다는 것을 의미했다. 그리고 유일 세계를 잃는 것으로, 페이작은 그의 세계를 구성하는 삶과 죽음 그 모두를 앗겼다.

삶과 죽음을 잃어 그대로 시간이 도려내진 사람처럼 그는 호수만 바라보았다.

조그맣게 부는 바람에도 깎여 나가는 구멍 난 가슴 부여잡고, 해가 저물어 붉게 물드는 호수를 밤이 되어 두꺼운 적막을 덮은 호수를, 다시 떠오르는 태양 아래 찬연히 흔들리는 호수를, 그 무엇 하나 완벽하지 못한 풍경을 바라보았다.

그런데, 고꾸라진 그의 곁으로 금빛 망토를 어깨부터 발끝까지 감싸 덮은 여자가 다가와 앉았다.

남국南國의 노을에 젖어들어 더욱 찬란한 붉은 머리칼은 찬 북국의 향기를 풍겼다. 그녀의 향기.

—페이.

왈칵 솟구치는 눈물에 가슴이 부서질 듯했다. 페이작은 가까스로 손을 뻗어 제게 드리우진 그녀의 그림자에 매달렸다.

그녀에게 바라는 것이 있었다.

—나의 기사, 돌레한 경.

나붓하게 흐르는 음성에 뚝. 뚝. 눈물이 떨어졌다.

하늘을 등진 스완의 예스럽고 단정한 미소가 그의 눈물 젖은 턱을, 뺨을 그리고 눈가를 쓸었다.

그녀에게 바라는 것이 있었다.

—조의는 목적한 바를 이룬 후에 표해야 합당한 것일진대, 어찌 눈물 보이느냐?

다정하게 등을 두드리는 목소리 또한 곧 사라질 것을 안다.

—네가 살아남았으니, 라르칼리아의 이야기는 아직 끝나지 않았다.

곧 사라질 그녀에게 하고 싶은 말이 있었다.

그러나 눈물 잠겨 이지러진 세상에서 그는 그녀의 손등에 게걸스레 입 맞추는 것밖엔 할 수 없었다.

희미한 미소가 시계視界와 함께 바스라진다. 절박한 입맞춤의 온도
에 그녀는 부서졌다. 그는 끝내 소리 내지 못했다. 그의 모든 간절한
바람은 괴괴하게 울리는 백조 울음에 삼켜져 소슬한 물결 위를 떠돌
았을 뿐이다.

―라르칼리아의 이야기는…….

다시는 볼 수 없을 북부의 눈송이처럼, 그녀는 세계의 일부로 흩
어졌다.

그는 그녀에게 하고 싶은 말이 있었다.

'…….'

감겨 있던 발로이드의 눈꺼풀이 뜨였다. 잠에서 깬 푸른 눈동자가
느리게 허공을 훑었다.

공기의 온도와 스며드는 어둠으로 짐작건대 깊은 밤 혹은 한새벽
이었다.

느릿하게 팔꿈치를 받쳐 상체를 일으켜 세운 발로이드는 무언가
툭 떨어지는 이질적인 감촉에 눈동자를 살짝 내렸다. 비뚜름한 원을
그리며 값비싼 이불이 물기로 젖었다.

손으로 턱과 광대뼈를 쓸어 올리자 물기가 축축하게 묻어났다. 서
슬 퍼런 날 달린 추억에 살해당했던 감각들이 하나둘씩 살아났다.

건조한 바람 내음, 사내들의 체취, 모닥불 혹은 홰가 타고 남은 재
냄새 그리고 그것들을 죄 덮는 향나무 타는 향기. 모든 것이 어제와

같다.

자리에서 일어선 발로이드는 막사의 입구로 걸어가 휘장을 걷고 암암한 새벽에 맞닿은 밖을 내다보았다.

불침번 보초를 서고 있던 키에스가 그를 발견하고 자연스레 예를 붙였다.

"주군, 벌써 일어나셨습니까?"

발로이드의 안색은 그다지 좋지 않았다. 오랫동안 그를 따라온 키에스에게 있어 흐트러진 그의 표정과 차림은 알아차리기 쉬웠다.

걱정이 배로 늘어난다. 최근 주둔지의 분위기는 살기가 등등했다. 전 로반티스 사령관을 따르던 이들이 발로이드가 비세바르를 억류한 것을 문제 삼아 대놓은 항거를 시작했기 때문이다.

물론 발로이드가 건재한 이상 커다란 문제는 되지 않았다. 다만 발로이드가 그들을 무시하는 기간이 조금 길어지자 키에스는 무언가 그의 심경에 일이 생겼다는 걸 모른 체하기 어려워졌다. 발로이드는 무기력증에 빠진 이처럼 무엇에도 반응을 보이지 않았다. 껍질만 남은 듯했다.

마지막으로 제대로 한탕 라르크 군대를 골렸을 적의 열정, 기대, 희열, 무엇 하나 남아 있지 않았다.

우려스러운 키에스의 눈빛을 모른 체한 발로이드가 막사 밖으로 나섰다. 그의 옷차림은 장식 없이 헐렁한 하얀 상의와, 밤색의 털 달린 품이 넓은 바지가 전부였다.

감기라도 들까 걱정스러웠지만 발로이드에게 그런 의례적인 간언은 그다지 영향력이 없다는 걸 오랜 경험으로 알았다. 키에스는 묵묵히 그를 등진 사내의 넓은 등을 바라보았다.

발로이드가 뒤돌아보지 않고 물었다.

"라인하르가 언제쯤 도착한다고?"

"물살이 빠른 시기이니 이레쯤 걸리지 않을까 예상하고 있습니다."

"직접 맞으러 갈 준비를 해라."

"이른스콰의 항구까지 말입니까?"

"그래."

무어라 더 말을 꺼내려던 키에스는 생각을 바꾸고 고개를 조아렸다. 에일라였다면 응당 그리했을 것을 알기 때문이다. 발로이드가 늘 에일라를 데리고 다니는 이유가 그 때문이라는 것도 모르지 않는다.

"예, 알겠습니다."

에일라는 인정하지 않을 테지만 딸처럼 여긴 레이리스를 마지막 회전에서 잃어버린 탓에 그녀는 몹시 위태로운 상태였다.

조금만 건드려도 터져버릴 화약처럼 곤두서서는 식사도 하지 않고 밤잠마저 잃고 불철주야 운영을 누볐다. 보다 못한 키에스가 발로이드에게 아뢰어 그녀의 강제 휴식을 명한 지 이틀 째였다.

그 때문에 발로이드를 감당해야 하는 건 오롯이 키에스의 몫이었다.

'거 참……..'

에일라는 발로이드의 생각을 굉장히 예리하게 읽어 내는 재능이 있었는데, 키에스도 그의 기분 정도야 쉬이 알아차릴 수 있다 거드름을 피우곤 했지만 요즘은 아니었다.

가끔은 에일라와 발로이드가 한 가지에 몰두하는 성향이 꽤 닮은 꼴이 아닌가 싶은 생각도 든다. 에일라는 발로이드에게, 발로이드는 별 희한한 북부의 여자에게.

물론, 에일라는 충성심이다. 발로이드가 목숨을 버리라 한다면 그 자리에서 일 초 만에 자결할 독종임을 모두가 인정한다.

키에스도 충성심은 뒤지지 않는다 말하고 싶지만, 에일라와는 조금 달랐다.

키에스는 태어날 때부터 마리포사에 속해 있던 에일라와는 달리 마리포사에 짓밟혔던 땅의 난민 출신이었다.

부서지고 불타는 토집 아궁이 속에 숨어 제 고향을 짓밟던 그들을 경이로운 두려움 속에 올려다보던 어린아이. 서른을 훌쩍 넘긴 지금 그들의 두 번째 기사단장이 되었고, 라곳에이스를 제 고향이라 여기고 있었다.

그러나 발로이드에 관하여는, 키에스는 사실 늘 불안했다. 강한만큼 한 번 꺾이면 파국이 될 것이 자명하기에.

"주군, 저어, 한마디 하게 해 주신다면."

"해."

"회전일에 대한 논의를 두 차례나 거절했으니 먼저 움직일 수도 있지 않을까 싶어 걱정스럽습니다. 차라리……."

"검 자루를 쥔 건 우리다. 그들의 둔영에서 우리가 불태운 것들은 그들의 생명줄이었어. 저들이 또다시 섣불리 덤벼들었다 패배한다면 그야말로 패퇴가 아닌 패전이 될 테니. 게다가 북부인들은 겨울이 얼마나 두려운 것인지 알고 있으니, 보급이 확충되기 전까지는."

돌연 발로이드가 말문을 닫았다.

하지만 저곳에는 스완이 있다. 스완은 그의 반신이었다. 그가 하는 생각, 판단 하나부터 열까지 그녀로부터 기인된 것이다. 발로이드의 의도치 않은 말 맺음을 제 나름대로 긍정한 키에스가 고개를 끄덕였다.

"그런데 황태자 저하는 어찌하실 겁니까? 아무래도 그분께서 오신다면……."

"황제가 하나 겨우 남긴 유일한 후계자를 전쟁터 한복판에 기꺼이 보낼 리가 없으니, 아마 이번 합류는 그가 스스로 자처한 것일 테지. 승기를 쥐었다는 생각에 종전을 예견하고 공로를 가로채기 위함이 라면 얼마든지 줄 수 있다. 다 가져가라 해라."

"아사인 가문과의 문제는……."

"그는 명령을 불복종했으며 전 군권은 황제의 어교 아래 내게 있다. 결국 내 군에 든다면 그놈 역시 보잘것없는 산 고기에 불과하지."

"황태자 저하가 귀족들과 친근하다고 하니 그게 조금 걱정스럽습니다."

발로이드의 파란 눈동자가 열없는 웃음기를 띠며 키에스를 돌아보았다.

"중한가?"

"……."

"라인하르가 우리를 어찌 여기는지가. 그녀가 나를 배반했는데, 그녀가 브류나크를 택했는데, 이 망가진 세계의 황제의 아들이 중요한가."

졸음인지 슬픔인지 절망인지, 듣는 귀가 아릿하게 잠긴 음성이었다.

발로이드가 위태롭게 느껴지는 이유는, 그의 세계가 그들로서는 상상도 하기 어려운 무형의 상대에 대한 경애로 이루어졌다는 것을 잘 알기 때문이다.

"저어…… 주군."

"……에일라는 또다시 딸을 하나 잃었다."

"……."

"라르크로 인해."

베여 나간 달빛이 피해 간 자리로 발로이드의 긴 그림자가 남았다.

"저들은 늘 앗아 가, 늘, 앗아 가…… 늘, 앗아가."

키에스는 레이리스 엘폰느, 아마도 이제는 죽었으리라 결론지어진 재색 눈의 고양이 아가씨를 떠올렸다. 레이리스는 중앙 15개 가문 중 하나인 제일리아르 가문의 버림받은 딸로서, 스스로 마리포사가 되기를 선택한 여자였다. 오랫동안 함께한 전우 중 한 명이므로 레이리스를 잃은 것은 분명히 가슴이 아픈 일이었다.

마리포사 기사단은 비든이 라곳에시스로 개명되기 전, 그곳에 들끓고 있던 도적 떼와 범법자 그리고 버려진 이들이 모인 집단이 시초였다.

가문을 개창했던 페이작 돌레한 마리포사는 모르가나에 팽배한 계급 의식을 무시하고 닥치는 대로 거친 사내들을 불러 모았다. 라르크의 기사였다 소문이 자자한 그의 땅에 자진해 모인 이들은 대부분 나라로부터 버림받은 이들이었다.

페이작 돌레한은 그들을 훈련시켰고, 강도 높은 훈련으로 한 사람의 몫을 하게 된 이들을 앞세워 모르가나 변경 수호의 임무를 자처했다. 그들은 황실이 꺼려 하는 숙청 작업에도 기꺼이 오명을 뒤집어썼으므로 황실은 그들의 유용성을 인정해 군사 양성을 허했다.

애초에 엄격하게 종기사가 되어 기사 수행을 하고 하급 서품을 받고 단계를 거쳐야 하는 일반 귀족 사병들에 비해, 마리포사 기사단은 실력과 충성심과 전우애만을 규율 삼았다. 나중에는 재능 있는 자들이 자진해 그들에게 의탁하기에 이르렀다.

그들이 지켜야 할 규율은 다섯 가지뿐이다.

마리포사 기사단은 멸사봉공을 기치로 한다.
마리포사 기사단은 실력 외의 차별을 두지 않는다.
마리포사 기사단은 전우를 제 살처럼 사랑한다.

마리포사 기사단은 적 앞의 죽음을 두려워하지 않는다.

마리포사 기사단은 영원불변의 주인을 섬긴다.

오래전부터 마리포사는 대대로 최소한의 보병을 보안을 위해 유지하고, 절대적으로 궁기병과 창기병, 일반 기병의 양성에 힘을 쏟았다. 그들은 대대로 군사를 필요로 도움을 청하는 이들에게 군사를 제공하고 대가로 받은 대금으로 또다시 기병들을 키우고, 그들로 하여금 황제의 눈 밖에 난 이들 혹은 왜적들을 토벌함으로써 점점 크기를 불렸다.

때때로 그들에게 짓밟힌 영지의 피해자들을 데리고 와 거두기도 했는데, 그런 그들을 쓰레기 처리소라 여기는 귀족들도 많았다. 그리 믿는 귀족들은 해서 제 가문의 수치스러운 자식들이나 불필요한 혈연을 마리포사에게 팔아넘기기도 했다.

그런 부모를 두었던 것이 레이리스 엘폰느 제일리아르, 유서 깊은 중앙 15개 가문 중 하나인 제일리아르의 딸이었다. 젊은 시절 딸 하나를 잃고 상심했다 알려진 에일라가 거둔 두 번째 자식.

키에스는 어째서 에일라가 수많은 버림받은 아이들 중 레이리스에게 마음을 두었는지까지는 알지 못했다. 물은 적도 없었다. 에일라는 그는 겪어 본 적 없는 제 자식을 잃은 경험이 있다는 것만 들어 알았으므로, 둘 사이의 어떠한 유대가 생긴 것일지도 모른다는 그런 추측을 하는 게 전부였다.

그들의 속은 모르지만 키에스는 레이리스가 마리포사에 입적되었던 날을 기억했다. 십이 년쯤 되었을까, 십삼 년쯤 되었을까.

모르가나 대귀족의 저택에는 은밀한 방이 많았고, 중앙 15개 가문 중 하나인 귀족쯤 되면 음습한 이야기가 오고가거나 하는 일도 충분히 있을 법했다.

어찌 그런 일이 가능했는지는 모르나, 제일리아르 후의 사생아로 저택 안에서 숨겨져 키워지던 레이리스는 어떠한 이유에서인지 그들 가문에서 축출당해, 살해당할 위기에 처해 있었다.

당시 에일라는 열여덟로, 마리포사 기사단의 말단 기사 중 한 명이었다. 선대 마리포사는 제일리아르 후와 간간히 교류를 하고 있어, 에일라와 몇몇 마리포사의 말단 기사들이 심부름꾼처럼 제일리아르 후의 사저에 드나들던 때였다.

남부에서 사생아 하나의 죽음은 물건 하나 치우는 것처럼 자랑스러운 일이다. 에일라는 사생아로 버림받아 죽을 레이리스를 구하고 싶다 생각했던 모양이다.

─청이 있습니다, 주군.

미천한 일개 기사였던 그녀는 당시 마리포사의 주인이었던 선대에게 엎드려 청했다.

하지만 제일리아르의 버림받은 딸을 데려올 수 있지 않겠느냐는 간청은 명백히 주제넘은 것이었고, 잔악했던 선대의 폭력성을 불러일으켰다. 찢기고 할퀴어지고 짓밟힌 그녀의 얼굴은 금세 피투성이가 되었다.

곁에 서 있던 소년, 발로이드는 무표정한 얼굴로 에일라와 그녀를 구타하는 아버지를 바라보기만 했었다.

키에스는 마리포사에 몸담은 지 얼마 되지 않은 상황에서도 에일라가 비참하게 내쫓길 것을 예감했다. 선대는 이기적이었으며, 어린 발로이드는 몇 번 겪지 않은 키에스조차 쉬이 알아차릴 수 있을 만큼 주위에 관심을 두는 성정이 아니었으므로.

실제로 선대 마리포사는 야멸차게 에일라를 내치라는 명을 내렸다. 그러나 놀랍게도 발로이드는 선대가 사라진 즉시 그의 명령을 거두었다.

선대의 분노를 살까 두려웠던 키에스가 조금 걱정스런 기색을 내비쳤지만 그는 개의치 않아 했다. 그리고 발로이드는 피를 뚝뚝 흘려 금방이라도 쓰러질 듯 부어터진 얼굴의 에일라를 이끌고 제일리아르후의 사저로 향했다. 키에스 역시 전전긍긍하며 그를 뒤따랐다.

제일리아르의 주인이 보낸 심복 앞에서 재색 눈의 어린 계집은 애걸하고 있었다.

─살려 주세요. 잘못했어요. 아무한테도 말하지 않을게요. 부인께 전해 주세요. 용서해 주세요.

키에스는 아직도 그 순간을 잊을 수 없었다. 차분하게까지 들리는 투로 삶에 집착하는 어린 계집아이의 신비롭기까지 한 회색 눈동자를.

살려 달라 애걸하는 아이는 울고 있지도 않았다.

─누구십니까.

소녀의 살해를 명받았던 제일리아르의 하수인은 말을 마친 후에야 마리포사의 멘테를 식별해 내고 당황했다. 그러나 발로이드는 전혀 개의치 않고 레이리스를 퍽 기묘하다는 듯 바라보았다.

─재미있네.

─뭐가 말입니까?

─'제발'이라는 말을 안 하잖나.

소녀를 위협하던 하수인을 발로 밀어낸 발로이드는 분신처럼 지녀 왔던 푸른 단검을 내던졌다.

푸른 나비가 새겨진 기괴하게 아름다운 검이었다. 마리포사 가문의 기사들 중에는 그 검을 '가보' 같은 것으로 착각하는 이도 있었다. 그러나 키에스가 알기로 저 검은 발로이드가 그의 '존재하는지나 알고 싶은' 여왕 폐하께 바칠 검이었다.

—네가 무슨 죄를 지었는지는 관심 없다. 살고 싶으면 보여 봐라.
네가 살아남을 각오가 있다는 걸.

나뒹구는 단검만큼이나 차가운 명령에 에일라는 울음만 참고 있
었다.

에일라가 왜 저 계집에게 마음 쓰는지도 몰랐지만, 키에스는 발로
이드의 의도를 더더욱 알 수 없었다. 꼭 자결을 강요하는 듯 보였기
때문이다.

놀란 하수인이 급히 달려 나갔다. 키에스는 제일리아르 후에게 이
사태가 이르면 어찌 되려나 싶어 불안했다.

—네 그 어리석은 자존심, 기왕이면 유용하게 사용해야 좋지 않겠나?

소녀에게 주어진 건 검 한 자루뿐이었다. 소녀는 그대로 제 스스
로의 혀를 잘라 냈다.

솔직히 볼꼴 못 볼꼴 다 보고 자랐다고 생각한 키에스의 눈에도 끔
찍한 일이었다. 피를 쏟아내며 고꾸라지는 회색 눈동자의 소녀의 머
리채를 쥔 발로이드가 짧게 웃음을 터뜨리더니 에일라를 가리켰다.

—그래, 그 정도 배짱은 있어야지. 저 계집의 이름은 에일라 시니
스다. 저 계집의 얼굴과 네 목숨, 맞바꿨으니 따라와라.

발로이드는 납치하듯 어린 소녀를 제일리아르의 역겨운 사저에서
끌어냈다.

훗날 제일리아르 후가 크게 역정을 내며 마리포사 백에게 겁박에
가까운 위협을 했으나, 이미 남이 대신 창대를 매 주는 평온에 익숙
해진 영주들 중 마리포사를 쉽사리 무너뜨릴 수 있는 이는 그리 많
지 않았다.

에일라의 얼굴에 깊게 남은 흉은 그렇게 두 번째 딸을 낳은 증거

였다.

마리포사는 본디 실력으로 우열을 정하는 곳, 에일라는 그 후 레이리스를 혹독하게 훈련시켰다. 또한 그녀 본인도 스스로의 뼈와 살을 깎는 훈련을 거듭해 마리포사의 어떤 기사들보다 월등해졌다. 그에는 발로이드를 향한 목숨 내버려도 좋을 충정이 기반되어 있었고, 발로이드는 만족했다.

그리고 키에스가 기억하기로 레이리스의 사건이 발로이드가 그의 목적 아닌 타인을 위해 움직였던 처음이자 마지막 일이었다.

'휴우. 그나저나…….'

키에스는 내심 한숨을 내쉬었다.

중요한 것은 앞으로였다.

승전했으나 기뻐하는 이가 없는 건 그들의 가족 역시 승전의 그늘 아래 목숨을 잃었기 때문이다. 저들끼리의 둥지를 틀어 등을 맡기고 살아남은 잔악무도한 기사들은, 울타리 안에서는 한없이 여린 이들이었다.

아마도 발로이드도 레이리스를 잃은 것을 슬퍼하고 있을 것이라 믿었다. 키에스는 숨 막히는 밤의 장막을 올려다보며 조의의 묵념을 했다.

묵직한 검에 수백 번 찍혀 나간 굵은 나무 기둥이 보풀처럼 하얀 가루를 날리며 속살을 드러냈다. 마구잡이로 휘두르던 검을 내려뜨린 장신의 여기사는 가쁘게 숨을 헐떡거렸다. 온몸이 땀범벅이었다.

에일라 시니스, 그녀는 커다란 키의 청록빛 눈동자를 가진 마리포사의 제일 기사로서 아름답다는 표현보다 견고하다는 표현이 더 어울리는 여기사였다. 왼뺨에서 시작되어 입술까지 가른 흉측한 상처는 그녀에게서 여성적인 아름다움을 앗아 가는 데에 큰 공헌을 했다.

적들의 남부에서 지휘하던 에일라가 처음 레이리스가 사라졌다는 걸 알아차린 건 또 다른 적들이 밀려들 무렵이었다. 이미 그때는 교전의 열기와 더불어 사방팔방 날아드는 소음 속에 그녀의 고함마저 묻힐 무렵이었다.

대지는 피바다였다. 적의 기사들과 아군의 기사들이 동에 번쩍 서에 번쩍 내달리며, 하나같이 붉은 멘테들을 휘날리고 있었다. 그 속에서 레이리스를 찾는다는 건 불가능했다.

에일라는 퇴각하여 재집결한 후 자리를 이탈한 레이리스를 꾸짖으리라 마음먹었다.

그러나 그날의 교전이 끝난 후 퇴각의 징이 수십 번 울리고도 레이리스는 나타나지 않았다. 접질린 다리로 부상병들 사이를 절뚝절뚝 누비며 사상자를 수습하는 길고 비참한 작업이 끝날 때까지도.

뒤늦게 한 기사가 말했다.

—카바인이라는 라르크의 기사와 대치 중, 말에서 떨어지는 걸 본 것 같습니다.

끝이다.

마리포사들은 삶을 대가로 투쟁해 왔다. 선대 마리포사 백작이 '무조건 적들을 짓밟아라.'라고 가르친 데에 반해, 뒤를 이어 마리포사 백이 된 발로이드가 가장 먼저 가르친 것은 이것이었다.

—너희가 적들을 죽이고자 할 때, 적들도 마찬가지로 너희를 죽이려 할 것을 기억해라. 너희가 너희 삶을 중히 여기는 것처럼 적들도 그들의 삶을 중심이라 믿는다. 승패를 가름하는 것은 너에게 어떤

전우가 있는지, 너에게 어떤 지휘자가 있는지, 얼마나 큰 삶을 버릴 각오가 있는지에 달려 있다.

투쟁에서 패배하면 죽음뿐이다. 에일라는 발로이드의 곁에서 그 사실을 가장 적나라하게 배운 여자였다. 발로이드의 모든 말은 뜻이 있으며 진리와 맞닿아 있었다.

'하지만.'

하지만 알고도 가슴이 따라 주지 않을 때가 있다.

에일라 시니스는 라곳에시스 내에 위치한 작은 마을의 직물공의 딸로 태어난 평민이었다. 홀어미였다. 아비는 마리포사 출신의 어느 기사라고 하였다.

열 살 무렵이 되었을 때, 어미가 죽고 무작정 아비를 찾아 마리포사 백작 저에 숨어들어 갔다가, 기사들의 검에 매료되어 의탁했다. 어차피 고아였으므로 어려운 일은 아니었다.

수많은 시련을 견뎌 낸 끝에 다른 기사들과 함께 싸울 자격을 얻었다. 그리고 그녀가 열일곱이 되었을 때, 첫 원정을 떠나게 되었다.

모르가나의 동북부, 테넌 공업 지구의 남쪽 변경이었다. 모르가나의 변경을 위협하는 소수민족들을 무찌르라는 황명이 있었다 하였다.

설레는 마음으로 달려갔다. 당시 에일라는 어떻게든 선대 마리포사 백작과 선임 기사들에게 잘 보이고 싶어 날뛰던 어린 여기사였다.

그 근방은 초목이 지천에 널려 있었던지라 전투는 대부분 숲과 그 언저리에서 벌어졌다.

에일라는 나름대로 열심히 그녀의 몫을 했지만, 의욕이 과했던 것이 실수였다. 그녀도 모르게 자리를 이탈해 결국 소수민족의 사내가 던진 갈고리에 걸려 말에서 떨어졌다.

어두운 숲 속을 한참을 질질 끌려가다 가까스로 도망쳤을 때는 이미 크게 부상을 당한 후였다. 결국 그녀는 까마득이 멀리서 울리는 퇴각의 징 소리에도 사령 기지로 귀환하지 못하고 숲속 실개천 근처의 바위 아래 몸을 숨기고 밤을 보내야 했다.

목동을 마주친 건 그곳에서였다. 진한 갈색 머리칼과 회색 눈을 가진 코가 뭉툭한 청년이었다.

목동은 양을 사서 돌아가는 길이라 했다.

—마리포사. 아, 그 가문? 여자도 싸워요? 이 숲에 무슨 일이 났다고는 들었는데.

청년 목동은 교양이 있거나 훌륭한 교육을 받은 이는 아니었다. 으레 평민들이 그렇듯 그들이 해야 할 일에만 종사할 뿐이었다.

양들을 상수리나무 가지에 묶은 목동은 갈고리에 찔려 찢어진 그녀의 팔을 꿰매어 주고 부러진 다리에 부목을 감아 주었다.

사령 기지로 향하는 길목에 매복한 소수민족의 전사들이 있을지 모른다는 기우 탓에 이러지도, 저러지도 못하는 그녀를 목동은 숲에서 얼마 떨어지지 않은 그의 작은 농장으로 안내했다.

쾌활한 목동은 에일라의 우악스러운 인상에도 불구하고 그녀를 정성껏 돌봐 주었다.

—여자는 얼굴이 재산이라는데 다치면 어떻게 해요.

좋은 사람이었다.

그 첫날이 인연이 되어 에일라는 동부 소수민족들이 영토 주장을 그치고 돌아갈 때까지 머문 넉 달가량 휴가를 받으면 거의 목동과 함께 시간을 보냈다.

조금씩 웃고, 조금씩 서로를 알아가고, 그러다 크게 사랑했다.

하지만 사랑은 시작된 곳에서 끝이 났다. 거듭된 패배에 이어 완전히 마리포사들에게 에워싸이자, 국지전으로 버티던 소수민족들이 꽤 먼 거리에 있는 상업 도시 에블룸의 용병을 고용한 것이다.

제국의 변경을 침략하려는 자들을 제국의 용병이 돕는다는 건 몹시 분노할 만한 일이었지만, 실제로 용병이란 돈에 움직이는 존재였다. 기사와는 다르다.

에블룸은 비싼 값을 치르고 용병을 구하는 상인들이 많은 만큼 용병들도 꽤 괜찮은 실력을 가지고 있었다. 하지만 괜찮은 실력이 괜찮은 인성들을 가졌다는 것은 아니었다.

어느 날 밤, 용병들이 지른 불로 숲이 불타고 마리포사들이 후방에 나타난 정체 모를 괴한들로 인해 전열을 흩뜨리던 날이었다. 소수민족들은 모두 동쪽으로 도망쳤고, 숲과 머잖은 곳에 있던 목동의 농장도 에블룸 출신의 용병들에 의해 불탔다.

그때, 이미 그녀는 그의 아이를 가지고 있었다. 에일라는 목동이 잠든 채 죽었기를 바랐다. 얼마 지나지 않아 아이마저 죽었다.

라곳에시스로 돌아간 후, 발로이드는 매일을 우는 에일라의 사정을 듣더니 다정하게 말했다.

—그렇게 배우는 거다.

위로가 아니었는데도 불구하고 당시 그녀에게 그건 가장 큰 위로였다. 과정이라는 것, 끝이 아니라는 것이.

더욱 열심히 살았다. 실력도 일취월장해서 이제는 기사들도 나이 어린 에일라를 무시하지 않았다.

선대 발로이드 백작은 유연한 사자가 필요할 때면 계집인 그녀를 보냈다. 성질이 저래도 사내새끼보다는 낫지 않겠느냐는 말에서였다. 제일리아르 가문과 어떤 이유로 연락을 주고받았는지는 모른다. 그런 것은 에일라에게 중요하지 않았다.

그런데 우연찮게 제도의 저택에서 그 아이를 보았다. 목동과 닮은 웃음소리를 내던 아이었다. 저와 닮은 회색 눈의 한 소년을 따라 걸으며 무엇이 그리 재미있는지 끅끅거리다가 뱅글거리다가 돌부리에 걸려 넘어지고도 발딱 일어나 옷을 털며 웃는 얼굴에서 눈을 떼지 못했다.

정식 후계자라는 소년과 꼭 닮은 사생아라는 어린 여자아이를 보며, 목동의 아이가 태어났다면 꼭 저러했을까 생각했다.

그러다 우연히 후작 저 하인들의 수선을 엿듣게 된 에일라는 그 소녀를 구하기 위해 선대 마리포사 백작 앞에 세복했다. 물론, 결국 그녀를 구해 준 건 발로이드였다. 그 대신 회색 눈의 소녀는 혀를 잃었다.

후일 발로이드가 말했다.

―무언가를 지킨다는 건 훌륭한 기사의 덕목이다. 타고나야 하는 것이지. 앞으로 널 눈여기겠다, 에일라 시니스.

발로이드의 은혜로 레이리스를 라곳에시스까지 데려오게 되었다.

마리포사들은 사람 거두는 것을 쉽게 생각하지만, 쉽게 전우로 예우해 주지는 않았다. 이들 사이에서 어린 소녀가 살아남으려면 소녀는 공주가 아니라 기사가 되어야 했다. 범부가 아니라 살인자가 되어야 했다.

나머지는 레이리스의 몫이었다. 에일라는 더 이상 아무것도 해 줄 수 있는 것이 없었다.

에일라는 아등바등 버티는 레이리스를 타는 가슴으로 지켜보았다. 계집으로 나, 마리포사들처럼 사나운 기사들 사이에서 버틴다는 것은 목숨을 걸어야 하는 일이었다.

하지만 레이리스는 수년에 걸쳐 버텨 냈고 종래에는 마른 등에 마리포사의 문장을 새겨 온전한 기사가 되었음을 모두에게 증명했다.

그녀만 문신인 것은, 혀가 없어 강령을 외지 못했기 때문이다.

어찌 되었든 기뻤다. 등을 맞대고 함께 싸우고 살아갈 수 있어서 기뻤다. 무뚝뚝한 성정인지라 따뜻한 말 한마디 건네지 못했지만 눈으로 키운 아이였다.

하지만 누구에게도 제 심정을 헤아려 달라 소리칠 수 없었다. 전쟁과 전투, 잦은 죽음이 그들의 가슴을 무뎌지게 한다 한들 슬픔을 느끼지 못한다는 말은 아니었다.

흘려보내는 방법을 배우고 익숙해지는 것이다. 보다 큰 슬픔이 닥치면 보다 큰 슬픔을 배우기 위해 긴 시간을 견뎌 내야 한다.

언제나와 마찬가지로 훈련하고, 움직이는 것 말고 그녀에게 남은 방법은 없었다. 조금만 가만히 서 있어도 울컥 무언가가 치밀었다.

막 다시 검을 고쳐 쥘 때였다.

검에 찍혀 나간 나무의 보얀 살결이 횃불 빛으로 환해졌다. 등 뒤로 늘어졌던 그림자가 순식간에 그녀의 앞으로 도망쳤다.

"에일라."

에일라가 즉각 반응해 뒤 돌았다.

"아, 주군."

붉은 머리칼을 흐트러뜨린, 선명한 벽안의 발로이드가 횃불 하나를 들고 터벅터벅 걸어오고 있었다.

지근거리에 선 그는 조금 전까지 그녀가 살해하던 나무 기둥을 응시했다. 에일라의 핏발선 청록빛 눈동자가 황급히 발끝으로 떨어졌다.

"조의는 모든 게 끝난 후에야 비로소 가치 있는 거라고 했지."

"……예. 새기고 있습니다."

그러나 아직 시신을 제 눈으로 보지 못했다는 사실 하나가 손톱 끝에 박힌 가시처럼 그녀를 괴롭게 했다. 알고 있었다. 실제로 전쟁

터에서는 이렇듯 오랫동안 시신이 발견되지 않았단 말은 즉, 앞으로
도 찾을 수 없을 거란 말과 상통한다는 것을.

적에게 사로잡혔건, 부상을 당해 쓰러졌건 십중팔구 죽음을 피할
수 없는 것이 그들이 선 자리였다.

발로이드가 조용한 목소리로 물었다.

"이런 것으로는 분이 풀리지 않을 텐데."

에일라는 꿋꿋이 시선을 내린 채 끓는 울분을 삭였다.

"……엘폰느 경은 대열을 제대로 따라잡지 못했으니 그녀의 잘못
입니다. 다만 이 일이 주군께 누가 되어 송구할 뿐입니다. 이렇게 초
라한 꼴을 보여서."

"내 누님이 늑대의 아들에게 물려 죽었을 때, 나는 너보다 훨씬 더
초라한 꼴이었다."

악의 없는 비웃음은 알 수 없는 누군가를 향해 있었다.

에일라가 아는 발로이드는 어느 누구보다도 깊은 절망과 비통을
견뎌 내 온 이였다.

이백여 년 전의 이야기라거나, 스완이라는 이름의 그만의 '환상 속
의 여자' 같은 것들을 맹신하는 것은 아니다. 그러나 불신하는 것도
아니다.

발로이드가 그것을 바란다면 마리포사들은 존중할 것이고, 발로
이드가 그들의 주인이므로 마리포사들은 따를 것이다.

마리포사는 의문하지 않는다.

서로에게 등을 맡긴다는 의미는 그런 것이다. 비약하자면, 그들은
누구도 이해하지 못할 절망이라는 자궁에서 태어난 무수한 형제와
도 같았다.

"……저는 괜찮습니다."

굳은살 위로 벌겋게 닳아 까진 에일라의 손을 바라보던 발로이드가 말했다.

"사는 것보다 죽는 게 더 낫다는 생각이 들 때가 있어."

순간 참아 왔던 눈물이 왈칵 터질 듯해 에일라가 팔뚝에 힘줄이 돋을 만큼 세게 주먹 쥐었다.

"……나는 내 곁에 너희가 오래도록 살아남아 주기를 바라지만 그 심정, 그런 절망이 얼마나 끔찍한지 잘 안다."

"심려를 끼쳐드려 죄송합니다, 주군. 내일부터 다시 정상적으로 복귀를……."

"아니, 나는 키에스와 함께 라인하르를 맞으러 갈 생각이다."

"그러면 저도 함께……."

"아니."

소슬히 가라앉은 차디찬 밤공기에 망토를 고쳐 맨 발로이드가 시선을 위로 올렸다. 검은 하늘이 그들을 총총한 빛으로 노려보고 있었다. 고독한 공백을 끊어 낸 발로이드의 낮은 음성이 스산히 속삭였다.

"너는 따로 할 것이 있다."

2장

2장

턱 끝까지 차오른 숨에 입안이 말라붙어 토기가 올라올 지경이었다. 로델라는 이미 홍수처럼 침을 흘려 대고 있었다. 새까만 마갑 덮개를 휘날리며 물억새와 수호초 밭을 가로지르는 르옌의 눈동자가 다급히 움직였다.

어딘가로부터 삐이이 하는 소리가 부메랑처럼 멀어졌다 다시 커졌다. 사방에서 바스락거리며 달리거나 걷는 소리, 이어 누군가가 고꾸라지는 소리가 났다. 날붙이 부딪치는 소리도 아주 간혹 들렸다. 정면, 측면, 후면, 수면 위까지 둥근 불빛들이 어른거렸다. 그들의 퇴로는 이미 막혀 있었다.

함께 지난 며칠 동안의 여정을 이어 왔던 라르크의 기사들은 뿔뿔이 흩어져 식별되지 않는 어둠 속에 은닉한 채였다. 그들의 시야는 가려졌지만 적들의 시야도 마찬가지다.

어쩌면 구름이 많은 날이었던 것이 그들에겐 천행이었던 건지도 모른다.

포위망은 점점 좁아지고 있었다.

다그닥. 다그닥. 발굽 소리가 가까워지자 르옌은 재빠르게 키가 큰 수풀 사이로 숨어들었다. 귓속에서 긴장한 맥박이 뛰어 현기증이 날 것 같았다. 설상가상, 성벽 안까지 밝아지고 있었다.

라르크의 기사들은 지금 명백히 곤경에 빠져 있었다. 가장 먼저 상황을 파악한 파사드가 산개하여 기도비닉企圖秘匿하라는 명을 내렸던 건, 정말로 현명한 선택이었다. 물론 그들이 이 상황을 벗어날 수 있다는 가정하에.

로델라에서 내려 먼 곳의 인기척을 가늠한 르옌은 로델라의 허리에 매두었던 활을 움켜쥐었다. 조용히 시위를 매기고 주위를 둘러보았다.

문득, 그녀의 곁눈으로 무언가 포착되었다.

강가의 가장자리에 드리워진 느티나무의 그림자 아래 은신한 건 분명 파사드와 롯사였다. 롯사는 무장 차림이 아닌 어떤 남자를 태우고 있었다. 어둠 속에 희미하게 녹아든 흑마가 서서히 내려앉는 것이 보였다. 롯사의 등허리에 화살이 박혀 있었다.

울퉁불퉁하고 차갑기만 한 성벽이 서서히 빛의 세계로 밭디뎠다. 누르죽죽하게만 보였던 억새 숲이 휘황하게 반짝이기 시작했다. 그 순간 르옌은 정수리 위로부터 느껴지는 본능적인 어떠한 직감에 고개를 젖혔다.

달빛 벗 삼은 이른의 낮은 성벽에 서서 활을 세워 쥐고 있는 사내가 있었다.

'페이작.'

한 군사와 나란히 서 있는 그를 한눈에 알아보았다. 페이작은 조급하지 않게, 여유롭게 다시 한 번 시위를 매겼다. 페이작의 화살 끝이 막 그림자 속으로 고꾸라진 적을 향해 있었다. 그녀의 아군에게, 파사드가 있는 방향으로.

찰나, 르옌은 로델라에게 씌워 두었던 시커먼 마갑 덮개를 그대로 벗어 던졌다.

낡고 검은 천이 난폭한 강바람에 휩쓸려 펄럭펄럭 날아 수면 위로 떨어졌다. 은닉으로부터 자유로워진 로델라의 하얀 갈기가 흰별처럼 반짝였다. 백자기를 빚은 듯 윤태하고 날렵한 몸체가 이 순간 속, 유일한 흰 것이었다.

르옌은 날아오르듯 등자를 딛고 앉았다.

"달려라, 로델라."

그녀를 태운 새하얀 말이 말라 죽은 수풀을 가르며 내달렸다.

발로이드가 다시 한 번 파사드와 투헤인에게 화살을 쏘아 먹이려던 순간이었다.

구름이 걷혔다.

아래로부터 느껴진 어떠한 직감에 발로이드의 시선이 하얀 말의 기사에게로 향했다. 이 밤의 세계의 유일한 빛처럼 하얗게 빛나는 갈기의 말이었다. 그 말의 주인은 낮은 나무 세 그루를 엄폐 삼아 멈추고 그를 올려다보았다.

두 사람 사이를 가로막던 어둠은 태고의 공허처럼 흔적도 없이 사라지고 매서운 찬바람만 불어 할퀴었다.

"저, 주군, 일단 내려가시는 게 좋겠습니다."

방패를 들고 혹시라도 닿을지 모를 적들의 살수를 막기 위해 그의 곁을 지키고 서 있던 키에스가 불안한 음성으로 말했다. 그러나 발로이드에게는 들리지 않았다.

끼기긱. 르옌이 팔뚝의 힘줄이 떨리도록 세게 시위를 당겼다. 파사드를 겨냥했던 활시위를 거두고 느리게 몸을 돌린 발로이드의 손끝이 장궁의 절피를 쥐었다. 그의 겨냥은, 그녀에게로 돌아왔다.

서로가 서로를 바라보고 있음을 알았다.

르옌은 시위에 뭉개진 입술로 속삭였다.

"누가 더 먼저 놓을지 시험해 보겠느냐."

그녀는 확신에 찬 눈을 번뜩였다.

아무리 멀어도, 아무리 높아도 그녀는 자신의 화살이 닿을 것을 의심치 않았다. 두꺼운 구름이 흐르고 흘러 마지막 달빛까지 뒤덮은 순간, 르옌은 주저 않고 시위를 놓았다.

엿새 전.

날은 추웠고, 약한 비구름이 몰려오고 있었다. 순조로운 출발은 아니었다.

이른 아침부터 탈영병들에 관한 문제로 파사드의 일정이 지체된 것은 물론이거니와, 자칼린은 하룻밤 사이에 결정해 마음대로 파사드와 함께 가겠다는 르옌을 붙잡고 잔소리를 늘어놓았다. 중간에 파사드에게 불려가지만 않았더라도 끝까지 따라붙을 기세였다.

자칼린은 쿵쿵거리며 파사드에게로 달려갔다. 그런 후에야 르옌은 로델라에게 얼굴과 몸통을 덮어 가리는 까만 마갑 덮개를 뒤집어씌우는 데 다시금 열중할 수 있었다.

약간은 긴장이 되었다. 조금의 흠도 잡혀선 안 되었다. 갑작스런 합류를 반기지 않는 다른 기사들에게 빌미를 줄 수는 없기 때문이다.

예정된 출발 시간을 훌쩍 넘기고 나서야 파사드는 임시 주둔지의 서쪽 집결지로 모습을 드러냈다. 평소와 다를 바 없는 표정이었지만 확실히 저기압이었다.

파사드는 속 모를 까만 눈동자로 대기 중인 스무 명의 기사들을 쭉 훑은 후 사설 없이 명했다.

"출발한다."

르옌은 물끄러미 그의 등을 따랐다. 앞서 걷는 파사드는 그녀가 신경이 쓰이는지 힐끗 하면서도 결코 고개를 돌리지 않았다. 르옌 역시 부러 모른 체했다.

모르가나의 땅은 넓고 인구 역시 많았지만 당장 시선 닿는 곳은 온통 원시의 평야 그대로인 것처럼 휑하기만 했다. 남부의 초겨울은 누르스름한 빛이었다. 이맘때의 북부와는 크게 다른 적적한 풍경이다.

드넓게 펼쳐진 금빛. 아득히 먼 지평선. 그리고 마치 대륙의 끝자락처럼 까마득한 곳에 위치한 어느 산맥의 중턱에 걸린 구름이 다른 세계의 것처럼 인상 깊었다.

모르가나의 동부는 제도 시모어를 품은 곳으로 모르가나의 가장 유명한 로죄 강을 끼고 번화한 곳이었다. 제도가 남동쪽의 대국 앙레디움의 국경과 열흘도 걸리지 않는 거리에 있고, 동북부에는 소수 민족들과 다락 민족이 거주하고 있기 때문에 큰 도시와 군사 요새가 더 많았다.

반면 지금 그들이 있는 모르가나의 중부 지대는 대장원이 시작되는 곳으로 남부의 젖줄이었다. 군사 요새는커녕 온 곳이 초원과 평야와 전답이었다.

정찰대는 총 스무 명으로 선두 무리는 파사드와 르옌, 그리고 볼레트 군의관과 듀사크 경 외의 몇몇 기사를 포함한 여덟이었다. 그들의 후미, 양 대각으로 먼 거리에서 뒤따르는 두 조가 있었다. 여섯 명씩 구성된 보조 소대였다. 각 무리의 기사들은 무언가를 발견하거나, 그들의 위치를 보고할 시, 피리로 소통하기로 했다.

선두 무리의 후열에 자리한 르옌은 앞서 걷는 기사들을 따르며 미리 들은 설명을 다시 한 번 머릿속으로 그렸다.

최장 열흘 안에 최단 거리로 이동 가능한 경로를 살피고 가능한 한 겨울나기에 적합한 장소를 찾아야 한다.

장원을 보유한 성채의 수복이다. 그러나 퇴로를 잃지 않을 방향에서—적들과의 거리가 유지되는 상황에서— 안전을 확보한 채 남부 장원의 성을 함락시키는 건 쉬운 일이 아닐 것이다.

여덟 필의 말들은 넓은 부메랑을 그리며 마른 수풀을 헤쳤다. 보이지 않는 적들을 경계하는 긴장감이 폐부를 죄었다.

"전쟁터 같지 않게 한적합니다. 따뜻한 차 한잔하면 딱 좋을 날씨인데 말이죠……."

며칠 새 수염이 까칠하게 난 볼레트 군의관을 제하고.

발 아래를 내려다보고 있던 르옌이 목을 묶은 망토 끈을 고쳐 당겼다.

"무사 귀환하신 후에 질릴 때까지 하십시오."

"데투아 경에게도 티타임에 초대할 테니 와 주십시오, 하하. 그나저나 이렇게 온통 금빛이라니 낭만적입니다. 아, 여러분 중에 돌락에 가 보신 분 계십니까?"

"돌락? 들어 본 것 같은데."

"퇴역하신 윈포드 경의 고향이라 압니다. 뭐, 그게 문제가 아니라 그곳에 억새산이 하나 있는데 얼마나 낭만적이던지. 예전에 초여름 조금 지나서 방문했을 때…….”

불안함이 감도는 공기 속에서도 낭만을 찾을 수 있다는 건 대단한 일이다. 절로 긴장을 풀게 만드는 유쾌한 볼레트 군의관과 한 조라는 것은 르옌에게는 행운이었다.

누군가가 불퉁하게 말을 갈랐다.

“그만 좀 하십시오. 군의관, 지금 그럴 때가 아니란 걸 제 입으로 굳이 말해야 합니까?”

물론, 늘 행운만 따르지는 않는 법. 덴작은 르옌의 주위를 맴돌며 내리 불만스런 표정을 감추지 않았다.

“데투아 경은 왜 갑자기 합류한 거지?”

덴작은 참모와 파사드의 개인 호위 기사 역을 겸하던 테레어드가 제외되고 르옌이 합류하게 된 것을 이해하지 못했다.

“왜겠습니까. 그러라니 그런 거지요.”

“그러니까 왜? 어제까지는 명단에도 없었는데?”

“제 눈썰미가 나쁘지 않다는 것을 알고, 근방 지리를 알게 하면 용이할 것 같다 판단하신 걸지도요.”

그럴 턱이 있나. 덴작이 두꺼운 쌍꺼풀을 삐딱하게 찌푸리며 혼잣말처럼 빈정거렸다.

“아직 나는 네게 의심을 풀지 않았으니 정신 바짝 차리고 있는 게 좋을 거다.”

“듀사크 경계서는 제가 숨만 쉬어도 수상하지 않습니까.”

덴작은 멀찍이 앞서 걷는 파사드의 뒷모습을 바라본 후 입술을 삐죽이다가, 그녀와 눈이 마주치자 눈이 튀어나올까 걱정스러울 만큼 부리부리하게 치켜떴다.

새침하게 턱을 치켜든 르옌이 로델라를 보채 속도를 높였다. 조금

먼 거리, 등 뒤로부터 불어오는 바람에 섞인 가느다란 피리 소리가
피이이 울렸다.

바람 좋은 날이었다.

계속해서 비슷한 자연 풍경이 이어졌다. 근방은 지도상의 군사요
새와도 거리가 멀었다. 물론 아주 간간이 순찰을 도는 것처럼 보이
는 외부 기병들이 눈에 띄기는 했다. 다행인 것은 그들의 영내라는
자신 탓인지 기수들이 높이 깃발을 치켜 올리고 다녀 선수 발견해
몸을 숨길 수 있었다는 것이다.

지난 이틀 동안 그들이 발견한 깃발들은 다양했다.

'대못 문장은 빌레반, 그물 모양은 이른…… 눈 세 개짜리 문장은
르나베라고 했던가.'

르옌은 사소한 지명도 소홀히 하지 않고 뇌리에 새겼다.

르나베는 지난번 라르크 군사들을 역습했던 작은 군사 요새로 추
정되는 곳이다. 마리포사의 거점으로 이곳에서 조금 비껴 나간 곳에
굼이나 니벨룬과 같은 곳이 더 있을 것이라 지휘부 기사들은 이미
결론 내린 후였다.

서쪽으로 가까워질수록 라르크의 정찰대 무리들은 조금씩 더 긴
장했다.

"이 방향에서 동북쪽으로 가면 그란두르가 있고 직진으로 향하면
조금 떨어진 곳에 그제 지나갔던 대못 깃발의 빌레반과 그물 깃발이
었던 이른의 장원이 있다고 하는데, 이 지도의 축적이 얼마나 정확
한지를 모르니 이제부터 조심해야 합니다. 남쪽으로 내려가 강길을

따라가면 그들의 도시가 나온다고 표기가 되어 있습니다만."

제그 경이라는 나이 든 기사와 파사드, 그리고 볼레트 군의관은 제각각 양피지나, 양피지를 꺼낼 여력이 없을 때에는 손등에 짧게 적어 두는 식으로 메모했다. 그들이 지체되는 때는 후미의 보조 소대들이 보내 오는 보고를 듣고 그것을 합산하는 데에 약간씩 시간이 걸리는 경우 정도였다.

르옌과 덴작을 포함한 호위와 망보기 임무를 맡은 나머지 기사들은 점점 키가 커지는 수풀과 나무들을 헤치느라 여념이 없었다.

그렇게 사흘째 되는 날, 작은 사건이 일어났다.

늪지대도 곳곳에 도사린 갈대숲에 이르러 파사드가 명했다.

"간격을 넓히고 경계 범위를 넓히도록. 그리고 무른 땅이 곳곳에 있으니 주의하라."

일행은 평야 일대를 집중적으로 순찰하는 모르가나의 순찰병들을 피하기 위해 강길을 따라 움직이기로 했다. 대부분의 도시들이 강가에 위치해 있기 때문이기도 했다.

강수가 넘쳐 나는 남부는 강이 가까워질수록 땅이 무르거나, 아니면 완전히 딱딱한 돌과 바위가 정리되지 않은 채 박혀 있거나 해서 행군이 쉽지는 않았다.

포기하지 않고 르옌의 주위를 맴돌던 덴작은 두 번이나 균형을 잃고 넘어질 뻔했다.

결국 보다 못한 르옌이 한마디 했다.

"제 얼굴을 그만 노려보시고 앞을 보시는 게 훨씬 안전할 것 같은데요."

"네 조언 따위 필요 없다, 데투아 경. 내가 너를 뭐 예뻐서 본다고 생각하고 있는 거냐?"

불그스름하게 달아오른 얼굴로 덴작은 휙 고개를 돌리고 속도를 내기 시작했다.

"나는 네가 혹시라도 허튼짓을 할까 봐 자진해서 감시하는 거다. 칼란독 경의 명이 있으니 함께 가는 거지. 그게 아니었다면 너 같은 계집애는 애초에……."

가만 그를 바라보던 르옌이 짤막히 불렀다.

"듀사크 경."

"창피한 줄을 알아야지. 계집이 머리를 그리 짧게 자르고 사내가 된 줄 착각해서 한 몫 해 보겠다 나서는 것도 기가 찬데. 뭐, 그래, 노리는 게 있을지도 모르……."

"이보십시오, 듀사크 경."

덴작이 짜증스러운 반응을 보이며 고개만 돌려 말을 멈춰 세운 르옌을 길게 흘렸다.

다그닥 다그닥. 멀어지는 덴작을 물끄러미 바라보던 르옌이 피식 웃었다.

"멈추는 게 좋을 겁니다."

"아무리 서품을 받았다고 해도 너는 임시일 뿐이고 나는 정식 기사다. 명령하지 마라."

"……."

"그래, 체사 경이 너를……."

"명령은 아니었지만 명령이라도 멈추시는 게 좋을 텐데요."

"이게 정말……!"

"습지로 걸어 들어가고 계십니다만."

덴작의 말허리를 끊은 르옌이 혀를 차며 아래를 턱짓했다.

몰캉 몰캉. 계속 르옌을 보고 있느라 앞을 보지 못하고 있던 덴작은 문득 시계가 점점 낮아지고 있다는 것을 깨닫고 놀라 고개를 돌렸다.

'어?' 하는 사이에도 말은 질척대는 늪으로 어찌할 줄 모르고 걸어 들어가고 있었다.

덴작이 고삐를 세게 당겨 말 머리를 돌리려 했으나 이미 늦었다.

"워워!"

움푹움푹 꺼지는 바닥에 놀란 그의 말이 허우적허우적 늪지대 안으로 기어들어 가는 건 우스꽝스러웠다. 르옌은 그에게 빈정거릴 기회를 놓칠 여자가 아니었다.

"……나 참. 이곳은 북부처럼 땅이 쉽게 얼지도 않으니 주의하라고 한 거 잊었습니까? 브류나크께서 하신 말인데 상관의 명령을 제대로 귀담아 듣지 않으니 그렇게 되는 겁니다."

말의 앞다리는 다 잠겼다.

가파르게 기울어진 덴작은 무거운 갑옷 무게를 이기지 못하고 균형을 잃었다. 요란한 소리가 났다. 풍덩보다는 질척이고 쾅당보다는 부드러운 소리였다.

그 소리에 앞서 조심조심 흩어져 걷던 기사들이 놀라 말 머리를 되돌려 다가왔다. 르옌이 소리쳤다.

"듀사크 경?"

"조심하십시오. 늪이 있습니다!"

"잠깐 정지하겠습니다. 듀사크 경이 늪에 빠졌습니다!"

기사들이 작은 소리로 고함치며 서로에게 알렸다. 그 소식은 가장 선두에 있던 파사드까지 멈춰 세웠다.

덴작은 진흙 같은 흙탕물을 뒤집어쓴 채로 욕지기를 내뱉으며 르옌을 쏘아보았다.

"너, 너, 너, 일부러 그런 거지!"

"뭘 말입니까? 거기로 걸어 들어간 건 본인이십니다만."

"이, 이, 이잇!"

순식간에 허리 아래까지 가라앉은 덴작은 말을 진정시키는 것을 포기하고 걸어 나오려 했다. 그러나 이내 꼼짝도 할 수 없음을 깨달았다.

덴작의 얼굴이 점차 허옇게 질려 갔다.

르옌은 무거운 갑옷을 입은 기사들은 하나같이 늪 가장자리를 맴돌며 밧줄 삼아 던질 것이라거나, 긴 막대기를 찾기 위해 분주한 것을 물끄러미 바라보았다. 한 기사가 재빠르게 말허리에 묶어 두었던 밧줄을 풀어 들었다.

"듀사크 경! 움직이지 말고 계십시오! 금방 쥘 것을 던지겠습니다."

"알겠으니 빨리 좀……."

이히히힝. 움직여도, 가만히 있어도 가라앉는 것이 시시각각 느껴질 정도였다. 옆에서 말이 허우적거릴수록 더 빨리 잠겼다. 참을성이 없는 덴작은 낭패라는 듯한 얼굴로 부표를 찾아 주위를 두리번거렸다.

"듀사크 경, 이거 꽉 잡으시고……!"

"주십시오."

기사들이 덴작에게 밧줄을 던지려는 찰나 르옌이 타박타박 걸어가 낚아챘다. 막 밧줄을 던지려던 기사가 눈을 끔뻑이며 아무렇지도 않게 밧줄을 낚아챈 르옌을 바라보았다.

"말에 올라타십시오."

"이 상황에 무슨 말을 하는 거야! 어서 빨리……."

그러건 말건 르옌은 여유롭게 밧줄의 양 끝에 커다란 올가미를 묶었다. 그럴 때가 아니었지만, 기사들은 순식간에 저렇게 단단하고 전문적인 포승줄 묶기를 해낸 르옌을 새삼 새롭게 바라보았다.

"말에 오르라 했습니다. 세 번 말하게 하지 마십시오. 민폐도 정도 껏 해야지."

"뭐! 민폐!"

덴작은 바들바들 떨리는 턱에 힘을 주며 르옌을 노려보았다.

'저걸 진짜!'

르옌이 밧줄을 던질 생각을 않자 결국 덴작은 마지못해 온 힘을 다해 말에 올라탔다. 그러자 그가 탄 말이 무게를 이기지 못하고 순 식간에 쑤욱 늪으로 잠겼다. 이히힝! 말이 허우적거릴수록 그들은 더욱 깊이 잠겼다.

르옌은 그를 향해 올가미를 던진 후 말했다.

"허리에 감아 묶은 후 엎드려 안장 끈 아래로 팔을 통과시키고, 꽉 쥐고 계십시오."

엎드리라는 말이었다. 그랬다간 얼굴까지 잠길 게 분명했다. 그러 면 익사다. 저게 누굴 죽이려고!

"죽고 싶습니까?"

반박하고 싶었지만 저를 구할 생명줄이 저 요망한 계집의 손에 있 었던지라, 덴작은 허리에 밧줄을 맨 후 숨을 깊게 들이마시고 안장 끈에 그의 팔을 끼워 말의 배를 움켜쥐었다. 르옌은 겨우 얼굴만 내 놓은 덴작을 향해 짧게 웃은 후 반대편 올가미를 로델라의 목에 걸 었다.

"팔이 으스러져도 꽉 잡으십시오. 숨이야 조금 참으면 됩니다. 지 금 같이 못 나오면 경이 타고 있는 말은 못 구합니다."

르옌의 입가에 조롱 같은 미소가 배어 있는 것을 덴작은 분명 보았다.

작은 소동 끝에 그들은 결국 이동을 멈추었다.

머리끝부터 발끝까지 거뭇하게 덮여 진흙 석상처럼 보이는 덴작이 파사드를 향해 깊이 고개를 조아렸다.

"죄송합니다."

"어차피 이쯤에서 잠깐 휴식할 생각이었다."

파사드는 질책하는 대신 대중없이 서 있는 나머지 여섯 기사들에게 명했다.

"말들을 먹일 물이 있는지 근처를 한 바퀴 돌아보고 각자 식사를 한다. 그동안 망은 볼레트 경과 제그 경이 보겠다."

"망보기는 제가……."

"경은 지금 그 말이 아닌 꼴부터 정리하도록. 말 상태부터 확인해라."

덴작은 이 상황을 못내 괴로워하며 어깨를 축 늘어뜨렸다.

파사드의 흑안은 자연스럽게 다른 기사들 사이에 서 있는 르옌에게 향했다. 키가 작은 그녀를 찾는 건 이상하게 쉬웠다.

'…….'

파사드는 덴작이 늪에 빠진 직후부터 쭉 상황을 지켜보고 있었다.

군마를 잃지 않을 수 있었던 건 어쩌면 르옌의 덕이었다. 다들 갑옷을 입은 덴작을 빼내는 데에 생각이 치우쳤던 탓이다. 사실 눈에 보인 대로만 설명하자면 르옌은 말을 구하기 위해 덴작을 도구 삼은 것에 가깝기는 했지만 어쨌든.

르옌은 로델라의 안장 아래 매어 둔 건식 주머니를 열었다. 낮이고 밤이고 불을 피우는 일은 몹시 큰 위험을 안고 있기에 마른 식량을 최대한 아껴야 했다.

진흙으로 죄 시커먼 남자가 지나가는 것을 발견한 르옌이 웃음기 어린 음성으로 권했다.

"듀사크 경, 식량 다 버리셨겠습니다? 제 것 나눠 드릴 테니 이쪽으로 오십시오."

"됐어!"

덴작은 되레 화를 내며 수풀 저편으로 사라졌다. 멀어지는 그를 바라보던 르옌은 로델라의 덮개에 묻은 풀 조각들을 털어 내며 고개를 절레절레 저었다.

그리 저만 노려보다가 저 꼴을 당했으니 이제는 좀 덜 귀찮아질 터다.

"이 상황이 우습나?"

파사드였다. 주위를 둘러본 르옌은 곳곳에 자리를 잡고 앉은 기사들을 한 번 돌아보았다.

"그럴 리가 있겠습니까."

"그는 정식 기사다. 네가 부러 그를 조롱거리 삼으려 한 거라면."

"그런 건 아닙니다."

"더 문제 일으키지 마라."

"……음."

"이해했나?"

"예. 다음에는 조금 더 적극적으로 알리도록 하겠습니다."

파사드는 깔끔하기까지 한 그녀의 사죄에 잠깐 입술을 닫았다가 명했다.

"다시 출발할 때, 제그 경과 자리를 교체해 중간 대열에서 이동해라."

"저기."

르옌이 뒤돌아서는 파사드를 붙잡았다.

"……?"

무슨 할 말이 남아 있는가 싶어 고갤 돌린 파사드는 그도 모르게 르옌의 입술을 응시했다가 눈으로 시선을 옮겼다. 불그스름한 빛이 감도는 갈색 눈동자가 묘하게 유쾌한 빛을 띠고 있었다.

"옆, 조심하십시오."

파사드가 고개를 돌렸다. 바로 두 걸음 앞에서 화려한 붉은 점무늬를 가진 뱀 한 마리가 쉿쉿 거리며 목을 치켜들고 있었다.

"독사입니다. 야생 뱀들이 있는 듯하니 기사들에게 혹시 모를 주의를 주고 말들을 잘 살피라 명하셔야겠습니다. 이번엔 빨리 알려드렸으니 됐습니까?"

지난번 까마귀라는 말에 팩 토라졌던 것을 한 번 목격한 후로, 르옌은 종종 파사드가 귀엽다는 생각을 했다.

물론 외양이라거나 그의 냉연한 분위기 어디에서 귀여운 맛이 느껴지냐 하면, 사실 그건 잘 모르겠다.

르옌은 가벼운 웃음을 끝으로 로델라의 목덜미를 토닥이며 그를 스쳐 지났다.

"듀사크 경에게도 알려 줘야겠군요."

파사드는 횡하니 멀어지는 르옌의 뒷모습을 한참을 응시했다. 조롱인지 놀림인지 구분이 가지 않아 무어라 한마디 하지 못한 게 후회스러웠다.

왜 저 여자는 이렇게 여유가 넘치는 건지.

근처에 샘도 없고 물이라고는 마실 물밖에 가져오지 않은 상황이라 덴작은 꼼짝 없이 이 끔찍한 꼴로 남은 여정을 버텨야 했다. 졸랑졸랑 따라와 눈치 없이 식사를 청하는 기사에게 호통을 쳐 보낸 그는 마른 땅에 털썩 엉덩이를 붙이고 앉았다.

열 걸음쯤 떨어진 곳에 진흙의 황토빛으로 변해 가는 그의 말이 뻣뻣해진 꼬릴 흔들고 있었다. 푸르릉.

'젠장.'

찝찝하게 진흙이 떨어지는 갑옷을 낑낑거리며 벗어 내려놓았다. 갑옷 안에 입은 얇은 안감까지 벗어 버린 덴작의 몸은 온통 진흙빛이었다. 탄탄한 근육 위로 구정물이 뚝뚝 흘러내렸다.

추워서 오소소 소름이 올라왔다. 애써 추위를 무시한 채 축축한 안감을 쥐어짠 후 크게 터는데 듣고 싶지 않은 목소리가 그의 귀를 다시 한 번 푹 찔렀다.

"근방에 뱀이 있으니 신은 벗지 마십시오."

"왜 또 내 속을 긁으러 왔나."

"제가 뭘 했다고."

덴작은 뒤돌아보지 않고 긴 한숨을 내쉬었다.

"벗고 있는 거 안 보이나? 가라."

"의식하실 것까지야."

팔짱을 낀 르옌이 능글능글하게 웃었다.

'저 집 부모도 속 꽤나 썩였겠군.'

저리 사람 무서운 줄 모르는 건 아마 천성일 것이다. 조신하던 처녀가 전쟁터에 나와 갑자기 선머슴으로 돌변할 리는 없으니까.

"어쨌든 이번엔 미리 알려드렸으니 나중에 제 탓 마십시오."

'아아아아아!'

얄미워서 더 미칠 것 같다.

호흡과 함께 분기를 가라앉히던 덴작이 홱 몸을 돌려 성큼성큼 그녀에게 다가갔다.

"아무리 네가 임시 서품이라도 받았다지만 결국 너는 계집이다.

조금쯤은 계집답게 굴어라, 데투아 경. 한 주먹도 안 될 것처럼 야리 야리하게 생겨 가지고는."

르옌의 눈동자가 덴작의 맨가슴과 근육질의 복부에 무덤덤하게 닿았다.

"부끄러운 체라도 하란 말이십니까?"

"보통 계집들은 그렇잖아!"

"남자 형제만 있는 집안에서 자라서인지 썩, 그다지."

르옌은 덴작을 놀리는 데에 재미가 붙은 사람처럼 한마디도 지지 않고 대꾸했는데, 덴작도 슬슬 그녀가 이 상황을 즐기고 있다는 걸 알아차렸다. 열이 올라 콧김이 푸푸 나올 지경이었다.

"그러면 아주 그냥 네가 벗고 다니지 그러냐?"

"제 벗은 몸뚱이에 관심 있으신 겁니까? 지금? 여기서?"

"미쳤냐!"

잠깐 웃은 르옌이 평이한 어조로 대꾸했다.

"믿으라 믿으라 백날 말해도 듀사크 경은 안 믿으실 것 같지만 간단히 합시다. 적당히 좀 하십시오."

"네가 체사 경과 어떤 관계인지, 어떻게 칼란독 경을 구워삶았는지 내 기필코⋯⋯."

"체사 경이랑은 아무 사이도 아닙니다만."

덴작이 격하게 부정했다.

"말도 안 되는 소리 마라. 분명 모종의 무언가가 있다는 걸 알 만한 이들은 다 알고 있다. 혹시나 해서 말해 주는 거지만 어떻게 작은 체사 경과 잘되어 신분 상승을 할 수 있다는 헛꿈을 꾸고 있다면 버리는 게 좋을 거다."

콧방귀 뀌는 르옌을 기가 막힌다는 듯 바라보던 덴작이 휘휘 고개를 저었다. 덴작은 그녀를 등지고 다시 갑옷으로 집중했다. 시간 낭비할 수는 없었다.

"이 정도로 적대하실 필요는 없지 않습니까?"

"……."

"혹시 체사 경이 경에게도 일러바쳤습니까?"

"뭘?"

"경이 개 같다고 했던 말."

"뭐 같아?"

르옌이 고개를 비스듬 돌리며 혼잣말처럼 중얼거렸다. 아니었습니까?

그녀를 돌아보는 덴작의 표정이 일그러졌다.

"개?"

"악의 없었습니다. 개처럼 충직하다는 말입니다. 듀사크 경이 얼마나 깊은 충심으로 이 군을 지휘하고 있는지는 압니다. 제게 개인적인 악감정을 가져서 그러는 게 아니란 것도. 충분히 오해받을 수 있는 상황이었고, 실제로 제 행동이 지나치기도 했습니다. 그렇지만 이미 브류나크께서는 그 일을 묻어 넘기기로 결정하셨습니다."

말문이 막힌 사람처럼 침묵하던 덴작이 되레 날을 세우며 받아쳤다.

"내가 네게 악감정이 없다는 자신감은 어디서 나온 거냐?"

"그랬다면 제 등을 그렇게 걸레짝으로 만들어 놓는 대신 더 끔찍한 고문을 했겠지요."

르옌의 답은 덴작에게 쓴 기억을 불러일으켰다. 한 번 멈춘 손은 선뜻 움직이지 않았다. 해서 그는 대신 르옌을 빤히 바라보았다.

"그리 열렬한 눈으로 보는 건 또 무슨 심경 변화이신지?"

"같잖은 소리! 너는 내 취향 아니니 걱정 마라. 계집이 머리를 그렇게 짧게 하고 부끄러움도 모르고……. 제기랄, 말을 말지."

덴작은 결국 진흙이 툭툭 떨어지는 머리를 마구 헝클며 짜증스레 물었다.

"대체 왜 너는 그렇게 전쟁터로 뛰쳐나가질 못해 안달이지? 네 동생도 그리 보내고."

요즘 같은 시기, 살해당할지 모른다는 두려움에 둔영은 매일같이 탈영하는 이들로 넘쳐 난다. 그런 상황에서 르옌은 처음 바랐던 대로 시단 데투아를 강제 전역시키는 데까지 성공했다. 이제는 스스로를 사지로 내던질 이유가 없다. 그러니 의심을 안 할 수가 없지 않은가. 고개를 돌린 르옌은 멀찍이 보이는 파사드의 뒷모습을 응시했다. 특별히 무언가가 있어서는 아니었다.

눈도 깜빡이지 않고 한참을 바라보았다. 눈꺼풀을 닫으면, 붉게 도색된 그날의 그림이 그려진다.

도망치라 소리치던 시단과 감히 배신자를 보듯 자신을 바라보던 페이작. 매일 밤, 그 시간이 되면 고약한 기억이 그녀를 급습했다. 하지만 그녀는 전부 받아들이기로 했다. 괴로움이 자신의 의지를 더 단단케 한다면.

그 괴로움이라도.

"……속내를 이야기할 만큼 우리가 서로 신뢰하는 사이는 아니지 않습니까?"

덴작은 애초에 대답을 기대하지도 않았다는 듯 짧은 욕지기를 중얼거렸다.

"빌어먹을, 정말 그냥 한 번 제대로 당해야 정신을 차리겠지. 독한 계집일 줄은 애초에 알았다."

"칭찬으로 듣겠습니다."

"너는 시집 못 갈 거다. 여인으로서의 덕목이 눈을 씻고 봐도 없으니 너 같은 계집을 누가 데려가겠나? 제정신인 북부 사내라면 절대 너 같은 계집······."

"사설은 됐고 일단 갑옷부터 정리하십시오. 도와드리지요. 곧 출발할 것 같으니."

덴작은 이번만큼은 거절하지 못했다.

르옌은 말없이 그의 옆에 쪼그려 앉아 덴작의 갑옷 안 질척질척하게 흘러내리는 진흙들을 맨손으로 닦아 냈다. 덴작이 부러 팔꿈치를 세워 그녀의 팔뚝을 툭 쳤다.

"그래도 여전히 의심스러우니 그리 알아라."

"징하네, 진짜."

"누가 반말하라 했냐?"

"제가 언제 그랬습니까?"

"내가 바본 줄 아나!"

"아예 고성방가를 하지 그러십니까."

"그리고 만일 체사 경과 허튼짓이라도 하다 걸리면 군율 위반으로······."

"아무 사이도 아니라니까 되게 집요하게 구십니다."

"네 말은 해가 서쪽에서 뜬대도 안 믿을 거다."

"해는 동쪽에서 뜹니다."

"아니, 아니, 그게 아니라······."

"사람은 입을 다물 때를 알아야 하는 법입니다."

"······제길!"

두런두런한 잡담은 키가 큰 수풀 새새에 걸렸다.

멀찌감치 선 파사드는 어느새 나란히 쪼그려 앉아 티격태격 대는 르옌과 덴작의 뒷모습을 바라보았다.

군인이라는 이들은 여유롭고 담대한 자에게 이끌리기 마련이었다. 그런 의미에서 르옌에게 눈길이 가는 것은 어쩔 수 없었다. 왼가슴이 이상하게 뛴다.

그들은 닷새째가 되던 날 저녁, 완전한 강기슭에 닿았다.

볼레트 군의관은 남부 생태에 누구보다 박학다식한 인물이었고, 제그 경은 지도의 축적을 비롯해 지리에 능통한 자였다.

"남부 로죄 강의 곁가지입니다. 중류는 엘덴반이라고 불리던가요. 이쪽 지명 표기가 조금씩 달라서…….."

이가 산맥 너머까지 이어진 길고 넓은 강이었다. 이가 산맥을 지나면 마리포사들의 본토인 라곳에시스가 있다 알려져 있다. 물론, 지금 당장 중요한 건 아니었다.

"표기된 규모보다 두 배는 더 넓은 듯한데."

"그러게 말입니다. 그리고 저 앞으로 반나절이면 영지 빌레반과 이른이 있다 합니다. 제가 알기로 빌레반은 오래전부터 터를 지킨 대장원입니다. 보시면 아시겠지만 이 근방의 남서부 장원들 중 세 번째로 넓습니다……. 이른은 규모로 보건대 현재 군사들로도 충분히 가능성이 있어 보이기는 합니다."

"식량들은 얼마나 남았지?"

"충분하지는 않지만 근처에서 먹을 것을 구할 수 있다면 사흘은 너끈히 버틸 수 있을 겁니다."

파사드와 볼레트 군의관 그리고 제그 경이 머리를 맞대고 이야기를 나누는 사이 나머지 다섯 기사들은 주위를 둘러보았다.

"두 번째 정찰조와 세 번째 정찰조를 불러들여라."

"존명."

지난 닷새간, 그들은 저들이 가지고 있던 지도는 완전히 두루뭉술 그려진 것임을 확신할 수밖에 없었다.

때문에 그들은 알게 된 것 위주로 메모를 정리했다. 이샤스 주위의 모르가나의 영토에 습지가 분포되어 있어 선불리 움직이면 위험하다는 것과 수만 명을 일시 수용할 만큼 넓고 방어하기 좋은 평지는 없다는 것, 그리고 생각보다 강이 가깝고 줄기가 넓다는 것 등이다.

밤의 장막이 드리워지자 기사들은 야영 준비로 분주해졌다.

불을 피우는 건 몹시 위험한 행위였지만 날씨가 지나치게 추워 어쩔 수 없는 결정이었다. 그들은 최대한 몸을 엄폐할 수 있는 강가에 자리를 잡고 기척을 지웠다.

닷새 만에 한자리에 모인 다른 정찰조의 기사들 역시 준비를 도와 먹을거리를 찾으러 떠났다.

덴작은 초기의 실수를 만회하기 위해 분골쇄신의 각오를 한 모양이다. 해가 저문 후에도 한참이나 돌아다니며 나무 열매나 먹을 수 있는 것들을 찾아 돌아왔다. 그러나 노력이 무색하게도 르엔의 한마디에 그는 금세 풀이 죽고 말았다.

"내다 버리십시오."

"이거 먹어도 되는 거야. 갈리잖아."

갈리는 북부에서도 간혹 나는 검지와 중지를 합친 것처럼 길쭉한 타원형의 갈색 열매였다.

"못 먹으니 버려요. 독 있습니다."

"이거 먹을 수 있다니까!"

"못 믿겠으면 본인 몸에 실험해 보는 건 말리지는 않겠습니다만,

행군하는 내내 토하면 보기 좋겠습니다."

막 근처에서 약초들을 캐 온 볼레트 군의관이 모닥불에 따뜻이 손을 녹이며 거들었다.

"데투아 경의 말이 맞습니다. 갈리는 추운데서도 잘 자라지 않지만, 더운 곳에서 자라면 독성을 띱니다. 얼었다 녹으면 독성이 날아가는데 아마 전에 듀사크 경께서 드시고도 멀쩡했다면 그래서일 겁니다. 남부에서는 웬만하면 안 먹는 게 좋습니다. 치명적인 독은 아니라도 복통, 설사, 구토……."

"제길."

르옌이 얼마간 자리를 비켰다 한참 후 되돌아왔다. 그녀의 손에는 무자치 한 마리와 누룩뱀 두 마리가 잡혀 있었다. 덴작이 기겁했다.

"뭐냐?"

"차라리 이걸 먹는 게 낫습니다."

"뱀에도 독이 있다는 걸 모르나!"

"무자치와 밀뱀은 독사가 아닙니다. 이런 기본적인 것도 하나 모르십니까? 대체 야영에 관한 상식이 없으신 겁니까? 그렇게 생존력이 없어서야……."

덴작이 벌건 얼굴로 볼레트 군의관을 바라보았다. 볼레트 군의관은 부끄러워하는 덴작의 편을 들어 주고 싶은 마음이 들었지만 르옌의 말이 사실이었다.

"……독 없는 뱀 맞습니다."

"껍질은 제가 까죠."

기사들은 아무렇지도 않게 뱀의 머리에 단검을 박아 가죽을 주욱 벗겨 내는 르옌을 헤벌어진 입으로 바라볼 뿐이었다.

덴작은 그녀가 자신보다 더 쓸모가 있다는 사실에 절망한 사람처럼 어깨를 늘어뜨렸다. 침울해하는 덴작에게 혀를 한 번 차 준 후 볼레트 군의관이 화두를 돌렸다.

"그나저나 이 근방에 뱀이 너무 많아 잠이나 편히 자려나 모르겠습니다. 쑥에는 해로운 벌레나 뱀 같은 것들을 피하게 하는 효과가 있어 조금 가져왔는데 양이 적어 효과가 얼마나 날지. 근방에서도 한 번 찾아보시는 게 좋겠습니다. 일단 철이 아니지만……. 아, 그리고 녹나무가 있다면 녹나무 가지도 좀 꺾어 오십시오. 지네나 뱀을 쫓는데 효과가 있습니다."

"어떻게 생긴 건데요?"

"키가 크고 잎이 매끄럽고…… 송진 같은 향기가 나는……. 아, 그냥 같이 가서 찾아보지요."

볼레트 경이 다른 기사들을 앞세우고 일어섰다.

기사들이 각각의 일을 찾아 자리를 떠나거나 멀찍이 뭉쳐 휴식을 하는 와중에도, 파사드는 멀찍이서 제그 경과 함께 지도를 내려다보며 생각에 잠겨 있었다.

앞으로 이동 가능한 거점을 표기하고 다른 정찰조들로부터 들은 습지와 평지의 구분을 곡선을 그려 정리하고 장원의 순찰 부대가 몇 시간 간격인지를 계산하는 일이었다.

르옌은 얼마 떨어지지 않은 모닥불 앞에 앉아 파사드의 뒷모습을 바라보고 있었다. 파사드와 한참 열띤 이야기를 나누던 제그 경이 물러갔다. 그러나 그가 물러가고 한참이 지나도록 파사드는 미동도 없었다.

그녀가 자리를 털고 일어서 그에게 다가갔다.

"식사는 안 하십니까?"

파사드는 지도에 시선을 고정시킨 채 그녀의 말을 무시했다.

"무시하네."

잠깐 입술을 당겨 문 파사드가 주위를 둘러본 후 짤막히 핀잔을 주었다.

"말조심해라."

"어차피 다들 자리 비웠는걸요. 그나저나…… 어떻게 할 건지 물어도 됩니까?"

그녀의 눈이 펼쳐진 지도 위를 탐색했다.

"너라면 어떻게 할 것 같나."

르옌이 고개를 들었다.

어떤 이유에서건 파사드가 먼저 진지하게 그녀의 의중을 물은 것은 처음이었다. 조금 기묘한 기분에 한참이나 빤히 그를 바라보던 르옌이 퍼뜩 정신을 차리고 지도 위로 시선을 옮겼다.

"……솔직하게?"

"그래."

"솔직하게 지금 이 선택이 최선은 아니지만 차선은 되겠지요."

"최선은?"

"이미 수세로 전향했으니 쉬이 판을 엎을 수는 없겠지만 방어에 급급하면 끝까지 방어만 하게 되기 마련이잖습니까? 지금 라르크 군은 그 단계에 이른 거지. 차라리 모험을 해서 제도까지 위협이 닿을 만한 요충지를 치는 게 군의 사기에도 좋았을 겁니다. 그렇다면 탈영 문제도 보다 나았겠지요."

막 무언가를 말하려던 파사드는 르옌이 말을 맺음과 동시에 입을 다물어 버렸다. 탈영은 파사드에게 현재 가장 큰 문제로 인식된 역린이었다.

주위를 둘러본 르옌은 아무도 없는 것을 확인하고 편안히 말끝을 풀었다.

"……이탈하는 자들은 어쩔 수 없지. 늘 있는 일이니까. 승전 군대에도 이탈자가 있는데 하물며."

"너와 나눌 만한 이야기는 아닌 것 같군."

"탈영은 전염병과 비슷해. 한 병사가 뛰쳐나가면 억눌려 있던 또 다른 병사가 뛰쳐나가지."

파사드의 표정이 어두워진 것을 알아차린 르옌이 약간의 위로를 위해 덧붙였다.

"하지만 아군의 상황은 그렇게 심한 것도 아니야. 원정 군사들의 사망 비율은 굶어 죽는 이들이 대강 삼 할, 교전 중 사상자가 대강 삼 할, 탈영을 하거나 자질구레한 질병, 역병에 노출되어 죽거나 굶어 죽거나 하는 이들이 나머지. 그러니, 지금 정도면 충분히 잘하고 있는 거라고 생각해. 제국 멸망을 목적하고 있는 게 아닌 양방의 위협전이니 어떤 형태로든 군을 유지해 내는 게 관건이지."

파사드의 눈이 의미 모를 빛으로 르옌을 향했다.

"어쨌든…… 만약에 이번에 쓸 만한 장원을 점거하지 못하면 국경 이북으로 퇴각할 생각인가?"

"적들이 사방에 널려 있는 상황에서 겨울을 보내는 건 자살과도 다름없을 테니까."

"……올조르 이후 종전이 되었다면 네게는 좋았을 일인데."

지근거리 강기슭의 나무에 매어 둔 말이 울어 대기 시작했다. 두 사람의 고개가 멀찍이 매인 한 필의 말에게로 향했다.

"로델라."

르옌이 짧은 휘파람을 불었다. 그러자 말은 금세 울음을 그쳤다.

파사드의 새까만 눈동자가 로델라라는 이름의 말에게 고정되었다. 인적에 짓밟힌 강기슭 수풀 사이로, 검은 덮개 아래 삐져나온 하얀 말 발목이 비쳤다. 부러 눈에 띄는 말을 골랐다는 건 충분히 알 수 있었다. 발로이드가 푸른 물결 사이에 새까만 것으로 무장하고 서 있는 것과 같은 이치였다.

공교롭게도 흑과 백으로.

'로델라.'

파사드는 말의 이름을 곱씹었다. 대체로 이름에는 의미가 있기 마련이다. 파사드가 사 년쯤 전 진상받은 발도산 종마인 롯사의 이름에도 뜻이 있었다. 고대어로 흑단이란 뜻이다. 하지만 '로델라'는…….

파사드가 그도 모르게 내려놓았던 리오낙을 응시했다. 결국 묻고 말았다.

"그 뜻을 알고 붙인 이름인가?"

"모르지는 않지."

로델라, 방패, 하얀 것. 그리고 리오낙. 왜 마지막은 리오낙이 떠오르는지 모르겠다. 르옌이 느릿느릿 자리에서 일어서며 말했다.

"네게도 잘 어울리는구나."

고개를 든 파사드가 끊어졌던 대화의 맥을 이었다.

"이 검의 의미가 무엇인지 알고 있나?"

"내가 만들라 명한 것이고, 내가 벨비에게 하사해 준 것인데 모를 리가."

파사드가 듣고 싶은 것은 단순히 여왕이 브류나크에 하사했다는 기록된 역사가 아니었다. 그러나 이 이상 자세히 묻는다는 것은 정말로 스스로가 르옌에게 휩쓸린다는 것을 증명하는 것 같아 내키지 않았다.

머뭇거리는 그를 뒤로하고 르옌이 뒤돌아섰다.

그 순간, 파사드가 무심코 그를 스쳐 지나려는 르옌을 움켜쥐었다. 우뚝 멈춘 르옌은 주위를 한 번 둘러보았다. 멀리서 기사들 몇과 두런두런 이야기를 나누며 양팔에 한아름 나뭇가지들을 안고 있는 볼레트 군의관이 보였다.

르옌은 갑작스러운 악력에 슬며시 눈을 조프리며 고개를 갸우뚱 기울였다.

"갑자기 왜 이리……."

르옌의 팔뚝을 쥐고도 한참 번민의 기색을 보이던 파사드는 결국 입술 밖으로 묻고 말았다.

"갈리아우의 산맥 깊숙한 곳 어딘가에서 가져온 강철로 주조했다는 귀한 물건이다. 오래전의 어느 여왕이 브류나크 왕조의 새시대를 연 벨바롯트 파사드 브류나크에게 선물했다 하지. 너는 이게 무슨 의미일 거라 생각하나?"

"어느 여왕이 아니라."

"말 돌리지 마라."

빤히 알면서도 끝까지 제 입으로 라르칼리아의 이름을 담지 않겠다는 의지가 결연하기 짝이 없었다.

'정말 고집스럽다.'

생각해보면 르옌은 상대방의 고집을 꺾는 걸 좋아하는 편이었다. 누가 지는 걸 좋아하겠느냐마는, 힘이든 말이든 어떤 식으로든 한 번 승부가 시작되면 이겨야 직성이 풀렸다.

규젠 마을의 청년들과의 대련이 있을 때도 마찬가지였다. 별것 아닌 대련에서 한두 번쯤 져 줘 청년들의 기를 살려 줄 수도 있었지만 구태여 져 주고 싶은 생각이 들지 않았다. 세닐라가 마음이 상한 청년들을 달래느라 매일 빵을 굽는 것을 알고도 그러했다.

그녀는 지금도 말 몇 마디 더 하는 것으로 파사드를 더 난처하게 만들 자신도 있었다. 그 후환을 아직 제가 감당키 어렵다 생각해 말을 아끼는 것뿐이다. 어쩐지 파사드의 훤히 보이는 속이 조금 껄끄럽기도 하고…….

"……잠깐 봐도 되겠나?"

다시 자리에 앉은 르옌은 파사드가 무어라 답을 하기도 전에 리오낙을 잡아 스르릉 반만 뽑아냈다. 오랜만에 손바닥 안에 감기는 검자루의 감촉이 기분이 좋았다. 그런 한편, 불쾌함과 쓸쓸함이 늪처럼 그녀를 끌어당겼다.

"이 검의 의미라면, 배반의 증거겠지."

르옌의 붉은기가 어린 눈동자가 각을 올려 파사드를 바라보았다.

파사드는 무어라 한마디 하고 싶다는 기색이 역력해 보였다. 저렇게 목 안이 간질대는 얼굴로도 꾹 참아 내는 게 신기할 정도였다. 의외로 귀여운 구석이 있다.

르옌이 짧게 웃으며 검집에 걸친 리오낙을 파사드에게 내밀었다.

"라르크를 지키기 위한 나의 방패가 되어 주겠나?"

리오낙을 건네받으려는 파사드의 손이 멈추었다. 르옌은 놀리듯 다시 검을 제쪽으로 끌어당겼다.

"……뭐라고?"

"놀라시기는."

저를 두고 장난질을 치는 것이 확실해서 파사드는 한동안 잠잠했던 르옌에 대한 불편한 감정이 들끓는 것을 느꼈다.

그러건 말건 르옌은 늘씬하게 뻗은 백색 날로 시선을 옮기며 말을 이었다.

"벨비에게 내가 청혼할 적 그리 말했다. 벨비에게 잘 어울리도록 하얗게 별러 내라 하였지."

"……내놔라."

"이건 라르크를 지키겠다 맹세한 자의 검이니, 네가 가지고 있는
게 맞겠지. 이름도 같고."

파사드의 표정이 구겨졌다. 르옌은 아마 지금 제가 무얼 건드린
건지 모를 것이었다.

이름이란 정체성과 이어진다. 동부의 어느 민족들은 이름이 혼과
같다 떠들기도 한다. '이름'이 같다. 때문에 그 사실은 파사드가 가장
생각하고 싶지 않아 하는 것이다.

그러건 말건 하얀 검날을 살펴던 르옌의 눈동자가 검 면에 그려진
아주 미세한 실금에 멈추었다.

"……페이작의 창과 부딪쳤다지. 같은 걸로 만들기는 했지만 페이
작의 창은 그 색을 내기 위해 조금 더 오래 걸렸었지. 벨비에겐 하얀
것, 페이작에겐 까만 것. 크게 의미는 없다만."

파사드는 낚아채듯 그녀에게서 리오낙과 검집을 빼앗았다. 그리
곤 스르릉, 신경 사나운 소리를 내는 리오낙을 단단히 검집 안에 담
아 잠그었다.

르옌은 곧 파사드에게서 시선을 떼고 양팔을 뒤로 짚어 하늘을 올
려다보았다. 언제 무슨 일이 벌어질지 모른다는 사실에도 불구하고,
좋은 밤이었다. 불그스름한 빛을 띤 갈색의 눈동자가 찬란히 펼쳐진
모르가나의 밤하늘 위를 떠돌았다. 벨바롯트의 이야기를 하니 문득
생각나는 것이 있었다.

"그러고 보니 이런 밤이었는데."

그날도 이런 밤이었다.

뢴사의 하늘이 이만큼이나 아름다웠다.

스완이 벨바롯트를 비롯한 왕실 일원들을 대동하고 뢴사를 방문했을 때였다. 뢴사의 로라하 왕자는 그녀가 혼인을 하기 전부터 그녀에게 흑심이 대단했다. 물론 그에는 살살 눈웃음을 지었던 스완의 책임도 약간은 있었다.

호시탐탐 그녀를 노리던 로라하 왕자는 스완이 혼인을 한 후에도 추근대는 걸 멈추지 않았다. 스완이 벨바롯트와 함께 뢴사를 방문했을 때에도 마찬가지였다. 어찌나 귀찮게 굴던지, 술에 취해 제 침실에 그녀를 대놓고 초청하는 무례를 범했다.

스완은 필요할 때는 인내를 위해서라면 체면 구겨지는 것도 감내했으나, 로라하 왕자는 당시 그렇게 가치 있는 자가 아니었다. 그녀는 공개적으로 로라하 왕자를 망신 주는 데에 어떤 주저도 없었다.

하지만 벨바롯트는 그녀를 힐난했다.

―당신이 지나쳤습니다.

―그리 내게 추근거리면서 너를 깎아내리던 놈을 옹호해?

―뢴사의 국왕은 우리가 협상해야 할 상대입니다. 당신은 대체 왜 이렇게 쓸데없는 데서 성질을 못 이겨서…….

평소보다 조금 화가 났던 것도 같다.

스완은 한밤중, 화를 이기지 못해 호위 하나 없이 말을 타고 달려 나갔다. 언쟁 중 자리를 박차고 나간 그녀를 벨바롯트가 뒤따라 나왔다.

스완은 호락호락한 여자가 아니었으므로 벨바롯트가 그녀를 잡아챘을 때는 이미 뢴사의 왕궁에서 한참은 떨어진 황금빛 평야였다. 독이 올라 그녀를 깔아뭉개고 노려보던 벨바롯트의 숨이 거칠었다. 그리고 잔뜩 인상을 찌푸린 채 골이 났던 자신이 있다.

그날 벨바롯트의 어깨 너머로 쏟아져 내린 밤하늘이 아니었다면 필경 언성을 높여 싸웠을 것이다.

널브러진 채 발견한 하늘은 아름다웠고, 스완은 섭정을 피해 도망치듯 달려온 스스로가 우스웠다. 그녀가 웃음에 벨바롯트는 자포자기했단 듯 자리에서 일어섰다.

─정부로 두는 것은 체통에 어긋난다, 망신을 줘도 안 된다. 정작 너는 너 하고 싶은 대로만 하면서…….

─스완, 적당히 하십시오.

─싫어.

─당신이 애입니까?

─너는 애 취급을 하고 있지 않나? 내 자랑스러운 부군의 기대에 부응해 줘야지, 내가…….

벨바롯트의 힘이 그토록 센 줄 몰랐다.

그의 손가락이 뒤통수를 그러쥐어 절로 젖혀지는 고개에 숨을 들이키는 순간, 입술이 밀려들었다. 혼인 후에도 손가락 하나 까딱하지 않고 그녀를 경계했던 자의 첫 입맞춤이었다. 기갈에 시달린 사람처럼 격정적으로 물고 핥고 파고드는 사내의 입술이 달았다.

숨이 찬 것이 오래도록 말을 타고 달린 탓인지, 아니면 그 입맞춤에 취해 숨 쉬는 법조차 잊은 탓인지. 사실 이후의 기억은 몽롱하다.

─나도 그자가 싫습니다. 화가 납니다. 하지만 참아야 하기에 참는 겁니다.

다만 그가 그리 말한 것만큼은 기억이 난다.

입맞춤에 취하여 얼마나 시간이 흘렀는지도 모른다.

이히힝! 말울음 소리에 정신을 차려 보니, 뒤따라 달려온 페이작이 그들을 발견하고 금색 평원 저편에 서 있었다. 벨바롯트는 페이작의 형형한 시선을 느끼고서야 정신을 차렸다. 다다닫 입맞춤이 끝나자마자 표정을 굳히는 꼴이 참으로 그다웠다. 귀까지 벌건 주제에 어디서 아무렇지도 않은 척 한담.

페이작은 벨바롯트를 없는 사람 취급하며 그녀에게로 걸어왔다. 여전히 먼 곳에서.

—누님, 걱정되어 나왔는데 내가 실례한 건가?

—응.

—스완.

난처한 투를 했던 벨바롯트를 기억한다.

황금빛 평야에 나브라진 채 스완은 웃기만 했다. 언제 화냈는지도 잊었다. 누운 채 고개만 돌려 다가오는 페이작과 그 후경의 새까만 하늘을 바라보며 생각했을 뿐이다.

벨바롯트가 저만치의 거리에 서 있었다면 하도 새카매서 하나도 보이지 않았을 텐데. 아니, 허연 얼굴쯤은 보이려나 하고.

르옌은 밀려드는 옛 감상에 미소를 그렸다. 파사드는 그런 르옌을 바라만 보고 있었다.

묘하게 가라앉은 공기 속에 무언가가 흐른다는 생각이 들어 불편할 때가 있었다. 지금이 그때였다. 파사드가 더 르옌과 이야기를 나누는 것이 좋지 않다 판단하고 자리에서 일어나려던 찰나.

"벨바롯트와 첫 입맞춤을 했던 날."

소스라칠 정도의 불쾌감이 찾아들어 파사드의 미간이 좁아졌다. 젖히고 있던 고개를 바로한 르옌이 태연히 말을 이었다.

"브류나크를 기나긴 인내로 꺾은 라르칼리아의 승리였다. 내가 온전히 그를 가진 날이었으니까. 그리고 저만치에는 페이작이 서 있었지."

르옌의 손끝이 동쪽 어딘가, 아무도 없는 곳을 가리켰다. 그녀의 입술을 바라보고 있던 파사드의 눈동자가 그도 모르게 르옌을 따랐다. 무심코 뇌까렸다.

"승리?"

"벨비는 국서가 된 후에도 쉽지 않은 사내였거든. 혼인 초야부터 내게 나를 믿어 마음 주지 않겠다 쐐기부터 박은 자였다. 이해타산이 맞아 시작한 관계이긴 했지만 내 오기를 건드리는 그런 게 있었지."

불쾌감이 가시지 않았다. 파사드는 지금 자신이 어떤 부분에서 불쾌감을 느끼는지 알아내기 위해 애쓰고 있었다. 그의 선조를 뻔뻔하다 말하는 것이 화가 나는 건지, 아니면 브류나크를 함부로 말하는 투 때문인지, 아니면 무엇 때문인지.

"왜, 궁금해?"

르옌이 돌연 두서없는 물음을 던졌다. 파사드는 스스로의 감정을 다스리기 위해 골몰하고 있는 중이었다.

"뭐가 말이냐."

"벨비와 입맞춤을 했다는 이야기를 하자마자 내 입술만 보고 있는 것 같아서."

파사드가 그도 모르게 고개를 비꼈다. 돌린 후에야 제 반응이 지나쳤다는 생각에 아차 하는 기분이 들었다. 잠자코 그를 바라보던 르옌이 가까이 손을 뻗어 왔다.

손끝은 파사드가 메고 있던 붉은 늑대의 멘테에 이르렀다. 외설적인 의도는 전혀 느껴지지 않았는데도 불구하고 파사드는 당혹했다. 가슴이 고삐 풀린 망아지처럼 뛰는 건 분명 문제였다.

그와 달리 멘테를 빤히 응시하는 르옌은 진지하기만 한 낯이라, 파사드는 르옌의 팔을 밀어내며 내색 않고 가슴을 가라앉히는 데에 진력을 다하려 애썼다.

르옌은 가볍게 손을 떼고 웃었다.

"……너는 지금 이 자리에 있지 않아도 될 브류나크인데."

"무슨 뜻이냐?"

돌연 자책하는 르옌의 눈동자는 오롯이 그에게 머물고 있었으나, 다른 것을 바라보는 것처럼 동떨어져 있었다. 글쎄. 중얼거린다. 고스란히 회한의 감정을 드러내는 저런 얼굴이 낯설었다. 더 캐물을까 하던 파사드는 그마저도 짜증이 나 그만두었다.

기묘한 침묵이 흘렀다. 잠깐 눈을 내렸던 파사드가 갑작스레 물었다.

"라르카드단으로 인도받지 못하고 그저 죽어 있다는 건 어떤 느낌이지?"

"……왜?"

"너는 이제까지 어디에서 어떻게 살다 다시 나타났나?"

그 말의 뜻이 르옌 데투아라는 사람으로 다시 태어나 어디서 어떻게 살았느냐를 묻는 게 아니란 것쯤은 르옌도 능히 짐작했다. 그녀는 갑자기 심각해진 파사드를 갸웃 바라보다가 슬쩍 미소 지었다.

"왜 그건 묻는데?"

무언가 할 말이 있어 보이는 듯한 얼굴인 파사드는 쉽사리 입을 열지 않았다. 르옌이 가볍게 보챘다.

"너도 나의 비밀을 하나 알고 있잖아. 내가 누구에게도 말하지 못할 그런 것. 어차피 죽으면 라르카드단에 이를 네가 왜 이르지 못한 후의 죽음을 궁금해하는데?"

르옌은 진심으로 의아하다는 눈빛이었다. 장난기가 서서히 사라지고 얌전히 대답을 기다리는 모양새가 낯설었다.

얼마간 번뇌하던 파사드의 입술 새로 얕은 한숨이 새어 나왔다. 가슴 깊숙이 잠가 두었던 빗장이 힘없이 풀려 버렸다. 어딘가 정신이 이상해져 버린 게 분명하다.

"전전대 브류나크 공작이었던 바예투스 나로사는, 네가 알지 모르겠으나 정적이었던 동부의 윈로스와의 문제를 다루는 데에 폭력적인 방식을 택했고, 왕실은 그에게 누아드가의 인도를 허락지 않았다."

"아아."

"때문에 내 조모는 브류나크를 경멸하셨다. 당신의 가장 사랑하는 아들을 라르카드단으로부터 추방한 것이 브류나크라 믿으셨지. 그런 조모 역시 한때 브류나크 공작 부인으로서 라르크를 위해 헌신했음을 근거로 테른도크 폐하께서는 조모를 라르카드단으로 인도하셨다."

"그런데?"

파사드는 더 말을 잇지 못하고 한참을 침묵했다. 이것은 저 여자에게 허용해도 될 영역이 아니었다. 아니, 그 누구에게도 알리고 싶지 않았던 지울 수 없는 과거였다. 한참이나 주먹을 쥐었다 펴기를 반복하는 파사드의 손을 물끄러미 내려다보던 르옌이 무어라 입술을 떼려던 찰나였다. 파사드는 불시에 가깝게 고해를 마쳤다.

"그래서 나는 조모로부터 누아드가의 뱃삯을 훔쳤다."

르옌은 그 의미를 다시 한 번 곱씹은 후 담백하게 비난했다.

"큰 실수구나."

실수가 아닌 죄였다. 그러나 파사드는 치부를 드러냈다는 뒤늦은 낭패감에 굳이 그 사실을 지적하지 않았다.

가만 그의 복잡다단한 낯색을 응시하던 르옌이 허심탄회하게 말했다.

"라르칼리아일 적의 마지막 기억은 사형대에 올라 나를 바라보는 이들의 얼굴이었지. 그다음 접붙여진 기억일랑은 지난 세월의 간극

을 훌쩍 뛰어넘은 아무것도 모르는 일곱 살짜리 말 팔이 딸의 것이
었다. 나를 두고 흘러간 시간 동안의 의식, 자각, 무엇도 존재하지
않았다. 잠들었다 깨니 내가 살았던 세상 일편이 뚝 잘려 나가 맞물
린 것처럼. 나는 라르카드단에 이르지 못했고 앞으로도 이르지 못할
테지만, 네 조모 역시 라르카드단에 이르지 못했다면 지금은 평온할
거다. 이것만은 내 벨비의 명예를 걸고 장담하마."

가만 듣던 파사드가 결국 낮게 비웃고 말았다. 벨바롯트의 명예라
니. 라르칼리아를 끌어내린 것이 바로 그자가 아닌가. 이래서 그녀
를 더 신뢰할 수가 없는 것이다. 상식적으로 그녀가 라르칼리아의
그 '여자'와 자신을 동일시한다면, 브류나크는 명백히 그녀의 원수여
야 하지 않나.

"벨바롯트의 명예가 네 입에서 어느 만치의 가치가 있기에?"

"내 모든 죄책감의 반은 벨비에게 반은 페이작에게 있으니 반만큼
의 가치는 있겠지."

파사드의 새까만 눈동자가 르옌에 고정되었다. 맞물린 시선을 뗄
수가 없었다. 따닥따닥 타는 모닥불 소리가 현실을 일깨운다.

다시금 가슴 어딘가가 간지러운 기묘한 기류가 흐르기 시작했다.
이번만큼은 차마 파사드도 부정할 수 없는 명백한 것이었다. 너무
많은 것을 입 밖에 내었고 귀에 담았다.

고개를 돌리려는데 르옌의 입가에 따뜻한 미소가 번졌다.

"브류나크, 하나만 당부하마. 어리석은 체사도, 현명했던 할드로
프 경도, 깊은 충심으로 불같은 듀사크 경도, 백성들을 살리겠다는
바람 하나를 위해 제 목숨을 걸고 전장에 나섰다는 볼레트의 그자도
그리고 그들의 목숨을 중히 여긴다는 신념에 많은 고뇌를 떠안은 너
역시도 내게는 여전히 사랑스러워. 그러니 만일 자칼린이 정말 페이

작에게 달려들려 한다면 홀로 내버려 두지 마라. 자칼린은 그를 이길 수 없을 테니까."

"……북부의 기사는."

"용맹하다고? 그건 모든 북부인들이 알고 있는 사실인걸. 하지만 페이작 역시 북부의 기사였어."

누가 누굴 걱정하나. 잠자코 그녀를 바라보던 파사드가 쓰게 되묻고 말았다.

"너는 네가 발로이드를 어찌할 수 있을 거라 확신하나?"

"이제 조금은 내가 걱정이 되나 봐?"

"……."

"정말인가 보네? 농담이었는데."

르옌이 눈을 동그랗게 뜨며 진심으로 놀랐단 표정을 지었다.

파사드도 내심 당혹해 있었다. 왜 '그렇다', '아니다' 답을 하지 못했나. 제 휘하에 있는 라르크인이 적들에게 해를 입을까 우려하는 건 당연한 일이므로 그렇다고 대답해도 이상할 게 없었다. 그리고 르옌 개인의 안위를 생각한다는 축에서는 아니라 답해야 마땅했다.

금세 찡그려지는 파사드의 콧잔등을 바라보던 르옌이 고개를 저어 웃었다.

"다행이다, 정말."

뭐가 다행이냐 묻기도 전이었다. 르옌이 손을 뻗어 그의 손등을 끌어당겼다. 제 커다란 손등에 가만히 이마를 맞대는 그녀의 속삭임이 뚜렷이 들렸다. 목소리가 컸다기보다는, 파사드의 온 신경이 그녀에게 향해 있었기 때문이다.

"널 보면 한때의 나와 다른 신중함에 내 마음이 놓인다. 벨비의 핏줄이니 벨비처럼 현명하겠지, 처음에는 그리 생각했던 것 같은데……."

무언가를 더 생각하지도 않았다. 파사드가 역으로 손바닥을 돌려 르옌의 손목을 낚아채 당겼다. 놀라 홱 끌려오는 르옌의 허리를 잡 아채기까지는 몇 초도 걸리지 않았다.

르옌은 드물게 당혹한 얼굴로 코앞에 닥친 파사드의 얼굴을 바라 보다가 희미하게 웃었다.

"이러면 곤란하지 않나……?"

곤란하다 말한 주제에 거부할 기색조차 없어 보였다. 그녀의 숨결 이 뺨을 스치는 순간 내내 팽만하던 기류가 가슴을 쬐들었다.

파사드는 그도 모르게 그녀의 뺨을 움켜쥐고 그대로 그녀를 넘어 뜨렸다. 입술이 닿았다. '아' 하는 신음과 함께 그녀의 입술이 벌어지 는 순간 참지 못하고 르옌의 허리를 더 꽉 움켜 당겼다.

그런데 그 순간 바스락하는 소리가 현실을 깨웠다.

"사령관님, 근처에서 먹을 만한 식용 열매들을 몇 개…… 응? 으 으응? 아…… 죄, 죄송합……. 이, 이, 이따 다시 오, 오겠."

입술을 떼고 르옌을 내려다보던 파사드의 땅을 짚은 팔뚝에 힘이 들어갔다. 찬물이라도 끼얹은 듯 온몸에 소름이 돋았다.

'지금 무슨 짓을 한 거지.'

고개를 돌리자 보이는 것은 줄행랑을 놓으며 멀어지는 볼레트 군 의관의 뒷모습이었다.

펄떡거리는 심장이 목구멍으로 튀어나올 것만 같았다. 귓속이 위 잉위잉 울렸다. 다른 기사들이 속속 되돌아와 자리를 잡는 소리도 났다. 르옌은 눈동자만 움직여 멀리 달아나는 볼레트 군의관에게 한 번 시선을 줄 뿐이었다.

그들은 단둘만의 세계에서 벗어났다. 이곳은 전장이었다.

"아아, 이제 다들 돌아오나 보네요."

대수롭잖다는 듯 그를 밀어내고 일어서는 르옌은 태연했다. 입술을 거칠게 닦아 낸 파사드가 그녀를 더듬었던 제 손을 노려보았다.

심장은 여전히 귀에서 뛰는 듯했다. 순간 제 머리가 어찌 되었다 손 치더라도, 가슴은 왜 이런가. 그리고 저 여자는 대체 왜. 르옌은 아까도 지금도 멀쩡히 이성을 차리고 있었다.

'그런데 왜.'

순간 그녀가 그를 녹여 내며 했던 마지막 말이 되감겼다.

―벨비의 핏줄이니 벨비처럼 현명하겠지.

파사드는 순간 부레가 끓어 참았던 일갈을 터뜨렸다.

"르옌 데투아, 나는 그자가 아니다."

뜬금없이 무슨 말을 하냐는 듯 그를 내려다보던 르옌이 곧 작게 입술을 벌렸다. 그러고는 희미하게 미소를 지으며 주저없이 몸을 돌려 로델라를 묶어 둔 강가로 향했다. 참 아쉽구나. 뜻 모를 한마디를 남기고.

새에에. 물살을 가르는 소리가 먼 곳으로부터 울려 퍼지기 시작한 건 얼마 지나지 않아서였다.

서품까지 받은 고관 귀족 출신의 군의관이란 다른 군의관들에게 환영받는 존재가 아니었다. 볼레트라는 가문의 이름을 들어 본 적이 있는 이들이라면 더더욱 그를 어려워했다.

볼레트 가문과 왕가의 관계가 일전 있었던 '윈로스의 미친 개가 껍질을 벗겨 죽인 차하리 사건' 이후로 완전히 틀어졌다는 것은 알 만한 이들은 다 알고 있기 때문이다. 그게 거짓은 아니다. 현 볼레트의 주인으로 군림하고 있는 친형인 벨라옌 잔은 여전히 브류나크를 싫어한다.

기실 스스로의 근간을 둔 가문을 이리 평하기는 이상하지만 볼레트 가문은 북부의 혹이 되었다. 노골적으로 왕실을 적대하지는 않지만 교류도 하지 않는다.

기브란트, 그러니까 볼레트 군의관은 평화주의자로서 가문이나 왕실의 감정에 휩쓸리고 싶어 하지 않았다. 하지만 어릴 적부터 브류나크의 흠결에 관한 이야기는 많이 들어왔다.

대부분의 악담은 그가 어릴 때 타계한 대고모였던 머렛에게서 흘러나온 개인적인 경멸이었다.-그녀가 한때 브류나크 공작 부인이었다는 것이 우스운 일이지만- 머렛은 윈로스에 의해 죽은 차하리를 개인적으로 많이 사랑했던 모양이었다.

볼레트 군의관은 '차하리 사건'이 어떻게 왕가에 의해 덮였는지에 대한 이야기를 처음 들었을 때 파이투스 2세가 너무했다는 생각이 들기보다는 '그 냉정하시던 대고모도 사람이었구나.' 하는 그런 생각을 했던 것이 기억이 난다.

그리고 나이를 먹어 조금쯤 세상을 이해하게 된 후에는 브류나크와 볼레트와 윈로스 사이에 있었던 모든 불미스러운 일들을 안타깝게 여기게 되었다. 일련의 사건들은 팔란과 반트를 가리지 않고 많은 이들의 가슴에 상처를 남긴 비극들이었다. 그래서 선대 브류나크 공작, 칼키스의 방략方略이 큰 의미가 있는 것이라 생각했다.

선대 브류나크 공작 칼키스는 절대 이루어지지 않을 듯한 양당의 공존 기틀을 만든 자였다.

차기 팔란 숄고와 반트 숄고가 애지중지 아끼는 딸의 혼약. 표면적인 것일 뿐이라고 해도 좋을 일이다. 체제가 끝나지 않는 한 계속

될 비극의 막이 내리는 것은 아름답게까지 보였다.

그를 비난한 귀족들도 부지기수였지만 분명 그들도 선대 브류나크 공작과 재상 라페로바한이 이룩한 것이 평화의 덫임을 부정하지는 못할 것이다.

어쨌든 볼레트 군의관은 그렇게 찾아온 위선된 평화 속에서 목적, 꿈, 사명, 그런 거창한 이름이 어울리지 않는 소박한 바람을 품고 살았다. 의술로 가난한 백성들을 돕는 것이었다.

그러나 작위도 영지도 마다한 판에 그가 꿈을 펼칠 수 있는 방법은 그다지 많지 않았다. 여의치 않은 상황 속에서 어찌할까 고민하다가, 결국 마음껏 국고의 약재와 보건 물자들을 탕진할 수 있는 전쟁터에까지 흘러들어 오게 되었다.

검을 든 기사로서가 아닌 붕대와 바늘을 든 군의관으로서.

바스락 바스락. 쫓기기라도 하는 사람처럼 낮은 수풀을 헤쳐 걷던 걸음이 멈춘 것은 파사드와 르옌이 있는 곳에서 얼마간 떨어진 곳에서였다.

볼레트 군의관이 벌렁거리는 가슴을 꾹 눌렀다. 귀까지 뜨겁게 달아오른 기분이었다.

"왜 그리 얼굴이 사색이 되셨습니까?"

편편한 돌바닥에 앉아 다리를 주무르고 있던 덴작이 혼비백산한 볼레트 군의관을 발견하고는 한쪽 눈꺼풀을 가늘게 뜨며 물었다.

"볼일이라도 급하십니까?"

"아니, 아니……."

말할 수 있으랴. 그가 본 것은 있는 그대로 파사드가 일개 평민 여자와…… '그' 작위 공과 정체 모를 처녀가…….

'아이고…….'

차라리 보지 못했더라면 얼마나 좋을까!

파사드가 라페로바한 가문의 딸인 엘히엔과 혼담이 오가기 전까지야 어땠는지 모르고 관심도 없다. 다만 그가 알고 있는 것은 라페로바한과의 정략이 사실화되어 공포된 이후, 파사드는 가니아 산의 수도승인가 싶을 만큼 잠잠한 삶을 살았다는 것뿐이었다.

명문가의 자제들이 틈만 났다 하면 시달리는 염문설도 단 한 차례 일으킨 적이 없었다. 그만큼 어린 정혼자를 배려한 청절하고 고결한 태도를 보였다.

눈을 아무리 끔뻑대도 잔상처럼 박힌 것은 지워지지 않는다. 그럴 수밖에 머리에 박혔으니 눈을 감았다 뜬대서 뭐가 달라질까.

아무 일도 아닐 수도 있었다.

'그렇지. 별거 아니겠지.'

단순히 잠깐의 실수로 그리되었을 수도 있다. 가장 가능성이 높은 일이기도 했다. 전쟁터처럼 치열한 곳에서는 사내놈들마저 서로 눈이 맞는 일이 비일비재했고, 육욕을 채우거나 해갈하는 것 또한 기상천외한 방식으로 이뤄지는 것을 종종 보아 왔다. 마음이 조금 놓였다.

그러다 또 금세 펄떡 뛰어올랐다.

'그렇지만……'

르옌 데투아라는 존재의 아귀가 하나씩 맞아 떨어지기 시작한 것이다.

전쟁이 한창 고조되던 와중 나타난 여자는 거의 욱여넣다시피 군에 명적名籍을 올렸다.

세간에는 제대로 알려지지 않은 어떤 이유로 호된 문초도 당했다 했다. 덴작의 문초에서 그녀를 구해 온 것이 파사드라고 했던가. 그건 그녀의 등을 치료한 군의관 본인이 가장 잘 알았다.

떠도는 구설수에 의하면-그다지 믿기지는 않지만- 르옌 데투아가 파사드를 해하려 했다는 이야기도 있다. 그러고 보니 이번 정찰대 합류에 관한 것도 파사드의 독단이었다. 어느 날 갑자기 명문 체사가의 자칼린이 르옌을 비호할 것을 주장하면서 관련된 이야기들이 넘쳐흘렀는데, 그 여자가 중심 된 사건 사고를 무마시키고 결정한 것도 모두 파사드였다.

'맙소사.'

창백하게 질린 볼레트 군의관이 삐걱삐걱 파사드를 돌아보았다.

수풀 사이로 그의 뒷모습이 보였다. 파사드는 강가에 말 한 필과 마주 보고 선 르옌의 뒷모습을 보고 있었다. 볼레트 군의관은 사랑을 믿는 낭만주의자라는 이름이 부끄럽지 않았기 때문에 어디에나 사랑이 존재함을 지지했다.

하지만 그럼에도 안 될 일 아닌가, 저건?

"왜 그러십니까? 답지 않게 퍼렇게 질려 가지고는."

덴작의 물음에 볼레트 군의관은 부러 제 뺨을 철썩철썩 소리가 나게 후려쳤다. 미친 사람 보듯 그를 바라보는 시선이 느껴졌지만 전혀 중하지 않았다.

얼마간 그리 제 머리를 두드리고 있으려니 미동 없이 강가에 서 있던 그림자가 작은 휘파람 소리를 냈다. 르옌이었다. 때마침 그녀를 바라보고 서 있던 볼레트 군의관은 그녀로부터 전달되는 수신호를 읽어 냈다.

'무언가 접근.'

그의 귓가에 기묘한 물살 소리가 맴돌기 시작했다. 볼레트 군의관은 그제서야 이곳이 모르가나라는 것을, 그들이 지금 바람 아래 등

불처럼 위태로운 지경에 있다는 것을 상기했다.

새에에에, 머잖은 곳으로부터 물살 거센 소리가 점차 커졌다.

얼마 지나지 않아 고정된 하얀 포말을 흩날리며 갈라지는 강물 거품이 육안으로 식별될 만큼 선명해졌다. 아주 먼 곳으로부터 시작된 강물 거품은 빠른 속도로 가까워지고 있었다.

검은 무언가가 찰방찰방 물 가르는 소리를 내며 그들의 눈앞을 지나치고 있었다. 물가에 자란 커다란 버들나무로 몸을 은폐한 라르크의 기사들은 숨죽여 그것을 올려다보았다. 온통 새까만 거대 함선이었다. 크기에 비하면 정말 놀라울 정도로 조용한 배였다.

자칫 저들이 지척에 다가올 때까지 알아차리지 못할 수도 있었다 생각하니 가슴이 서늘해졌다.

르옌이 알아차리고 신호를 주어 천행이었다. 기사들은 하얀 물거품이 기괴하게 규칙적인 파문을 그리고 사라지는 모습을 지켜보았다. 거대한 배가 그들을 스쳐 지나가고도 한참이나 그들은 또 다른 함선을 경계하며 긴장의 끈을 놓지 못했다.

배가 물살을 따라 멀어지자 르옌이 물었다.

"저 배가 어디서부터 오는 건지 짐작하실 수 있겠습니까?"

"로죄 강에는 수십 개의 강나루가 있습니다. 그리고……."

볼레트 군의관이 엉겁결에 답했다.

르옌은 파사드가 보여 주었던 지도의 로죄 강을 떠올렸다. 제도를 넓게 한 바퀴 휘두르는 거대한 강 로죄는 제도의 수원이었다.

모르가나는 곳곳이 강줄기가 뻗어 있어 수원이 풍부했고 햇살이 따가웠으며 땅이 매양 보드라워 비옥했다. 그들의 풍요에 가장 큰 기여를 한 것이 로죄 강과 그 줄기들이라는 것은 이백 년 전부터 알았다.

'저렇게 큰 함선이⋯⋯.'

많은 것이 변했고, 변하고 있다는 것을 알았음에도 새삼스럽게 모르가나의 드높은 장벽에 숨이 막혔다. 육중한 배는 노조차 없이 떠다니는 성처럼 흘러갔다.

"모르가나에 저런 배가 있었습니까⋯⋯?"

세상이 이만큼 변한 건지, 모르가나가 이만큼 위대해진 건지 모를 일이다.

나기를 북부에서 나, 한순간도 남부를 밟아 보지 못하고 효수되었던 이백 년 전에도, 그리고 다시 태어나 좁은 마을에 갇혀 살면서 큰 강 유역은 밟디려 본 적도 없던 지금까지도 그녀는 저런 큰 규모의 배를 상상해 본 적이 없었다.

그러나 의문은 쉬이 해결되었다.

"모르가나의 것이 아니다."

매섭게 선체를 노려보던 파사드였다.

"그럼 어디 배입니까."

르옌을 제외한 모두가 알고 있는 기색이었다. 한 기사가 물었다.

"시친의 제독 함선을 모르십니까, 데투아 경? 남부도 저만한 배를 만들 기술은 없습니다."

시친. 유목 민족이었던 그들이 대륙 밖으로 추방되었다는 것을 얼마 전 언뜻 들은 것 같긴 하지만 저런 배를 주조할 수 있으리라는 상상은 해 본 적도 없었다.

르옌은 멀어지는 선미를 바라보다가 고개를 돌렸다. 선미에 날개를 펼친 거대한 매의 조각상이 그들을 바라보고 있었다.

파사드가 알 수 없는 말을 중얼거렸다.

"뵈르게트⋯⋯."

르옌이 나직이 물었다. 믿을 수 없단 듯 눈살을 찌푸린 파사드를 향해 그녀도 모르게 반문했다.

"……뵈르게트?"

조금 떨어진 곳에 몸을 숨기고 있던 다른 기사가 급히 아뢨다. 적 군사들이 정찰대의 이동 방향과 비슷한 방향으로 이동한 흔적을 발견했다는 보고였다. 그들이 모르는 어떤 움직임들이 있었다는 것이 거의 확실시된 순간 파사드는 르옌을 외면하고 명했다.

"세 번째 정찰대는 이웃 영지 빌레반 군의 이동 경로를 탐색하고 경계하도록, 나머지는 산개하여 저들을 은밀히 추행推行한다."

"저 배를 말입니까?"

"어차피 강기슭을 따라 내려가는 것이 계획이었으니 다른 추가 지시가 떨어질 때까지는 그리하라."

다른 기사들이 일제히 뿔뿔이 흩어졌다.

"그리고 볼레트 군의관은 데투아 경과 함께 본진 귀환하도록. 다른 정찰대가 모아 온 정보를 비롯해 새로 그린 축적의 지도를 가지고 돌아가라. 지오타르 경과 벵센 경에게 제3국의 간섭이 있을지 모를 가능성에 대해 충분히 설명할 수 있으리라 믿겠다. 분명 저건 남도 델 오스작의 함선이다. 델 오스작의 카헤이아 뵈르게트가 지금 우리와 협력하여 갈카마를 축출하겠다 대륙의 서해안을 밟은 것으로 알려져 있지. 혹시 모르니 주둔지에 도착하거든 즉각 왕실로도 이 사실을 알려라."

"아, 알겠습니다."

"뭐라고?"

급히 로델라에 올라타려던 르옌만큼은 외려 움직임을 멈추고 그를 돌아보았다.

파사드는 그대로 롯사를 매어 둔 수풀 안쪽으로 걸어 들어가고 있었다. 수긍하고 물러가려던 볼레트 군의관은 순식간에 바뀐 르옌의 기세에 눈을 크게 끔뻑였다.

르옌이 달리듯 걸어 강제로 그를 멈춰 세웠다.

"왭니까?"

"일일이 네게 설명해야 하나?"

"듣고 싶다면 해 주실 겁니까?"

막 자리를 뜨려던 볼레트 군의관은 심상찮게 흘러가는 분위기 속에서 주먹만 쥐락펴락 했다.

'아이고.'

감히 파사드의 명에 왜냐고 토를 달아선 안 되었다. 풍기의 문제이며 기강의 문제였다. 그는 한참이나 말없이 르옌을 내려다보는 파사드의 낯 안에 드리워진 기묘한 감정을 읽었다.

그건 항명에 대한 노여움이나, 그녀의 경거망동과는 관계가 없는 사적인 것이었다.

르옌과 파사드의 눈빛이 허공에서 맞부딪쳤다. 누구도 물러설 기색이 없었다. 그러나 결국 우위를 점한 것은 파사드였다.

"명령이다."

건조하기까지 한 그의 명령에, 고집스레 항거하리라 생각했던 르옌이 홱 몸을 돌려 로델라에 올랐다. 볼레트 군의관 역시 뒤늦게 정신을 차리고 허둥대며 그의 말을 찾아 달렸다.

오늘도 어김없이 눈이 내린다. 브류나크의 통행증을 이용해 최단

거리를 가로지르는 여정은 이렇다 할 사건 없이 평탄했다.

시친인들은 말에 익숙하지 않아 노새를 타고 다니는 이들도 더러 있었는데 카헤이아 역시 처음에는 말로, 중간에는 노새로 바꿔 탔다가 나중에는 그들이 짐을 실어 데리고 다니던 코끼리의 짐을 모조리 내리고 그 위로 옮겨 탔다.

카라제시는 갈카마 토벌 당시부터 시친인들이 거대한 회색 짐승–심지어 코로 묘기까지 보이는–들을 몇 마리 데리고 다니는 것을 봐왔기에 놀라지 않았다. 하지만 모두가 카라제시처럼 익숙한 건 아니었다. 거대한 회색 짐승이 육중한 발을 쿵쿵거리는 걸 겁먹은 눈빛으로 힐끔대는 이들이 수두룩했다.

코끼리는 말보다 높아서 군사들의 얼굴이 더 잘 보였다. 코끼리에 앉은 카라제시는 느긋하게 주위를 둘러보았다.

처음에는 말과 코끼리의 높낮이 탓에 대화를 하려면 볼썽사납게 소리를 높여야 한다는 사실을 불편해한 카헤이아의 제의로 코끼리에 올랐다. 하지만 이쯤 되니 완전히 불편한 것도 아니었다.

카라제시의 건너편에 앉은 카헤이아는 시종일관 무표정한 얼굴로 이제는 지루해져 버린 설경만 바라보고 있었다.

"카라제시."

코트를 목 위까지 꽁꽁 둘러매고도 모자라 담비 가죽으로 만든 목도리와 모자까지 둘렀는데도 날이 추웠다.

"말씀하십시오. 듣고 있습니다."

"파사드에게서는 아직 연락이 없나?"

그녀는 아주 자연스럽게 파사드의 이름을 부르고 카라제시의 이름을 불렀는데, 들을 때마다 낯간지러운 기분이 들었다.

"출발과 함께 파발을 띄웠으니 곧 그들도 소식을 들을 겁니다. 이미 들었을 지도 모르고요."

"전서구가 훨씬 빠를 텐데."

"지금 그들의 정확한 위치를 알지 못하는 데다 모르가나의 영내에서 주살당할 위험이 있어 전서구는 이용하지 않는 게 합리적이라 판단했습니다."

카헤이아의 마음에 드는 답은 아니었다. 그녀가 퉁한 얼굴을 하는만큼, 그녀를 못마땅히 지켜보는 시선이 짙어졌다.

카헤이아는 카라제시를 외면하고 그녀가 탄 코끼리 '우나'의 왼쪽에서 타박타박 걷고 있는 남색 코트의 사내를 내려다보았다. 사내는 머리끝부터 발끝까지 코트와 후드로 뒤덮은 차림이었는데 군사들 모두가 두른 멘테마저 없었다. 그러나 그녀는 그가 누구인지 아주 잘 알았다. 그녀가 말 한마디 꺼낼 때마다 저를 노려보는 저 사내는 왕의 하수인이었다.

'에제트라고 했던가.'

테른도크의 칙명을 받아 그들과 함께 이동하고 있는 저자는 낮늘대라 불리는 이들 중 하나라 했다.

소수의 인원으로 존재한다던 그들의 이야기는 시친 본도에서도 들어 본 적이 있어 낯설지만은 않았지만, 왕이 어떤 명령을 내려 그들을 따르는 건지 알 도리가 없으니 불쾌하기만 했다. 슬쩍 떠보려 했으나 입 무거운 것이 보통내기가 아니다.

카헤이아는 언제 다시 밟디뎌 볼까 싶은 라르크의 차가운 수도를 떠올렸다.

눈이 쌓이지 않아도 새하얀 궁전, 그 뒤로 드넓게 펼쳐진 갈리아우의 산맥 중턱에 걸려 있던 구름들, 얼어붙은 왕국의 깃발. 그리고 그들의 정점에 앉은 테른도크 란펠 브류나크는 그 황량하고 고독한 왕좌에 제법 잘 어울리는 사내였다. 그녀는 무엇 하나 잊지 않고 기억하기 위해 애썼다.

카헤이아가 새삼스러운 것을 깨달았다는 양 말했다.

"그러고 보니, 너희 왕의 여자를 못 봤군."

"왕비 전하 말씀이십니까? 왕비 전하께선 오래전에 가니아 산의 신전에 귀의하셨습니다."

"신전에 귀의?"

카헤이아가 되레 고개를 비스듬 돌렸다.

"라르크에서는 특별한 사유가 없는 한 이혼이 쉽사리 허용되지 않습니다. 물론 왕비 전하께서는 이혼을 원하셔서 사원으로 떠나신 것이 아니라 신심이 깊어 그리하신 거지만요."

"아, 아아아, 아, 들어 본 적 있다."

카헤이아의 입가에 가느다란 웃음이 걸렸다. 어떻게든 번드르르하게 포장하려는 카라제시의 노력이 가여워 보이기까지 하는 탓이다.

"그런데 너희의 신심이라면 사후 낙원의 그 종교를 말하는 건가?"

"예. 누아드가의 사원으로 입적하셨습니다. 오륙 년쯤 되었으려나요. 폐하께서 관대하게 비 전하의 깊은 신심을 존중하시어, 전 왕비 전하께서 신전에 귀의하시는 것이 허락되었습니다. 전대미문의 사건이라 한동안 소란스러웠지요."

카라제시는 사실 그에 관한 이야기를 더 늘어놓고 싶지는 않았지만 내색하지 않았다. 그에게는 외국의 인사에게 라르크를 고상하고 고결한 북부국으로 인식시킬 의무가 있었다.

다행히 카헤이아가 화두를 돌렸다.

"흐음, 뭐, 너희 사정이겠지……. 아, 그래. 출발할 때 보았던 파사드의 부인된 여자가 핏덩이처럼 어려 보이던데. 그 여자는 대체 몇이나 되었나?"

"성년은 넘기셨습니다. 나이가 어려도 충분히 현숙하고 사랑스러운 영양입니다."

"네 입에서 라르크의 험담을 꺼내는 건 쥬비상트 해를 죄 얼려 버리는 것보다 어려울 것 같군."

"갈리아우 산맥이 녹는 것만큼 어렵다고 하죠."

카라제시는 여유롭게 받아쳤다.

"그리 속내를 꽁꽁 감추는 녀석은 늘 의심받기 마련인 거 모르나? 북부인들은 영 별로야."

"한데 왜 북부를 택하셨습니까?"

"남부 놈들은 너희의 세 배 반쯤 더 역겹거든. 그 얘기 알고 있나? 현 황제의 취미가 살아 있는 인간으로 체스를 두는 거라지."

"죄인들이라더군요."

"그래도 피 보는 걸 좋아한다는 데에서는 참작의 여지가 없지."

의외로 윤리적인 카헤이아의 일면에 카라제시는 작게 웃었다. 그러다 문득 그들과 나란히 말을 타고 걷고 있는 에제트의 시선을 알아차리고 입술을 다물었다. 마찬가지로 에제트의 시선을 느낀 카헤이아가 먼저 화두를 돌렸다.

"그러고 보니 그대 동생도 저 아래 있다고 했던가?"

"예."

"들리는 소문들이 아주 재미있던데."

"부디 좋은 이야기만 들으셨으면 합니다만 어떤 이야기들인지 알 듯합니다."

"나도 그 심정 잘 알지."

카헤이아가 툭 뱉은 한마디를 카라제시는 기민하게 낚아챘다.

"속 썩이는 동생을 둔 심정을 아신다고요?"

카헤이아가 턱을 괴며 설원 저편, 눈 덮인 하얀 산을 응시하며 스스럼없이 말했다.

"나도 형제가 있으니까. 손위 형제가 하나, 손아래 형제가 하나. 그렇게 둘 있었다."

입김과 함께 툭 흘러나온 대답이 끝이었다. '있다'와 '있었다'의 어감 차이가 확연했다. 카라제시는 더 묻지 않고 정면으로 시선을 돌렸다. 카헤이아의 손위 형제 투헤인 뵈르게트는 어느 정도 인지도가 있는 유명 인사였다. 하지만 손아래 형제에 대해서는 들어 본 바가 전무했다.

카라제시는 더 묻지 않았다.

"……그나저나 국경까지는 얼마나 남은 건가?"

"곧 쌍둥이 절벽이 나오고 그 너머가 모르가나입니다."

"곧이군."

"곧입니다."

투헤인이 어쩐지 가려운 느낌이 나는 귓불을 매만지며 명령했다.

"우리는 뒷정리를 하고 하선한다. 나와 장교 셋만 내릴 테니 나머지는 대기하도록."

"괜찮으시겠습니까?"

남도 델 오스작 출신의 부함장은 불편한 기색을 감추지 못했다. 지난 보름 남짓의 기간 동안 모르가나인들과 부대끼면서 그다지 좋은 기억을 갖지 못한 탓이다.

투혜인은 언제나처럼 성질 더러운 티를 내며 질문을 묵살했다.

"시키는 대로 해. 켈레티 올다의 항구 관리자에게 새를 띄웠나?"

"예, 예에. 그런데 만일 발각되면……."

투혜인은 대답하지 않고 갑판 위로 올라섰다. 원치 않은 초대를 받았지만 황태자의 초대는 쉽사리 거절할 만한 것이 아니었다. 한 치 앞도 내다보기 어려운 실정에 구태여 상대를 불쾌하게 할 일은 할 필요가 없다는 것이 그의 지론이었던 탓이다.

부함장이 다시 물었다.

"모르가나의 황제가 알게 되면 노여워하지 않겠습니까?"

"가서 일 봐라."

부함장은 끝까지 걱정스러운 기색을 내비쳤으나, 투혜인은 무시했다. 정확히는 개의할 여념이 없었다.

투혜인은 황제에게 세 가지 거짓말을 했다.

이름 모를 병으로 앓아 누운 태수 라카라가 건강하다는 거짓말, 그가 아버지인 전 제독 뵈르게트를 여동생 카헤이아보다 아낀다는 말 그리고 체스라는 대륙의 놀이를 규칙밖에 모른다는 말.

투혜인은 그가 알고 있는 벨루비르하인 2세에 관한 정보를 하나씩 되짚었다.

그는 선 황제 벨루비르하인 1세의 적자로 태어난 사내다.

그의 제위 계승은 한때 세간을 떠들썩하게 했었다. 누군가는 곱추라서 그렇다며 비웃었지만, 벨루비르하인 2세는 분명 범인은 아니었다.

—벨루비르하인 2세도 처음에는 형제들과 각별하였다.

하등 쓸모없을 듯한 그런 개인적인 이야기를 해 준 것은 전 델 오스작의 제독인 부친 산테라였다. 형제를 살해했다는 사실을 마음에 둔 자신을 위로하기 위해 건넨 이야기였을 거라고 생각은 하지만 황제를 만나고 돌아가는 길, 투헤인은 정말 부질없는 위로였다는 걸 알았다.

벨루비르하인 2세는 소문대로 냉혈한이었다. 산 인간으로 체스 놀이를 하고 있는 걸 보고 자애로운 자라 어찌 말할까. 투헤인에게도 거듭 함께하자 권유하기도 했다.

결국 투헤인은 세 번째 체스의 권유가 있던 날, 개인적인 이유로 응했다.

타리가 항구에서 대기 중이던 델 오스작의 행정관이 그에게 연통을 보내 온 탓이다.

모르가나와 라르크의 남북 전쟁의 결과가 점쳐질 때까지는 갈카마들을 축출하는 것 이상으로 라르크와 관여되지 않고 지켜보겠다 약속했던 카헤이아가 멋대로 라르크의 영토로 들어갔다는 내용이었다.

처음부터 카헤이아는 모르가나에 고개를 숙인다는 것을 내켜 하지 않았으니 이유는 짐작했다. 그녀는 굴종하여 얻는 것보다 싸워 얻는 게 더 낫다 믿는 사나운 동생이었다.

자신의 체스 말이 되었던 모르가나의 백성들에게는 미안한 일이지만—그다지 죄책감은 들지 않는다는 사실을 차치하고— 황제와의 체스에서 의도적으로 패배한 투헤인은 그가 시친에서 데리고 온 바다매 한 마리를 내어 주어야 했고, 지니고 있던 것 중 가장 값비싼 뉴가트산 흑진주 허리띠가 황제의 곁에 서 있던 어떤 여종의 허리에 감기는 것을 두고 봐야 했으며 마지막으로 또 다른 개조 함선 열 척을 더 내어 주게 되었다.

뿐만 아니라 갑자기 전장을 시찰하겠다는 황태자까지 배에 승선시켰다.

'흐음······.'

일이 생각보다 커진 게 아닌가 싶은 생각에 영 더부룩했다. 아훼이! 아휘! 갑판 위 여기저기서 원숭이 울음 같은 군호가 울렸다.

투혜인의 눈동자가 배 아래 분주히 흔들리는 횃불들을 향했다. 강기슭에 위치한 이른에 도착한 것이 조금 전이었다.

시친에서는 항구라 치지도 않는 조악한 정박지는 그들의 배를 감당할 자격도 재간도 없었다. 때문에 선원들은 배를 최대한 뭍과 가까운 강 한가운데 세우고, 배를 내려 승선원들을 뭍으로 옮기는 번거로운 작업을 해야 했다.

남부의 유일 태자 라인하르를 태운 나룻배는 이미 강나루에 닿아 있었다. 황태자를 맞이하기 위해 나온 이른의 경비대원들이 제제히 늘어서 있다. 그 수만 해도 수십이었다.

문득 어떤 시선을 느낀 투혜인은 이른의 낮은 성벽 위를 바라보았다. 제도 시모어의 목을 꺾어도 끝이 아득한 성벽과 달리 갑판 위에 선 것만으로도 낮게 보이는 있으나 없으나 한 성벽이었다.

그런 성벽 위에 새까만 갑옷을 입어 한 눈에 띄는 남자―아마도 그 유명한 마리포사 백작이라는 자―가 푸른빛이 감도는 기묘하게 눈에 띄는 갑옷을 입은 기사들과 함께 서 있었다.

남부군의 최고사령관이 황태자를 맞이하러 왔다는 이야기가 생각났다. 본능적으로 알아차렸다.

'저자가 그 마리포사라는 자인가······?'

꽤 먼 거리였는데도 불구하고, 놀라울 정도로 푸른 벽안이 투혜인의 시선을 사로잡았다.

비슷한 눈높이에서 그를 바라보고 있던 투혜인이 먼저 고개를 돌렸다.

앞서 설명했듯 이른의 강나루는 항구라 불릴 수도 없을 만큼 작은 규모였다. 필연적으로 거대한 배가 정박하기에 적당한 곳이 아니었다.

바닷가가 아니니 어쩌면 당연한 일이다 싶지만, 이른의 항구만 그런 것은 아니었다. 강줄기를 따라 위치한 장원 도시들의 항구 대부분이 그러했다. 강이 좁아서가 아니라 필요가 없었다.

도시 간의 무역에나 간간히 이용되는 게 전부이기 때문에 시친의 함선이 도착하기 전까지는 누구도 이른 항구의 규모에 불편함을 느낀 적이 없었다.

때문에 이른의 영주는 이번 황태자의 방문에 더해 전례 없이 커다란 배의 방문에 온 촉각을 곤두세우고 있었다.

이른의 성벽이 그다지 높지 않다는 것을 감안하더라도 성벽 높이만큼이나 선체가 크다면 그건 영주의 입장에서는 보는 것만으로도 불쾌한 일이다.

마리포사의 발로이드가 자가문의 기사단 백여 명을 끌고 들어와 미리 알리지 않았더라면 시친 함선의 등장과 함께 영주는 혼비백산하여 까무러쳤을 터였다.

"태자 저하, 이리 누추한 곳까지 방문해 주신 데에 감읍하옵고⋯⋯."

"환대 고맙네."

라인하르는 길어지려는 이른의 영주의 환영사를 딱 부러지게 잘라냈다. 오랫동안 배를 타고 온 탓에 피로한 참이었다.

곧 절그럭거리는 소리와 함께 마리포사 백작인 발로이드가 이른의 경비대원들을 밀치고 다가왔다.

"여기까지 와 계셨나?"

"직접 모셔야지요."

라인하르의 알은 체에 발로이드는 공손을 빙자해 냉소적으로 답했다. 라인하르의 표정이 구겨지자 이른의 영주가 황급히 말을 돌렸다.

"그리고 최고사령관이신 마리포사께서……."

"시간 없으니 바로 주둔지로 이동하겠습니다."

"나는 지금 몹시 피곤하다."

"전쟁터에서 피곤을 느끼신다니."

처음 이른에 진입했을 때부터 정나미 떨어지게 굴던 이번 남부 최고사령관은 황태자의 앞에서도 매양 같았다. 명백히 대답도 귀찮다는 투였다.

"여전히 오만불손하군."

우아하게 대꾸하며 발로이드를 노려보는 라인하르의 눈빛에 서늘한 비웃음이 어렸다. 두 사람 주위에서 활활 타오르는 횃불들이 꼭 그들 사이의 신경전처럼 요란히 밝았다.

이른의 영주는 뱁새눈을 뜨고 발로이드를 노려보며 황급히 라인하르의 비위를 맞추었다.

"쉬고 가십시오. 저하, 몹시 피로하실 텐데 쉬셔야지요. 마리포사 백, 하루쯤이 무에 어떤가. 저하께서 먼 길을 오셨는데."

"하룻밤 사이에 승패가 바뀔 수도 있는 일이다."

딱 자른 발로이드의 대꾸에 이른의 영주는 입술을 오므렸다.

그걸 누가 모르는 줄 아는가. 하지만 전쟁 놀음이야 사령관인 그쪽과 황제가 알아서 할 일이지 그의 소관은 아니었다. 사실 모르가나 중부 지대의 장원 영주들은 제 안마당까지 라르크가 쳐들어오지 않으리라는 기이한 확신을 품고 있었다. 모르가나의 땅은 수백 년간 외세로 인해 고통받은 적이 없기 때문이었다.

"아니, 내일 동이 트면 이동할 거다. 시친의 인사도 기다리고 있으니."

부러 들으란 듯 말하며 느긋이 발로이드를 스쳐 지나가는 라인하르의 모습에 이른의 영주가 화색을 띠었다.

"준비되어 있습니다. 저하, 드시지요!"

"곧 시친의 행정부 장관도 하선할 테니 그를 응대함에도 흐트러짐 없도록."

코웃음 소리와 함께 멀어지는 라인하르의 뒷모습을 노려보던 발로이드의 시선이 종종걸음으로 라인하르를 뒤쫓는 어떤 기사에 이르러 멈추었다.

발로이드의 한쪽 눈썹이 서서히 치켜 올라갔다. 발로이드와 눈이 마주친 나이제르는 화들짝 놀라 발발 떨다가 라인하르의 부름이 있은 후에야 정신을 차리고 걸음을 재게 놀렸다.

"가넷 경은 뭐하나? 안 따라오고."

나이제르에게 라인하르는 구세주였다. 나이제르는 애써 발로이드의 시선을 무시한 채 재빠르게 자리를 피했다.

해군 장교을 이끌고 이른의 성곽 안으로 들어선 투헤인은 경비대원들의 안내를 받아 영주성 안으로 들어섰다.

시장할 그들을 위해 영주가 만찬을 준비했다고 너스레를 떨어 대는 것이 같잖았다. 내심 귀찮다 생각하며 만찬장으로 향한 투헤인은 그 앞에 선 검은 갑옷의 사내를 발견하고 걸음을 멈추었다.

발로이드 페이작 마리포사. 성벽 위에 서 있던 그자였다.

발로이드는 서늘한 벽안을 미끄러뜨려 낯선 차림의 외지인을 훑어 보는가 싶더니 이내 관심을 껐다. 냉랭한 태도에 투헤인은 외려 그에게 관심이 생겼다.

이루 말하기 어려운 분위기의 남자였다. 아무 말 않고 선 모습에서 백 마디 말보다 더 살벌한 기세가 느껴진다는 건 자못 신기한 일이었다. 투헤인은 살면서 저자처럼 위험천만한 기운을 풍기는 이를 만나 본 이력이 없었다.

벨루비르하인 2세를 배알했을 때보다 더 신경이 곤두섰다. 제도까지 숨넘어가게 달려왔다던 나이제르 루자 가넷이라는 중년의 기사가 왜 그리 겁을 집어먹었는지 이해가 갈 것 같기도 했다.

'저자가 사령관이라……'

투헤인은 카헤이아와 반목했던 스스로의 선택에 다시 한 번 확신을 지니게 되었다. 저자의 본질이 어떻든 간에 패배라는 것이 그다지 상상이 가지 않는 사내다.

십여 년쯤 전 현 북부군의 사령관인 파사드의 철없는 모습을 본 기억이 있던 터라 더 비교가 된 것도 사실이었다.

투헤인이 물었다.

"안 들어가십니까?"

짤막한 반문이 돌아왔다.

"시친이 모르가나에 붙었나?"

그는 질문받는 걸 좋아하지 않는 사람인 듯했다.

"어떻게 생각하십니까?"

말장난도 좋아하지 않는 게 분명하다. 발로이드는 노골적으로 눈살을 찡그리며 한 걸음 비켜섰다. 그러고는 말없이 문을 턱짓했다. 들어가라는 뜻이었다. 그와 진솔한 대화를 나눌 만한 관계는 아니었으므로 투헤인은 고개를 숙여 예우를 다한 후 영주와 황태자가 기다리고 있을 만찬장 안으로 들어갔다.

발로이드는 이른의 영주가 대접하는 황태자의 만찬에 참석하지 않았다. 제외되었다 보는 것이 옳을 것이다.

불편한 공기를 모른 체하며 투혜인은 이른의 늙은 영주로부터 남부 포도주와 고기와 수프와 빵을 대접받았다. 그러나 아무리 어느 장원의 영주가 심혈을 기울여 대접하더라도 이미 황궁의 만찬을 대접받았던 투혜인에게는 감흥이 없었다.

이른의 영주는 시친의 함대에 큰 관심을 보였는데 투혜인은 황제를 회유할 때처럼 능란하지만 겸손한 태도로 제독 뵈르게트 때에 이르러 얼마나 배가 발전했는지, 세 줄의 노문을 지닌 배의 속도가 얼마나 빠른지 등의 이야기로 답례했다.

깊은 새벽녘에 이르러 투혜인이 자리에서 일어섰다. 하루 정도 묵고 가도 좋다는 말을 세 번쯤 사양한 후였다.

"오늘 받은 대접만으로도 충분히 감사합니다."

"아쉽게 됐군."

"군도인에게 적당한 대접이 되었으면 합니다."

"충분합니다."

투혜인은 정중히 이마에 손을 가져다 올리며 고개를 숙이는 것으로 예의를 차렸다.

라인하르는 투혜인을 장원의 출구까지 배웅하겠다며 따라 나섰다. 남부의 태자가 보이는 나름의 존중의 태도를 투혜인 거리낌 없이 맞았다.

영주 성은 비교적 높은 지대에 위치해 있었는데 그들은 성을 빠져나와 성곽 안에 갇힌 작은 장원 도시로 들어섰다.

도시 안에는 아치형 건물들이 주욱 늘어서 있고, 그 아래로 낮은 민가가 즐비한 골목이 거미줄처럼 뻗어 있었다. 간혹 불 꺼지지 않은 민가의 창 안에서 호롱불빛이 은은히 일렁거렸다. 곳곳에는 금빛 천에 검은 사자 문양이 새겨진 기를 쥐고 선 황실 근위대가 눈에 띄었다.

보초를 서는 이른의 경비대원들도 보였는데, 분주히 돌아다니는 마리포사 기사단과 황실 근위대 탓인지 존재감이 무척 희박했다. 투혜인은 내부의 구조를 최대한 소상히 살펴 뇌리에 담았다. 그의 습관이었다.

성벽의 남동쪽에 난 작은 출구에 도착한 그들은 작별했다.

"기회가 닿는다면 또 보지."

"그날의 영광을 고대하고 있겠습니다."

투혜인은 다시 한 번 깊숙이 감사한다는 말을 남기고 동반했던 해군장교 셋과 함께 밖으로 나섰다.

투혜인을 보낸 후, 라인하르는 낮은 성곽 위로 걸어 올라갔다.

서른 개 남짓 되는 계단만 오르면 성벽의 꼭대기였다. 거대한 함선은 그 꼭대기에 오른 후에야 눈높이가 비슷했다. 그는 반딧불이처럼 작은 불씨가 번잡하게 오가는 함선을 바라보다가 풍요로운 암흑에 몸 맡긴 장원 밖의 수풀 지대로 시선을 옮겼다. 육두마차가 겨우 드나들 수 있을 만큼 좁은 길의 양 옆으로 바짝 말라붙은 억새풀들이 산들산들 흔들리고 있었다.

제도 밖의 세상은 어쩐지 평화로워 보였다.

발로이드의 목소리가 들렸다.

"부르셨다 들었습니다만."

라인하르는 등 뒤로부터 뻗어와 그의 발치에 드리워지는 그림자를 내려다보다가 뒤돌았다.

바로 지척에서 중무장을 하고 있는 검은 갑옷의 기사는 조금 섬뜩한 퍼런 눈을 지녔다.

발로이드의 한 걸음 뒤에 서 있던 또 다른 마리포사의 기사가 라인하르와 눈이 마주치자 한 팔을 가슴에 올리며 깊이 고개를 숙이는 것으로 예를 표했다.

"키에스 릴이라고 합니다, 저하. 어, 음, 모시게 되어 영광입니다."

그러나 발로이드는 감히 눈도 내리지 않고 그를 마주 보았다.

라인하르는 왜 자신이 그를 좋아하지 않게 되었는지 다시 한 번 상기했다.

발로이드가 그가 아끼던 짐승을 죽여서도, 발로이드가 마리포사라는 저열한 가문이기 때문도 아니었다.

그는 저 열없이 세상 모든 것을 멸시하는 듯한 눈빛이 싫었다. 남부 유일 태자라 불리우는 그를 보잘것없는 이처럼 바라보는 저 눈빛이.

키에스라는 기사의 인사를 무시하고 고개를 돌린 라인하르는 멀찌감치 정박한 시친 함선의 까만 뱃머리를 응시했다.

"시친의 함선 주조는 아직까지는 제국이 따라잡기 어려운 수준이지. 이번에 시친이 저 함선과 비슷한 대형 개조 함선들을 폐하께 상하기로 했으니, 제국으로서는 좋은 일이야. 충각을 새로 달고 검은 사자 상을 세워 올린다면 그야말로 위용이 넘치겠지."

"그렇습니까."

건조하게 답한 발로이드의 눈이 나루터를 향해 산책하듯 걸어가는 투헤인과 해군 장교들의 정수리에 맺혔다.

라인하르는 그와 자신이 사담을 나눌 만큼 가까운 이가 아니란 것을 환기했다.

"그래서, 전황은?"

"변고 없습니다."

"사령관인 네가 이리 자리를 비워도 되나?"

"태자 저하께서 걸음을 보채 주신다면 더 좋았겠지만 아직은 별 문제 없습니다."

은연중 가시 박힌 말을 모른 체한 라인하르가 답했다.

"마지막 승리에 대한 이야기는 보다 소상히 들었다. 대단한 용맹이다."

"예."

"하지만 불미스러운 일에 관한 이야기도 들리더군. 단도직입, 폐하께서는 내가 그 일을 바로잡기를 원하신다."

"비세바르에 관한 건은 이미 제 선에서 처리된 후입니다."

라인하르의 눈빛이 매서워졌다.

비세바르 케시르스 아사인은 모르가나 중앙 15개 가문 중 하나인 아사인가의 무관으로, 감히 마리포사 따위가 저리 말할 수 있는 자가 아니었다.

또, 별개로 그가 기억하는 비세바르는 명예를 아는 충성스러운 자였다. 눈앞의 사내보다 훨씬 더.

"처리?"

"예."

"설명해 보겠나."

"그는 명령에 불복종해 군의 기강을 흐트러뜨려 놓아 즉처해도 모자람이 없었으나 그 또한 충정으로 여겨 은혜를 베풀었습니다."

라인하르의 목소리에 날이 서기 시작했다.

"의전을 어기려 한 사령관에게 간언한 장수를 감금한 것이 은혜인가?"

"간언과 항명에는 명백한 차이가 있는 법입니다. 그는 항명했습니다."

"그대에게 최고 지휘자의 자리를 임명한 것은 북부의 야만족들을 몰아내라는 것이지 내분을 일으키라는 뜻이 아니었다. 게다가, 모르가

나는 다른 어느 나라보다도 제국으로서의 품위를 지켜야 한다. 우리가 여태까지 쌓아 온 것들을 위해서지. 모두가 우리를 우러르도록……."

잠깐 말을 멈추었던 라인하르는, 보다 단호히 힘주어 말을 이었다.

"……아니, 설명하지 않아도 이미 잘 알겠지. 내가 전장에 합류하는 순간 비세바르를 복권하겠다."

"그러실 필요 없습니다."

"뭐?"

"아사인의 아들 비세바르는 이미 복권되었습니다."

너무나도 즉각적으로 돌아온 답에 라인하르는 말을 잃고 가느다랗게 치켜뜬 눈으로 발로이드를 노려보았다. 덜미가 잡히는 것을 저어해 수습해 둔 모양이지만 그로는 불충분했다.

"직접 주둔지를 둘러보기 전에는 속단하지 않을 것이다. 그러나 확실한 것은 앞으로는 그런 불미스러운 일이 있어선 안 된다는 것이다. 잘 알고 있겠지."

"여부가."

"네 권한 역시 의전 안에서 축소될 것이다."

발로이드는 침묵했다.

저치는 도무지 무슨 생각을 하는지 알 수가 없는 종자였다. 라인하르는 다른 화제를 꺼냈다.

기실 이것이 용건이기도 했다.

"네가 사심을 채우기 위해 이 전장에 와 있다는 소문이 돌던데."

발로이드의 열없던 벽안이 서서히 형형해졌다. 라인하르는 감히 자신을 노려보는 발로이드의 전에 없던 적개심을 읽어 내고 내심 크게 놀랐다.

침묵이 흘렀다. 이 가을에 짝이라도 찾는 것처럼 가마우지와 닮은 새 울음소리만 간간이 섞여 울릴 뿐이었다.

"네가 품은 사심에 대해 부정하지 않나?"

하. 짧은 숨 뱉는 듯한 발로이드의 조소가 이어졌다.

가만히 물러서 있던 키에스는 발로이드의 심기가 몹시 불편하다는 것을 적나라하게 깨닫고 속만 태웠다.

황태자와 발로이드의 관계는 빈말로도 좋다고 할 수 없었다. 벨루비르하인 2세와 달리 라인하르는 발로이드의 매양 한결같은 태도를 감정적으로 받아들였다.

평소의 발로이드라면 라인하르와의 대질도 적당히 넘겼을 것이다. 하지만 최근의 그는 언제 터질지 모를 화산 같았다. 마지막 회전의 승리 이후로 쭉 그랬다.

저도 모르게 얕게 한숨 쉬던 키에스의 눈이 라인하르와 마주쳤다. 라인하르의 입술이 얇게 비틀렸다.

아차 한 키에스가 스스로의 무례를 깨닫고 즉각 한 걸음 앞으로 다가가 고개 숙여 사죄했다.

"송구합니다, 태자 저하."

"기강이 어찌 이런가?"

"송구합……."

키에스는 어쩔 줄 몰라 하다 끝내 입을 다물고 한쪽 무릎을 꿇었다.

"나는 모르가나의 제국민으로서 위대한 황제의 아들이자 언젠가 너의 주인이 될 제국 유일의 후계자다. 누가 네 진짜 주인인지 잊지 마라."

라인하르의 힐난이 매섭게 키에스의 정수리로 달려들었다. 라인하르는 그 말을 끝으로 성곽 아래로 모습을 감추었다. 무릎을 꿇고 있던 키에스는 힘겹게 일어섰다.

발로이드는 말없이 그를 스쳐지나 성벽으로 가까이 다가섰다. 발로이드를 따라 시선을 옮긴 키에스가 조심스레 운을 뗐다.

"······주군."

"말해라."

"송구합니다."

무엇이 죄송한지 모르겠다. 그러나 발로이드를 보고 있자면 스스로의 모자람을 스스로 치죄하지 않을 수가 없었다. 조금 더 뛰어났더라면 좋았을 것이라고.

겨울의 한파를 앞둔 바람 속에 홀로 선 발로이드는 외롭다.

전쟁터가 그를 삭막하게 하는 것이 아니라 그가 스스로를 메마르게 방치하고 있음을 모르는 마리포사는 없었다. 사실 이번에 발로이드가 그 여자를 찾아냈다는 이야기를 전해 들었을 때에는 희망을 가지기도 했다.

발로이드의 뜻과는 다르다 할지라도, 지금 마리포사 백작 부인이라는 놀림까지 받으며 라곳에시스를 지키고 있는 위스번스도 그러길 바라고 있었다.

이번 전쟁에는 참여하지 않고 남부 프세 국경에 파병 가 있는 친우인 테네스 경도 다소 거친 말로 '진짜면 그냥 잡아다 결혼시켜야지, 뭔 소리야?' 하고 은연중의 바람을 비치기도 했다.

그들뿐만 아니라, 간간히 발로이드가 거론하는 그 여자에 대한 사소한 실마리를 놓치지 않고 주워 들어, 꼭 그 여자가─만일 존재한다는 가정하에─ 마리포사의 안주인이 되기를 기대하는 이들도 많았다.

발로이드의 혼사라거나 그 밖의 정치적 일에는 관여하지 않겠다 마음먹었던 키에스 본인조차도 어쩔 수 없이 바랐다.

하지만 물거품이 되었다. 그 여자는 정말 존재했지만 발로이드를 거부했다. 한 차례도 아니고 세 차례나.

키에스는 사실, 지난번 그 여자가 라르크의 기사들과 함께 발로이드를 찾아왔다가 도망쳤다는 이야기를 들었을 때 더 가망이 없으리라는 것을 직감했다.

"이제 와 이리 말씀드리는 것도 우스운 일입니다만…… 태자 저하께서도 감시 의사를 표하신 상황입니다. 물론 저는 태자 저하나 제국 귀족들이 두려운 게 아닙니다. 마리포사 가문이 오래도록 그들의 믿음과 호의를 사기 위해 노력해 왔다 들어 드리는 말씀입니다. 당신께서도 그들의 유지를 이었다 말씀하셨습니다. 주군께서 소기에 바라셨던 그분이 우리를 적대한다는 게 기정사실이고 함께하는 게 불가능하다 판단하셨다면……."

키에스는 결국 말끝을 흐리고 말았다.

마지막 회전이 있던 날은, 발로이드의 가슴이 산산조각 난 날이었다.

승패와는 관계없이.

발로이드가 여전히 간절하게 바라는 존재는 브류나크의 손아귀에 있다. 이 이상 손쓸 도리가 없었다. 키에스는 용기를 내어 말했다.

"그만두시는 것도 방법일지 모릅니다."

그 여자에게 거부당한 순간부터 발로이드에게 라르크 군의 격퇴는 차순위의 문제가 되었다. 슬슬 마리포사가 아닌 다른 제국군들도 알아차리고 있을 것이다. 듣기로 돌연 병영을 이탈했던 나이제르 루자 가넷도 이미 그 사실을 짐작하고 있다 했다.

발로이드는 이미 '라르크 군을 몰아내라.'는 황명에 반하여 올조르라는 방벽을 잃은 톨프의 군장을 회유해 라르크 군의 퇴군을 막는 데 이용하려는 시도까지 했다. 그리고 무엇보다도, 발로이드는 전장을 이탈하는 일까지 하고 있었다.

다른 이들이야 발로이드가 황태자를 맞이하기 위해 자리를 비웠다 믿을 테지만 기실 발로이드는 황족이든 귀족이든 간에 크게 예의를 차리지 않는 사람이다.

라르크 군이 혼란할 때를 노려 그들을 공격해야 한다는 것을 누구보다 잘 알고 있을 발로이드가 이곳까지 나온 것은 도피라고밖에는 볼 수 없었다.

이미 잃어버린 것은 돌아오지 않는다. 이제 발로이드는 그것을 인정해야 할 때였다.

"……예전에 에일라가 자식을 잃었을 때."

그랬던 적이 있었다. 키에스가 꺼낸 것은 꽤나 오래전의 이야기였다.

"……제가 기억하는 게 맞다면 주군께서 그리 말하셨을 겁니다."

발로이드가 키에스를 향해 고개를 돌렸다.

"그렇게 배우는 거라고. 지나 보내야 한다고."

키에스는 조금 더 용기를 발휘했다.

세상에서 도려내진 이들을 말없이 거두는 발로이드는 그들이 영원히 떠나고 싶지 않은 단단한 울타리였다. 변치 않길 바랐다. 남부의 다른 귀족들과 같은 것이라고는 작위가 있다는 사실 하나뿐인 주인인 동시에 전우가 아닌가.

슬쩍 진심을 말하면 '어차피 너희를 거둔 데에는 이유가 있어서니 기뻐하지 마라.' 하는 퉁명스런 대꾸만 돌려주지만, 마리포사들은 발로이드도 내심 듣기 좋아한다는 것을 알고 있었다.

"한 번 잃어버리면 돌아오지 않는 것이 있다는 것을 모두 압니다. 우리가 살고 있는 세계가 그런 곳이라는 걸, 주군께서 알려 주지 않으셨습니까."

"키에스."

"주군은 그 여자를 당신의 지침이라 하셨습니다. 의심하지 않습니다. 사실, 그래서 더 화가 납니다. 왜 주군을 알아주지 않는 여자를 놓지 않으십니까. ……대체 이 길의 끝에서 주군은 행복할 수 있는 겁니까?"

용기 낸 간언을 이어 가는데, 불현 발로이드의 실소 섞인 음성이 허공을 써늘히 울렸다.

"착각 마라. 그 모두 오늘을 위함이었다."

"예?"

"그간 감내해 온 치 떨리는 굴욕들, 모두 이 날을 위함이었다."

순간 키에스는 발로이드의 음성에서 생경한 어떤 감정을 읽어 냈다. 보편적으로 두려움이라 불리는 것이다. 키에스는 스스로를 의심했다. 발로이드는 무엇도 두려워하지 않는 자였다. 세상의 모든 것이 발로이드를 위협하길 꺼려 했다. 위협당하지 않는 자를 위협해 망신당하고 싶어 하지 않았기 때문이리라.

"……주군, 만일 주군께서 원하셨다면 이미 브류나크의 목을 따고도 남았을 겁니다. 황태자가 이렇게 찾아와 주군을 욕보일 일도 없었을 터입니다."

"……."

"이런 모욕을 감내할 가치가 그 여자에게 있는 겁니까……? 결국 주군의 바람이 이뤄질 거라 믿어 그러시는 거라면 따를 겁니다. 하지만, 정말로 그렇게 생각하고 계신 겁니까? 그 여자는 꺾으려야 꺾을 수 없는 위대한 여자라 우리 모두에게 누차 말하신 게 주군이셨습니다."

발로이드의 매끄러운 턱선이 비껴 돌았다. 키에스가 다시 한 번 용기 내어 청했다.

"그만두시면 안 됩니까?"

"키에스."

"저희는 죽음도 두렵지 않습니다. 하지만 당신이 불행한 것은 저를 몹시 두렵게 합니다. 단장의 충정만 못하다 비난하신데도 달게 듣겠습니다. 그러나 주군께서는 우릴 이끌어 주실 의무가 있는 분입니다. 이미 그분은 세 번이나 당신을 버렸습니다. 주군께서 말하셨습니다. 세 번이면 충분한 기회라고."

키에스는 쓰게 말을 맺은 후 즉각 무릎 꿇었다.

"용서하십시오, 주군."

발로이드는 어두운 하늘의 저편 어딘가를 바라볼 따름이었다. 그 견고한 옆모습에 키에스는 과장해 울고 싶은 심정이 되었다.

한참 후 발로이드의 음성이 눅눅한 밤공기를 울렸다.

"키에스, 너는 죽음을 경험한 적이 없어 모르겠지만."

"……예?"

"살아서 맞이한 죽음도 무엇도, 내게는 완벽하지 못했다. 그녀만이 내가 할 수 있는 선택이다. 포기는 불가능하다."

가끔 그는 저렇게 알 수 없는 이야기를 하곤 했다. 키에스는 더 토달지 않고 입술을 다물었다.

포기란 불가능하다. 그 말은 적나라하게 발로이드를 짓누르고 있는 무게의 형상화였다. 불가능한 것은 없다 말한 그가 유일하게 인정한 불가능한 한 가지라면, 정녕 불가능한 것인지 모른다. 긴 침묵이 흘렀다.

어디선가 울리는 물장구 같은 소리에 키에스는 투헤인과 해군 장교 셋이 나룻배를 기다리고 있는 곳을 돌아보았다. 발로이드도 같은 곳을 보고 있었다.

발로이드의 입술이 열렸다.

"……둔영 내에 아직도 라르크의 앞잡이가 남아 있는지도 모르겠군."

"예?"

"활을 가져와라, 키에스."

키에스는 느닷없는 그의 명령에 반문하는 대신, 눈살을 찌푸리며 어둠 속을 샅샅이 훑었다. 산발적으로 움직이는 그림자들이 보였다. 그리고 투혜인이 서 있는 나루터를 향해 두 필의 말이 빠른 속도로 달려가는 것도.

투혜인과 장교들을 강 한가운데 떠 있는 함선까지 이동시켜 줄 나룻배의 노지기가 열심히 노를 저어 다가오고 있었다. 그를 기다리는 동안 투혜인은 옷깃을 여미며 생각했다. 참으로 평화로운 전쟁터다.

이제 돌아가 대체 여동생인 카혜이아가 무슨 짓을 하고 있는지를 알아봐야 할 때였다.

그때였다. 말발굽 소리가 울려 퍼졌다. 그들이 나온 이른이 있는 방향이 아닌 반대쪽에서였다.

투혜인을 비롯한 해군 장교들이 가까워지는 어두운 그림자를 발견하고 일제히 얇은 검을 빼들었다. 두 필의 말이 강기슭을 따라 그들을 향해 달려오고 있었다.

말을 탄 괴인들은 눈 깜빡할 새에 그들과 머잖은 커다란 나무 아래 멈추었다.

푸르릉. 숨을 헐떡대는 말울음 소리가 거슬렸다.

"누구냐!"

어둠속에서 한참을 서 있던 기수들이 다그닥 다그닥 말을 몰아 다가왔다.

투혜인은 문득 눈을 스치는 선명한 백색 검을 발견했다. 아직 어두워 상대의 얼굴은 식별하기 어려웠다. 어떤 기묘한 예감에 투혜인이 이끌리듯 한 걸음 앞으로 걸어 나갔다.

장교들이 그를 막아 세우려 했지만 적의 목소리가 더 빨랐다.

"투혜인 뵈르게트, 맞나?"

투혜인은 괴한의 말투, 어조에서 기묘한 기시감을 느꼈다. 그 특유의 분위기는 결코 타인이 따라하기 힘든 소년만의 것이었다. 그리고 그의 예상이 맞다면 저 하얀 검은 유명이 자자한 북부의 귀물일 터였다.

투혜인이 장교로부터 횃불을 빼앗아 들곤 서슴없이 괴기사를 향해 걸어갔다.

"각하?"

순간 또 한 명의 적기가 달려와 얼마 떨어지지 않은 거리에 섰다. 미약하게나마 격렬한 열기가 느껴졌다.

몇 걸음 내디뎌 횃불을 내민 투혜인이 낭패란 음성으로 씹어뱉었다.

"……이런."

만남은 아주 오래전이었고 짧았던 것으로 기억한다. 그러나 그만큼 강렬했다.

기수의 투구 안으로 드러난 단정한게 날카로운 테메르인 특유의 이목구비, 까만 눈동자와 땀에 젖은 까만 머리칼까지. 어떤 소년이 떠오르는 것이 이상하지 않았다.

당사자였기 때문에.

찰방 찰방, 노지기의 노 젓는 소리가 가까워지는 것이 들렸다. 힐끔 뒤를 흘긴 투헤인이 슬슬 뒷걸음질했다.

"……내 기억이 맞다면 브류나크 본인인 듯한데."

라르크 원정대의 선봉에 있다는 것은 알았지만 그를 만나리라는 기대는 추호도 한 적이 없었다. 애초에 이곳에 있어선 안 될 자가 아닌가.

파사드의 검은 눈동자가 매서운 빛을 발했다.

"왜 너희가 여기에 있나."

어렸던 소년은 온전히 사내가 되어 인상마저 바뀌었다. 투헤인은 뒤돌아 이른의 성벽을 올려다보았다. 그와 동시에 약속이라도 한 것처럼 적의 발견을 알리는 이른 성곽의 봉화가 환히 타올랐다.

투헤인이 얕게 웃었다. 이 근방이 곧 난장판이 될 터였다. 아직도 그들을 태울 나룻배는 도착하지 않고 있었다.

"이거, 별……."

막막한 한숨이 흘러나왔다.

키에스가 무엇을 우려하는지 발로이드 역시 잘 알고 있었다.

밤바람보다 시꺼멓고 강바람보다 비린 절망이 얼마나 두려운 것인지 발로이드 본인이 누구보다 잘 알았다.

그러나 이 고통은 홑옷에 묻은 민들레 씨를 털어 내듯 훌훌 날려 버릴 수 있는 것이 아니었다. 무엇이 옳은지 무엇이 그른지는 더 중하지 않았다. 그녀를 향한 경애는 그대로, 라르크를 향한 증오 역시 그대로였다.

―인간은 누구나 자신만의 길을 가지고 있다, 페이. 설사 그게 가

시밭길이라 하더라도 외길뿐이라면…….

그는 제게 주어진 길을 돌아가는 법을 배우지 않았다.

이백여 년 전, 그들이 나란히 한곳을 바라보았던 그 이상 같던 세상 속에서 그녀가 일러 준 삶의 방식이었다.

—걸어야지.

"걸어야지."

발로이드의 입술에 찬웃음이 걸렸다.

정해진 길이었다. 그녀의 선택은 저곳. 자신의 선택은 이곳.

고장 난 나침반을 쥐고 언젠가 가로질렀던 사막으로 되돌아간 기분이었다. 지독한 갈증을 참으며 이 끝에 우물이 나오길 바라고 걸을 뿐이다. 한 껍질 한 껍질 마음이 헐벗겨져 종래엔 뼈다귀만 남아 무너진다 해도, 기필코 쥐어야 살 것이다.

적이다! 누군가가 소리치는 것이 들렸다.

이른 성벽 위의 봉화가 하나 타오르기 시작했다. 성벽 위로 군사들이 하나둘씩 절그럭, 귀에 거슬리는 소리를 내며 뛰어 올라왔다.

이른의 경비병들과 마리포사의 기사들과 황실 근위대 기사들이 수십 명, 뒤엉킨 채 성벽 밖으로 달려 나갈 준비를 하고 있었다.

발로이드는 그 불규칙한 광경을 내려다보았다. 그 안에 숨은 은닉한 적들을.

성벽을 박차고 나간 군사들은 높은 갈대와 수풀 지대를 마구잡이로 헤치며 달려갔다. 적들은 한둘이 아니었다. 속속들이 발각되는 적들을 에워싸고 이른의 경비대원들과 궁수들이 포위망을 좁혀 가기 시작했다.

그러건 말건, 발로이드의 관심사는 온전히 강기슭에 선 자들을 향해 있었다. 곧 이 소동을 알아차린 키에스가 사정거리가 긴 활을 들고 달려 올라왔다.

"주군, 가져왔습니다. 그리고 기사들에게 일대 수색에 동참하라는 명을 내렸습니다. 주군께서도 이곳은 너무 노출되어 있으니 내려가시는 게 어떻겠습니까. 성벽이 너무 낮습니다."

얕은 숨을 헐떡이는 그로부터 활과 화살을 건네받은 발로이드는 말없이 묵직하게 시위를 겨누었다.

방패를 꺼내 든 키에스는 예리하게 눈을 움직여 성벽으로 다가오는 적이 있는지 식별하는 데에 여념이 없었다. 발로이드는 절피를 손끝에 걸어 당겼다.

발로이드의 서슬 퍼런 눈동자는 이내 강기슭 어둠 속에서 시친의 후예를 마주한 라르크의 기사에게로 향했다. 적과 가까운 거리에 투헤인이라는 시친인이 서 있었지만 상관없었다.

발로이드는 시친의 후예들을 존중하지만, 그것이 그들을 매사 배려해야 한다는 것은 아니다.

그러나 키에스에게는 아니었다. 키에스는 그의 화살 끝이 향한 방향으로 시선을 미끄러뜨렸다가 조금 전 황태자의 전송을 받아 밖으로 나간 군도인을 발견하고 화들짝 놀랐다.

"주군?"

순간 다소 거센 칼바람이 불었다. 화살이 시위를 떠나 시야의 귀퉁이를 가리고 있는 외국 사절의 머리 위를 스쳤다.

"바람이 세군."

오른손으로 허공을 저어 바람의 세기를 가늠하던 그는 다시 한 번 화살을 걸어 주저 없이 쏘았다. 갈색 말을 타고 있던 적기는 손도 올리지 못하고 그대로 고꾸라졌다. 연이어 날아드는 화살에 놀란 해군 장교들이 두리번거리다 그를 발견하고 검을 겨누며 고함을 쳤다.

무시하고 또 한 발, 시위를 당겼다. 키에스가 놀라 휘청하는 시친의 행정 장관을 발견하고 다급히 소리쳤다.

"주군! 저들은 적이 아닙니다. 시친 함대로 돌아가려는……!"

발로이드의 세 번째 화살이 시위를 떠나기 전 그들은 강기슭의 커다란 나무 아래로 숨었다. 발로이드는 언뜻 비치는 말 꼬리를 쏘아보며 조소했다.

어두워 제대로 보이지 않았지만 야성의 감은 능히 그의 화살을 인도할 것을 믿는다. 그리고 화살은 적의 군마에 명중했다. 속수무책으로 화살을 등허리에 박은 말 한 필이 그늘 밖으로 뛰쳐나와 펄쩍대다가 서서히 허물어졌다. 숨어 있던 적의 기사가 굴러 떨어지며 다시 발로이드의 표적이 되었다.

발로이드는 마지막 남은 화살을 시위에 매겼다.

한 발이면 정체 모를 적을 죽일 수 있었고, 두 발이면 북부산 말의 숨통까지 끊어 낼 수 있다. 세 발이면 황태자의 목도 꿰뚫어 버릴 터였다. 마지막이라 아쉬울 뿐이다.

절피를 누르고 있던 그의 손끝이 열리려는 순간이었다.

달 가렸던 두꺼운 구름이 비껴 섰다. 둑 터진 듯 쏟아진 달빛이 누르스름한 억새풀과 수호초 밭 위로 금빛 물결을 불러일으켰다. 울퉁불퉁하고 차갑게만 보였던 이른을 에워싼 성벽도 서서히 쥐색으로 물들었다. 천지가 휘황하게 밝아졌다.

흑발.

'……그럴 리가.'

잠깐 눈살을 찌푸린 발로이드가 다시 적을 겨냥하려는 찰나였다.

그의 곁눈으로 흰빛이 스며들었다. 무언가에 이끌리듯 고개를 돌린 발로이드의 푸른 눈동자가 맹렬한 속도로 금빛 억새밭을 헤치고 달려오는 또 다른 기사에게로 향했다.

기사라기엔 작고 아름다운 그런 여자였다. 이 밤의 세계의 유일한 빛인 듯, 그녀가 탄 말의 하이얀 갈기가 부옇게 빛났다.

손에 힘이 빠지려는 것을 가까스로 붙들었다.

'스완.'

그리움과 배신감으로 찌든 갈증이 다시금 목 안쪽을 들끓게 했다.

"주군, 피하시는 게⋯⋯!"

키에스는 정체 모를 백마의 기수가 활을 겨누어 올리는 것을 발견하고 놀라 방패를 고쳐 쥐며 말했다. 그러나 발로이드에겐 들리지 않았다.

스완의 적의가 제게 향한다. 그건 아주 소름 끼치는 일이었다.

활시위를 당기고 있던 발로이드가 그대로 몸을 돌려 그녀가 선 방향을 겨냥했다.

"주군, 위험⋯⋯."

그녀에게 속삭였다.

"누님, 여기까지 나를 찾아왔나."

세상 모든 것이 깎여 나가고, 남은 것은 그녀가 디딘 곳과 제가 선 곳뿐이다.

마호가니 목빛의 불그스름한 눈동자와 얼어붙은 호수처럼 찬 벽안의 시선이 허공에서 얽혔다. 전장의 소음은 태초의 공허처럼 흔적도 없이 내쫓기고 꿈 같은 현실만이 남았다.

시위를 움켜쥔 채 한참을 미동 없이 섰던 발로이드의 눈꺼풀이 무겁게 감겼다.

'누님.'

바람 소리가 귓가를 스쳤다. 살가죽 꿰이는 소음이 귓속을 파고들었다.

발로이드는 느리게 눈을 떴다. 그녀가 성벽 위를 겨누었던 화살은 이미 사라지고 없었다.

텅그렁. 텅, 텅. 그를 가리고 있던 충직한 기사의 방패가 추락했다. 귓등을 할퀴는 요란함에 발로이드는 아주 느리게 고개를 돌렸다. 스러지는 기사의 모습이 가을 낙엽처럼 가련하다.

키에스는 겨드랑이부 아래에서부터 심장이 위치한 대각으로 뚫고 들어간 화살을 거칠게 뽑아낸 후 주저앉았다. 울컥 피를 토하는 키에스의 갈색 눈동자가 느리게 깜빡거렸다. 금세 바닥에 피웅덩이가 고이기 시작했다.

하지만 치명상을 입었다는 사실보다도, 갑옷을 입은 높은 곳의 적을 단발에 쏘아 죽일 수 있는 명사수의 실력이 충격이었다.

힘겹게 일어서려던 키에스가 비틀거렸다.

발로이드가 그를 붙잡으려는 찰나, 균형을 잃은 그가 또 한 발의 화살을 맞고 성벽 안쪽으로 추락했다.

―――……이 길의 끝에서 주군은 행복할 수 있는 겁니까?

발로이드는 추락하는 전우를 내려다보았다. 찢긴 바람이 그의 가슴을 할퀸다.

그녀는 다시 화살을 장전하고 있다. 힐끔 아래에 시선을 주었던 발로이드는 주저 않고 뒤돌았다. 파란 나비의 멘테가 강바람에 펄럭 날아올랐다.

멈출 수가 없었다. 이 들끓는 살의와 갈증을 그칠 수가 없었다.

산발적으로 울리던 말발굽 소리들이 그녀가 있는 곳을 향해 가까워졌다. 성벽을 올려다보던 활을 내리며 입술을 그러모았다. 페이작이 사각지대로 사라졌다. 올 것이다. 그 즉시 르옌은 활을 내동댕이치고 전속력으로 파사드에게 달려갔다.

워어! 지근거리까지 단숨에 달려간 르옌이 로델라를 멈춰 세웠다. 무슨 일이 있었던 건지, 부상당한 낯선 제복을 입은 외국인 두 명이 있었다. 그리고 파사드의 곁에는 오는 내리 동고동락했던 한 기사가 화살에 목덜미를 꿰뚫린 채 피거품을 물고 있었다.

살릴 수 없다. 판단한 그녀는 파사드의 군마인 롯사부터 살폈다.

롯사는 몇 번이고 일어나려다 포기한 것처럼 주저앉기를 반복했다. 파사드는 갑자기 솟아난 르옌을 믿을 수 없단 듯 바라보았다.

"네가 왜 여기에 있나?"

"지금 그에 대한 시비를 논할 때가 아닌 듯한데. 이자, 시친 유목민들과 관계된 자인가?"

멀찍이 정박해 있는 거대 함선으로 시선을 준 르옌이 물었다.

투혜인은 오로지 행정관의 길만 걸어온 자였다. 갑자기 그들을 향해 날아왔던 화살을 생각하면, 모르가나 측이 딱히 시친인들을 보호하려는 것 같지도 않았다.

'어떻게든 배로 돌아갈 때까지 버텨야 하는데……'

그러던 문득 투혜인의 입술이 의문으로 벌어졌다.

'유목민?'

"시친의 간부들 중 한 명이다."

"아까 그 배에 타고 있던 자인가? 죽일 건가?"

자연스럽게 파사드와 동등히 대화하는 여자가 누구인지 궁금해할 새도 없었다.

"아니."

투혜인이 뒷걸음질했다. 그를 함선까지 이동시킬 나룻배가 지척에 다다라 있었다. 하지만 코앞에 있는 라르크 기사들을 따돌릴 방법부터 찾아야 했다.

별안간 벌어진 난리통을 인식한 해군들이 함선에서 또 다른 배를 내리는 것이 보였지만 안도감은 없었다. 파사드도 그들을 보고 있었기 때문이다.

"군대를 이끌고 왔나, 붉은 늑대의 아들? 저기 지금 남부 태자와 모르가나의 사령관이 있다. 괜한 벌집 건드리는 것만큼 어리석은 일이 없어……."

느닷없이 난입했던 하얀 말을 탄 여자가 말허리를 자르며 파사드에게 물었다.

"이 자리에서 도망칠 수 있나?"

"말조심."

"지금 그럴 때 아니야. 아, 정말 답답하게."

파사드는 침착을 가장하며 겨우 비틀비틀 일어선 롯사를 돌아보았다. 롯사를 탈 수는 있겠지만 달리는 것은 무리였다. 파사드는 이 여의치 않은 상황 속에서도 투헤인에게서 시선을 떼지 않고 말했다.

"데투아, 이자를 말에 태워라."

"저자를 데려가려고 말입니까?"

여자가 말을 올렸다. 저들의 관계가 퍽 흥미롭다 느껴진 건 잠시였다. 투헤인의 입안은 바짝 말랐다.

'미치겠군.'

강으로 뛰어든다 해도 말들은 수영을 한다. 하얀 말을 탄 여자가 파사드와 뜻을 같이 한다면 해군들이 기슭에 닿기도 전에 다시 사로잡힐 것이다. 물론, 시간을 끌자면 강으로 뛰어야 한다. 그러나 그가 행동으로 옮기기도 전에 파사드가 투헤인의 옆구리를 하얀 검집째로 후려쳤다.

내장이 터지는 느낌에 반사적으로 허리를 숙인 순간, 투혜인의 뒷목에 어마어마한 충격이 가해졌다. 손속도 두지 않고 투혜인의 뒷덜미를 후려쳐 기절시킨 파사드가 르옌에게 턱짓했다.

르옌이 슬며시 눈살을 찌푸리며 말했다.

"로델라는 세 명은 못 태웁니다."

"이자만 데리고 돌아가라. 나는 다른 정찰대에 의탁하겠다."

어느새 가까워진 적기들의 수를 급히 가늠한 르옌이 말에서 내렸다.

"제 말에 오르십시오."

파사드의 눈이 크게 찡그려졌다.

"뭐?"

"페이작이 올 겁니다. 어서, 두 번 말하게 하지 마. 시간 없으니까."

르옌은 거의 강제하듯 로델라의 고삐를 파사드의 손에 쥐었다. 파사드는 점차 가까워지는 적들의 포위망을 깨닫고 먼저 투혜인을 짐짝처럼 르옌의 하얀 말 위에 올려 태웠다.

"머리가 잡히면 그대로 끝이라는 걸 모르지 않잖나."

그녀의 하얀 말에 올라탄 파사드는 순간 목구멍이 막힌 듯한 기분에 숨을 들이켰다가, 간신히 물었다.

"너는."

"내 걱정은 마라. 먼저 네가 로델라를 타고 돌아가면, 내가 숨어 있다 다른 살아남은 기사에게 의탁해 돌아갈 테니까."

"무기도 없이 말인가."

르옌은 지금 거의 무방비 상태라 해도 이상할 것 없는 모습이었다. 투구도 쓰지 않았고, 갑옷이라고는 최대한 줄인 가벼운 가죽 갑옷이 전부였다. 무기 역시 짧고 무딘 단검 하나가 전부다.

새삼스러운 자각에도 르옌은 당황하지 않고 주위를 둘러 쓰러진 해군 장교의 손에 쥐여 있던 낡은 검을 바라보았다. 전시에 쓰기에는 몹시 조야하지만 가릴 계제가 아니었다.

"이거면 잠깐은 버티겠지."

침착함을 잃지 않고 얇은 검을 두어 번 허공에 흔들어 보는 르옌을 내려다보며 파사드는 기묘한 불안감에 사로잡혔다.

그것은 충동이 되었다. 파사드가 허리춤을 끌러 차고 있던 검을 내밀었다.

르옌의 눈이 반 박자 늦게 휘둥그레 뜨였다.

파사드가 건넨 리오낙을 얼결에 받아 든 르옌의 낯이 굳어졌다. 파사드는 굳게 뜬 눈동자로 르옌을 내려다보며 쐐기 박았다.

"귀한 물건이다. 상하게 하지 마라."

무언가 더 말을 하려던 르옌은 피이이 우는 풀피리 소리에 퍼뜩 정신을 차리고 리오낙을 움켜쥐었다. 때 맞지 않는 웃음이 새어 나왔다. 묵직하게 차가운 검이 손바닥 안으로 감기는 감촉은 나쁘지 않았다.

르옌이 로델라의 뺨에 짧게 키스하며 속삭였다.

"로델라, 절대 발을 멈추지 마라."

마지막으로 그녀가 파사드를 향해 경고하듯 말했다. 그러나 위협은 담기지 않은 투였다.

"브류나크, 너도 로델라를 귀히 여기는 게 좋을 거야. 말 팔이의 딸은 말에 애정이 많으니까."

파사드가 무어라 답하기도 전에 르옌이 로델라의 배를 세게 때렸다.

"다시 보자."

르옌의 마지막 말마디는 바람처럼 스쳐 사라졌다.

로델라는 기절한 투혜인과 파사드를 태운 채 맹렬한 속도로 강기
슭을 거슬러 달렸다. 검은 강가를 질주하는 하얀 말을 발견한 기사
들이 방향을 틀어 그를 쫓기 시작했다.

파사드가 고개를 돌렸다. 하얀 검을 쥔 여자가 멀어지고 있었다.
두려움 없이 곧게 선 뒷모습에 가슴이 불길처럼 일렁거렸다.

3장

3장

    파사드를 필두로 한 정찰대가 떠난 후, 자칼린의 일과는 더욱 바빠졌다. 혹시 모를 상황에 대한 대처 방안에 맞추어 군사들을 훈련시키는 것은 걸러선 안 될 일과였고, 아침 훈련이 끝나면 순찰을 돌거나 혹은 하루에 두 번씩 열리는 사령부 막사 회의에 얼굴을 내비쳐 탁상공론 아닌 탁상공론을 해야 했다.

    저녁 훈련은 번갈아 가며 감독하지만 동절기를 대비한 벌목은 오롯이 그의 소관이라 눈코 뜰 새 없었다.

    뿐만 아니라 시시각각 바뀌는 적들의 동태를 소상히 정리하는 역할 역시 올베빈과 나누어 하고 있어 손에서 잉크 마를 때가 없었다. 체질에도 안 맞는 일이 강제가 되니 죽을 맛이다. 일정이 끝나면 금세 한밤중이었다.

    설상가상, 요사이 오가는 파수병들의 보고는 자칼린과 다른 기사들의 혼을 쏙 빼놓기 적절한 것들이어서 더욱 그랬다.

발로이드가 둔영에서 감지되지 않는다거나, 적들의 움직임이 커지기 시작했다거나 하는 것들 따위는 가장 큰 문제로 논의되고 있는 부분이었다. 하지만 가장 빠르게 둔영을 휩쓴 것은 파사드의 자리가 공석이 된 이튿날 도착한 파발이었다.

왕명을 받은 카라제시 란센 체사를 필두로 한 군사들이 합류할 예정이다.

한 줄의 글귀에 담긴 의미는 명확했다.

사령부 막사에 모였던 기사들은 일제히 반색하며 소리쳤다. 큰 체사 경이! 큰 체사 경이 오신단 말입니까! 군수물자를 가지고 오는 거라면 쌍수를 들고 환영할 일이고, 그렇지 않더라도 아무런 대책 없이 오는 것은 아닐 테니 좋은 소식임이 분명했다. 그 자리에서 우울해했던 이는 자칼린뿐이었다.

카라제시는 친형이다. 당연히 그를 좋아한다. 하지만 그가 온다면 어마어마한 꾸짖음과 잔소리를 들어야 할 것이다. 마음대로 행동할 수도 없다. 번뇌와 극심한 갈등이 찾아왔다.

스이센이 카라제시를 빌미로 또 얼마나 잔소리를 해 댈까 싶어 한숨이 푹 나왔다. 그리고 그건 의심할 바 없는 사실이었다.

"지금 체사 경께서 얼마나 눈총을 받고 계시는지 모르십니까. 최고사령관께서 자리를 비우셨다곤 해도…… 차하급 사령관은 우선은 지오타르 경이시고."

"훠이훠이, 신경 *끄고* 가 있어."

"좀 귀담아 들으십시오. 쇠귀에 경 읽기인 건 알지만 도통 당최 요즘 작은 체사 경께서 하시는 돌발 행동에 제 간담만 서늘해집니다!"

스이센이 무엇을 지적하는지 모르지 않는 바였다.

자칼린은 왕왕 막사로 옮긴 포로들을, 정확히는 어느 한 포로를 만나러 갔다. 레이리스 엘폰느.

르옌 데투아가 있을 때는 르옌의 주위를 맴돌더니 그녀가 둔영 밖으로 사라지니 유일한 여자 포로를 찾는 그의 평판은 이미 바닥을 치다 못해 구덩이를 파고 있었다.

각자의 일로 바쁜 지휘 기사들은 별다른 내색 않고 내버려 두고 있었지만 그들이 어찌 생각할지는 뻔했다.

"저는 작은 체사 경을 지켜야 할 의무가 있습니다."

"지켜. 그러면 문 앞에서."

"명예도!"

"예이, 예이, 어차피 개 묶여 있어서 꼼짝도 못하는데 뭐가 그리 걱정이야? 그리고 베로한 경, 대체 나를 뭐로 보는 거야? 설마 고추 달린 사내로 태어나서 마리포사 계집 기사 따위한테 절명하려고."

"그게 아니잖습니까. 이상한 소문이 난 거야 이미 엎질러진 물이라지만 매일 밤마다 계집 포로를 찾아간다는 소문까지 더해져야 쓰겠습니까?"

"호색한 중에 영웅이 많은 거 몰라?"

"카라제시 님께서 오시면 그 뒷감당을 어찌하시려고요!"

'아, 잊고 싶었는데.'

스이센은 카라제시가 남하한다는 소식이 돌기 무섭게 카라제시를 무슨 패쯤으로 여기는지 심심하면 거론하기 일쑤였다. 얄미워. 자칼린이 턱을 긁적이다 퉁명스레 말했다.

"내 상관은 파사드 형님이니 파사드 형님이 알아서 해 주겠지."

"큰 체사 경이 오셔서 호되게 야단을 치셔도 저는 아무 말도 안 할 겁니다."

"설마 사람들 많은 데서 야단을 치시려고."

"그건 그렇지만……."

"그러면 난 가 본다."

"어디를요."

"안 가르쳐 줘."

안 가르쳐 줘도 이미 알고 있는지라 스이센의 낯빛은 푸르죽죽하게 가라앉았다.

그만 좀 하십시오오! 자칼린은 매달리는 스이센을 걷어차듯 떼어낸 후 포로 막사의 휘장을 걷었다. 살짝 들추자 보이는 것은 잔뜩 방문객을 경계하는 포로 막사의 주인이었다. 무슨 짓을 할지 모르는 난폭한 여자다. 말뚝째로 묶여 있었던 레이리스는 주저앉은 채로 눈만 움직여 그를 바라보았다.

이제는 꽤 익숙해져서, 저 회색 눈동자를 보고 있느라 넋을 놓는다거나 하는 일은 없어졌지만 그래도 눈길이 가는 것은 어쩔 수 없었다.

자칼린은 어슬렁어슬렁 안으로 들어섰다. 혀가 없다는 이유로, 계집 평기사라 글을 쓰지도 못한다 결론지어 버려 문초는 피했지만, 그것이 그녀의 멀쩡한 꼴을 보장해 주진 못했다.

레이리스가 밤마다 몇몇 병사들에게 험한 일을 당했다는 것을 눈치로 알아차린 건 좀 되었다. 다리의 멍이라거나, 전에 없던 뺨의 상처라거나 하는 것들은 밤마다 더 많아졌다.

사실 자칼린은 도와 달라거나, 죽여 달라거나 어떤 식으로든 의사표현을 할 거라고 생각해 모른 체했다. 그러면 그때 저 계집이 알고 있는 것을 실토하게 할 셈이었다.

그러나 레이리스는 얼굴 반이 죄 퍼렇게 멍든 후에도 별 내색이 없었다. 결국 보다 못한 자칼린이 그녀의 격리를 명한 것이 얼마 전이었다.

'뭐 저렇게 독해. 하여간.'

오늘은 조금 다른 방식의 접근을 시도하기로 했다.

"오늘은 더 추워졌어. 남부도 겨울은 꽤 살벌한가 봐. 그래 봐야 북부의 겨울에 비할 바 못되지만."

레이리스는 평소처럼 반응 없이 그에게 눈길조차 주지 않고 고개만 돌릴 뿐이었다.

자칼린은 점차 엷어지는 그녀의 다리와 팔뚝 뺨, 목덜미를 찬찬히 훑은 후 툭 뱉어 말했다.

"허튼짓 않는다 하면 묶은 거 풀어 줄 수도 있어."

목소리엔 약간의 친밀함이 가장되어 있었다.

"라르크 둔영에서 가장 너를 신경 써 주는 게 나잖아? 잘만 하면 네 목숨 살려 줄 수 있는 것도 나밖에 없어. 뭐, 거드름 피우려는 게 아니라 기억해 두라고."

하지만 아무리 종알거려도 소용이 없다. 포로로 잡혀와 별의별 꼴을 다 당하고도 눈 하나 깜짝하지 않는 여자는 벙어리가 아니라 마치 귀머거리 같다.

딱딱한 목재 발판 위에 엉덩이를 붙이고 앉은 자칼린은 검집 끝으로 흘러내린 모포를 그녀의 무릎 위로 끌어 올렸다. 그의 검집 끝이 그녀의 배 언저리에서 멈추었다.

"에반부르 팔다고 할드로프."

자칼린이 꾹 그녀의 하복부를 검집 끝으로 내리눌렀다.

"발로이드가 의전을 어기고 우리를 죽이려고 했을 때, 네가 화살로 쏘아 맞췄던 장수의 이름인데. 기억은 하나?"

대답이 돌아올 리가 없었다. 자칼린이 훌훌 날아갈 듯 가벼운 어조로 혼잣말을 계속했다.

"……이런 말 알아? '증명하라, 네가 죽음의 손길을 맞잡고 무구한 영원의 낙원으로 떠날 자격이 있는지. 안식의 선은 보다 높은 곳에 있다.' 누아잔의 시편에 있는 말이지. 북부에서는 꽤 유명한데."

사실 중요하지 않은 말이지만, 적당히 운을 떼기에는 적절하다 믿었다.

"너희가 과연 그럴 자격이 있는지 모르겠지만. 뭐…… 상관없나? 남부에는 남부 나름의 믿음이 있다고 알고 있으니까. 그래, 말 나온 김에 들어 보고 싶은데 너희한테는 어떤 믿음이 있냐? 대체 무슨 믿음으로 그렇게 죽으나 사나 남의 삶이란 듯 구는 거야? 너희는 우리처럼 죽은 후의 세계에 대해 크게 믿는 것도 아닌 것 같던데."

에반부르를 생각하면 마리포사들을 다 죽여도 시원찮았다. 그건 눈앞의 여자도 포함이었다. 하지만 여자이기 때문인지, 아니면 뭔지, 신경이 쓰였다.

자칼린의 아버지인 루가크 백은 자칼린과 카라제시에게 이리 가르쳐 왔다.

매사를 담대하고 가볍게 넘기는 것은 큰일을 해내기 위해서는 반드시 필요한 덕목이지만, 무게를 느끼지 못하는 자와 무게를 감당하는 자가 불러오는 결과에는 커다란 차이가 있다고.

아버지의 말에 늘 귀 기울이는 착한 아들은 아니었지만 지금만큼은 아버지의 말이 옳다 믿는다. 자칼린도 가끔은 인내가 중요한 역할을 한다는 걸 알고 있다.

"발로이드가 지가 이백 년 전의 사람이라 믿는 거 알아? 뭐, 이미 신경 쓸 필요도 없지만. 근데 좀 궁금해서. 라르카드단엔 당연히 이르지 못했고, 그놈이 머리로는 지가 북부인이라는데 남부 태생이잖아?"

"……?"

레이리스가 자칼린의 말 속에 박힌 미끼를 감지하고 고개를 들었다. 자칼린은 능청스레 그녀를 깜빡깜빡 마주 보다가 무릎을 탁 치며 감탄사처럼 내뱉었다.

"아, 너네 주둔지에 난리 났다는 얘기 몰랐겠구나. 내분이 나서 하극상이 벌어졌다던데? 발로이드가 죽고 그, 그 누구더라. 아, 이름 까먹었다. 제도 가문 출신의 기사가 다시 사령관으로 임명받았다더라. 마리포사들도 곧 쫓겨나거나 검은 사자 군에 그대로 흡수될 것 같은데."

"으."

"뭐, 전쟁이 끝난 건 아니야."

레이리스의 숨이 점차 거칠어졌다. 그르렁거리는 것 같은 소리가 흡사 짐승 같다.

"조만간 널 죽일지 살릴지 결정할 거야. 솔직히 나는 네가 살아서 되돌아갈 일은 없다고 생각하지만."

"으!"

"이제 와서 죽는 게 무서워진 건 아닌 거 같고."

"……그으."

"발로이드가 어떻게 돼졌는지 알고 싶은 거냐?"

레이리스의 회색 동공이 희미하게 떨렸다. 벌어진 계집의 입술의 틈새를 바라보던 자칼린이 한결 낮아진 음성으로 물었다.

"궁금해?"

레이리스는 그녀의 앞에 놓인 낡은 천을 내려다보았다. 검붉은 얼룩이 얼룩덜룩 남아 있었다. 필시 누군가의 죽음이나 상처를 덮었던 것이리라.

펜을 쥔 손끝이 덜덜 떨렸다. 공포나 두려움이 아닌 맥없는 손목의 육체적인 반응이었다. 그러나 그녀는 펜을 놓지 않았다. 장장 이 주가 넘는 시간 동안 단 한 번의 의사 표현도 하지 않았던 그녀로서는 이례적인 반응이다.

그녀가 펜 끝을 움직이자 자칼린의 눈빛에 이채가 감돌았다.

웃기지 마.

그녀의 필체는 맥없이 떨리는 손에서 그려진 것이라 보기 어려울 정도로 정갈했다.

'역시. 글을 쓸 줄 알았네.'

자칼린의 녹안이 흥미로 반짝였다.

이 정도면 순조로운 시작이었다.

자칼린은 그동안 레이리스가 라르크의 군사들에게 당했던 폭력과, 그들이 마리포사와 모르가나를 헐뜯고 폄하하는 것을 봐 왔기 때문에 첫 마디가 욕이었다 해도 이상할 것이 없다고 생각했던 터다.

"안 믿기지. 아, 나도 처음에 그런 줄 알았어. 지금 우리 측 최고사령관님이 주둔지를 비웠다는 얘기는 들었나? 너희 쪽 새로운 최고책무자를 만나러 가신 건데…… 아! 생각났다. 비세바르? 그런 이름이었던 것 같다. 너희들 이름은 너무 혀를 굴려서 어려워. 특히 '리을' 발음……."

시시각각 짙게 굳어지는 레이리스의 안색은 자칼린에게는 신선했다.

시체처럼 숨만 쉬던 여자였다. 그런데 발로이드가 죽었다는 한마디에 당장이라도 말뚝을 뽑고 일어설 듯 엉덩이를 들썩거리는 모양새라니.

레이리스의 필체가 금세 흐트러져 지렁이 문자처럼 어지러워졌다.

증거를 보여.

"내가 왜 널 위해서? 발로이드는 뒈지지 않는 놈이야? 불사신이라
도 되나? 아, 너도 설마 발로이드가 지 스스로 이백 년 전의 위인이라
지껄이는 걸 믿는 거야? 안 죽는다거나? 상처 하나 안 난다거나."

레이리스가 값비싼 깃펜을 돌려 쥐더니 당장이라도 자칼린을 향
해 찌를 듯 들어 올렸다. 자칼린은 당황하지 않고 여유롭게 레이리
스의 손목을 힘주어 끌어 내렸다.

"안 믿는다면서 왜 이렇게 예민해?"

능청스레 혀를 내미는 자칼린을 바라보던 레이리스의 떨림이 뚝
멎었다.

"으앗."

자칼린에게 주먹이 날아왔다. 자칼린은 별안간 놀라 엉덩방아를
찧었다. 레이리스는 곧 피가 물들어 마른 천 조각을 잇새에 끼고 북
북 찢었다.

앙앙거리는 게 자칼린의 눈에는 작은 짐승이 가릉거리는 것처럼
꽤 귀염성 있게 보였다.

"조금 전에 한 말은 장난이긴 한데 상난이 아닐지도 몰라. 발로이
드가 지금 어디서 뭘 하는지 아무도 모르니까. 정말 어딘가에서 뒈
졌을지도 모르지. 지금 너희 군사들을 움직이고 있는 게 아사인 가
문의 그 기사라는 것도 확실하고."

바로 그제쯤 들어온 소식이었다.

비세바르라는 이름은 잘 모르지만 제도의 아사인 가문의 이름은 라르크에서도 간혹 들리는 것이다. 지금은 그가 잠적한 발로이드를 대신해 움직이고 있다.

이미 지난번 등 뒤에서 나타났던 발로이드로 인해 크게 데였던 라르크 지휘부는 만에 하나의 상황에 가정해 다양하게 대비하고 있었다.

"그런데 나는 그 녀석이 안 죽었으면 좋겠어. 그 새끼한테는 명예로운 단말의 죽음은 너무나도 과분하거든."

레이리스가 자유로운 한 팔을 뒤로 돌려 여전히 말뚝에 묶여 있는 반대 손목을 풀어내기 시작했다. 자칼린은 묵묵히 레이리스를 포승했던 줄이 툭툭 바닥으로 떨어지는 걸 지켜보았다.

"요즘 여자들이 더 무섭다니까."

자칼린이 밧줄을 손끝으로 집어 올리며 과장된 어조로 혼잣말했다.

말이 끝나자마자 레이리스가 그에게 달려들었지만 자칼린은 팔꿈치로 그대로 그녀의 팔뚝을 쥐고 오금을 때려 고꾸라뜨렸다. 쿵 소리가 나며 레이리스가 힘없이 널브러졌다.

자칼린은 엎드린 레이리스의 등 뒤에 올라타 그녀의 양팔을 꺾어 고정시켰다.

"웃차. 그러고 보니 널 겁탈했던 놈들이 하나같이 하는 말이 등 뒤에 날개를 숨기고 있다던데. 내가 또 궁금한 건 못 참아서."

자칼린은 그녀가 끙끙대는 소리를 죄 무시하고 그대로 그녀의 얇은 상의를 슬쩍 들춰 끌어 올렸다. 그러자 숨어 있던 나비 한 마리가 날개를 드러냈다. 여러 차례 상상했던 그림이었지만 실제로 보는 것과는 또 다른 느낌이 있었다.

자칼린의 녹안이 엷은 어둠을 덮어 썼다.

"대체 너희 마리포사들은 왜 이렇게까지 하는 거냐?"

그의 눈에 비치는 레이리스와 발로이드는 닮아 있다. 어쩌면 마리포사들이 전부 발로이드와 같을지도 모른다는 생각이 들었다.

"으!"

레이리스는 반항을 포기하고 고개를 비틀었다. 회색 눈동자 맹렬히 그를 노려보았다. 아니, 하얗게 탄 재색이라 해야 할지.

곧 막사 휘장이 걷혔다.

"체사 경, 여기 있다고 해서……."

올베빈이었다.

"아! 카바인 경. 예, 여기 있습니다!"

쾌활하게 답한 자칼린은 레이리스의 옷을 다시 내려 주며 일어섰다. 레이리스는 숨이 찬 사람처럼 흉강을 오르내리며 자칼린의 등만 좇았다.

자칼린이 대수롭잖게 올베빈을 지나쳐 막사 밖으로 걸어 나갔다.

"무슨 일 있습니까? 달려오신 거 같은데."

올베빈은 떨떠름한 얼굴로 자칼린과 레이리스를 번갈아 보다가, 보초에게 그녀를 다시 묶으라 명한 후 자칼린의 걸음을 따랐다.

"볼레트 경이 귀환하셨습니다."

자칼린은 그가 아는 두 명의 볼레트를 떠올렸다.

한 명은 지금 볼레트 가문의 주인인 냉혈한 벨라옌 잔 볼레트였고, 다른 한 명은 자칼린도 꽤 좋아하는 넉살 좋은 군의관 볼레트였다. 귀환이라면 당연히 후자다.

그러던 문득 자칼린이 걸음을 멈추고 뒤돌아 물었다.

"혼자요?"

볼레트 군의관은 흙먼지를 뒤집어쓴 꼬질꼬질한 모양새였다. 흐트러지고 찢어진 옷 모양새를 다듬지도 못한 채였다. 물론, 사령부 막사 안에 모인 이들 중에는 볼레트 군의관의 편의를 봐주는 이도 없었다.

"빨리 설명하십시오. 무슨 일입니까."

아이고, 죽겠다. 아이고, 숨 좀 돌립시다. 볼레트 군의관은 목 끝까지 차올라 당최 가라앉을 줄을 모르는 숨을 헥헥 거렸다.

"후으, 후. 시, 시친의 함대였습니다. 시친 어떤 섬의 함선인지까지는 제대로 확인하지 못했지만, 칼란독 경께서는 델 오스작을 근거로 한 뵈르게트 제독의 배로 생각하신 듯했습니다."

"시친? 델 오스작의 뵈르게트?"

"시친 군도 말입니까?"

"군도의 함선?"

탄식인지 탄성인지 모를 목소리로 기사들이 한마디씩 했다.

"잘못 본 게 아니라, 정말 시친의 전함이란 말입니까?"

"어두워 제대로 확인할 도리도 없었고, 가까이 다가갈 수도 없었지만 시친의 배가 로죄 강의 상류 쪽에서 내려오는 것을 분명 보았습니다. 단 한 척이었지만 모르가나에는 강과 항구가 많다고 알고 있습니다."

전혀 예상치 못한 이름을 이해하는 데에는 제각각의 시간이 걸렸다. 한참 후 타라엣이 정리되지 않은 엉킨 머리칼을 한데 쓸어 넘기며 자칼린을 향해 물었다.

"란센 경이 시친과 함께 갈카마를 토벌하러 가지 않았습니까? 라르크와 가장 우호적으로 협동 작전을 펼치겠다는 의지를 표명했던 자가 뵈르게트라 들었는데요?"

"형이 하는 일은 저는 잘 모릅니다."

자칼린의 딱딱한 말이 끝나자마자 셰반이 가죽 통에 담아 두었던 술을 한 모금 들이켠 후 채근했다.

"황태자가 전장에 출사표를 냈다고 한 것이 얼마 지나지 않은 듯한데 시친까지 개입이 되어 있다니 당혹을 금할 수가 없습니다. 로죄 강의 상류라면 제도가 있는 쪽이 아닙니까? 빠르면 내일, 혹은 모레라도 적들과의 교전이 벌어질 거라 예상하고 있는 상황입니다. 보다 정확한 정보가 필요합니다, 볼레트 군의관."

그런데 예리한 누군가가 한 가지 의문을 제기했다.

"지오타르 경의 말씀을 듣고 나니 생각난 건데, 그러고 보니 황태자가 언제쯤 도착한다는 얘기가 있었습니까?"

"제도에서 이곳까지의 거리가 있으니 아무리 소규모로 이동한다 해도 닷새는 더 걸릴 걸로 생각을……."

"정찰병의 추가 보고가 있었나? 육로에서 황태자를 보았다고?"

"황태자의 마차가 지나가는 경로를 추적한 자들의 보고에 의하면."

"우리가 받은 보고는 그게 전부였네. 황태자를 직접 목격했다는 이야기는 없었지."

"배를 타고 올 수도 있는 겁니까, 그럼?"

막사 안으로 싸한 침묵이 흘렀다.

한참 후, 유달리 침착하던 자칼린이 불쑥 물었다.

"시친의 개입이면 우리가 후퇴해야 할지도 모를 만큼 적잖은 변수인데, 왜 혼자 오셨습니까?"

"아."

볼레트 군의관은 자칼린을 향해 난감한 얼굴을 해 보였다. 지휘기사들이 바글바글 모인 이곳에서 함부로 꺼내기 어렵다 판단이 되었던 탓이다.

자칼린은 스스로의 이름을 걸고 르옌을 옹호했고, 대부분이 괜히 체사와의 분란을 일으키고 싶지 않다는 판단으로 모른 체하고 있지만 몇몇을 제외한 나머지 지휘 기사들은 르옌 데투아라는 여기사를 달갑게 여기지 않고 있었다.

그도 그럴 것이 여자가 검을 쥐는 것부터가 여자의 미덕에서 벗어난다 믿는 북부 남성들이 넘쳐 나는 곳이 이곳 전장이었다. 그녀의 실력이 공증되었고, 파사드가 묵과한다고 해도 인식이란 그리 쉬이 변하는 게 아니었다.

"최고사령관께서는 저와…… 데투아 경을 함께 보내셨는데 중간에 상황이 생겨 이렇게 저 혼자 오게 되었습니다."

기어들어 가는 목소리로 말을 하는 내내 볼레트 군의관은 자칼린의 안색을 살폈다.

아니나 다를까, 자칼린이 거의 자동 반사에 가깝게 탁자를 내리치며 일어섰다.

"르옌에게 무슨 일이 생겼습니까?"

무슨 일이 생긴 게 아니라, 무슨 일을 만들러 갔습니다. 볼레트 군의관은 그리 솔직히 답할 뻔했으나 가까스로 참았다.

분명히 볼레트 군의관은 르옌과 함께 출발했다.

파사드의 명에 불만의 기색을 보이긴 했지만 르옌은 군인답게 파사드와 다른 정찰대 일행이 떠난 반대 방향으로 말 머리를 잡았다. 문제는 출발한 지 한 시간도 걸리지 않아서 벌어졌다. 대뜸 말을 멈춘 르옌이 이렇다 할 설명도 없이 그에게 작별을 고한 것이다.

브류나크의 명을 어기는 건 명령 불복종이다. 당신과 내가 같은 명을 받았으니 같이 돌아가야 한다. 그리 몇 번이고 붙잡았지만 르옌은 뒤도 돌아보지 않고 왔던 길을 되돌아갔다.

지금은 그녀가 어찌 되었을지도 모를 일이다.

탁상공론을 아무리 늘어놓아 보아도 당장에 시친이 어떤 변수가 될지 모르니 한계가 있었다. 파사드가 조금 더 알아보기 위해 정찰대와 함께 이동 중이라는 사실만이 그들을 인내하게 하는 전부였다.

그러나 안 좋은 소식은 태풍처럼 몰려온다고 했던가.

이튿날 희붐한 여명이 떠오를 무렵, 또 다른 보고가 임시 주둔지의 울타리를 넘어왔다.

"북구의 파수병으로부터 전갈이 왔습니다. 라르크의 깃발을 세운 군도의 군대가 남하하고 있다 합니다."

바로 어제 시친이 적으로 규정된 상황이었다. 난리 통이 벌어진 건 당연지사였다.

군도의 군대? 아니, 애초에 그놈들이 배 안 타고 육지에서 걸어는 다닌대? 우리가 핫바지로 보이나!

"이곳으로?"

"예. 곧 지근거리에 이른다 합니다."

군사들이 높게 치켜든 라르크의 깃발이 휑한 바람이 펄럭거렸다. 완연한 겨울의 냄새가 난다. 지친 화가의 붓끝에서 태어난 듯 흐트러진 구름이 북쪽 하늘을 뒤덮고 있었다.

라르크의 임시 주둔지는 비상 경계령이 내려졌다. 남쪽에 위치한 적들을 살피는 것만으로도 그들은 삼교대로 빠듯하게 돌아가고 있었다. 그런 와중에 북쪽에서 내려오는 시친이라니.

혹시 모를 사태에 대비해 보급품을 비롯한 군수물자들은 임시 주둔지 바위산 너머로 이동시켰다. 파사드가 떠나기 전 했던 명령대로 바위산 언저리에 궁수들을 배치시킨 후 방패병들을 전부 차출해 냈다.

말에 오른 자칼린은 적들이 육안으로 식별될 만큼 가까운 거리에 이르자 군사들을 이끌고 막아섰다.

그런데.

'어라?'

라르크의 깃발이 보였다.

'그리고 대체 저건 뭐야?'

둥글고 거대한 회색 바위가 쿵쿵 땅을 울렸다.

아니, 자세히 보니 살아 있는 짐승이었다. 그게 코끼리라는 것은 테레어드의 속삭임이 있은 후에야 알았다. 자칼린은 저런 짐승을 처음 본 것이었으므로 그저 입만 벌렸다.

아마도 적일지 모를 시친의 무리가 갈라지더니 제독 뵈르게트의 닻과 매가 그려진 문양 기를 든 사내가 노새를 타고 나타났다. 작달막한 노새에 위풍당당하게 앉은 모양새는 솔직하게 조금 우스웠다. 그러나 기수와 함께 육중한 소리를 내며 앞으로 걸어 나오는 코끼리와 그 위에 탄 여자는 결코 무시할 수 없는 상대였다.

긴 금발을 묶어 올린, 갈색 눈동자의 여자는 선두에 멈춰 섰다. 그러고는 공격적인 기세로 늘어선 라르크의 군사들을 쭉 돌아보며 말했다.

"나는 시친의 델 오스작의 제독 카헤이아 뵈르게트다. 환영사까지는 바라지 않았다만 그렇다고 그런 기세로 길을 막으면 쓰겠나."

얼굴을 거의 가린 가죽 목도리 사이로 비집고 흘러나오는 음성은 허스키했다.

'정말 그 삼 제독 중 한 명인가?'

시친에 대해 잘 알지는 못하지만 시친의 제독은 작은 공국의 왕과도 비슷한 위치라고 알려져 있었다.

자칼린은 최대한 눈을 가늘게 뜨고 멀찍이 높은 코끼리의 등에 앉은 여자를 노려보았다.

여자는 온몸을 두꺼운 털 코트로 뒤덮은 차림으로, 살짝 드러난 눈가와 팔목 언저리가 북부인이라기에는 까무잡잡했다. 라르크인의 피부색이 아니다. 일단 인종은 더 고민할 것도 없이 시친인이다.

그럼에도 불구하고 의심은 쉬이 거두어지지 않았다.

"왜 우리가 환영사를 해야 합니까? 당신들이 여기서 무얼 하는 겁니까?"

자칼린이 나서서 되물었다.

카헤이아는 장교 중 한 명의 도움을 받아 코끼리 아래로 내려왔다.

그녀가 허리에 찬 얇은 해군의 검을 고쳐 매는 모습을 보며 자칼린은 날개뼈가 저리도록 어깨에 힘을 주고 섰다. 카헤이아가 두 손을 코트 주머니에 넣은 후 앞으로 걸어 나왔다. 스무 걸음 남짓까지 말없이 저벅저벅.

"미리 소식을 전달하지 않나? 아니면 뭐, 너희에게 합류하는 데에 무슨 통과 의례라도 거쳐야 하는 건가?"

"무슨 소식?"

"우리 시친 해병 연대는 카라제시 란센 체사와 함께 왔다. 너희 라르크의 왕에게 도움을 주기 위해 먼 길을 내려왔는데 이런 대우라니. 지휘 체계가 엉망인 건지 아니면 너희가 경우가 없는 건지 모르겠군."

깜짝 놀란 자칼린이 눈을 휘둥그레 뜨고 몇 걸음 앞으로 달려가

고함치듯 물었다.

"카라제시? 체사 경은 어디에 있습니까?"

"뒤에."

"……?"

카헤이아가 엄지손가락을 어깨 너머로 가리켜 보였다. 그러나 사열한 시친의 군사들을 제외하고는 아무것도 보이지 않는 평야였다.

자칼린은 셰반을 돌아보았다. 셰반 역시 쉬이 이해가 가지 않는 얼굴이었다.

"뒤에 어디 말입니까?"

"정 카라제시가 걱정이 된다면 사람을 보내 보든가. 오다 얼어 뒈진 게 아니라면 쫄래쫄래 따라오고 있을 테니까."

"야!"

울컥한 자칼린이 소리를 치는 것과 동시에 셰반이 자칼린의 등짝을 내리쳐 불식시켰다. 으아아, 아픕니다! 뒷목이 울리는 통증에 자칼린이 구시렁거리는 사이 셰반이 나서서 정리했다.

"시친의 삼 제독 중 한 명인 뵈르게트의 위명은 익히 들어 압니다만, 우리가 미리 전해 들은 바는 간결하게 카라제시 란센 체사가 왕명을 받잡아 우군을 이끌고 남하하고 있다는 게 전부였습니다."

"그래, 맞는 말이네. 우군이 여기에 있잖나."

"시친에 대한 이야기는 없었습니다. 증명할 수 있습니까."

"한마디도? 요란하게 소문 내지 말라고는 했다만……. 어찌 된 영문인지는 잘 알겠다. 하지만 우리는 긴 여로에 고된 와중이니 우선 쉴 수 있도록 배려해 주지 않겠나."

자칼린이 끼어들어 거듭 물었다.

"정말 뵈르게트란 말입니까?"

"꼬마, 속고만 살았나? 그런데 내가 당도할 것이라 파사드에게 전하라 했는데도 그는 안 보이는군. 파사드는 어디 있나?"

'파사드?'

'칼란독 경을 말하는 겁니까. 저 여자?'

'그런 것 아니겠나?'

아무래도 이상한 것투성이인지라 자칼린과 세반은 서로 눈빛만 주고받을 따름이었다.

잠시 후, 헛기침을 한 세반이 다시 한 번 정중히 물었다.

"지금 시친에 대한 정황이 포착된 바가 있어 최고사령관을 만나게 해 줄 수는 없겠습니다."

"시친에 대한 정황이 포착되었다?"

"예. 그러니 체사 경과 정녕 함께 오셨다면 체사 경이 당도할 때까지 기다려 주시길 권고합니다."

"우리는 지금 몹시 지쳤다. 북부만큼은 아니지만 남부의 추위 역시 불편하기 그지없어. 체사가 언제 도착할 줄 알고? 그는 내려오는 길, 절벽을 지나 동부 모르가나의 군사 요새 톨프의 움직임이 발견되어 뒤처리를 하고 따라온다 했으니 곧 나타날 거다."

"그렇다면 폐하의 어교라도 먼저 보아야겠습니다."

카헤이아가 다 구겨진 서신 하나를 허리춤에서 꺼내어 던졌다. 조심스레 고양이처럼 몇 걸음 앞으로 다가간 자칼린이 길게 팔을 뻗어 서신을 들고 급히 되돌아왔다.

카헤이아가 기가 차다는 듯 혀를 쯧 하고 차는 소리를 냈다. 의심만 많아 가지고는. 자칼린은 못들은 체 세반과 함께 어교를 읽어 내렸다.

내용은 그다지 중하지 않았다. 중한 것은 테른도크의 인장, 그뿐이다. 그리고 분명히 테른도크의 인장이 남아 있었다. 그 옆에는 행정 총수인 옐크버드의 인장도 함께였다.

그럼에도 불구하고 바로 어제 보고받았던 시친의 행적에 대한 의구심 탓에 그들은 쉬이 납득하지 못했다.

'저거 거짓말 아닙니까?'

자칼린이 속삭였다. 세반 역시 충분히 가능성이 있다고 생각했다. 볼레트 경이 돌아와 시친이 남부에 붙었다 말한 것이 바로 어제였다. 테른도크마저 속인 것인지도 모른다.

세반이 아래로 주먹을 쥐어 보이자 그것을 신호로 군사들이 창과 검을 고쳐 쥐었다. 바뀐 기류를 알아차린 카헤이아의 눈이 가늘어졌다.

"그렇다면 체사 경이 도달할 때까지 따로 모실 수 있겠습니까?"

"이런 답답한 치들을 봤나. 나를 체포라도 하려고?"

"정황이 그러하기에 불가피한 요청을 양해 부탁드리지요."

카헤이아의 뒤로 사열해 있던 해군 장교들을 비롯한 해병대 장교들이 표정을 구겼다.

그때, 머잖은 후미의 길이 강제로 갈라지며 갈색 준마를 탄 한 남자가 앞으로 나섰다.

다그닥 다그닥. 말의 주인은 얼굴을 반 이상 후드로 가린 사내였다. 후드 아래로는 갈색 머리칼이 잔뜩 바람에 흐트러진 채 삐져나와 엷은 갈색 눈동자 주위로 흔들거렸다.

"사실입니다. 이분들은 경계하지 않으셔도 됩니다."

자칼린은 눈이 튀어나와라 큼직이 뜬 채로 입술만 뻐끔대다 간신히 뱉었다.

"에? 하, 할드로프 백이십니까?"

세반 역시 레작을 알아보고는 황급히 몇 걸음 말을 몰아 다가갔다.

"아니, 어떻게 여기까지……."

"다들 오랜만입니다. 여정에 관하여는 이 자리에서 나누기에는 긴 이야기가 아닐까 싶습니다."

레작이 다정다감하게 웃으며 조금 더 앞으로 다가가 세반의 손을 악수하듯 꽉 붙잡았다.

"지오타르 경, 제독의 설명처럼 내려오는 길에 적들이 쌍둥이 절벽 언저리에서 수상쩍은 짓을 하고 있어 그들과 잠깐 교전이 있었습니다. 큰 체사 경은 뒷수습을 하시고 내려오신다고 하셨고요."

시친의 해병 병사들이 바위산 바로 너머에 자리 잡았다는 이야기는 널리 퍼져 나갔다.

자칼린의 안내를 받아 허름한 천막으로 들어간 레작은 막 불씨를 피운 화로 앞에 앉았다. 자칼린은 그의 건너편에 섰다. 바깥은 여전히 전운에 휘감겨 있었지만 레작은 기사로서 참전하지 않은 탓인지 여유로워 보였다. 자칼린 역시 그 여유에 물드는 기분이었다.

"할드로프 백, 브리옴에서도 보급품을 지원해 주셨다 들었습니다. 깊은 감사를 전해 드리고 싶은 건 모든 군사들이 같은 마음일 겁니다."

체사가와 할드로프가는 예전부터 가문 간 긴밀한 관계를 구축하고 있었다.

체사 백, 루가크는 할드로프가의 장자가 불미스러운 사건에 휘말려 축출당한 후로 줄곧 할드로프의 조력자를 자처해 왔다. 때문에 엄청 친밀하지는 않더라도 거리낄 것 없는 사이였다.

"어떻게 여기까지 직접 내려왔습니까?"

레작은 두르고 있던 두툼한 목도리를 풀어 불가의 반대편에 내려놓고 자칼린을 바라보았다.

물끄러미 레작의 눈을 마주 보던 자칼린이 픽 웃더니 예고도 없이 다가가 그를 꽉 끌어안았다. 레작 역시 피하지 않고 그의 등을 토닥이며 안았다.

"오랜만에 봤다고 이런 환대라니. 영광인걸."

"할드로프 백."

자칼린의 목소리는 거의 우는 소리에 가깝게 갈라졌다.

"…… 늦었지만 고인의 명복을 빌고 있습니다. 상황이 여의치 않아 정식으로 장례에 참석하지 못했습니다."

체사와 할드로프의 관계는 돈독했기 때문에 레작은 거북스러움 없이 그의 조의를 받았다.

어린 시절 큰형이 모반의 죄를 지어 추방당하고, 에반부르는 늘 그의 충성을 보이는 데에 열심이었다. 그들의 가문에 뒤집어쓴 오명을 씻어 낼 길은 국가에의 충성뿐이라 믿는 자였다. 해서 레작은 그 또래의 아이들이 기사 수행을 하거나, 나이 대에 걸맞은 농지거리를 던지고 사냥을 다니며 성장의 시행착오를 겪을 때부터, 이미 한 가문의 수장 노릇을 해 왔다.

아비조차 제대로 돌아봐 주지 않는 그의 노력을 갸륵히 돌봐 준 것이 체사 백작인 루가크였다.

"죄송합니다, 정말."

"자칼린……."

루가크는 종종 카라제시와 자칼린을 데리고 할드로프의 땅을 왕래했다. 일찍이 혼인해 영지를 떠난 누이 하나와 모반자로 몰린 형 하나가 전부였던 레작에게 체사 형제는 또 다른 형제와 같았다.

"뭐가 갑자기 죄송하다는 거야. 괜찮아. 내 부친께서는 알레타르 달테의 신전 앞에서 숭고한 화장식을 마치고 떠나셨다. 폐하께서도 할드로프가의 모든 죄를 사해 주신다는 사면령을 내려 주셨으니 충분히 가치 있는 마무리를 하신 거다. 조의는 지겹도록 들었으니까 이쯤 하자."

"……사면령만 내려졌습니까? 라르카드단으로는요?"

잠깐 입술을 달았던 레작은 희미하게 미소 지으며 화두를 돌렸다.

"그나저나 작은 체사 경은 잘 지냈어?"

"저야 뭐, 당연한 일 아니겠습니까."

"못 본 사이에 많이 남자다워졌네. 오는 길에 큰 체사 경이 꽤 걱정하던데 괜한 걱정이었어."

레작은 몸을 부해 보이게 만드는 도톰한 회색 코트를 고쳐 여미며 평온히 웃었다. 행장을 풀지 않는 그를 물끄러미 바라보던 자칼린이 조심스레 물었다.

"한데, 형님과 함께 출정하신 게 아니라면……."

"내가 제대로 된 기사도 아니고 출정이라니. 폐만 되지. 부친의 마지막을 지켜봤다던 이를 만나고 싶어 왔다. 용무만 마치면 돌아갈 생각이야."

자칼린의 입술이 살짝 벌어진 채 굳어졌다.

"최대한 빨리 보고 싶은데, 듣자 하니 분위기가 흉흉하다고. 나도 오랫동안 영지를 비울 수 있는 게 아니라서 말이야."

"마, 마지막…… 아."

"내 부친이 돌아가실 적 그 자리를 지켰다던 병사가 있다 들었는데 아니었나?"

파사드가 어떻게 설명을 해 올렸는지는 모르겠지만 자칼린이 아는 마지막 그의 임종을 지킨 이는 르옌이었다.

"지금 주둔지에 없습니다."

레작의 표정이 복잡다단한 우울함으로 가라앉았다.

"……혹 그자 역시 죽었나?"

"아뇨. 그게 아니라, 칼란독 경과 함께 정찰대 임무를 받아 외부 파견을 갔습니다."

음, 그렇구나. 레작은 다감하게 중얼거리며 미간을 매만졌다.

"……오래 기다려야 할까?"

"곧 돌아오실 예정이지만 언제 무슨 일이 터질지 모를 최전선이라서 말이죠. 가능한 한 빨리 돌아가시는 게 좋을 것 같습니다."

"본의 아니게 폐가 되었구나."

"그런 게 아니라……."

자칼린은 힘없이 웃으며 시선을 내렸다. 에반부르가 떠오르니 다시 가슴이 짓이겨진 듯 아팠다.

카라제시가 도착한 것은 땅거미가 저물 무렵이었다. 격리된 카헤이아를 제외한 시친의 해병 병사들도 바위산 주둔지 후면에 적당히 터를 잡고 최종 점호에 들어가 있었다.

"오오, 세상에, 이게 누구십니까!"

카라제시는 기사들의 인솔을 받으며 둔영 안으로 들어섰다. 키가 훌쩍 큰 에제트가 그를 뒤따랐다. 호각 소리와 함께 모습을 드러낸 카라제시의 모습에 사령부 막사에서 대기 중이던 기사들의 얼굴에 화색이 돌았다.

"큰 체사 경!"

"오랜만에 뵙습니다."

투구를 벗어 허리에 낀 카라제시는 지휘 막사 안의 기사들에게 일일이 인사를 건네는 것도 잊지 않았다. 긴 여정에도 지친 기색 없이 산뜻한 미소를 그리는 그를 반가워하는 이들이 태반이었다.

"다들 별 탈 없이 지내신 듯해 마음이 놓입니다. 폐하께서도 귀관들의 신변에 많은 신경을 쓰고 계십니다. 앞으로도 지금처럼 잘해 주실 거라 믿겠다는 전언을 남기셨습니다."

"감읍할 일입니다."

"그런데 이자는?"

머리끝부터 발끝까지 두꺼운 모피로 둘러, 드러난 것이라곤 매서운 눈매와 콧대뿐인 긴 장신의 사내에게 기사들의 시선이 쏠렸다.

"에제트. 폐하께서 보내신 종복입니다."

에제트. 구체적으로 설명하지 않더라도 이름만으로도 충분히 정체를 짐작할 수 있는 자였다.

저들은 테른도크의 직하에 위치한 절대적으로 테른도크의 명만 따르는 괴인들이었다. 출신도, 이름도, 무엇도 알려지지 않았다. 그러다 보니 귀족들도 그들을 귀족도 아니고 평민도 아닌, 다른 류의 사람으로 여겼다. 꺼림칙한 류의.

"폐하께서 작위 공을 도우라는 명을 내렸다 합니다. 그런데 체사 경은 어디 있습니까?"

놀란 기사들의 분위기를 부드럽게 가라앉힌 카라제시는 낯익은 얼굴들을 주욱 훑은 후 물었다. 본인도 체사지만, 카라제시의 출현으로 현 주둔지 내의 체사는 둘이 되었다. 모두가 그가 말하는 또 다른 체사가 누구인지 알았다.

"어? 그러게 말입니다. 작은 체사 경은 아까 전 할드로프 백을 모시고 갔는데……."

"여기 있습니다."

휙 휘장을 걷고 나타난 자칼린이 달리듯 카라제시에게 걸어갔다. 쿵쿵 울리는 무거운 군화 소리에 카라제시의 고개가 돌았다. 자칼린은 카라제시의 목전에 섰다. 얼마간 그리 서로를 응시하던 연둣빛 눈동자의 청년과 진한 녹안의 남자는 누가 뭐라 할 것 없이 서로를 꽉 끌어안았다.

"오랜만이야, 형."

"오랜만이구나. 무사한 모습을 보니 마음이 놓인다."

"별일이야 있으려고."

카라제시가 한결 낮은 목소리로 자칼린을 놓으며 읊조렸다.

"너는 있다 내게 한 소리 듣게 될 거다."

"으익! 왜!"

반가움의 인사가 끝나기 무섭게 내려진 선고에 자칼린이 께름칙하게 뒷걸음질했다. 그런 두 사람을 지켜보는 지휘 기사들의 분위기는 한결 따뜻해졌다. 그러나 언제까지고 해후의 기쁨을 만끽할 수는 없는 일이다.

얼마 후 라르크 기사들의 엄중한 감시를 받고 있던 카헤이아가 막사 안으로 들어서는 것을 끝으로 막사의 휘장이 닫혔다.

낯선 피부 색깔의, 낯선 차림의 여자를 보는 라르크 기사들은 마치 귀신이라도 본 양 희게 질린 얼굴이었다. 카라제시가 아랑곳하지 않고 말문을 열었다.

"시간이 촉박하다는 판단하에 먼저 설명하겠습니다. 내려오며 보니 톨프의 군사들이 난감한 짓을 벌이려 하고 있었습니다. 이유는 잘 모르겠습니다만, 적들이 절벽 기지 입구까지 공성 병기를 이끌고 내려온 걸 발견했습니다. 우선 그들을 물리치고 적들의 공성 병기를 파괴하고 내려오느라 시일이 걸렸습니다. 그 바람에 예상치 못한 백여 명 정도의 사상자가 발생했습니다만 염려하실 정도는 아닙니다."

올베빈과 타라옛, 셰반 모두가 경계하듯 카헤이아를 바라보는 눈길을 거두지 못했다.

카라제시가 테른도크의 어교를 품속에서 꺼내어 가장 가까이에 있던 올베빈에게 건넸다.

"폐하께서는 서부 해협에 위치한 이들의 도움을 받기로 결정하셨습니다. 도움이라기보다는 일종의 우호 동맹 차원의 지원이지만. 이분이 갈카마 토벌 당시 라르크의 군사들을 도와 해군 해병의 조력을 해 주었던 시친의 삼 제독 중 한 분, 카헤이아 뵈르게트입니다."

올베빈은 테른도크의 직인이 찍힌 귀한 종이를 한 번 훑은 후 타라옛에게, 타라옛은 다시 셰반에게 떠넘기듯 전달했다. 서신이 한 바퀴 돈 후에야 타라옛이 입을 열었다.

"어째서 그렇다면 서신에 거론되지 않았던 겁니까?"

"자칫 사고가 생겨 제대로 파발이 도달하지 않았을 때의 상황을 가정하지 않을 수 없었기 때문입니다. 우선 이곳은 라르크가 아니라 모르가나니까요. 그리고 수는 적지만 모르가나는 해협과 이어진 강줄기가 많은 곳이고, 제3국의 개입이라면 비밀스럽게 합류하는 게 더 도움이 되지 않을까 하는 판단도 있었습니다. 지나치게 간략화한 보고로 혼선을 빚었다면 이 자리에서 제가 대신해 사과하겠습니다."

간결한 정리에 기사들은 뒷머릴 긁적이며 고개를 저었다. 그 문제보다 다른 문제가 더 마음에 걸린 탓이다.

"큰 체사 경, 잠깐 따로 이야기할 수 있겠습니까? 정황상 시친의 제독이 있는 자리에서 나눌 만한 이야기는 아닌 듯해서."

타라옛의 정중한 요청에 내내 뚱하게 앉아 있던 카헤이아의 눈매가 짜증스럽게 치켜 올라갔다.

"그놈의 정황, 정황, 정황! 대관절 무슨 정황이 그리 심각하기에? 반나절이나 나와 내 지친 병사들을 홀대하고도 모자라 이제 내 코앞에서 속닥거리겠다는 건가."

그녀는 노골적으로 시친을 배제하려는 라르크 기사들의 행태에 적잖이 신경질이 나 있었다.

카라제시가 침착하게 중재했다.

"벵센 경, 시친은 적이 아닙니다. 개인적인 일이 아니라면 공석에서 이야기해 주시는 게 좋겠습니다."

결국 불신으로 끙끙 앓던 타라엣이 터뜨리는 듯한 큰 목소리로 말했다.

"제독 함선이 남부에서 발견되었습니다. 아마도 뵈르게트의 것이라고 하던데 어찌 저들을 믿습니까?"

'응?'

카라제시 역시 금시초문이었던지라 자연스럽게 카헤이아에게 고개를 돌렸다. 다른 기사들도 마찬가지로 온 신경을 다해 카헤이아를 응시했다. 카헤이아의 눈살이 찡그려졌다.

"이건 또 무슨 바다거북 단명하는 소리야."

타라엣이 막사 앞을 지키던 병사를 불러 명했다.

"볼레트 군의관을 불러와라."

곧 볼레트 군의관이 양손 가득 고약의 냄새를 풍기며 다가왔다. 그는 남부로 내려오는 내리 동상이 걸린 시친의 해병 군사들을 치료하던 중이었다. 갑작스런 부름에 경황없는 차림에도 불구하고 아무도 그를 의식하지 않았다.

"볼레트 군의관, 시친 함대를 목격한 이야기를 다시 한 번 소상히 보고하게."

카라제시는 진중하게 볼레트 군의관의 입술에 집중했다.

"아. 이분은…… '그' 뵈르게트입니까?"

시친의 제독이 나타났다는 소문은 이미 파다하게 퍼진 후라 크게 놀라지는 않았다. 그러나 여제독이라는 것이 신기하긴 했다. 시친은 라르크와 달리 여자들도 그들의 능력을 인정받을 수 있다는 말이 사실인 모양이다.

얼빠진 소리나 하고 있는 볼레트 군의관을 향한 눈총이 사나워졌다. 눈치 빠르게 알아차린 볼레트 군의관이 헛기침으로 목을 푼 후 말했다.

"저는 칼란독 경과 함께 정찰대에 소속되어 있던 군의관입니다. 이래저래 잡다한 지식이 많아 동행하게 됐죠. 아시는지 모르겠지만, 지도를 보십시오. 이곳에서 바로 달려 이틀 조금 걸리지 않는 거리에 모르가나의 로죄 강과 이어진 강줄기가 나옵니다. 정찰대가 야영을 하던 도중 온통 새까만 거대한 함선이 그 강을 지나갔습니다. 칼란독 경께서는 그 함선을 뵈르게트의 것이라 판단하셨습니다."

카헤이아가 코끝을 매만지며 물었다.

"새까만?"

"그렇…… 습니다."

제독은 일단 시친 내에서는 절대적인 위치를 점하는 자라고 알고 있고, 그건 사실일 터였다. 볼레트 군의관의 말끝은 저절로 공대가 되었다.

"좀 더 자세히 설명해 보지. 규모는?"

"밤에 보아 그 새까만 배의 규모가 어느만치 큰지는 식별할 수 없었습니다. 다만 작지 않은 거대 함선이었음은 분명합니다. 또한 선체 바닥부터 배 위의 난간과 망루까지 온통 까만색이었습니다. 선체 옆면은 강철로 만든 듯 반질거렸고, 새겨진 문양은 닻을 둘러싼 매가 날개를…….”

“문양은 설명할 필요 없어. 몇 척이었나?”

“확인한 바는 한 척이 전부였습니다.”

카헤이아가 생각에 잠긴 얼굴로 팔짱을 꼈다.

‘투헤인…… 직접 남부로 내려온 거였나? 하필 이 시기에 쓸데없는 짓을.’

“바람의 방향은 함선과 궤를 같이 했던가? 속력은 몇 노트쯤 되어 보였지?”

“예? 그런 것까지는 잘…….”

카헤이아가 혀를 쯧 찬 후 깨끗하게 긍정했다.

“확실히 설명만 들으면 내 휘하 함선이 맞는 듯한데, 어찌 된 영문인지 대충은 짐작하겠군.”

“설명해 주시겠습니까?”

그녀를 향한 반감이 서서히 수면 위로 드러날 무렵, 카헤이아가 마른 입술을 뗐다.

“너희가 아니라 파사드를 만나면 그에게 설명하겠다. 하지만 분명한 건, 내가 사특한 짓을 생각하고 있었다면 적은 수의 군사들만을 이끌고 이곳에 오지 않았으리란 거다. 이상이다.”

라르크의 기사들은 속이 터질 지경이었지만 입을 딱 닫아 버린 그녀를 강제할 수도 없는 노릇이었다.

“……수고했습니다. 이제 되었으니 군의관은 나가 보셔도 됩니다.”

“예.”

볼레트 군의관은 마지막으로 카헤이아를 흘깃 흘긴 후 물러갔다.

"전황이 어찌 되고 있는지 오는 길에는 제대로 된 소식을 들을 수 없었습니다. 이제 이쪽의 설명은 대충 마쳤으니 구체적으로 돌아가는 상황을 설명해 주실 수 있겠습니까?"

차하급 사령관으로서 셰반과 함께 공동 지휘를 맡고 있는 타라옛이 운을 뗐다.

"얼마 전 적들 사이에 내분이 일었습니다. 덕택에 우리는 재정비할 시간을 벌었습니다만 발로이드의 위치가 확인되지 않고 있는 상황입니다. 마지막 전투에서도 그가 뒤통수에서 달려오는 바람에 크게 당황했던 터라, 최대한 남쪽으로 파견한 정찰병의 간격을 좁게 해 동태를 살피고 있습니다. 군량과 보급품은 얼마 전 윙거의 발타르로부터 작은 체사 경이 지원받아 온 것들과 이번에 큰 체사 경이 내려오시면서 가지고 오신 것까지 합산하면 얼추 두어 달은 넉넉하게 버틸 수 있을 듯합니다. 남부의 겨울이 얼마만큼 긴가에 따라 갈리겠지만."

"시찰? 칼란독 경은 왜 서쪽으로 시찰을 나간 겁니까?"

"그쪽으로 모르가나의 장원들이 몇 곳이 있습니다. 장원들은 대개 군사보다는 상업적으로 발달한 곳이 많기 때문에 적들의 군사 요새를 공성하는 것보다 장원 일대를 노려보는 것이 더 합리적이라 판단하셨습니다. 저희가 느끼기에도 제대로 된 군량을 보급받을 수가 없다면 퇴각밖에 길이 없는 상황이었습니다. 설상가상 모르가나의 황태자가 전선에 나타날 거라는 얘기까지 전해져서."

카라제시가 눈 크기를 살짝 키우며 점잖게 되물었다.

"모르가나의 황태자? 태자 라인하르 말입니까?"

"예."

"언제쯤 도착한다 합니까? 칼란독은 알고 있습니까?"

"언제쯤 도착한다는 이야기는 아직 듣지 못했습니다. 칼란독 경은 소식을 전해 들은 직후 교착 상태가 끝나기 전에 바로 정찰대를 꾸려 떠나셨습니다. 지금 남부에서 제독 함선을 발견했다는 이야기에 혹 황태자가 물길로 전선에 나선 것은 아닌가 하는 생각을 하고는 있습니다만. 그렇다면 이렇듯 거취에 대해 조용해도 이상할 것이 없지요. 지금 황태자의 등장도 좋지 않습니다만 그가 얼마나 더 많은 군사들을 데리고 올지도 미지수입니다. 물론 뱃길로 온다면 군사 증원은 얼마 없을 것으로 예상됩니다만…… 시친의 함선이 제도 쪽에서 온 거라면 시기적으로 황태자를 수송하고 있을 것이라는 예상이 크게 이상하지 않을 듯합니다."

카라제시가 잠깐 손을 들어 타라옛의 말을 끊은 후 펼쳐진 지도를 가리켰다.

"정확히 그들이 발견된 곳이 어느 쪽인지 짚어 주시겠습니까?"

타라옛이 투박하게 흙먼지가 낀 손끝으로 지도의 어느 강줄기를 짚었다.

카헤이아가 불쑥 말했다.

"얼마 안 될 거라 어떻게 그리 자신하지?"

"어차피 물길을 타고 올라오는 이들이라면……."

카헤이아가 손뼉을 치자 막사 밖에서 대기 중이던 해군 장교 하나가 제식 걸음으로 안으로 들어섰다.

"히스커스, 검은 갈레온 선에 대해 설명해라."

"뵈르게트 각하의 검은 갈레온 선은 대형 군용 함선으로 상선의 역할도 겸하고 있습니다. 평균 속력 14노트, 최고 속력 20노트, 최대 수용 가능한 선원 수는 약 이천 명, 육십여 개의 노문과 포문이 겸해져 있는 근접 포격이 가능한 화력을 지니고 있고, 탈착이 가능한 충각이 있으며…….”

당최 뭐라 떠들어 대는 건지 모르겠다.

어리둥절해 하는 기사들의 표정을 멍청이 보듯 바라본 카헤이아가 짜증스레 말했다.

“이어진 강줄기를 따라간다는 가정하에, 이곳 유속은 우리의 계산대로라면 그다지 빠르지 않아. 안에 든 게 많으면 많을수록 속도는 느려지지. 모르가나의 황태자가 물길로 이동하고 있다고 했고 지금 파사드가 그들을 쫓고 있다는 게 요지가 아니었나? 정찰대라고 해 봐야 아무리 많아도 백은 넘지 않을 테고.”

올베빈이 딱딱한 목소리로 말했다.

“……스무 명 안팎입니다.”

“만일 황태자와 그들의 무리가 승선해 있다고 하면, 최대 이천 여 명까지 수송이 가능한데. 지금 너희가 이러고 있을 시간이 있는 건가? 너희의 전장에서는 만에 하나라는 게 그다지 중하지 않은 모양이지?”

“몇요?”

한 기사가 저도 모르게 신음처럼 반문하고 말았다.

“귀가 먹었어? 이천.”

이천여 명. 순간 막사 안에는 소름 끼치는 침묵이 내려앉았다.

카헤이아의 경고에 서쪽으로 향할 다섯 개의 중대가 급히 꾸려졌다. 피로가 극심했지만 선봉에 서겠다 나선 것은 카라제시였다.

카라제시는 파사드의 바로 다음으로 명망 높은 체사의 아들로서, 자연스럽게 중앙 막사 중 한 곳을 배정받았다.

막사에 불려 들어간 자칼린은 카라제시의 잔소리에 ‘머릿속을 비우자, 비우자.' 뇌까리고 있었다.

얼마 지나지 않아, 종기사의 도움을 받아 갑옷을 걸치던 카라제시의 입이 열렸다. 과연 잔소리다.

"내가 뭐라고 했었냐, 자칼린?"

자칼린은 예상과 크게 다르지 않은 서두에 관자놀이만 긁적였다.

"아니, 형, 여기까지 와서 괜히 왜 무게 잡고 그래."

"얌전히 집 지키라고 했지. 내가 먼저 갈카마 토벌전에 나가 있는 와중이었다. 적어도 가문을 지킬 사내는 남아 있어야 한다 누차 말하지 않았어?"

"아버지도 사내다, 뭐."

"자칼린."

엄한 목소리에 자칼린이 입술을 삐죽였다.

"조금 더 조여라."

"예."

카라제시는 갑옷을 꼼꼼하게 정비하며 중간중간에 종기사에게도 잔소리하는 것을 잊지 않았다.

'저 잔소리쟁이.'

"반성은 하고 있겠지?"

절그럭 소리와 함께 허리띠가 감겼다. 그의 몸에 꼭 맞는 갑옷은 반질반질하게 닦여 황동빛 윤기가 흘렀다. 자칼린은 흠집투성이의 자신의 갑옷과 그의 갑옷을 새삼 비견하며 투덜투덜 답했다.

"내가 뭐 집 지키는 개도 아니고. 잘못한 것도 없는데 무슨 반성이야, 형도 참."

카라제시가 투구를 건네받아 능숙하게 걸쳐 썼다.

"내가 들은 이야기는 다르던데. 대체 무슨 사고를 치고 다니기에 베로한 경이 내게 그리 우는 소리를 하며 너를 잡아야 한다 말하는 거냐?"

스이센, 나중에 만나면 딱밤을 먹여 버릴 테다.

"아무 짓도 안 했는데…… 아마?"

"아마, 아마, 그리 말미를 흐려 빠져나갈 구멍을 만드는 태도는 좋지 않다고 여러 번 말했지. 포로에게 관심을 둔다는 말은 또 뭐고, 군 부대 내의 여기사에 대한 이야기는 또 뭐냐."

이번에 카라제시는 도통 그냥 넘길 기세가 아니었다.

파사드와는 다르게 카라제시는 다른 사람들의 시선을 몹시 중요하게 생각하는 사람이었다. 자칼린은 그런 그를 답답하다 생각했지만 사람들은 그런 카라제시를 더 훌륭하다고 생각했다.

"별거 아니야. 그냥 할 거 없을 때 이리저리 기웃대는 거지."

"이제 출발해야 하니 이야기는 가면서 하자. 레테 경, 너는 나가서 말을 가지고 와라."

"예."

마지막으로 체사가의 노란 노루가 수놓인 멘테를 걸친 카라제시가 밖으로 나섰다. 자칼린이 재게 따라 걸었다. 막사 밖의 공기는 확연히 차가웠다. 자칼린이 '에취!' 작게 기침한 후 말했다.

"굳이 형까지 이곳에 올 필요가 있었어? 갈카마 토벌은 잘 마무리된 거야? 어떻게 된 건데 시친이 여기까지 왔어? 저놈들이 날로 도와주는 건 아닐 거 같은데, 폐하는 무슨 생각이시래?"

울타리 입구쪽은 파사드를 비롯한 정찰대를 찾으러 가기 위한 수색대 편성으로 바빴다. 파사드의 중앙 막사를 지나쳐 바깥으로 걸음을 돌리던 카라제시가 돌연 멈춰 섰다.

"할드로프 경의 부고에 폐하께서도 크게 낙심하셨다. 그러니 내가 여기에 있는 거지. 마리포사가 꽤나 잔악한 짓을 저질렀더구나."

자칼린의 입술이 굳어졌다.

"……형, 혹시…… 봤어?"

"할드로프 경의 시신이라면 봤다."

자칼린은 순식간에 침울해졌다. 그를 안쓰러운 눈빛으로 내려다보던 카라제시가 두꺼운 장갑 낀 손으로 자칼린의 뒤통수를 헝클었다.

"어머니가 안부 전하라 하셨다."

"아! 어머니랑 아버지는 어떻게 지내셔?"

카라제시가 다시 걸음을 옮겼다.

"빠르기도 하다. 두 분 다 안녕하시다. 그나저나 베로한 경이 말한 포로가 마리포사 기사단의 계집이라던데. 네 특별 관리하에 있다고?"

"특별 관리는 아니야."

"다녀와서 다시 확인할 테니 걸리는 게 있다면 지금 실토해."

"그런 거 없어. 혀가 없어 말도 못하는 계집이라 문초도 못하고 일단 살려만 뒀거든. 근데 알고 보니 글은 쓸 줄 알더라. 캐낼 수 있을 만큼 캐내야지."

그때 어디선가 뎅그렁 소리가 났다. 카라제시와 자칼린이 동시에 고개를 돌렸다.

'무슨 소리지?'

그러나 전쟁터는 온 곳이 쇠붙이였다. 그들의 관심은 이내 사그라졌다. 카라제시는 대기하던 기사들에게 짧게 경례를 붙이며 걸음을 지속했다. 등 뒤로 불어나는 기사들을 헤치고 그와 나란히 걷는 자칼린의 억울한 걸음만 더 빨라졌다.

"아, 그리고 형, 그리고 말이야. 일단 좀 들어 봐. 지금 나에 대해서 소문이 쬐끔, 쪼오금 안 좋게 돌고 있거든? 근데 그거 사실이 아니라……."

"또 무슨 새 사고뭉치 기록을 세웠는지 들어 보고 싶지만 당장은 여력이 없어. 우선 받아라."

대기 중인 군사들을 충분히 육안으로 식별할 만큼 가까워지자 카라제시는 걸음의 속도를 늦추며 품 안에 지니고 있던 또 다른 서신을 하나 꺼내 들었다.

얼결에 그걸 받아든 자칼린이 멈췄다.

"이거 뭔데 날 줘?"

"자칼린, 너는 체사로서 충분히 잘해 냈다. 나는 자랑스럽게 생각해."

"갑자기 웬 칭찬이야?"

"아버지께도 내려오기 전에 말씀 올렸다. 이제 너도 충분히 책임 질 수 있는 나이고, 기사로서도 용맹함을 증명했으니 더는 위험한 일에 손 담그지 않아도 될 일이라고."

"……헹?"

서신을 읽어 내리는 자칼린의 표정이 험상궂게 일그러졌다.

"아니, 갑자기 무슨 짓이야, 이 상황에?"

"돌아가라는 말이야."

"싫은데. 지금 내 상관은 형이 아니라 칼란독 경이라고. 파사드 형이란 말이야. 왜 마음대로 정해?"

"파사드에게는 내가 말할 테니 걱정할 것 없어."

"누구 마음대로? 막말로 돌아가야 하는 건 명문 체사의 장남인 형 아니야? 형은 원래 행정 보직이 더 잘 맞는다고 했잖아. 이렇게 위험한 곳까지 내려와서 대뜸 이게 뭐야?"

자칼린의 화난 음성에 카라제시가 느리게 주위를 훑었다. 편성된 수색대는 목이 빠져라 그를 기다리고 있었다. 그 중에는 카헤이아도 있었다.

"소리 낮추고."

"나도 갈 거야! 형만 혼자 보냈다가 파사드 형님한테 무슨 소리를 하려고."

"자칼린."

자칼린은 양 볼에 바람을 잔뜩 넣었다가 콧방귀 뀌듯 헹! 소릴 내더니 반대편으로 달려가며 소리쳤다.

"말, 내 말 준비해!"

카라제시는 걸음을 멈추고 대중없이 달려가는 자칼린을 피곤한 눈으로 바라보았다. 쉬이 말을 듣지 않을 거란 예상은 했지만, 저 철딱서니 없는 동생을 쥐어 패고 싶다는 생각이 가끔 든다. 그는 자칼린을 무시하고 출발령을 내렸다.

뭐, 원래 형제란 그런 것 아니겠나.

죽음을 각오한 잠입은 크게 어렵지 않았다.

여자치고는 덩치가 큰 덕에 에일라는 전쟁 통에 죽어 나갔던 라르크의 군사의 갑옷을 입고 라르크의 멘테를 매는 것만으로도 라르크 주둔지에 숨어들 수 있었다.

무슨 일인지 군사들은 모두 각각의 일로 바빴고, 그녀에게는 신경조차 쓰지 않았다. 그리고 호재라고 해야 할까. 그녀가 잠입한 바로 그날 등장한 낯선 복식의 군인들을 경계하는 일로 라르크 군사들은 더 정신이 없었다.

'시친.'

에일라는 예전에 라곳에시스의 북부 강줄기를 따라 내려온 시친 상인을 본 적이 있었다. 그들은 북부인을 조금 더 닮았지만 말투나 억양이 독특한 고저를 가지고 있었는데 분별을 하는 건 쉬웠다.

그녀는 잠깐 고민했다.

시친의 합류는 작은 사건이 아닐 터다. 당장 돌아가 알려야 하나 생각하는 사이 이동하는 군사 대열에 휘말려 중앙부까지 들어오고 말았다.

결국 주둔지 중앙 부근에 이르러 에일라는 마음을 다잡았다. 발로 이드는 적의 사령관인 파사드가 살해되기를 바라고 있었고, 그녀 역시 죽음을 각오하고 나온 길이었다.

그녀와 마리포사들이 살 같은 전우를 잃은 대가, 라르크인들 또한 치러야 했다.

에일라는 사령관의 막사로 보이는 엇비슷한 모양새의 거대한 천막들 사이를 이리저리 돌아다니며 인기척을 살폈다.

최고사령관의 막사는 비슷하게 생긴 것을 여러 곳에 두는 것이 일반적인 규칙이었다. 매일 다른 곳에서 잠을 청하는 것 역시도. 그러나 지금 라르크의 환경은 열악했고 저들은 사치스럽게 여러 곳에 빈 막사를 둘 여력이 되지 않는 게 분명했다.

'여기인가.'

커다란 검은 곰 가죽으로 뒤덮인 막사 앞에 이른 에일라는 허리에 차고 있던 라르크의 검을 고쳐 쥐었다. 어째서인지 보초조차 없는 축복이 내렸다.

불빛이 꺼지지 않은 막사들을 피해 살금살금 안으로 들어선 그녀는 어둠을 더듬었다. 침상의 실루엣이 보였다. 그녀는 주저 않고 침상으로 다가가 쥐고 있던 검을 내리찍었다.

살이 뚫리는 감촉을 기대했다. 그러나 돌아온 것은 딱딱한 것에 박힌 검의 감각과 저린 손뿐이었다.

인기척이 없었다. 찬 기운만 감돌 뿐이었다. 그녀는 불을 켜는 위험을 감수하는 대신 침상을 더듬어 보았다. 바스락. 바깥을 걸어 다니는 병사들의 발소리를 피해 막사 한 구석에 몸을 기댄 에일라는 문득 낮은 소리로 오가는 대화를 들었다.

"굳이 형까지 이곳에 올 필요가 있었어? 갈카마 토벌은 잘 마무리 된 거야? 어떻게 된 건데 시친이 여기까지 왔어?"

그들의 목소리는 점점 커지다가 고정되었다.

"……폐하께서도 크게 낙심하셨다. 그러니 내가……. 마리포사가 꽤나 잔악한 짓을 저질렀더구나."

"……형, 혹시…… 봤어?"

마리포사. 귀에 익을 수밖에 없는 이름에 에일라의 신경은 더욱 곤두섰다.

"할드로프 경의…… 봤다. 어머니가…… 하셨다."

"아! ……랑 아버지 ……지내셔?"

턱에 힘을 빼고 침상 옆의 좁은 공간에 바짝 몸을 세운 에일라는 애써 불안을 갈무리했다.

지금은 그를 찢어 죽이라는 발로이드의 명령이 더 중했다. 수십, 수백의 전우를 잃게 한 적의 사령관의 수급을 베어 낼 영광을 그녀에게 준 발로이드에게 되레 감사한다. 사령관이 이곳에 없다면 기다리면 될 일이다.

숨죽여 기다리다 보면 돌아올 것이고, 오늘이고 내일이고 그녀는 언제까지고 기다릴 요량이었다.

그러나 그녀의 사고는 거기서 뚝 잘려 나갔다.

"······경이 말한 포로가 마리포사 기사단의 계집이라던데. 네 특별 관리하에 있다고?"

"특별 관리는 아니야."

"다녀와서 다시 확인할 테니 걸리는 게 있다면 지금 실토해."

"그런 거 없어. 혀가 없어 말도 못하는 계집이라 문초도 못하고 일단 살려만 뒀거든. 근데 알고 보니 글은 쓸 줄 알더라. 캐낼 수 있을 만큼 캐내야지."

왜 저 말들이 그렇게 뚜렷이 잘 들렸는지 모를 일이다.

에일라의 손에 힘이 빠지는 것과 동시에, 그녀가 쥐고 있던 검이 뎅그렁 소리를 내며 떨어졌다. 황급히 검을 주워 몸을 웅크린 에일라의 다물린 턱이 떨렸다.

그들의 목소리가 점점 멀어졌다.

죽어 가는 소리가 들린다.

풀피리 소리는 차츰 잦아들었다. 적들에게 사로잡혀 죽은 이들도, 혹은 피하지 못해 죽은 이들도 있을 터였다. 심장이 쿵쾅거렸다.

머리를 놓친 함선은 기묘한 고동 소리를 울리며 뭍으로 다가오기 시작했다. 파사드가 납치하듯 데려간 이가 함선의 책임자 중 한명이라면 저들 역시 곤혹스러울 터였다. 그러나 르옌 그녀만큼 곤란하지는 않을 것이다.

도망칠 수 있다면 도망치겠다 그리 말했지만 현실이 그리 녹록치 않다는 건 르옌이 누구보다 잘 알고 있었다. 그녀는 우선 무거운 망토를 벗어 던지고, 로델라를 타고 달려가는 파사드를 뒤쫓는 기사들을 피해 강기슭의 어둠에 몸을 숨겼다.

그러나 적들도 옹이눈은 아니었다. 그녀는 금세 두 기사에 의해 포위되었다. 낯선 갑옷과 망토였다.

'이 도시 출신의 기사인가?'

르옌은 유달리 고급스러운 금색 장비와 무구를 재빠르게 훑다가 굳어졌다. 검은 사자의 멘테가 그들의 망토 위에서 펄럭이고 있었다. 그들이 탄 말조차도 모르가나 황실의 상징인 금색 마갑 덮개를 뒤집어쓴 채 살인 짐승처럼 침을 흘리고 있었다.

르옌은 비로소 깨달았다. 일개 영지의 기사가 아니다.

"순순히 잡히는 게 좋을 거다. 아니면 험하게 끌려가야 할 테니."

르옌은 리오낙을 고쳐 쥐고 그녀를 포박하기 위해 말에서 내린 기사의 오금을 후려친 후, 검자루로 적의 뒷덜미를 내리찍었다. 우득 소리가 나며 기사는 신음과 함께 고꾸라졌다.

"이 미친 계집이!"

숨 돌릴 틈도 없다.

다른 기사가 그대로 그녀에게 창을 내리 꽂는 순간, 르옌이 재빠르게 고꾸라진 기사의 몸을 방패 삼아 돌렸다.

텅 소리와 함께 창이 미끄러져 고기 방패가 된 기사의 겨드랑이를 쓸었다.

르옌은 놓치지 않고 속도가 죽은 창대를 움켜쥐고 온 힘을 다해 끌어당겼다.

"잡히거나 끌려가는 거, 둘 다 별로인데."

균형을 잃은 두 번째 기사가 떨어졌다. 바닥에 떨어지며 팔이 부러진 기사가 목에 걸고 있던 호각을 불었다. 풀피리 소리와는 차원이 다른 높은 소음이 파문처럼 퍼져 나갔다.

주인을 잃고 그르렁대는 말이 발굽을 쿵쿵 때렸다. 더 잴 것도 없이 르옌은 말을 훔쳐 타기 위해 재빠르게 말고삐를 쥐었다. 일단 이곳을 빠져나가야 한다.

그 순간이었다.

이히히힝! 포효처럼 귀를 할퀴는 거대한 말울음 소리가 울려 퍼졌다.

어떻게 된 일인지 사태를 파악하기도 전에, 발로이드가 순식간에 그녀를 낚아채듯 말 위로 끌어 올렸다. 그가 탄 거대한 말의 발굽이 부상당해 쓰러져 있던 기사의 몸을 짓밟았다. 으드득 하는 소리가 났다. 죽었는지도 모른다.

몸은 들썩이고 강풍은 숨통을 막았다. 시야가 뱅 돌았다. 르옌이 리오낙을 검집에서 뽑으려 했지만 발로이드의 손아귀가 그녀의 뒷목을 움켜쥐는 것으로 모든 움직임은 저지되었다.

"페이…… 읏!"

그녀의 비명 같은 고함을 무시한 채 발로이드는 계속해서 달렸다. 강기슭을 따라 다른 기사들이 그를 뒤따르지 못할 만큼 빠르고, 거침없는 속도였다.

한참을 그렇게 끌려가던 르옌이 구역질이 치미는 속을 짓누르며 발로이드의 옆구리를 흰 검집으로 후려쳤다. '쨍—' 소리와 함께 갑옷과 부딪친 하얀 금속의 울음이 울려 퍼졌다.

발로이드가 잠깐 주춤하는 사이 그녀는 굴러 떨어져 얕은 강바닥에 떨어졌다. 찰방찰방 울리는 얕은 물소리, 어느새 멀어진 기사들의 고함 소리와 거의 들리지 않게 된 말발굽 소리.

정신을 차릴 수가 없다.

발로이드는 거친 숨을 몰아쉬며 말에서 내렸다. 르옌이 미처 다시 일어서기도 전에 그의 손아귀가 르옌의 손목을 움켜쥐었다.

"왜."

맹수가 그르렁거리는 듯했다.

르옌은 지지 않고 리오낙의 검집을 발로이드의 얼굴을 향해 후려쳤다. 그러나 발로이드는 피하는 대신 고스란히 얻어맞았다. 텅! 둔탁한 소리가 나는 것과 동시에 노기 끓는 소리가 이어졌다.

"대체 왜."

찢긴 그의 이마에서 흘러내리는 피는 한밤이라 더욱 괴괴한 빛이었다.

발로이드의 악력에 손목이 끊어질 듯했다. 르옌이 이를 악물고 그를 걷어찼지만 그는 잠깐 휘청할 뿐 꿈쩍도 않은 채 그녀를 노려보고 있었다.

"가만히 있어라, 누님."

그를 무시한 르옌의 팔꿈치가 그의 목덜미를 후려쳤다. 결국 발로이드가 이성을 잃고 사납게 그녀를 끌어당기더니, 옴짝달싹 못 하게 그녀를 품에 가두었다.

딱딱한 갑옷에 등뼈와 어깨뼈가 짓이겨지는 것 같았다.

"웃……!"

"가만히 좀 있어. 제발!"

갈라진 고함이 처량한 강기슭의 얕은 물가를 때렸다.

흡사 우는 듯한 울림. 르옌의 움직임이 주춤 멎은 사이 발로이드는 르옌을 양팔 안에 가둔 채로 짓씹을 듯 그녀의 목덜미를 물었다. 살점에 맞닿은 그의 치아가 뜯어낼 듯 그녀의 목덜미를 짓눌렀다.

"미친 거냐. 지금 무얼……!"

푸르릉, 르옌과 발로이드를 동떨어진 곳까지 옮겨 온 한 필의 말이 울부짖는다. 뜨겁게 끼쳐 오는 목덜미의 숨결 사이로 구걸 같은 신음이 이어졌다.

"대체 왜……!"

르옌은 발로이드의 몸에 힘이 빠진 기회를 놓치지 않고 몸을 뒤틀어 양팔을 빼냈다. 그러고는 그의 목덜미를 그대로 앞으로 매쳤다. 무게 탓에 옆으로 쓰러지는 것이 전부였지만 그를 떼어 내는 데에는 무리가 없었다.

첨벙.

수면이 크게 흔들리며 발로이드가 주저앉았다. 르옌은 저릿한 목덜미를 잠깐 만져 확인했다. 피가 철철 흘렀다. 그녀는 이를 악 물고 리오낙을 검집에서 뽑아 들었다.

스르릉. 날붙이 소리가 울려 퍼졌다. 일어나기 위해 막 한쪽 무릎을 세우던 발로이드가 리오낙을 발견하고는 돌처럼 멈추었다. 달빛에 부서지는 하얀 검광을 올려다보는 발로이드의 벽안에 허탈한 기가 어렸다.

"그만…… 그만. 왜 이러는 거냐? 누님."

르옌은 차오르는 숨을 고르며 침묵했다.

굳이 입 밖으로 내지 않아도 이미 양자 알고 있는 답이었다. 자신의 선택이 그의 선택을 불러일으켰고, 그의 선택은 그녀의 선택을 불러일으켰다.

르옌이 검 끝을 내려 발로이드의 목덜미를 겨누었다. 팔에 힘이 빠져 덜덜 떨렸다.

망연히 그녀를 올려다보던 발로이드가 울 듯 입술을 뗐다.

"그러지 마라, 누님."

"……."

"더 이상."

"도리가 없구나, 페이."

"내가 누님을 죽이게 하지 마."

"……."

"내가, 내가, 내가 누님을 죽여야 한다는 결론에 이르게 하지 말란 말이다아!"

고함은 맹수의 포효처럼 쩌렁쩌렁 울렸다.

혹여나 그들을 쫓던 다른 기사들에게 닿을까 두려웠던 르옌이 검면을 비껴 세우려는 찰나, 발로이드의 장갑 낀 손이 더 빠르게 움직였다.

발로이드는 그대로 르옌이 든 리오낙을 날째로 움켜쥐더니, 어마어마한 힘으로 내팽개쳤다.

"웃……!"

악이 울렸다.

"얼마나! 내가 얼마나 더 기다려야 해! 얼마나!"

그의 힘을 이기지 못하고 리오낙을 손에서 놓친 르옌이 휘청거렸다. 리오낙은 기슭 위로 떨어졌다. 검을 쥐기 위해 다시 몸을 돌리려는 순간, 발로이드가 그녀를 기슭으로 떠밀어 자빠뜨렸다.

첨벙하는 소리와 함께, 등 뒤로 얕은 경사의 젖은 수풀 언덕이 와 닿았다. 그의 무게에 짓눌린 르옌이 발로이드의 얼굴을 밀어내려 했지만 근본적인 힘의 차이는 이길 도리가 없었다.

"대답해 달란 말이다, 누니이임!"

거의 아물어 갔던 등의 상처가 다시 터지기라도 한 것처럼 타는 고통을 불러일으켰다.

르옌의 표정이 일그러지자 발로이드가 지레 놀란 사람처럼 그녀의 어깨를 짓누르던 팔에 힘을 뺐다. 쥔 손은 놓지 않은 채였다.

그가 애걸했다.

"얼마나 더 사정을 해야 하나. 얼마나 더 참고 인내하고 기다려야 하나. 얼마나 더, 이 단장斷腸 고통을 참아 견뎌야 끝이 나는 거냐."

발로이드의 눈동자는 물어뜯긴 상처가 벌겋게 난 그녀의 목덜미를 향해 있었다. 그녀의 머리칼은 귀 아래까지 쑥 짧아진 후였다. 못 알아볼 리 없다. 발로이드는 그것이 의미하는 바를 능히 짐작했다.

절대로 그녀가 돌아오지 않을 것이라는 의미였다.

르옌의 주먹이 그의 왼뺨을 가격했다. 그리고 재빠르게 몸을 뒤집어 머잖은 곳에 떨어진 하얀 검을 끌어 쥐려는 르옌을 발로이드는 그저 지켜만 보았다. 그의 벽안은 그녀의 찢겨 나간 안감 사이로 비치는 수십 갈래의 흉터에 머물렀다.

쥐어뜯긴 듯한 목소리가 탄식처럼 그녀의 상처 위로 스몄다.

"……이 짓을 당하고도."

르옌의 손끝이 막 리오낙에 닿을 무렵이었다. 발로이드의 손이 그녀의 뒷머리를 짓눌렀다. 반대편 손은 그녀의 벌어진 옷 틈을 헤집었다.

"이런 꼴을 당하고도, 이런 꼴을 당하고도!"

등의 상처가 아팠다. 그러나 아픔은 단순한 육체적인 고통 이상의 것이었다.

르옌은 문득 날갯죽지 언저리로 닿는 따뜻한 온기에 움직임을 멈추었다. 발로이드가 그녀의 등에 엎드린 채 흐느꼈다.

"나를, 어린아이처럼 만들지 마, 누님. 이백여 년을 기다리고 기다려 너를 고대했다. 네가 나에게 삶을 줄 거란 믿음 하나만으로 이제까지 버텨 왔다. 그러니 제발, 너를 버렸던 놈들이 아니라 유일하게 너를 마지막까지 따랐던 기사인 나를 돌아봐라. 제발. 너를 기다린 건 나다. 너를 기다린 건 브류나크가 아니라 나란 말이다……!"

그의 말이 닿는 곳곳이 아팠다. 르옌은 뜨겁게 충혈되는 눈가의 열기를 모른 체하며 눈을 부릅떴다.

"치하를 받을 거라 여겼더냐. 괴물로서 나를 적대하면서."

"나를 시험하지 마라. 내가 누님을 적대할 리가 없어. 누님을 위한 괴물이라면 그조차 귀에 단 말이다. 누님과 내가 함께 다시 시작할 수 있다면 무어라 불려도 상관없어. 내가 다 준비했다. 누님은 아무것도 하지 않아도 돼. 그냥 그때처럼 내게 명해라. 나는, 나는……!"

"페이."

얕은 물살 흐르는 소리가 세계를 채운다. 그녀의 울음으로 막힌 듯 떨리는 목소리는 물결을 따라 흘러갔다.

"불가능한 것을 청하지 마라. 그만큼 어리석은 일이 없다. 나는 벨바롯트에게 너를 죽이지 말라 청했던 그때의 나를 원망한다."

"……."

"네가 무슨 짓을 해서 나와 너를 되살린 건지는 알고 싶지도, 알 생각도 없다. 하지만 그래도 끝났어야 할 옳은 이야기였어. 내가 너를 이해하지 못했고, 네가 나를 이해하지 못해 이 사달이 난 것이니 내가 짊어져야 할 책임이다."

르옌은 힘 빠진 발로이드의 손을 밀어내며 비틀비틀 상체를 들어 일으켰다.

발로이드는 넋 나간 사람처럼 멍하니 그녀를 바라보았다. 빛 없은 벽안은 어두운 진청빛으로 물들었다. 그의 물 젖은 입술이 창백히 열렸다.

"라르크가."

"……."

"라르크가 짊어져야 할 책임이다. 위대한 왕을 죽이고 사욕에 눈이 멀어 왕위를 찬탈한 라르크가 짊어져야 할 책임을 왜 내가 져야 해. 왜 누님이 져야 해! 라르칼리아의 이야기는 끝나지 않았다고, 네가 그리 내게 속삭이지 않았나! 왜에에에!"

"나는 네게 그런 삿된 가르침을 내린 적이 없다."

"네가, 네가 내게!"

"라르칼리아의 이야기는 이미 오래전 끝났어야 할 이야기다."

"아니, 아니야. 끝나지 않았어, 끝나지 않았다고! 누님!"

발로이드의 충혈된 눈동자가 광기처럼 번뜩였다. 르옌은 순간 섬뜩함을 느끼고 몸을 굳혔다.

"누님을 위해 살아남은 나를 배신하지 마라."

"내가 라르크 그 자체였다면 라르크를 배반한 네가 먼저 나를 배반한 건데 어째서 내가 너를 배반했다 하나. 이해하지 못한 것과 배반은 다른 문제다."

"왜 배반이 아닌데, 너를 죽인 브류나크의 저 검을 내게 들이미는 누님은 지금 제정신이 아니야아!"

예고 없이 발로이드의 손이 뻗쳐와 르옌의 목을 움켜쥐었다. 피하지 못하고 그대로 짓눌린 르옌은 손속을 두지 않고 숨통을 짓누르는 발로이드의 악력에 목 졸린 신음조차 내지 못했다. 손에 힘이 들어가지 않았다.

르옌의 눈이 크게 뜨였다.

죽는다. 본능의 적신호가 켜졌다.

목이 졸려 죽기 전에 목이 부러져 죽을 것 같은 어마어마한 힘이었다.

너무 세게 졸려 신음도 새지 않았다. 정신을 잃을 것 같은 와중 가까스로 손을 뻗어 리오낙을 움켜쥔 그녀가 온 힘을 다해 검을 휘둘렀다. 그러나 발로이드의 팔꿈치는 너무나도 쉽게 리오낙을 쳐 냈다.

발로이드가 으르렁거리듯 뇌까렸다.

"널 못 죽일 것 같나, 누님? 죽일 수 있다. 나를 배반한 지금의 너를 죽이고, 그대로 라르크를 치고, 모르가나를 멸망시키고, 그리고 다시 널 되살릴 테니까아아!"

온몸에 힘이 빠졌다. 절망에 절어 눈 가려진 동생의 고함만이 귓전을 맴돈다.

동생이라기보다는 목숨을 맡겨도 좋을 만큼 신뢰했던 전우였다. 그는, 그녀의 일생을 유일하게 이해한다 믿었던 자였다. 그녀의 뜻과 꿈과 바람을 함께 펼치고 꾸고 기원했었다.

언젠가 뭐아드로의 수용소인 크랑크스를 찾아갔던 적이 있었다. 그녀는 사실 그곳을 남몰래 자주 찾았다. 처음 그녀의 관심을 끌었던 사내가 죽은 후에도 그 안에는 작은 남자, 늙은 남자, 우는 남자, 넋을 놓고 그녀를 멍하니 바라보는 이들이 많았기 때문이다.

그녀는 늘 의문했다. 너희는 무슨 죄를 지었을까. 추운 날씨에도 한여름처럼 얇은 옷을 입은 강인한 너희들은, 대체 무슨 죄를 지어 이곳에 갇혀 있는 것일까.

─빈곤하고 나약한 라르크에서 태어난 것이 죄가 아니겠습니까, 왕녀님?

한센이 비수처럼 말했다.

부끄러운 깨달음에 휘청였다. 그녀는 그제야 자신의 시선이 닿지 않은 온 세상이 혹한의 겨울을 보내고 있다는 것을 알았다.

굶주려 이를 드러내는 자가 없으면 좋겠다. 헐벗은 자가 그녀에게 매달리지 않으면 좋겠다.

처음은 단순한 동정이었다. 그것은 차츰 틈을 벌려 계층을 나누었고, 어느 순간 그녀는 당연히 그래야 한다는 것처럼 그녀를 마음 아프게 하는 이들에게 호감과 자비와 연민 따위의 온갖 부드러운 감정을 쏟아 붓게 되었다.

같은 죄를 저질렀다 해도 가진 자의 용서보다 굶주린 자의 용서를 더욱 크게 셈했다. 같은 양의 웃음을 볼 때면 두껍게 껴입은 자보다 헐벗은 자의 웃음이 더욱 아름다워 보였다. 당연하다 싶을 정도로 자연스러운 섭리였다.

필연적으로 가진 자들인 귀족들을 향한 반감은 커졌다.

궁에만 갇혀 살아 밖에 눈 돌리지 못하는 어린 동생들을 보며 마치 지능 없는 짐승들을 보는 기분에 잠겼다. 그녀를 잘 따르는 어린 동생들이지만 그들은 그녀가 보는 세상을 볼 줄 모르는 어리석은 이들이었다.

도토리처럼 선 형제들이 저들의 태어난 순서와 혈통을 무기 삼아 다투고 논쟁하고 소일했다. 그것은 오래된 병폐. 바로잡을 수 있으나 누구도 바로잡으려 하지 않는 일종의 전통이라는 것을 배우기까지는 그리 오랜 시간이 걸리지 않았다.

―누님이 왕이 되면 좋을 거야.

페이작만 달랐다. 페이작은 그녀의 본질을 누구보다 쉬이 꿰뚫어 보는 아이였다. 영악하다거나 계산적이라기보다는 본능에 가까웠다.

그리고 그가 그녀를 꿰뚫어 보는 만큼 그녀 역시 손바닥 보듯 그를 읽어 냈다. 그렇다 믿었다.

하나하나 가르쳐 제 품에 넣었다. 누구보다 강한 기사, 누구도 이해하지 못할 저를 이해하는 아이에게 자신을 비추었다.

그리고 그때의 자신은, 괴물이었다.

그때의 제가 낳은 괴물이 지금의 이 발로이드였다. 가엾고 가엾다. 사실을 알면서도 그를 헤아릴 수 없는 것이 지금의 그녀다. 아마도 자신은 이백여 년 전의 스완과는 아예 다른 사람일지도 모른다. 스완과 르옌의 동일시는 애초부터 불가능한 일인지도 몰랐다.

"누님, 이대로 내 손에 죽을 거냐. 누님, 왜 그런 눈으로 나를 보는 거냐!"

가여운 나의 페이작.

핏발 선 눈가를 어루만져 주고 싶었다. 전생에는 단 한 순간도 그리해 준 적 없음이다.

문득 제 누이가 죽은 줄 알고 울며 돌아갔던 어린 동생이 떠올랐다. 어리석게 전쟁터에 나서 스스로 만족하며 죽었을 형제도 떠올랐다. 그리고 이백여 년 전 잃었던 수많은 형제들도.

'리아작, 칼키투스, 크란, 알티오, 대너투르……'

이름조차 아득해진 그들도.

"나는 브류나크에게 많은 것을 잃었다. 누님을 잃었고, 조국을 잃었고, 내 사람들을 잃었다. 누님은 라르크가, 지금의 브류나크가 정의라고 생각하나? 라르크가 죽인 내 사람들의 수가 손으로 꼽을 수 없이 많다. 얼마 전 그들이 데려가 강간하고 윤간하여 죽였을 계집은 한 여자의 딸이었다. 그놈들이 어째서 정의야! 어째서 그놈들이 누님의 사랑을 받아, 어떻게 그놈들이이이!"

스스로 분을 이기지 못한 발로이드의 손이 떨어져 나갔다.

"왜에에에!"

그의 주먹이 돌바닥을 그대로 내리찍자 으적 하는 돌부딪치는 소리가 났다.

숨통이 트인 즉시 르옌은 거친 기침과 함께 토했다가 급히 들이켰다. 쿨럭 쿨럭. 르옌은 움키고 가까스로 입술을 뗐다. 갈라진 목소리가 제 귀에도 사뭇 끔찍했다.

그렇지만 이 현실만큼 끔찍하지는 못할 것이다.

"너는 페이작 돌레한이 아니다."

그는 망가진 사내였다.

"나는."

"말하지 마라."

"스완이 아니고."

발로이드의 얼굴이 일그러졌다. 늘 푸르러 아름답던 벽안이 그대로 죽어 버린 듯했다. 그럼에도 말을 멈출 수 없었다.

"시간이 흘렀고 이미 흘러간 시간은 다시 잡을 수 없는 법이다."

그리할 수 있다면 얼마나 좋을까.

참 좋을 것이다.

전 대륙에 재앙이라 일컬어졌던 괴물 같은 기사와 여왕이라 손가락질당한데도 그와 함께했던 시절은 감당할 가치가 있을 만큼 고귀하던 시간이었다.

르옌이 벌건 눈으로 뇌까렸다.

"나는, 오늘 다시 한 번 내 각오를 굳혔다. 너와 싸우다 죽어도 후회하지 않겠다. 지금의 브류나크는 적어도 너와 나처럼 괴물이 되지 않을 만큼 신중한 녀석이니 나머지는 못 미더운 그 녀석의 재량에 맡겨야겠지. 만일 네게 그럴 만한 각오가 없다면."

르옌이 이를 갈며 말했다.

"감히 나를 강요하지 마라."

"……"

"너는 네 선택에 따른 결과의 책임을 짊어져. 내게 전가하지 마라.

누구에게도 전가하지 마라. 나는 너를 그리 가르치지 않았다."

"이걸 책임의 전가라 말하나……?"

발로이드의 입가가 비틀렸다. 물이 뚝뚝 떨어져 내렸다.

무어라 형용할 수가 없는 기분이었다. 그는 무엇도 두려워하지 않았다. 이백여 년 전, 그를 위협하려 했던 형제들조차도 두려워하지 않았다. 죽음조차도.

그가 두려워한 것은 그녀를 잃는 것뿐이었다. 그가 바란 것은, 그녀가 바란 것뿐이었다.

―내가 바라는 세상은 조금 더 멀리 있다, 돌레한 경.

―누님이 바라는 세상.

―내 백성들이 굶주려 스스로 크랑크스로 걸어 들어오지 않기를 바란다. 초야를 뛰놀기를 바란다. 얼어 죽은 시체를 쥐고 몇 날 며칠 울부짖지 않기를 바란다. 나는 많은 것을 바라.

네가 바랐기 때문에. 나의 바람이었다.

―우리가 바라는 세상이군.

―우리가 하나의 꿈을 꾼다는 건, 내게는 더할 나위 없는 축복이다. 이제 시작할 때구나. 돌레한 경, 가장 가까이서 나를 지키는 기사가 되어라.

오직, 그녀가 바랐기 때문에.

발로이드의 고개가 느리게 떨어졌다.

다그닥. 다그닥.

수십 개의 말발굽 소리가 가까워졌다. 순식간에 사위가 환해졌다.

옆얼굴로 떨어지는 이질적인 빛 무리에 르옌과 발로이드의 고개가 느릿느릿 기슭으로 향했다.

"이거, 네가 뭘 그리 급하게 쫓아 나가나 했더니."

얕은 강가를 낀 낮은 둔덕 위에는 하나둘씩 몰려든 검은 사자의 멘테를 두른 기사들이 섰다. 그들의 후위에서 타박타박 가벼운 발굽 소리와 함께 한 사내가 모습을 드러냈다.

"가넷 경의 말이 사실이었나? 게다가, 이 하얀 고철 덩어리는 꽤 진귀한 물건인 것 같은데."

르옌은 힘없이 부연 눈을 깜빡였다.

말에서 내린 한 남자가 허리를 숙여 강기슭에 내팽개쳐진 리오낙을 주워 들었다. 그녀는 여유작작한 저 사내의 정체는 알지 못했지만, 그가 두르고 있는 두꺼운 망토에 새겨진 문양은 똑똑히 읽어 낼 수 있었다. 검은 사자가 아가리를 벌리고 있다.

발로이드가 느릿느릿 몸을 바로 세웠다.

"라인하르."

발로이드의 갈라진 목소리가 파문을 일으키며 흐르는 물 위를 번져 나갔다. 갑옷에 찼던 물들이 투두둑 떨어져 내렸다. 라인하르는 물에 빠진 생쥐 꼴이 된 발로이드를 보며 빙긋 웃었다.

"마리포사 백, 말버릇을 지적하기엔 적절한 시기가 아닌 듯하지만 영 거슬린단 말이지."

"……."

"여봐라, 우선 저 계집을 잡아라."

기사들이 일제히 얕은 강가로 뛰어 들어오는 풍경이 마냥 꿈같다. 르옌의 불그스름한 빛의 눈동자는 이내 리오낙을 쥐고 선 사내에게 향했다. 그녀가 놓친 하얀 검은 적의 손아귀에 들려 있었다.

이 사실을 알게 된다면 파사드가 얼마나 제게 실망할지 눈에 훤했다. 그리고 이 상황에서 왜 그 생각이 가장 먼저 드는지.

구사일생으로 도망쳐 나온 파사드와 정찰대원들은 금방이라도 고꾸라질 듯 비틀거렸다. 적들은 한참 전에 추격을 그쳤지만 달리기를 멈출 수 없었다. 아주 잠깐의 휴식으로 말을 달래는 것이 그들이 취할 수 있는 휴식의 전부였다.

그러는 동안 어느새 새로운 동이 텄다. 밤을 꼬박 지새워 내달린 지 하루하고 반나절.

달리는 말 위의 풍경은 빠르게 변했다.

적의 칼날처럼 뾰족하게 말의 허벅다리를 찌르던 억새풀도 이제는 듬성하다. 파사드는 고삐를 쥔 손가락에 힘을 주었다.

—다시 보자.

바람에 쓸려가던 그녀의 목소리가 가슴 어딘가에 끈적하게 눌어 있다. 불안은 지난 하루 반나절이 넘는 시간동안 희미해지긴커녕 더욱 질기게 달라붙었다.

파사드는 살면서 이토록 짙은 불안을 느낀 적이 없었다.

손끝 발끝부터 번지는 소름에 다시 한 번 실감했다. 그는 그녀를 죽음에 내팽개친 것과 다름이 없었다.

걱정 말라 말하던 여자에게 묘수가 있길 바라는 것밖에 그에게 남은 것은 없었다. 늘 예상치 못한 방향으로 그를 당황시켰던 여자였으니까. 그러나 보다 깊숙한 진의를 털어 보면 십중팔구의 확률로 알고 있었다. 이번만큼은 말도 안 되는 기대인지도 모른다는 것을.

강기슭을 거슬러서라도 살아남겠다? 이 찬 겨울에? 적들이 지천에 깔린 그곳에서? 말도 안 되는 소리였다. 그녀가 아무리 영민하다

한들 지도조차 없이 남부의 황량한 땅을 누빌 수는 없을 터인데. 그것이 그들이 직면한 현실이었다.

마음 깊숙한 곳 모르지 않으면서도 존귀한 물건을 내어 주었다. 그러나 리오낙의 잃어버리게 될지도 모른다는 사실은 당장 중요하게 느껴지지 않았다. 그것으로 르옌이 목숨을 지켜 낼 수 있다면 그것만으로 족했다. 지금 파사드에게는 그것이 서슴없이 사지에 남기를 자청했던 그녀에게 품을 수 있는 오직 한 가지 감정이었다.

죄책감이라는 이름도 동정심이라는 이름도 어울리지 않는 어떤 지독한 것이, 가슴 죄는 무언가가, 그를 쥔 채 놓지 않았다.

'대체 무엇이.'

모든 것은 순리대로 돌아갔다.

파사드는 적들의 사정 범위 안에서 가장 먼저 벗어나야 하는 최고 사령관이었다. 그리고 르옌은 스스로가 라르칼리아라 주장하는…….

'…….'

결국 파사드는 지평선을 깔고 앉은 작은 바위산이 손톱처럼 모습을 드러낼 즈음 말을 멈추었다. 속도를 늦추자마자 녹초처럼 지쳐 버린 로델라가 폭 주저앉았다.

파사드는 비틀거리며 땅을 디뎠다.

"카흐, 카, 칼란독 경!"

그의 등만 바라보며 뒤쫓아 온 기사들의 몰골 역시 말이 아니었다.

파사드는 이제는 들리지 않는 물소리를 쫓아 고개를 돌렸다. 말을 멈추고도 가슴이 갈앉지가 않았다. 바닥에서는 낯선 이의 신음 소리가 들렸다.

"으윽……!"

반 기절 상태로 로델라와 함께 고꾸라졌던 투헤인은 비틀비틀 일

어나더니 끝내 토악질을 했다. 우웨엑! 희게 질린 낯빛이 금방이라
도 다시 정신을 잃을 것 같았다.

"이자는 누굽니까?"

거무죽죽한 낯빛으로 곧 쓰러질 듯 지쳐 있던 기사들의 얼굴에 어
리둥절함이 떠올랐다.

짙은 눈썹, 훤칠한 장신의 까무잡잡한 피부의 사내. 손과 살결은
부드러워 굳센 느낌은 들지 않았지만 척 보기에도 범인은 아니었다.

파사드는 그들의 의문을 묵살하고 부들부들 떠는 로델라의 목덜
미에 손을 얹었다. 로델라의 가죽 안쪽으로 뜨겁게 요동치는 맥박이
느껴졌다. 그 맥박질에 맞춰 파사드의 심장 소리도 점점 커졌다.

"남은 이들은 이게 전부인가?"

익숙한 얼굴들이 보이지 않았다. 덴작의 자리도 공석이었다. 기사
들이 약속이나 한 듯이 고개를 수그렸다. 남은 것은 고작 넷. 그를
포함해 다섯이 남았다.

파사드는 이를 꽉 물었다.

모르가나의 황실 기사가 이른에 있었다. 수는 제대로 파악하지 못
했지만 한둘이 아니었다.

황실 기사란 제도를 지키는 자들, 황태자가 도달하리라는 소식이
퍼진 지 얼마 되지 않은 시점에 황실 기사단이 이곳에 있다는 건 명
백히 의미하는 것이 있었다.

파사드가 몸을 돌려 바닥에 주저앉은 투헤인의 멱을 잡아 올렸다.

"투헤인 뵈르게트, 갈카마의 토벌에 뵈르게트가 협력 관계에 있
다. 도대체 당신은 여기서 무얼 했던 건가?"

투헤인은 그의 무시무시한 기세에 눈을 크게 뜨고 목을 살짝 뒤로
뺐다가 비웃음 섞인 목소리로 중얼거렸다.

"……이거, 참 사람 곤란하게 하시는군요."

"시친이 제국에 줄을 대고 있나?"

"시도 중이었습니다만."

잠자코 두 사람을 갈마보던 기사들이 화들짝 놀라며 몸을 움찔했다. 파사드는 개의치 않고 연거푸 물었다.

"카헤이아 뵈르게트가 동의한 움직임인가?"

"동의라기보다는 타협입니다만 내게 손댈 생각 않는 게 좋을 겁니다. 당신이 나를 납치하듯 낚아챈 것을 본 이들이 수두룩할 테니까요. 돌려보내 준다면 그보다 좋을 수는 없을 겁니다. 대모르가나전에서 승기를 잃었다는데 그 와중에 시친까지 적으로 돌릴 생각은 아니겠지요?"

"……."

"시친과의 우호가 깨지면 갈카마 역시 다시 움직일 가능성이 크고, 그때 당신들은 시친의 지원을 잃고 혼자 상대해야 될 겁니다. 아무리 이곳과 거리가 먼 곳이고 갈카마가 그리 위협적이지 않더라도 지금 당신들 상황에서는."

파사드가 투혜인을 내동댕이치듯 내려놓은 후 주먹을 쥐었다 폈다. 그리고 뚝뚝 끊어지는 음성으로 물었다.

"네 신병은 지금 라르크에 있다. 대답해라. 이른에 모르가나의 황태자가 있나."

몸 쓰는 일은 그다지 능하지 않은 탓에 도망칠 수 있는 가능성도 요원했다. 투혜인은 파사드와 그를 둘러싼 라르크의 기사들을 주저앉은 채로 쭉 돌아본 후 마지못해 답했다.

"모시고 왔습니다."

"병력은?"

"얼마 되지 않습니다."

"함선은 몇 대를 이끌고 들어왔나?"

투혜인은 끝없는 질문에 결국 긴 한숨을 내쉬고 말았다.

'아, 난감하다.'

이른에 정박시켜 둔 함선이 닭 쫓던 개인 양 멍청하니 이러지도 못하고 저러지도 못하고 있지 않길 바랐다. 부함장을 비롯해 승선해 있던 군사들이 얼마나 잘 대처하느냐가 관건인데 당장은 그들이 어찌하려는지도 모르겠다.

"한 척입니다. 오해할까 미리 말합니다. 이번 제 방문은 전쟁 참전과는 전혀 관계가 없는……."

"이른에 대해 묻겠다. 이른의 내부에 들어갔다 나왔나."

말허리가 잘린 투혜인이 서늘한 눈빛으로 파사드를 노려보았다.

"……말을 듣지도 않는군. 식사 초대까지 받았던 몸이지요. 식사는 별로였지만."

"내부 병력은?"

"대체 내게 뭘 바라는 겁니까, 브류나크. 이따위로 사람을 내팽개치고서?"

투혜인은 툴툴거리면서도 답했다. 일단 칼자루가 저쪽에 있는 것이 사실인만큼 호의적인 태도를 보여 주는 것이 더 낫다 판단한 것이다.

"그다지 군사적으로 특이점은 느끼지 못했습니다. 어디 숨겨 놓은 곳이 있다면 모를까. 이른의 성에도 경비병이 그다지 많지 않았던 걸 생각하면 가늠해 보건대 기껏해야 천이나 넘을까……. 하지만 높이가 낮다고 해도 성벽의 두께는 걸음으로 여섯 보폭은 되고, 입구도 세 곳밖에 없으니 그리 쉽지는 않을 겁니다."

"확실한가?"

"관찰력이 원체 좋은 편이니 그 점은 의심하지 않아도 될 겁니다."

이른의 봉화가 오른 것을 근처 장원의 영주들도 보았을 것이다. 남부 영주들이 그것을 어떻게 받아들일지가 미지수였다.

모르가나는 땅이 넓은 만큼 땅을 가진 귀족의 수도 많았지만, 단결이 잘되는 편은 아니다. 모르가나의 영주들을 만나 본 적이 있는 자들은 십중팔구가 그들이 몹시 자기중심적이고 이기적인 면이 있다 말하니, 전혀 근거 없는 추측은 아닐 터다.

파사드가 투헤인에게 시선을 고정시킨 채 입술만 움직여 명했다.

"가일 경, 지금 당장 둔영으로 돌아가 벵셴 경에게 가능한 한 많은 수의 군사들을 이끌고 이른으로 출정하라는 명을 내려라."

그런데 출발한 지 한 시간도 지나지 않아 지친 말을 채찍질해 달려갔던 기사가 되돌아왔다.

"칼란독 경, 저기……!"

기사의 손가락이 지평선을 향했다.

바위산이 우뚝 선 하늘과 땅의 경계 위로 까만 점들이 그려지고 있었다. 그것이 군사 무리라는 것을 인식하는 데는 오래 걸리지 않았다. 라르크의 깃발을 이고 있는 군사들이었다.

그들과의 조우는 오래지 않아 이루어졌다. 칼바람을 뚫고 파사드의 자못 놀란 목소리가 울렸다.

"……카라제시?"

카라제시가 느슨히 웃으며 말에서 내렸다. 진하게 빛나는 녹안이 기울기 시작한 햇빛을 받아 상냥하게 빛났다.

"오랜만입니다, 칼란독 경."

"체사 경이 왜 여기에."

카라제시가 정중하게 예를 표하며 고개를 조아렸다.

"폐하의 어교를 받아 합류한 것을 보고합니다. 천 명의 군사들과 함께 시친의 천오백여 명의 해병이 합류했습니다. 이쪽은 시친의 삼 제독인."

"카헤이아 뵈르게트."

파사드가 뚝 끊어 말하며 카헤이아를 직시했다. 이미 카헤이아와 파사드가 구면이라는 이야기를 들었던지라 카라제시는 유연하게 답을 맺었다.

"예. 제독 뵈르게트 역시 이편에 합류하셨습니다."

카헤이아가 알은 체했다.

"파사드, 꼬마였던 게 엊그제 같은데 이젠 꽤나 사내다워졌군그래."

파사드는 이 사태를 이해할 수가 없었다.

조금 전 납치하다시피 끌고 와 거의 하루하고 반나절을 쥐고 있었던 사내가 모르가나에 줄을 댄 뵈르게트였다. 어떤 내용인지까지는 모르나 카헤이아와 타협을 했다 스스로 드러냈던.

"투헤인 뵈르게트는?"

파사드의 시선이 투헤인을 향했다. 자연스럽게 카헤이아도 그를 따라 시선을 옮기게 되었다.

눈에 익은 양식의 코트, 그리고 켈레티 올다의 행정 청사에서나 볼 수 있을 행정 부처의 상징인 새의 깃털이 수놓인 깃발 무늬. 카헤이아의 눈이 낯선 땅에 선 고국의 익숙함에 고정되었다.

투헤인은 거지꼴을 면치 못하고 주저앉아 있었다. 한참을 느릿하게 눈꺼풀을 깜빡이던 카헤이아가 막혔던 숨을 뱉듯 소리 냈다.

"……하? 투헤인, 너 지금 그 꼴로 뭐하는 거냐?"

"카헤이아, 너야말로 지금 그들과 뭘 하고 있어."

"체사 경, 제독 뵈르게트를 신뢰해도 되나?"

분위기는 삽시간에 어수선해졌다.

카헤이아는 투헤인을 보며 놀랐고, 투헤인은 카헤이아에게 반문했으며, 파사드는 카라제시에게 물었고, 카라제시는 모호하게 말을 맺었다.

"그러게……. 이런 상황은 나도 예상하지 못했는데?"

카헤이아의 친오빠라 알려진 또 다른 시친인이 파사드와 함께 있다는 사실은 자못 당황스러운 일인 것이 사실인지라. 카라제시는 섣불리 판단을 내리지 못하고 카헤이아를 돌아보았다.

얼마간 투헤인과 티격거리듯 언성을 높이던 카헤이아가 쏘아붙였다.

"이제 와 불신이라고? 맹세코 지금 투헤인과 마주친 건 나 역시 당혹스러운 일이야."

"설명해 주시면 좋겠는데요, 제독 뵈르게트."

카라제시가 경계심 어린 눈초리를 했다.

"지금 여기서? 파사드, 내 동생의 명예를 걸고 말한다. 나는 너희를 조력하기 위해 이곳에 온 거야."

"여기서 그를 거론하나?"

"그 정도가 아니면 믿지 않을 거 아닌가?"

카라제시는 주변 사람들을 제하고 진행되는 그들의 대화가 의아했다. 하지만 파사드는 설명을 해 주는 친절함 대신 못내 수긍한 기색으로 카헤이아를 외면했다.

파사드는 카라제시의 후미로 질서정연하게 사열한 병사들의 수를 돌아보며 물었다.

"사정 청취는 추후에 하겠다. 여분의 말과 무기가 있나?"

카라제시의 뒤편에 서 있던 타라옛이 휘파람을 불자, 한 군사가 말안장이 씌워진 한 필의 말을 끌고 다가왔다. 파사드는 로델라를 군사의 손에 맡긴 후 새로운 말에 올랐다.

카라제시는 허리에 차고 있던 여분의 정교하게 세공된 검을 파사드에게 건네며 물었다.

"그런데 리오낙은?"

"추후에 얘기 나누지."

말에 오른 파사드가 곱씹는 어조로 말했다.

"라르크에 힘을 보태겠다는 것이 제독 본인의 의사인지, 시친 전체의 의사인지는 지금 당장 시비를 가리지 않겠다. 그러나 조력하기로 했다면 제독의 권한 모두 라르크의 전승에 기여하겠다 해석해도 되나?"

"그래."

"투헤인 뵈르게트보다 네가 명령의 우위에 있음을 확신하나?"

카헤이아가 삐딱하게 고개를 기울이며 파사드를 응시했다.

"모욕적인 말인데."

답으로는 충분했다.

시친의 행정 장관을 잃고 떠도는 배 한 척이 남아 있을 터였다. 파사드가 운을 뗐다. 카헤이아를 보자마자 그리 판단 내린 것처럼 몹시 단호한 명령이었다.

"너희 배를 빌리겠다. 우리는 지금 당장 되돌아가 장원 이른을 수복하는 걸 최우선 과제 삼는다."

갑작스러운 명령에 사뭇 놀린 건 투헤인이었다

"지금 당장이라니. 무슨 소리를."

만남의 회포를 풀 여력이 있을 거라 생각하지는 않았지만 지나치게 정신없이 돌아가는 상황에 카라제시도 다시 한 번 묻지 않을 수 없었다.

"아니, 정말······. 지금 당장 말입니까?"

처음엔 다섯이었던 라르크의 포로가 지금은 셋이 되었다. 그나마
도 둘이 될 위기였다.

덴작은 양팔에 깊은 상처를 입고 실혈해 정신을 잃은 채였다. 짐
짝처럼 말 위에 얹힌 그와 나란히 걷는 르옌의 손목에도 포승줄이
단단하게 매여 있었다.

온몸에 퍼진 둔통보다 피가 통하지 않을 만큼 세게 조인 포승줄이
더욱 고통스러웠다. 바람이 크게 불 때마다 손목이 떨어져 나갈 것
같다. 페이작에게 물어뜯긴 후 간헐적인 통증을 호소하던 목덜미도
얼어붙은 듯 무감각해졌다.

페이작은 보이지 않았다.

자신을 두고 무엇을 셈한 것인지 라인하르는 꽤나 예의 바른 태도
로 대우했는데, 또 모를 일이다. 라인하르가 부러 발로이드를 격리
한 것인지, 다른 속사정이 생긴 것인지는 짐작하기 어려웠다.

르옌은 라인하르가 그녀의 어깨에 걸쳐 주고 간 두꺼운 모피를 힐
끔 내려다보았다. 전쟁터에서는 쉬이 볼 수 없는 금줄이 여러 겹 걸린
하얀 모피였다. 지금 그녀의 입장에 어울리지 않는 것이기도 했다.

'······모르가나의 황태자.'

제 기억이 맞다면 저 앞의 사내는 냉혹한 아버지로부터 선택받아
제 형제들을 손에 피 한 방울 묻히지 않고 전부 내칠 수 있었던 자다.

일전에 시단을 통해 들은 적이 있었다.

각각의 구역을 정해 전 대륙을 돌아다니는 상인들은 아는 것이 많

앉고, 그들이 가뭄에 콩 나듯 규젠 마을을 들르면 시단은 한달음에 달려 나가 그들로부터 바깥 이야기를 들으며 소일하는 걸 좋아했다.

—그, 그, 그 누구야. 쫓겨나서 제도에서 떠나 사는 황자들 중에 에블룸이라는 곳에 산다던 그 사람을 꽤 가까이서 봤대. 말이야 황자지 그냥 경비대원이랑 별로 다를 게 없다고 웃던데. 그냥 사이좋게 지내면 안 되는 건가?

시단은 당최가 왜 군이 황태자를 제외한 나머지 황자들이 내쫓겨 나가야 하는지 모르겠다며 남부인들의 정 없음을 비웃었다. 그 당시 르엔은 별 대꾸를 하지는 않았지만 내심 벨루비르하인 2세가 꽤 위험한 도박을 즐기는구나 하고 생각했었다.

그녀는 멀찍이 앞서 걷는 라인하르의 뒷모습을 응시했다. 눈부신 금발이다. 예나 지금이나.

스완은 딱 한 차례 당시 모르가나의 왕이었던 데르나주크 4세를 본 적 있었다. 호방한 미남이었다. 제대로 된 대화는 하지 못한 채 서로를 멀찍이서 바라만 보았더라. 그때 데르나주크 4세도 저토록 아름다운 금발이었다.

물론 라인하르의 풍채는 데르나주크 4세에 비견하면 훨씬 모자라고 모자라다.

이윽고 르엔의 눈동자는 라인하르의 옆에 선 황실 기사에게로 향했다. 정확히는 이름 모를 황실 기사가 쥐고 있는 리오낙을.

그들의 목소리가 들렸다.

"라르크의 군사들이 이동하고 있다 합니다."

"거리는?"

"꽤 멉니다. 이른으로 향하는 듯한데 가서 경고하는 게 좋을까요."

"그리하도록."

성의 없이 이어지는 라인하르의 대꾸는 협잡한 오만함으로 가득했다. 금빛 천에 수놓인 검은 사자의 멘테를 두른 소굴에서 그는 절대적인 강자였다.

르옌은 말이 이끄는 대로 걸었다. 라르크의 기사들과 다를 바 없이 지난날의 교전에 대한 이야기를 나누고, 날씨에 대한 이야기를 나누고, 계집질 이야기, 새 무기 이야기, 북부인들의 험담 등을 늘어놓는 적들이 사뭇 다른 감상으로 가슴에 젖었다.

'버겁다.'

그런 약해 빠진 생각을 떠올리는 스스로가 놀라울 정도로 낯설어 그녀는 끝내 자조했다. 그러나 그 또한 진심이었다.

빠져나갈 길 요원한 이 상황도, 지난날 그들에 의해 도살된 라르크 기사들의 수를 헤아리는 목소리를 감내하는 것도, 너덜너덜한 팔을 말의 배 아래로 축 늘어뜨린 채 실려 가는 덴작을 바라보아야 하는 것도, 또 언제 마주칠지 모를 페이작에 대한 생각을 그치는 것도, 쉬운 것이 없었다.

며칠을 더 걷고 걸어 그들은 순조롭게 모르가나의 주둔지에 이르렀다. 주둔지의 울타리를 살아서 넘은 라르크의 포로는 둘이었다.

뿌우우우.

황태자의 등장을 알리는 뿔나팔 소리가 둔영의 머리 위로 울려 퍼졌다. 의기양양하게 진입하는 황실 근위대를 넋 놓고 바라보는 병사들이 도처에 모여들었다.

"태자 저하께 인사 올립니다."

수많은 기사들이 한쪽 무릎을 꿇고 라인하르의 앞에 사열했다.

"저하."

그 중에는 비세바르도 있었다. 완전무장한 차림이었다.

라인하르는 한참이나 일일이 기사들의 인사를 받아 준 후 비세바르의 앞에 섰다. 비세바르는 몹시 초췌한 얼굴이었지만 눈빛만큼은 형형했다.

"오랜만이군, 아사인의 아들. 무사한 모습을 보니 기쁘네."

"저하의 은덕입니다."

"긴히 나눌 이야기들이 산재해 있겠군. 잠시 후 부를 테니 기다리고 계시게."

라인하르는 비세바르와 뜻 모를 눈빛을 주고받은 후 그를 스쳐 지났다.

뒤이어 마리포사 기사단들도 주둔지 안으로 하나둘 귀환을 알렸다. 마리포사들을 반기는 이는 별로 없었다.

한 모르가나의 병사가 결박당한 채 말 위에 앉아 있던 그녀를 끌어 내렸다. 르옌은 신음 소리 한 번 내지 않고 온 힘을 다해 땅에 발을 지탱했다.

"들어가라."

둥글게 지어진 천막 안으로 거칠게 밀쳐진 덴작은 그대로 고꾸라졌다. 르옌도 뒤따라 떠밀려 들어갔다. 모르가나의 기사들에 의해 의도적으로 손목의 힘줄까지 베인 덴작이 팔을 대롱대롱 늘어뜨린 채 넘어지는 모습은 사정을 모른다면 우스꽝스럽다 여길 법했다. 찬 바닥에 주저앉은 르옌의 눈동자가 주위를 살폈다. 세 개의 나무 기둥이 지탱하고 있는 둥근 구조였다. 방한은 그다지 훌륭하다 할 수 없었지만 막사의 청결 상태는 나쁘지 않았다. 포로를 예우하는 것치고는.

르옌은 그들을 감시하던 기사들의 기척이 멀어지자마자 포승줄을 풀어 덴작에게 달려가 입고 있던 갑옷 안의 얇은 안감을 찢었다.

"……내버려 둬라."

엎어진 채 꿈쩍도 않고 누운 덴작이 쉰 목소리로 중얼거렸다.

"치료를 해 줄 리가 없으니 일단 이렇게라도 해야 합니다."

덴작의 말을 무시하고 피투성이 손목을 꽉 동여 묶은 르옌이 그를 부축해 앉혔다. 덴작의 퍼렇게 질린 얼굴이 금방이라도 죽을 사람처럼 핏기가 가신 채였다. 늘 르옌을 고깝게 바라보던 눈빛조차도 탁하게 굳어져 찬 땅바닥만을 좇았다.

"정신 차리십시오."

"내버려…… 두라고!"

덴작이 어깨를 흔들었다. 르옌은 꿋꿋이 천을 감아 묶는 것으로 그치지 않고 라인하르가 던져 주다시피 내준 두꺼운 모피로 덴작을 꽁꽁 둘러 감쌌다.

"정신 차리라 말했습니다. 이곳이 당신이 응석 부려도 좋은 곳인 줄 압니까."

덴작은 기울어지는 몸뚱이를 짚기 위해 팔을 들었다가 축 늘어진 손목의 통증을 이기지 못하고 비명을 질렀다. 빌어먹을! 제대로 몸을 뒤틀고 허공을 걷어차고 적나라하게 그의 감정을 드러냈다. 분을 못 이겨 우는 것 같은 소리도 났다.

르옌도 조금은 씁쓸해졌다.

덴작을 전혀 이해하지 못하는 건 아니었다. 기사가 양팔이 잘려 나간 것과도 다름이 없는 부상을 입었으니, 어찌 절망하지 않을까. 그러나 한 치 앞도 예상하기 힘든 상황에서 절망이란 쓸모없는 감정의 거스러미였다.

르옌은 주먹을 꾹 쥐었다. 전쟁터에서 쓸모없는 아군은 쳐 내야 한다는 것을 사실 그녀야말로 더 잘 이해하는 사람이었다. 예전의 그녀라면 손수 죽여 여왕에게 끝을 맞는 마지막을 하사했을 것이다. 그렇지만 지금의 자신은 얼마나 물러진 건지 걱정스러움에 입안이 바짝 말랐다.

르옌은 스스로에게 뇌까렸다.

'기회는 온다.'

그녀는 덴작의 맥을 마지막으로 짚어 본 후, 더 그에게 말붙이지 않고 멀찍이 떨어진 곳에 앉아 옹송그렸다.

시간이 흐를수록 바람은 더욱 차가워졌다. 묵직한 휘장이 흐늘흐늘 흔들거렸다. 바람이 새어 들 때마다 어깨가 움츠러들고 목이 기어들어 간다. 르옌은 낮에 쪼그려 앉은 그 자세 그대로였다. 다리가 저렸다. 하루 종일 막사 밖의 세계에 귀 기울여 보았지만 허사였다.

완벽한 격리.

적들이 성의 없이 내던지는 모르가나의 양식을 씹어 삼키며, 르옌은 이 말도 안 되는 사태를 자조했다.

포로, 포로라니.

밤이 되자, 정신을 잃었던 덴작은 고열에 정신을 차렸다. 그러나 정신이 들었다 말하기도 뭐한 죽은 눈이었다. 애벌레처럼 꿈틀대며 다리를 움직이는 그를 바라보는 르옌의 심경 역시 더불어 착잡해졌다.

"……르옌 데투아."

거리를 두고 앉아 있는 그녀에게 덴작의 쉰 물음이 던져졌다.

"너는 왜 여기에 있나."

"빨리도 물으십니다. 포로가 되는데 적에게 사로잡혔다는 것 외의 이유도 있었습니까?"

"너와 농담 따먹기 할 기분 아니다. 너는…… 분명 칼란독 경이 돌려보냈지 않았나……?"

파사드의 이름에 문득 가슴이 죄어들었다. 리오낙이 적의 태자의 손에 들어갔다는 게 못내 걸린 탓이었다.

그깟 검 한 자루, 그리 폄훼하기에는 그녀에게도 리오낙의 의미는 컸다. 그건 그녀가 벨바롯트에게 건넸던 나름의 다정한 표현이었기 때문이다.

그날 그녀가 건넸던 것은 믿음 그 자체였다.

―……이것이 무엇입니까?

―나를 대신해 라르크를 지켜 줄 너를 위해 특별히 주조한 검이다. 너와 아주 잘 어울리는구나, 벨비.

―백색은 눈에 많이 띕니다. 하지만 의장용이라면.

―귀한 물건이다. 의장용으로 전락시키기는 아깝지. 그리고 나는 하얀색이라 오히려 너와 잘 어울린다 생각하는데?

그러자 벨바롯트는 얕은 웃음소리를 내며 되물었다. 까마귀 같다 놀리지 않으셨습니까?

―그러니 흰 것을 주는 거야.

그의 목소리가 귓전을 떠도는 듯하다. 기억에 잠겨 있던 르엔이 돌연 쓰게 웃었다.

문득, 이제야, 노르테 홀의 단상 아래서 검을 건네받던 벨바롯트의 기울어졌던 얼굴에 떠올랐던 것들이 기쁨이었다는 것을 이해했다. 발그스름 물들었던 사내의 귓불을 바깥바람이 찬 모양이지 하며 흘려보냈던 시절. 다른 이들에게는 그토록 예민했던 그녀가 유독 벨바롯트의 속만큼은 읽어 내지 못했다.

'리오낙…….'

무거운 신임의 형태. 브류나크의 검이란 뜻이라 하였다. 오래전 그녀가 브류나크에게 주었던 제련으로 하얗게 형상화된 믿음을, 파사드는 다시 그녀에게 주었다.

주저 없이 그리 건넸다.

솔직히 놀라웠다. 그 놀라움만큼 그녀는 그의 믿음을 배반하고 싶지 않았다.

─르엔 데투아, 나는 그자가 아니다.

그를 보며 벨바롯트를 연상한 일이 전혀 없다 말할 수는 없지만, 적어도 벨바롯트와 그를 같은 선상에 둔 적은 없었는데 파사드는 지레 그리 생각하는 모양이다.

외려 파사드를 볼 때마다 드는 기묘한 감정은 무어라 단정할 수 있는 게 아니었다. 벨바롯트에게 드는 명확한 빛의 애증이라거나, 깊은 동정과 추회 따위와는 다르다.

고개를 젖힌 르엔은 어두운 허공을 응시했다. 머리가 무거웠다. 엉덩이와 허벅다리가 찬 땅에서 올라오는 냉기에 얼어붙을 듯했다.

'후회하려나.'

파사드는 그녀에게 리오낙을 건넨 것을 이미 후회하고 있을는지도 몰랐다.

물론, 살아 돌아갈 수 있을지 없을지 모를 이 상황에서 그의 기분이나 헤아리려 하는 것은 어리석은 허송이었다. 단상을 끊어 낸 르엔이 몸을 더 둥글게 옹그리며 대꾸했다.

"되돌아왔습니다."

"칼란독 경의 명을 어겼다고? 너는 대체 무슨 배짱으로 그리 밥 먹듯이 군령을 무시하고……."

힘겹게 말을 잇던 덴작은 끝내 웃음 같은 신음으로 말미를 맺었다. 그건 르엔의 귀에는 그리 방만히 구니 네가 지금 이 꼴이 됐지.

하는 침묵의 비웃음이었다.

"버틸 수 있겠습니까."

르옌은 최대한 조곤조곤하게 물었다. 물론, 머리로는 이미 버텨봐야 저자의 가치가 이제 한 필의 말보다 못한 것이 되었다는 것을 알고 있었다.

"버틸 수 있을 것 같나. 여기서 이 꼴로?"

"……"

"내가…… 이, 빌어먹을 모르가나의 땅에서 죽게 되다니. 이것만 한 수치가, 또 어디 있겠나?"

르옌이 깊은 한숨을 내쉬며 나직이 말했다.

"당장 우리를 죽이려는 게 아니라면 기회는 곧 있을 겁니다. 문초를 당할 수도, 고문을 당할 수도 있는 일입니다. 만일 당신이 입을 다물고 있을 용기가 없다면."

"르옌 데투아."

"제가 지금 죽여 드릴 수도 있습니다."

서늘하게 맺어진 르옌의 말에 덴작의 얼굴이 금세 시뻘겋게 달아올랐다. 그는 여태까지의 맥없던 자와 동일인이라고 생각하기 어려울 만큼 큰 노성을 터뜨렸다.

"나는 라르크의 기사다! 북부의 기사, 죽음을 두려워하지 않는 기사다!"

"한때 북부를 적에게 팔아넘겼던 포로들은 북부의 군인이 아니었겠습니까?"

"내가 지금 이 꼴이 되어 있지 않았다면 네 혀를 뽑아 버렸을 거다."

르옌은 씹어 뱉듯 말하는 덴작을 물끄러미 바라보다 픽 웃었다.

"그 정도의 기운이 남아 있다면, 좀 더 버티십시오."

"……무슨 수라도?"

"올 겁니다."

르옌은 고개를 들어 찬 바람에 발름하게 흔들리는 막사 입구의 휘장을 노려보았다.

"기회가."

❖·❖

처음 붙잡힌 포로들은 다섯이었다. 그러나 셋은 끌려오는 길에 방치되어 죽였다. 만일 적들이 포로들로부터 무언가를 얻어 내려 했다면 덴작도 일찍이 처치받아 저 지경까지 이르지 않았을 것이다. 그녀는 라인하르의 목적이 제게 있음을 확신했다.

기회는 머잖아 찾아왔다. 자정을 막 넘긴 시간이었다.

유달리 화려한 막사는 따뜻한 공기로 충만했다. 이가 딱딱 떨릴 정도의 추위에 얼어붙었던 몸이 녹아내렸다.

막사 안 바닥에 넓게 깔린 기묘한 잎사귀 무늬가 은빛으로 수놓인 붉은 카페트, 화려한 티포트와 맛깔스러운 과일과 작게 잘린 빵들이 놓인 탁자, 그리고 사람.

라인하르의 개인 막사는 마치 전쟁과는 그다지 상관없는 장소처럼 평온했다. 르옌은 고상한 떡갈나무 품종의 나무로 만든 탁자에 앉았다.

라인하르는 그녀의 건너편에서 시녀로부터 옷차림을 정돈받는 중이었다. 연보랏빛 코트는 어떤 짐승의 가죽으로 만든 것인지, 몹시도 보드라운 윤이 흘렀다.

매무새를 다한 라인하르는 곧 그의 컵에 따뜻한 차를 부어 올리는 시종을 축객했다.

"나가 봐라."

라인하르는 직접 찻잔에 따뜻한 물을 부었다. 그뿐만 아니라 직접 그녀의 앞에 놓인 찻잔에도 차 주둥이를 기울이기까지 했다.

르옌은 찻잔을 밀어 치웠다. 뜨거운 물은 그대로 귀한 탁자를 흥건히 적셨다.

라인하르의 손이 멈추었다.

"모르가나 황실의 차를 맛볼 수 있는 기회인데 아쉬운 기회를 놓친 걸 후회하게 될 거야."

"성의만 마시지요."

라인하르는 찻주전자를 내려놓았다. 르옌의 담담한 대꾸에 라인하르는 피식 웃으며 그녀를 뚫어져라 바라보았다.

르옌은 아직 발로이드와 라인하르의 관계를 면밀히 파악하지 못했지만, 이 독대의 이유가 발로이드와 관계있으리란 것을 능히 짐작했다. 라인하르가 바라는 것이 무엇이든 간에 그녀는 이 기회를 놓칠 수 없었다.

먼저 묻지 않는다. 그것이 이 판의 첫 걸음이었다.

마치 오랜 친구와 시간을 나누듯 마주 앉아 말없이 홀로 차를 홀짝이던 라인하르가 나른히 말했다.

"마리포사 백이 인간 같지 않다는 평이 들릴 때마다 코웃음 치곤 했는데, 이제 보니 정말 짐승 같은 자였네그래. 여성에게도 그리 난폭하다니 말이야."

라인하르의 시선은 발로이드에게 물어뜯겨 선명하게 피딱지가 앉은 그녀의 목덜미에 있었다.

"내가 누구인지 아나?"

"남부 태자 아닙니까."

라인하르는 르옌의 딱딱한 투에 잠깐 멈칫했다가 빙그레 미소 지었다.

"이름이 뭔가?"

"르옌 데투아라 합니다."

"평민이었나? 네가 잡혀 올 때 네 팔에 달린 페넌을 보았는데. 저 하얀 검도 한낱 계집이 들고 다닐 만한 검으로 보이지 않아 따로 알아보니 브류나크의 것과 흡사하다더군. 우리 쪽 참모는 거의 확신하는 듯한데."

황태자의 턱짓에 르옌은 황금으로 만든 무기 걸이에 아무렇게나 기대어져 있는 리오낙을 돌아보았다. 열 걸음도 떨어지지 않은 곳에 놓인 것을 잡지 못하니 속이 쓰렸다.

"제 것입니다. 돌려주시겠습니까?"

"그대가 다시 검 쥘 일이 없을 테니 저것은 내가 가지고 있도록 하지. 그나저나 라르크는 인재가 그리 없어 평민, 거기다 계집이 기사 노릇을 해야 할 정도인가? 보통 계집이 기사 노릇을 하려 한다면 덩치가 그대의 두 배는 되어야 할 것 같은데. 마리포사에는 계집 기사가 하나 있더군. 얼굴이 상처투성이인 덩치 큰 계집 말이야."

르옌이 담담히 대꾸했다.

"아스바르 백이라는 전 로반티스 최고사령관 휘하의 지휘 기사를 죽이고 얻어 낸 정당한 전장의 가치입니다."

찻잔을 쥐고 있던 라인하르의 손에 잠깐 힘이 들어갔다.

"아스바르 백? 네가?"

"활에 일가견이 있는지라."

라인하르는 황태자였다.

수많은 이들이 그를 기억했지만 실상 그가 제대로 기억하는 이들은 귀족계의 중추 간부들이나 특별한 위치의 사람들이었다. 그리고 아스바르 백작은 모르가나 중앙 귀족계에 제법 이름 날리던 자로 기억되어 있었다.

죽음에 분노한다거나 슬프다거나 한 건 아니다. 그의 부고는 이미 오래전에 있던 일이었다. 올조르가 무너지기 직전의 일이다.

'흐음.'

자신이 누구인지 알면서도 한 번도 눈길 피하지 않는 태도는 간이 배 밖으로 나왔다 해야 할는지 아니면 라르크에 대한 우국충정이라 해야 할는지.

"이곳이 어디인지 잊었나?"

"위명 높은 제국의 군사 주둔지 아닙니까?"

"맞다. 말 한마디로 네 목이 달아날 수도 있는 곳이라는 말이지."

"조심하겠습니다."

그녀를 빤히 내려 보던 라인하르의 입술이 느릿하게 열렸다.

"내가 왜 너를 불렀는지 궁금하지 않나?"

이야기가 시작될 조짐에 르옌은 침묵으로 라인하르의 조바심을 부추겼다.

"아니라면 이미 너도 그 이유를 알고 있는 건가?"

라인하르가 입술을 매만지며 피식 웃었다.

'재미있군.'

발로이드가 여자를 따라 달려가는 광경을 라인하르는 전부 지켜보았다. 발로이드의 절규 같은 비명도 들었다. 눈앞의 이 여자와 발로이드 사이에는 무언가 모종의 관계가 있음을 그는 확신하고 있었다. 자신이 황제가 될 것이라는 사실만큼이나 명백한 것이다.

처음에는 무슨 연유인가에 관심의 초점이 맞춰져 있었지만, 가만 보고 있자니 여자를 둘러싼 기묘한 분위기가 눈에 읽혔다. 무엇보다 눈앞의 이 여자에게서 평민들의 비천함을 엿보기 어려웠다.

라인하르는 운을 뗐다.

"모르가나의 아버지에 대한 이야기는 들어 본 적 있겠지? 대륙의 유일한 기둥. 위대한 수사자. 대국 앙레디움도, 야만적인 다락 민족도, 서부의 살리가르나 바인도 우리에게 굴종하지. 제국의 황제의 발 아래에서는 북부의 왕도 한낱 미천한 왕이다. 물론, 너희 우매한 북부인들은 그 사실을 깨닫지 못하고 어리석은 발버둥을 치고 있지만……."

"……."

"부황께서는 늘 내게 곁에 두는 사람의 중요성을 분별하는 것이야말로 위대한 치세의 첫걸음이라 가르치셨다. 사람을 분별해 다스리는 것이야말로 지배자가 가져야 할 처세라셨지."

"……."

"한데 내 부황은, 타고나길 그리 타고난 종자들이 있다고도 하시더군. 고삐 풀린 야생마 같은 놈들 말이야. 그놈들은 가장 두려운 동물인 남부의 코끼리가 발길질을 해도, 사자에게 목덜미를 물려도 날뛰는 걸 그칠 줄 모른다지."

그리 중얼거리는 라인하르의 손끝이 어루만지듯 차받침의 가장자리를 쓸었다.

"부황은 늘 틀림없는 분이시고 그분의 말은 천금보다 귀하지만, 제국의 황제조차 다스릴 수 없는 이는 없다. 부황께서 내게 경계심을 가르치시기 위해 그리 말하신 걸 테지. 나는 아무리 저열하고 몽매한 짐승이라도 고삐만 제대로 채우면 다스릴 수 있다 믿거든."

거기까지 말한 라인하르가 마치 퍼뜩 생각났다는 듯 엄지와 검지를 딱 소리 나게 맞부딪치며 과장된 투로 말했다.

"아아, 그러고 보니 마리포사 백이…… 북부 평민인 네게 어떤 책임을 지웠고 무엇을 강요했다는 건지 듣고 싶군. 개인적인 호기심도 있지만 남부의 유일 태자로서 만 대륙인의 평화와 안녕을 위해 힘쓰는 것은 당연한 덕목이니, 만일 그가 과한 것이 있다면 내 대신 바로 잡아 주도록 하지."

가만히 침묵하던 르옌이 온후한 미소를 지어 보였다.

"자비로운 처사입니다. 개인적으로 선행되어야 할 건, 저와 함께 사로잡혀 온 기사의 치료인 듯합니다."

"치료? 너는 너희가 살아 돌아갈 수 있을 거라 믿는 거냐?"

"라르크의 기사를 사로잡았는데 문초조차 하지 못하고 죽게 내버려 두실 심산이라면 어쩔 수 없겠습니다만. 당장 죽이실 게 아니라면 장차 황제가 되실 당신께서 관용을 베풀어 보일 수 있는 일 아니겠습니까. 어려우시다면 재청하지는 않고 감히 무례한 말을 지껄인 입술을 닫겠습니다."

속내를 감출 생각도 없는 직설적이고 노골적인 조건에 헛웃음이 샜다.

팔짱을 끼고 그녀를 빤히 노려보던 라인하르가 이내 고개를 끄덕였다.

"그 정도의 관용을 베풀어 주는 것은 어렵지 않지."

원하던 답이었을 것이 분명한데도 르옌은 아무런 반응도 보이지 않았다. 대답도 없었다. 라인하르는 그녀의 침묵이 의미하는 바를 알아차리곤 이번엔 황당함을 느꼈다. 그는 지체하지 않고 시종을 불러 부상을 당했다는 라르크 기사의 치료를 일렀다.

"이 정도면 충분히 나의 관대함과 내가 말한 바 책임을 다한다는 것을 알았을 테니 마음 놓고 이야기해 봐라. 발로이드와는 무슨 관계냐?"

한참이나 대답 없이 라인하르의 신경을 긁던 르옌이 툭 뱉어 물었다.

"마리포사가 당신에게는 고삐 풀린 야생마입니까?"

라인하르의 입가가 살짝 굳어졌다가 즉시 부드럽게 풀렸다.

"마리포사가 어떤 가문인지 아나?"

"……."

"그들은 뿌리조차 저열한 북부인의 핏줄을 짙게 타고난 자들이다. 지금은 제국의 온갖 천한 자들이 마리포사의 휘하에 속해 기사라 불리지만, 대부분은 천하디천한 종자들이고, 다른 기사들과 견주기에 턱없이 저열한 족속들이지. 만일 마리포사가 제도의 손이 닿기 어려운 이가 산맥 너머에 처박혀 지내는 게 아니었다면 애초에 뿌리째 뽑혔어야 옳을 썩은 이였다."

썩은 이라. 라인하르는 스스로의 비유가 꽤 마음에 들었다.

르옌이 답했다.

"그들이 모르가나의 변두리를 지키는 데에 지대한 역할을 한다 들었습니다만. 서부와 북부뿐만 아니라."

"하지만 윗물과 아랫물의 구분 없이 이를 드러내는 것을 어찌 경비견이라 부르겠나?"

"……."

"물론 그렇지. 나는 인정할 건 인정하는 사람이다. 어떤 부분에 있어서는 그들 가문은 대단한 수고를 하고 있다 말할 수 있지. 지금의 마리포사 백작도 개인 역량만 두자면 솔직히 놀라울 정도로 대단하다. 백전무패의 무장이라지. 발로이드 그자가 누군가에게 패배했다는 이야기는 들어 본 적이 없으니까 사실일 거다. 하지만 귀족들은 명예로워야 한다. 검을 든 귀족이라면 더욱더 자신의 검의 무게를 알아야지. 하지만 발로이드는 승패를 떠나 하는 행태가 백정이라 해도 믿어질 정도야. 관후한 부황께서는 그들의 망행조차도 귀여운 재롱처럼 여기시지만 많은 이들이 그들을 경멸한다."

라인하르는 진심으로 마리포사들을 경멸한다는 듯 눈매를 사납게 구긴 채 말을 이었다.

"그러니 대단한 게 아니겠나? 그리 멸시를 받으면서도 스스로의 이름마저 달리해 온 나라의 눈살을 찌푸리게 하고, 개처럼 엎드려 부황을 부추겨 황궁 개축을 조장하고……. 간사한 녀석이지."

내내 평정을 유지하던 르옌의 낯빛 위로 처음으로 불편한 기색이 스쳤다. 미처 그를 알아차리지 못한 사람처럼 라인하르는 혼잣말을 이어 나갔다.

"나는 전쟁이란 것이 유쾌하지 않다. 언젠가 내가 다스리게 될 나라에서 피를 흘리는 것을 보고 있어야 한다는 건 몹시 가슴이 아픈 일이야. 기실 이번 대 라르크전의 시발은 너희 북부인들의 불복이었지만, 마리포사에게도 일정 부분의 책임이 있다는 것이 나의 결론이다. 무슨 생각인지 모를 그자가 부황을 부추기기 전까지만 해도 몹시 평화로웠으니까. 그때까지만 해도 올조르는 건재했고, 모르가나의 철옹으로서 굳건히 제국민의 가슴을 지켰다. 그리고 너희 북방 민족인 테메르인들은 그저 제국의 경계 이북에 사는 협잡배에 불과했지."

"……."

"한데 그대는 여자의 몸으로 왜 전장에 섰나?"

당연히 그녀가 침묵하리라 생각했던 라인하르를 당혹케 하는 대답이 돌아왔다.

"이 전쟁이 있어선 안 될 전쟁이란 데에 동의하기 때문입니다."

"그래서 너 하나가 나선다면 뭐라도 바뀔 수 있을 거라 생각하는 건가?"

"끝을 내는 데 이바지할 기회가 있다면 무엇이든지."

라인하르가 노골적으로 비웃었다.

"어떻게? 그리 당당하게 말하는 것을 보니 묘안이라도 있나?"

"대답해 드리면 저와 포로로 잡힌 기사를 풀어 주실 관대함이 있습니까?"

"아니, 하지만 편하게 죽여 줄 아량은 있다."

르옌은 라인하르의 여지없는 대답에 가식적으로 웃으며 정리했다.

"그렇군요. 하지만 오늘은 밤이 깊었으니 이야기는 내일 이어 나가도 좋지 않겠습니까. 태자 저하께서도 취침에 드실 시간이라 생각합니다만. 전장의 밤은 그리 길지 않습니다."

"물론, 나는……."

무심코 답하던 라인하르가 느리게 눈을 끔뻑였다. 정신을 차리고 보니 저만 죄 떠들어 댔던 것이다. 그가 날 선 음색으로 쏘아붙였다.

"아니, 너는 아직 내 물음에 답하지 않았다."

르옌이 빤히 그를 바라보며 입술만 움직여 답했다.

"당신의 첫 물음이 마리포사의 그와의 관계 여부였던가요. 아무 관계없습니다. 태자께서 잘못 들으셨을 겁니다."

"뭐?"

"무슨 답을 기대하고 부르셨는지는 모르겠으나, 잘못 들으신 걸 겁니다."

라인하르는 크게 소리를 높여 화를 내거나 그녀의 태도를 엄히 꾸짖으며 치죄하는 대신 느릿하게 자리에서 일어났다. 이어 뻗쳐 온 라인하르의 커다란 손이 르옌의 목덜미를 쥐어 당겼다. 엄습하는 통증에 르옌의 아미가 살짝 조프려졌다.

"나는 계집을 험하게 다루는 것을 그다지 좋아하지 않아. 내가 자비를 베풀 때."

"……."

"스스로 말을 가리는 게 좋을 거다."

지척에 번뜩이는 새끼 사자의 눈동자를 빤히 바라보던 르옌이 빙그레 웃었다.

"왜 마리포사에 관한 것을 북부인인 내게서 캐내려 하는지는 모르겠습니다만, 네가 사자라면 말 한 마리쯤은 능히 집어 삼킬 수 있어야지."

말미는 노골적인 조롱이었다. 그나마 가식적으로 이어지던 분위기도 끝장이 났다. 가시 돋친 침묵이 폐부로 젖어들었다. 라인하르는 르옌에게 어떠한 직접적인 위해를 가하거나 하지는 않았다.

대신 그는 아주 우아하고 황태자다운 발상으로, 그의 가치를 떨어뜨리지 않고 주제넘은 자를 벌하는 방편을 택했다.

"모레 동이 트면 너희의 목을 잘라 효수할 것이다. 그 전에 마음이 바뀌면 좋겠군. 네 대답이 나의 마음에 차면 특별한 자비를 베풀어 줄 수도 있을 테니."

❖･❖

다시 포로 막사로 되돌아왔을 때, 막사 안은 간신히 덴작의 형체만 구별이 갈 만큼 어두웠다. 훨씬 추웠다. 코끝으로 아까 전엔 맡아지지 않던 옅은 약 냄새가 났다. 다리에 힘이 풀렸다.

그녀는 덴작의 지척에 엉덩이를 붙이고 앉아 찬찬히 상태를 살폈다. 그의 손목은 르옌이 감아 주었던 찢긴 옷감보다 좋은 천으로 꽉 동여매 있었지만 그다지 낙관적이지는 않았다. 괜한 짓이었는지도 모른다. 그냥 죽게 두는 것이 옳았던 걸지도.

르옌은 묶인 양손을 덴작의 이마에 가져다 댔다. 덴작이 소스라치듯 몸을 움찔하더니 죽은 듯 닫혀 있던 눈꺼풀이 열렸다.

첫 마디가 우습다.

"……험한 일을 당했나?"

르옌은 그의 음성에 배인 모멸감과 비참함을 읽었다. 포로로 잡힌 계집이 당할 일은 뻔하다. 폭행을 당하거나 고문을 당하거나, 강간, 윤간을 당하거나, 뭐 그런 것들이다.

"걱정해 준 덕에…… 뭐, 불편한 그런 일은 없었습니다. 외려 귀한 차를 대접 받았지요. 맛은 보지 못했지만."

"……재수 없는 여자. 누가 네 걱정을 했다고……."

덴작이 코웃음 치다 말고 쿨럭쿨럭 기침을 했다. 한참의 기침 끝에 힘없이 내리깔린 덴작의 흙투성이 눈꺼풀이 감기다시피 내리깔렸다.

"근데…… 네 목소리는 왜 그 모양이냐. 적들이 뭐라 하던가."

르옌은 그녀도 모르게 스스로의 목에 한 손을 가져다 댔다.

"그다지 경이 신경 쓸 만한 건 없습니다. 신경 쓰지 마십시오."

"너는 지금 이 상황에도 그리 여유로운 체할 여력이 있나."

"제 사지는 멀쩡하지 않습니까."

"정말 끝까지 대놓고 사람을 바보 취급……."

"하지만 저도 걱정되지 않는 건 아닙니다."

덴작이 퍼렇게 질린 입술 끝을 끌어당겨 웃었다. 핏물에 젖은 치아가 유난히 번들거리고, 삼키지 못해 토해 내는 피 섞인 침이 주욱 늘어지는 것은 과히 보기 좋은 광경은 아니었다.

그러나 르옌은 눈을 돌리지 않고 그의 얼굴을 직시했다.

"······저들이 나를 치료했다."

덴작은 이를 악물고 말했다. 흡사 흐느낌처럼 들렸다.

"그래. 나는, 나는······ 무섭다. 저놈들에게 아무런 저항도 하지 못하고, 이리 널브러져 있어야 한다는 게 너무나도 끔찍하다."

"듀사크 경이 그런 말도 할 줄 아는 분이셨습니까. 남의 등짝을 걸레짝으로 만들 때의 그 패기는 다 어디 가고. 상태를 보니······ 문초를 당하기도 전에 절명하실 듯합니다. 걱정 마십시오."

"하, 하······. 피도 눈물도 없는 독종 계집 같으니라고."

웃는 건지 우는 건지 엎드려 피 섞인 각혈을 해 대던 덴작의 음성이 끊길 듯 이어졌다.

"마음이······ 바뀌었다. 르옌 데투아, 차라리 나를 죽여라."

"······."

"······고국에, 돌아가 죽지 못하는 것이 한······ 이지만, 자랑스럽게 화장되지 못할 것이 비참하지만, 내 스스로 자결조······ 차 할 수 없게 된 이 몸뚱이로 적들의 비웃음 속에 죽는 것보단 낫다. 저놈들이 치료해 주는 이유야 뻔, 하지. 저, 놈들이."

"······."

"······명예롭게······ 자결하지는 못해도. 각하의, 기사에게, 죽는다면."

르옌은 열없이 중얼거리며 엉덩이를 털고 일어섰다.

"언제부터 경이 저를 브류나크의 기사라 예우하셨습니까."

덴작은 더 말을 잇지 못했다.

가늘어진 숨소리가 정신을 잃은 모양이지 싶었다. 르옌은 동정도 심려도 배지 않은 찬 눈으로 덴작을 내려다보았다. 그러다 곧 모포가 깔린 한구석에 웅크렸다.

밤이 깊어질수록 추위도 짙어졌다. 끝나지 않을 듯한 밤이다.

지난 이백여 년의 시간 동안 꼭 같이 차고 기울며 대지를 굽어 보았을 움푹 꺼진 달이 유달리 밝아 보였다.

따닥따닥. 두 명의 포로를 가둔 막사 앞에 세워 둔 화로에서는 장작들이 대중없는 작은 불길을 일으키며 불타고 있었다. 막사 앞을 지키던 기사들이 교대를 위해 잠깐 자리를 옮기자, 그나마 흐르던 인적마저 끊긴 고요가 찾아왔다.

그리고 얼마 지나지 않아 두꺼운 검은 코트를 걸친 사내가 모습을 드러냈다. 발로이드였다.

발로이드는 포로들이 갇혀 있다는 막사의 휘장을 조용히 걷었다. 안으로 들어서자 따뜻하지는 않지만 바깥보다는 훨씬 잠잠한 공기가 살갗에 닿았다. 인기척은 미미했다. 그의 푸른 눈동자가 미끄러지듯 움직여 막사 안의 어둠 속을 탐색했다.

막사의 오른쪽 구석에는 두꺼운 모피와 수 겹의 모포를 둘러싼 낯선 자가 웅크린 채 누워 있었다. 발로이드는 자연스럽게 반대편으로 고개를 돌렸다.

'그녀'는 왼편 한구석 기둥에 등을 기대고 앉아 있었다.

잠든 듯 미동 않는 그녀를 바라보는 발로이드의 주먹이 쥐어졌다. 그는 선 채로 박제된 것처럼 한참을 서 있었다. 움직일 수가 없어서 그저 한참을 지켜보았다.

얼마 후, 잠든 듯 꼼짝 않던 르옌의 팔이 조용히 벌어졌다.

"페이, 그리 서 있지 말고 이리 와라."

발로이드의 입술이 짧게 떨어졌다 다물렸다.

그녀의 속삭임처럼 작은 명령은 그의 부서지려던 가슴을 순식간에 한데 움켰다. 거역할 수 없었다.

다가가는 것만으로도 죄스러운 걸음, 발로이드는 한 걸음 그리고 한 걸음, 천천히 발을 내딛었다.

발로이드는 담담히 그를 올려다보는 르옌의 낯설고 붉은 눈동자를 내려다보았다. 그는 주저 없이 무릎을 구부려 그녀와 눈높이를 맞추었다.

"이리 온."

코트가 바닥을 끄는 소리가 났다. 발로이드가 와락 그녀를 당겨 안았다. 고개는 자신이 물어뜯은 르옌의 목덜미 상처에 기울었다.

갈라진 음성이 쇳소리처럼 터져 나왔다.

"누님. 내가, 무슨 짓을 했는지."

"괜찮아."

"누님, 누님…… 나를 용서해라. 나를 용서해 줘. 누님, 내가 무슨 짓을 한 건지, 나도, 나는…….'

르옌이 발로이드의 등을 감싸 안았다. 폐 속 가장 깊숙한 곳에 가라앉아 있던 한숨이 불거져 나왔다. 상황은 그다지 중요치 않았다. 이 얼마만의 포옹인가 싶은 생각에 르옌의 감정도 조금 북받쳤다.

발로이드는 그녀의 목덜미에 이마를 처박고 신음했다.

"내가 누님을 이렇게."

"괜찮대도."

발로이드가 입고 있던 두꺼운 검은 코트를 벗어 그녀의 등을 감아 덮었다. 르옌은 그를 거부하는 대신 거의 정신 나간 사람의 것 같은 그의 사죄를 들었다.

"너를 상처 입히다니 내가, 그러려는 게 아니었다. 누님, 내가 미쳤던 게 분명하다. 내가……."

"……잠깐 나를 좀 봐라, 페이."

"라인하르 그 개자식이 누님에게 무슨 짓을 한 건 아닌가? 누님, 내 거처로 가자. 그곳이 이 누추한 곳보다 훨씬……."

"잠깐 나를 봐. 이리 된 김에 이야기나 좀 나누자꾸나."

르옌은 그녀를 향해 망연히 푸른 벽안을 마주 보았다. 페이작에게 묻고 싶은 것이 있었다.

"페이……."

라인하르와의 대화 후로 줄곧 머릿속을 떠나지 않는 슬픔이 있었다.

이백여 년 전, 페이작 돌레한은 유일하게 그녀와 고독을 나누었던 사이였다.

그것은 형제 간의 우애라기엔 조금 더 내밀했고, 이성 간의 감정이라기엔 숭고함에 가까웠으며 전우애라는 이름을 붙이는 것이나마 그럴듯한, 쉬이 단정할 수 없는 복잡한 종류였다.

스완은 그가 자신과 비슷한 것을 꿈꾸길 바랐고, 그는 그녀가 원하는 것이라면 무엇이든 따랐다. 때문에 페이작의 행위 거의 대부분은 모두 스완에게 기인되어 있었다. 이백 년 전 어딘가 망가져 있던 그녀에게.

"내가, 어찌, 감히 누님을……."

페이작, 너는 왜 이런 괴물이 되었느냐?

어리석은 질문이다.

너는 왜 망가졌느냐?

이기적인 질문이다.

생각해 보면 이백여 년 전부터 그는 망가진 괴물의 둥지에서 자라나, 어리석은 괴물과 같은 삶을 영위하며 살았다. 그는 변하지 않았다. 변하지 않은 것을 이제 와 망가졌다 비난하는 것은 불공정한 처사였다.

그가 망가졌다면 그건 이미 오래전, 이백여 년 전 자신과 함께 망가진 것일 터다.

그녀는 페이작이 모르가나로 망명했다는 이야기에 분노하기만 했다. 페이작이 자신의 사후 모르가나에서 어떤 삶을 살았을지라거나, 그의 심정을 깊이 헤아리려 한 기억이 없었다. 그래서 이제야 묻기도 저어했다.

너는 어찌 살아 버렸는지.

행복하길 바랐다는 말은 하지 않는다. 실제로 그녀는 특정한 누군가의 행복을 바라며 산 역사가 단 한 순간도 없었다. 참으로 메마른 삶이었다.

눈가가 돌연 뜨거워지는 기분에 르옌이 발로이드의 손을 움켜쥐었다. 그의 단단하고 커다란 손은 상처투성이였다. 어째서 너는 아직도 이리 초라한 삶을 사는지.

페이작을 보고 있으면 형제를 잃고 울음 터뜨리던 시단이 떠오른다. 그녀에게 온정을 알려 주었던 데투아가 떠올랐다. 어쩌면 페이작은 일생 그녀와 같은 것을 누려 본 적 없을 터였다.

페이작은 벨바롯트가 반역으로써 막았던 그녀가 겪지 못한 미래였다.

"아무도, 정말 아무도 내가 떠난 후의 너를 보듬어 주지 않았어?"

"⋯⋯."

"헤드리, 그 아이는?"

"⋯⋯."

"내 시친의 엔호자에게 청하여 그녀를 피신시켰던 것은 너를 위함이었다는 걸 너는 잘 알지 않았나."

"……."

"너는 그녀마저 놓아 버렸느냐? 너를 그리도 사랑했던 네 부인을."

"그 계집의 이야기는 꺼내지 마라, 누님."

"그 후에 무슨 일이 있었던 거냐?"

발로이드는 더 답하지 않았다. 울음소리 같은 침묵이다.

르옌은 북받치는 가여움을 이기지 못하고 그리움을 입술에 담았다.

"……페이, 페이작. 내 사랑하는 동생아, 나의 기사야."

감격이라도 한 듯이 발로이드는 르옌의 손을 쥐어 자신의 목을 감쌌다. 그의 후골이 손끝에 닿았다. 목이란 인간의 가장 연약한 부위 중 하나였다. 그를 죽여 이 모든 것들을 끝내리라 결의한 그녀에게 발로이드가 허락한 한결같은 경의였다.

발로이드는 거부하지 않는 르옌의 손을 꽉 감싼 채로 서서히 몸을 기울여 그녀와 몸을 밀착시켰다.

"내게 입 맞춰 다오."

명령이었다. 그의 입술이 그녀의 이마 위로 꾹 눌렸다 떨어졌다.

"누님."

두려움이 그의 손끝에 걸려 떨렸다.

르옌은 자신을 맞잡은 발로이드의 손을 내려다보며 느리게 눈꺼풀을 내렸다. 발로이드의 입술이 그녀의 눈두덩 위로, 뺨으로 입술로 미끄러졌다.

"누님……."

얼굴 곳곳에 입맞춤의 온기를 남기며 발로이드는 불안한 어린아이처럼 속삭였다.

"꿈같아. 대답, 대답해 줘. 누님, 소리를 내라. 아무 말이라도."

발로이드의 한 팔이 그녀의 허리를 바짝 휘감아 당겼다. 낡은 나무 기둥에 기대어 있던 그녀는 균형을 잃지 않기 위해 몸을 비스듬 뒤로 젖히고 버텼다.

르옌이 속삭이듯 말했다.

"이보다는 더 잘할 수 있지 않아?"

움직임을 뚝 멈춘 발로이드의 몸이 잘게 떨리며 공기 뱉는 듯한 짧은 웃음소리 같은 것이 났다. 그의 입술이 지금까지와는 달리 급하게 그녀의 입술을 벌려 물며 달려들었다. 르옌은 기다렸다는 듯 그의 뒷머리를 감쌌다.

이윽고 발로이드의 혀가 그녀의 입술 사이를 비집고 들어왔다. 호흡이 버거운 이처럼 헐떡이며 거칠게 빨아 당기는 숨에 르옌까지도 정신이 혼미해질 듯했다.

발로이드는 그녀의 치열을 섬세하게 핥고 문질렀다. 그녀의 존재를 혀끝으로 확인하려는 이처럼 치밀했다. 자연스럽게 뒤엉킨 숨을 내쉴 때마다 스치고 떨어지는 입술은 금세 다시 접붙었다. 애타는 사람처럼 더욱 세게 부딪쳐왔다.

발로이드의 손이 쥘 것을 찾아 그녀의 찢긴 옷섶 안으로 기어들어 왔다. 투박하고 단단한 손끝이 그녀의 가는 허리를 맴돌다가, 그녀의 젖가슴을 부드럽게 움켜쥐고 주물렀다. 그러다 이윽고 미처 아물지 못한 그녀의 잘은 상처에서 멈추었다.

적나라하게 그녀의 등을 쓸어내리는 원색적인 감각에 르옌이 고개를 돌리며 그를 밀어냈다.

"……페이작."

그녀를 따라 얼굴을 기울인 발로이드가 가까운 거리에서 그녀를 응시했다. 그러고는 뜨거운 숨결로 뇌까렸다.

"……라르크는 누님과 나를 담을 그릇이 아니야. 아니다. 누님, 그리고 나는 너를 위해 여기에 있다."

르옌은 결국 참지 못하고 힘주어 발로이드의 뒷목을 끌어당겼다.

어찌 그립지 않을까. 아무도 알아주지 않는 세상 속에 홀로 동떨어져 버려 왔다. 그녀와 시간을 함께했던 많은 이들이 죽어 혼백이 되었다. 남은 것은 자신뿐인 줄 알았다. 무너져 내린 올조르에서 느꼈던 상실감과 허무함은 아직도 끔찍했다. 여전히 아팠다.

그 시대를 공유했던 존재는 오직 페이작뿐이었다.

하늘이 무너지고 대지가 솟구치고 바다가 말라 버린다 해도 변하지 않을 듯 늘 그녀의 종복을 자처하는 한 사람이었다. 그녀는 그런 그를 사랑했다.

라르크의 땅 위에서 난 수많은 것들을 사랑한 것처럼 그를 사랑했다.

"누님이 나와 함께해 주기만 한다면 나는 맹세코 누님을 응당 있어야 할 곳으로 모실 거다. 아무것도 걱정할 것 없어. 오래전부터 차근차근, 하나하나…… 전부 누님을 위해서."

꼭 같은 온도로.

라르크를 사랑한 것처럼 그를 사랑했다.

그를 사랑한 만큼 라르크를 사랑했다.

"그렇다면…… 페이, 부탁이 있다."

아쉬운 체온을 물리고 입술을 뗀 르옌이 가쁜 숨을 억누르며 말했다. 다정하고 달콤하게 울리는 목소리는 전에 없이 부드러웠다.

발로이드의 낯빛에 화색이 돌았다.

"누님, 누님이 바란다면 나는 무엇이든지……."

"나와 저자를 놓아줘."

비슷한 눈높이로 서로를 응시하는 벽안과 붉은기 어린 갈색의 눈동자가 허공에 얽혔다.

두 사람 사이의 간격을 비집고 부연 입김이 엷게 번졌다. 그녀의 등을 어루만지고 있던 발로이드의 손이 느릿느릿 툭 떨어졌다.

르옌이 그의 뺨을 감싸 짧게 입 맞추며 속삭였다.

"나는 저자와 함께 라르크 군으로 돌아가고 싶다."

"닥쳐!"

쇳소리처럼 거친 고함이 터졌다. 르옌의 손을 뿌리친 발로이드의 고개가 막사의 어둠 한편에 널브러진 덴작에게로 향했다. 덴작을 노려보는 발로이드의 벽안이 삽시간에 분노로 형형해졌다. 벌어진 발로이드의 입술 사이로 차가운 웃음이 흘러나왔다.

고개를 돌린 발로이드는 그녀의 목을 졸랐던 그때처럼 섬뜩한 벽안으로 그녀를 노려보았다.

르옌은 침착하게 거듭 속삭였다. 아이를 어르고 달래듯 그리도 나붓한 음성이었다.

"……이 누이의 명을 거역할 셈이냐?"

"…….."

"돌레한 경."

발로이드는 그녀의 뒤편 기둥을 으스러뜨릴 듯 손에 힘을 주어 움켜쥐었다. 이윽고 꽉 잠겨 갈라진 음성이 어둠으로 스며들었다.

"닥치라고 했다, 누님. 누님의 그런 속삭임에 자멸한 놈들을 수백 명은 보아 알고 있는 나를."

"…….."

"나를 지금 그따위로 취급을 해!"

까드득 나무 긁는 소리가 들렸다.

"누님이 지금 나를, 그때의 그놈들과 같은 취급을 하고 있나. 누님이 나를."

르옌의 손이 떨어져 내렸다.

아무리 페이작이 가련하고 안쓰럽다 해도. 오래전의 그리움이 불러일으킨 심상에 백 번을 입 맞추고 백 번을 안아 준다 해도, 백 번을 그리움에 흔들린다 해도, 그녀는 백한 번 그를 등질, 종래에는 라르크를 떠나지 못할 한 그루의 월계수였다.

"페이작."

"……."

"네가 죽였던 그 노기사는 에반부르 팔다고라는 이름을 가진 자였다."

"아무 말도 마라. 지금, 참는 것만으로도 힘에 부치니."

"그자에 대해 내가 아는 건 별로 없어. 라르크의 군 제대에 이른 직후 몇 번인가 이야기를 나누고 그의 뒤를 걸었던 것이 전부였다. 할드로프라는 가문에 대한 기억조차 없으니 거의 아무것도 모른다고 해도 옳겠지. 하지만 그래도 이것 하나만큼은 확신한다. 그는 그리 죽을 사람이 아니었다."

에반부르는 끝나지 않고 이어진 라르칼리아들의 난폭함과 우매함에 희생된 맹장이었다.

라르칼리아란 이 시대에 존재해선 안 되는 역사의 유물. 만일 이백여 년 전의 라르칼리아들이 섭리에 따라 혼백으로 사라졌다면, 에반부르 역시도 조금은 다른 결말을 맞이했을 터였다.

"전쟁터에서 죽음은 사람을 가리지 않는 법이다. 그걸 누구보다 잘 알 네가 그리 말하나?"

"적어도 우리로 인해 죽은 자들에게는 그렇다. 내가 죽인 자들, 네가 죽인 자들. 그들의 죽음만큼은 불공정한 죽음이었다. 그리고 우리가 택한 이 길의 목적지에 어떤 만족감이 준비되어 있겠느냐? 계속 싸우고 싸우고, 싸우고…….”

발로이드의 입술이 서서히 다물렸다. 귓가에 죽은 자들의 음성이
되감긴다.

─이 길의 끝에서 주군은 행복할 수 있는 겁니까?

스완에게 살해당한 그의 기사의 음성도.

─너희 남매는 미쳤어. 여왕도 미쳤지만 당신은 더더욱 끔찍한 위
인이야.

까마득한 옛 시간, 한때는 그의 부인이라는 이름으로 섰던 붉은
머리칼이 아름다웠던 그 여자의 음성도.

─그녀와 함께 다시 태어나기 위해서는 당신의 목숨 또한 담보가
되어야 합니다. 얼마나 오래 걸릴지조차 모릅니다. 소생, 내심은 이
것이 정말 가능한 것인지도 확신할 수 없습니다. 그럼에도 당신은
이 길에 후회가 없다 말하는 겁니까? 여생을 보다 좋은 방향으로 살
다갈 수도 있는 일인데 말입니다.

그에게 유일한 희망을 안겨 준 어느 남루한 사내도.

모두가 그가 불행하리라는 저주를 내렸다.

“네가 죽인 그는 유일하게 마지막까지 나를 라르칼리아라 예우했
던 자였다.”

“…….”

“라르칼리아의 의무가 무엇이었는지 기억하느냐?”

발로이드는 팽팽하게 부풀기 시작하는 반감을 이기지 못하고 입
술을 덜덜 떨었다.

“……라르칼리아는 라르크를 수호한다. 그는 내가 라르크를 위함
을 의심치 않고 나를 마지막까지 예우하여 죽었다.”

잊어 떨치려 해도 그리되지 않는 기억이란 으레 존재하는 법이다.

르옌은 적적한 그녀의 가슴을 얼러 주던 노기사를 기억했다.

——……이것은 좀 다른 말이다마는 애국에는 제각각의 이유가 있다 여기네. 제각각의 형태로 굳어지는 애국의 포석에는 어떤 고결하고 흠집 없는 과거라거나 동기가 필요한 것이 아니겠지. 나부터도 그리 흠결 없는 자가 아닌 것을. 군사들만 해도 그렇네. 이곳 전쟁터에 참전한 이들 중에는 죽음을 두려워하면서도 제 가족이나 주위 사람들을 지키겠다는 일념으로 자원하는 이들이 더러 있소. 공을 세우겠다는 일념으로 애국을 행하려는 이들도 있지만. 어쨌든 데투아 양에게도 무언가 데투아 양을 붙잡고 있는 것이 있겠지. 그것이 가족이든, 군공이든, 무엇이든 간에.

에반부르는 누구도 납득하지 못할, 심지어 자신조차도 이해할 수 없는 그녀의 장님 같은 사랑을 이해해 준 사람이었다. 그리고 종래에 그는 그녀를 위함으로써 전사했다.

——……만나 뵙게…… 되, 어, 영광이었소이다.

라르칼리아들의 악한 속에서 그가 죽던 날은 결코 잊지 못할 것이었다.

"백성들은 라르칼리아에게 라르크를 지키고 그들을 배불리 해 줄 것을 기대하는 것이 당연하고."

"……."

"그 역시 그러리라. 나는 그들의 뜻을 저버릴 수가 없구나."

오롯한 한 사람의 라르칼리아가 되기엔 그녀는 너무나도 먼 곳에 이르러 있었지만, 먼 곳에 있은 후에야 깨달을 수 있는 것도 있는 법이다.

얼마간 초점 잃은 눈동자로 르옌을 내려다보던 발로이드가 유령처럼 일어섰다. 그는 한마디도 더하지 않고 떠났다.

차갑게 식어 가는 온도가 발로이드가 사라진 공백을 체감하게 했다.

르엔은 힘없이 고개를 들어뜨렸다. 귀 아래까지 싹둑 잘린 머리칼이 대중없이 시야에 흔들거렸다. 다 잘라 버렸다. 이것 말고는 증명할 길이 없어. 북부 여자의 자존심이라 여겨지는 소중한 머리칼을 그리 쉬이 내버렸다. 더 버릴 것도 없었다.

르엔이 왼뺨에 닿는 낯익은 시선을 향해 중얼거렸다.

"……닳겠습니다, 듀사크 경."

그제야 숨죽이고 있던 덴작이 신음 비슷한 소리를 냈다.

"……대체."

기둥에 뒷머리를 기댄 르엔의 입술 사이로 엷은 입김이 새어 나왔다. 발로이드가 감아 주었던 검은 털코트가 어깨 아래로 미끄러져 내렸다. 그녀는 코트를 끌어 올려 그에 얼굴을 파묻었다. 익숙한 향기, 그녀를 좇는 그만의 향취가 향나무의 알싸한 내음과 피비린내에 범벅된 채 그녀의 콧속으로 들러붙었다.

덴작의 가까스로 발음해 내는 목소리가 귓가를 윙윙 떠돌았다.

"너는…… 뭐냐? 저자와…… 무슨……."

비스듬 고개를 돌려 덴작을 응시하던 르엔이 늦쳐 답했다.

"말 팔이의 딸이라는 거, 그새 잊었습니까."

발로이드는 그의 막사로 되돌아왔다. 언제나처럼 그의 막사는 차갑고 적막했다. 익숙한 적막 속에 이르러서야 목 졸린 듯 갑갑했던 숨통이 열렸다.

막사 안에는 화려한 그의 취향에 맞춘 온갖 잡동사니들이 있었다. 전쟁터와는 어울리지 않는 고급스러운 침상이 있었고 귀한 태피스트리가 걸려 있고 마리포사의 화려한 문양 기가 늘어져 있었다.

발로이드는 거칠게 머리칼을 쓸어 넘기며 웃기 시작했다. 그의 파란 시선 끝에는 그의 살처럼 아껴 왔던 전장의 맹우가 길게 세워져 있었다.

홀린 듯 걸어간 그는 갑옷 옆에 세워 두었던 검은 창을 움켜쥐었다. 시간을 비껴 보낸 듯 과거의 영롱하고 요요한 검은 빛. 마치 처음 만진 것처럼 낯설고 차가운 감촉에 손이 오므라졌다.

그는 창대를 얼굴 가까이로 가져다 댔다. 밤바다의 빛처럼 짙어진 눈동자가 천천히 바닥으로 내리깔렸다.

수많은 것들을 잃어 가며 되찾고자 했던 그녀는 이토록 어리석은 여자가 아니었을진대. 그녀와 그가 함께 나누었던 이상은 사실 이리 보잘것없는 것이 아니었을진대. 발로이드의 콧잔등이 일그러지는가 싶더니 이내 호흡이 가빠지기 시작했다.

으아아! 절규에 가까운 고함을 내지르며 발로이드가 온 힘을 다해 창을 바닥에 내리쳤다. 딱딱한 바닥에 부딪친 창대가 요란히 떨렸다. 쩽한 진동이 쉬지 않고 그의 손뼈를 파고들었다. 바닥에 깔린 카펫을 뚫고 맨땅에 박힌 후에야 발로이드는 창을 내리찍던 것을 멈추었다.

이 창은 그와 그녀의 약조였다. 가장 높은 명예를 위해 일생을 투쟁한 맹세였다.

그녀가 되돌아왔는데, 그녀가 가까운 곳에 있는데, 어째서 그에겐 여전히 아무것도 없는 것일까. 고개를 돌려 주위를 둘러보는 발로이드의 청안이 흐리게 가라앉았다.

아무도 없다.

'고작 이런 망가진 그녀를 만나기 위해.'

그 지옥 같던 기다림을 견뎌야 했나.

빌어먹을 라르크으으!

발로이드가 목젖이 갈라지도록 고함을 내질렀다. 격렬한 악이 온 곳을 난타했다. 그의 내면은 파국에 이른 상황을 해결할 단 한 가지의 방법을 그에게 속삭였다.

그녀가 더 결의를 굳히기 전에 죽여야 한다. 이백여 년 전의 그 위대하던 여왕의 혼이 완전히 망가져 회생하지 못하게 되기 전에, 그녀를 죽이고 다음을 기약해야 한다. 그녀를 되살리고 다음 생엔 절대 빠져나갈 수 없는 그물을 쳐, 그녀를 가두고 그녀에게……

배신당한 사내가 지닐 수 있는 가장 큰 살해의 충동이 오롯이 그녀에게로 향했다.

이성이 날아가 그녀의 목을 움켜쥐었을 적의 심정과도 같았다. 끔찍하고 끔찍해 아무리 스스로를 향해 욕지거리를 퍼부어도 갈앉지 않는 충동은, 전엔 겪어 본 적 없는 아득한 절망감과도 같았다.

―……이 누이의 명을 거역할 셈이냐? 돌레한 경.

바닥에 박힌 창을 물끄러미 바라보던 그의 힘 들어간 손이 얼굴을 덮었다. 짓이기듯 문질렀다. 손끝 마디마디에 힘이 들어가 달달거렸다.

페이작은 스완의 거미줄에 걸린 수많은 사내들을 멸망을 보며 자랐다.

간드러지는 목소리로 달콤하게 보듬으며, 때로는 침실로 끌어들여 그리 살갑게 소곤거리는 여왕의 명령에 섶을 지고 불속으로 뛰어드는 자들이 넘쳐났다.

스완은 대가를 지불하고 얻어 낸 안락함과 편의 혹은 필요를 당연하다 여겼고 페이작은 그녀가 내어 주는 달콤한 온기엔 늘 반대급부가 있다는 것을 알았다. 벨바롯트조차 가문과 충의와 삶을 그녀에게 바친 후에야 그녀를 얻었다.

그녀가 대가 없이 곁을 내어 준 것은 페이작 그뿐이었다. 그녀가 대가 없이 온기를 나누어 주었던 것은 그 자신뿐이었다.

그랬는데. 그리 믿었는데.

페이작의 우그러진 입술이 가늘게 떨렸다. 그녀는 그에게서 삶과 죽음을 동시에 앗아 간 유일한 세계였다. 그리고 여왕은 앗아 간 모든 것을 손에 쥐고 돌려주지 않을 터였다.

라인하르는 주둔지에 합류하자마자 마치 스스로가 사령관으로 임명받은 줄 착각하는 사람처럼 굴었다.

전 로반티스 최고사령관 때부터 군에 있었던 제국군의 지휘 기사들을 곁에 끼고 전황 보고를 들으며, 멋대로 군사들을 임명하기 시작한 것이다. 엄밀히 말해 여전히 총지휘권은 발로이드에게 있었다. 하지만 발로이드는 라인하르가 멋대로 활개 치도록 내버려 두었다.

그러나 그 사실에 불쾌감을 느끼기도 전에, 마리포사 기사단을 휩쓴 또 다른 비보가 전해졌다.

키에스 릴, 마리포사 기사단의 제2기사단장인 그의 시신이 도착한 것이다. 주살당해 성벽에서 떨어졌다는 사내의 시신은 처참했다.

키에스는 성격 좋고 사교적인 몇 없는 마리포사의 지휘 기사였다.

에일라는 물론이거니와 지금은 다른 지방에 파병을 가 있는 괄괄하고 난폭한 테네스 경도 키에스의 넉살에는 한 수 접어 주곤 했다.

또한 키에스는 앙레디움 출신답게 말로 고집 센 라곳에시스의 총관인 위스번스를 조곤조곤하게 꺾을 수 있는 유일한 기사이기도 했다.

오래도록 그의 밑에서 일해 온 이들은 모두가 한결같은 마음으로 그를 사랑했다.

기사단원들은 키에스의 유품을 한데 그러모아 조의를 표했다. 그리고 키에스와 가장 가까웠던 휘하 부하들이 그의 시신 위에 쓰러져 흐느끼는 것을 흘려들으며, 에일라는 몸을 돌렸다.

주둔 막사를 떠나는 에일라를 걱정스레 여긴 한 기사가 그녀를 붙잡았다.

"단장, 아직 근신령이……."

"모른 척해라."

더없이 냉랭한 음성에 손은 금세 떨어졌다.

얼마 전 레이리스를 잃은 충격이 가시기도 전에 키에스마저 주검으로 돌아왔으니, 그녀의 속도 말이 아닐 거라는 생각에서였다.

또 누구보다도 충실한 발로이드의 종복을 자처하는 그녀가 근신령을 어기고 나간다 한들 발로이드의 눈에 띄는 일은 하지 않을 거라 생각했다. 그러나 안심이 무색하게도 에일라의 걸음은 명백히 발로이드의 막사를 향해 있었다.

에일라는 얼마 전, 라르크의 주둔지로 숨어들어 그들의 사령관을 살해하라는 명을 받았다.

발로이드의 뜻은 가장 높은 뜻이다. 에일라는 적들의 어수선한 주둔지에 잠입하는 것까지 성공했다. 그러나 결의는 그녀 스스로의 믿음만큼 강하지 못했던 모양이다.

결과적으로 임무는 실패했다. 레이리스가 살아 있다는 비통하고 수치스러운 사실을 접한 것이 문제였다.

희망과 절망 사이를 수천 번을 오갔다. 끝내 위험을 무릅쓰고 그들의 주둔지를 뒤지고 다녔으나 레이리스는 찾지 못했다. 드넓은 라르크의 막사촌을 헤매다 도망쳐 나온 것이 전부였다.

물론 그녀는 충직했으므로 태자 무리와 함께 주둔지로 귀환한 발로이드에게 누구보다 먼저 달려가 임무 불이행의 치죄를 청했다.

레이리스의 이야기는 하지 않았다. 크게 언짢아 할 거라 생각했던 예상과는 달리 발로이드는 그녀에게 근신령을 내리는 것으로 그쳤다. 그것이 바로 어제의 오전의 일이었다.

그녀의 걸음은 초조함으로 더욱 빨라졌다. 승기는 그들이 쥐었는데, 마리포사는 패배의 분위기에 절어 있었다. 황태자의 귀환에 모르가나의 기사들만 의기양양하게 기세를 드높인다.

발로이드가 그리 내버려 두고 있었다. 에일라는 그 이유를 태자 라인하르가 잡아 왔다던 포로의 인상착의를 듣고 짐작할 수 있었다.

'그 여자다.'

그 여자가 이유였다. 그 여자는 라인하르의 명령에 의해 모레 동이 트면 죽을 계집이었다.

발로이드의 막사는 두 명의 기사가 지키고 서 있었다. 막사를 지키는 마리포사 기사단원들의 표정은 어두웠다. 그들 중 한 명이 에일라를 알아보고 짧게 예를 갖춘 후 말끝을 흐렸다.

"근신령을 받으신 걸로 아는데요, 시니스 단장."

에일라는 답하지 않았다.

막사 천이 안으로부터 펄럭펄럭 움직였다. 신음 같은 고함 소리도 함께였다. 에일라는 일생 대부분을 마리포사와 함께 자라고 늙어 갔다. 그리고 직접적으로 발로이드를 모신 지 십수 년 동안, 그녀는 딱 두 번 발로이드의 저린 절망을 보았다.

공교롭게도 그 두 번은 전부 다 이번 대라르크전에서였다.

발로이드에게 있어서 최우선의 가치가 있는 낯선 여자. 그 여자는 누구도 흔들지 못한 발로이드의 군건함을 아주 쉽게도 무너뜨렸다.

에일라는 발로이드처럼 누군가를 오래도록 기다려 본 적이 없어 그의 마음을 감히 이해한다 말하지는 못했지만, 발로이드의 내밀한 곳에 새겨진 상처는 그 여자가 아닌 누구도 채울 수 없는 것이라는 걸 알고 있었다.

때문에 에일라는 그저 발로이드가 스스로 극복하기를 바랄 뿐이었다. 오늘까지는 그랬다.

"주군, 들어가겠습니다."

발로이드는 그녀를 등지고 서 있었다. 검은 창이 난자당한 듯 구멍난 카펫 한가운데에 박혀 서 있었다. 오르내리는 그의 어깨가 위태로워 보였다.

"근신령을 어겨 송구합니다. 주군께서 아셔야 할 듯해 찾아뵈었습니다. 태자 저하께서 기사단의 검열을 명하셨습니다. 그로 인해 단원들이 모두 불만이 많고 불안해합니다. 가넷 경이 복권되었고, 아사인의 아들 비세바르 또한 태자 저하 측에 붙은 듯합니다. 그리고 다름이 아니라 조금 전 하달된 보고에 의하면…… 태자 저하가 황실 근위대에 라르크의 포로들에 대한 처우를……."

에일라의 입술이 벌어진 채로 굳어졌다.

"……처우를."

그녀를 돌아보는 발로이드의 눈빛은 텅 비어 있었다.

일순 바닥까지 떨어진 심장을 애써 부여안은 에일라가 황급히 고개를 조아렸다.

"내리셨다고 합니다. 모레 동이 트면 라르크의 포로들을 처형할 거라 합니다."

"처형……?"

에일라가 조심스레 고개를 들었다.

"……주군."

한참의 시간이 지난 후에야 발로이드의 입술이 열렸다.

"처형이라."

"예. 아까 전……."

"죽이라고 해라."

소름 끼치도록 낮게 잠긴 음성이 그녀의 말허리를 끊어 냈다.

에일라는 예상치 못한 그의 답에 크게 놀랐다.

"예?"

"배덕한 브류나크에게 다시 빼앗기느니."

에일라가 아는 한, 발로이드는 포로로 잡혀 온 그 여자에 대한 특별한 감정을 품고 있었다. 감추는 법도 없이 언제나 올곧고 단단한 그런 믿음과 희망이었다.

발로이드가 '스완'이라 부르는 그 여자에게 품고 있는 어떤 존경심, 경애, 집착은 이렇게 쉬이 버려질 만한 것이 아니었다.

무슨 말을 더해야 할지 몰라 머뭇거리는데, 발로이드가 비틀거리며 주저앉았다.

"주군, 괜찮으신……."

놀라 달려간 에일라의 귓가에 살벌하기 짝이 없는 광소가 울려 퍼지기 시작했다. 발로이드는 한참을 웃더니 이내 큼직한 손으로 얼굴을 눌러 덮었다.

"마음대로 죽여 버리라지. 다, 전부, 다. 다 죽여 버리라지…… 두려워할 것 같으냐. 나도 죽어 버리면 될 일이지."

에일라의 손끝이 얼어붙었다. 바람이 유달리 차가운 밤이었다.

4장

4장

잔뜩 술에 취한 이른의 성주는 한 손에 술이 가득 든 잔을 쥐고 느긋하게 앉아 부른 배를 두드렸다.

그는 요 며칠 기분이 참 좋았다. 황태자에게 좋은 인상을 남겼다 확신했기 때문이다.

라인하르는 제국의 유일무이한 태자. 유일무이라는 것은 그가 아니면 아무도 없다는 것, 보장된 차기 황제였다. 차기 황제가 그를 향해 "훌륭한 이른의 대접을 잊지 않겠다." 그리 말했으니 그가 황제가 되면 그의 삶은 조금 더 편안해질지 모른다는 망상도 과하지 않지 않나?

닷새쯤 전, 적으로 추정되는 기사들이 근방에 출현해 깜짝 놀라긴 했지만 별 탈 없이 지나 보냈다.

시친의 요직 인사가 행방불명되었다는 안 좋은 소식과 함께 강나루 근처를 떠돌던 시친의 함대도 사라진 지 오래였다. 시친에 대한 것은 그에겐 그다지 중요치 않았다. 시친은 제국인들에게는 큰 인상을 남기지 못하는 동떨어진 군도국이었다.

또한, 만일 시친이 그들에게 중요한 인사였다면 적들에게 위치가 발각된 즉시 라인하르가 이른을 떠나지 않았을 터였다. 라인하르가 조금 더 머물렀다면 그와 더 친분을 쌓을 수 있었을 텐데. 그 점이 참 아쉽다.

물론 그는 라인하르의 우려대로 모르가나의 유일한 황태자를 차지하기 위해 라르크 군이 내려올지도 모른다는 사실을 간과하지는 않았다. 주민들에게도 계엄령을 내린 지 이틀째였다.

그들의 성벽은 낮지만 견고하다. 비록 운용되는 군사 수는 천도 되지 못하지만 공성 병기 따위를 가져와 성벽을 부숴 버리기 전엔 열리지 않을 단단한 문도 있다. 전쟁에 대해 잘 알지 못하는 그이지만 적들이 날개를 달고 날아 들어오지 않는 이상 이곳은 불가침 지역이란 믿음만큼은 확고했다.

애초에 라르크의 대규모 군대는 제국군과 대치 상태에 있다고 했고, 또한 세 시간 거리에는 빌레반의 장원이 있었다. 이른은 빌레반으로 향하는 관문과도 같으니 무슨 일이 생기거든 빌레반에서도 가만히 있지 않을 터다.

느지막이 저무는 노을이 강물 위로 산란한 빛을 반짝이는 것을 바라보며 그는 연거푸 술잔만 기울였다.

오랜만에 긴장을 풀고 마시는 술은 꼭 꿀 같다. 달달하고 쌉싸름하게 목구멍을 타고 넘어가는 목 넘김에 금세 신경은 느슨해졌다. 보랏빛으로 물드는 하늘은 꿈속을 유영하는 듯한 몽롱함을 불러일으켰다.

기분이 좋다.

낭만인지 술인지 모를 무언가에 취해 두꺼운 강물을 응시하던 영주는 저 멀리서 모습을 드러내는 검은 물체를 응시했다. 손톱보다 작은 점 같던 것은 이내 배의 모양으로 보일 만큼 가까워졌다.

그는 무심코 생각했다.

'시친, 그 녀석들이 아직도 떠나지 않았나.'

하기야, 피랍당했다는 사내가 모르가나의 영주 입장에서는 중요한 사람이 아니라 할지라도 저들에겐 중한 사람일 터였다. 야만적인 라르크인에게 살해당했다면 조금쯤 애도해 줄 용의도 있었다.

그는 다시 술잔을 기울였다.

참 좋은 배군. 그러나 저렇게 커다란 군용 함선은 모르가나 내륙에서는 그다지 유용하지 않지. 그런 쓸데없는 생각을 하면서.

머릿속이 빙빙 돌았다. 취기가 훅 올라왔다. 점점 가까워지는 함대를 응시하며 술 취한 영주는 생각했다.

내년도에도 풍년이 들면 좋을 텐데.

그때까지도 전쟁을 하려나?

태자 저하께서 나섰으니 금세 끝날 테지.

나른하고 피곤하군.

목숨을 걸고 싸우는 이들이 저 멀리 어딘가에 있겠지만 그와는 상관없는 일이었다. 그에게는 오늘 내일 죽을 이들의 목숨보다는 내년의 풍작과 수확이 더 중했다.

얼마 후, 이른의 경비대장이 다가와 아뢨다.

"영주님, 라르크의 기사들로 보이는 자들이 북부 성곽 너머에 나타났습니다. 이백여 명 남짓의……"

깜짝 놀란 이른의 영주는 수를 헤아리듯 손가락을 어설프게 꼽아 보다가, 이내 픽 늘어지며 중얼거렸다.

"이백? 딸꾹."

겨우 이백 명이라니. 그걸로 뭘 어쩌겠다고. 두꺼운 성문은 꽉 닫힌 채였다. 그의 명이 아니라면 열리지 않을 테고, 기어오른다거나 날아오는 게 아니고서야 저들은 성벽을 넘을 수 없을 터였다.

"궁수들으을, 북쪽 성벽에 집결시키고, 딸꾹, 가까이 오면 쏴 버려."

기분 좋게 취해 있는 와중에 찾아올 건 뭐람. 하여간 예의를 모르는 북부인들.

그러는 사이 점점 세상은 어두워졌다. 영주는 다시 고개를 돌려 검은 뱀처럼 흐르는 강줄기를 응시했다. 시친의 배는 어느새 두 손바닥으로도 가려지지 않을 만큼 커져 있었다. 배의 옆면이 강기슭에 바짝 닿은 채였다.

강기슭을 따라 수색이라도 하는 건가. 아니면 실종되었다던 놈을 찾은 건가?

검은 배는 귀신처럼 미끄러져 다가와 눈을 깜빡할 때마다 한 뼘씩은 더 커졌다.

멍한 머릿속으로 영주는 새삼 감탄했다. 참, 저런 배를 주조해 내는 시친은 확실히 대단하긴 하다.

간이 약간 흐른 뒤, 병사가 다시 보고했다.

"성주님, 적들이 성문을 열고 항복하라는 전갈을 보내 왔습니다."

미친것들인가? 아이고, 잠이 온다.

"시끄럽다고 해."

성주는 가물가물한 눈으로 손사래를 치며 어느새 이른의 남쪽 성곽에 가까운 기슭으로 다가오는 배를 내려다보았다. 시친의 함대는 그대로 도시를 지나치려는지, 지난번 크게 난리가 났던 이른 항구를 스쳐 지나 떠내려 왔다.

슬슬 이상한 의문이 들었다.

너무 가까운 것 아닌가? 성벽보다 높은 선체의 갑판이 혹시라도 성벽을 긁기라도 하면 어쩌나, 저들이 조타를 잘못해 좌초하기라도 하면 어쩌나 괜한 언짢음이 들었다.

조금 궁금하기는 했다. 못마땅한 티를 잔뜩 내며 제 귀한 양식을 처먹어 대던 시친의 행정부 장관은 어떻게 되었을지.

또 보고가 들어왔다. 이번 목소리는 조금 더 다급했다.

"문을 열지 않으면 공격하겠다고 합니다."

"뭐어? 몇이라고 했지?"

"여전히 이백여 명 정도로 추측됩니다."

고작 이백으로?

영주는 낄낄 웃으며 고개를 저었다. 모르가나에 팽배하게 퍼진 북부인들에 대한 의식은 거칠고 오만한 야만족들에 불과하다. 내일 아침에 일어나 술이 깨도록 버티고 서 있다면 이른의 잘 훈련받은 군사들을 내보내 깡그리 짓밟아 주면 그만이다. 그리하면 태자께서도 기뻐하실 테지.

영주는 다시 기분 좋은 망상에 잠겼다.

태자 저하께 내년엔 맛좋은 술을 진상해야겠군. 제도로 초대해 주시는 거 아닌가? 그러면 어떤 옷을 입고 가지. 그에게 따로 진상할 것이 뭐 없을까?

그러는 사이 검은 함선은 더더욱 가까워졌다.

성벽과 가장 가까운 거리에서 그들이 돛을 접고 닻을 내렸다. 야위! 아헤이! 하는 시친 해군들이 괴상한 구호를 외치는 소리가 성 꼭대기까지 울리는 듯했다. 성벽보다 높은 선체의 난간이 눈에 들었다. 사람이 참 많았다.

그런데 대체 뭘 하는 거지?

혼몽한 정신을 애써 부여잡으면서도 습관처럼 술잔을 홀짝대던 이른의 영주가 가느스름한 눈을 하고 비틀거리며 일어섰다.

꽤 오랜 시간 멈춰 있는걸.

무언가가 이상하다.

모래밭의 유리알처럼 작은 빛무리가 산발적으로 반짝였다. 이른의 영주는 술에 취해 제 눈이 이상한가 싶어 눈을 비벼 보았다. 시야가 더 뚜렷해졌다.

어.

갑옷을 입은 사람이었다.

어어?

얼마 후 갈고리가 달린 기다란 줄이 강기슭과 맞닿은 이른의 남쪽 성벽 위로 날아들었다. 더딘 사고를 거듭한 끝에 이른의 영주는 어떤 의문에 이르렀다.

저놈들 지금 뭘 하는 짓이람?

금세 뭉개지는 시야로 흐릿한 형체의 무언가가 날다람쥐처럼 밧줄을 타고 넘어오는 것이 보였다.

으응? 스무 명? 서른 명? 마흔 명?

영주는 당최 어찌 된 것인지 이해하기가 어려웠다. 취기에 판단이 힘들었던 탓도 있지만, 저들은 라인하르가 데려왔던 이가 아닌가? 잠든 민가를 밝히는 남부 성곽 아래의 불길이 거세진다.

이게, 무슨 상황이지?

멍하니 인적 드문 남쪽의 성벽을 디디고 서는 손톱만큼 작은 사내들을 바라보던 성주가 입술을 벌렸다. 들고 있던 잔이 손가락 사이를 빠져나가 툭 하고 떨어져 산산조각 났다.

얼마 후, 시종관이 달려와 겁에 질린 얼굴로 소리쳤다.

"여, 영주님, 남쪽 문이 열렸습니다!"

영주는 허옇게 질렸다.

그래, 이놈아! 내 눈에도 그래 보인다.

배에서 내리는 수백 명이 넘는 기사와 병사들이 남쪽 문으로 달려가는 것이 보였다.

단언컨대 그 기사들은 라인하르의 근위병도, 바로 어제까지 그를 썩 거슬리게 했던 마리포사 기사단도 아니었다. 이른의 군사들은 더더욱 아니었다. 이른의 대부분의 병력은 지금, 북부 성곽에 나타난 녀석들에게 신경이 죄 쏠려서……

'아……'

대체 어떤 놈이 놀라면 술이 깬다고 했나. 이 미친 술기운은 급박한 상황에도 깨지 않았다.

이른의 영주는 서너 걸음 걷다 나자빠지고 계단에서 구르는 것은 예사요, '우웨에엑!' 토기를 이기지 못해 복도 한복판에서 마신 술을 계속 게워 내야 했다. 도망은커녕 정신을 차리는 것도 어려웠다. 시간이 어떻게 지나가는지도 알 수 없었다.

성 아래에서는 살벌하게 싸우는 소리가 났다.

꺄아아! 정신 나간 계집의 비명 소리도 났다. 비명 소리에 골이 띵했다. 저 머리 아프게 소리를 질러 대는 계집은 잘라 버려야겠다. 영주는 그를 거의 들쳐 업다시피 한 경비대원의 도움으로 그의 침실에 내동댕이쳐졌다.

'이게 무슨 일이람……? 아, 세상이 돈다, 돌아.'

얼마간 잠든 것도, 깨어 있는 것도 아닌 요상한 기분 속에 누워 있는데 무시무시한 기사들이 들이닥쳤다.

선두에 서 있는 것은 흑발 흑안의 하얀 갑옷을 입은 기사였다. 뒤따라 피 칠갑을 한 수십 명의 북부인들이 그의 침실 문을 박차고 들어왔다. 그들이 들이닥치자 역한 피 냄새가 풍겼다. 영주는 겨우 가라앉혔던 토기가 올라오는 것을 느끼고 홱 엎드렸다. 우욱.

그러나 적들은 손속을 두지 않고 영주의 뒷목을 거칠게 잡아 올렸다.

"이자가 영주인가? 투헤인."

날 벼른 듯 위협적인 목소리가 귓가를 앵앵 울렸다. 영주는 없는 정신으로 짐작했다. 북방 특유의 억양이었다.

등줄기가 오싹했다. 슬슬 정말 위험한 상황에 처하게 되었다는 것이 본능적으로 이해되었다. 가물가물한 시야를 확보하기 위해 애써 눈에 힘을 줘 보지만, 힘없는 눈꺼풀은 겨우 반절 뜨이는 게 전부였다.

누군가가 답하는 게 들렸다.

"맞습니다. 제가 만났을 때는 꼴이 지금보다 훨씬 나았습니다만."

들어 본 적 있는 듯한 목소리다. 멍한 정신을 더듬던 영주는 목소리의 주인에게로 눈동자를 느릿느릿 미끄러뜨렸다. 이윽고 한 사내에게 이르러 그의 눈이 크게 뜨였다.

저자는 시친의 고위 인사라 해 얼마 전 그가 친히 식사를 대접했던 자였다.

"아니, 당신은……."

선두에 서 있던 흑발 흑안의 날카로운 눈매의 사내가 그의 턱을 으스러뜨릴 듯 움켜쥐었다. 그리고 물었다.

"질문은 내가 한다. 발로이드, 그자는 어디 있나."

눈앞에 들이닥친 새까만 눈동자가 소름이 끼쳤다. 아니, 그 전에 북부 억양이 이렇게 날카로웠나? 베일 듯한 음성에 이른의 영주는 까무룩 정신을 놓고 말았다.

창밖으로는 대앵 대앵 대앵, 적의 침략을 알리는 종소리가 거듭 울렸다. 성벽의 가장자리에 위치해 있는 봉화들이 일제히 벌겋게 타오르는 밤. 침략당한 적이 없던 남부 장원의 백성들은 평온히 귀를 닫았다.

성벽을 뛰어 넘어 침입한 해군들이 방비가 약하던 남쪽 성문을 열었고, 배 아래로 뛰어 내려온 오백 여 명의 라르크 군사들과 백여 명의 해군들이 합심해 이른의 성을 침략했다. 북부의 성문이 교전의 빈틈 속에 열리며 외부 대기하던 기사들이 진입하기까지는 두 시간도 걸리지 않았다.

라르크인들은 그로 그치지 않고 성의 경비를 뚫고 진입해 영주를 생포하기까지 했다. 우왕좌왕 맞서 싸웠던 이른의 경비대는 결국 영주의 생포 소식에 하나둘 검을 버리고 투항하여 투옥되었다.

그것은 외침에 안일하던 모르가나의 중부 장원 도시 일대에 큰 파문을 일으키는 사건이었다.

이른의 성을 완전히 장악한 것을 확인한 즉시, 파사드는 근처 장원주들에게 전달할 포고문을 작성했다. 라르크의 사신들은 동이 트기 무섭게 인근의 각기 장원 영지에 포고문을 하달했다. 그에는 먼저 검을 대지 않는다면 그들의 장원을 침탈하지 않겠다는 표명이 담겨 있었다.

이튿날, 술에서 깬 영주가 발악하며 소리쳤다.

빌레반이 올 거요! 빌레반이 우리를 도울 거요. 태자 저하께서 올 거요!

그러나 우습게도 인근 장원 영주들은 라르크 사령관의 사신들이 건넨 서신을 받은 후, 반나절도 지나지 않아 장원의 성문을 더욱 굳게 달았다.

물론, 이른의 영주는 알지 못했다.

동이 튼 지도 제법 지났다. 천막의 입구에 걸려 늘어진 휘장 아래
로 땅거미의 숨결이 스며들었다.

상처가 곪기 시작한 덴작은 착실히 죽어 가고 있었다. 경계심 어
린 눈초리로 노려볼 힘도 없는 듯해, 귀찮은 일을 덜게 되어 다행이
지 싶기도 했다.

라인하르의 사람이 들렀다 돌아갔다.

상황이 위태로운 것을 알았지만 르옌은 라인하르가 원하는 그 어
떠한 답도 주지 않았다. 북부인으로서의 뿌리 깊은 긍지 때문만이 아
니었다. 라인하르가 공갈로 그녀를 위협한 것이라 믿는 것도 아니다.

페이작에 대한 것을 라인하르에게 팔아넘긴다면 시간을 끌 수는
있을 터나, 그녀는 어떤 답도 줄 수 없었다.

페이작과 그녀의 관계를 설명하려면 그들의 생애 전반에 걸친 감
정과 두 번째로 닥친 삶에 관한 것을 해명해야 했다. 그건 쉬이 믿음
살 수 있을 만한 것도 아닐뿐더러, 제국의 황태자인 그에게는 물어
죽이기 좋은 아주 좋은 미끼가 될 것이 뻔했기 때문이다.

거짓을 지어내거나 라인하르가 혹할 만한 어떤 정보를 넘기는 것
도 요원했다. 애당초 페이작이 전선에 모습을 드러내기 전까지 그녀
는 스물한 해를 그의 존재를 모르고 살아왔지 않나.

뾰족한 계책도 없이 시간만 무던히 흘렀다. 가는 시간이 이토록
아쉬운 것은 오랜만이었다.

그리고 다시 밤이 되었다.

발로이드는 그녀의 요청을 묵살한 것이 분명했고, 라인하르는 그녀에게서 불가능한 것을 요구하고 있었다. 그녀가 댈 데라고는 덴작뿐이지만 사실 그는 쓸모없는 짐짝이었다.

새벽녘 동이 틀쯤이면 군사들이 들이닥쳐 그들을 가축처럼 끌어낼 것이다. 르옌은 애써 흔들리는 이성을 잡아 쥐었다.

'어떻게 해야.'

그때, 막사 밖에서 딩겅딩겅 둔탁한 소리가 작게 들렸다.

온 신경을 내부에 집중시키고 있던 르옌은 막사 안으로 들어선 기사의 차림에 무언가 사태가 변했음을 알아차렸다.

절그럭거리는 소리가 나는 것이 분명 갑옷을 입은 기사였다. 체구는 그렇게 크지 않았지만 작은 것도 아니었다. 언뜻 비치는 망토 안의 푸른 갑옷. 마리포사다. 단단히 망토를 여미고 후드를 덮어 쓰고 있는 기사는 그녀보다 체구가 조금 컸는데, 기사의 발과 손의 크기를 살핀 르옌은 그 기사가 여자라는 것을 알아차렸다.

흉터가 난 얼굴, 아는 얼굴이다. 페이작의 측근이었다.

기사는 작은 횃불로 막사 안을 스윽 밝혔다.

르옌은 긴장을 늦추지 않고 난입한 마리포사 가문의 기사를 경계 어린 눈초리로 바라보았다.

르옌과 눈이 마주친 에일라가 후드를 벗었다. 그러자 보기 흉한 상처를 달고 있는 여자의 얼굴이 선명히 드러났다.

청록색의 눈빛은 결연했다.

"시간이 없으니 간단히 하겠습니다. 주군께 의탁하시면 주군께서는 어떻게든 당신을 빼내 줄 겁니다."

무슨 용건인가 하였는데 이젠 한낱 계집까지 제게 눈을 똑바로 부라리며 지껄이는가 싶어 저도 모르게 거친 말이 튀어 나갔다.

"페이작은 어디 있나. 꾸중 몇 마디에 꽁무니를 빼고 너까짓 계집의 등 뒤에 숨어 나를 설득하라 명한 거냐?"

에일라는 크게 기대하지는 않았다는 듯 얕은 한숨을 내쉬며 입술을 꾹 그러 물었다.

르옌은 짧은 순간 에일라의 표정에 스치는 만감을 알아차렸다. 어떤 직감이 있었다. 르옌은 바투 곤두선 신경을 애써 가라앉히고 에일라의 뒷말을 기다렸다.

"새벽 동이 트면 당신들을 처형하겠다는 황태자의 선언이 있었습니다. 그 전에 도망치십시오."

르옌이 뜀박질하기 시작하는 가슴을 꾹 누르며 침착하게 되물었다.

"페이작이 그리하라 했나."

"제 독단입니다."

페이작은 모른다는 뜻이었다.

"교대 시간은 아직 조금 남았습니다. 보초들은 죽인 것은 오로지 당신이었다 보고될 겁니다."

르옌은 생각보다 적극적인 상대의 태도에 더 묻지 않고 입술을 다물었다. 말이 끝난 후에도 한참을 르옌을 직시하던 에일라가 돌연 그녀의 앞에 무릎 꿇었다.

"곧 말이 도착할 겁니다. 그 전에, 당신의 동정심에 호소하겠습니다. 저는 오래전부터 당신이 자애롭고 동정심 많으며 관후하며 혀끝의 실수를 멀리하는 자라 들어왔습니다."

촉박한 시간을 쪼개어 호소해야 할 만큼 중한 것이 무엇이 있나. 르옌의 아미가 살며시 찡그려졌다.

"저는 당신이 제국의 태자에게 효수당함으로써 제 주군의 가슴이 더 찢겨나가지 않길 바라 이런 짓을 저지르고 있습니다. 이는 온전한 충정이지만, 당신께서 이에 조금이라도 호의를 되돌려 줄 생각이 드신다면……."

"……."

"……지금, 제 딸이 살아남아 당신들의 손에 쥐여 있다 알고 있습니다."

고두한 여자의 음성은 쥐어짜 낸 듯이 비통하게 울렸다.

"그 아이의 목숨을 거두어 주십시오."

에일라의 청원을 끝으로 막사 안은 온전한 정적으로 뒤덮였다. 간간이 울리는 덴작의 신음 소리와 모포가 뒤척이며 사각거리는 소리가 전부였다.

당혹스러운 말이었음에도 르옌은 내색 않고 침착을 유지했다. 어떻게 돌아가는 상황인지에 대한 파악이 우선이었던 탓도 있지만, 저 여자가 바라는 죽음의 이유를 능히 짐작할 수 있었던 탓이다.

실제로 계집의 몸으로 포로가 되어 굶주린 적병들 사이에 내던져졌을 때, 그네들이 겪을 수 있는 일들은 한정되어 있었다. 그냥 죽는 것이 더 명예로운 일이 될지 모른다.

덴작 역시 치를 떨고 끔찍하게 여기지 않았던가. 힘없이 사로잡혀 적들에게 유린당하는 것은 긍지 높은 이들에게는 견딜 수 없는 수모이자 치욕이었다.

'딸이라.'

저 여자의 연배로 보아 아주 어릴 적 아이를 낳았거나, 그도 아니라면 친딸은 아닐 터였다.

이미 르옌과 덴작의 죽음이 약정된 상황이었다. 구태여 저 여자가 한 말의 진위를 판가름하겠다 나서는 것처럼 어리석은 일도 없었다.

르옌은 부러 거리를 두고 차분히 답했다.

"놓아준다는 것을 조건부로 거는 게 더 나을 뻔했구나. 우리가 이곳을 빠져나갈 수 있는 방편은 완벽하게 준비해 둔 건가?"

"주둔지 밖까지는 저희 마리포사가 책임지고 인솔할 겁니다. 다만, 울타리의 경계를 넘어가면 그때부터는 저희 소관이 아닙니다. 그곳에서부터는 당신께 운이 따르길 바랄 뿐입니다. 그리고."

"그리고?"

에일라가 거의 시체처럼 널브러져 신음하는 덴작을 향해 고개를 돌렸다.

"저 부상자는 제합니다. 제가 지금 이런 위험을 무릅쓴 목적은 주군의 가장 높은 가치인 당신의 생존 때문이지 라르크의 기사를 동정해서가 아니니까."

싸늘하게 되돌아온 답에 르옌은 힘겹게 눈꺼풀을 끌어 올리는 덴작을 응시했다.

고개를 가로저은 르옌이 완강하게 말했다.

"저자와, 내가 사로잡힐 때 빼앗긴 검을 함께 가져간다."

"누차 말씀드리지만 저런 짐까지 더한 채로 쉬이 빠져나갈 수 없습니다. 또한 당신의 검의 소재는……."

"황태자의 막사에 있다."

에일라가 황당한 얼굴로 르옌을 뚫어져라 바라보았다.

르옌은 물러날 기색 없이 눈을 부라리며 다시 한 번 또박또박 반복했다.

"사정 참작 않겠다. 가져와."

"제정신입니까?"

"나를 탈출시키려는 네가 할 말인가?"

잠깐의 승강이 끝에 에일라는 이를 악 물고 돌아나갔다. 앞서 죽은 보초병 둘을 그들의 막사 안에 밀어 넣어 감추는 것도 잊지 않았다.

"듀사크 경, 일어나십시오."

덴작은 가물가물한 정신을 다잡았다.

'……진즉.'

눈을 뜨고 있는 것도 꼼짝도 하지 못하고 있었지만 그들의 대화 요지는 파악할 수 있었다. 만일 정신이 똑발랐다면 큰 충격에 빠져도 이상하지 않을 광경을 덴작은 초점 없이 바라만 보았다.

그저 간신히 이해한 상황이 어이가 없어서 아무 소리도 낼 수가 없었다.

지난 밤, 발로이드와 르옌의 대화를 엿듣고 세상 이보다 더 충격적일 수 있을까 하는 감상을 했지만, 이번 역시 마찬가지였다. 르옌이 마리포사에게 제 수족을 부리듯이 명령을 했다. 상대는 명백히 그들을 힘으로 제제할 수 있는 위치임에도 그녀의 명을 따랐다.

'내가…… 정말…… 저 계집이, 이상한 건…… 진즉…….'

그는 르옌이 답해 주지 않을 것을 알면서도 재차 묻지 않을 수 없었다.

"대체…… 넌, 정체가."

"나중에 이야기하겠습니다."

'나중이 있겠나.'

힘없이 입꼬리를 올렸다 내린 덴작이 울컥 피를 뱉어 냈다. 웃음 소리인지 숨을 끄집어 뱉는 건지 모를 소리가 뒤따랐다.

지난 밤, 그녀와 발로이드의 대화는 드문드문 기억이 나는 정도다. 그러나 그들의 비현실적인 단편의 대화를 엿들은 후에야 덴작은 그녀가 유해한 인물이 아니라는 것을, 외려 가슴 깊이 에반부르의 죽음을 비통해 한다는 것을 느끼게 되었다.

르옌이 다가와 그를 일으켜 세웠다. 덴작은 차가운 그녀의 손에 소스라쳐 몸을 뒤틀다 다시 한 번 극심한 현기증에 주저앉았다.

"그리고 너는 이 상황에…… 무슨, 검을 챙기겠다고…… 빨리 도망이나 쳐라……."

"저도 그러고 싶지만 리오낙을 두고 갈 수는 없습니다."

덴작의 눈이 그도 모르게 커졌다. 거듭된 고열로 귀 어딘가가 이상해졌나 싶었다. 리오낙은 브류나크의 상징이다. 리오낙의 주인 될 자는 파사드뿐이었다. 그런 리오낙이 왜 모르가나에 있단 말인가.

르옌과 눈을 마주친 덴작은 그녀가 진심이란 걸 알아챘다. 더 놀랄 기운도 없어서 입술만 크게 떼는데 다시금 핏물이 속에서부터 역류했다. 쿨럭. 르옌이 그를 강제로 부축해 앉히기 위해 그의 겨드랑이 아래 손을 끼웠다.

덴작이 몸을 비틀어 그녀를 밀어냈다.

"됐다……. 날 죽이고 혼자…… 가라."

"……."

"어차피 이리 비참한 꼴로 살아남는 것보다……."

"입 닫으십시오. 듣기 싫으니."

"두고, 가란 말이 안 들……!"

덴작이 가까스로 소리를 높였으나 묵살당했다. 꼿꼿이 그를 부축해 앉히는 르옌의 태도는 한결같았다. 그도 모르게 뜨거운 눈물이 흘러 내렸다. 그러나 굶아 가는 양팔은 회생이 불가능한 상태에 이르렀고, 그는 스스로가 살아남지 못할 것을 인지하고 있었다.

"이, 멍청한 계집……!"

덴작이 몸부림으로 그녀를 밀어내려 했지만 힘없는 아우성에 그쳤다.

"내 등짝을 그리 갈겨 댈 때 당신은 내 허락을 받았습니까?"

"넌, 쿨럭, 나를…… 싫어하…….."

"당연한 말을 하느라 기력 소모 마십시오, 듀사크 경."

"그런데 대체 왜……!"

르옌이 예고 없이 손을 뻗어 덴작의 턱을 꽉 움켜쥐었다. 그녀와 눈이 마주친 것만으로도 덴작은 입을 다물 수밖에 없었다.

"듀사크 경, 내버리고 가는 게 가장 합리적이고 이성적인 결단이란 것쯤은 저도 압니다. 무용지물이 된 몸뚱이로 살아 돌아가는 것만큼 치욕스러운 것도 없을 테지요. 하지만 그건 당신 사정이지, 내 알 바 아닙니다. 내가 라르크의 군에 귀속되기로 마음먹은 이상 너도 내 전우다. 그러니 너는 입 닥치고 내 말에 따라."

끝은 짜증과 분노였다. 덴작은 살의와 비슷한 노여움을 눌러 담은 그녀의 붉은 눈동자를 넋을 놓고 응시했다.

얼마 지나지 않아 르옌이 고개를 돌리며 한마디 더했다.

"죽어도 모국의 땅에서 죽으십시오."

덴작의 가슴이 뜨거운 무언가로 울컥울컥 떨렸다. 눈물이 멈추지 않았다.

에일라는 돌아오지 않았다.

리오낙을 모르가나에 내버리고 갈 수는 없다 판단해 어쩔 수 없이 내린 선택이었지만 점차 그녀는 만에 하나의 실패의 경우를 상정하지 않을 수 없었다. 실패한 도박의 대가는 죽음이 될 것이다. 고작 쇳덩이 하나에 너무 큰 가치를 주었나 싶었지만 파사드가 그녀에게 보여 준 믿음이었다.

게다가 브류나크를 상징하는 검이라는 건, 일개 평민 포로 이상의 커다란 의미가 있는 것이다.

무슨 소리가 들리는 것 같을 때마다 르옌은 잔뜩 긴장한 채로 온 신경을 외부로 향했다. 지금 포로 막사 안에는 목이 돌아가 죽은 시체 둘이 나란히 뉘어 있었다. 이 사태가 발각이라도 된다면 그야말로 즉참이었다.

얼마 후, 조금 다른 인기척이 느껴지기 시작했다.

말발굽 소리가 자작자작 가까워졌다. 낯설지 만은 않은 검은 가죽 보호구를 낀 손이 쑥 들어오더니 휘장이 걷혔다. 그새 낯이 익어 버린 여자가 보였다.

정수리까지 곤두설 정도로 긴장했던 르옌이 얕고 긴 숨을 내뱉었다.

"곧 눈치챌 겁니다. 움직이십시오."

에일라가 라르크의 하얀 검을 내밀었다.

후들후들 떨리는 팔로 리오낙을 건네받아 허리에 묶어 찬 르옌이 덴작을 부축해 세웠다. 그녀가 비틀비틀 걸음을 옮기는 모양새를 진심으로 못마땅한 듯 노려보던 에일라가 덴작의 허리를 감아 들어 부축을 도왔다.

막사 바로 밖에는 낯선 마리포사의 또 다른 기사 하나가 양쪽으로 말 두 필의 고삐를 쥐고 서 있었다.

말 앞에 멈춰 선 르옌은 축 늘어진 덴작을 향해 물었다.

"오르실 수 있겠습니까."

"……읏……."

낯선 말안장에 가까스로 팔뚝을 걸친 덴작은 땅에서 발도 떼지 못하고 고꾸라졌다.

에일라의 표정이 점점 초조해졌다. 운 좋게 비어 있는 황태자의 숙소에 침입해 포로의 물건을 가져왔다. 그러나 황태자가 물건이 사라진 걸 알게 되면 문제가 커질 터였다.

르옌 역시 조급하기는 마찬가지였다. 덴작은 양팔이, 하필이면 손목과 가까운 부근이 망가져 고삐조차 쥘 수 없었다. 애초에 그가 말을 타는 건 무리였다. 르옌은 막사 안으로 되돌아가 기둥을 둘둘 감고 있는 밧줄을 풀어 끊어 냈다.

그런 그녀를 향해 에일라가 사납게 쏘아붙였다.

"지금 이게 장난인 줄 압니까. 뭉그적거리고 있을 시간이 없다 말했습니다."

르옌은 에일라의 말을 모조리 묵살하고 주저앉은 덴작을 일으켜세워 그녀의 등에 기대게 했다. 그러고는 그의 허리와 그녀의 허리를 통째로 밧줄로 동여 묶었다. 뱃가죽이 당겼지만 충분히 견딜 만했다. 에일라는 어이가 없다는 듯 집요한 그녀를 바라보다가 마지못해 그녀를 도와, 덴작과 거의 한 몸이 된 르옌을 말 위로 밀어 올렸다. 르옌의 왼 어깨에 얼굴을 처박은 덴작의 양팔이 힘없이 축 늘어졌다.

에일라는 마지막으로 르옌의 등에 커다랗고 두꺼운 망토를 둘러씌웠다. 덴작이 바로 등 뒤에 묶인 탓에 르옌은 키가 큰 꼽추처럼 등이 굽어 보였다. 그녀의 귓등이 덴작의 금방이라도 데일 듯 뜨거운 숨결에 휩쓸렸다.

"불편해도 버티십시오."

덴작의 숨이 불규칙해질수록 르옌의 마음 역시 조급해졌다.

"……고맙다."

덴작이 작게 표했다.

르옌은 에일라와 또 다른 마리포사의 기사가 그들을 인적 드문 은밀한 곳으로 안내했다. 그리고 몇몇의 병사들을 지나치고, 스쳐 보내며 몇 번의 긴박감 넘치는 상황을 모면했다.

그리 얼마나 걸었을까. 그들은 어두운 수풀의 지근거리에 위치한 둔영의 끝자락에 이르렀다.

에일라가 마지막으로 말했다.

"이쪽으로 일직선으로 달려가다 보면 샘이 하나 나옵니다. 그 근처부터 억새밭이 이어지니 그 길을 따라가십시오. 라르크 군은 서쪽으로 향했습니다. 살고 싶다면 서쪽으로 달리십시오. 방향을 찾는 법은……."

"안다."

이른의 강 부근에서 벌어진 지난 난리통 속에서 파사드도 황실 근위대를 보았을 것이다. 서쪽으로 갔다면 아마도 이른에 있는 것으로 알고 있는 황태자를 사로잡기 위해 움직였을 가능성이 크다. 르옌은 유달리 맑은 하늘의 별들을 올려다보았다. 시간이 없었다.

덴작이 죽기 전에, 그녀는 라르크 군에 도달해야 했다.

막 말고삐를 세게 쥐어 채찍질하려던 르옌이 고개를 돌렸다.

"네 이름은?"

에일라가 그녀의 심중을 읽은 듯 담담히 쉰 목소리로 말했다.

"에일라 시니스."

"에일라 시니스, 그에게 전해라."

두 여기사는 서로의 눈을 피하지 않고 바라보았다.

르옌이 나직이 마지막 전언을 남겼다.

"하얀 말을 타고 기다리겠다고."

덴작을 등에 업은 르옌은 말 머리를 돌렸다.

풀벌레조차 잠든 겨울 밤, 르옌은 모르가나를 등지고 내달렸다. 칼바람이 뺨을 할퀴고, 고삐를 쥔 손이 얼어붙어 떨어져 나갈 것 같았지만 멈출 수 없었다. 살아남아야 한다.

살리고 싶었다.

적은 수의 군사들을 이끌고 긴박히 이른을 수복하겠다고 했을 때, 누구도 그들의 승리를 낙관적으로 점치지 않았다. 그러나 파사드는 그들의 불안을 모조리 묵살하고 강행했다.

'황태자가 그곳에 있다.'

이른의 성벽을 파괴하거나 성문을 돌파하는 것이 아닌, 강 바로 지근거리에 위치한 남쪽 성벽을 공략한다. 그의 계획이었다.

분명 시친의 함대는 충분히 거대했으며 성벽과 강기슭의 거리는 충분히 가까웠다. 절호의 기회지만 시친의 충분한 협조가 있어야 한다는 것을 전제한 계획으로, 시친의 투헤인 뷔르게트가 모르가나의 황태자와 내통하고 있었다는 걸 전해 들은 라르크의 기사들은 내심 불안했다.

그리고 결론부터 말하자면 그들의 시도는 약간의 사상자를 내는 것을 대가로 성공했다.

해군들이 먼저 성벽을 넘어가 남쪽의 성문을 여는 것을 시작으로 내부 진입에 성공한 라르크의 기사들은 이른의 영주를 성공적으로 생포했다.

그 후, 카라제시와 타라옛을 필두로 한 수백 명의 기사들이 모르가나의 유일 태자를 찾기 위해 이른의 성곽 안쪽을 샅샅이 수색했다. 어쩌면 당연한 말이었는지도 모르지만 그곳에서 발견되었다던 황태자 라인하르와 적장 발로이드는 이미 흔적조차 없었다.

이튿날 작게 일어난 소요 사태를 제외하고는 이른의 영주민들은 고요했다. 비록 라인하르와 발로이드는 놓쳤지만 큰 사건이 생기지 않는 것만으로도 라르크로서는 다행스러운 일이었다.

날은 한낮의 정오에도 엷은 입김이 서릴 정도로 찼다. 성의 문이 열리고 얼마 지나지 않아 파사드가 모습을 드러냈다. 그는 무거운 무장 대신 얇은 가죽 갑옷을 걸치고 회색 털 코트와 멘테를 걸쳐 입은 간소한 차림을 하고 있었다.

성 밖으로 한 발자국 내딛자마자 쏟아지는 햇살과 함께 몰아치는 칼바람에 파사드가 털 코트의 목을 끌어당겼다.

"칼란독 경, 명하신대로 새로 발견된 시신들은 지금 저쪽 광장에 모아 두었습니다."

밖에서 대기 중이던 테레어드가 그에게 다가와 고두했다.

"아아. 오늘도 나가나, 칼란독?"

파사드는 익숙한 목소리에 뒤돌았다.

무장한 카라제시가 손차양을 올리며 성 저편의 낮은 갈색의 흙으로 다져 만든 민가들을 응시하고 있었다. 라르크의 둥글게 지어 올리는 집들과는 판이하게 다른 생김새는 며칠을 보아도 신기했다.

"그래."

"나도 동행하지."

곧 풍경에서 관심을 거둔 카라제시는 벌써 저만치 성큼성큼 걸어가는 파사드를 뒤따랐다. 테레어드도 소리 죽여 파사드를 쫓았다.

때마침 이른의 성으로 향하고 있었던 듯 광장과 이어진 대로를 달려오던 카라반 경이 파사드를 발견하고 방향을 돌려 직접 아뤘다.

카라반 경은 지오타르 경의 측근 통신병으로서 막 이른에 들어온 참이었다.

"칼란독 경, 지오타르 경께서 먼저 저를 보내셨습니다. 세 개 군단으로 나눈 첫 번째 군 제대가 출발을 보고드립니다. 내일이면 합류할 예정입니다."

카라반 경이 따라오는 것을 알면서도 파사드는 걸음을 늦추지 않고 귀만 열어 들었다.

"인솔자는?"

"체사 경입니다."

파사드의 눈동자가 힐끔 미끄러졌다. 카라반 경은 그제야 바로 뒤에 서 있던 카라제시를 상기하고 정정했다.

"작은 체사 경입니다."

파사드의 손짓에 카라반 경이 다시 왔던 길을 되돌아갔다. 몇 걸음 더 걷던 파사드가 불쑥 물었다.

"자칼린은 만났나?"

"만났다. 아주 신이 났던데."

카라제시는 평소와 다를 바 없는 어조로 중얼거렸다.

함께 간다는 것을 부득불 떨쳐 버린 동생이 득달같이 달려온다는 이야기에도 그저 걱정만 늘었다. 아무리 자칼린이 검을 잘 쓰고, 잔머리가 좋고, 나아 가 인정받는 기사가 되었다 해도 그에게는 한 시도 눈 돌리면 안 될 철없는 어린 동생일 뿐이었다.

또 웬만한 것들은 다 받아 주는 부친 루가크와는 달리 카라제시는 자칼린의 대중없는 성격을 일일이 받아 줄 만큼 실없이 관대하지도 않았다.

경황이 없어 사적인 이야기를 나누지 못했는데, 조금 더 정리되면 자칼린에 대한 것도 정리해야 할 것이다. 그의 속을 알아채기라도 한 듯 파사드가 말했다.

"그는 잘하고 있다."

"아아, 귀엽다 봐주지 마라. 그 녀석도 다 컸는데."

카라제시는 희미하게 웃어 보인 후 광장이 가까워질수록 많아지는 병사들을 돌아보았다. 실종자나 부상자 혹은 사망자들을 수습하는 데에 동원된 병사들답게 다들 입가에 하얀 천을 덮은 채였다. 파사드는 서슴없이 그들 사이로 걸어갔다.

그들이 향한 광장 입구의 왼편에는 연둣빛이 감도는 노란 비취석으로 만든 양 석상이 서 있었다.

영주민들한텐 꽤나 의미 있는 거라던데, 라르크의 군사들은 희한하다며 주위에 옹기종기 모여 오줌을 갈겨 대며 킥킥거리고 있었다. 상황이 조금 나아졌다지만 경망스럽기 짝이 없는 풍경이었다. 최근 며칠, 그들은 사망자와 실종자 수색에 주력하고 있었다.

'흐음.'

카라제시는 묘한 눈빛으로 파사드의 뒷모습을 좇았다.

입구에 이르러 병사들과 꼭 같은 하얀 천을 건네받아 입가를 가린 파사드가 카라제시에게도 천을 건넸다. 파사드의 표정이 걱정될 정도로 피곤해 보였다.

그들이 이른을 수복한 지 나흘째가 되었다.

지금 파사드는 몇 시간도 걸리지 않아 장원 영주의 성을 수복하고 곡식들로 넘치는 이른을 손쉽게 점령한 영웅으로서 칭송받고 있었다. 마지막 난제가 되어 군사들을 불안하게 했던 인근 장원과의 마찰 문제마저 서신 수 통으로 불식시킨 것 역시 운이 따라 준 몹시 대단한 일이었다. 올조르의 영광을 기억하던 군사들의 존경심은 나날이 커졌다.

그러나 정작 파사드는 기뻐하는 얼굴도 의기양양한 얼굴도 아니었다. 더없이 피로한 낯빛, 굳이 예리한 직감을 발휘하지 않더라도 그가 무리를 하고 있다는 것을 알아차리는 건 어렵지 않았다.

잠깐 테레어드와 눈빛을 주고받은 카라제시가 말없이 파사드를 따라 걸음을 옮기며 권유했다.

"좀 쉬는 게 어떨까."

"가서 쉬어라."

"아니, 나 말고 너 말이야."

파사드는 앞만 보고 걷고 있었다.

카라제시와 테레어드가 느끼기에 파사드는 괜히 제 몸을 혹사하고 있었다. 전사자들을 잘 수습해 주는 것이 도리이긴 하지만 최고 사령관인 그가 죽은 자들을 일일이 확인할 필요는 없었다. 언제 모르가나의 군대가 정비를 마치고 그들을 몰아내기 위해 움직일지 모르니 조금쯤은 쉬어 줘야 하건만.

파사드의 허리에 걸린 붉은 색의 낡은 검집을 바라보던 카라제시가 물었다.

"리오낙에 무슨 문제라도 있는 거냐?"

벌써 세 번째 물음이었다.

카라제시뿐만 아니라 다른 기사들도 파사드가 리오낙을 가지고 있지 않다는 것을 속속 알아차리고 있었다. 보통 물건이 아니니 몸에서 떼어 놓을 리가 없는데, 파사드는 리오낙의 행방에 대해 일언

반구도 하지 않았다. 그저 잠도 자지 않고, 새로운 시신이 발견되었다는 이야기가 들릴 때마다 직접 시신들을 확인하러 나설 뿐이었다. 지금처럼.

천으로 코와 입가를 가린 파사드는 광장에 죽 누워 있는 시체들 사이를 성큼성큼 걸었다. 몇몇의 시신들은 천으로 덮여 있었으나 대부분은 얼굴이 고스란히 노출되어 있었다. 흉하게 죽은 이들도 더러 눈에 띄었다. 수는 눈대중으로만 오륙십 정도 될까. 이른 장원의 경비대원으로 보이는 이들도 있었지만 라르크의 군사들도 더러 섞여 있었다.

겨울이라 악취가 날 정도로 빠르게 부패하지는 않아 다행이었다. 물론, 그래도 시신은 시신이었다. 미미하게 번지는 역한 냄새에 테레어드의 콧잔등도 찡그려졌다. 카라제시는 노골적으로 코를 만지작거리며 최대한 얕게 숨을 쉬었다.

파사드는 오늘도 어김없이 천으로 덮인 시체들의 얼굴을 일일이 확인하는 작업을 친히 했다. 천천히 천을 들추고 얼굴을 확인한 후 안도라도 한 듯이 깊은 숨을 내쉬며 천을 덮고, 그러기를 여러 번 반복이었다.

이윽고 마지막 시신까지 확인한 파사드가 천꾸러미를 들고 근처를 뛰어다니던 병사에게 물었다.

"이게 끝인가?"

"예. 대부분이 수습이 된 것 같습니다. 더 시체가 발견될지는……."

"……그런가."

중얼대는 파사드의 음성은 안도한 듯도, 갑갑한 듯도 했다.

다시 왔던 길을 되돌아 광장 밖으로 향하던 파사드는 비취석 양석상 주위에 드러누워 군가를 부르고 저들끼리 술을 나누는 군사들을 지나치지 않았다.

한 치의 흐트러짐 없이 광장을 빠져나가던 파사드가 뒤도 돌아보지 않고 명했다.

"키하이프 경, 저들을 수색에 동참시켜라. 장원 바깥의 수풀과 강기슭의 수색 반경을 넓혀 혹시라도 찾지 못한 시신이 있는지 확인하도록."

'아······.'

저들은 아마 하루 종일 일을 하다 이제사 잠깐 쉬는 것일 터다. 그러나 뭐, 결국 파사드의 눈에 띈 게 잘못이다. 테레어드는 약간의 미안함을 뒤로하고 양 석상 아래에서 늘어져라 놀고 있는 군사들에게 다가갔다.

얼마 후, 울상을 한 군사들이 목을 빼고 머잖은 곳에 선 파사드를 바라보더니 내려놓았던 무구들을 챙겨 흩어졌다.

카라제시의 눈꼬리가 수상쩍게 가늘어졌다.

조금 전, 쪽잠을 자고 난 탓인지 몸은 더할 나위 없이 무거웠다. 해결해야 할 문제가 있어 마지못해 잠을 떨치고 나온 차였다.

낯선 구조의 성 중간 층의 응접실 문 앞에 이른 파사드는 문 앞에 서 있는 누군가를 발견하고 멈춰 섰다. 후드를 깊이 눌러쓰고 있는 사내였다. 보이는 거라곤 투박한 턱선과 짧은 수염이 전부다. 파사드는 누구냐 묻지 않았다. 이미 알고 있다.

에제트. 그는 파사드에게는 불편한 존재였다. '낮 늑대'의 수장으로서 폐하의 명에 따라 전황을 지켜보고 가능하다면 도움 드릴 수 있도록 하기 위해 왔습니다.'라고 그럴 듯하게 말하기는 했지만 결국 테른도크의 감시자라는 말과도 같았으니까.

파사드는 그를 무시하고 응접실 안으로 들어가려 했다.

"동석해도 되겠습니까? 각하."

에제트가 요청했다. 목소리는 쇳소리처럼 거칠고 굵직했다.

파사드는 문고리를 쥔 손을 멈추었다가 마지못해 답했다.

"그리하도록."

에제트는 기다렸다는 듯 소리 없이 그의 걸음을 따라 응접실로 들어갔다.

응접실 안에 들어선 파사드의 눈에는 풍성한 갈색 토끼 가죽을 엮어 만든 코트를 걸친 카라제시가 가장 먼저 보였다. 그 다음으로 보인 것이 카라제시의 건너편에 앉은 투헤인과 카헤이아였다.

그들은 시친의 기묘한 술이 달린 제복 코트 위로 납작하고 도톰한 목도리를 감은 채 화려한 소파에 정자세로 앉아 있었다.

파사드가 비어 있는 자리에 앉는 것으로 분위기는 차츰 긴장의 물살을 타기 시작했다.

그도 그럴 것이 그들은 지금 시친의 문제에 대해 논의하기 위해 모였다. 무뚝뚝하게 한쪽 눈살을 찡그리던 투헤인이 기척 없이 문가에 선 에제트를 턱짓하며 물었다.

"저자는?"

차림도, 가만히 서 있기만 하는 것도 수상쩍었다. 파사드가 지끈대는 관자놀이를 문지르며 막 입술을 떼려는데, 카헤이아가 심드렁하게 말을 가로챘다.

"신경 쓸 필요 없는 라르크 왕의 첩자다. 무시해."

설명이라기보다는 직설적인 무관심의 조장에 가까웠다. 투헤인은 첩자라는 말에 외려 더 경계하는 듯했지만 카헤이아의 무심한 태도가 지속되자 곧 경계심을 누그러뜨렸다.

"자, 그러면…… 설명을 해 주시는 게 좋겠는데요."

카라제시가 투헤인과 카헤이아를 번갈아 바라본 후 종래에는 투헤인을 향해 자상하게 웃어 보였다. 웃을 때 살짝 아래로 기울어지는 눈꼬리가 선하기 그지없었다.

투헤인은 부담스러운 카라제시의 눈빛을 애써 무시하며 서두를 열었다.

"제독 뵈르게트와 합의를 했으니 솔직하게 이야기하겠습니다. 자질구레한 건 치우고 설명하자면 라르크가 대모르가나전을 벌일 당시 제독 뵈르게트와 저희 동도 켈레티 올다의 태수 라카라님께서는 일종의 선택을 하기로 결정했습니다. 제독 뵈르게트는 남부가 아닌 북부의 손을 잡는 것이 옳다 주장했지만 태수는 전 시친의 행정을 아우르는 막대한 책임을 지니고 계신 분이므로, 제국에 맞서는 무모한 일을 지양하셨지요. 물론, 라르크의 전승을 돕는 대가로 우리가 응당 가져야 보상받았어야 할 대륙의 영토를 얻게 된다면 보다 좋을 수 없을 일일 겁니다. 그러나 만에 하나 당신들이 패배했을 경우를 가정해."

투헤인의 눈이 가느스름하게 카헤이아를 향했다.

섣불리 움직이지 않고 대기 후 상황을 보아 움직일 것이라 투헤인을 안심시켰던 카헤이아가 그 성미를 못이기고 갈카마 토벌 직후 라르크에 시친 해병들을 지원하였다. 모르가나와의 이야기가 미처 제대로 마무리도 되기 전이었다. 그러니 난처할 수밖에.

"모르가나에 줄을 마련해 두려는 간단한 방문이었습니다. 아시다시피 뵈르게트 집안 내의 불화설은 몹시 유명한 얘기고, 카헤이아가 다른 삼 군도의 제독과 태수님의 미움을 받고 있다는 것도 사실이니."

'예의 불화설'의 거론에도 카헤이아는 눈 하나 깜빡하지 않았다.

전 제독인 산테라 뵈르게트와 그 자식들의 관계는 몹시 좋지 않다 알려져 있다. 심지어 카헤이아는 암암리에 전 제독인 산테라 뵈르게트가 병신이 된 데에 큰 공헌을 했다는 꼬리표까지 달고 있었다. 관계가 좋을 리가 없다.

시친의 제독은 종신직이다. 세습제가 아닌 선출제이지만 한 번 선출되면 죽거나 특별히 커다란 죄를 짓지 않는 한 직위 해임되는 경우가 거의 없었다.

그런데 전대 제독이었던 산테라 뵈르게트에게는 죽음과 비슷한 비극이 닥쳐 불가피하게 제독 위에서 물러나야 하는 사건이 벌어졌다. 독장어에 물려 하반신과 양팔이 마비되었다 했던가. 섞여든 소문이 워낙 무성하여 정확한 것은 알지 못하지만, 중요한 것은 산테라 뵈르게트의 병색이 아니라 그 부친이 사경을 헤매다 불구가 된 것의 배경에 카헤이아가 있다 믿는 이들이 있다는 사실이다.

그러나 당시 델 오스작 내의 카헤이아의 인기는 이미 다른 두 제독도 어찌할 수 없을만큼 하늘을 치솟아 있었고, 카헤이아는 의혹에도 불구하고 당당히 차기 제독으로 선출되었다.

파사드 역시 카헤이아가 제독으로 승격되었을 때 간략한 소식을 전해 들었다.

파사드가 말했다.

"……라르크가 승리한다면 제독 뵈르게트의 공을 내세워 라르크로부터 얻어 낼 것을 얻어 내고, 반대로 상황이 여의치 않게 되면 뵈르게트 하나를 잘라 내는 것으로 빠져나갈 퇴로를 구비하려 했다는 거군."

카헤이아는 삐딱하게 고개를 기울이며 파사드의 시선을 외면했다. 투헤인은 부끄러움 없이 찬 목소리로 긍정했다.

"비슷합니다. 라르크가 아무리 용맹한 군대를 이끌고 있다 해도 상대는 제국입니다."

만일 들키지 않고 은밀하게 정리가 되었다면 시친으로서는 라르크가 이겨도, 모르가나가 이겨도 상관없는 득을 챙기게 되었을 것이다.

그들 역시 나라 전체를 아우르는 입장이었고, 제국과 라르크의 전쟁에 무턱대고 손을 올릴 수는 없었을 테니 납득 갈 만했다. 그러나 그와 별개로 달갑지 않다.

투헤인은 이젠 더 숨길 것도 없단 듯 스스로 말했다.

"사실 우리는 본래 계획대로라면 랑스 강으로 빠져나가 북상해 주비상트 해협을 통해 본도의 해양 전초 기지로 돌아가고 있었을 겁니다. 황제에게 진상하기로 한 함선들의 인계가 필요한 시점이니."

"함선을?"

"마흔 척."

잠자코 듣던 카헤이아의 표정이 와그작 찡그려졌다.

델 오스작의 함대 마흔 척을 팔아넘기고도 멍청하게 모르가나를 빠져나가지 못해 파사드에게 잡힐 건 뭐란 말인가.

파사드가 물었다.

"그들도 땅을 약속했나?"

"대륙 추방령의 철회. 우선 우리가 요구한 것은 그 정도입니다. 당장 큰 것을 그들에게 요구하기에는 제국의 입김이 너무 크니 조심스레 진행되었어야 할 작업이었지요."

당신들 때문에 다 글러먹은 듯하지만. 혼잣말처럼 덧붙인 투헤인은 아닌 체해도 초조해 보였다.

시친은 물과 가까운 이들이다. 그들의 함대는 대륙에서 가장 좋은 배라 알려져 있다. 제국의 찬란한 기술마저도 그들을 따르지 못한다. 그러니 그들의 배를 아무런 수고 없이 소유할 수 있다면 모르가나의 황제에게도 나쁘지만은 않은 제안이었을 것이다.

파사드가 피로한 기색을 감추며 입술을 뗐다.

"마흔 척이라. 너희에게도 꽤 많은 수가 아닌가?"

"이미 델 오스작에는 뵈르게트 휘하 백여 척이 넘는 함대가 있고, 다른 두 제독 각하의 함선들 역시 백여 척을 겨우 넘기니 비율로 따지면 균형적으로 그다지 큰 손실은 아닙니다. 또한 그것들 중 단 열 척 정도만이 전시 쓸 만한 개조 함대고 나머지는 일반 규모 함선들로 채워질 예정이었지요. 무엇보다도 황제에게 제독 뵈르게트의 독단적인 행동에 시친이 어느만치 반감을 가지고 있는지에 대해 설득적으로 내보이려면 델 오스작이 어느 정도의 피해는 감수해야 하는 게 맞습니다."

다시금 침묵으로 돌아간 파사드를 바라보던 카헤이아가 한마디 덧붙였다.

"이러니 저러니 해도, 대형 전함과 갈레온 선쯤 되는 게 아니라면 작은 배들은 몇십 척을 내어 줘도 큰 문제가 되진 않아. 넌 와 본 적 없겠지만 나의 델 오스작은 시친 사 군도 중에서 가장 훌륭한 조선소를 가지고 있다. 배야 몇 척이고 재료와 시간만 있다면 더 찍어 낼 수 있는 일이지."

투헤인이 수긍하듯 고개를 끄덕였다.

"가장 큰 제독 함선을 가지고 온 건 황제의 눈길을 끌기 위해서였고, 황태자의 승선을 승낙한 것 역시 비슷한 맥락이었습니다. 다시 한 번 강조하지만 우리는 모르가나에 군사나 군수물자를 지원하지는 않았습니다. 어떤 변고나 불상사가 생기기 전에는 그럴 계획도 없다는 것이 우리의 입장이었습니다. 그런데 당신이 나를 납치해 일을 꼬아 놓았지요."

투헤인은 짜증을 드러내며 손끝으로 소파의 팔걸이를 툭툭 소리가 나게 때렸다.

'어떤 변고나 불상사가 생기기 전이라⋯⋯.'

카라제시는 결국 작게 웃음을 터뜨리며 고개를 저었다.

몸 쓰는 일과는 거리가 멀고, 혀를 놀리는 것으로 산다더니 이래저래 남 탓으로 돌리는 게 몸에 밴 듯싶었다. 카헤이아와 외양은 닮은 구석이 있었지만 행동은 참 달랐다.

파사드가 무덤덤한 얼굴로 물었다.

"⋯⋯하면, 지금의 너희의 입장은?"

"대륙의 강에 함대의 진입 허가를 내린 건 황제입니다. 황제의 허락을 받은 배를 움직여 라르크를 조력하게 되었으니, 황제는 좋아하지 않겠지요. 물론, 델 오스작의 모든 함선 지휘권은 제독에게 있으므로 이에는 불만 없습니다. 다만 개인적으로 이 상황이 심히 유감스럽고 공교롭습니다."

파사드가 이번에는 카헤이아에게 물었다.

"폐하께서 내륙의 토지를 보상으로 나누어 준다 하셨다고?"

"그래, 서부의 반니아를 얻기로 했지. 정당한 우리의 권리를 찾는 거다."

한참을 가만히 카헤이아를 바라보던 파사드의 눈빛에 쓸쓸함이 어렸다.

어릴 적이었다. 영원의 길을 떠나는 죄인을 천장하던 가파른 벼랑 위에서 카헤이아는 포기하지 않을 것을 맹세했고, 파사드는 그들의

4장 | 495

꿈이 이루어지기를 조금은 바랐다.

오래전 흘려보냈던 시간들이 먼지를 털고 일어나 끝내 예까지 이르렀나 싶은 생각이 들었다. 기쁘기도 했고 서글프기도 한 기분이었다.

그러나 이해가 가지 않는 것은 테른도크였다.

'토지라……'

테른도크가 쉬이 그런 약속을 할 리가 없었다. 아마도 저들이 요구한 서부는 이미 많은 시친인들이 왕래하는 타리가 항구 그 근방일 것이다. 만약 아니라 해도 서부는 비옥한 곳이 많은 땅이다.

아무리 생각해도 옥토를 선뜻 내어 주기엔 라르크 역시 열악한 곳이 더 많았다.

'……반니아?'

어쩐지 낯선 지명이었다.

한참을 기억을 더듬던 파사드가 정리했다.

"하지만 그것은 너희의 사정이다. 폐하께서도 너희가 모르가나에 발 걸친 것을 모르고 내리신 결단일 터. 라르크 군은 우군을 믿지 않고 적에게 반절 의탁한 맹우는 필요 없다. 너희 배는 천여 명이 넘는 인원까지 수송이 가능하다 했으니 이대로 너희 해병들을 싣고 떠나라."

카헤이아의 인상이 구겨졌다.

"뭐라고?"

"이번 도움은 고맙지만 아무런 담보 없이 너희를 믿을 수는 없는 일이다."

기가 막힌 얼굴로 그를 노려보던 카헤이아가 다짜고짜 파사드의 멱살을 쥐어 당겼다.

"파사드. 예전부터 네가 마음에 들지 않기는 했지만 점점 더 마음에 안 드는군. 나는 너희를 돕는데 내 동생의 명예를 걸겠다고 말했다. 그런데 그걸 쓰레기처럼 취급해?"

당장이라도 주먹질을 할 듯하다. 카라제시가 손을 뻗어 그녀를 만류했다.

"제독 각하, 상황상 어쩔 수 없는 일입니다. 그 손 놓으십시오. 그는 이곳의 최고사령관이고 라르크의 브류나크입니다."

"누가 모르나?"

"아신다면 그만두시는 게⋯⋯."

"후우."

'또, 또, 저 성질머리⋯⋯.'

얕은 한숨을 내쉬는 투혜인의 눈꺼풀이 느리게 감겼다.

파사드가 서늘히 그녀를 노려보았다.

"당신은 여전히 말보다는 폭력이 먼저군."

"너는 여전히 싸가지가 없어."

주거니 받거니 하는 악담에 카라제시의 낯빛만 질렸다. 그러나 파사드는 불쾌한 기색 대신 조금 씁쓸한 투로 뜻밖의 말을 했다.

"카헤이아 뵈르게트, 나는 너를 믿는다. 네가 내건 명예란 내게도 의미가 있으니까. 하지만 네 형제인 투혜인 뵈르게트, 저자까지 믿을 수 있다는 건 아니다. 육친에게 스스럼없이 사형을 언도하고 그 집행까지 주저 없이 행할 수 있는 계산적인 자에게 내가 줄 수 있는 신뢰는 미미하다."

파사드는 자신을 노려보는 투혜인의 시선을 서늘한 검은 눈동자로 맞받아쳤다. 카헤이아가 대꾸했다.

"그러면 투혜인의 신병을 네게 넘기면 해결될 문제군. 투혜인 뵈르게트의 자율적인 행동을 제재하고 너희가 관리 감독해라. 내 팔에 안은 군사들은 누구도 반발하지 않을 테니까."

"뭐?"

한순간에 팔려 간 투헤인은 황당한 얼굴로 카헤이아를 돌아보았다. 그때까지도 파사드의 멱을 쥐고 있던 카헤이아가 대답을 채근했다.

"충분한가?"

그 정도면 카라제시 역시 납득할 만한 일이었다. 실제로 카헤이아는 그들을 돕기도 했고, 투헤인 뵈르게트는 시친이 쉽게 버릴 수 있는 인물이 아니었다.

켈레티 올다의 행정 장관이라면 태수 바로 다음 직급이었다. 카헤이아의 멋대로의 판단에 반발하려는 듯 입술을 열었던 투헤인이 생각을 바꾸어 팔짱을 끼고 침묵했다.

"충분하냐니까?"

그때였다.

똑똑똑. 노크 소리가 들렸다.

"들라."

파사드의 명에 문이 열리고 한 병사가 달려들어와 보고했다.

"최고사령관님, 명하신 대로 새로 수습한 시신들을 한데 모아 두었습니다. 시신은 어린아이 두 명과 성인 남자 다섯 명과 죽은 여자 한…… 아, 주, 중요한 일 중이셨는지 몰랐습니다. 송구합……."

파사드와 기 싸움을 벌이고 있던 카헤이아는 아주 짧은 찰나 크게 흔들린 파사드의 표정을 놓치지 않았다. 숨 쉬는 것도 잊은 사람처럼 굳어져 있던 파사드가 느릿느릿 그녀의 손을 비틀어 뗐다.

"……례하지."

"뭐?"

"실례하겠다."

쑥 일어선 파사드를 얼떨떨하게 올려다보던 카헤이아의 미간이 좁아졌다.

"난 얘기 안 끝났다, 애송아!"

그러나 파사드는 어느새 빠른 걸음으로 문 밖으로 사라진 후였다.

"안내해라."

"번거롭게 해 드리지 않기 위해 성 문 앞에 가져왔습니다."

카라제시는 어리둥절했지만 우선 파사드를 따라 나왔다. 자리를 박차고 나오기 직전 파사드의 저조하게 굳은 분위기가 못내 의아쩍었기 때문이다.

병사의 말처럼 시신은 따로 성 앞까지 수레에 실려 있었다. 최고 사령관에게 직접 가져간다는 이유 탓에 광장의 시체들과는 달리 훨씬 잘 정돈되어 있었다. 수레 앞에 선 파사드는 누르스름한 천으로 덮인 시신들을 내려다보았다.

총 여덟 구였다.

한참을 미동 없이 서 있던 파사드가 움직이기 시작했다. 그는 키가 크고 덩치가 커 보이는 불룩한 시신들을 지나치고, 자그마한 아이의 체구를 한 시신을 지나쳤다.

이윽고 그의 눈은 천 끝으로 삐져나온 흙 묻은 한 여자의 손 위에 멈추었다. 지저분한 흙탕물과 풀 쪼가리들이 먼지와 함께 엉켜 있는 것은 분명 여자의 손이었다.

쑥 손을 뻗어 천 끝을 쥔 파사드는 당장이라도 천을 들출 듯하던 손을 꾹 눌렀다. 그의 손가락에 힘이 들어갔다.

그를 지켜보던 카라제시가 비스듬 고개를 꺾었다.

"뭐 하냐, 칼란독?"

카라제시의 음성에 퍼뜩 정신이 든 사람처럼 파사드가 느릿이 고개를 가로 저었다.

그는 아주 느리게, 조심스럽게 여자의 얼굴을 덮은 색 누런 천을 들추었다. 그리고 반쯤 들추었을 때, 그의 손이 힘을 잃고 멈추었다.

밝은 갈색 머리칼, 더 확인할 것도 없었다.

파사드는 천을 그대로 내린 후 참았던 숨을 뱉어 내며 이마를 짚었다.

여자의 시신이라는 말에 심장이 미친 듯이 두방망이질 쳤던 것이 거짓인 양 가라앉았다. 그러나 꼭 그만큼 수일간 쌓인 피로가 무너진 토사처럼 그를 뒤덮었다.

'그 여자가 아니다.'

안도인지 불안인지 알 수가 없다.

잠자코 그런 그를 응시하던 카라제시가 다가가 시신을 덮고 있던 색 누런 천을 툭 들춰 보였다. 서른쯤 되어 보이는 밝은 갈색 머리칼의 조금은 심술궂게 보이는 뺨을 가진 여자의 시신이었다.

낯선 여자의 낯선 얼굴.

파사드는 자조 섞인 스스로에 대한 지탄을 금할 수가 없었다. 아무리 부정하려 해도 시간이 지날수록 바람은 선명해졌다. 리오낙을 완전히 잃어버렸다는 것을 알면서도, 그 여자 또한 되돌아오지 못할 것을 알면서도.

'정녕…… 미쳤는가.'

그는 그녀가 살아 있기만을 바랐다.

몇만에 이르는 라르크의 군대를 좁은 장원에 일시에 몰아넣을 수 없어 차선책으로 선택한 것이 군사의 분리였다. 세 군단으로 나눈 라르크 군사들은 임시 바위산 주둔지에서 이틀의 간격을 두고 차례로 출발했다.

그리고 라르크 군이 이른의 점령을 선언한 지 이레째 되는 날, 어째서인지 잔뜩 빈정이 상해 보이는 자칼린을 필두로 첫 번째 군이 순조롭게 이른에 진입했다.

장장 이레 만에 무장을 벗은 카라제시는 창밖을 내다보며 휑한 뒷목을 매만졌다.

겨울 하늘의 건조한 햇볕 아래 민가의 골목과 광장 등이 오가는 군사들로 붐볐다.

이틀 후면 또 다른 군이 합류할 것이다. 이른이 몹시 협소한 것은 아니라도 넉넉히 넓지 않다는 것을 고려할 때, 전부 감당할 수 있을지가 걱정이었다. 다행스러운 것은 도시의 서쪽에 위치한 장원 주위에도 허름한 돌벽이 쌓여 있어 군사들을 수용할 수 있다는 것이다.

그러나 지금 카라제시는 조금 다른 생각을 하고 있었다.

카라제시는 뒤도 돌아보지 않고 내내 그를 거슬리게 하던 것을 물었다.

"칼란독, 대체 누굴 찾는 거냐?"

파사드는 카라제시가 서 있는 창가에서 얼마 떨어지지 않은 탁자에 자리를 잡고 앉아 있었다. 이번 이른 점령 과정에 얽힌 시친과 모르가나의 관계에 대한 것을 테른도크에게 전달하기 위함이었다.

보통 때라면 현 시태의 위험성 및 시간을 고려해 추후 사태가 안정된 후를 기약했을 테지만 지금 이곳에는 에제트가 있었다. 테른도크의 늑대들은 그들 나름의 연락망을 구축하고 있어 거리낄 것이 없었다.

펜을 멈추고 지그시 입술을 다문 파사드는 등받이에 등을 기댔다. 카라제시는 돌아오지 않는 대답이 조금 답답해서 뒤돌아보았다. 그와 눈이 마주친 후에도 파사드는 입술을 뗄 기미를 보이지 않았다.

어릴 적부터 파사드와 함께 자라 나름의 교분을 가지고 있던 카라제시에게 파사드의 침묵은 으레 익숙한 것이었지만 이번은 느낌이 달랐다.

생각해 보면 황태자가 있다는 명목으로 무리하게 작전을 감행했던 파사드가 이른의 영주를 생포한 후 가장 처음 내린 명령은 사망자와 실종자를 수색하라는 것이었다. 황태자와 적장을 추적하라는 것이 아니라.

당시에는 별생각 없이 납득했지만 지금 생각하면 애초에 파사드는 그들이 높은 확률로 이미 이곳에 없을지 모른다는 사실을 가정하고 있었던 게 아닐까, 그런 의문이 든다.

창턱에 허리를 기대고 선 카라제시는 영 낯설게만 느껴지는 친우의 태도에 다감한 미소를 지으며 분위기를 누그러뜨렸다.

"내가 너를 한두 해 알아온 것도 아니잖아. 그런 눈으로 보지 마라. 바보가 아니고서야 모를 리가. 시신들을 일일이 확인하고 다니는 것도 그렇고."

"……."

"기밀인 건가? 내게도?"

한참 후, 파사드가 고개를 저으며 대답했다.

"리오낙을 가지고 간 여자를 찾고 있다."

기대치 않았던 대답이 돌아왔다는 사실보다 그 내용이 카라제시의 말문을 막히게 했다.

"……뭐?"

"말 그대로다."

"설마, 리오낙을 적에게 빼앗긴 건가?"

"아니, 맡겼다."

"맡겨?"

파사드는 침묵으로 긍정하며 다시 펜을 쥐었다.

카라제시는 자신이 이해한 것이 맞는지 다시 한 번 되묻지 않을 수 없었다.

"브류나크의 가보를 한낱 여자한테 맡겼다고?"

"……기사다."

파사드는 양피지에 시선을 고정시킨 채 담담히 말을 맺었다. 단순히 기사라는 이름만으로 그녀를 정의할 수 있는 걸까. 그런 생각을 하면서.

"너 지금 제정신으로 하는 말이냐?"

여기사가 라르크 군에 소속되어 있다는 이야기를 언뜻 들은 것도 같다. 그러나 리오낙을 누군지도 한낱 여자에게 맡겼다는 파사드의 태도가 당황스러워 카라제시의 목소리가 평소보다 높아졌다.

"체사 경, 에제트를 찾아 내게 올려 보내도록."

파사드는 딱 잘라 강제로 대화를 마무리 지었다.

들을수록 첩첩산중이라. 저렇게까지 나오니 카라제시도 더 할 말이 없었다.

자칼린은 첫 번째 군사 무리를 이끌고 돌아와 그들의 거처와 생활 공간을 정비하는 데에 눈코 뜰 새 없이 바빴다.

오는 내리 카라제시를 만나기만 하면 한바탕 퍼부어 줄 생각으로 부레를 끓였는데 워낙 정신이 없다 보니 그마저 까맣게 잊었다. 성곽 안쪽의 가장자리를 따라 경계 초소를 세우기 위해 망치질을 해 대는 이들로 주위는 소란스러웠다.

소란 속에서 하도 고래고래 소리를 질러 댄 터라, 땅거미가 질 무렵 목은 죄 쉬어 있었다. 바람이 점점 차가워지고, 목 안쪽이 간질간질한 것이 감기 기운이라도 있는지 영 불안했다. 잠깐 쉬기 위해 근처의 돌바닥에 앉아 목을 주무르는데 주위에서 경례를 올리는 소리가 들렸다.

"체사 경, 오랜만입니다!"

"오, 오셨습니까, 체사 경!"

목 아플 때 말 좀 걸지 마, 좀.

"어어."

뒤돌아보는 것도 귀찮았던지라 자칼린은 손만 팔랑팔랑 흔들어 그들의 인사를 받았다. 그런데 그들의 표정이 조금 이상하지 싶었다. 그때였다. 커다란 손이 그의 머리 위로 툭 떨어졌다. 커다란 사내의 손이었다.

"어떤 새끼가 내 머리 위에…….."

반사적으로 눈을 부라리며 고개를 돌리던 자칼린의 연둣빛 눈동자가 크게 깜빡였다. 그의 등 뒤에 서 있던 건 카라제시였다.

"네 형한테 말버릇하고는. 수고했다."

여태까지 제게 건넨 줄 알았던 인사는 카라제시에게 한 것이었나 보다. 갑자기 민망한 기분이 되었다.

"어, 고, 고마……."

무심코 대답하던 자칼린이 벌떡 일어나 화를 냈다.

"……뭐가 아니라! 아니, 잠깐, 형, 진짜 너무한 거 아니냐!"

카라제시는 자칼린이 인솔해 온 주변의 군사들을 쭉 둘러보며 시치미 뗐다.

"뭐가?"

"아니, 조금만 기다리지, 그걸 그냥 가? 형, 진짜 그러기야?"

"다 들리게 형이라 부르지 마라. 이러니 내가 널 못 미더워 하는 거 아니냐."

웃는 낯짝으로 살얼음 떨어지게 단호해서 하얀 악마가 따로 없다. 저러니 내 청개구리 심보가 더 살아나는 거지!

자칼린이 부러 입술을 내밀며 깐족거렸다.

"예, 예! 잘났습니다. 체사 경!"

"비꼬는 버릇도 버리고."

"예이, 예이."

카라제시는 뿔난 기색을 지우지 않은 채 구시렁대는 자칼린을 차분한 눈으로 응시했다. 평소라면 엄한 말 몇 마디는 더 나올 법한데, 조용히 그를 바라보기만 하는 눈동자가 왠지 모를 낯선 녹음에 잠겨 있었다.

'뭐야. 이 인간 왜 이래?'

가만 바라보는 게 폭풍전야는 아닌가 싶어 경계태세를 갖추려는데 카라제시는 쓴 소리를 더하는 대신 한 걸음 물러나며 턱짓했다.

"잠깐 얘기 좀 하자. 따라와라. 듣는 귀가 많은 곳에서 할 얘기는 아니니까."

끌려가면 죽는다! 끌려가면 맞을지도 몰라! 사람 없는 데서 패려고!

자칼린은 양손을 교차시켜 방어 자세를 취하며 큰 소리로 말했다.

"저 바쁜데요, 체사 경!"

카라제시의 눈살이 서서히 찡그려졌다. 이 철딱서니는 정말 어쩌면 좋을까.

"명령이다, 체사 경."

"제 상관은 칼란독 경인데요, 체사 경!"

"당장 칼란독 경이 없으니 이 자리에서의 명령권자는 나다, 체사 경."

"칼란독 경한테 지금 보고하러 올라가려던 참이었는데요, 체사 경!"

"그러면 가는 길 같이 가지, 체사 경."

"안 바쁘십니까, 체사 경?"

"한마디만 더 하면 지금 당장 칼란독 경에게 가서 널 강제로 돌려보내라 할 테니 계속 떠드시지요, 체사 경."

카라제시가 꺼내든 위협에 자칼린은 대적할 힘이 없었다.

"우아앗! 형, 반칙!"

"형이라고 하지 말라고 했지."

자칼린은 곧 카라제시에게 뒷덜미가 잡혀 어딘가로 질질 끌려갔다.

'지금 저 분들 뭐 하시는 건지.'

서로에게 '체사 경, 체사 경.' 하면서 투닥대는 형제를 바라보는 군사들은 키득키득 웃으며 고개를 저었다. 체사는 기분 좋은 이들이 많다는 소문이 사실인 모양이다 하며.

오랜만에 그럴듯한 취침 공간을 배정받고, 목욕제계까지 했다. 하지만 하루 종일 불안하게 찜찜한 기분은 가실 줄 몰랐다. 막간에 짬을 낸 자칼린은 취침 점호 감독을 마친 후, 야간 병사를 앞세워 비장한 걸음으로 파사드에게 향했다.

시간이 늦긴 했지만 사안이 그를 가만 두지 않았다. 파사드의 방문 앞에 이르자 갑자기 손발이 떨렸다.

'아, 진짜 왜 이래?'

자칼린이 애써 불안한 기분을 떨치며 호흡을 고르고 있는데 안에서부터 먼저 말소리가 울렸다.

"들어와라."

자칼린은 떨리는 몸을 이끌고 방 안으로 들어섰다.

파사드가 머무는 이른 성의 방은 그다지 화려하지는 않았다. 하지만 창이 넓었고, 깨끗하게 잘 정리가 되어 있었다. 자칼린이 끼이익 경첩 소리를 죽여가며 문을 열었을 때 파사드는 창가에 서 있었다.

"저어…… 늦은 시간에 죄송합니다, 칼란독 경."

자칼린이 간소히 예를 갖춘 후 슬그머니 파사드의 얼굴을 살폈다.

여느 때와 다름없는 침착한 낯빛이었지만 유달리 피곤해 보였다. 파사드와 눈을 맞추자마자 자칼린의 시선은 자동으로 대각에 떨어졌다. 데굴데굴 산뜻한 연두색 눈동자를 굴려 파사드의 양 허리를 살피던 자칼린의 표정이 차츰 심각해졌다. 카라제시의 말이 사실이었는지 파사드의 허리에는 웬 듣도 보도 못 한 낡은 검 한 자루만 걸려 있었다.

"보고 때문에 찾아왔나? 앉아라."

파사드가 텅 빈 의자를 가리켰다. 자칼린은 애써 아무렇지도 않은 체 걸어가 의자에 엉덩이를 붙였다.

"보고 때문은 아니고요. 보고서는 아직 작성이 마무리되지 않아서 내일 아침에 올리려고 했는데, 그보다는…… ."

사실 자칼린은 이곳에 이를 때까지만 해도 파사드가 어떻게 이른을 피해 없이 점령했는지도, 이른 성곽 내에 간간이 보이는 시친의 해군에 대해서도, 멀찍이서도 잘 보이는 거대한 함선의 존재에 대해서도 듣고 싶었다.

그러나 방 안 가득한 침잠한 공기 속에서 그런 것들은 하나도 중요치 않게 느껴졌다.

어떻게 말을 꺼내야 할지. 한참을 뜸을 들인 자칼린이 심호흡과 함께 말했다.

"저, 사상자와 실종자 명단을 봤습니다. 듀사크 경이 실종되었다고요. 그리고…… 르옌도요."

한 번 말꼬를 트자 자칼린은 주체하지 못하고 질문을 쏟아 냈다.

"어떻게 된 겁니까? 리오낙은 르옌에게 주신 겁니까? 그 다음 르옌이 실종된 거고요? 진짜입니까? 제가 들은 게? 아까 마구간 점검을 하면서 보니, 롯사가 부상을 당했던데……. 아, 아니 지금 중요한 건 이게 아니라 롯사 옆에 하얀 말, 그거 르옌의 말 아닙니까? 이름이 뭐더라, 로, 뭐, 여튼 그 말 맞죠. 말은 여기 있는데, 르옌은 어쩌다 실종이 된 겁니까? 검은 왜 르옌에게……."

파사드의 낯빛이 흐려졌다. 카라제시가 이야기한 것이 자명해 어찌 알았는지 물을 필요도 없어 보였다.

"상황이 그렇게 되어 잠깐 맡긴 것뿐이다."

자칼린의 연두색 눈동자가 크게 떨렸다. 자칼린은 궁금함과 초조함으로 미칠 지경이었다.

오늘 낮, 카라제시는 군내의 여기사에 관한 것을 물었다. 처음에는 부득불 버리지 않고 데려온 마리포사의 여기사를 말하나 싶어 잔뜩 긴장해 있었는데, 금세 그게 르옌을 가리킨다는 걸 알 수 있었다.

리오낙에 대한 이야기를 듣기 전까지만 해도 자칼린은 군공을 인정받아 임시 서품을 받은 여기사가 있다는 정도로만 간결하게 설명했다. 리오낙을 맡아도 좋을 여자냐는 괴팍한 질문에 카라제시에게 미쳤느냐 되물었다가 그의 옆구리에 끼워져 목이 졸릴 뻔하기도 했다.

그러다 마지막에 파사드가 리오낙을 유실했다는 이야기를 들은 후로는 너무 놀라 무어라 답했는지 기억도 나지 않았다.

카라제시는 리오낙의 행방에 대해 몹시 걱정스러워하는 듯했지만, 자칼린에게는 르옌의 행방 역시 리오낙만큼이나 크게 와 닿았다.

덜컹덜컹.

멍하니 파사드를 바라보던 자칼린은 창을 흔드는 바람 소리에 퍼뜩 정신을 차렸다.

"……사라진 지 얼마나 된 겁니까?"

"이제 열흘쯤 됐겠군."

자칼린의 주먹이 꽉 쥐여졌다.

열흘.

죽은 것과 다를 바 없었다.

만일 적에게 사로잡혀 포로가 되었다면 죽거나 죽는 게 더 나을 꼴만 당했을 테고, 가까스로 도망쳐 어딘가에 숨어 있다 해도 열흘이면 얼어 죽거나 굶어 죽기 충분한 시간이었다.

사실 실종자 명단을 보고도 완전히 믿지 못했다. 르옌이 보통 여자인가? 섶을 지고 불 속에 뛰어들어도 살아 돌아올 것 같은 여자였다. 그러나 파사드로부터 확언을 듣는 순간 몸에 힘이 빠졌다.

자칼린은 손바닥으로 이마를 짚고 버렸다. 와, 진짜. 말도 안 돼. 그렇게 내가 가지 말라고 그리 말렸는데 얘기도 않고 가 버리더니. 그 멍청이가.

"리오낙은…… 그러면 어떻게……."

파사드는 말이 없었다.

더는 묻지 못했다. 그가 상기시키지 않더라도 지금 파사드에게는 리오낙의 실종만큼 난감한 일이 없을 테였다. 자칼린은 이유 없이 가빠지는 숨을 고르기 위해 애써 고개를 숙였다. 몸 어딘가가 갑자기 막 아파 오고 열이 나는 것 같았다.

한참 후, 자칼린이 가까스로 목소리를 쥐어짜 내 물었다.

"저희 형님이 전달했을지 모르겠습니다만…… 할드로프 백께서 할드로프 경의 마지막을 지킨 르옌을 만나보고 싶다고 전장까지 내려왔습니다."

"……."

"마지막 군사들과 함께 이쪽으로 향할 거라고 했는데, 아직 출발 안 했을 테니 사람을 보내 할드로프 백에게 상황을 알리고 귀환하라 전할까요."

"계속 수색 중이다. 우선은 늦었으니 나가 보도록."

당연히 그리하라는 말이 돌아올 줄 알고 입술만 짓씹던 자칼린이 느리게 고개를 들었다.

이미 열흘이나 지났다. 적에게 잡혀갔다면 이 근방에서 찾을 수 없을 것이고, 이 근방에 있다면 그녀는 이미 죽은 목숨이었다.

멍청하니 파사드의 얼굴을 올려다보던 그는 결국 차마 하고 싶지 않았던 말을 뱉어야 했다.

"……칼란독 경, 찾아도 소용없는 일 아닙니까. 만에 하나 적에게 붙잡혀 살아남았더라도 황태자가 있었다고요? 르옌이 포로로 잡혔다면 무슨 짓을 당했을지 모르고……."

말을 하는 내내 속 어딘가가 울렁거렸다. 그새 정이라도 든 건지 가슴이 아팠다. 하지만 계속해서 르옌을 찾겠다는 파사드의 태도는 아무리 생각해도 헛짓거리였다.

"발로이드 그 자식도 제정신이 아닌 놈이니……."

말끝이 흐려졌다.

"체사 경, 뜻은 알겠으니 물러가라."

결국 자칼린은 어깨를 늘어뜨린 채 비틀거리며 돌아 나갔다.

자칼린을 축객한 후에도 한참을 미동 없이 자리에 앉아 있던 파사
드는 달이 거의 동쪽으로 기울 무렵 오지 않는 잠을 청하기 위해 침
대에 누웠다.

침대에서 나는 낯선 냄새와 낯선 편안함에 그의 정신은 더욱 말짱
해지는 듯했다.

덜컹덜컹.

거세게 몰아치는 바람이 창을 때렸다.

저 소리 탓에, 잠을 잘 수가 없다.

이튿날, 두 번째 군사 무리도 이른에 도달했다.

성곽 안쪽의 도시는 어제보다 훨씬 더 복작거렸다. 처음에는 어수
선하던 군사들도 어느덧 흐름을 타고 일사불란하게 도시 안쪽에 자
리를 잡았다.

중간에 인근 장원 영지로부터 사신이 도착해 군사들을 바짝 긴장
하게 했지만, 사신이 전달한 내용은 이른의 영주가 살아 있다면 그
를 풀어 달라는 것이 전부였다. 파사드는 고려해 볼 것을 답으로 되
돌렸고 이른은 다시 평화로워졌다.

그리고 시신은 더 이상 발견되지 않았다.

이튿날도, 그 이튿날도.

❖⋯❖

이른의 서쪽 성벽에 올라 마지막 군대를 기다리던 파사드는 성곽 위 지워지지 않은 핏자국을 내려다보았다. 말라붙은 피웅덩이의 크기가 필경 이곳에서 누군가가 죽어 나간 것을 상정했다. 색깔과 건조된 정도를 볼 때 오래지 않았을 것이다.

파사드는 핏자국을 피해 발을 치웠다.

"보입니다."

테레어드가 조용히 말했다.

파사드 역시 같은 것을 보고 있었다. 저 멀리 지평선 너머 이른으로 접근하고 있는 군대는 그들이 이른을 수복하고 열흘 하고도 나흘 만에 도착한 라르크의 마지막 군사들이었다. 혹여라 제국군이 사실을 알고 꼬리를 쫓을까 걱정스러웠지만 다행히 그런 일은 벌어지지 않았다.

같은 방향으로부터 불어오는 겨울바람에 과열됐던 머릿속이 얼어붙고, 불붙은 쥐처럼 뛰던 심장이 가라앉았다.

이제 저들의 진입을 온점 삼아 파사드는 다른 계책을 세워야 했다. 겨우내 모르가나가 그들을 얌전히 이곳에 처박혀 있도록 내버려 둘 리가 없었으므로.

그들은 전쟁 중이었다.

"조금 시간이 걸릴 듯한데, 안으로 들어가 계시는 게 어떻겠습니까?"

테레어드가 조심스레 권유했지만 파사드는 고개를 저었다.

문득 파사드의 시선은 르옌과 그가 서 있었던 강기슭의 커다란 아름드리나무에 머물렀다. 위에서 본 강기슭은 황량했다. 누렇게 물든 겨울 억새들이 듬성듬성 자라나 을씨년스러워 보이기도 했다.

얼마 지나지 않아 한 기사가 맞바람을 뚫고 성벽 위로 달려와 아뢨다.

"보고드립니다. 더 이상 시신은 발견되지 않았습니다. 정찰대 중 살아남은 넷을 제외한 열세 명의 시신이 전부 회수되었고, 실종자 다섯은 여전히 발견되지 않았습니다. 수색할 수 있는 범위는 전부 수색했습니다. 이제 어떻게 할까요?"

파사드의 주먹에 힘이 들어갔다.

열흘 하고도 사흘 가까이를 끊임없이 수색했다. 기사는 파사드가 명을 거두기를 은근히 바라는 눈치였다. 파사드는 어느새 깃발이 식별될 만큼 가까워진 그들의 군대를 응시했다.

파사드는 떨어지지 않는 입술을 열었다.

"……수색령을 철회한다."

"존명."

그래야 했다. 남부의 내륙까지 침입해 있는 이 시국에 언제까지고 수색 작업에 매달려 있을 수는 없었다. 그저 자신이 너무 크게 믿은 것이다.

살아남으리라는 그 말을.

어느새 이른에 도착한 군사들이 육 열로 줄지어 성곽 안으로 진입하기 시작했다. 파사드는 가만 그들을 내려다보고 있었다. 그리 꾸역꾸역 이어지던 군사들은 얼마간의 시간이 지나자 끝을 보였다.

찬바람을 뚫고 이곳까지 이른 군사들은 바람을 막아 주는 성곽을 감격스레 돌아보거나, 일부 중대를 시작으로 군가를 부르거나, 신이 난 듯 지휘 기사들의 명령에 우렁차게 대답하기도 했다.

이윽고 마지막 군을 인솔한 올베빈이 성벽 위에서 그들을 마중하고 있는 파사드에게 다가왔다. 올베빈과 함께 이동해 온 레작도 뒤따라 성벽 위로 올라섰다.

"칼란독 경, 이 군사들이 마지막입니다."

"수고했다."

파사드가 희미하게 웃으며 올베빈의 어깨에 가볍게 손을 올렸다 뗐다.

"오랜만입니다, 브류나크 공."

"위험한 곳까지 걸음하느라 고생했네, 할드로프 백."

"생각보다 즐거운 모험이었습니다."

파사드는 레작의 인사에 가볍게 입꼬리를 올렸다 내린 후 코트를 고쳐 여몄다.

"문을 닫아라!"

마지막 한 사람까지 들어오고 나자 성문은 느릿느릿 닫히기 시작했다. 끼이이익. 요란한 소리가 성벽을 진동시켰다.

"이제 들어가시지요. 해가 저물어 가서 점점 더 추워집니다."

올베빈의 말에 레작이 먼저 몸을 돌려 성벽 아래로 걸어 내려갔다. 파사드 역시 느리게 몸을 돌렸다. 기다림은 끝이었다.

그런데 그때, 파사드가 멈칫 섰다.

파사드는 홀린 듯 다시 고개를 돌렸다. 라르크의 군사들이 지나온 지평선 위로 작은 점이 하나 비쳤다. 그것은 아주 느리지만 착실히 그들에게로 가까워지고 있었다.

"칼란독 경, 이제 내려가 보시는 게……."

테레어드의 음성이 이명처럼 그의 귓속을 흘러 나갔다.

한참을 선 채로 얼어붙은 사람처럼 섰던 파사드가 입술만 움직여 명했다.

"문, 열어라."

파사드는 더 없이 빠른 걸음으로 성벽 아래로 내려갔다. 숫제 달리는 듯한 속도였다. 겨울바람을 껴안은 코트 위의 붉은 늑대의 멘테가 화드득 펄럭대며 멀어지는 모습에 '예?' 하고 허공을 향해 되물은 테레어드는 고개를 돌렸다.

테레어드의 눈에도 보였다.

힘겹게 걸음을 떼며 휘청대는 한 필의 말이.

망토는 죄 흘러내려 양 어깨와 등 뒤만 겨우 가린 상태였다. 살짝 어깨에 닿은 것만으로도 무거워 몇 번이고 내버리고 싶었다. 하지만 뼈가 무너지는 것 같은 무게감보다 더 치명적인 건 추위였다. 그래서 버리지도 못했다.

그렇게 나흘? 닷새? 얼마나 버틴 걸까. 영겁처럼 느껴진 긴 여정이었다. 비틀비틀. 비틀대는 말갈기를 움켜잡은 르옌은 라르크의 깃발이 펄럭이는 이른의 성벽을 올려다보았다.

드디어 목적지가 보이는데, 외려 절망적일 정도로 멀게만 느껴졌다. 르옌은 가물거리는 눈에 애써 힘을 주어 말의 목덜미를 얼렀다.

'조금 더 걸어라. 조금 더.'

그런데 얼마 지나지 않아 성문 저편에서 몇 기의 기사들이 달려나오기 시작했다. 르옌의 눈에는 그저 희미한 잔영처럼 보였다.

얼마 후, 말을 타고 달려온 잔영들은 순식간에 르옌의 지근거리에
멈춰 섰다. 르옌은 선두로 달려온 있는 낯익은 얼굴을 발견하고 그
제서야 힘겹게 웃었다.

다시 돌아왔구나. 실감이 난 탓이다.

얼마나 빠르게 달려 온 건지 파사드의 까만 머리칼은 죄 흐트러져
있었다.

한참을 말없이 서로 시선을 맞추다가 르옌이 결국 먼저 파랗게 질
린 입술을 열었다. 다 말라붙어 작게 입술을 여는 것만으로도 피가
터졌다.

"언제까지 보고만 있을 겁니까……?"

동상으로 벌겋게 얼어 터진 손이 바들바들 떨렸다. 파사드는 즉각
말에서 내려 그녀에게 다가갔다. 유달리 불룩한 그녀의 등이 괴이했
으나, 그런 것은 신경 쓰이지도 않을 만큼 그녀 하나에게 온 신경을
집중하고 있었다.

뒤늦게 소식을 듣고 달려온 자칼린이 숨을 헐떡이며 르옌의 지척
에서 말을 멈춰 세웠다.

"르옌!"

"자칼린."

자칼린과 힘겹게 눈꺼풀을 들어 시선을 맞춘 르옌이 힘없이 웃었다.

파사드가 팔을 올렸다.

"잡아 주겠다."

그러나 그의 손은 그녀의 허리에 닿으려는 찰나, 멈추었다.

정체 모를 붉은 밧줄 같은 것에 감겨 있는 그녀의 허리는 온통 피
투성이였다. 놀라 멈칫하는데 지친 말이 비틀거리며, 르옌의 어깨에
간신히 매달려 있던 망토가 주르륵 미끄러져 내렸다.

자칼린을 비롯해 주위를 에워싸고 있던 기사들의 눈이 충격으로 물들었다.

그녀의 어깨에 고개를 얹은 채 양팔을 늘어뜨리고 있는 이는 다름 아닌 그들과 내내 동고동락했던 또 다른 기사, 덴작이었다.

파사드는 르옌과 덴작을 한데 묶고 있는 피투성이 밧줄을 넋을 잃고 바라보았다.

"듀사크 경!"

"군의관, 군의관을 불러!"

기사들 사이에 소요가 일었다. 누군가가 군의관을 부르러 달려간 사이 기사들은 허둥지둥 달려와 그녀를 끌어 내리고 밧줄을 끊어 냈다. 그러고는 딱딱하게 굳어진 덴작의 몸뚱이가 온전히 다했음을 깨닫고, 시신을 감싸 안으며 오열했다.

멀거니 르옌을 응시하던 자칼린은 이 말도 안 되는 상황에 그도 모르게 눈물만 뚝뚝 떨어뜨렸다.

르옌은 감각 없는 눈꺼풀을 느리게 깜빡인 후 피투성이 허리에 매고 있던 검 한 자루를 내밀었다.

"……이제 돌려주마."

르옌의 힘없는 손에 쥐여 있던 리오낙은 쉽게도 미끄러져 바닥에 텅 소릴 내며 떨어졌다.

파사드는 나동그라진 리오낙에는 시선도 주지 않았다. 그의 눈은 오직 르옌에게 머문 채였다. 힘없이 꺾인 르옌의 턱 아래로 끝내 물기가 떨어졌다.

파사드는 서서히 앞으로 기울어지는 그녀를 받아 안았다. 얼음장처럼 차가운 그녀의 몸은 몹시 가늘고 작았다. 입고 있던 망토를 펼쳐 그녀를 망토 안에 감싼 파사드의 귓가에 그녀의 흐느낌 같은 목소리가 감겨들었다.

"난, ……최선을 다했어. 나는."

언제 죽은 건지도 모를 사내를 등에 이고 그녀는 대체 어디서부터 달려온 걸까. 파사드는 저도 모르게 잠긴 목소리를 냈다.

"그래."

"난……."

르옌의 어깨가 잘게 떨렸다. 파사드의 옷깃이 젖어들었다.

"넌 충분히 했다."

오들오들 떨리던 그녀의 팔이 파사드의 등을 와락 끌어안았다. 파사드의 커다란 손이 르옌의 차게 언 등허리를 꽉 당겨 쥐었다. 기사의 굳은 살 배긴 손바닥 안으로 그녀의 뛰는 가슴이 고스란히 녹아들었다. 두근두근. 그녀가 살아 있다는 증명이었다. 곧이어 르옌의 몸이 서서히 무너져 내렸다. 파사드가 급히 정신을 잃은 그녀의 몸을 안아 올렸다.

테레어드가 파사드에게 다가갔다.

"칼란독 경, 제가……."

"물러서라. 리오낙을 회수하고 듀사크 경의 시신을 수습해 즉시 돌아간다."

파사드는 그도 모르게 테레어드를 거칠게 밀쳐 냈다. 얼결에 뒷걸음질하던 테레어드가 고개를 끄덕이고 물러섰다.

파사드는 축 늘어진 르옌을 추켜 안아 훌쩍 말에 올랐다. 품에 안은 여자의 숨소리가 가늘어지는 것이 그의 신경을 긴장시켰다. 그녀의 차가운 이마에 짧게 입술을 눌렀다 뗀 파사드가 느리게 눈을 감았다 떴다.

그는 늘 의문해 왔다.

어째서 나라를 구한 구국 영웅이었던 시왕은 일생을 죄인으로서 살아야 했는지.

"돌아가자."

그러나 납득했다.

어느 누가 이 앞에 죄인 되지 않을 수 있을지.

강기슭의 비린 바람이 매서워, 그는 더욱더 그녀를 세게 안아 줘었다. 잠잠해졌던 그의 가슴이 북처럼 울기 시작했다.

그로부터 나흘 후, 검은 사자의 깃발을 인 기수가 평야를 뚫고 달려와 다음 회전의 시일을 제안했다. 황태자가 그들에게 합류했기 때문일까. '남부의 첫눈이 내리는 날'이라는 사뭇의 낭만이 느껴지는 제안이 적혀 있었다.

반나절의 회의 끝에 라르크 군의 수뇌는 만장일치로 동의했다. 바야흐로 제국의 마지막 전쟁이라 불리는 그란두르 전의 전주가 시작되었다.

—4권에서 계속—

BLACK LABEL CLUB 028

마리포사 3

1판 1쇄 발행 2016년 9월 26일
1판 3쇄 발행 2018년 7월 20일

지은이 신여리
펴낸이 신현호
편집부장 예숙영
편집 김수민
편집디자인 한방울
영업·관리 김민원 이주형 조인희
물류 이순우 최준혁 박찬수

펴낸곳 ㈜디앤씨미디어
출판등록 2002년 5월 1일 제117-90-51792호
주소 서울시 구로구 디지털로 26길 111 JnK디지털타워 503호
대표전화 (02)333-2513 팩스 (02)333-2514
전자우편 dncbooks@naver.com
디앤씨북스 블로그 http://blog.naver.com/dncbooks

ISBN 979-11-264-3650-7 (04810)
       979-11-264-3647-7 (SET)